KB120053

북으로 간 시인
북에서 온 시인

북으로 간 시인
북에서 온 시인

초판 1쇄 발행 2024년 4월 5일

지 은 이 강만식
발 행 인 권선복
편 집 권보송
디 자 인 김소영
전 자 책 서보미
발 행 처 도서출판 행복에너지
출판등록 제315-2011-000035호
주 소 (07679) 서울특별시 강서구 화곡로 232
전 화 0505-666-5555
팩 스 0303-0799-1560
홈페이지 www.happybook.or.kr
이 메 일 ksbdata@daum.net

값 38,000원
ISBN 979-11-93607-23-7 (03810)

북으로 간 북에서 온 시인

강만식 지음

불탄 고향을 지나며

박세영

예가 내 고향이노,
보아도 모른 내 고향,
원쑤는 산까지 불 태웠건만
점점이 청솔은 세차고나。

불 타버린 마을에 우리집 터,
굴뚝만 솟아 있어 나를 반기는가?
보아도 모를 내 고향,
그러나 산을 보아 내 고향이노,

내 잔뼈가 굵어 온
그리운 집이며 언덕 길,
나와 더불어 같이 커나온 살구나무,
한 자욱 가득한데도 꽃은 피였는가。

처음으로 내 군복을 입고 왔을 때,
나보다도 더 기뻐하던 어머니와 동생들,
따뜻한 사랑이 어렸던 방에,
지금은 불탄 재만 쌓였고나。

내 이집 뉘인줄도 모르는
낯선 처녀는 물 떠가며 마시난다。
고마워 한모금 마시노라니,
눈에 띄는 검둥이 밥그릇。

어머니와 동생들 소식을
차라리 묻지나 말을걸,
언덕을 넘는 발걸음은 무거워,
불심지가 원쑤 향해 타오른다。

예가 내 고향이노,
보아도 모를 내 고향,
원쑤는 산까지 불 태웠건만,
점점이 청솔은 세차고나。

눈 앞에 어리는 영웅들처럼,

도서출판 행복에너지

자서自序

북으로 간
시인의 시는
한국 최초로
발굴 발표되는 시다

북에서 온
시인의 시는
대표 작품만을
가려 뽑은 시다

이 졸작이
문학사와 시단에
먼지와 깃털만 한
보탬이 되기를…

목차

북으로 간 시인

박세영 편

박팔양 편

백석 편

안막 편

오장환 편

이용악 편

임화 편

조령출 편

조벽암 편

북에서 온 시인

구상 편

김광림 편

김광섭 편

김시철 편

노천명 편

박화목 편

양명문 편

전봉건 편

함동선 편

북으로 간 시인

박세영 朴世永

1902 / 7. 7 ~ 1989 / 2. 28

생애 및 연보

백하白河 박세영은 경기도 고양에서 한 수공업자의 가정에서 태어나 1922년 배재고보를 졸업한 후 중국 상해로 건너가 혜령 영문 전문학교에 다니다가 중퇴 후 천진에서 '화북 명성보' 교열원으로 근무했다.

1924년 9월 귀국 후에는 진보적 문학 단체인 '염군사' 동인으로 참가한 뒤 '카프'에 가입하여 열렬한 프롤레탈리아 시인으로 활동했다.

첫 시 작품으로 「해빈의 처녀」를 발표한 후 「타작, 1928」 「야습, 1930」 「산제비, 1936」 등을 발표했고 1926년 말부터 프롤레탈리아 아동 잡지 『별나라』의 편집도 맡아 일했으며 이 시기에 동요 「풀을 베다가, 1928」 동시극 「소병정, 1929」 등도 발표했다.

일제의 가혹한 탄압으로 『별나라』가 폐간되고 진보적 문학 창작의 길이 막히자 박세영은 1935년부터 8.15 해방 전까지 중학교 교원으로도 재직했으며 이때 시집 『산제비』를 출간했다.

해방 전 박세영은 「위원회 가는 길, 1945」 등의 시편들과 함께 시집 『류화』를 펴냈으며 1946년 초 월북한 직후인 1949년 6월 27일에 김일성 주석을 만났는데 그는 그 순간을 자신의 일생에서 가장 영광스럽고 행복했던 날이라고 회고했으며 그 얼마 후에도 2명의 시인과 함께 김 주석을 만났는데 그 자리에서 김 주석이 〈애국가〉 가사를 지어 보라 하여 2편의 가사를 창작했다.

2편의 가사는 북조선 인민위원회 심의 후 김일성 주석은 즉석에서 박세영이 창작한 가사에 매우 만족을 표함으로써 현재의 북한 애국가가 탄생되었다.

이 사실은 박세영이 1975년 『조선문학』 9월호에 발표한 수기 「은혜로운 당의 품에 안겨 30년」에서 밝히고 있다.

이 밖에도 박세영은 수기 「뜨거운 손길… 남조선 작가들에게, 1956.8, 조선문학」에서 남조선에서 조선 프로레탈리아 문학동맹(카프) 조직원으로 활약하던 송영, 윤기정, 한효, 박석정, 리동규, 홍구 등을 추켜세우는가 하면 조선 문학건설중앙협의회측의 림화, 리태준, 김남천, 리원조 같은 시인들은 박헌영의 "우리 민족 문화는 계급 문화여서는 안 된다."는 취지에 따른다 하여 엄청난 비판을 쏟아 부었다.

그리고는 남한 정부에서 고문 투옥된 김지하 시인을 언급하며 격렬한 비판을 퍼붓기도 했다.

박세영은 이처럼 북한에서 시인으로서의 절대 권력을 누리다가 1989년 2월 28일 생을 마감했다.

박세영은 생전에 조선 작가동맹중앙위원, 조국평화통일위원회 중앙위원, 최고인민회의 대의원 등을 역임했으며 국가 훈장 제2급과 공훈 작가 칭호를 수여받았다.

박세영의 장례는 '사회장'으로 치렀고 묘지는 우리의 국립묘지격인 애국 열사릉에 묻혔다.

북한은 박세영의 사후에도 그를 추모하고 문학 세계를 재조명하기 위한 예술 영화 〈민족과 운명〉이 제작되었으며 오늘에 이르기까지 그를 일컬어, "우리나라(북한)의 애국가와 더불어 영생하는 시인"이라 평가하고 있다.

이처럼 박세영은 남북한을 통해 시단의 거목으로 평가받고 있지만 한 쪽의 시각에서 바라볼 때는 그의 시 세계나 시 정신이 지나치게 이념과 정치성에 치우쳐 있다는 점은 끝내 아쉬움으로 남는다.

문공단 환송의 밤

문공단 환송의 주악이
푸른 나무 숲에서
바람처럼 일어오는 속을
십구병단 문공단 동무들은
우리와 더불어 외줄로 올라간다

십 년만에나 만난 것처럼
모두들 환호 소리와 함께
꽃다발 들고 나오는 언덕
얼싸안은 가슴에
꽃다발이 그대로 안긴다
그것은 꽃다발만이 아니다
뛰는 핏줄이 서로 맞닿은 것이다

이제는 모두가 낯 익은 얼굴들
석양이 깃들이는 록음 속
한가운데 푸른 잔디 넓고
나무 밑으로 주욱 둘러 있는
간소하게 차린 상이건만
뜨거운 정성으로 그대들을 기다린다

나이 열 셋에
인민 해방군에 참군했다는
류조강 동지는 말한다
〈우리는 여기 와 몇 달이라지만
벌써 몇 해나 지난 듯
철의 의지로 뭉치였고
높은 예술로 맺어진 사이
이제 가면 전우들을
더욱 고무하리라〉

산 넘어서
적기의 폭음이 들려오는
여기 잔디 위
환호 소리가 사뭇
숲속을 헤집는 속에서
나는 그대들의 조선 춤을 본다
나도 잘 못 부르는
베틀가를 듣는다

제법 멋있게 넘어가는 가락이며
으쓱거리는 어깨춤
언제 그렇게
노래와 춤을 배웠던가
중국 인민 지원군
문공단 동무들이여!

박세영

우리 붉은 견장과
지원군 녀성의 윤 나는 가랑머리
전진대 바랜 캡이 어울려서
황홀하게 돌아가는 군무
어두어가는 저녁임에도
그칠 줄 모르는 환송의 밤

그렇다 우리는
이렇게 싸워야 한다
원쑤를 쳐 없애면서도
말보다 고귀한 예술로
우리는 굳게 뭉쳐진 사이
그 악한 미제 원쑤인들
어떻게 백일 수 있으랴

그럼 전선으로 가는가
문공단 동지들이여!
어둠 속에서도
잡은 손은 뜨거워
진정 놓기 싫고나
어떻게 신쿠 한 마디로
말을 다 할 수 있으랴
그대들을 잊을 수 없는 가슴이
고동치는 이 밤
헤쳐가는 오솔길 풀잎도

서운해 길을 막는
우리 마음인가

그러나 우리 어떻게
헤여졌다 할 수 있으랴
그대들의 고귀한 예술의 꽃은
이 땅에도 옮겨져 피여날 것이요

우리들의 찬란한 예술의 꽃도
우리와 더불어 미제를 짓부시는
중국 인민 지원군의 가슴에 안겨
그대들의 땅에도 피여날텐데

들으라 캄캄한 숲에서
지금도 들려오는 환송의 주악을
그대들이 고개를 넘을 때도
우리 마음처럼 끄치지 안나니
이제 그 소리 끄친다 해도
우리는 잔선에서
디시 만니리라
승리의 꽃으로 활짝 피리라

1951/문학예술/7월호

숲속의 사수 임명식

싸리꽃 냄새 후련히 풍기는
여기 숲 사이로
점점히 푸른 하늘은 비쳐들고
흐르던 구름도 잠간 멈치는가

날아드는 벌떼 소리에
맑은 산골 물 소리도 멀어지는듯
싱그런 바람결에
접동새 소리도 아름답다

별같은 눈들이 쏠리는 곳
마주 뵈는 단 위에는
개선한 무언의 영웅
꽃다발에 안긴 중기 하나

전우들의 마음 끓어 넘치는
장엄하고도 화려한 사수 임명식장
우뢰같은 박수 소리와 더불어
부대장은 단에 성큼 올라 선다
숲속을 쩡쩡 울리는 음성
앞 산에 메아리치고

그의 무거운 말의 말 속에선

우리는 불 뿜는 중기 소리도 듣는다

밤이면 그 옆에 잠자는 사수와
담요를 함께 나눠 덮음은
다음 날 전투의 승리를 위해
한몸 되여 위력을 벼르던 중이거늘

방림 전투를 회상하라
적을 쓰러 눕혀 7백
이어 5백 5십 놈을 살상한
창막동 전투 성과를 기억하라

고지의 불사신 236호 중기
하냥 진공의 앞장을 서서
민청 회의가 내린 영예 속에
조근실 사수 명중탄을 퍼부었다

원쑤의 반돌격은 끝힐줄 모르고
탄우는 쏟아져 전호를 허무는데
밀려드는 승냥이 떼를 지척에 두고
왼팔이 떨어졌어도 불 뿜던 사수

〈조근실 동무! 내가 쏘리다〉
초조히 구는 부사수 말에 대답은 오직 한 마디

〈돌무 념려 말라……〉
어깨쭉지로 눌러 쏘았느니

벌목장에 쓰러진 나무들처럼
눈앞은 적의 시체로 널렸을 때
사랑하는 중기도 뚫리고
사수의 이마에서도 더운 피 흘렀드니라

오늘은 〈민청호 조근실 중기〉로
영예의 칭호가 내린 날
누가 이 영예의 중기를 지닐 것이냐
환호 속에 앞장서 나가는 사수 최진 동무

꽃다발이 모두 전날의 전과로 읽히는
사수, 부사수, 장탄수의 눈들
부대장에게 맹서하는 말 속엔
영웅의 뜻을 이은 불굴의 투지가 탄다

참을 수 없이 가슴이 설레이는 이 시각
꽃다발을 헤쳐 복쑤의 불길이 활활 타오르는
아 영웅의 화신 중기를 들고 내려온다
불 뿜는 마음으로 단을 내린다

뜨거운 심장들이 얼싸안고
숲속을 진동시키는 노래 소리와 만세 소리

래일의 더 큰 승리를 말하는가
꽃다발은 자꾸 날러드는데……

영웅의 뜻이 피로 어린
〈민청호 조근실 중기〉
다시 부대의 선두에 서서 나아가라
무섭게 원쑤를 쓰러 눕이라

1952/문학예술/7월호

불탄 고향을 지나며

예가 내 고향이뇨
보아도 모를 내 고향
원쑤는 산까지 불태웠건만
점점이 청솔은 세차고나

불타버린 마을에 우리집 터
굴뚝만 솟아 있어 나를 반기는가?
보아도 모를 내 고향
그러나 산을 보아 내 고향이뇨

내 잔뼈가 굵어온
그리운 집이며 언덕 길

나와 더불어 같이 커나온 살구나무
탄 자욱 가득한데도 꽃은 피었는가

처음으로 내 군복을 입고 왔을 때
나보다도 더 기뻐하던 어머니와 동생들
따뜻한 사랑이 어렸던 방에
지금은 불탄 재만 쌓였고나

내 이 집 쥔인 줄도 모르는
낯선 처녀는 물 떠가며 마시란다
고마워 한 모금 마시노라니
눈에 띄는 검둥이 밥 그릇

어머니와 동생들 소식을
차라리 묻지나 말을걸
언덕을 넘는 발걸음은 무거워
불심지가 원쑤 향해 타오른다

예가 내 고향이뇨
보아도 모를 내 고향
원쑤는 산까지 불태웠건만
점점이 청솔은 세차고나

눈앞에 어리는 영웅들처럼
원쑤에게 내 또한 용감하리니

죽어도 가슴에 찍힐 고향아
피 어린 원한을 풀어 주리라

1953/조선문학/10월호

영원한 스승 쓰딸린 대원수

이브 쓰딸린
위대한 인류의 태양이신 그대는
온세계 선량한 사람들의 근심 속에
고귀하신 심장의 고동을 끄치셨는가
수만 리 떨어진 모스크바에 계셔도
항시 지척에 계시온듯
승리로 부르는 이름이여!
쓰딸린 대원수

백 년을 더 사신대도
오히려 모자라겠거든
친애하는 쏘련 인민과
우리들을 결별하시고
그 어찌 당신께서 가시옵다니

위대한 레닌과 더불어
전 생애를 혁명에 바치신 당신은

강철의 당 쏘련 공산당을 조직하시고
사람이 사람을 착취할 수 없는 사회로
압박받는 약소 민족을 구원해 주신
근로 인민의 영명한 수령이십니다

아 만민이 념원하는 세계 평화와
인류 행복의 기수이신 당신이
우리 조국 해방의
불멸의 은인이신 당신이
위중하옵신 소식을 들을 때

나는 고르게 뛰는 나의 맥박과
편히 쉬여지는 이 호흡을
당신께 드릴 수라도 있었으면 하고
눈시울이 뜨거워졌습니다

일찌기 뵈온 일 없어도
이렇듯 경애하는 이름이여
머리 속에 살아 계신 그 영상
나의 삶과 더불어
인류 역사와 더불어
우리 스승으로 길이 살아 계시리

생각하면 당신께서 보내신
의로운 쏘련 군대가 아니였으면

악독한 일제에 억눌렸던 반 세기
간고하고 쓰라린 원한의 세월을
우리 어찌 박차버릴 수 있었으리까

여기 당신의 이름으로 불리우는
쓰딸린 거리를 지나며
붉은 별 찬란한 해방탑을 우러르며
영세불멸의 당신의 은공을
인민은 심장으로 노래 불렀습니다

당신께서 끊임없이 도와 주신 보람으로
증산을 노래하며 돌아가던 공장이며
오곡 백과 무르익어가는 전원
어느 산촌에서까지도

전날에 천대받던 사람들은
전설의 전위대로 싸웠고
승리의 상징으로 당신을 우러러며
민주 새 나라의 자유와 행복을
소리 높이 노래 불렀습니다

허나 야수 미제가 제아무리 불을 지르고
피 묻은 아가리를 벌리어
청소한 나의 조국을 삼키려한들
벅찬 인민의 이 노래를

박세영

어찌 막을 수 있으오리까
그러기 허물어진 도시와 농촌도
줄기차게 일어서만 갑니다

조국의 자유와 독립을 지켜나선
굴할줄 모르는 조선 인민은
평화의 초소에 나서선
당신의 크나큰 교훈을 뼈 속에 이어
식인종 미제를 무찔러 갑니다

우리는 어느새 볼 것입니다
당신께서 꾸미시고 이룩해 가신
탁월한 쓰딸린적 자연 개조를
공산주의로 나아가는 새 사회를

그리하여 뚫어가는 운하들과
씨비리 중앙아세아의 호전림
또는 늘어가는 수력발전소들이며
모든 장엄한 건설 속에
당신께서 영원히 살아 계신 것처럼

원쑤들의 새 전쟁 기도를 짓부시고
불바다로 헤쳐내며 적을 섬멸하는
영용한 우리 인민 군대의
철벽의 방어전에서도

당신은 승리의 힘으로
우리 가슴에 살아계시며

전쟁 승리와 더불어 건설의 마치 소리
우뢰처럼 이 강토를 흔들 때에도
당신께선 영원한 스승으로
여기 살아 계신 것입니다

우리는 지금 당신의 우수한 제자
영명한 우리의 수령
김일성 원수를 받들고
그가 이끄시는 불패의 당
조선 로동당 주위에 뭉쳐
위대한 레닌 쓰딸린의
백전 백승의 학설을
승리의 교본으로 싸워 갑니다

그 이름 영원히 불러 잊지 못할
쓰딸린 대원수
고이 잠드오시라
지금은 가옵신 당신을 생각해
참을 수 없이 슬퍼지는 우리들 마음처럼
함박눈까지 소리 없이 내리여
온 강산이 흰 눈으로 덮였습니다

박세영

당신의 말씀 소리 들을 수 없어도
항시 지척에 살아 계시온 듯
천추만대 가도록
승리로 부를 이름이여!
쓰딸린 대원수

1953/조선문학/3월호

보람찬 승리를 시위하자

– 국제 5.1절에 드리는 노래

동트는 새벽 붉은 노을은 비껴와
훤히 밝아오는 제강소 구내
이따금 번개불처럼 화광은 번쩍이고
석회공장 굴뚝에선 연기를 뿜는다

아침 햇살을 받고 나타나는
여기 아름답게 꾸며논 생산 도표들은
경쟁을 맺은 제국들의 자랑을
모두 다 노래하는 곳

나는 여기서 우리 공장 로동자들의
줄기찬 증산 투쟁을 본다
많은 로력 혁신자들의 모습을

낱낱이 이 도표에서 본다

증산 의욕에 불타는 가슴으로
쇳물을 내던 나는 젊은 용해공
쇠장대 쥐던 손에 총을 쥐고
원쑤를 다우치며 전선을 달리였다

때로는 전우와 함께 고향의 노래 부르며
산 넘어로 뵈는 굴뚝을 문득 보노라면
어찌 됐을까 생각키우는 우리 제강소
초연을 뚫고 온 내 가슴에 불길 타올랐다

불패의 날 대렬에서 우리 자라나고
민주 제도를 강철로 다지던 마음이
불길 속에 다시 3년을 자랐거니
철골만 남은 공장이라 어찌 놀랐으랴

분노가 활활 타오르는 속에서
강철을 도리고 잇게 한 우리 박 동무
그가 만든 수많은 새 도구로 해
승리한 제강의 기록도 여기 적혀 있다.

어찌 그뿐이랴 호미 들고 올라
산비알 돌무지를 헤집던 처녀
오늘은 우리 젊은 딘야공이 된 녀성도

꽃테 두른 생산 도표에 저의 자랑을 새겼다

5.1절을 증산으로 싸운 우리 노래
우렁차게 부르며 동무들아 어서 달리자
수령이 부르시는 승리한 영웅 도시로
자랑이 아니라 더 큰 우리 맹세 다지려

그것은 당과 수령께 드리는
우리 증산으로 뭉친 맹세이거니
월 끝없이 잇닿아 나가는 찬란한 도표들 속에
한량없는 인민들의 행복이 물결친다

소리 높이 5.1절의 노래 부르며
하늘 땅이 울리게 우리 결의를 높이자
월홍불굴의 의지로 뭉친 우리 기세로
온 세계 로동 계급과 발맞추어 나가자

1954/조선문학/4월호

나는 쓰딸린 거리를 건설한다

– 8.15 해방 9주년을 경축하여

위대한 해방의 은인을 생각하며
나는 지금 쓰딸린 거리

8월의 건설장에 섰다

져나르는 한 점 흙과 자갈에서도
나는 정녕 본다
조국의 자유를 지켜
그 모진 포화를 이겨낸
진실하고 불굴한 사람들의
불꽃 튀는 건설의 마음을…

번듯이 늘어가는 포장공사로
고루어가는 쓰딸린 대통로
해방자의 불멸의 은혜를 여기 새기고
승리한 인민의 위훈을
영원히 우리는
여기에 새기리라

지금 나의 손에는
오직 한 자루의 작은 뻰찌
그러나 나의 맡은 일은
얼마나 보람있는 일이냐

이 거리에 케불선을 이어간다는 것은
나는 우리 시대의
더 없는 자랑을 안고
오늘도 여기에 섰거니

박세영

이미 수없이 권선기를 풀고
지금도 만선의 닻줄을 밀고 당기듯
수없이 날라온 케불선에
나는 뻰찌날을 넣는다

피복선을 도려내면
굵은 동선트레는 금빛으로 번쩍이여
우리 행복의 앞길과 맞닿아 있나니
위대한 쏘련 인민의 념원
뜨거운 그 손길을 예서도 느낀다

이제 조선 인민의 감사의 뜻을
자욱마다 다져 넣은
쓰딸린 대통로가 탁 트이는 날

케불선에 위력한 전류가 흐르면
끝없이 주렁질 가로등은
밤도 낮같이 영웅 도시를 밝히니라

이제 해방의 감격을 노래하며
해방탑 붉은 별을 우러러
승리자의 물결은
깃발과 더불어 바다를 이루리니

행복이 열매처럼 맺을 가로등은

쓰딸린의
영생불멸의 은혜와 함께
이 나라 사람들의
마음의 창들도 밝히리라

1954/조선문학/8월호

몽고 방문 시초 3편

울란바또르

강활한 땅을 굽이쳐 흐르는 또르강을 끼고
너 장엄하게 일어섰고나 울란바또르
흰 빛 고층 건물들이 즐비하건만
"붉은 영웅"으로 불리우는 몽고의 수도

동편은 웅장한 쵸이발산 종합 공장
서편은 대 육류 꼼비나트
위대한 쏘련의 크나큰 도움으로해
높이 솟은 뭇공장의 굴뚝들

몽고 인민의 새날의 숨결인 듯
줄기차게 연기는 피여오르고

교외 푸른 들에 널린 목축의 떼는
총총한 하늘의 별보다 많아라

지난 날 라마의 완강하고 낡은 먼지
자욱이 말굽에 일어 숨 막히던 거리에
침략의 도적들이 칼부림하던 땅에
이렇듯 화려한 수정궁들이 솟았구나

울란바또르여 말하라!
위대한 10월 혁명의 불씨가
료원의 거화처럼 이 땅에 번져
인민 혁명의 불길로 원쑤를 내친 이야기를

네가 오늘은 이처럼 화려하지만
인민의 원한 대지에 찼던 그 시절에
쓰라린 시련을 헤쳐나오며
피로 싸워 자유론 새 나라를 창건했음을

혁명의 기수인 몽고 인민 혁명당
웅장한 천사가 영광스런 투쟁사를 말하고
찬란한 미래에로 인민의 앞장을 서 달라는
광장에 솟은 마상의 스헤바또르 동상이 말한다

네 또한 승리한 나의 조국
영웅 도시 평양의 숨결을 안고

미제를 다우쳐 3년의 불길을 이겨낸
승리의 함성을 안고 여기 왔나니

그립던 우방 붉은 영웅의 수도여!
우리도 바라는 너의 오늘에 대하여
너 또한 념원하는 우리의 래일에 대하여
나는 조선 인민의 뜨거운 인사를 드린다

고층 건물들은 모두 우뚝 일어들 섰건만
머리 숙인 이삭들처럼 이 나라 사람들의 마음씨
말이 모자라 입으로 못함이 아니라
심장의 말소리들 거리에 차 넘치거니

사랑이 햇볕보다 따스한 거리
로동을 즐겨 자욱마다 빛나는 거리
열어놓은 겹창틀에서 울려나오는
행복의 노래 대지에 터지누나

또르강 건너 산허리에 새긴 영광의 구호는
전진하는 몽고 인민의 승리의 깃발인듯
오늘도 건설로 찬란하니 몽고의 수도
평화의 빛발 속에 륭성하는 울란바또르!

사랑의 학원

넓은 뜰에 아이들 그림자 없건만
여기 선대로 원사를 바라만 보아도
마음은 앞서 원사 안을 오르내리는가?
아이들을 찾아 조심히 문을 열며

방문을 열면 현란한 꽃무늬 장판
푸른 벽에 금꽃이 찬란히 피고
샨데리아는 주렁주렁 드리워
아이들을 감싸주는 이 나라의 마음 같구나

사랑하는 나의 아이들아
따뜻한 몽고 어머니 품에서
정말 탐스럽게 자랐구나
한없는 꿈을 작은 가슴에 가득히 안고

원쑤들이 지른 불길 속에서
어버이를 원통히 잃은 너이들이
랑랑한 목소리로 시 "평화"를 랑송할 때
어린 너의 눈시울이 그렇게 뜨거워짐은

너이 집이 적탄에 불탈 때
어버이 모습을 찾아 못 잊어서냐
복쑤에 끓는 어린 마음들이 식지 않아서냐

그때를 보는 듯 내 가슴 뜨거워지누나

한결같은 옷차림에 앙증스런 구두에
춤추는 아이들의 이 모습을
멀리 조국의 부모 형제들에게
내 그대로 보여주고싶구나

우리는 너이를 끔찍이 생각하시는
김일성 원수의 뜻을 안고
승리한 조국의 장한 모습을 안고
우방 형제의 나라를 찾아 왔으니

아이들아 너이를 찾아온 이 가슴에
어서 달려와 모두들 안겨 주렴
그처럼 기승을 부리던 원쑤 미제
그놈들을 무찌른 이 아저씨들 가슴에

그립던 어버이를 만난 듯
오늘의 행복한 이야기를 어서 해다오
지금도 귀에 쟁쟁한 몽고 어머니의 자장가를
아이들아 나에게 좀 들려 다오

어서 커라 행복 받은 아이들아
사랑의 학원을 때로 찾아 주시는
째덴발 수상께서도 너이를 생각해

궁전 같은 이 집을 주시지 않았니

또르강 맑은 물 소리 지척에 들려 오고
고운 잔디 치달아 산봉에 닿은 곳
병풍같이 둘린 쵸이발산 산도
아늑히 이 학원을 안아 주고 있으니

조선의 전쟁 고아 사랑하는 아이들아
몽고 인민의 사랑 속에 어서 자라라
조국이 너이에게 원하는 것처럼
새 나라 훌륭한 일꾼들이 되게 어서 커라

초원의 아침

온 들은 푸른 융단을 편 듯
들꽃에 이슬 령롱한 초원의 아침
밝은 대지의 기류를 마시며
떠나는 인사를 다시 나눈다

이미 마지막 작별도 끝났건만
우리의 귀로 편안을 바래
멀리 이곳에까지 수고로이들
몽고 인민들이여 우리를 바래 주는가

긴 백포를 깐 길섶이
떠나는 우리를 기다리고
못 잊어하는 몽고의 친우들과
석별의 잔을 나누려 여기 둘러 앉는다

유리잔에 붓는 포도주
아침 햇볕에 더욱 붉고 맑아
그대들 진정이 담긴 이 잔을 드니
뜨거운 그대들 입김이 그대로 심장에 닿는다

눈부신 사회주의 건설에로
선진 쏘련을 향해 배워나가는 그대들
조선을 도와 증산으로 싸운 그대들 모습을
돌아가 우리 형제들에게 전하리니

아 눈에 삼삼하고나
잊을 수 없는 몽고의 친우들이여!
우리 승리를 내 것처럼 아는 그대들에게
기어코 건설에서 새 소식 보내 드리리라

이 대지의 희망으로 피여오르는
저기 공장 굴뚝의 연기까지도
승리한 조국에로 돌아가는 우리에게
로력의 위훈을 고무하는 듯
우리 이제 돌아가나니

박세영

이 나라 인민의 번영을 빌며
그대들이 북돋아 준 힘으로 해
무진한 위력을 복구 건설에 바치리

꿈에도 그립던 나의 조국으로
건설로 불꽃 튈 나의 일터로
친선의 노래를 높이 부르며
사기 왕성한 용사로 돌아가리

갈 길은 멀고 멀어도
평화 친선의 길이 조국에 닿아 있어
전쟁의 상처를 가시는 우렁찬 소리
가까이 들려오는듯 무엇이 멀다 하랴

온 들은 푸른 융단을 편 듯
우리 돌아갈 길에 꽃을 뿌려준 듯
아침 초원의 맑은 기류를 마시며
떠나는 인사를 다시 나눈다

1955/조선문학/1월호

조국의 노래

먼산은 보라빛 자유로운 창공에

연기는 구름 피듯 푸른 강에 비친다
로력으로 받들어 륭성하는 조국에
침노한 원쑤를 무찔러 이긴 땅
모든 영광 드리니 어머니 조국이여
장엄한 새 건설로 일어 선다

영웅의 고지엔 아침 노을 붉은데
수령의 뜻이 어린 새 나라는 행복타
인민 조국 지키는 불타는 맘으로
증산으로 받드니 어머니 조국이여
그옥한 황금벌은 물결친다

1956/조선문학/11월호

높이 쳐든 기'발

— 3.1 봉기를 회상하며

천 년 드놀지 않을 반석처럼
내 조국 강토에 도사린 원쑤 일제
입 대신 총칼이 말을 하고
승냥이 되여 기승을 부리였다

철길 까는 어느 공사판이며
광맥을 뚫는 어느 갱도 속이며

공장도 감옥 그대로인 일터에서
사무라이는 호령하는 강도였다

그것은 돌아가는 기계 소리만 아니였다
로동자들의 저주로 찼던 공장
기름진 땅을 휩쓰는 늦벌레처럼
놈들은 이 나라 농민들도 거덜냈다

불구대천의 원쑤 놈들은
조선을 영원히 지우려 했나니
신을 외우라 널판잣집 학교 교실에서도
교원이 참던 칼 소리 귀를 찔렀다

감옥은 감옥마다 애국자로 차고
거리는 굶주리는 무리로 넘치여
산까지 벌거숭이로 떨던 때
치솟는 원한은 안개처럼 서리였다

허나 위대한 10월 혁명의 빛발이
레닌의 이름과 더불어 이 땅에 퍼져올 때
노호하는 이 강산은 폭풍을 불러
천 년 드놀지 않으리라던 반석을 흔들었다

료정에 모인 우국지사들은
원쑤와 맞서지는 말라 잠꼬대했건만

피 끓는 로동자 학생 농민, 인민들은
독립 만세로 천지를 뒤흔들었다

자유를 찾으려 일어난 인민은
거세진 파도로 거리거리에 밀물칠 때
살인귀 왜병은 총탄을 퍼붓고
무장 경찰은 일본도로 칼부림했다

어찌 알았으랴
지나가던 나무 실은 우차며
신사 숙녀들이 타던 인력거도
구국의 불을 토하는 연단이 될줄야

빗발쳐 날아드는 원쑤의 총탄 속에
연설은 계속됐다 "일제를 타도하라!"
시위 군중은 줄기차게 "독립 만세"로 대답하고
흰 두루마기 붉은 깃발되어 펄럭이였다

인민의 들끓는 마음들이였다
마을 뒷산마다 봉화로 솟은 불길은
삼천리 산마루마다에 봉화를 불러
낫과 도끼 들고 나선 시위 군중들

전날 총살 당한 청년의 뒤를 이어
하많은 청년들 품속에서 삐라들 나붙고

주재소를 습격하고 관사를 들부시여
놈들의 잔인한 학살에 피로 대답했다

장거리에서 애국자들이 교수대에 오를 때
남편을 잃은 아내며 아들을 잃은 어머니
피 뿜는 통곡 산천도 우렸나니
귀축들은 마을 집들에 불을 질렀다

이 땅에 뿌리박고 자란 나무들이
맑은 물을 머금고 자란 나무들이
어떻게 놈들 교수대의 틀이 되고
총살될 애국자를 얽는 말뚝이 되었더냐

일제 침략자들은 요란히 짖어댔다
3.1 봉기는 이제 총칼로 진압됐다고
군대와 경찰만 쥐눈이콩 박듯 늘이면
더는 아무 걱정이 없다고

허나 인민의 가슴에 희망으로 빛나던
시월의 깃발이며 레닌의 형상은
로동자 농민을 줄기차게 불러일으켰나니
3.1 봉기는 자유를 위해 높이 든 깃발이었네

1957/조선문학/3월호

10월의 기’발

어둡침침한 방안에서
일제 교형리는 나에게 말했더라
〈이제야 네 목숨 내게 달려 있는 것
비밀을 다 털어 놔야 너는 살리라〉고

잠간 사이에 벌써 내 손은 아닌 듯
팔다리는 이미 내것은 아닌 듯
숨조차 누가 쉬여 주는 것 같으니
더는 몸 가누기도 어려웠더라

원쑤는 기어코 내 얼을 빼내고
신을 받드는 스라소니로 만들려 했다
〈너같이 가냘피고 다 죽어가는 놈이
이렇게 버티는 건 처음 보았구나〉

제놈은 기 쓰며 강요하였다
〈조국〉이란 이름을 영원히 버리고
살아서도 죽은 듯 사는 보람 없을 것을
노예로서도 행복을 찾을 줄 알 것을

〈그래도 대답을 못하느냐
눈을 떠 책상 우를 보라
이것이 모두 너희 그루빠에게서 온 것

박세영

그러구도 무엇을 모른다느냐〉

아직 석유 내 풍겨 오는
책상 우의 무수한 팜프레트들
표지에서 펄럭이는 붉은 기'발들은
〈너 비겁하지 말라〉는 동지들의 손길이 같았다

내 일찌기 내 손에 쥐였던 붉은 기'발을
내 한 번 맹세 드린 10월의 기'발을
죽은들 내 손에서 놀 수야 있으랴
나는 오직 이 기'발에서 삶을 찾았거든

그 꺼지지 않던 삶의 희망이 바로 오늘이다
검은 구름을 뚫고 별을 찾아 내던
고난의 세월에서 바라던 세상
그것이 바로 사회주의로 나아가는 오늘이다

그러기 나는 백발의 청춘으로 노력한다
인민이 자유롭고 행복한 오늘을
세계와 더불어 우렁차게 노래하리라
위대한 10월로 하여
찬란한 래일을

1957/조선문학/9월호

백두 련봉

창공에 높이 솟은 산이여
흰구름 허리에 두르고
수정궁 높이 솟은 듯
장엄한 백두의 련봉이여

억만 년 별들과 속삭이며
무궁한 강토를 노래해
팔 벌려 이 땅을 안으니
아름다운 나의 조국 삼천리

그 누가 밀림을 열고
여기 산'골 물'길 따라
아득한 산마루에 올랐더뇨
자유의 봉화를 올렸더뇨

아 피 끓어 굴치 않는
김일성 원수 애국의 전통
자유 위해 치솟은 불'길에
만민의 가슴은 끓어 올라라

1958/조선문학/4월호

이 자유 이 행복을 위하여

성냥개비 하나도 남이 만든 것 써야 하던
오늘은 그런 억울하던 세상이 아니다
우리 운명이 남의 손아귀에 잡히여
몸부림치며 저주하던 그런 때가 아니다

자유란 말마저 앗아 간 제놈들
침략자 교형리들의 포악한 호령이
소란한 짐승들의 울부짖음처럼
자본가, 지주들의 치보에 반주하던 때

어느 놈이 원쑤의 주구되였더냐
어떤 자들이 말세기 장단에 춤추었더냐
오로지 우리들의 피땀으로 치부하며
영생토록 향락 꿈꾸던 놈들이였다

헐벗고 굶주리는 무리 거리에 넘쳐도
고루거각에서 후뿌리며 질탕대던 자들이
오늘도 흉악한 미제의 앞잡이되였구나
혁명의 원쑤로 찬란한 새 세상 질시하며

우리 로동자를 손으로 만든 용광로를
죽어가는 자본가의 흑심으로 해치려느냐
우리들의 지혜 고루어 만든 뜨락또르를

지주들의 탐욕스런 심'보로 노리느냐

미제를 물리치고 지켜낸 우리 자유의
기적을 창조하는 혁명의 전취물들이
사회주의 락원으로 이 강산을 꽃펴 주는데
인민의 원쑤들은 독을 뿌리련다

허나 안 된다, 지상 락원 꾸미는 이 땅에는
곰팡이 피우는 괴물들 숨을 곳 없고나
용광로의 불'길이 연기로 태워 버리고
천만 갈래 수로의 격류가 삼켜 버리나니

이 자유 이 행복을 위하여
우리들은 탐조등처럼 눈을 밝힌다
뻔뻔스레 탈 쓴 간악한 보균자들을
깡그리 태워 없앨 증오의 불'길로

1958/조선문학/11월호

승리와 영광의 축배를 듭니다

승리한 이 강토에 서광을 뿌리며
새해 이 아침 노을이 붉게 탑니다
새로운 결의로 들끓는 우리들 정열이

박세영

그대로 비친 듯 붉게 타 번집니다

당이 길러 준 힘과 슬기로 하여
그 전날 같으면 꿈도 못 꿀 일을
례사로 하고도 하루가 새롭습니다
기적을 낳으며 영예롭게 싸운 나날

우리들을 이처럼 천리마의 기수로
못할 일 없게 키워 주었으니
당과 수령께 새해 인사 드립니다
승리와 영광의 축배를 듭니다

찬란한 5개년 계획의 령마루를 넘으며
저마다 신들메를 조이고 나섰으니
이삭 팰 무렵이면 이룩할 투지 안고
천리마의 고삐 당기며 내닫습니다

일어서는 도시들 고층 건물들이
한 층 두 층 높아 갈수록 행복 무르익고
협동 마을에 알곡은 쌓이여
사회주의 락원은
온 강토에 열려 갑니다

당의 뜨거운 손길 안 간 곳 없으니
저도 모르는 힘 솟아나는 일터에서

천만의 장수들 줄지어 달리듯
새 기계들이 소리치며 달리게 하렵니다

아, 새해 아침 노을이 붉게 타 번집니다
우리 정열을 담고 불타는 결의를 안고
슬리와 영광의 또 한 해를 약속하며
새해 아침 노을이 붉게 타오릅니다

1959/조선문학/1월호

당신은 공산주의에로의 인도자

우리는 기쁨 속에 일을 합니다
사회주의 건설자의 명예를 지니고
천리마 청년 작업반의 긍지를 안고
더없이 황홀한 래일을 바라보며

우리는 하냥 즐겁게 일을 합니다
당신이 언제나 옆에 계신것처럼
오늘은 어느 공장 래일은 어느 농촌에서
현지 지도를 몸소 하시느라 바빠 못 오셔도

당신의 뜻대로 산골의 물레방아가
갖은 기계들을 쉴새 없이 돌리고

무료히 흘러가던 첩첩산골 물이
라지오와 전깃불로 변했습니다

그러기 당신이 그 어데서 말씀하시건
이는 우리에게 주시는 가르치심이오니
우리가 미처 알아채지 못한 것
그렇게 많이 일깨워 주십니다

마치 처음 찾아가는 사람들로 하여
가야 할 곳까지 친히 이끌어 주시듯
어떤 어려운 일에 부닥친다 해도
우리는 수고로움 모르고 일합니다

일제의 혼담을 서늘케 했을 때는
축지법을 쓰신다 사람들 말을 했건만
오늘은 공산주의 지상 락원을 위하여
인민이 모두 축지법을 쓰게 하신 듯

당신께선 사람들이 더 잘들 살며
어느 합숙과 가정의 식탁에서나
어서 고기와 우유가 듬뿍 오르도록
우리로 하여 천리마 타고 달리게 했습니다

허기에 당신을 뵈온 백발의 할머니
눈시울 뜨겁게 하시는 말씀

장군님 덕분에 이제야 잘살게 됐습네
이는 그대로 인민의 목소리입니다

혁명의 기수 당을 령도하시는 당신은
위대한 공산주의에로의 지도자
가는 곳마다 꽃동산을 열어 주시니
김일성 시대에 사는 이 영광이여!
당신의 만수묵강을 비옵니다

1959/조선문학/3월호

비둘기 떼 하늘을 덮다 외 8편

해질 무렵 개막식장에 휘날리는 깃발
저녁노을에 비껴 모두 붉어지는 듯
한 번씩은 제 나라 깃발 찾아도 봤으리
들어찬 관중들도 깃발처럼 만국 사람

낯 가리며 천대하는 침략자들이 아니라
땅을 딛고 사는 사람들이라면
서로 돕고 화목하게 살자는 뜻에
쓸어 오는 대표들마다 환호로 맞나니

농악무의 상무도 지구를 그리는가

평화의 무용사 부채춤이 버러지니
사람들 황홀함에 더는 못 참을 듯
일어서며 "코리아 코리아"를 웨치는데

오색 고무풍선이 어지럽게 날으는 속을
평화 승리의 축포를 쏘듯 비둘기떼는
윈나의 상공을 덮으며 날아오른다
뒤를 이어 한없이 끝없이 날아오른다

날아오르는 비둘기 떼도 박수를 치듯
흥에 겨워 경기장을 몇 바퀴나 돌았느뇨
비둘기들도 어느덧 금비둘기들이 되여
도시 상공을 덮으며 날아 퍼진다

우리의 념원도 비둘기들이 되여
평화 친선에로 뭉친 위력을 안고
축전 반대자 평화의 원쑤들 머리 우로
날은다 날은다 제놈들을 전률시키며

꽁지벌레와 같이 꼬리 단 비행기
축전을 헤살놀려는 구호를 단 채
비둘기 떼에 쫓기고 쫓겨 날아간다
해 저무는 지평선으로 어둠 속으로

알제리아의 자유를 위해

수풀처럼 추켜든 만국 깃발이
8월의 태양을 받고 휘날린다
아트라스산 령마루에 펄펄 날리던
알제리아 자유의 깃발도 여기 날린다

일찌기 불란서 침략의 마수에 단을 내리고
알제리아의 자유를 위해 피 물든 깃발
날랜 뫼뿌리에 두 날개 편 수리개같이
애국 투사들의 넋이 스민 깃발

이제 수십만 윈나 시민의 환호 받으며
만국 사람이 들끓어 환성을 울릴
알제리아 국기를 당장 내리란다
드골의 졸도 불란서 제국주의자들은

마치 여기도 불란서의 령토인 듯
제압자가 내리는 준엄한 명령 앞에
평화의 력량이 다 무엇이냐는 듯
다시야 알제리아의 깃발이 해를 못 보리라고

허나 천만 뜻밖이였으리라
평화에로 뭉친 힘이 이렇듯 위력한 줄은
만국 청년 대표들은 한결같이

알제리아의 자유를 위해 일어섰더라

알제리아의 국기를 기쓰고 내리라면
우리 모두 구기를 내리리
모든 공장이 동정 파업에 일어선 듯
하여 불란서 깃발도 어느새 사라졌더라

깃발을 휘감고 들어들 오건만
사람들 왜 모르랴 보내는 환성
알제리아다 빨찌산 영웅들이다
깃발은 10만의 가슴에서 보다 세차게 휘날리더라

칼 맑스 집

두나이강 건너 옛 거리에
들죽날죽 큰 집 하나 서 있다
가도가도 끝이 없어 한 킬로
길기도 한 다층 아파트 하나 서 있다

묻지 않아도 공장주들이 진 집
치부의 욕망도 집처럼 컸더란다
먼 훗날도 향락의 밑천이 되라고
희망도 집처럼 화려했더라

허나 오늘은 이 집 한가운데
“칼 맑스 집”이란 이름 크게 붙었다
제놈들이 두려워하는 이 이름
이름처럼 로동자들이 집 주인 되고

로동자들의 피땀이 스민 이 집
그들에게 안긴 불행의 대가로 지은 집
그러기 한 사람처럼 일어났더란다
이 집을 전취하고야 말았더란다

마치 적들을 짓누르는 보루와 같이
웅장하게 서 있는 “칼 맑스 집”
래일의 희망이 창마다 비침은
맑스의 넋이 불길로 타올라선가

사람들은 정녕 보더라 이 집에서
행복을 창조하는 힘 거기서 자람을
그러기 내 처음 찾아온 나그네건만
바라노라 윈나 시가 모두 이렇게 되기를

오지리 할머니의 소원

조선 예술 공연을 본 오지리 할머니

박세영

저도 모르게 눈시울 뜨거웠다네
극장 쓰펜잘에서 쓰레질로 늙었지만
이런 춤 노래는 보다 처음이라고

할머니는 황홀한 꿈이라도 꾼 듯
젊은 조선 예술가들을 보고 치하했네
당신 나라의 춤 노래를 보니
신선놀음이나 본 것 같다고

세상에 이런 예술의 나라 있다는 걸
내 무식한 탓에 미처 몰랐구료
당신들이 미군을 쳐 이겼을 때
내 비로소 안 영웅 조선이라오

당신네 옷은 옛날부터 이런가요
당신네 나라에서 이런 천을 짰나요
모양도 좋거니와 빛깔도 아름다운데
그런 맵시라니 세상에 또 어디 있겠소

할머니는 처녀들의 치마자락 만지며
선녀들의 옷이라도 만져보는 듯
그러면서 말했네 "당신네 나라 사람들은
세상에서 참 문명한 사람들"이라고

그는 고달픈 탄식을 하듯 말했네

"로동자의 자녀들도 대학엘 간다니
나도 조선의 딸로 태어났더면
세상에 원이란 더 없겠소"

허나 할머니는 아직 모르시리라
조선의 처녀들도 천리마 탄 줄을
당의 문예 전사로 해 더 아름다운 줄을
평화의 념원으로 마음마저 붉은 줄 모르리라

정원의 공작새도

쿨 스따론의 후원은 아름다운 공원
아름드리 고목들이 숲을 이루고
잔잔한 련못에는 흰 물새들이
아직 햇살을 받으며 둥둥 떠간다

꽃밭 사이 오솔길을 지나면
석축으로 쌓올린 맑은 시내
이끼 돋은 란간이 마주 둘러 있는데
숲속에선 산새들이 우짖는다

지금은 바미 월계관 속에 서 있는
요한스트라우스의 동상에선

"다뉴강의 흐름"의 멜로디가 울려나오는듯
뻰취에 앉은 사람들 귀 기울이는가

모든 낡은 것을 자랑하는 윈나 시와 같이
이 공원도 옛 꿈을 읊조리느냐
푸른 잔듸 우에는 공작새들이 한가롭고
사람들은 오가다 모이를 주누나

안뜰에선 이미 기악 콩클이 버러졌는가
우아한 거문고와 단소 가락이
숲속으로 흘러나오며 심금 울리니
이어 수만리에서 듣는 조국의 마음이더라

아! 이국 사람들마저 가슴을 울리는
아름다운 선률은 진정 평화의 노래
사람들 창가로 귀 도사리는데
정원의 공작새도 춤추듯 꼬리 펴누나

두나이 강변에서

우거진 강변 숲을 살뜰히 흘러내리던
두나이강의 물결도 춤추며 흐른다
이 나라에도 행복의 봄이 오라 부르는 듯

우리의 “봄의 노래”를 싣고 흐른다

물살마다 오색 령롱한 불빛을 안고
강변에 버러진 환성도 안고 흐른다
평화의 사절 조선 청년들에게 보내는
윈나 시민들의 친선의 정이 강변에 찼다

노래는 시민의 가슴으로 흘러들고
춤은 더없이 우아하고 황홀만 하니
강 사이에 높이 솟은 푸로리스도르프 다리 우에
오가는 사람들마저 걸음을 멈추게 한다

그 어느 때 이렇듯 흥성거리는 밤
이 두나이 강변에 있었더냐
다리 우에서도 웨치는 수천의 시민
예술의 나라 조선을 례찬하누나

“어쩌면 오지리 음악가들보다도
저리 아름답게 오지리 노래를 부르노
사회주의 나라의 예술이 저렇듯
신비한 꽃으로 피었노!”

마치 대양에 뜬 큰 배의 갑판 우에서
희망봉을 바라보며 손을 젓듯
시민들은 너나없이 손을 들어 아우성친다

두나이강의 아름다운 새 전설 빚어낸 듯

늙은 악사 그림발드

우리들이 앉은 점심 식탁 앞으로
허리 굽은 할아버지 찾아 오셨다
힘에 겨운 듯 부피 큰 물건을 들고
웃음 가득 인사를 보내며

그는 80이 넘은 늙은 악사 그림발드
악단에서 은퇴한지도 이미 5년이 된다고
"당신들을 못 만나곤 견딜 수 없기에
거치장스런 이 악기를 들고 왔노라"고

"나의 사랑하는 〈치타〉(발현악기)와 같이
당신네의 악기(양금) 소리를 들었을 때
〈치타〉와 비슷한 현금(가야금) 소리 들었을 때
그대로 이 심금 울리였노라"고

"이제사 손도 딱딱해 변변히 못 타나
멀리 동방 예술의 나라에서 오신
귀중한 조선 손님들을 바겨 타오리다
말 대신 이 〈치타〉로 인사를 드리오리다"

서른 다섯 가락 가는 줄을 두 손으로 고르며
할아버지 눈 감고 명상에 잠긴다
수많은 줄이 늙은 악사의 주름살인 듯
서글프던 그의 지난 날을 노래한다

나직이 또 부드럽게 울려오는 소리
거기 늙은 악사의 진정의 이야기가 있다
"동풍이 서풍을 이긴 듯 당신네 예술
노래도 그대로 행복의 춤입니다"

영웅 광장

5리나 길게 뻗은 평화 시위 대렬은
"영웅 광장에로 물결쳐 간다
손마다 국기를 들고 프랑카드를 날리며
10만의 대행진이 기세차게 나아간다

금빛 창에 공화국 수기를 들고
붉은 프랑카드를 날리며 우리도 나아간다
예술의 나라 영웅 조선 청년 학생들이
친선의 손길을 바다처럼 펼치고 나아간다

윈나 시민들을 놀래운 조선 예술

바로 그 〈농악무〉며 〈부채춤〉이
끝없이 둘러선 시민들을 열광케 한다
꽃다발을 던지며 바찌를 달아 주는 속에

오래오래 포옹을 못함이 서운한 듯
굳은 악수를 하며 환호하는 시민들
어느새 대렬은 영웅 광장에로
마치 민주 국가의 거리를 지나듯 걸어간다

우리 예술 공연을 헤살놀려던 놈들이
우아한 우리 예술에 그만 넋이 빠져
요란히 박수를 보내고야 말던 것처럼
축전 반대자들은 질겁하며 손을 들었느냐

2만의 군중을 딸라로 끌어다
영웅 광장을 오물로 채우려던 놈들이
어디에 숨었느냐 미칠 듯 날뛰던 놈들이
례배당에 모여 미국식 기도를 올리던 놈들이

폴 롭손이 평화의 노래 부를 때는
광장이 물을 뿌린 듯 조용하다도
"약소한 나라는 조선을 배워야 한다"는
영웅 광장은 폭풍이 일듯 했나니

윈나의 영웅 광장은 똑똑히 보았더라

영웅 광장의 영예가 이날에 처음 빛남을
국제 반동 호전 분자들의 패망의 모습을
온 세계를 축소한 듯 눈앞에서 보았더라

윈나에서 나의 조국에

거리를 지날 때나 군중 속에 있을 때나
우리들이 식당에 오가며 출연할 때나
"어쩌면 그리 한 사람처럼 움직입니까?" 할 때도
나는 당과 수령께 감사를 드렸습니다

일찌기 보지 못하던 이채로운 춤으로 해
10만의 관중이 연신 "코리아"를 웨치며
일어서 열화 같은 갈채를 보낼 때도
나는 당과 수령에 감사를 드렸습니다

우리 예술인들이 노래를 할 때나 춤출 때나
한 마디 노래와 내딛는 한 걸음에서
더없는 긍지로 몸과 마음 뭉친 것을 볼 때도
나는 당과 수령께 감사를 드렸습니다

우리 공연을 보고 돌아가는 군중들은
굳이 우리를 찾아와 악수를 청하며

"조선은 황금의 예술을 지닌 나라입니다" 말할 때도
나는 당과 수령께 감사를 드렸습니다

아름다운 우리 화보를 서로들 보려 하며
천리마 달리는 비단 보를 목에 두르고
시민들이 그처럼 기뻐하는 것을 볼 때도
나는 당과 조국을 생각했습니다

낡은 고풍 건물들이 즐비한 거리
교회당의 종루가 철탑처럼 솟은 거리로
헐벗은 실업자들이 맥없이 다님을 볼 때도
나는 당과 조국을 생각했습니다

축전을 반대하는 평화의 원쑤들이
거기 욱실거리는 집결소 앞을 지날 때
우리를 보며 질겁하듯 피하는 놈들을 볼 때도
나는 당과 조국을 생각했습니다

지난날은 이국 땅에서 내 더없이
천대를 받으며 굶주림에 허덕이던 몸
오늘은 만국 사람들이 우러러보는 영광 속에서
나는 당과 조국을 생각했습니다
멀리멀리 윈나에서 나의 조국에

1959/조선문학/10월호

다시 한 번 인경을 울려라

– 남조선 인민이 부르는 노래

종로 네거리 육중한 인경을
다시 한 번 더 세차게 울려라
뼈 속에 사무치던 서른 여섯 해
암흑의 세월이 종말을 고하던 때처럼

조국의 산천 초목도 그냥은 있지 못해
목메려 웨치던 만세에 호응하던 때
어린 아이들이면 어땠으랴 얼싸안고
하늘이 열린 해방의 감격 알려 줬건만

미리부터 품었던 제놈들 야망대로
강도 미제가 주인으로 나선 남녘 땅
수갑을 벗으려다 족쇄처럼 찼으니
갈수록 살풍경이 욱락하는 암흑 천지

나라를 노름판으로 생각하는 놈들이
인민의 피로 축배를 드는 놈들이
모든 부원 송두리째 미제에 넘겨 줬다
제놈들 벼슬감투 하나면 그만인 듯

박세영

만고의 매국노 리승만의 악정 십여 년에
고래실 땅이면 뭣하랴, 불모지 되고
꽃피던 뒤'동산도 그대로 무덤 됐으니
사천 년의 민생고로 강산도 병들었구나

그런데 어떻게 항쟁의 불'길 끌 수 있느냐
새로운 괴뢰 내세웠건만 그놈인데
불길한 민주주의가 벌써 날아 갔는데
무엇을 더 바래 불'길을 멈출 수 있느냐

청춘들의 피로 물든 남조선 거리거리가 어서 피값을 받으라 토호하는데
불행의 원흉 미제를 물러나게 하고
매국 집단 썩은 무리를 쓸어버리라는데

어떻게 발'길이 떨어진단 말이냐
우리 모두의 원한 묻어 버린단 말이냐
민주와 삶을 위한 판가리 싸움에서
판자'집과 굶주림을 그대로 들쳐야 하느냐

판수와 귀머거리도 보고 듣는
북반구 지상 락원을 지척에 두고
인간 지옥이 우리에게 아랑곳이냐
비쳐오는 서광에 바다 같은 힘 솟누나

항쟁의 불'길로 통일의 서광을 어서 맞자
생각하면 그때 울린 인경 소리는
더 큰 강도를 맞던 비운의 예고였으니
다시 한 번 울려라, 해방의 종 소리
이젠 정말 해방이 왔다고 인경을 울려라

1960/조선문학/8월호

나도 당에 보답하리

무슨 말로 감사의 노래 드리오리까
위대한 세기를 창조한 우리 당 앞에
그 무엇으로 보답해야 하오리까
영광에 찬 나날을 주신 우리 수령 앞에

아름다운 노래를 드리려 하건만
노래는 무색해 울려가지 못하고
노래는 설익은 과실과도같이
싱그러운 향기를 뿜지 못하고

싱싱한 잎사귀로 사철 푸르며
무르익은 과실로 향기롤 수 있건만
모색하는 속에 세월은 흐르고
벼르는 사이에 세상은 변해 가니

그 언제 꿈속엔들 이런 세상 보았으랴
조화옹인들 이런 세상 마련할 수 있으랴
현명하고 세련된 불패의 우리 당
공산주의 래일로 우리를 이끄는 당이여

그러기 하루를 열흘같이 기뻐 살며
열흘 일 하루에 즐겨 해내며
물결치는 깃발처럼 혁신의 불길 올렸으니
지상 락원의 대화 폭 눈앞에 열려라

너나없이 슬기롭고 용감하라
천리마의 날개 달아 준 보람으로 하여
건설자들은 이제 강산이 뒤흔들리는 기계 소리로
황금의 산과 들을 당 대회에 드리나니

오직 당으로 하여 륭성하는 나의 조국
이렇듯 찬란한 로동당 시대에
나의 붓 무딤을 채질하노라
못 미치는 나의 재능을 아파하노라

그 옛날 철창을 두드리던 내 손에도
당은 꽃다발을 쥐여 주고
더없이 헐벗었던 나에게도
당은 행복에 겨운 나날 안겨 주었는데

세사에 아낄 것이 없어라 당을 위해선
당의 념원 대로 사색의 날개 펴리라
공장에 가면 노래에서도 기계 소리 울리고
전원에 가면 이삭 패는 소리 들리도록

마치 솔거의 벽화에 새들이 날아들듯
그렇게는 못될망정 심장의 노래 엮으리
당에 충직한 모든 붉은 가슴들이
함께 숨쉬는 노래로 나도 당에 보답하리

1961/조선문학/9월호

울려라 혁명의 노래

아래에 수록하는 가사들은 1930년대 항일 빨찌산 참가자들의 회상기에서 취재하여 집필한 것임

불멸의 홰불

1. 구시골 물동에 떠 있던 뗏목도
빨찌산을 위해선 다리가 되었네
수풀이 우거진 아득한 벼랑도
원쑤 치는 길에는 새 길을 열었네
보천보 보천보 혁명의 성지여

불멸의 홰불로 강산을 밝혔네

2. 백두산 령봉을 바라본 대원들
황철나무 줄기에 념원을 새겼네
조선은 살아서 영원히 싸운다
침략자의 소굴을 산산이 부셨네
보천보 보천보 혁명의 성지여
불멸의 홰불로 강산을 밝혔네

3. 김일성 원수님 맞이한 밤 거리
인민들의 가슴엔 희망이 불탔네
품속에 간직한 한 줌의 흙에서
원쑤 내친 조국 땅 새 날을 보았네
보천보 보천보 혁명의 성지여
불멸의 홰불로 강산을 밝혔네

1962/조선문학/1월호

"밀림의 력사" 중에서

서시

내 철부지 어린 시절

아름다운 나의 조국 강산에서
자유의 태양이 떨어져
산천도 피눈물에 젖었거니
반 세기도 천년처럼 길었더라

원쑤들은 나에게서마저 앗아갔다
소리 높이 부르던 자유의 노래와
마냥 휘두르던 조국의 깃발도

사람들이여 기억하느냐
바다 건너 검은 구름장이
조선의 맑은 하늘을 뒤덮고
이 땅에 지울 수 없는 상처가 깊이 찍힐 때
일제 침략자들의 총칼 앞에 무릅 꿇던
망국노들의 가증한 낯짝들을

총독부와 왜놈 군경들의 피 묻은 마수는
삼천만 겨레의 숨통을 누르고
"동척회사"의 이빨 달린 패말은
삼천리 기름진 땅을 토막쳐 놨거니

길차게 자라는 전야의 곡식에도
백성들의 피눈물이 맺혔고
공장 굴뚝의 연기도
고혈을 짜내며 타올랐더라

그 인간 생지옥에서
나도 헐벗고 굶주리며
증오와 항거를 먹고 자랐더라
붉은 별에서 희망을 찾으며……

왜놈들이 짓밟은 이 강토가
거칠어 갈수록
내 가슴 더 에여지던
사랑하는 나의 조국 강산이여!

꿈에도 내 너의 자유를 생각함이
무서운 죄 되여
놈들은 몇 차례나 노렸던가
하찮은 내 생명까지도

철창 밖에서 설렁이던
버드나무 푸른 잎새
어느덧 서리찬 바람에 날려 가고
여윈 내 몸같이 앙상한 가지에
꽃처럼 눈이 휠 때

그 누가 나로 하여
불굴의 투지 용솟게 하고
굳은 절개 눈동자처럼 지키게 했던가
그분은 우리 민족의 영웅 김일성 장군

그분이 밝혀 주신 붉은 서광
한가슴에 안아서였다

일제 교형리들의 온갖 박해와
견디기 힘든 빈궁 속에서도
내 굴종을 몰랐더라

차라리 원쑤의 노예로 되느니보다
헐벗고 굶주리는 길이 떳떳했더라
하여 조국 산천에 맑은 강물처럼
내 살고 살았더라

나는 다만 북쪽 하늘을 우러러
그분을 흠모하였고
미래의 승리를 똑똑히 보았다

아 기나긴 십 오 성상
눈보라 휘몰아치는
밀림과 준령을 헤치며
원쑤들에게 서릿발을 내리시면서도
당의 기틀을 마련하시고
조국 광복회를 펼쳐
그분께서 높이 드신 혁명의 기치
오늘은 이 강산에 태양으로 솟았다

박세영

그분께선 오직 인민의 행복을 위하여
공산주의를 지향하는
영광스러운 로동당 시대를
우리 앞에 열어 주시기 위하여
모든 간고를 몸소 대신한 분

그러기 맑은 하늘 높이
날개치는 천리마도
온 강산을 뒤흔드는 오늘에도
인민이 다 우러르고
온 세상 사람들이 다 경모하고
어린이들도 어버이로 따르는 그분

민족의 자랑 김일성 원수
만고의 애국자이신 그분에 대하여
내 무엇을 더 느낀다고
주제 넘게 글을 쓰랴

번개를 일쿠며 흘러내리는
이 나라 푸른 강들과 산골들까지도
락원의 노래 울려 퍼지는
화려한 새 도시들도
혁신의 불길 꽃보라로 이는
웅대한 공장과 광산들도
수많은 영웅의 고지들도

한결같이 노래하는 그분

산과 들에 울려 퍼지는
육중한 기계들의 동음 소리까지도
모두다 노래하는 그분에 대하여
내 무슨 재능으로 쓸 수 있으랴

만경창파 망망한 바다의 등대불같이
삼천만이 나아갈 길 밝혀 준 그분

오랜 세월 죽지 떨어졌던
내 환상의 날개도
맑은 창공에 자유로우라
달아 준 그분

사람들의 가슴마다
새 태양의 눈부신 해빛 비쳐 주고
슬픔과 가난의 흔적
말끔히 가셔 주신 그분
백발이 성성한 나에게도
청춘의 붉은 정렬을 부어
노래의 샘물이 솟게 해준 그분

만 사람에게도 은인이시고
나에게도 은인이신 그분에 대하여

박세영

내 무엇을 쓰랴만
치면하지도 못한
기름 항아리를 다 기울이듯……
내 있는 정성 다 부으리라
10년을 벼르던 망설임 부시고
막혔던 봇물을 터치듯
내 노래를 부르리라……

수령께 드리는
만 사람의 아름다운
축하의 노래 속에
륙십 청춘인
나의 목소리도 합치련다

1962/조선문학/4월호

새 파종기

만 리 붕정을 세차게 달려온 너
지금은 농장 뜨락에서 땀을 들이는 듯
장중하고도 아담한 새 파종기
너는 시대를 앞서
우리 손에 태여난 것

농민들의 품을 덜어 주려는
그분의 뜻이 여기도 깃들어
날씬한 품이 날아라도 갈 듯
슬기로운 우리 사람들 같구나

제비같이 날랜 조절수를
그들의 손들을 빌지 않아도
마치 자동화된 하나의 작은 공장처럼
네 스스로가 씨앗을 헤아리는 새 파종기

그러니 초롱같이 눈 밝은
작업반의 처녀들이며
농사의 능수들이 골라 낸
그 정성을 너는 저버리지 않는 듯

마치 줄을 친 듯 싹들이 돋으라
그리도 잽싸게 포전을 달려오가건만
너는 금싸라기를 다투기나 하듯
한 알도 허실 없이 섬기였다

수 없이 돌아가는 바람개비들처럼
귀개 만한 작은 숟가락들로
하나 하나 너는 씨앗을 품에 안아다
고이고이 땅에 묻어 준다

박세영

네가 심은 벼포기들이
어쩌면 이렇듯 길찬 것이냐
탐스런 곁가지들마저 곧추 뻗어
만풍년의 꿈속에 싱싱하구나

하여 네가 씨 뿌린 논밭에
살초제로 김을 대신하니 걸맞누나
사나흘 사이에도 잡초들을 마냥 자래워
어느새 제자리에 스러지게 하면서

천리마 시대의 또 하나의 자랑, 새 파종기야 달려라
어느새 온 강산에 울려 퍼질
경쾌한 너의 동음 소리는
그대로 억 년 풍년의 노래로 되리라

1963/조선문학/12월호

밤의 제강소

밤하늘 번개'불일 듯
제강소 구내의 눈부신 섬광은
증산으로 싸우는 용해공들
불타는 그 마음인 듯

지심을 울리며 돌아가는 이 제강소
빼놓지 않고 왜놈들이 부시고 간 공장이
그분의 뜻을 따라
어느새 이렇듯 세차게 돌아갑니다

창밖의 거물 같은 전기로들
별 같은 눈으로 쏘고 보는 배전공 처녀
3천 볼트 전류를 가봉에 넣을 때마다
전기로는 몸부림치며 이지직 이지직
어지럽게 번개'불 튀는데

잉잉 소리 천만 벌레 소리보다 크건만
로동의 자랑이 모두 거기 있는 듯
분초를 다투어 녹여야 된다고
웃통 벗은 로잘 정 동무
팽이같이 돌아갑니다
석회석도 수북하니 삽질을 하며

아침 노을도 무색할 듯
이글거리는 쇠'물은
어서 강괴가 되고 싶은 듯
사품치며 끓습니다

제강소 안에 그득히 쌓여 가는
여기도 저기도 강괴 더미

박세영

나라의 부강이 거기 다져 가는 듯
우리의 행복이 거기 들어 있는 듯

이따금 굳어 가는 강괴를 바라 보는 정 동무
그는 지난 봄 석왕사 휴양소에서
쉬고 온 기쁨이 아직도 사라지지 않는지

쩍 벌어진 앞가슴의 땀을 씻으며도
그의 념원은 그지없어
끓는 쇠'물에서도 가늠합니다
시간과 량에 대하여
바로 구의 심장도
전기로처럼 끓습니다

진정 인민의 나라의 로동자된 긍지를
로동 계급의 선봉대인 오늘의 영예를
생산에서 마음껏 날개 피겠느라고

만민의 행복을 위하여
민주의 대로를 펼쳐 주시고
벌써 몇 차례나 친히 제강소에 오시여
우리 가슴에 불을 지펴 주신
김일성 장군의 뜻이
오늘도 세차게 불꽃으로 튄다고

1964/조선문학/4월호

우리 당 일'군

전쟁의 상처 가시지 않아
헐벗은 모습 폐허와 다름없던 그때
고개를 수없이 넘고
또 넘어서도 심심 산'골에
우리 당 일'군 하나 찾아 왔더라

이 고장 일에 몸 바친다는 건
자신의 힘이 너무나 달리는 듯…
곰곰히 생각해 보아도
당에 바친 붉은 심장 하나뿐

여기 고향을 둔 사람들 중에
벌방으로 떠나가 빈 집이 많은데
어떻게 그들을 불러들일 것인가?
풍성한 제 고향으로.
허나 기세찬 저 많은 산봉들은
앞을 막는 벼랑 같기만 했더라

그는 일보다 먼저
인민들의 아픔 몸으로 느끼리라
질화로에 숯불 묻은 토방에서
덮개도 없이 자보기도 했더라
아이들만 덮어 준

박세영

한 채의 솜이불을 생각하면서

무엇으로 그들의 새 용기 북돋아 주랴
가나 오나 산을 바라보던 그
강산이 아름다우라고만 산, 산, 산
산들이 저리들 솟았겠느냐!
산아, 대답을 하려므나
〈너 정녕 보화를 지녔겠지?〉

(비례봉 사오십 리가 무에 멀랴
큰 산부터 어디 들추어 보자)
인민을 생각하는 그 심장이
산에 널린 도토리부터 줏었다
금을 캐듯 산삼을 캐듯

그것이 열 스무 가마니로 쌓일 때
마을 사람들은 알았더라
당의 뜻 그처럼 후더움을
어느덧 녹쓸었던 낫들이 번쩍이며
가난을 털듯 풀들을 베여
산에 오를 큰 길을 내였도라

젊은이들에겐 어버이 같고
로인들에겐 허물 없는 친구 같은 그 사람
그는 맨손으로 찾아 왔건만

마치 보화의 산속을 열어준 듯……
사람들은 그의 붉은 심장 속에
황금의 열'쇠 들어 있음을 알았더라

1965/조선문학/10월호

그대 천리마 시대에 바친 위훈은

흐르는 구름결도 떠가다 걸릴 듯
산봉들을 내려다보며 솟은 굴뚝
비계도 안 매고 연공들은 쌓올렸더라
한 단 한 단 그냥 들어다 올려논듯

이제 눈뿌리 아찔한 저 말기에
그대 피뢰침을 꽂으려니
사다리가 그대로 눈금인 듯
한 번 치떠올려보는 것인가
젊은 연공들의 부러움에 떠받들리여
그대는 말없이 허리바를 다시 조인다

구름 우에 오른 듯 저 허공에서 꽂는 일
다름 아닌 자신에게 맡겨진
다만 그 한 생각으로 하여 오르는 것인가

피뢰침을 메고 오르는 그대
마치 해방된 도시 하늘 높이
공화국 기발 날리려 올라가는 듯
먹장구름을 가르며 내려치는 번개를 번개처럼 휘잡아치는 거인인 듯

언제였던가 언저리를 깊숙히 파고
거기에 쌓올린 거창한(구조물) 기초건물
영원히 드놀지 않을 초석으로
그대의 의지를 다져 넣던 때는

그리고도 한 일이란 아무것도 없는 듯
편편하니 흙으로 덮어버린 그대
보이지 않는 그것을 두고
새벽 바람에도 그처럼 땀흘리지 않았던가

먼 훗날 그대 흰 머리 흩날릴 때
칼바람 눈가루를 날리는 맵짠 아침에도
훈훈한 아빠트 방안마다에서
자고난 맨몸으로 뛰노는 아이들을 바라보며 그대는 더없이 흐뭇해하리

그대 어디서나 굴뚝을 바라볼 땐
지난날 전우를 만난 듯 웃음 머금으리니
그대 천리마 시대에 바친 로력의 위훈은

언제나 기발처럼 그 우에서 휘날리리라!

1966/조선문학/8월호

황금벌이 보이는 언덕에서

비내리는 산골짜기 맑은 물도
마중해 주는 듯 따라 오르니
동화의 세계에나 내 온 듯
아이들처럼 기뻐지는 마음이여

향기롭던 아카시아꽃들이
소담스런 열매로 자라들 났나
물항아리 같은 청둥호박들이
아카시아나무들에서도 주렁진 산골

면양의 울음 소리를 듣고도
말처럼 알아듣는다는 할아버지
이 산골의 주인이 거기 내려오는가
황금벌이 한눈에 보이는 목장수직실로

방안은 넓지 않아도 해볕 밝은 방
한때는 그분을 이 방에 모셨노라고

그때 주신 치하의 말씀을
오늘도 크나큰 자랑으로 담은 그의 얼굴

웃목에 쌓인 호박더미도
마치 보화인 듯 흐뭇해하는 그
그대로 청춘의 홍조가
행복의 웃음을 담아 뿜어라

허나 그는 미처 모르리라
내 이미 그의 마을에 다녀온지를
밀알색 같은 장판들에 얼른거리는 가구들
시대의 거울을 내 보고 온지를

〈묻지 마소, 내 집만 그런줄 아오
온 마을이 다 고래등 같은 문화주택인걸
그저 수장님이 품으신 생각대로
우리 농장원들 억척스레 일한 보람이라오〉

첩첩 산들을 등에 진 듯 살아온 지난날
그는 머슴살이에 뼈가 굳은 사람
앙가슴에 멍이 들었기에
오늘을 목숨보다 더 귀중히 여긴다고

하루가 십 년같이 즐거운
모두 달라진 우리 세상이 하좋아

행내기 처녀들과 산을 가꾸며 양을 쳐도
성수난 그를 아무도 따를 수 없다고

나도 미처 몰랐더라 그가 왜
총을 들면 양키들도 모를 힘 가졌는지
아들 딸 오남매가 초소를 지킨대서만 아니라
황금의 산과 벌이 그와 함께 숨쉬고 있음을

1967/조선문학/1월호

조국이여 세기의 거인이여

원쑤들의 앙가슴을 사뭇 짓밟듯
하늘 땅을 뒤흔드는 소리
우람차라 로농적위대의 발구름 소리
눈시울도 뜨겁게 울리는 그 소리

기적이 빛발치는 내 나라 불패의 땅
신화 아닌 신화처럼 력사의 거보 내딛는다
백년의 먼 앞날을 오늘로 빛내여준
눈부셔라 우리 로동당 시대여

세상에 부럼 없는 노래가
생활의 노래로 거리에 물결치고

층층이 솟아오른 화려한 거리의 창가마다
아름답게 피여난 꽃들도
사람들의 기쁨을 담아 향기를 뿜어라

거창한 공장 지구들에서 뿜는 연기도
천리마 기수들의 거센 숨결인 듯
풍요한 전원으로 산골로 흘러 가라

젊음이 행복인 대오
총 잡아 영광인 대오
강철의 령장이신 그분을 따라
충성을 다지며 나아가는 로농적위대

오늘은 미제를 단숨에 쳐 버릴
일당백의 기세로 온 강토가 일어서
혁명의 깃발 높이 내달리는 영웅의 나라
노한 조국의 바다도 온통 뒤번져치거니
복수의 불길로 타오르는 붉은 심장들
무엇을 아끼랴 당과 수령을 위해선

동방 하늘 높이 솟은 불락의 요새여!
온 인민이 손에 총 잡고 수령 두리에 뭉친
조국은 그대로 세기의 거인이어라

멸적의 이 기세 미제의 넋을 빼고

억눌린 남녘 형제들의
항쟁의 불길을 더욱 높여 준다
걸음걸음 원쑤들의 발밑에 지뢰를 묻는다

아 통일의 서광을 뿌리며 솟는 아침 해
저기 남쪽 하늘 가 먹장구름 몰아낸다
별 튀는 로농적위대의 눈에도
한나산 산봉이 비껴 있구나

1967/조선문학/7월호

룡성 시초

수령이 오신 기대 앞에서

걸음을 걸어도 쉰 걸음이나 되는
집채같은 대형 선반기에서
젊은 선반공은 일하고 있었다

천 년 묵은 아름드리 거목을 눕혀논 듯
우리 시대 강철의 년륜이 기기도 돋힌 듯
젊은이는 선반기처럼 큰 마음으로
합성탑을 깎고 있었다

박세영

깎으면서도 생각은 단 하나
어떻거면 바이크에 새별 눈을 틔워 줄 것인가
작은 소재를 깎듯 해재낄 것인가

이제 수령님이 오셔서
지나시던 걸음 여기서 멈추실 때
길삭밥이 사태처럼 쏟아질 수 있다면
이것을 보시는 그이께서 얼마나 대견해하실까

합성탑을 깎으면서도 그것이 안타까와
선반기를 손바닥에 얹이는 듯 생각에 잠기는데
그것은 이제 다가올 앞날의 일 같기도 했다

드디어 그이께서 공장에 오셨다는 소식
직장 안은 금시 명절처럼 기쁘면서도
긴장의 물결이 파동치였다

그러나 젊은 선반공은 저대로 생각는 게 있었다
혁명학원 시대에 어버이 수령님께 보여 드린
"바라이대"에 자신도 나왔을 때
할아버지를 흉내내느라 붙였던 수염이
자꾸만 떨어지려해 애먹던 일을

수염을 쓰다듬는 듯 누르고 눌렀건만
끝내 떨어져버리는 것을

참새를 채는 새매처럼 손으로 받았을 때

수령께선 크게 웃으시며 박수까지 쳐 주셨다
마치 연기를 잘해 칭찬이나 해주신 듯
하여 장내는 온통 웃음으로 들먹이였었다

학원 시대의 응석이 어딘지 좀 남아선가
어버이 수령께서 스스럼없이
그때 그였노라고 말씀을 드려볼까
그래서 잠시라도 웃음을 머금으시게 할까

세상에 태여나 티 없이 행복에 겨웁건만
수령을 위해 몸을 다 바쳐도
그것으로 어찌 보답이 되랴 싶었다
허나 지금 저기 기중기 운전대에서
여기를 바라볼 젊은 안해의
참을 수 없는 감격마저 밀려들어 가슴 벅찼다

아 수령님의 위대한 혁명 정신이
가슴에서 사뭇 뛰었는가 피줄에 쏠렸는가
몇날을 기대 앞에서 지새운 선반공

손이 바이트가 되고 몸이 둥근 쇠통이 되듯
안팎에서도 마음대로 깎아내게
정녕 그이께서 지혜의 샘을 솟게 했더라

박세영

보름이 아니라 사흘에도 재껴내도록

젊은 선반공은 생각했더라
그이께서 가리키신 더 찬란한 래일을
눈앞에서 똑똑히 보았더라
하여 그날 수령께 미쳐 말씀 못 드린 모든 것을
그 사이 달라진 일솜씨로 대답을 드렸노라고

1967/조선문학/9월호

룡성은 들끓는다

오매에도 그립던 우리 수령이 다녀가신 뒤
룡성은 잠도 잊은 듯 온통 들끓는다
공장 거리도 성수 난 사람들처럼
뜨거운 숨결을 공장에로 보낸다

기대들을 다루면서도 로동자들은
하루 사이에 자신들이 달라진 듯
잠자는 시간도 아쉽기만한 듯
소스라쳐 깨여난 적이 그 얼마더냐

전야근에서 밤 늦게 집에 나왔건만
후야근에 다시 나온듯 어느새

기대 앞에서 생각에 잠긴 적 그 몇 번이더냐

그것이 어찌 항시 걷던 걸음이라 하랴
막혔던 지혜의 샘을 그분이 터쳐 주셔
걸음걸음 창조의 바다로 잇닿아 있는 것을

크나큰 승리가 태여나려는 순간
혁신의 불꽃으로 보답하리라는 다짐이
서슬도 푸르게 바이트의 날을 더 버렸더라
활활 내뿜는 로의 불길이건만
가슴의 불길로 열을 더 높였더라

붓는 쇠물과 깎는 소재들이
정교한 예술품처럼 백광을 뿌릴 때
그것도 성차지 않아 하는 기기에
수령께 드리는 그대들 대답이 있었구나

그러나 온 공장이 들끓으며 일어섰구나
이글거리는 8메리 타닝반 치차에 올라
메주를 밟듯 둥글게 공글던 때처럼

탈선된 쇠물 바가지를 어깨들로 받쳐 올려
3천 톤 프레스의 가름대를 붓던 때처럼
아니 그보다 더한 기세를 떨치며

박세영

아 뜨거운 어버이 수령의 손길로 하여
구만리 장천에 다시 날아오를 크나큰 구상에
차비하던 천리마의 우람찬 날음 소리
로동자들 눈결에서 뿜는 별빛이여

바로 영명하신 그분이 가리키신 길
나라의 방위력과 인민 생활을 위하여
항일 투사들의 불굴의 혁명 정신을
그대로 이으려는 불같은 념원에
하나같이 뭉쳐 룡성은 들끓는다

룡성 로동자들이 다진 굳센 대답 소리 들리는 듯
우렁차게 돌아가는 기대들의 동음 소리에서도
그 소리 온 강산을 향해 메아리쳐 가거니

수령께 드리는 충성의 기세여!
창공 높이 솟은 굴뚝마저
미제를 짓부시던 위훈의 포신처럼
하늘과 땅 바다를 지켜 장엄히 솟아 있구나

열흘 전투

고지를 찾아내려는 용사들과 같이

그것은 분명 치렬한 전투였다
남은 한 달 일을 단 열흘에 해낸다는 것은

공장이 돌아간 후 이렇게 다그쳐본 적도 없는 듯
로동 계급의 결의가 이같이 대답해본 적도 없는 듯
한결같은 결의 충성으로 뭉치였기에
해내리라는 신심으로 자신들을 믿었다

본래 불속에서도 나래치듯 주물공들은
바다 가 모래불에 우등불을 지폈다
불광이 얼른얼른 눈들에서도 타오르는 듯

불어오는 바다 바람도 그들을 고무하는 듯
우등불의 불길을 치솟게 했다
그들의 말소리에도 불이 붙은 듯했다

하늘과 바다와 뭍이 끝없이 틔었는데도
그들은 밀림 속에서 모임을 갖는 심정이었다
사령관 동지의 명령을 받은 항일 유격대원들처럼

타오르는 우등불은 꺼지지 않았다
용선로에로 그 불은 타올랐다
더 빨리 녹이자 로도 성수나 끓고
립철은 날아들어 제품에 녹는 듯

혁명의 세찬 숨결을 내뿜는 듯
무진한 힘 용솟음쳐 올랐다

때로는 기대 옆에서 잠시 눈을 붙여도
그 전날 포탄을 나르던 때처럼
안해들은 끼니를 날랐다
작업반을 위해 랭국을 이고 오는 인민 반원들
허나 수상님을 우러르면
자신들이 하는 일 너무 하찮은 듯

서로 돕는 마음 끝이 없어
목형공은 작전 지도인 듯 설계도를 대하고
주물공은 정교한 목형에 만족했다
용선공은 소재들이 어느 때보다도 마음에 들었다

한난계의 수은주가 눈에 띄게 오르는 것처럼
모두들 여느 때 하던 솜씨가 아니였다
나이 든 녀성 사라공은 저대로
물에 적신 가마니로 식혀 가며 세사를 떨구었다

아들이 무슨 일을 하는지도 모르던 할머니도
로동 계급의 가족이 된 자랑을
오늘처럼 느껴본 적 없다고
"나도 오늘은 일손을 좀 도와 줘야지
밤낮 맡아하는 애 보기를 예서도 하라나"

할머니 웃으시며 기대 뒤로 가 버렸다

전투는 쉴새 없이 벌어졌다
그 누가 지랴싶이 놀라운 기적 속에서
시간이 가고 또 한 날이 밝았다

맞물리는 치차처럼 직장과 직장이
한 숨결 속에서 받아 문 전투의 열흘이여
리의 고지에로 함께 오른 그대들이여!

그대들은 보이지 않는 더 큰 힘을 가졌구나
수령을 따르는 진할줄 모르는 붉은 가슴으로
세월을 당겨으며 내닫는 그대들은

"그분이 가리키신 승리의 길에서
오늘의 우리 성과 크다하여도
그것은 지난날
우리 생활의 비판으로 된다"는 거기에

혁명의 시대 우리 로동 계급의 긍지가 있구나
멈출줄 모르는 하늘을 뚫는 기세로
수령께 드리는 다함없는 충성이
모든 시련을 이겨낼
승리의 깃발로 휘날리누나

박세영

단조공과 기동 선전대

날씨는 무더웁고 로는 이글거려도
모든 건설에 불씨를 안겨 주는 새 제품을
오늘은 척척 저들이 만들어내는 긍지로 하여
장수들처럼 일하는 단조공들이다

이들의 힘든 일을 깊이 헤아리시며
수령께서 어버이 심정으로 지나시던 때
한 사람처럼 다그쳐 일하던 때같이
순간도 놓칠 수 없는 다짐이
로처럼 가슴에서 끓는 단조공들이다

그러기 날에 달을 이어
날개 돋친 그대들 일솜씨들이
메질 소리에서도 우려간 듯
기동 선전대가 찾아온 것이다

크고 작은 메질 소리가 온 직장 안을 흔들건만
아름답고 흥겨운 군악 소리에 어울리여
넘치는 생산을 알리는 시대의 교향악인 듯
모루 우의 단 쇠덩이도 춤을 춘다

올라가는 그 소리 어찌 그냥 음악이라 하랴
그대로 로동이 즐겁게 춤추는 음악이다

우리 시대 로동의 선률을 타고
더 찬란한 미래를 당겨오며
승리의 꽃보라를 날려 주는 음악이다
불타는 기동 선전대의 념원이 들어 있는

참을 수 없는 감격에선가 은혜로움에선가
들으면서도 웬일인지 눈물 글썽해지는 단조공들
불면서도 저도 모르게 눈시울 뜨거워지는 기동 선전대
서로들 말은 없어도 한결같이
위대하신 수령을 우러르는 심정에서여라

오직 조국과 인민을 위하여
간고한 혁명의 길 긴긴 40년 세월을 두시고
그처럼 몸을 바치시며 인민을 승리에로 이끄시는
수령님을 생각해서여라

그분이 가리키신 대로 하면 되는 것을
처음 해본다고 산소병인들 못 만들랴
팔뚝도 공기망치가 된 것처럼
방아 찧듯 철통을 다져가는데

울리는 군악 소리와 더불어
단조공들은 영예의 꽃다발들을 받는다
만일 처녀의 오빠가 받는다 해도
처녀는 순간 잊을 수도 있으리

박세영

이런 때는 오빠라기보다 수령의 충직한 전사
로력 혁신자로 받든 심경일 수도 있으리

찬란한 래일의 전망을 노래하듯
군악 소리 넓은 직장 안에 울려 퍼진다
심장에 파고드는 서로의 감격 속에서
틈 없는 서로의 믿음 속에서
달리는 천리마의 힘을 돋구어 주며
군악 소리 승리를 알리듯 멀리멀리 메아리쳐 간다

1967/조선문학/7월호

수령의 명령 앞에

1

동해에서 불어오는 밤바람은 훈훈한데
어디서 들려오는 웨침 소린가
포성과 총 소리 한데 뒤섞여
밤 하늘을 가르는 속에도
결전에로 부르는 분대장의 목소리
"어떤 난관이 가로막아도
전우들이여 앞으로!"

피타는 웨침 소리에 말없는 대답인 듯

병사들은 깃발을 우러르고
철조망을 앞에 두고 엎디였던 분대장
몸을 일으키며 공화국 깃발을 쳐들었다

련달아 오르는 적의 조명탄은
캄캄한 밤을 멀리 밀어내듯
피 묻은 승냥이 미제 침략군은
기승을 부리며 아군의 진격로를 막는다

겹겹이 둘린 철조망 저 너머
하늘에서 우는 적의 포성들
땅에선 두더지처럼 숨은
적의 불아가리들이 짖어대건만
전투의 운명이 달린 이 시각
진격을 어떻게 망설일 것이냐

그 누구랴 미제의 비대한 목덜미를 짓눌러버리듯
번개처럼 내닫는 젊은 전사는
철조망에 엎디며 웨쳤더라
"동무들 주저 말고 내 등을 타고 넘으라
어서 고지 우에 기발을 날리라"

전우에게 떠받들리듯
어느새 딛고 넘는 분대장을 뒤따라
물목이 터진 것처럼 돌파조는

가렬한 불비 속을 헤치며 내달았다

2

기다리기나 한 것처럼 불을 뿜는
적의 비밀 화점은 어디
고지 중턱에 오르기도 전인데
깃발은 사뭇 불비에 뚫리고
분대장이 깃발채 폭풍에 밀려갔을 때
다시 진격을 멈춘 돌격 조원들

지금 이 순간도 분대장은 잊지 않는다
중대장에게서 깃발을 받아
설레는 가슴에 안았을 때
고지를 그러안는 듯 눈시울도 뜨거워졌던 것을

왜놈들의 악착스런 착취의 채찍에
활등처럼 등이 휘고 피가 말랐어도
굶주림과 천대 속에 저주를 보내던
부모님들의 눈물겹던 모습이며

영명하고 위대하신
우리 수령께서 펼쳐 주신 새 세상에서
자유와 행복을 마음껏 숨쉬며
로동 속에서 삶의 보람을 찾은 자신을

허나 오늘은 모두다 당의 붉은 전사
조국의 한 치 땅도 피로 지키려
수령께 맹세 드린 전투원들
억천만 번 죽더라도 원쑤를 치던
항일 유격대의 불멸의 혁명 정신이
가슴마다에서 불타는 그들의 돌격을
이 세상 그 무슨 힘이 막아낼 수 있으랴

3
반전차 수류탄이 연거퍼 날아가도
그대로 발악하는 적의 화점들
쏘아보는 돌격조원들의 눈에선 불이 일어라

분대장은 날아라도 가
가증한 적의 화구를 박살내려는 듯
튕기듯 몸을 일으키는데
그의 어깨를 누르며 그 누가 웨쳐가는 소리
그것은 당 앞에서 신성한 임무를 맡았던
돌파 조장이 남긴 목소리
"어서 고지 우에 깃발을 날려 주오 분대장 동무"
이윽고 비명을 울린 적의 비밀 화점

돌파 조장의 장렬한 모습이
전투원을 불러일으켰는가
내닫다 멈추고 오르다 막혀도 복수로 피를 끓여

원쑤를 족치며 돌파구를 열게 했더라

거연히 고지에로 치달아오르는
남홍색 공화국 깃발을 우러러
하늘을 찌르는 전투원들의 용맹이여
승리의 깃발이여

허나 판가리 싸움은 끝나지 않았구나
푸름푸름 밝아오는 고지 우에서 터지는 적의 포탄
용감한 우리 분대장
죽었느냐 살았느냐

분대장은 쓰러져 있어도
깃발만은 억세게 틀어쥐고 있구나
죽어도 당과 수령의 품에서 떠날 수 없듯
목숨으로 지켜온 인민 주권은 놓을 수 없듯

깃발은 피로 물들고 분대장은 정신 희미해지건만
지금도 가슴에 소중히 품은
수령의 초상만은 뚜렷이 생각하는가

가장 준엄할 때도 더없이 기쁠 때도
항시 마음속에 계시는 어버이 수령
강철의 명장의 불굴의 혁명 정신이
탄력 잃은 그대 맥박을 흔들어 깨웠나

불사신의 넋에 이끌리듯
분대장은 거인처럼 벌떡 일떠섰다
공화국 깃발을 고지 우에 추켜올리며

포화보다도 무섭게 적진을 제압하며
하늘 땅에 울려가는 "김일성 원수 만세" 소리
수령께 드리는 고지 우 용사들의 보고이거니
공화국 깃발이여 영원히 고지에 높이 휘날리라

4

오늘도 강렬했던 그날의 승리를 노래하는가
남홍색 공화국 깃발은
자국마다 고지에 스민 용사들의 불멸의 위훈이
어느 잠복 초소에 엎디여 있건
젊은 초병들의 들끓는 심장에서 살아 숨쉬거니

미제 침략군을 노려 번개 이는 그 눈들
사격에서도 "우"는 례사로운 일
일당백으로 준비된 당의 붉은 전사들은
흉악한 미제를 겨누고 있어라

영명하신 우리 수령님이 밝혀 주신 눈이기에
오늘도 고지의 초병들은
천 리 먼 앞을 내다본다
동해 바다 먼 수평선 너머도

항쟁의 웨침 소리 가슴을 허비는
어둔 남녘 땅 저 끝까지도

온 나라가 불락의 요새로
사람들은 기름 묻은 억센 손마다
날 세운 총창 비껴들었다
산발에서도 눈 속에서도

아 4천만 조선 인민의 경애하는 수령
그이의 두리에 하나로 뭉친 영광에 찬 나라
찬란한 영광의 전취물들을 눈동자처럼 지키는
륭성하는 사회주의 어머니 조국은 철옹성이여라

이젤까 수령의 명령이 내리기를 기다리는
초병들이 품은 충천하는 사기는
산을 밀며 물불도 삽시에 헤쳐내리니
오늘도 눈 덮인 령마루 영웅의 고지는
초병들과 더불어 위대한 새 승리를 불러
하늘 높이 솟아 있어라

1968/조선문학/2월호

수령의 전사들이 가는 길

수령의 붉은 전사들이 가는 길은
영광 끝없는 길이였다
혁명의 사령부를 보위하는 길이라면
물불도 가림 없이
백 번 쓰러져도 다시 일어나
불사신으로 싸웠거니

또 하나 번개처럼 성시를 쳐 이긴 기쁨으로
밀림 속 여기저기에 지핀 우등불도
승리한 대원들의 기세처럼 활활 타올랐다

적을 족치며 헤쳐나온 길은 몇 만리
숫눈길이 가슴에 쳐도
아름드리 분비 가문비들마저 추위에 떨고
회오리치는 설한풍이 앞길을 막아도
사령부에 닥쳐오는 위협을 가시기 위해선
억천만 번 죽더라도 그것이 영예로왔다

각각으로 사령부에 쏠리는 위협을
련대가 대신하리라
간악한 원쑤들을 서리발처럼 치리라
오직 사령관 동지께서 안겨 주신 필승의 신념으로 하여
하늘을 찌르는 대원들의 사기는

박세영

숫눈길 천 리에 뻗어갔다

준엄한 격전과 격전……
위대한 승리는 봄을 불렀는가
산골에서 흐르는 정겨운 물 소리
우짖는 산새들도 빨찌산을 반겨 새 봄을 노래하고

양지 쪽엔 푸른 잔디 돋아나
대원들의 마음에도 날개 돋쳐주는
빨찌산의 봄 승리의 봄은 찾아왔다

한데 피로 헤쳐온 봄도 앗으려는 듯
혁명의 사령부와 잇닿은 충성의 길도 끊으려는 듯
어찌하랴 지극히 불리한 지점에서
적의 대병력과 맞다들었으니

사령관 동지의 위대한 혁명 사상과
령활한 전술로 잔뼈가 굵어온 대원들
불타는 적개심은 번개가 되고
멸적의 그 투지 앞에는 가장 불리했던 지형도
단숨에 바꾸어지게 했는가

눈앞의 적을 짓부시고
먼 곳의 적들을 찾아 치는 모든 것이
혁명의 사령부를 보위하는 것

붉은 충성을 가슴에 새긴 수령의 전사들은
비호처럼 내달았더라 섬멸전으로

아 마지막 피 한 방울이 다할 때까지
혁명의 심장을 보위하려는
대원들의 억센 의지들, 그 충성을
이 세상에 그 어떤 힘이 꺾을 수 있으랴

적을 쓸어낸 전투 승리의 기쁨도
하늘에 닿았는데
대원들은 감격과 환희로 춤추게 한 것은
준엄한 "고난의 행군"을 승리로 끝마치시고
사령관 동지께서
무산 지구의 적을 들이쳤다는 소식을 들은 것

그 소식은 혁명의 봄을 부르는 환희의 종 소리
그 소식은 3천만을 자유에로 부르는
승리의 북소리였다

조선 혁명의 사령부는 이렇게 보위되였고
오늘도 먼 후날도 이 길만이 영예롭고 보람 차
수령의 전사들은 이 길로 가리라

아 혁명의 큰 바다로
도도하게 흘러드는 대하와 같이

박세영

위대한 수령의 혁명 사상으로 무장한 전사들은
거세찬 혁명의 흐름으로 나아간다

혁명의 위대한 수령 김일성 동지께서
천리 밖에 계셔도 지척에 모신 듯
대를 이어가고 또 가리라 승리의 기치 높이
혁명의 사령부를 보위하며
수령의 충직한 전사들은 싸워 가리라

1969/조선문학/10월호

1970년대의 시

대홍단에 봄비 내린다

대홍단에 봄비 내린다
조국의 봄비가 내린다
나무 잎새들은 머리를 감은 듯 푸르름도 새로운데
불비 속을 헤쳐오신 그 발걸음으로
젊으신 장군님께서는 비 내리는 조국 땅을 밟으신다

내리는 봄비는
싹터난 잎들에

신록의 빛을 물들여준 듯 싱싱도 하거니
장군님을 못내 그리워하던 조국의 마음인가
대홍단 벌엔 진달래마저 온통 붉어라

장군님의 령활하신 전술 앞에는
평지도 보루처럼 불패의 힘을 낳아
간악한 일제를 무찔러냈거니
대홍단에서 울려 퍼진 승리의 개가에
압제 속에 짓눌렸던 사람들 허리를 펴고
조국 산천도 저리 푸르러 설레이는가

나라의 운명을 한몸에 지니시고
밀림도 얼어떠는 혹한 속에서
간고한 항일전을 승리에로 이끄시여
헤쳐오신 피어린 길은 그 몇 만 리던가

장군님을 기다려, 이날을 기다려
못 잊던 조국 땅 인민들의 마음처럼
온 강산이 반겨 맞는 길 우에
봄비가 내린다, 봄비가 내린다

가렬한 불빛 속에서 내려앉았던 전진을
정히 씻어 내리는듯
장군님 군모에, 넓으신 그 어깨에 조국의 봄비 내린다

박세영

아, 3천만이 우러르는 위대한 태양 김일성 장군님
대홍단 벌에 높이 울린 그이의 열화와 같은 말씀
로동자 농민의 가슴에 투쟁의 불씨 뿌리여
재생의 기쁨으로 설레는 땅

장군님께선 생각에 잠기시여 걸으신다
아름다운 조국 강산을
만경대의 고향집처럼 품에 안으시며
해방된 조국 땅 우에 펼치실 위대한 구상 무르익히신다

다시 떠나야 할 집합 나팔 소리 울려퍼질 때
대렬 앞으로 나오시는 장군님께
대원은 가벼이 우장을 받쳐 드리건만
슬며시 어깨에서 내리시는 장군님
〈오랜만에 맞아보는 조국의 봄비요
얼마나 맞아보고 싶던 조국의 봄비요!〉

대원들은 록음방초 우거진 조국의 새 아침에 휩싸인 듯
내리는 봄비에 온몸을 내맡기며
저마다 우장을 벗어 내린다
대홍단에 봄비가 내린다
조국의 봄비가 내린다

1970/조선문학/11월호

수령님 탄생 예순 돐을 맞는 경사로운 이 아침에

화창한 봄날 4월
만경대의 꽃무지개 하늘 가에 비꼈습니다

어버이 수령 김일성 원수님께서
탄생 예순 돐을 맞으시는

민족 최대 명절 영광의 오늘처럼
세상에 경사스런 날을 우리는 모르옵니다

온 강산은 기쁨으로 물결치는데
더없이 경사스런 이날
어버이 수령님께
감사의 축원을 드린다 해도
우리 인민의 마음 어찌 다하는 것으로 되겠습니까

생각하면 아득한 옛날
어머니들이 장옷 쓰고 다니던 시대와
험악한 그 일제 시대를 헤여나온 저는
김일성 원수님을 우러러 모신
영광의 로동당 시대에 와서 처음
인민의 자유와 행복이 무엇인지
뼈속까지 느끼며 살아 옵니다

박세영

꿈인가 생시인가
그처럼 뵙고싶던 수령님께서
암흑의 땅에서 해볕을 우러러 찾아온
저의 손을 뜨겁게 잡아 주시며
벅찬 희망과 신념을 안겨 주시며
자애로운 어버이 사랑 해발처럼 쏟아 주시였으니

그것은 내 일생의 운명을 결정하고
내 일생에 갈 길을 밝혀 주신
더없이 은혜롭고 영광에 넘친
가장 행복한 시각이였습니다

오늘도 생각되옵니다
어버이 수령님께서는
친히 저를 부르시고
항일의 날 대원들에게 가르쳐 주시듯
너그러운 웃음 지으시며
창작에 담을 글의 내용까지도
어버이 심정으로 하나하나 가르쳐 주시던 일이

젖어드는 눈시울로 생각하옵니다
수령님 사랑의 품 속에서
행복 누리며 걸어온 수천 리 길이 일시에 되살아나
저의 머리는 이미 반백이 되였건만
수령님 처음 뵈옵던 그날처럼

마음은 봄날같이 젊어만집니다

그러기 어버이 수령님께서
언제나 건강하실 때
우리 인민들은 한없이 기쁘고
무진한 힘이 절로 솟아납니다

지난날 천대와 모멸 속에 살아온 저이기에
어버이 수령님께서 펼쳐 주신
주체로 빛나는 인민의 지상 락원과
우월한 우리나라 사회주의 제도를
저의 목숨보다도 귀중히 여깁니다

하여 행복과 기쁨과 희망 속에
당의 붉은 전사로 저는 청춘처럼 싸워 갑니다
열백 번 태여나서라도
우리 수령님을 목숨으로 보위하며
대를 이어 충성을 다하렵니다

휘황한 조국의 영원한 미래이시며
우리 행복의 전부이시며
인류의 봄을 불러 주시는
우리 인민들의 자애로운 어버이이신
혁명의 위대한 수령 김일성 원수님께서
부디 만년 장수하시기를 삼가 축원하옵니다

박세영

1972/조선문학/4월호

크나큰 믿음

크나큰 믿음을 우리에게 주시여
그이께서 마련해 주신 대가공 조립공장
크기도 해라 한 지붕 아래
물결치는 기계바다 끝은 어디

높으신 신임에 보답하는 길
온몸에 끓어넘치는 우리의 붉은 충성이
그대로 붉은색, 푸른색 뜨락또르가 되리
서악산 기슭 온통 힘장수로 덮으리

농민들을 한 품에 안아 주시는
어버이 수령님의 뜨거운 그 사랑
이랑마다 포선마다 해발로 펼치며
기양이여, 너는 온 나라를 풍년벌로 갈아엎누나

1973/조선문학/1월호

위대한 사랑의 창조물

푸른 숲 설레이는 공원 속의 도시
평양, 평양이여
대동강 맑은 물도 그 위용 담아 싣고 흐르는데

또다시 전하누나 전동차의 기적 소리
지하 철도의 탄생을 온 세상에 고하누나

천만 사람의 마음 자석같이 당기는 지하여
열백 번 걸어서 오르내린들 지칠 수 있으랴만
위대한 어버이 사랑에 받들려
날아오르고 내리듯
계단식 승강기에 들어서면
마음까지도 어릴 때처럼 되누나

인민의 태양의 빛발이
여기에도 그대로 비쳐들어
정다운 형광등 함박꽃처럼 피여나고
눈앞이 신비경으로 휘황하거니
대리석 지하 궁전이 온통
투명체같이 얼른거린다

예술의 궁전을 자랑하듯
호화찬란한 대벽화로부터

박세영

다채로운 조각에 이르기까지
눈길을 뗄 수 없게 하누나

저기 벽화의 쪽무늬 하나하나에도
수령님께 바치는
건설자들의 뜨거운 충성 새겨져 있어
화폭들도 모두 살아 숨쉬며
그이께 아름다운 노래 드린다

세계 최고봉의 주체 예술이
만 사람의 심장을 틀어잡듯
그 누구도 상상 못할
예술의 극치를 이룬 이 지하 궁전

이는 인민을 위해서라면
세상에 아끼시는 것 없고
미래를 사랑하시는
수령님의 위대한 사랑의 창조물

사람들이여
지하 궁전 그 어느 하나에도
무심히 지나치지 말라
여기에 깃든 어버이 사랑을 두고

쏟아지는 석수를 어깨 우에 맞으시며

수령님께서 찾아 주신 걸음걸음 얼마이시던가
꽃도 볼 겨를이 없을 게라고
건설자들에 보내 주신 꽃핀 화분들

때 없이 막아서는 암반을
드센 가슴으로 밀어 헤치며
가슴가슴 피여난 그 꽃들이
이렇듯 찬란한 지하 철도를 건설했구나

지하 궁전에 어울리는 화려한 전동차
차간마다 가득한 승객들
저마다 환희와 경탄의 눈길 보내는데
떠나보내는 손님들을 향하여
처녀 차장들은 공손히 경례를 한다

세상에서 가장 아름다운 평양 지하 궁전이여!
너는 영광의 세월과 더불어
길이길이 빛나리라
수령님의 한없는 은덕을 노래하며
사람들은 흥겨운 출퇴근 길에 오르리라

1973/조선문학/11월호

당의 사랑 당의 숨결 속에

바다에 비기려 하나
그 사랑의 한 끝을 아직 모르고
해빛에 비기려 하나
그 은정 그 은혜 너무나 커서
노래를 드리는 마음 눈물이 앞섭니다

어디 가나 아름답고 살기 좋은 땅
아이들의 밝은 웃음에도
젊어지는 로인들의 얼굴에도
당의 사랑 당의 숨결은 깃들어
만민을 불러 락원에로 이끌어온 길에
나의 작은 손도 함께 이끌어 준
당의 은덕 당의 손길이 고마워……

생각하면 30년 전
해방의 기쁨이
옛말처럼 사라져간 남녘의 거리에서
가슴 울렁이며 전해 들은 이야기
민족의 태양 김일성 장군님의 영상은
우리 처음 새겨 안은 당의 모습이였고

산길을 찾아
사선을 넘어 찾아온 밝은 세상에서

친히 뜨겁게 손 잡아 주시던
위대한 수령 김일성 장군님의 품은
우리 처음 새겨 안은 당신의 사랑이였습니다

어버이 수령님께 한생을 바쳐 가리라
맹세 뜨거운 가슴에 당증을 품으며
속절없이 청춘이 다 지나간 언덕에서
생의 첫걸음을 뗄 때
두 뺨을 뜨겁게뜨겁게 적시던 것은
어디서 솟구치는 눈물이였습니다

어버이 수령님 해빛 아래 당의 뜻을 받들며
우리 모두 굴종에 굽었던 허리를 펴고
백두의 길을 이어 혁명에 일어섰고
조상 대대로 헐벗었던 이 강산에
세상이 부러워하는
사회주의 락원을 펼쳐 왔습니다

높이 솟는 철탑들과
열매 주렁지는 가을날의 들길
어데 가나 폭풍치는 시대의 감격을 안고
끝없이 가슴 적시는 풍만한 시정에
또한 눈물짓던 시인의 행복도
당의 사랑 당의 숨결 속에 있었습니다

박세영

아 어머니의 당!
하늘과 땅도 무지개 꽃보라 펼쳐 들고
당 창건 서른 돐을 대축전으로 맞이하고
그 품에 안겨 서른 해
머리는 희였어도 영원히 젊어 사는 이 마음도
당의 위업에 노래 삼가 드립니다

세월은 흘러도 당은 영원한 어머니
시대는 바뀌여도 나는 당의 영원한 아들

어려울 때 용기와 지혜를 주고
힘겨울 때 희망과 신념을 주는
당이 있어
아, 당과 함께 나는 행복합니다

1975/조선문학/4월호

위대한 수령님을 모신 영광의 시대여

어버이 수령님을 높이 모시고
우리가 살아오는 하루하루는
례사로운 날이란 없어라
우리는 보통 날에도
명절을 맞는 기쁜 마음

세월은 흘러 어느덧 백발이 흩날려도
내 아직도 젊음에 넘쳐
사색과 형상의 나래를 펼칠 수 있음은
어버이 수령님의 은혜로운 품에 살기 때문이여라

나는 한시도 잊지 않아라
망국의 비운이 이 강산에 서렸던 날
참된 삶은 짓밟히우고
희망의 날개마저 죽지 떨어진 때
나에게 소생의 힘을 안겨 주신
아 민족의 태양 우리 수령님

어두운 세상에 태여나
광야를 헤매이던 작은 내 가슴에
밝은 세상이 빗발쳐 왔고
장군님 그리던 내 마음
백두의 장수별을 우러러
짓밟혔던 운명을 의탁하며 따라섰어라

눈물에 젖던 나의 회상이여!
오늘도 다름이 있으랴
길가의 돌처럼 채우던 이 몸을
새 조국 건설의 대오에 영예롭게 불러 주시고
진정 행복이 무엇인지 모르던 외롭던 몸을
당의 기수로 키워 주신 크나큰 어버이 그 사랑

박세영

아 오늘도
우리에게 끝없는 행복을 주시건만
보다 큰 사랑 안겨 주시려 심려하시는
어버이 수령님은 세상에서 오직 한 분이시여라

인민들을 위하여 인민들 속으로
한 평생 걷고 걸으시는
우리 수령님의 크나큰 사랑
이 땅에 아침 노을로 불타고
가물에 타는 하늘 땅을
단비로 적셔 주시여라

어버이 수령님의 자애로운 품속에서
어린이들은 나라의 왕으로
공산주의 후비대로 자라들나고
인민들은 영웅으로 자라
청춘의 기백을 떨치는 시대

아 지구가 생겨
수수억년이 흘러가도
위대한 수령님을 높이 모신
영광의 시대에 사는 우리 인민들처럼
행복한 인민들이 그 언제
이 세상 있었으며 또 있을 것이랴

위대한 수령님을 높이 우러러 모신
영광에 사는 보람을 내 떨치리라
충성의 홰불로 타오르리라
어버이 수령님께 드리는 기쁨이 되게
대를 이어 아름다운 혁명의 열매를
주렁지으리라

1976/조선문학/4월호

이른 봄의 서정

저 멀리 푸른 하늘가엔
흰 눈이 덮인 메부리들
내 걸어가는 드넓은 벌엔
오는 봄을 마중하듯
바람막이 바자들이 둘리여 있어라

불어오는 바람은 맵짜도
꽃샘을 하는 봄바람
눈석이 지려는 땅이 흐뭇해
나는 최뚝에 서 있는데

문득 가까이 보여오는
하늘거리는 빨간 머리수건 하나

노을빛 버치를 옆에 끼고
온실에서 나오는
농장원 처녀 하나

바람결에 펄럭이는
하얀 박막 사이로
피득 안겨오는 푸른 봄빛
애기모 남새모들

아 푸른 봄싹이
나를 다정히 불러주는가
그대로 보아도 기쁨이 넘쳐
가까이 다가갔어라

처녀는 포전으로 나왔구나
앞당긴 봄을 안고
어버이 수령님 다녀가신 땅에
봄날의 환희를 한껏 펼치려
푸른 모를 안고 걷고 있구나

남 먼저 봄을 숨쉬는 애기모들이
찬 바람에 놀랄세라
내 슬며시 박막을 여며주니
처녀는 수집어 웃고
나는 유쾌한 웃음으로 따라가…

바람은 차도
내 마음은 하냥 뜨거워라
처녀의 맑은 웃음은
어느새 남새 바다를 펼치여가는 봄빛
종다리를 부르는 이른 봄의 서정!

처녀의 가슴은
수령님 안겨주신 새 씨앗을
파릇파릇 움틔우는
이른 봄의 대지

수령님께 어서 기쁨 드릴
그 마음과 함께 있어
나도 봄을 따라
이 들길을 가는구나

벌에 넘칠 남새바다
기쁨의 바다
눈 속에서도 뿌리내린
이른 봄의 서정을 안고 가누나

1979/조선문학/5월호

만경대 고향집 뜨락에서

내 언제나 오고 싶은
만경대 고향집 뜨락에 서면
오래도록 발걸음 멈추어져라
혁명 일가 분들이 다루시던 농쟁기 앞에서

금시 밭에서 돌아와 손질해 놓으신 듯
보습이며 후치 호미와 낫들
무디여지면 날을 세워가시며
그리도 알뜰히 쓰시던 귀중한 농쟁기들!

내 귀 기울이면
모진 그 세월을 갈아엎으시듯
돌밭 가시던 소리 들려오는 듯
가난한 살림을 말해 주는 농쟁기들을
소중히 쓸어보는 마음이여!

할아버님과 할머님
흘러내리는 땀방울에
삼베옷이 삭아 떨어지도록
힘겨웁게 일하시던 순화벌이여!

아 그날 어리신 원수님
밭 갈고 씨 뿌리시는 할아버님 모습에서

가슴속 깊이 새기셨어라
농민들 어깨를 짓누르던 가난의 멍에를

봄철이면
아지랑이 아물아물 피여오르고
가마득 저 높은 하늘에서
종다리 지종지종 노래 쏟아 부을제

이 땅에 봄은 언제 오려나
넓은 저 벌도 단숨에 갈아 제끼고
이삭 바다 썩썩 수월히 가을할
기계의 큰손은 없을가
이 나라 농민들 가슴에 맺힌 그 소원

누구도 들어줄 수 없었던
간절한 그 꿈
그이께서 여기 농쟁기에도
깊이깊이 새겨 담으셨거니

그 때문에 비운 서린 조국을
한가슴에 안으시고
수령님 그리도 일찌기
고향집 이 뜨락을 나서지 않으셨던가

아 헤치고 넘으신 피 어린 길

박세영

끝없는 시련의 자욱자욱
눈물을 갈고 한숨을 묻던 이 땅과
새 조선의 농민들을 생각하시여
봄을 꽃피워 주신 수령님

백두의 우등불 가
밤을 사르며 타오르던 그 불빛
천 리 만 리 강설이 덮인 조국 땅에
아침 노을로 비껴 왔거니

해빛에 번쩍이는 줄보습들
가을을 다그치는 수확기 소리 들어도
수령님 펼쳐 주신
인민의 락원에 사는 행복 끝없고
그이께서 걷고 걸으시는 길

천 갈래 만 갈래
여기 만경대 뜨락에 잇닿아 있기에

나는 정녕 듣는다
어버이 수령님 은혜로운 손길 아래
농촌 기계화의 봄을 받아 안은 마음들
푸른 백 리 벌과 층층 다락밭에서
바다로 흘러드는 강물처럼
뜨겁게 굽이쳐오는 우람찬 소리

아 만경대 고향 집에

인민의 태양이 솟아

락원의 강산에 울려 퍼지는

농촌 기계화의 봄 노래!

내 가슴 깊이 안겨 와라

1979선문학/11월호

1980년대의 시

영원히 주체의 태양을 우러러

1

세상에 태여나

가장 영광스럽던 날은

민족의 태양 김일성 장군님 품에

우리 몸이 안기던 그날이여라

우리 일찌기 불타던 신념 속에

장군님 만수 축원을 바라며

기어이 일제를 타승하시고

조국에 개선하시리라

철석같이 믿었던 오직 한 분

김일성 장군님이시기에!

암흑의 세월 속에서도
그처럼 안기고싶던 그 품에 안겨
그처럼 뵙고 싶던 그 영상을 우러러
우리 심장의 노래를
지어 읊었더라

반만년 유구한 조국의 력사 우에
위대한 수령님으로 처음 모신
전설적 영웅이신 젊으신 장군님!
나라는 인민 조선 새 나라
해와 별 빛나는 주체의 조국
그 얼마나 휘황찬란한 것이냐

간악한 일제로 하여
무참히 붓마저 꺾이우고
피멍이 들었던 우리의 손에도
어버이 수령님께서는
영광의 붓을 쥐여 주시였거니

수령님 펼쳐 주시는
민주 개혁 민주 건설을 두고
춤추는 우리 마음이였더라
그 모두다 희한하여

밤 가는 줄 모르고 성수가 나
붓을 달리고 달리였어도
솟아나는 패기와 정열로 하여
우리 지칠줄 몰랐더라

수령님 가시는 길을 따라
우리 붓은 줄기차게 내닫고
변모되는 강산은
우리 환상의 꽃보라를 날려 주었더라

위대한 수령님께서
인민들 속으로 가시는
한 걸음 한 걸음은
그대로 크나큰 우리의 감격이 되고
그대로 우리의 행복으로 피여나고

공장을 찾으시고
마을의 들길을 걸으시며
농민들의 토방에도 허물없이 앉으시여
농사 일을 하나하나 가르쳐 주시는
그 사랑

수령님의 례사로운
인민적 사업 작품 하나하나도
우리 평생 잊을 수 없는

박세영

비범하신 위대성으로 남게 되였더라

때로는 집무실로 우리를 부르시여
나라의 중요한 노래를 짓도록
영예로운 과업도 친히 주시고
담아야 할 내용까지도
환히 밝혀 주신 그 손길

우리 작가 예술인들을
하나하나 불러 주시고 무어 주시여
불패의 혁명 대오에 세워 주시고
육친적인 사랑으로
가르침을 주시고 해빛을 주시여
새싹들이 꽃피여날 때에는
그리도 기뻐하신 우리 수령님

당과 국가의 하많은 일로 하여
겨를도 없으시련만
우리 작가들의 소원을 풀어 주시여
많은 시간 많은 나날을 보내신 수령님
항일 혈전의 전모를
우리 가슴가슴에 심어 주시였더라

2
잊을 수 없어라

어버이 수령님께서
구상하시고 실천하신
오직 인민들을 위한
거창한 사랑의 창조물들을!

펑펑 내리는 함박눈을
그대로 맞으시며
동뚝길을 걸으시고
저수지 자리를 잡아 주시며
이 나라 밭 관개의 넓은 길을 열어 놓으신
잊지 못할 그 양수장!

양수장 가까운 언덕의 외딴 집
수령님 하루 밤을 묵으셨다는
너무도 소박한 집 앞으로
돌돌돌 노래하며 물이 흐를 때
우리 눈시울은 뜨거웠고

향기로운 꽃들이 만발한
산 우의 산에서
수도물을 마셨을 때
아득한 골 안을 내려다보며 놀았어라
압록강물 굽이굽이 들판에 올라
당을 적시고 우리의 가슴을 적셔
그만 뜨거운 것이

박세영

앞을 가렸어라

바로 어버이 수령님의
인민들에 대한 사랑 끝이 없듯이
우리의 작품들에 피가 튀지 못하고
새 환경에 따라 서지 못할 때

수령밈께선 오랜 시간
또다시 우리들을 가까이 부르시여
전변하는 조국의 숨결을 주시고
천리마 시대에 맞는
새로운 작품들이 나오게 하시였어라

그러기 그 사랑
그 해빛 아래서
오늘은 세계가 다 부러워하는
주체의 대문예화원이 꽃피여나고

영광스러운 당 중앙의
향도의 해발 따라
온 세계 온 지구가
주체 예술의 향기로 차 넘치고 있어라

아 그 모든 것
감회도 깊어라

우리 별로 한 일도 없이
어버이 수령님의 높은 신임과
다함 없는 사랑만을 받으며
흘러온 세월

위대한 수령님 탄생
일흔 돐을 맞는 우리의 가슴 속에
다사로운 봄빛으로 흘러 넘쳐
우리 노래하리라
위대한 주체의 태양을
심장의 끓는 피를 다하여 노래하리라

3대 혁명의 북 소리 높은 이 강산에
세차게 흐르는 전류 소리도
대자연 개조의 노래 높은 개발지에
폭풍을 안고 울리는 발파 소리도
수령님께서 우리에게 안겨 주신
주체 조국의 숨결 소리
위대한 수령님의 만수무강을 축원하는
우리의 노래도
조국의 이 숨결과 더불어
영원하리라!

1982/조선문학/4월호

새 집 앞에서

만경대의 일만 경치
다 안아볼 수 있는 곳에
은빛 지붕 펼치며 일어서는
40층 아빠트 앞에서
문득 걸음 멈춰지노라

아찔하니 아빠트는 솟아 있는데
그 높은 집 층층마다에
널찍한 마당까지 달린것이
하도 신기해 신기해

눈시울 후더웁구나
리조 말엽 아이 적부터
내 거의 반세기를 산 사람
어찌 상상이나 할 수 있었으랴
땅 아닌 하늘 중천에
집도 층층 마당도 층층인
이런 집들을

아, 유서 깊은 혁명의 집
만경대 초가집 마당을
집집마다에 잇대여 주시려는
한없는 그 사랑인가

넓은 지구를 쾅쾅 구르라고
온 세상을 굽어보며 살라고
만경대의 아침 해살
선참 비쳐드는 저 하늘 높이에
친애하는 그이께서는 주시였구나
행복의 넓은 마당을!

집이여
이름마저 새로운 〈마당이 달린 계단식 아빠트여〉
나는 아노라
네가 뿌리박고 선 이 거리를
어찌하여 세계 일류급 거리라 하는지…

정녕 지난 세월이여
생활의 하바닥에서
나뒹굴던 우리 인민

아, 오늘은
땅에서 하늘을 딛고
하늘에서
땅을 딛고 사노라

1989/조선문학/10월호

아! 이념의 벽에 갇혀……

박세영은 90평생 가까운 생을 누리면서 각각 절반씩의 삶을 남과 북에서 보냈다.

그는 생애 전반기 남한에서 많은 대표 시와 시집을 발간함으로써 한국 문학사와 시단에 크나큰 족적을 남겼다.

그러나 박세영의 후반기 북한에서의 활동은 남쪽에서보다 훨씬 왕성했는데 이는 통일 이후 그의 문학 전반을 재평가할 기회가 있을 것으로 본다.

이렇게 평가하는 이유는 여러 가지 사실로 입증할 수 있는 바 우선 그가 생전에 2천여 편 이상의 시와 10여 권의 시집을 펴냈는데 이 중 대부분이 북한에서 발간되었다.

이 밖에도 그는 1946년 월북 직후 김일성 주석의 지시를 받아 애국가를 작사함으로써 그야말로 시인으로서의 제왕적 위치를 차지했다.

박세영은 이 절대 부동의 위치에서 당과 수령 등 권력과 밀착하면서 수많은 선전 선동 시와 목적시, 헌시, 충성의 시편들을 그려냈는가 하면 수많은 가사와 평론, 수기 및 동시 등 문학 전반에 걸쳐 필력과 재능을 과시했다.

그래서 박세영은 북한의 문학 예술 발전에 크게 기여했다는 공로로 1959년 국기 훈장 제2급을 수여받았고 1965년에는 '공로 시인'이란 칭호까지 얻었다.

이처럼 박세영의 왕성한 시적 활동은 그를 항상 북한 문단의 정점에 서 있게 했으며 작품 활동 외에도 최고인민회의 제1기 대의원과 조선작가동맹 및 문학예술총동맹의 임원을 역임하기도 했다.

따라서 북한은 1989년 박세영이 사망하자 예외적으로 방송과 신문에 그의 사망 소식을 대대적으로 보도했으며 장례는 '사회장'으로 치러졌고 이후 그를 추모하고 문학 정신을 재조명하기 위한 예술 영화 〈민족과 운명〉이 제작되었으며 현재까지 그를 일컬어 '우리나라(북한)의 애국가와 더불어 영생하는 시인'이라 불려지고 있다.

이처럼 박세영은 남북한을 통해 시단의 거목으로 평가받고 있지만 그러나 다른 시각에서 볼 때는 그의 문학이 지나치게 이념과 정치성에 매몰돼 있다는 점은 두고두고 아쉬움으로 남을 것이다.

그러면 이제부터는 박세영이 북한에서 발표한 작품들을 분야별로 구분하여 살펴보기로 한다.

애국 충정과 수령 옹호에 관한 시

박세영의 시 중에서 아무리 강조해도 부족함이 없는 최고의 대표작품이 북한 애국가다.

아침은 빛나라 이 강산 은금에 자원도 가득찬
삼천리 아름다운 내 조국 반만년 오랜 력사에
찬란한 문화로 자라난 슬기론 인민의 이 영광
몸과 맘 다 바쳐 이 조선 길이 받드세

백두산 기상을 다 안고 근로의 정신은 깃들어
진리로 뭉쳐진 억센 뜻 온 세계 앞서 나가리
솟는 힘 노도도 내밀어 인민의 뜻으로 선 나라
한없이 부강하는 이 조선 길이 빛내세

1절은 유구한 민족의 찬란한 역사와 고유의 전통 문화 및 아름다운 조국에 대한 무한한 긍지와 자부심을 노래하고 있으며 2절에서는 백두산 정기 받은 기상과 승화된 민족 정신을 고무시키면서 나날이 번영 발전하는 새 조국 건설의 굳건한 의지와 결의를 담고 있다.

애국가 창작으로 일약 민족, 애국 시인의 반열에 오른 박세영은 연이어 조국과 당과 수령 칭송에 관한 작품들을 계속적으로 발표했다.

예로 들면 1946년 월북 후 최초로 김일성 주석을 만난 후 수령께 바치는 송시 「해볕에서 살리라」와 영웅적 조선 인민 군대의 활약상을 묘사한 「경비대 전사의 노래, 1947」 등 애국적이며 수령 칭송에 관한 시들을 수없이 발표했다.

「해볕에서 살리라」는 부제로 '민족의 태양 김일성 장군님께'라는 표현에서 이미 내용이 설명되고 있는데 김일성 장군의 항일 혁명 투쟁의 업적과 새 조국 건설을 영도한 위대성을 칭송하면서 햇빛보다 따사로운 조국의 품에 안긴 행복감을 노래하고 있다.

이 밖에도 수령의 은혜와 조국에 대한 애국심을 형상화한 수많은 시 작품 가운데 몇 편을 소개해 보기로 한다.

승리한 이 강토에 서광을 뿌리며

새해 아침 노을이 붉게 탑니다
새로운 결의로 들끓는 우리들 정열이
그대로 비친 듯 붉게 타 번집니다

… 중간 생략 …

아, 새해 아침 노을이 붉게 타 번집니다
우리 정열을 담고 불타는 결의를 안고
승리와 영광의 또 한 해를 약속하며
새해 아침 노을이 붉게 타오릅니다

「승리와 영광의 축배를 듭니다」라는 이 시는 새해를 맞아 전 인민이 천리마의 기수라는 자부심으로 당과 수령께 인사를 드리며 5개년 계획의 성공을 념원하는 간절한 내용을 담고 있으며,

우리는 기쁨 속에 일을 합니다
사회주의 건설자의 영예를 지니고
천리마 청년 작업반의 긍지를 안고
더없이 황홀한 래일을 바라보며

… 중간 생략 …

혁명의 기수 당을 령도하시는 당신은
위대한 공산주의에로의 인도자
가는 곳마다 꽃동산을 열어 주시니

김일성 시대에 사는 이 영광이여!

당신의 만수무강을 비옵니다

이 시는 「당신은 공산주의에로의 인도자」라는 작품으로 도시와 농어촌 가릴 것 없이 즐거운 마음으로 행복하게 노동할 수 있는 터전을 마련해 준 것은 오로지 당과 수령이며 그러므로 김일성 사회주의 시대에 사는 인민들은 그 어느 나라 국민보다 자유롭고 행복하다는 지도자의 우상화에 최대의 찬사를 보내고 있다.

이와 같은 선동 선전 위주의 목적시들은 박세영의 시뿐만 아니라 북한 문단 전체가 보여 주는 1인 체제 사회주의의 자연스런 현상인 것이다.

따라서 시의 주제도 조국과 인민 당과 수령 등을 묘사한 작품들이 주류를 이룰 수밖에 없는 것이다.

이런 의미에서 다음으로 소개되는 작품들도 위의 내용과 유사하지만 대표시로 꼽히는 몇몇 편을 살펴보기로 한다.

우선 1960년대에 발표된 「나도 당에 보답하리」란 시는 당과 수령에 충성을 맹세하는 전형적 목적시로 지상 낙원인 사회주의 노동당 시대에 살고 있는 인민들과 자신 또한 한없는 영광과 행복을 느끼기 때문에 자신들도 작은 힘이나마 당과 조국을 위해 헌신 보답하겠다는 의지를 보여주고 있다.

또 「번영하라 조국이여」에서는 당의 위대성과 혁명적 수령관에 의해 인민들이 크나큰 자부심을 지니고 있다고 열변하고 있다.

그리고 「우리 당 일꾼」 「조국아여 세기의 거인이여」 「수령이 오신 기대 앞에서」 「수령의 명령 앞에」 「수령의 전사들이 가는 길」 등의 시는 한결같이 조국과 당 그리고 수령에 대한 내용들을 담고 있는데 시제의 차례대로 내용을 요약해 보면, 전쟁의 참화로 잿더미가 된 마을에 당 일꾼이 찾아와 주변의 산지들을 개간함으로써 주민 생활에 큰 도움을 주었다는 내용과 노농 적위대며 천리마 일꾼들이 당과 수령을 위해 건설한 사회주의야말로 세기 거인의 은혜라 칭송하는 조국 찬가라 할 수 있다.

그런가 하면 김일성 주석이 룡성기계공작소를 방문하여 노동자들을 위로 격려하자 한 선반공이 한없는 감격과 흥분에 사무쳐 당과 수령과 조국에 보답하는 길은 오로지 밤낮 없이 열심히 일하는 것뿐이라는 내용과 눈 덮인 고지에서 경계 근무하는 초병을 보고 지난날 치열했던 전투를 승리로 이끌어 오늘이 있게 되었다는 회상과 함께 지금도 선배 전사들의 전통을 이어받은 초병들은 언제나 수령의 명령만 받으면 물불을 가리지 않고 몸을 바칠 각오가 되어 있다는 매우 호전적이며 도전적 내용을 그려냈다.

이 외에도 빨찌산 혁명 사령부가 위기에 처했을 때도 김일성 장군님의 탁월한 전술로 무산 전투를 승리로 이끌었다며 모든 전사들은 수령의 충직한 전사로서 충성을 바치겠다는 상투적 선전 목적시다.

그러나 박세영은 1970-80년대에도 위와 같은 아부 아첨시들을 수없이 발표했는데 그 예로 몇 편을 감상해 보기로 한다.

화창한 봄날 4월
만경대의 꽃무지개 하늘 가에 비꼈습니다.

… 중간 생략 …

박세영

혁명의 위대한 수령 김일성 원수님께서
부디 만수무강하시기를 삼가 축원하옵니다

「수령님 탄생 예순 돐을 맞는 경사로운 이 아침에」라는 이 시는 더이상 설명이나 해석이 필요 없을 것 같다.

온갖 미사려구와 찬사를 총동원하여 절대 권력자에게 바치는 이 작품은 차라리 시 작품이라기보다는 오히려 시를 모독하고 인간의 진실과 양심을 저버린 주술적 상투어에 불과한 글이다.

박세영은 이 밖에도 조선로동당 창건 30주년 축시 「당의 사랑 당의 숨결 속에」에서도 문학성이나 작품성보다는 당과 수령, 즉 북한 정권에 영원히 충성하겠다는 다짐의 내용을 담았으며 구구절절 사회주의의 우수함과 당과 수령의 높은 영도력을 침이 마르도록 찬양하고 있다.

세상에 태여나
가장 영광스럽던 날은
민족의 태양 김일성 장군님 품에
우리 몸이 안기던 그날이어라

… 중간 생략 …

위대한 수령님의 만수무강을 축원하는
우리의 노래도
조국의 이 숨결과 더불어
영원하리라!

「영원히 주체의 태양을 우러러」라는 이 시 역시 형식이나 내용보다는 신처럼 뫼셔야하는 한 지도자에 대한 추종자의 맹목적 넋두리로 느껴져 오히려 안타깝고 측은한 생각까지 든다.

권력자에 대한 극찬의 이 시는 만년의 노시인이 끝까지 권력에 아부하여 그 주변에 남아 있으려는 안간힘이 엿보이는 듯하여 애처로운 동정심과 함께 씁쓸한 이해가 되기도 한다.

항일 및 반제 반미에 관한 시

박세영은 이제 1인 독재 사회주의 체제를 지지 옹호하는 완벽한 나팔수가 되었다. 그래서 자신들의 체제와 다른 한국을 비롯한 일제 미제를 철천지 적으로 단정하고 이에 대한 혐오와 분노를 여러 형태의 시로 형상화했다.

문공단 환송의 주악이
푸른 나무 숲에서
바람처럼 일어오는 속을
십구병단 문공단 동무들은
우리와 더불어 외줄로 올라간다

…중간 생략…

제법 멋있게 넘어가는 가락이며
으쓱거리는 어깨춤

박세영

언제 그렇게
노래와 춤을 배웠던가
중국 인민 지원군
문공단 동무들이여!

「문공단 환송의 밤」이란 이 시는 조선 인민군의 적들에 대한 증오와 사기 진작을 위해 부대마다 문화예술공연단을 배치하고 있다.

적들에 대한 적개심과 저들의 승리를 위한 선전 선동을 위해 문화에술공연단원들로 하여금 출전 전사들을 환송하고 위문하기 위하여 명쾌한 춤과 노래를 연주하는 모습을 그렸다.

이 시기 박세영은 종군 작가로 참여하여 왕성한 작품 활동을 펼쳤다.

싸리꽃 냄새 후련히 풍기는
여기 숲 사이로
점점 푸른 하늘은 비쳐들고
흐르던 구름도 잠깐 멈치는가

… 중간 생략…

영웅의 뜻이 피로 어린
〈민청호 조근실 중기〉
다시 부대의 선두에 서서 나아가라
무섭게 원쑤를 쓰러 눕이라

「숲속의 사수 임명식」이란 이 시도 치열한 전투 현장에서 한 중화기 사수가 목숨 바쳐 전공을 세우고 전사했다. 마침내 영웅 칭호를 받은 이 인민군 전사자의 뒤를 이어 새로운 사수와 부사수를 임명하여 이들로 하여금 용감히 싸울 것을 독려하는 숲속의 한 전장을 엄숙히 묘사하고 있다.

새로 임명된 사수들은 꽃다발을 건네고 용맹한 전사가 되어줄 것을 당부하는 부대장 앞에서 맹세로써 다짐하는 결의에 불타는 충성심과 애국심을 보여주는 장면이다.

이 밖에도 박세영은 반미 항일에 관한 시들을 수없이 발표했는데 그 가운데 두 편을 소개해 보면, 「이 자유 이 행복을 위하여, 1958」와 「다시 한 번 인경을 울려라, 1960」이라는 시로 첫 번째 시는 가난에 시달리고 억압에 좌절하던 전쟁과 일제의 사슬에서 벗어나 땀 흘려 건설한 사회주의 낙원이 이제는 어떠한 도전이나 침략도 단호히 물리칠 수 있는 힘이 있다는 내용이다.

두 번째 시의 의미는 일제가 패망하고 물러갈 때 종로의 인경이 힘차게 울렸듯이 남조선 주민들도 다시 한 번 인경을 세차게 울려 미제와 이승만 독재 정부가 쓰러지게 하라는 매우 선동적인 내용으로 '남조선 인민이 부르는 노래'라는 부제를 붙여 발표했다.

그렇지만 박세영의 항일 반제국주의의 최고 대표 시로 꼽히는 시는 단연 「밀림의 력사, 1962」다.

내 철부지 어린 시절

아름다운 나의 조국 강산에서

자유의 태양이 떨어져

반세기도 천 년처럼 길었더라

… 중간 생략 …

아, 기나긴 십오 성상
눈보라 휘몰아치는
밀림과 준령을 헤치며
원쑤들에게 서릿발을 내리시면서도
당의 기틀을 마련하시고
조국 광복회를 펼쳐
그분께서 높이 드신 혁명의 기치
오늘은 이 강산에 태양으로 솟았다

… 중간 생략 …

수령께 드리는
만 사람의 아름다운
축하의 노래 속에
륙십 청춘인
나의 목소리도 합치련다

서시 외 6장으로 구성된 이 대하 장편 서사시는 김일성 장군이 항일 빨찌산 대원들을 이끌고 보천보 전투에서 승리하는 내용이며 서시에는 항일 무장 투쟁을 승리로 장식하고 위대한 노동당 시대를 펼친 수령을 칭송, 흠모하는 등 필자의 뜨거운 심경을 토로하고 있다.

특히 이 작품에서는 일제 토벌대를 간삼봉 일대에서 격멸 소탕한 기본 내용도 중요하지만 예술성이나 문학성 등의 뛰어난 구성 기법에도 극찬을 보내고 있다.

이를테면 수령에 대한 영원 불멸의 혁명 업적과 위대한 풍모를 다방면에서 폭 넓게 형상화시킨 것이나 시적 표현이 평이하고 소박하면서도 생동감이 넘친다는 점과 일상생활의 곳곳을 파고들어 폭 넓게 일반화시킴으로서 구성을 고도화시킨 점, 그리고 간결한 줄거리에 풍부한 일상과 사건들을 담아 시적 형태를 입체적으로 그려낸 점 등을 구체적으로 강변하면서 이 시를 애국가와 함께 박세영의 최고 대표작으로 뿌리 내리게 했다.

사회 건설 및 인민 생활에 관한 시

박세영은 이 분야에서도 다양한 소재와 다각적 시각으로 구성하고 형상화하는 천부적인 재능을 보여주는 시 문학사에 길이 남을만한 인물로 자리매김되리라고 확신해 본다.

이와 같은 맥락에서 박세영은 사회주의 사상과 이념에서 다소 벗어나는 노동자와 농어민 등 사회적 약자들에 대한 희망과 꿈을 대변하기도 했는데 이에 연관된 작품을 감상해 보기로 한다.

장하고나 우리들은 힘찬 근로자
새 세기를 창조하는 승리의 주인
자유 기발 휘날리며 나아가나니

온 세계를 진감하는 단결의 웨침
동무들아 이 기세로 굳게 뭉치여
인민 경제 계획을 승리로 맺자

「승리의 5월」이란 이 시는 노동 계급의 불굴의 기상과 전투적 기백을 박진감 넘치게 형상화한 시이며, 이 시는 곡으로도 붙여져 1947년 5월 1일 국제 노동절을 기념하기 위해 30만 군중이 운집한 김일성 광장에서 노래로 합창되기도 했다.

또한 「나도 새 사람 되리」라는 시에서는 당시 전인민적 운동으로 전개되었던 문맹퇴치운동을 고취시키기의 일환으로 온 인민들이 앞장 서 떨쳐 나섰던 역사적 사실을 서정적으로 그려내고 있다.

이 외에도 5.1절을 노래한 작품으로 「보람찬 승리를 시위하자」도 국제 노동절을 맞아 전세계 노동자들의 단결과 사기를 높이고 제강 생산 의욕을 고취시키며 이 날을 영원한 축제일로 기념하자고 외치고 있다.

위대한 해방의 은인을 생각하며
나는 지금 쓰딸린 거리
8월의 건설장에 섰다

… 중간 생략 …

행복이 열매처럼 맺을 가로등은
위대한 쓰딸린의

영생 불멸의 은혜와 함께
이 나라 사람들의
마음의 창들도 밝히리라

이 시 또한 휴전 직후의 파괴된 평양 시가지를 건설하면서 중심부 한 거리를 쓰딸린 거리로 이름 지어 그 은혜에 감사하는 내용을 8.15 해방 9주년 경축과 함께 그려냈다.

그리고 「조국의 노래」와 「새 파종기」 「밤의 제강소」의 시에서도 전쟁과 가난으로 폐허가 된 고향 마을과 산천들을 당의 지침에 따라 노력함으로써 본래의 고향 모습, 아니 그보다 더 좋은 낙원을 건설할 수 있다는 것은 오로지 당의 배려이며 지도자의 한없는 은혜로 생각한다는 내용과 넓은 벌판의 논밭을 새 파종기로 갈아엎으면서 만풍년을 꿈꾸는가 하면 당의 배려에도 깊은 감사의 마음을 표하고 있다는 내용과 함께 제강소의 노동자들이 강괴 증산을 위해 늦은 밤까지 열심히 일할 수 있도록 노동의 가치를 극대로 미화시켜 이들의 사기를 한껏 진작시키는 내용으로 그려져 있다.

위의 시 작품들 외에 1960년대에 발표한 두 편의 시를 더 감상해 보려 한다.

흐르는 구름결도 떠가다 걸릴 듯
산봉들을 내려다보며 솟은 굴뚝
비계도 안 매고 연공들은 쌓올렸더라
한 단 한 단 그냥 들어다 올려 논 듯

… 중간 생략 …

그대 어디서나 굴뚝을 바라볼 땐
지난날 전우를 만난 듯 웃음 머금으리니
그대 천리마 시대에 바친 로력의 위훈은
언제나 기발처럼 그 우에서 휘날리리라!

「그대 천리마 시대에 바친 위훈은, 1966」

흘러 내린 산골짜기 맑은 물도
마중해 주는듯 따라 오르니
동화의 세계에나 내 온 듯
아이들처럼 기뻐지는 마음이여

… 중간 생략 …

나도 미처 몰랐어라 그가 왜
총을 들면 양키들도 모를 힘 가졌는지
아들 딸 오남매가
초소를 지킨대서만 아니라
황금의 산과 벌이
그와 함께 숨쉬고 있음을

「황금벌이 보이는 언덕에서. 1967」

첫 번째 시는 노동 일꾼들이 공장의 까마득한 굴뚝을 쌓고 피뢰침을 설치하는 장면을 바라보면서 이들에게 열렬한 찬사를 보내는가 하면 먼 훗날 자신들이 쌓아 올린 굴뚝을 바라보게 되면 감회가 새롭고 감격에 벅찰 것이라는 비교적 정치적 이념성이 적은 표현이며, 두 번째 시는 드넓은 황금 들판에서 무럭무럭 자라고 있는 채소와 오곡들, 그리고 산등성이 양떼들과 옹기종기 모여 있는 문화주택을 바라보며 이곳이야말로 지상 낙원이며 인민 대중의 천국이라고 자랑을 늘어놓고 있다.

박세영은 이어 1970년대에도 이와 같은 시를 많이 발표했는데 대표적인 작품으로 「크나큰 믿음」과 「위대한 사랑의 창조물」의 내용도 기계공장 노동자들이 트랙터 같은 농기계로 현대화된 농사를 짓는다는 것과 위대한 노동당 시대의 기념비적 창조물로 일컫고 있는 평양 지하철이 김일성 주석의 은덕의 산물이라며 지나친 논리와 과장으로 포장된 목적시라 할 수 있다.

추억과 향수 어린 시

예가 내 고향이뇨
보아도 모를 내 고향
원쑤는 산까지 불태웠건만
점점이 청솔은 세차고나

… 중간 생략 …

박세영

눈앞에 어리는 영웅들처럼
원쑤에게 내 또한 용감하리니
죽어도 가슴에 찍힐 고향아
피어린 원한을 풀어 주리라

「불탄 고향을 지나며」

그립던 사람들 재일동포 형제들이여
그대들은 영광스런 조국에 돌아왔다
천만의 뜨거운 가슴들이 조국의 품으로
개선하는 용사들처럼 그대들은 돌아왔다

… 중간 생략 …

어데를 가나 흥겨운 일터가 기다리고
배움터가 바다처럼 열리며
그대들을 뜨겁게 안아 주리니
그대들도 천리마 기수의 영광을 지니리

「그립던 사람들이 돌아오다」

첫 번째 시는 전쟁으로 폐허가 된 고향을 지나며 옛 모습을 전혀 찾아볼 수 없는 고향의 모습을 바라보는 순간 그동안 전사한 수많은 인민군 전사자들을 회상하며 자신이 원수를 갚아 원한을 풀어 주겠다는 절절한 각오가 서려 있는 복수심에 불타는 가슴

오싹한 시다.

박세영은 이 시를 통해 자신이 종군 작가로서 전쟁 시기 남쪽 고향 땅에 내려왔다는 사실이 증명되는 것이다.

두 번째 시는 재일 조총련 동포들이 북한 청진 항에 입항하여 뜨거운 귀국 환영을 받는 현장을 매우 격렬한 어조로 형상화하고 있다.

이 밖에도 박세영은 추억과 회상 어린 작품을 수없이 발표했는데 1970년대 발표한 「이른 봄의 서정」은 아직도 초봄인 먼 산자락에는 흰 눈이 쌓였는데도 농장 일꾼 처녀들은 온실에서 기른 어린 모와 채소 모종을 안고 포전으로 나와 자기들이 심고 거둘 풍년의 가을 풍요의 들판을 그리며 마냥 들떠 있는 마음을 그렸고, 「만경대 고향집 뜨락에서」는 김일성 주석의 가족사를 찬양하는 글로 만경대는 김 주석의 생가이다.

어린 시절 할아버지와 할머니 아버지와 어머니의 부지런한 농사일에도 가난을 떨쳐버릴 수 없는 현실을 깨닫고 고향을 떠난 뒤 혁명을 성공시킴으로써 기계화 농촌 살기 좋은 인민 낙원을 이룩했다는 간절한 흠모의 마음을 그렸다.

또한 「새 집 앞에서」란 시는 성역화된 고급 주택들은 80 평생을 생활의 밑바닥에서 살아왔는데 꿈에도 생각지 못한 지도자 동지께서 지어 주셨다는 감회 어린 내용을 담고 있는 작품으로 1987년 말에 발표한 박세영의 마지막 시기의 시다.

맺는 말

이상으로 박세영의 90 평생 가까운 그의 생애와 시 세계 및 시 정신을 살펴 보았다. 특히 그의 삶은 각각 절반씩을 남북한에서 살았는데 남쪽에서도 그는 철저한 진보적 사회주의자였다.

예를 들면 그는 사회주의 이념에 부합되는 카프(조선프로레탈리아 작가동맹)의 핵심 인물로 활동하는가 하면 시 작품에서도 여실히 이념 성향을 말해 주고 있다.

이를테면 「밤마다 오는 사람, 1931」의 시에서는 농민들이 지주에게 착취당하는 소와 같은 처지라며 오로지 혁명적 투쟁으로 목적을 달성해야 한다는 선동적인 내용으로 그려져 있으며, 「산골의 공장, 1932」에서도 열악한 노동 조건하에서 자본가들에게 2중 3중으로 착취당하는 여공들의 참상을 통해 노동조합을 통한 투쟁으로 자신들의 권리를 찾겠다는 결연한 의지를 보여주는 내용을 표현하고 있다.

그런가 하면 박세영 최고의 대표작으로 평가되는 「산제비. 1938」에서도 인간의 존엄과 양심이 정신적 구속에서 벗어나 자유롭게 사상 감정을 표출할 수 있는, 자율 자주성 보장을 강조하는 이상향을 그려내고 있다.

이렇듯 박세영은 노동자와 사회적 약자 등을 대변하는 투사적 저항시를 써 당대의 진보적 지성 시인으로 우뚝했는데 그가 북한에서 활동한 문학과 삶의 궤적은 완전히 뒤바뀌어 오로지 1인 독재 체제를 지지 옹호하는 꼭두각시로 변모되어 그의 문학 예술성은 영영 사라지고 말았다.

그러나 박세영의 북한 문학 활동은 남쪽에서보다 훨씬 왕성했으므로 통일 이후 그의 문학 전반이 재평가될 기회가 있지 않을까 기대해본다.

이렇게 보는 이유는 여러 사실로 입증할 수 있는데 우선 그가 생전에 1천여 편의 시와 10여 권의 시집을 펴냈는데 이 중 대부분이 북한에서 발간되었다.

이 밖에도 그는 1946년 월북 직후 김일성 주석의 지시를 받아 애국가를 작사함으로써 그야말로 시인으로서의 제왕적 위치를 차지했다.

박세영은 이 절대 부동의 위치에서 당과 수령 등 권력과 밀착하면서 수많은 선전 선동시와 목적시, 헌시, 충성의 시편들을 그려냈는가 하면 수많은 가사와 평론 수기, 동시 등 문학 전반에 걸쳐 필력과 재능을 과시했다.

이처럼 박세영은 남북한을 통해 시단의 거목으로 평가받고 있다. 그러나 한 쪽의 시각에서 바라볼 땐 그의 시문학이 지나치게 이념과 정치성에 치우쳐 있다는 점은 끝내 아쉬움으로 남는다.

끝으로 필자로서의 아쉬움을 덧붙인다면 현실 상황을 감안할 때 박세영의 문학 전반을 싣지 못하는 점이 크게 안타까울 뿐이며 위에서 소개한 몇 편의 생략 시는 앞의 년대별 부분에서 전편이 발표되었기에 참고하기 바란다.

그리고 다시 기회가 된다면 더 많은 그의 작품들을 발굴하여 햇빛을 보게 할 날을 기대해본다.

박팔양 朴八陽

1905 / 8. 2 ~ 1988 / 10. 4

생애 및 연보

박팔양은 1905년 경기도 수원군 동천에서 태어났다.

필명을 여수 또는 금여수로 불리운 그는 서울에서 초등학교와 배재고보를 거쳐 1924년 경성 법학전문학교를 졸업했다.

1923년 「신의 주」로 동아일보 신춘문예에 당선된 후 정지용, 박제찬 등과 동인지 『요람』을 발간했으며 조선일보, 동아일보, 중외일보 등에서 기자 생활을 했다.

천재적 재질을 타고난 박팔양의 시는 일관되게 시의 주조를 서정성에 두었으며 한편으로는 대자연을 찬미하는 교향악적인 전원을 형상화하는 시를 썼는가 하면 다른 한편으로는 사회적 현실에 바탕한 참여시를 발표하기도 했다.

그러므로 그의 초기 작품인 「물 노래, 1923」「공장, 1923」「여명 이전, 1923」 등은 다소 현실 참여 경향이 엿보이나 대체로 자연을 찬미하는 서정성이 돋보이고 있다.

그러나 박팔양이 1926년 조선프롤레탈리아예술동맹(카프)에 가입하고 이어 1946년에는 조선문학가동맹에 가담, 그 해 월북하여 1988년 생을 마감할 때까지 철저한 사회주의 참여 문학으로 기울어 시인으로서의 절대적 위치를 차지했다.

박팔양은 이후 천재적인 재능을 인정받아 평북 도당위원회 기관지 『바른말』과 조선노동당중앙위원회 기관지 『정로』의 편집국장을 역임했고 또한 『로동신문』 부주필과 김일성종합대학 어문학부 강좌장 등도 역임했다.

그리고 한국 전쟁 중에는 종군 기자로 활동하며 선전 선동적인 시를 썼고 휴전을 전후한 시기에는 조선작가동맹 중앙위원과 『조선문학』 편집위원 및 조선작가동맹 중앙위원회 부위원장을 비롯 시 분과 위원장을 역임했다.

박팔양이 카프 문학으로 전향한 후에는 적극적이고 철저하게 노동계급의 해방을 위한 시, 「나를 부르는 소리 있어 가로되, 1926」, 「밤차, 1927」 등을 발표하여 불합리한 현실을 폭로하고 가난하고 무지한 하층계급에 대한 동정심을 불러일으키게 하여 이들로 인한 단결된 힘으로 밝은 미래를 개척할 신념과 낙관을 노래했다.

하지만 박팔양 문학의 절정기는 1930년대 중반부터 1960년대 중반까지 30년간으로 평가할 수 있는데 그는 이 시기에 다양한 주체 시를 발표함으로써 박세영, 이용악, 조벽암 등과 함께 북한 시단을 이끄는 주역으로 군림했다.

위에서 언급한 시기에 쓰여진 그의 대표 시를 보면 「진달래, 1930」 「봄, 승리의 봄, 연설회의 밤, 선구자, 1937」 등 이념적이긴 하나 짙은 서정성이 엿보인 반면 해방 후 북조선 항전 시기에 발표한 첫 서사시 「황해의 노래, 다시 맞는 영광의 날, 1946」 「조국과 인민의 영광, 찬란한 자유 독립의 길로, 1948」는 완전히 북한 체제와 이념을 찬양하는 시로 탈바꿈하였으며 한국 전쟁 이후 시기에 발표한 시 「진격의 밤, 1951」 「우리 학생들, 1952」 「수령께서 오시다, 1953」 「건설의 노래, 1954」 「천리마의 노래, 문경 고개, 1958」 「비날론 이야기, 1963」 「농촌으로 가는 길, 1966」은 충성스런 선전 선동의 나팔수로 자리매김했다는 사실이 증명되고 있다.

이와 같은 일련의 시에서 박팔양은 참으로 1960년대 이후 당과 수령에 대한 충성의 헌시와 송시 등을 써 이바지했으며, 이 밖에도 「눈보라 만 리, 1961」 및 유고작으로 장편 서사시 「이름 없는 한 풀잎의 노래」와 시집으로는 『박팔양 선집, 1957』과 『박팔양 시선집, 1992』이 출간되었고 소설 작품으로는 『오후 여섯 시』가 있으며, 한국에서는 첫 시집 『여수 시초, 1940』와 『박팔양 시집』이 발간되었다.

그러면 이제부터 박팔양이 북한에서 발표한 시 작품을 소개 감상해 보기로 한다.

5.1절

전사는 전호에서 총탄을 쏘며
농민은 공습 밑에서 씨를 뿌리며
로동자들은 굴 속 공장에서
전체 인민이 굳세게 싸우는 조선

한 시간에 대포 2만 발을 쏘았다고
미군 놈아 자랑은 얼마든지 하라!
그러나 우리 전사는 산과 들에서
다라나는 너희의 등 뒤를 쏜다

미국 날강도의 폭격기야 전투기야
폭탄을 던지든지 기총을 쏘든지
그것은 네 하고 싶은 대로 하라!
우리는 너와 싸우며 씨를 뿌린다

모든 거리는 불타 없어졌어도
온갖 공장이 제대로 제 일하며
기계는 더 한층 세차게 돌아간다
우리의 피는 더 한층 끓어오른다

나도 야만 놈들의 공습이 암만 등살을 놓아도
그 어느 곳 어느 책상 모슬기에서
놈들에게 끝을 향한 펜을 쥐고

박팔양

원쑤 마사 치울 노래 부르고 있다

네놈의 폭격이 아무리 야만적이라도
네놈의 포격이 아무리 기록적이라도
네놈의 큰 소리 아무리 시끄러워도
피 끓는 우리 애국심 네 어이할 것이냐

또 지구 위의 모든 곳에서
평화를 지키는 근로자들은
전쟁 쳐부실 수억만 사람들은
〈조선에서 손을 떼라!〉 고함치며

위대한 쏘련 인민도 중국 인민도
모든 인민 민주 국가 인민 대중도
모두가 우리를 도와 주며
모두가 우리 편에 든든히 서 있다

그들은 평화를 민주를 사랑하며
침략을 전쟁을 미워하기 때문에
형제와 같이 우리를 도와 주며
뜨거운 손길 잡고 우리 편에 섰다

원쑤여! 네 소원대로 할라면 해라
우리의 힘을 너에게 보여 주마
싸우는 조선 용감한 사람들의

하나 하나의 영웅의 모습을 보여 주마

레닌과 쓰딸린이 가르치는 승리의 길에서
김일성 장군이 인도하는 승리의 길에서
인류의 평화와 조국의 자유 위하여
영용히 싸우는 조선 인민을 보여 주마

우리의 전투적 력량을 보여 주마
단결된 우리의 최후 승리를 보여 주마
그러나 마지막에는 보여 줄 네가
이 대지 위에 남아 있지 못할 것을!

조선 근로 인민의 전투 력량 만세
세계 근로자들의 전투적 력량 만세!

1951/조선문학/5월호

이 작품은 북한 최대 명절 가운데 하나인 노동절을 기념하기 위한 시로 한국 전쟁이 한창이던 시기를 표현한 글이다.

전쟁이 아무리 치열하고 미제의 전투력이 막강하다 해도 위대한 지도자를 위시하여 애국적 노동자, 그리고 결사 항전의 인민들이 있는가 하면 우방인 구 소련을 비롯하여 중국과 전체 사회주의 인민들의 응원과 도움이 있는 한 결코 승리하리라는 억지 주장과 궤변을 늘어놓고 있다.

따라서 이 뜻 깊은 국제적 노동절의 이념을 되새기며 전체 노동자들은 더욱더 우호 협력을 다져 사회주의 공화국의 필승을 강조하는 내용으로 매우 선동적이며 호전적 분위기를 표현하고 있다.

우리 학생들

나는 우리 학생들을 자랑한다
그들은 진실로 새로운 세대의 사람들
새 조선의 영특한 아들과 딸들
참되고 굳세인 그들을 자랑한다

그대는 보라! 믿어운 그들의 모습을
태양이 빛나는 5월의 창공 아래
노래 부르며 행진하는 그들의 모습을
새 나라 만세 외치는 그들의 모습을

책에 길어 검붉은 그 얼굴들에는
로력과 창조의 기쁨이 흐르고
언제나 아름다운 그들의 두 눈동자에는
조국에의 충성이 샛별처럼 빛나네

야만의 무리들이 우리 강토에
그 어느 날 혹독한 싸움의 불을 질렀을 때
나는 보았네 우리 젊은 동무들이

어떻게 불 붙는 싸움터로 내닫는가를!

그들은 원쑤들을 모조리 소탕하라고
침략의 무리를 모조리 몰아내라고
주먹 쥐고 일떠서 고함치면서
총칼도 높이 혈전에로 달려갔나니

그들과 함께 남쪽 화선 천리
몽롱한 포연 속으로 다니던 나는
이르는 곳곳 령마루와 전호 속에서
언제나 씩씩한 그들의 모습을 보았네

그 어떤 동무는 름름한 정치부 군관
또 어떤 동무는 포 부대 명 지휘관
육박전에서 공훈 세운 전사 동무도 있고
빨찌산에서 이름 날린 녀자 동무도 있다

고난의 한때 후퇴의 어려운 길에서도
그들은 인민의 승리를 노래 부르며
언제나 즐거운 얼굴로 신심도 굳게
명령대로 나아가고 또 물러 섰나니

그들은 중국 인민 지원 부대의
뜨거운 손길이 떨쳐왔을 때
동포들의 드높은 환호성 속에서

진격의 길로 다시금 사자처럼 달리였도다

물이 수정같이 맑은 청천강을 건너
초연 내음새 아직도 강 언덕에 깃들인
림진강과 한강을 단숨에 건너
포성이 다시금 남방 산야에 울릴 때

그들은 적의 중심 깊이 뚫어들기도 하고
불을 뿜는 적의 토치카 부셔 없애기도 하고
악마처럼 덤비는 결기를 떨구기도 하고
전설의 영웅처럼 장엄하게 싸웠다

벽들이 무너져 흩으러진 도시의 폐허 위에
주추돌만 남아 있는 황량한 농촌 부락에
새싹 엄트는 봄철이 가고 또 오더니
적기의 폭음 속에 두 해의 세월이 흘러

그들이 장군님의 지시를 받들고
전선에서 학교로 돌아왔을 때
자랑에 부풀어올은 그들의 가슴마다엔
빛나는 훈장과 메달들이 달려 있었네

하지만 전방 불길 속에 있는 전우들을
그들은 돌아와서도 참아 못 잊어
고요한 배움의 길에서도 이를 악물며

논밭에 나서서는 뼈도 살도 아끼지 않고

어떠한 고난이 닥쳐와도
어떠한 장애가 길을 막아도
그들은 태연히 웃으며 넌즛이 말하네
내 몸은 이미 조국에 바친 몸이라고

그들은 진실로 새로운 세대의 사람들
새 조선의 영특한 아들과 딸들
참되고 굳세인 그들을 자랑한다
나는 우리 학생들을 자랑한다

1952/문학예술/5월호

이 시 작품을 발표한 1952년 5월은 한국 전쟁 3년 중 막바지로 향하는 가장 치열한 전황이다.

이 시기 북한은 전세를 주도하기 위해 중국 인민 해방군을 지원받는가 하면 10대의 학생들까지 자원 입대 형식의 강제 동원으로 최전방으로 내몰았다.

북한 체제에 잘 세뇌된 어린 학생들은 오로지 조국에 대한 애국심과 지도자를 위한 충성심 하나로 전선을 누비면서 한강 이남 진격의 승리를 거두기도 하고 압록강 혜산진까지 패퇴하는 패배도 경험했다.

이와같이 죽음의 전선에서 2년 동안 전쟁을 겪고 실아 남은 학생들은 가슴에 자랑스런 훈장을 달고 학원으로 돌아와서도 끊임없이 집단 농장에서의 노예같은 논밭 일과 폐허로 변한 도시를 건설하는 일에 동원되기도 했다.

이 참담한 현실 속의 어린 학생들을 소년 영웅이라 자랑하며 너스레를 늘어놓는 시인의 처지가 애처롭게 느껴진다.

따라서 절대 복종과 절대 신뢰만을 위해 개인의 진실을 외면하고 암담한 삶을 살아가는 한 지성인의 장편 어용시는 당시 북한의 실상을 극명하게 보여주고 있다.

수령께서 오시다

수령께서 오신다는 말씀에
학생들은 기쁨에 넘쳐 넘쳐
영명하신 그분께 드릴
정성의 꽃다발을 엮었다

동터 오는 새벽 하늘 아래
시냇물 소리 들리는 언덕 위에서
아침 인사들로 한결 즐거웁다
오늘은 수령께서 오시는 날!

아침 일찌기 학생들의 식당에
어느 사이엔지 오신 수령께서는
인자하신 어버이 정에 겨운 눈으로
무엇을 얼마나 먹나 살피시며

다시 돌아 강의실에 오신 그분께서는
무엇을 어떻게 배우고 있으며
무엇이 없어서 곤난한가?
하나하나 자애롭게 물어보셨다

이곳은 아람드리 밤나무
여기 저기 서 있는 언덕
손수 지은 집들로 마을을 이룬
후방에서 싸우는 우리의 대학

흉악한 원쑤들과의 혈전에
3년의 세월이 흘러 갔어도
영명하신 그분의 뜻을 받들어
새 나라 기둥은 나날이 커가고 있다

강철은 불 속에서 단련되나니
포화의 불길 속에서 자라나는
젊은 간부들은 우리의 자랑
만족하신 듯 수령님께서는 미소하시며

그러나 원쑤들은 간악하다
백방으로 경각심을 높이라
인민과 조국 앞에 충성되라
그분께서는 엄격하게 가르치신다

박팔양

우리는 언제든지 싸울 수 있다
그러나 진정한 자유와 평화는 우리의 기치
우리는 아무것도 겁날 것이 없다
승리의 깃발이신 그분의 뜻

강철은 불 속에서 단련되나니
포화의 불길 속에서 자라나는
젊은 간부들은 우리의 자랑
만족하신 듯 수령께서는 미소하시네

1953/문학예술/5월호

이 시는 휴전 협정이 임박한 치열한 전쟁의 와중에 김일성 주석이 학교나 군 부대 및 산업 시설을 돌아보며 학생과 주민들을 격려하는 가운데 환영하고 결의를 다지는 내용이다.

이때 학교를 방문해서는 식당에 들러 무슨 음식을 어떻게 먹는지를 살핀 다음 교실에 들러서는 무엇을 어떻게 가르치고 배우는가를 일일히 알아본 뒤 학교 생활에 부족함이 없는가도 묻고 있다.

한편 당 간부나 산업 시설에 들러서는 강철같은 단결력으로 전투에서는 승리를, 사회에서는 인민과 조국에 충성심을 발휘하라는 상투적 수사로 만족감을 표하는 등 지도자로서의 의연한 면모를 과시하고 있다.

박팔양은 이 밖에도 종주국 구 소련이나 중국을 찬양하는 시는 물론 김일성 주석에 대한 충성의 헌시, 송시 등이 헤아릴 수 없이 많은데 대표시로는「보천보」「눈보라 만리」「헌시」등이 있다.

이 외에도 박팔양은 사회 각계각층의 다양한 방면에서도 많은 시를 발표했는데 1956년 조선 노동당 제3차 전당대회 축시로, 「우리 당은 자랑스러워라」를 1957년에는 조선 노동당 제4차 전당대회 축시로 「영광을 드립니다」를 발표했는데 이 작품들은 뒤에서 시 전문과 함께 자세한 해설을 하려 한다.

중국 인민 지원군

– 삼가 모 주석에게 드리는 노래

그분들이 우리 나라로
강을 건너 오시던 날 밤은
별도 없는 밤이였건만
광명으로 큰 길이 밝았더이다

그분들은 원쑤에게 불벼락을 줄
수류탄을 한 손에 든든히 틀어쥐고
다른 한 손은 우리들의 손을
따뜻이 그리고 굳세게 쥐더이다

그분들은 우리 아들 딸들과 함께
열 아홉 나라 수많은 원쑤를 무찌르며
우리 북녘 험한 산길 높은 령마루를
단숨에 달리고 또 넘었더이다

그 길에서 청천강 굽이 도는 물속에
악마의 무리를 모조리 휩쓸어 넣고
단풍 든 모란봉 바라볼 사이도 없이
림진강 나루터로 달렸더이다

용맹한 그분들은 또 다정도 하여
핏줄이 닿은 듯 우리 형제 자매들과
이 강산 풀 한 포기 나무 한 그루까지도
내 몸인 양 내 것인 양 사랑하고 애꼈더이다

포성 속에서 3년의 세월이 흘러간 후
철벽진의 고지에 태양이 불타고 있던
그 어느날 마침내 승리와 영광의 노래…
두 나라 군인들의 우렁찬 합창으로 들렸더이다

이는 어느 옛 이야기가 아니라
영광 가득한 오늘 우리 세대의 이야기…
그분들의 이름은 중국 인민 지원군!
영명하신 당신께서 보내신 사람들!

여기 평화의 깃발이 나붓깁니다
동방에 승리한 인민의 깃발이 나붓깁니다
동방은 붉게붉게 동터 오고
태양은 높이높이 솟아 오릅니다

아아 어둠이 달아나는 동트는 아침
이 나라 수많은 고지 위에 나붓기는 두 나라 인민의 깃발
동방은 붉게붉게 동터 오고
태양은 높이높이 솟아오릅니다

1953/조선문학/11월호

한국 전쟁이 막바지에 다다를 즈음 중국 모택동 주석이 인민 지원군을 파견해준 데 대한 감사의 표시와 동맹국으로서의 굳건한 우의와 친선을 다짐하는 뜻도 담고 있는 내용의 시다.

위대하신 그분

– 쓰딸린 대원수를 노래함

산 골짜기를 흘러 나리는
깨끗하고 맑은 시냇물이
이 곬 물이나 저 곬 물이나
모두 다 바다로 들어가듯이

온 세계 정직한 사람들의
깨끗하고 참된 마음들이
모두 다 그분에게로 달린다
위대하신 그분 쓰딸린에게로

박팔양

시냇물은 흐르고 흐르면서
서로 모이고 서로 합치여
쉬임 없이 바다로 달린다
한량 없이 넓고 큰 그곳 바다로!

평화를 사랑하는 모든 사람들은
서로 손 잡고 또 서로 뭉치여
위대하신 그분! 쓰딸린을 노래한다
그분의 이름! 그것이 곧 평화이라고

달리는 시냇물은
절벽에서 폭포로 떨어지고
낮고 깊은 땅에는 호수로 넘치며
벌판에서는 크나큰 강으로 흐른다

그분이 부르시는 길로 나아가며
사람들은 어느 곳에서나 승리한다
어느 누가 감히 그 길을 막아 서리
막아 선들 어찌 못 가게 하리

뱃노래 흥겨운 볼가강도
옥야 천리를 흐르는 양자강도
영웅 도시를 감도는 대동강도
모두 다 바다로 바다로 흐른다

바다는 한량 없이 깊은 곳
바다는 한정 없이 넓은 곳
모든 물이 달리여 모이는 곳
크나큰 힘이 파도처럼 움직이는 곳

그분의 깊은 지혜를
그분의 힘, 그분의 넓은 도량을
그분의 크나큰 은혜를 비기여서
쓰딸린! 그분은 바다이시다

그러나 그분을 어찌 바다로만 비기랴
그분은 천심을 떠받든 산악처럼
거연히 천만년에 높이 솟아 있거늘
그분을 산악에 비긴들 어떠리

또 어찌 다만 산악에만 비기랴
그분은 모든 생명 위에 비치는 태양!
어둔 밤 외로운 마을의 희망의 별빛!
그리고 펄펄펄 휘날리는 승리의 깃발!

사람의 피땀을 빼앗아가는
자본의 누-런 악마 있는 그곳에서는
마귀들 모조리 휩쓸어 날리는 폭풍!
그분의 이름이 곧 폭풍이기도 하다

박팔양

하지만 평화의 노래 속의 크레믈리는
전세계 선량한 사람들의 마음의 고향
그분께서 고요히 잠드신 붉은 광장에
오늘도 눈부신 영광이 넘쳐 흐른다

1954/조선문학/3월호

한국 전쟁 시기 구 소련을 통치하던 스탈린은 세계 모든 공산권 국가들을 위성 국가로 만들어 놓고 철권 독재를 마음껏 행사했다.

이런 상황에서 구 소련을 종주국으로, 지원국으로 떠받드는 것은 당연한 일일 것이다.

하여 구 소련을 비롯하여 중국과 북한 3국은 운명을 같이하는 동반자라는 사실을 명확히 밝히고 있다.

그러니 한국 전쟁에서 승리한 원인도 구 소련과 중국의 힘에 의해 이루어진 것이라 인정하면서 스탈린의 업적에 대해 경의와 존경 등 모든 표현할 수 있는 찬사를 늘어놓고 있다.

지심을 울리는 행진 소리

지심을 울리는 행진 소리가
사람들 사는 모든 곳에서 들린다
위대한 새날의 우렁찬 노래가
더 가까이 더 높이 들려온다

창공도 아름다운 이날에
평화의 노래 높은 모스크바
레닌과 쓰딸린이 잠드신 광장에
공산주의 장엄한 발걸음 소리여!

영광이 있으라! 위대한 인민들에게
전세계 평화와 아름다운 노래 소리
수억만 근로자들의 마음의 고향에
조직된 우리 힘의 뜨거운 심장에

천안문 광장에도 영광이 넘친다
흰 비둘기 나래치는 푸른 하늘 아래
6억 인민의 승리의 노래 함께
위대한 건설과 투쟁의 함성이 오른다

오! 항미 원조의 깃발을 날리던
의로운 형제들이 사는 나라에
오늘은 미제 강도의 무리들을
짓부시고 함성 드높은 내 조국 통일에

침략의 야수들 두 무릎 꿇었다
승리한 공화국 기 휘날리면서
건설에 일떠선 우리나라 근로자들은
오늘 쓰딸린 거리에 넘쳐 흐른다

박팔양

원쑤들은 한때 이 거리 우에
밤을 낮 삼아 불비를 쏟아 붓고
허공을 폭탄 연기로 채웠건만
보아라! 오늘 이 장엄한 우리 행진을!

그렇기에 우리는 불패의 인민
뭉친 우리의 힘은 감히 막을 자 없어
위대한 나라들의 형제들과 함께
평화의 깃발 높이 나아가노니

우리와 함께 오늘 전세계에서
근로하는 수억만 인민들의 행진
전쟁을 타도하라는 저 웨침이여!
광명한 새 세기의 크나큰 합창이여!

큰 바다의 산데미같은 파도 앞에서
전쟁의 턱없는 그 불씨가 무엇이랴
모든 인민의 뭉치고 째인 력량이여
오늘 지구 우 모든 곳에 물결치라!

지심을 울리는 행진 소리에
우리들의 발걸음 소리를 맞추자
위대한 새날의 우렁찬 합창에
영웅 인민의 투쟁의 노래를 합치자

미제는 조선에서 물러가라!

리승만 역적들을 소탕하자!

조국은 평화적으로 통일되여야 한다!

천백 번 말하리라! 우리 민족은 하나이다

1955/조선문학/5월호

북한은 5월 국제 노동절을 맞아 전쟁 승리와 노동자 인민들의 사기 진작을 위해 화려하고도 장엄한 시가 행진을 펼치고 있다.

물론 뜻깊은 노동절을 자축하고 기념하기 위해 우방인 구 소련도 모스크바 크레믈린 광장에서, 중국도 천안문 광장에서 똑같은 퍼레이드를 펼친것이다.

이렇듯 북한은 우방의 단결된 모습을 자랑하며 한편으로는 한국과 미국을 전쟁 미치광이로 매도하며 마음껏 체제의 우월성과 당위성을 자랑하고 있다.

우리 당은 자랑스러워라

– 조선 로동당 제3차 전당대회에 바침

우리 당은 자랑스러워라

근로하는 수천만 형제 위하여

그들과 함께 그들 속에서

사랑하는 조국을 세워 가노니

인민의 귀중한 생활 위하여
로력하며 단결하며 투쟁하며
언제나 앞으로만 내달아
어느 때나 우리 당은 승리했노라

토지는 농민의 것이 되고
크나큰 공장들도 로동자의 것
나라의 권리는 근로 인민에게
이같이 우리는 싸워 이겨 왔나니

이는 모두 우리 당의 령도로
우리 강철의 대오가 이룩한 것
5각 별빛도 찬란한 인민 조국은
오늘 영웅의 나라로 일떠섰노라

수많은 원쑤들이 우리 앞길에
막아 서고 또 달려도 들었건만
그때마다 원쑤는 패하여 물러갔고
그때마다 우리는 승리를 노래하였네

백만의 대오가 뭉친 당이기에
강철의 규률로 행동하는 당이기에
하나의 사상 의지 굳은 통일과
고귀한 순결성 간직해온 당이기에

가혹하던 포화의 불길 속에서도
낮밤 없이 불꽃 이는 전선에서도
투쟁의 선두에 선 우리 당
깃발은 승리에로 나아갔나니

나라의 영광스러운 평화 통일
3천만의 소원이 이루어질 날에도
우리 당은 인민의 선두에 서 있으리
승리는 영원히 우리 당과 함께 있으리

1956/조선문학/2월호

1인 독재 체제하의 북한은 정당도 당연히 노동당 하나만 있을 뿐이다.

삼권 분립이란 독립성이나 자율성은 애시당초 존재하지 않는다. 그러기에 노동당도 오로지 독재자 1인을 위한 조직이기에 민주적 기본 취지인 감시나 견제 기능 대신 국가 노선이나 정책에 무조건 찬성하고 아첨하는 최고의 어용 기구인 것이다.

그러므로 이 시인도 북한 최고의 국가 기관인 노동당 전당대회에서 헌시라는 미명하에 온갖 미사여구로 절대적 지지와 성원을 주문하는 찬사로 일관하고 있다.

작품의 전체 맥락은 전쟁이면 전쟁 산업 건설이나 농업 증산에서도 절대 승리밖에 없는, 불패의 역사를 이어 간다는 허구적 수사로 짜여 있다.

그런데 한 가지 주목할 만한 것은 토지가 농민의 것이며 큰 공장들도 인민의 몫이라고 표현한 사실을 추측해 보면 당시는 아직 모든 면에서 국가 소유 체제가 갖춰지지 않은 혼돈과 불안정이 내재하고 있던 시기로 보여진다.

쏘련 방문 시초 4편

려객기는 구름 우로

려객기는 구름 우로 간다
천만 파도 굽이쳐 넘실거리는
끝없는 바다같은 구름 우로
하루종일 서북 쪽으로만 간다

구름 우로 날아가는 길에서도
탄 사람의 마음은 앞서만 달려
크레믈리 시계탑 붉은 광장
혁명의 축전이 어른거린다

동쪽에 보이던 붉은 해 어느덧
서편 구름 우에 걸렸어도
려객기는 줄곧 서북 쪽으로만 간다
시각이 바빠라 쏜살같이 닫는다

우리가 가는 곳 어이 낯선 땅이랴
그곳은 우리 오랜 세월에 친숙한
소박하고 근면한 사람들의 조국
해방된 모든 인민의 은혜의 나라

려객기는 구름 우로 간다
피로 맺은 형제의 지성 어린
먼 아침 나라의 축복을 싣고
혁명의 호화로운 축전에로 간다

모쓰크바

바이칼 호수 우를 날을 때나
씨비리 처녀지를 굽어볼 때나
하늘의 성좌를 엎어논 듯한
까잔시의 등불 바다를 바라볼 때나

오직 달리는 마음은 모쓰크바
인류의 뜨거운 심장에로!
오직 달리는 마음은 모쓰크바
광명한 새 시대의 아침 노을에로!

크레믈리 높은 성곽을 바라보며

시계탑의 5각 홍보석 바라보며
잠드신 레닌 앞에 모자 벗으며
해방의 은공 다시 생각하고…

사람 할 일 기계로 하는 공장에서
37층 국립 대학의 로대 우에서
지하 철도의 대리석 조각 앞에서
조국 번영의 앞날 헤아리노니

모쓰크바 우리들의 자랑이여!
모쓰크바 모든 인민의 광명이여!
붉은 10월을 축복하노라!
위대한 10월을 축복하노라!

레닌그라드

네바강 물줄기 굽이 도는 곳
다리도 많고 나무 숲도 많고
그윽한 안개 거리를 휩싸는 곳
혁명의 용감한 이야기도 많구나

외로운 전사들의 붉은 기 날리던
동궁에는 란만하게 예술이 꽃피고

첫 포격의 영예 지닌 아브로라는
네바강 물 우에 고요히 떠 있어라

위대한 일리이츠가 살아 일하시던
소박한 방마다 침대 또 책상마다
한 몸 겨우 눕는 밀집 초막에도
그를 못 잊는 억만의 뜻이 어려

붉은 혁명의 요람인 이 땅은
레닌의 이름 함께 끝없는 영광 속에
세월이 흐를수록 그윽하여라
세월이 흐를수록 아름다워라

북방의 극광은 보이지 않으나
여름 밤이 어두려다 이어 지샌다는
랑만과 전설의 아름다운 도시
레닌그라드 사람들이여 행복하라!

아라라드의 산봉

아라라드의 높은 산봉은
아르메니야 사람들의 자랑
우리나라 백두산처럼이나 높아

박팔양

민족의 전설이 깃들여 있는 곳

아열대 가까운 더운 이 나라에서
산은 사시장철 눈에 덮여 있고
해발 4천메터의 상상봉이
수도 에례완에서도 보인다

노아의 홍수와 방주의 전설이
그 상상봉 우에 걸려 있고
고대 동방 문화의 오래인 전통이
이 산맥 밑에 어리여 있다

외적을 맞받아 굳건히 싸운
선조들의 씩씩한 모습으로
이 나라 사람들 이 산을 우러러
애국의 불길 높이였다거니

용감하라 그대들 옛날처럼 오늘도
평화의 원쑤들과의 싸움에서
먼 동방의 형제 우리 인민도
그대들과 함께 손 잡고 있다

1957/조선문학/1월호

첫 번째 시는 북한이 구 소련의 10월 혁명 축전일에 즈음하여 박팔양을 비롯한 축전 사절단을 모스크바에 파견했다. 이

들 일행은 여객기 안에서 은혜의 나라 낯선 땅을 찾아가는 설레임과 함께 사회주의 동맹국으로서의 결속과 더불어 친선 우의를 도모하려는 의도도 담고 있다.

두 번째 시는 구 소련의 심장 모스크바에 도착하기도 전에 축전 사절단 일행은 각각의 환상을 뇌리에 새기고 있다. 도심 한복판에 자리잡은 시계탑이나 혁명의 어버이로 추앙받는 레–닌 묘, 그리고 현대화된 공장과 건물들을 연상하며 이런 성과가 오로지 10월 혁명의 성공 때문이라고 축제 분위기를 한껏 떠올리게 하고 있다.

세 번째 시는 축전을 마친 일행이 레–닌의 고향이며 혁명의 발상지인 레닌그라드와 그의 생가를 찾아 위대한 업적과 생애를 회상하며 부디 혁명의 요람으로 영원하기를 희망하고 있다.

마지막 작품은 해발 4천 미터의 산 아라라드와 백두산을 서로 대비하면서 백두산이 조선 인민의 혁명의 성산이듯 아라라드도 아르메니아인들의 자랑거리라며 조·소 간 동방의 형제로서 미래를 함께하자는 뜻을 나타내고 있다.

목화 따는 마을에서

아르메니야 목화 따는 마을에
꼴호즈를 찾아 우리는 갔다
뜨거운 친선의 정겨운 인사를
농민 형제들께 전하러 갔다

박팔양

마을의 이름도 밤박아샷토
목화가 풍성하게 핀다는 뜻
목화송이처럼 순박한 처녀들이
춤을 추며 우리를 맞이한다

동방의 춤은 두 팔 들고 추는 법
어깨 장단마저 우리와 같고나
범나비인 양 두 팔 너울거리며
얼씨구 좋구나 멋들어진 춤이여

땅속 20년 묵은 포도주 꺼내여
유리 잔에 하나 가득 부어 들고
70로인이 목청도 우렁차게
통일 조선 만세를 부르네

목화 송이처럼 피여만 나는
당신들의 이 행복한 살림살이
그것이 어찌 당신들만의 승리이랴
이는 곧 우리들의 승리이어라!

1957/조선문학/1월호

이 시는 특별히 정치 사상성이 없는 박팔양의 시적 감정의 주조를 이루고 있는 서정성이 돋보이는 작품으로 그가 1956년 구 소련의 10월 혁명 축전에 참석한 뒤 여러 관광 유적지와 농촌을 돌아보면서 창작한 시로 보인다.

순양함 [아브로라] 호

– 레-닌그라드에서

광막한 이 나라 북방 지평선에는
녹지 않는 만년 백설이 덮이고
북극의 훤한 극광으로하여
어둠을 모르는 흰 밤이 온다네

그 이름도 신비로운 [아브로라]
그 빛 아래 어둡지 않는 아름다운 밤
다정하고 애틋한 정열의 청춘들은
그 밤을 사랑의 하소연으로 밝힌다네

순양함 [아브로라]로 가는 길에서
나에게 이야기를 들려준 이는
레닌그라드의 젊은 녀 동무
그 눈엔 보라빛 꿈이 서려 있었네

[아브로라] 호는 네바강 기슭에
력사도 잊은 듯 고요히 떠 있었네
하지만 이 배를 찾아온 손들에겐
40년 전 그날의 포성이 들리는 듯

다만 그날의 포성뿐이 아니라
자리 전체가 허물어지는 소리도

떼쩨르브르그 사람들의 환호 소리도
위대한 레닌의 드높은 연설 소리도

모든 소리 그날처럼 력력히
먼데서 찾아온 손들에게 들렸네
비록 [아브로라] 호는 네바강 기슭에
력사도 잊은 듯 고요히 떠 있었지만

위대한 쏘베트 찬란한 혁명
세기의 승리를 노래한 력사의 땅
레닌그라드의 한없는 영광 속에서
사람들은 새 생활의 밤을 즐기네

[아브로라] 비치는 아름다운 밤에
정열의 청춘들이 사랑을 노래하듯
우리 10월의 승리를 노래하네
우리 평화의 승리를 노래하네

1957/조선문학/6월호

이 시 역시 박팔양이 소련 순방길에서 체험한 산물이다. 레닌그라드 한복판을 가로지르는 평화스런 네바강에 한가로이 떠 있는 순양함 '아브로라'. 전쟁이 멎은 지금에는 평화로운 모습이지만 치열했던 전장에서는 얼마나 많은 승리를 쟁취했던가.

이렇듯 평화와 승리를 안겨 준 전함에 대해 어찌 감동과 감사의 마음이 없겠는가. 하여 수많은 군중이 밤 하늘에 수 놓는 불꽃과 함께 10월 혁명을 자축하는 퍼레이드를 벌이는 장면이다.

문경 고개

– 조선 인민군 전사의 노래

「문경 고개는 얼마나 높던고
오르며 70리 내리며 70리」
노래로 불리우는 이 고개를
노래 부르며 우리는 넘었다오

달 없는 캄캄한 그믐 밤에
수천 수만 인민군 전사들이
원쑤들을 쳐부신 자랑 높이
노래 부르며 이 고개를 넘었다오

오르기만 하는 70리 길에
내리기만 하는 70리 길에
골짜기마다 쓰러진 양키 무더기
원쑤들은 주검 고개라 불렀다오

밤을 새워 넘은 고개이기에
날 밝아 보니 까마아득하였다오
수안보 온천 마을 당도했는데

락동강도 눈앞에 있을 듯하였다오

해 뜨자 날아드는 쌕쌔기들
산속 엄폐지 우를 뱅뱅 돌며
어방치고 두르는 기총 탄환이
후닥닥 딱딱 빗발쳤건만

풀섶 속의 우리 전사들은
팔베개 베고 번듯이 누워
하늘의 쌕쌔기를 쳐다보면서
「쫓겨간 놈들이 발광치누나」

밤되면 전렬이 남으로 남으로
인민군 만세 소리 높아만 가는데
양키와 괴뢰군은 상주도 김천도
지탱을 못하고 달아만났다오

「문경 고개는 얼마나 높던고
오르며 70리 내리며 70리」
노래로 불리우는 이 고개를
그 후에 우리 다시 넘어 왔다오

넘어 오며 부른 노래 소리
골짝마다에 울려 스몄다오
침략자 쳐부신 인민군 전사들

명령대로 령을 넘어 왔는데

이제 우리 평화의 깃발 들고
문경 고개 다시 찾아 가랴오
승리한 조국을 노래 부르며
문경 고개 어드메냐 찾아 가랴오

1957/조선문학/12월호

이 시는 휴전 3년 후에 발표한 작품으로 한때 인민군은 충주 지역을 지나 문경새재를 넘어 낙동강 일대까지 점령함으로써 승전을 눈앞에 둔 듯했다.

상주와 김천까지 빼앗긴 국군과 유엔군은 낙동강을 최후의 보루로 구축하고 치열한 공방전을 펼쳤으니 이 전투가 얼마나 처절했던가를 짐작케 한다.

시의 전황을 실감 있게 표현한 이 시에서 북한 인민군은 끝내 낙동강 방어선을 뚫지 못하고 얼마 전 진격의 고개였던 문경 고개가 패퇴의 길이 되었음을 뼈저리게 후회하며 승리의 분수령이 될 뻔했던 낙동강 전투에서의 참패를 매우 아쉽게 회상하며 언젠가는 또다시 문경 고개를 넘을 날이 올 것이라는 섬뜩한 복수 의지를 다짐하고 있다.

용광로야

철갑 옷을 입은 옛날 장수처럼
용광로야, 너는 우뚝 서 있구나
우리 조국 푸른 하늘에 높이높이
용광로야, 너는 산악처럼 서 있구나

우리 모두가 너의 모습을 바라본다
한없이 미더웁고 든든한 마음으로
끝없이 즐겁고 대견한 마음으로
영웅 아들 바라보는 어머니처럼

귀신같은 놈들이 불시에 달려들어
대지 우에 너의 몸 쪼각으로 헤쳐 놓고
「너 다시 살아나지 못한다」 뇌까리며
악마의 웃음 웃고 도망쳐 갔으니

원쑤의 칼에 머리 떨어졌다가도
금시에 머리 다시 붙어 싸워 이겼다는
죽음을 모르는 옛날 장수들처럼
너는 살아서 오늘 름름하게 일어섰다

그렇다, 너는 영원히 죽지 않는 장수
영웅 인민의 나라의 억센 용광로답게
철갑 옷 떨쳐 입고 칠보검 비껴 들고

백금빛 쇳물을 뿜으며 일어섰구나

네가 뿜는 쇳물이 밤낮으로 흘러
나라의 행복을 주야로 수 놓아 가면
휘황한 삼림 햇빛처럼 퍼져나가며
원쑤들은 암흑 속으로 사라지려니

용광로야, 더 세차게 쇳물을 뽑아라
너의 뜨거운 심장에서 들끓는 쇳물을
네가 사랑하는 이 강산 우에 길이길이
행복이 넘쳐 영광이 하늘에 닿도록…

오늘 건설의 노래 드높은 중에서
오늘 통일의 함성이 우렁찬 속에서
너는 쇳물을 뽑는다 뜨거운 정열로
로력자들의 위대한 승리 노래하면서

황철 용광로 조업식에서

1958/조선문학/4월호

전쟁이 끝난 북한의 도시들은 폐허 그 자체였다. 그래서 건설 사업을 최우선 과제로 내걸고 철을 생산할 수 있는 제철 사업을 국정의 제1 지표로 선택했을 것이다.

이때 박팔양은 황철 용광로 조업식을 기념하고 축하하는 의미로 이 시를 발표했는데 필자는 이 작품에서도 전쟁 후의 발전하는 사회상을 열렬히 지지하고 환영하며 이 모든 사업 성과가 영웅 조선의 탁월한 지도자가 이끄는 인민 노동자들의 피와 땀으로 이룩된 결과로 매듭짓고 있다.

그러므로 자신도 눈부신 기계 공업의 발전과 노동자 농민들의 근로 생산 의욕을 고양시키는 데, 지성인 문화 예술인으로서의 몫을 다하고 있다는 강렬한 메시지를 전달하고 있다.

로씨야 땅은 얼마나 넓던지 외 4편

로씨야 땅은 얼마나 넓던지
가도가도 몇 날 몇 밤을 가도
지평선만이 아득히 보이는 곳에
기름진 땅이 펼쳐 있더라

로씨야 땅은 얼마나 넓던지
렬차도 고열에 허덕이고 가는
무더운 사막 지대를 지났는데
어느새 씨비리에는 눈이 오더라

로씨야 땅은 얼마나 넓던지
가는 곳 따라 초목도 다르고
제각기 다른 말로 이야기하는
온갖 민족들이 흥겹게 살더라

로씨야 땅은 얼마나 넓던지
한 쪽 땅 끝에서 해가 떠서
한 쪽 땅 끝으로 해가 지는데
해는 언제나 로씨야 하늘에 있더라

바이칼 호수를 에돌면서

기차는 달린다 형제들의 나라로
우리의 뜨거운 심정을 싣고서
아침 해 아름다운 나라 세계 아들 딸이
영광 가득한 친선의 길을 달린다

기차는 바이칼 호수를 에도누나
우리 모두가 호수의 푸른 물 바라본다
아하, 네가 호수라니 그게 참말이냐
바라보아 끝이 없으니 바다가 아니냐

흰 갈매기 네 우를 날은다
저 돛단배 멀리 그림 같구나
황홀한 시간이 기차에 실리여 간다
차 바퀴 소리 박자 맞춰 흘러간다

아하, 네가 호수라니 그게 참말이냐

박팔양

네 넓은 가슴 크나큰 것을 안았거니
너는 온 세계 근로자의 뜻을 안은
위대한 쏘베트의 다함 없는 애정이냐

백화나무 숲

그 옛날 로씨야의 소설들에서
친한지 오래인 그대 백화나무 숲
씨비리 대지의 백화나무 숲이여!
가도가도 끝이 없어 보이누나

그대 속에 깃든 것 그 무엇이냐?
까치 떼냐, 노루 무리, 사슴이 떼냐?
숲속의 범과 곰 승냥이 떼를
쏘아 잡는 사냥꾼의 이야기들이냐?

말하라, 백화나무 숲아
어둡던 그 시절의 구슬픈 이야기
그대 찾아온 그 많은 수난자들과
피눈물의 그 류배살이 이야기들을

그러나 이제는 백화나무 숲속으로
사회주의 락원의 노래 소리 퍼지누나

마을 둘러싸고 진달래 붉게 피여
새 씨비리 행복의 봄을 노래하누나

쏘베트 사람들

쏘베트 사람들은 우리에게
근심스러운 낯으로 물었다
먼길에 피곤하지 아나한가
무슨 불편한 일은 없는가

그들은 또 물어 주었다
우리 도시가 춥지나 않은가?
우리 극장이 마음에 드는가?
우리 음식이 입에 맞는가?

쏘베트 사람들은 우리를
좋은 음식으로 대접하면서
우리를 귀중한 손님처럼
편안한 자리에 앉혔다

쏘베트 사람들은 우리를
굳게굳게 껴안으면서
피를 나눈 한 가족처럼

우리 얼굴에 입을 맞췄다

우리들이 침략의 무리들과
피를 흘리면서 싸울 때
우리를 도와준 사람들이
바로 이 쏘베트 사람들

우리들이 공화국 기 밑에서
땀을 흘리며 건설할 때
우리를 도와준 사람들이
바로 이 쏘베트 사람들

오늘은 우리가 또 그들에게서
더욱 귀중한 것을 보았다
동지들을 어떻게 대해야 하며
어떻게 사랑해야 하는가를

우리는 위대한 쏘베트 땅에서
수없이 많은 진실한 사람들
공산주의로 가는 시대의 사람들
더없이 높은 사람들을 보았다

한 태양 아래

우리들은 아침 햇빛 아름다운
영웅들의 나라에서 왔습니다
우리들은 아브로라 아름다운
당신들의 나라 찾아 왔습니다

로씨야 대지는 우리를 반깁니다
국경의 초원도 한가로운 양떼도
다정한 사람들이 사는 귀틀집도
모두가 형제처럼 우리를 반깁니다

당신들의 땅 우 높은 하늘에
떠 있는 태양 찬란하게 빛납니다
우랄의 령 넘어 볼가강 우에도
우크라이나의 아름다운 창공에도

우리들은 모두 한 대륙 우에서
한 태양 아래 함께 삽니다
우리 태양은 붉은 공산주의 태양
우리들은 그 영광 속에서 삽니다

1958/조선문학/9월호

첫 번째 시는 좁은 북한 땅에서 경험하지 못한 러시아의 넓은 땅과 대자연을 체험하면서 같은 땅인데도 계절이 다르고 언

어 풍속도 다르니 이 나라가 얼마나 큰가를 감탄하고 감동하는 내용이다.

두 번째 시는 세계 제일의 '바이칼' 호수를 감상하면서 호수를 바다로 착각할 만큼 광활한 풍광을 바라보며 감탄을 금치 못하는 황홀경을 보여주고 있다.

세 번째 시는 호수 관광에 이어 숲의 관광에 나섰다. 끝없이 펼쳐진 시베리아를 정글로 장식한 백화나무 숲. 한때는 버려져 유형의 땅이었던 이 지대가 지금은 아름다운 사회주의 낙원으로 변모되었음을 말해 주고 있다.

네 번째 시는 쏘베트 사람들의 다정다감한 풍모와 깊은 관심과 배려의 아량 등에 감사와 경의를 표하며 두 나라 사이는 끊을 수 없는 사회주의 공산 국가의 형제라면서 한껏 서로를 위로 격려하고 있다.

마지막 작품은 이 연작시의 대미를 장식하는 의미를 담고 있다. 한 마디로 영웅의 나라 북한 인민과 혁명의 나라 쏘베트 인민들은 영원한 형제라면서 끝까지 공산주의 붉은 태양 밑에서 승리와 영광을 함께 누리자는 상투적 의미를 담고 있다.

승리를 노래하면서

– 청진 부두에 귀국선을 맞음

청진 부두에 상봉의 날이 밝았네
흰 꽃보라처럼 눈보라가 날려도

부모 형제 맞는 뜨거운 심장들이
노래를 부르며 부두로 모여만 오네

사람은 모이고 모여 물결치네
항구 앞 바닷물처럼 설레이네
기쁨에 들끓는 사람들의 바다여!
노래의 물결 우에 춤추는 갈매기떼여!

눈안개 깊은 아침 항구 앞 바다
수평선도 아무 배도 보이지 않건만
사람들은 모두 바다만 바라보네
이제 오나 저제 오나 가슴을 조이며…

바다의 눈바람이 아무리 맵짜도
저 끓는 심장들의 노래야 얼으랴
쌓인 눈 우에서도 춤추는 발들이
고동치는 핏줄로 뜨거워만지리

별안간 항구의 천지를 흔드는
환호의 만세 소리 터져나온다
눈안개 속에 어렴풋이 보이는 배!
아! 저기 크릴리온 호가 들어온다!

려객선 크릴리온 호 들어온다
그 뒤에 또 볼스크 호도 보이누나!

박팔양

아아 배들이 온다 기다리던 배들이
헤여졌던 우리 겨레를 실은 배들이!

조국의 땅 어머니 젖가슴 향하여
겨레들의 복바치는 기쁨을 싣고
겨레들의 감격의 노래를 싣고서
배들이 물길을 가르며 들어온다!

부두에도 들어오는 배들 우에도
공화국 붉은 깃발들이 춤을 춘다
노래에 맞춰 기를 흔드는 형제여
기쁜 눈물이 우리 앞을 가리누나!

아아 얼마나 서글펐던 세월이냐?
이국 땅의 고단한 살림의 나날아!
아아 얼마나 그리웠던 조국의 품이냐!
이제 첫발자국 디딜 내 나라의 부두!

기적 소리 울리고 배가 와 닿았네
영광스러운 조국 공화국의 부두
얼굴을 마주 보며 손들을 흔들며
테프를 던지며 꽃보라를 뿌리며

저기 내려오시는 젊은 어머니는
뱃간에서 아기를 낳으셨다며

귀국 항로 기쁨의 물결 우에서
갓 낳은 복받이 공화국에 안긴다

내리시는 부모 맞이하는 형제들
서로 껴안고 볼을 맞 비벼보네
그 옛날에 눈물 뿌리던 이 항구가
오늘은 즐거운 상봉터로 되였구나

김일성 원수 만세 만세 소리
우리 공화국 만세 만세 소리
3천만의 소리다 세계에 울려 가라!
우리 승리의 노래 우리 통일의 서곡

아아 얼마나 즐거운 조국의 아침이냐!
아아 얼마나 복된 우리들의 나날이냐!
우리들은 즐거운 새해를 맞는다
동포를 맞아 승리를 노래하면서

1959/조선문학/12월호

북한을 관광하거나 귀화하려는 외국 거주 동포들이 청진항에 입항하며 북한 주민들로부터 뜨거운 환영을 받는 장면이다. 청진항은 수많은 재일 동포들이 조총련계의 감언이설에 속아 만경봉호를 타고 이 항구에 입항하는 일들이 수도 없이 벌어지곤 했다.

그래서 청진항은 이후 일본을 비롯한 소련 등 많은 재외 동포들이 이 항구를 통해 입국함으로써 명실공히 동포들의 귀화 항구로 자리매김되었다.

그러므로 외국 여객선이 입항하는 날은 예외 없이 북한 주민들이 강제 동원되어 선전 선동을 극대화시키는 효과를 거두려 하고 있다.

중국의 누나

1 밀림 속의 귀틀집 긴긴 겨울 밤
유격대 젊은 대원 앓아 누웠네
온 몸이 불덩어리 위태론 목숨
구하려 밤을 새는 중국의 누나

2 약과 음식 먹이며 따뜻한 위로
하루 바삐 나으라 지성의 치료
머리맡을 지키여 몇몇 달이냐
내 몸 바쳐 구해 준 중국의 누나

3 김일성 원수님이 보내신 선물
밀림 속 귀틀집을 찾아 왔다네
정성으로 살아난 유격대 함께
감격에 목이 메는 중국의 누나

류즈허즈의 총 소리

1 버드나무 우거진 동둑 밑으로
원한 깊은 물 소리 들려오는 곳
류즈허즈 벌판의 굶주린 농민
의로운 유격대에 호소했다네
농민들의 모든 것 빼았는 지주
물리치고 우리를 구원하소서

2 포대를 높이 쌓은 토성 안으로
야채 실은 말발굽 들어가더니
류즈허즈 벌판을 뒤흔든 총성
유격대가 악마 떼 무찔렀다네
정의의 총칼 들고 싸운 유격대
승리의 붉은 기를 휘날렸다네

1962/조선문학/1월호

위 시는 백두산 밀영에서 부상당한 김일성 혁명 유격군이 중국에서 파견 나온 간호사에 의해 친절한 치료와 간호를 받고 있는 장면이다.

이런 은혜를 베풀어 주는 것도 김일성 장군의 따뜻한 배려라며 중국 간호사와 함께 기쁨을 나누고 있다.

다음의 작품은 항일 빨찌산 유격대의 활약상을 그린 시로 백두산 밀림 주변의 국경 한 마을에서 일제의 악랄한 만행과 착취를 격멸시킴으로써 마을 주민들로부터 감사의 환영을 받는 장면을 그려내고 있다.

조국 통일

— 8.15 해방 15주년에 드림

비바람 불던 밤이 지나가고
아침 해 동녘 하늘에 오르듯
조국 통일의 그날은 오리라
력사의 새 아침이 오리라!

어머니와 아들을 갈라 놓은 밤
남편과 안해를 갈라 놓은 밤
승냥이 울음 소리 요란하던 밤
밤이 끝내 밤만일 수야 있느냐

닭이 홰를 치며 운지도 오래고
동녘 하늘에 붉은 노을 비꼈다
승냥이 무리 뒷걸음질치면서
어두운 구석만 찾아 숨는 새벽

사람들은 단결의 노래 부르며
사회주의 승리의 함성을 울리며
새 아침 맞이할 깃발을 날리며

제국주의 승냥이 떼를 몰아 간다

미국 앞잡이「하와이」로 도망치고
대만 해협에 포격 시위 장엄하다
일본에선 대륙「대통령」이 쫓겨가고
토이기「멘데레쓰」잡혀 갇히는 아침

아세아와 아프리카 대륙에서
전 세계 사람 사는 모든 곳에서
시간이 갈수록 높아가는 목소리
「미 제국주의자들은 물러 가라!」

노한 파도가 5대 주를 덮는다
타는 봉화 시시각각 번져 간다
우리도 긴긴 15년의 세월을
해적의 무리와 싸워 싸워 왔다

판문점에서 정전 도장을 찍은
도적들을 아주 물러가게만 하면
평화의 비둘기 나래쳐 오르리라
황폐한 남녘 땅, 우리 푸른 하늘에

도적들을 아주 물러가게만 하면
개성 역에서 남행 차 고동 울리며
서울 대구 부산 목포 인천…

박팔양

모든 곳에 만세 환호 들끓으리라

부모 처자들이 서로 얼싸안고
기쁨에 목매여 볼을 비비리라
종로 거리에 공화국 기 나붓기고
남산 마루에 해방탑 높이 솟으리라

우리의 천리마 달리고 달려가자
미제 어찌 견디고 배기겠는가
조국 통일의 그날은 오리라!
력사의 새 아침이 오리라

1960/조선문학/7월호

휴전 협정 7년이 지났건만 아직도 남·북한은 상호 비방과 흑색 선전 등을 이어감으로써 불안한 전시 상태가 지속되고 있었다.

이 시 역시 한국을 비롯한 우방의 지도자들을 한결같이 조롱하고 비방하면서 자신들의 우방은 결속과 친선을 최대한 과시하는 모양새를 그려내고 있다.

따라서 군사적 정신적으로 우월한 북한이 언젠가는 반드시 승리하여 남조선을 해방시키겠다는 어리석고 허황된 꿈을 꾸고 있다.

해방 15주년을 맞이하여 발표한 이 작품은 치밀하게 계산된 목적시로 시 본래의 순수성은 물론 문학성이나 예술성도 찾아볼 수 없는 허구와 궤변으로 꾸며져 있다.

귀중한 당신들

– 흥남 비료 공장 병원 의료 일꾼들과
함흥 의대 학생들에게 바치는 노래

네 검은 머리가 희여진 이 나라에
일찌기 한 번도 들어본 일이 없는
당신들의 그 이야기 내 가슴을 울려
펼쳐 든 신문장을 눈물로 적시였노라

불에 데인 어린 하수에게 나누어 준
한없이 귀중한 당신들의 피와 살이여
사람에 대한 뜨거운 사랑으로 하여
피와 살 바쳐도 아픈 줄 몰랐어라

우리 어느 때 이처럼 값 높은 이야기
이처럼 가슴 뜨거워지는 이야기를
한 번인들 듣고 또 본 일이 있었던가
또 어찌 생각인들 할 수 있었던가

숨져가는 어버이 입에 손가락 피를
조금만 떨구어도 효자 비석을 세우던
내 젊었던 그 시절에 어찌 생각했으리
남을 위한 이러한 일 꿈도 못 꾸었거니

로동당 시대의 우리 천리마 기수들은

로동 계급의 아들 딸이 모두 자기 혈육
피도 아낌 없이 웃으며 뽑아 주고
살도 거리낌 없이 태연히 나누어 주누나

김일성 동지께서 기르신 귀중한 사람들
인민 위한 일이라면 목숨도 아끼지 않는
그 불같은 정열이 어디서 온 것이뇨
그 크나큰 사랑이 어디서 온 것이뇨

원쑤들이 퍼붓는 총탄 맞받으면서
피도 목숨도 전우 위하여 바치며 쓰러진
장백의 산과 들을 수 놓은 혁명의 꽃들
그 찬란한 전통에서 피어난 꽃들 아니뇨

보배로워라 오늘 우리 붉은 전사들의 마음
아름다와라 여기 이 극진한 사랑의 이야기
천 년을 두고 후손에 일러 가르치리라
사람과 계급에게 이처럼 충성 다할 것을

천리마의 정열 드높은 붉은 대학생들의
호담한 웃음 속에 우리 시대 꽃피어 가고
사람 목숨 앞에 모든 것 바치는 의료 일꾼들
웃는 그 얼굴에 깊은 사랑이 어리였어라

금은 보화보다도 더 귀중한 당신들이여

친형제같이 애인같이 정다운 사람들이여

우리 당신들의 붉은 그 마음 그 뜻 찬양하여

온 세상과 함께 당신들을 길이 노래하리라

1961/조선문학/5월호

6.25전쟁 3년 동안 북한은 엄청난 전사상자를 배출했다. 당연히 병원과 의사들이 필요했을 것이다.

그러므로 의사와 의대생들의 자긍심을 고무시키기 위한 목적시가 필연적으로 탄생되었다고 여겨진다.

박팔양은 환자들에게 가족 형제같은 마음으로 헌신하는 의사들에게 최고의 찬사를 보내며 이들 못지않게 앞으로 의사가 되려는 의대생들에게도 애틋한 마음을 드러냈다.

이렇듯 이들이 조국과 인민을 위해 희생 봉사하는 혁명의 기수로 자라나게 된 원인은 오로지 찬란한 노동당 시대와 천리마 운동을 개척한 김일성 주석과 백두 밀영에서 동고동락했던 혁명 1세대의 가르침이란 것을 부각시키고 있다.

이와 같은 필자의 목적시는 흔히 볼 수 있는데 앞으로 한두 편을 더 소개하려 한다.

영광을 드립니다

로동당 시대의 천리마 기수들은

사람들의 행복을 위한 일이라면

정성과 지혜와 온갖 힘 다 바치며
낮도 밤도 없이 구슬땀을 흘리네

로동당 시대의 천리마 기수들은
사람들의 목숨을 살리는 일이라면
제 몸 피도 살도 아끼지 않고
나누어 주면서도 기쁘기만 하다네

그 옛날 우리 나라의 전하는 이야기
가난과 고생 속에 자란 효녀 심 청은
앞 못 보는 아버지 눈을 뜨시라고
꽃 피는 처녀로 림당수에 빠지면서

일편단심 축원 드린 오직 한 가지
사랑하는 아버지 못 보시는 아버지
광명한 천지의 해와 달을 보소서
빛나고 아름다운 모든 것을 보소서

룡왕의 도움으로 세상에 다시 나와
살아서 심 청이가 영화 누린단 말에
놀란 심 봉사 갑자기 눈을 떴다지만
로동당 시대 당의 딸인 우리 의사들은

우리 나라에 사는 눈 먼 사람들을
한 사람 빠짐 없이 앞을 보게 하라

근로자들의 행복 위하여 투쟁하라신
수상님의 말씀을 가슴에 새기고

세계에 자랑할 높은 과학 수술로
한두 사람 아닌 몇 백 명 몇 천 명이
앞 못 보는 사람들께 밝은 눈 주어
해빛처럼 빛나는 우리 시대 보게 하네

황해도 은천 땅의 어제 오늘 이야기
온 집안이 모두 두 눈이 어두운
아버지와 어머니 아들 형제 딸 하나
다섯 맹인 가족이 살고 있단 말에

천리마 기수 젊은 녀 의사 선생님은
수술 도구 가지고 그 집을 찾아갔네
어머니도 아기들도 배 안에서부터
광명 모르는 불행한 선천적 소경들

의사 선생의 두 눈에선 뜨거운 눈물이
주르륵 흐르며 물결치는 붉은 가슴
이 집 이 식구들께 광명만 줄 수 있다면
나의 모든것 즐겁게 다 바치리라

우리 시대의 아름다운 녀 의사 선생
연구와 수술의 어려운 시련의 나날

구슬땀 흘리는 낮 잠 못 이루는 밤
광명 위한 투쟁 멎을 줄을 몰랐네

드디여 어머니는 내 고향 내 집에서
아기들은 혁명 수도의 수술실에서
어느날 놀란 심 봉사 두 눈을 뜨듯
붕대를 풀으니 찬란한 지상의 락원

내 손가락이 보입니까? 네 보입니다
내 얼굴이 보입니까? 네 보입니다
식구들은 의사에게 매달려 울음 울고
의사도 간호사도 함께 흐느꼈다네

온 세상이 모두 놀라는 이 기적이여
천하에서 우러러보는 천리마 기수여
당신들은 이 나라의 락원을 창조하는
당의 아들 딸 우리 시대의 영웅들!

영광을 드립니다 이 사람들을 기르신
어머니이신 우리 당 우리의 수령께
영광을 드립니다 이 시대를 열어 주신
우리의 광명 행복이신 당과 수령께

우리 당은 우리의 기쁨이며 노래!
천리마 기수들의 붉은 심장이 낳는

기적과 창조로 이룩하는 락원에서
우리 조국 통일하고 영세토록 살자네

1961/조선문학/9월호

천리마 기수로 불리우는 한 여의사가 맹인 가정 다섯 식구의 눈을 뜨게 해줬다는 미담을 열렬히 선전 홍보하고 있다.

이런 기적 같은 현실이 수준 높은 현대 의학과 지상 낙원을 이룩한 위대한 수령의 은덕이라며 당과 지도자를 한껏 추켜세우고 있다.

더구나 너무도 과장되게 심청의 설화까지 떠벌이며 북한의 사회 과학이 세계적이라며 이 모든 요인이 수령의 지도력이며 당의 업적으로 부풀리고 있다.

보천보

보천보, 그곳에서 인간 도살자들을
분노의 불 속에 무리로 쓸어 눕히고
간악한 독사들의 둥지 재로 날리며
조국 해방의 불길 높이 타올랐나니

장엄한 이날 밤 하늘의 불길이여!
너는 보았다 도살자들의 끝장을
그리고 들끓는 천만 인민의 기쁨을

슬기로운 항일 유격 용사들의 모습을

이 밤을 춤추며 흘러간 압록강 물아
너도 들었다 패망 일제의 아우성을
전설의 령장 김 장군 만세!의 환호를
그리고 인민 혁명군 승리의 노래를!

그대 압록강 물결과 더불어 온 겨레가
그 아우성 그 환호 그 노래 들었노라
조국 광복의 앞날 비치는 밝은 화광 속에
승리의 그 노래 강산에 메아리쳤노라

그 노래 부르고 부른 긴긴 세월이여!
승리의 그 노래 해방의 노래 되고
다시 미제를 짓부시는 혈전의 노래로
그리고 오늘은 천리마의 노래로 되였어라

노래는 황철에서 흥남에서도 들리고
노래는 청산 벌에서 창성에서도 들린다
노래는 나라 삼천리의 통일을 부르며
창공 높이 온 세계에 울려 퍼지누나

보천보! 우리의 높은 자랑 깃든 곳
우리 전진과 투쟁, 광명과 승리의 고장
그 곳은 우리 혁명의 승전고 높이 울린

영광스러운 력사 길이 빛나는 땅이어라

1962/조선문학/5월호

보천보는 함경북도 갑산군 혜산에 속한 지역이며 압록강을 사이에 둔 북, 중 국경 지역으로 백두산 일대를 포함하는 동북 항일군의 거점이었다.

일제의 탄압이 극심하던 1937년 김일성 주석은 당시 이 지역에서 항일 혁명군을 조직하여 보천보 전투를 승리로 이끌면서 그 이름이 국내외에 널리 알려지게 되었다.

이때 항일 유격군은 일제의 거점인 경찰서, 우체국, 면사무소 등을 습격하여 큰 전과를 거둔 다음 「조선 민중에게 알린다」는 조국 광복회 10대 강령 등의 포고문과 격문을 발표하여 국내외 언론과 방송에서 엄청난 화제를 불러모았다.

그리하여 국내 방송과 신문들은 연일 대서 특필과 함께 연일 호외까지 발행하면서 보천보 전투의 성과를 보도했다.

이후부터 김일성 주석은 북한 주민에게 불세출의 영웅으로 각인되어 오늘의 현실에 이르기까지 보천보와 김일성 주석을 연계시켜 그의 일가가 민족의 성산 백두산의 정기를 받은 백두 혈통이라는 것이 오래 전부터 주민의 뇌리에 각인되어 오늘에 이르기까지 대대로 이어지고 있다.

이와같이 보천보에 대한 의미는 북한 주민들에게 가장 자랑스러운 역사라는 특별한 의식을 가지고 있다.

본궁의 이야기

옛날에 우리 할아버지와 할머니들은
헐벗은 몸으로 목화 열매를 따서
솜을 내여 물레질로 밤을 새며
길쌈하여 무명 폭을 짜 냈다지만

오늘은 우리 산천에 흔하고 흔한
석회석에서 그 무슨 요술처럼
온 나라 사람이 다 입고도 남을
옷감 짤 실이, 솜이 쏟아지네

온 나라 사람들의 뜨거운 사랑 속에
온 나라 사람들의 정성과 힘을 모아
하늘을 치받고 일떠선 이 공장이
천하 1등급의 비날론 공장이라네

나라 옷감을 무한정 짜 낼 돌솜이
어제는, 오늘은 얼마나 더 나오나
모든 사람들이 바라보네, 우리들을
돌솜 만들어 내는 우리 일꾼들을

검은 연기 창공에 오르는 이곳
로동 계급의 거리 본궁, 흥남에서도
사과 나무 꽃 피는 협동농장에서도

온 나라 모든 사람들이 바라다보네

평양 전차간에서, 본궁에서 온
곱고 의젓한 처녀와 청년들이
비날론 생산이 올라간단 이야기
주고 받으면서 몹시 흥겨워할 때

옆에서 돕던 한 늙으신 아바이
기쁨 넘치는 낯으로 말 참견하네
「30톤이요? 요지막은 오르느만!
더 올려야지! 더 올려야 하구 말구」

수령님이 생각하시는 그 일을 아는
온 나라 근로자들이 함께 생각하며
함께 기뻐하며, 공산주의로 나아가는
아아 찬란한 우리 로동당의 시대여

여기는 본궁, 우리들이 자랑하는
과학의 기지, 들끓는 전투 마당
수만의 로동 계급이 낮에 밤을 이어
대하처럼 흐르며 고지에로 달린다

1963/조선문학/9월호

이 시는 제목과 별 관계 없는 내용인데 필자는 아마도 시너지 효과를 거두기 위한 의도로 보인다.

본궁은 함경남도 도청 소재지 함흥시에 위치한 국보 107호로 조선 태조 이성계가 어린 시절을 보냈고 왕위에서 물러나 거처한 곳이기도 하다.

이러한 전통 문화의 역사 도시가 일제 강점기에는 군수 공업의 거점 도시로, 북한 체제에 들어와서는 중화학 공업의 메카로 발전하여 흥남 비료 공장 및 2.8 비날론연합기업소 등이 자리잡고 있다.

박팔양은 이 시에서 비날론 공장의 실상을 그리고 있는데 여기서는 작품 내용의 해설보다 외적 관점에서 들여다보고자 한다.

김일성 주석은 평소 북한 주민에게 가장 중요한 것은 먹는 것과 입는 문제가 제1의 과제라며 1950년대 말 합성 섬유 개발을 지시하여 마침내 1961년 2.8 비날론 연합기업소를 완공하여 소위 '인민의 섬유'라는 세계 최초의 합성 섬유 비날론을 개발하는데 성공했다.

70년대 이전 북한 주민의 옷은 조악한 갈대 추출 섬유 옷을 입었는데 이후에는 비날론 섬유를 본격 보급하여 의류 문제를 해결하는 한편 이로 인한 체제의 보장성과 정치 노선 강화에도 큰 역할을 했다.

참고로 비날론은 6.25 전쟁 중 월북한 서울대 교수 이승기 박사가 연구 개발한 세계 최초의 발명품이란 점에서 더욱 자부심을 갖게 한다.

노래를 불러 달라

– 박록금 동지를 생각하며

유격 전투의 나날이 그리웁구나
밀림의 행군, 진격의 나팔 소리
동지들을 서로 아끼며 감싸면서
원쑤 놈들을 무찌르던 보람찬 나날이여

그런데 오늘 나는 원쑤의 감옥에
잡힌 몸 되어 이처럼 누워 있구나
놈들의 모진 매질에 상하고 병들어
자유도, 힘도 없이 감방에 누웠구나

나의 온 몸이 상처로 덮이였구나
나의 살과 뼈 어딘들 성한 데 있다더냐
그러나 네놈들, 헛되게 기대 말라
혁명 전사 박록금은 죽지 않았다!

녀장수라던 나를 끝없는 악형으로
몸도 못 추스르게 만들어 놨지만
네놈들은 어리석게 망상하지 말라
나는 굴복을 모르는 항일 투사다

이 감옥에 갇힌 우리 동지들이여
사랑하는 전우, 잊을 수 없는 벗들!

결사전에 나서던 그날들이 그립구나!
목숨을 나누던 전우들이 그립구나!

사령관 동지를 꿈에서 만나 뵈였다
나는 전투 명령을 받고 기관총 메고
나는 듯 행군의 앞길을 달려갔다
포연 속의 붉은 깃발도 보았다!

동무들과 부대와 인민들과 조국을
목숨으로 사랑한 우리 동지들이여
노래를 불러 달라, 노래가 듣고 싶다
씩씩하고 용감한 우리들의 행진곡을

나의 전우들이여, 노래를 불러 달라
전투의 대오에서 부르던 그 노래를
우리와 함께 수천만 우리 겨레가
앞으로도 높이 부를 그 투쟁의 노래를

아아, 들려온다 저 노래 노래 소리
진격하며 부르던 결전장의 노래 소리
나의 가슴에 붉은 피 용솟는다
승리의 만세 소리 내 귓가에 들린다

오오! 온 감방이 떠나갈 듯 부르누나
「억천만 번 죽더라도 원쑤를 치자」

그렇다 원쑤를 치자 죽더라도 치자

이 투쟁 속에, 노래 속에 나는 영원히 살리라

1964/조선문학/4월호

이 시는 북한에서 영웅으로 추앙받는 항일 여전사 박록금의 투쟁 역정을 비장하고도 감동적으로 그린 사실적 이야기다.

박록금은 함경북도 경성에서 태어나 어린 시절 만주로 이주한 후 길림성 왕청현의 항일 유격대에 입대 활약하면서 중국 공산당에도 입당했다.

이후 그녀는 장백현에서 동북 항일연군 여성 대원으로, 재한인 광복회와 반일 부녀회 등을 조직하는 등 눈부신 활약을 펼쳤다.

이어 1937년 6월에는 보천보 전투에 참가하여 승리의 전공을 세웠으나 1년 후인 1938년 혜산 사건에 연루되어 투옥 중 1940년 5월 함흥 형무소에서 옥사했다.

이처럼 남성들도 이루기 어려운 일을 해내고 오로지 조국 광복을 위해 젊음을 바친 한 여성에 대한 영웅담은 북한 주민에게 전설처럼 면면히 전해 내려오고 있다.

검은 연기 사라지다

조국의 북변 청진 바닷가에는

언제나 동해 푸른 물결이 설렌다

영원한 세월의 파도 소리 들으며

박팔양

제강소의 굴뚝이 우뚝 솟아 있다

그 굴뚝마다에서는 낮이나 밤이나
검은 연기 하늘 높이 솟아 올랐다
공업화한 조국의 얼굴을 자랑하듯
뭉게 뭉게 피여오르던 검은 연기

그 연기가 가뭇없이 사라지다니
나라의 강철 기둥 마련하느라고
동해 창파를 굽어 보며 오르던
그 연기가 가뭇없이 사라지다니

그러나 동무여 근심하지 말라!
제강소 회전로들은 어제도 오늘도
더욱 고르롭게 쉴 새 없이 돌면서
립철을 더 많이 쏟아 붓고 있다

근심할 것 아니라 도리여 기뻐하라
검은 연기 대신 희고 흰 수증기가
보일 듯 말 듯 굴뚝 우로 올라갈 때
연기는 잡아 원료로 다시 쓰노라!

그 누가 그 검은 연기를 붙잡아
쇳가루 탄가루를 찾아 냈는가
그 누가 그 검은 연기를 회전로로

몰아 넣고 못 나오게 하였는가?

그는 로동 계급 우리 로동자 동무들
그의 손으로 이 기적이 이루어졌고
그의 손으로 공업의 조국이 나래치고
그의 손으로 이 땅이 락원되였어라

그는 불패의 강철 기지 꾸렸어라
그는 창공을 검은 연기로 덮기도
다시 그 연기 걷어 없애기도 하나니
세상에 무슨 힘이 그 힘을 당해 내랴

로동 계급 공화국 그 어디를 가나
조국의 번영 위하여 밤잠 아니 자고
인민의 행복이라면 자기 몸도 바쳐
로 앞 기대 앞에서 싸우는 동무들

나는 노래하노라 이 위대한 계급을
그의 지혜로움과 무궁무진한 힘을
새 력사를 창조하며 달려 나가는
영광스러운 전투 군단을 노래하노라

1965/조선문학/2월호

이 시는 북한의 청진 제강소가 어떻게 변천해 왔는지의 발전상을 이야기한 내용이다.

아직 기술이 발달하지 못한 시기에는 제강소 굴뚝에서 검은 연기가 솟아올랐지만 이제는 하얀 수증기가 피어 오르는 무공해 첨단 기술이 개발되었다고 자랑하고 있다.

더구나 과거의 검은 연기는 다시 정제하여 재생 원료로 사용하고 있으니 이는 일석이조가 아닌가?

이 모든 성과가 당의 지침을 받들어 일궈낸 사회주의 노동 계급 노동자들의 노력에 의해 이루어진 것이라며 무한한 공업 발전으로 낙원 조국을 창조한 노동자들의 노고를 극찬하고 있다.

이렇듯 북한은 모든 생산 현장에서 일하는 농어민이나 산업 일꾼들을 전사에 비유하며 전투로 규정하고 있어 인간으로서의 존엄성은 찾아볼 수가 없다.

그 사랑, 그 뜻이여

로야령의 밤 하늘에는 별이 빛났다
별들은 이마를 맞대고 소근거렸다
밀림의 바다 속, 작은 귀틀집에
먼 길에서 오시는 그분이 드셨다고

회오리치던 눈보라 소리 없이 멎고
숲들은 즐거워서인 듯 설레였다
전사들과 함께 령 넘어 오신 그분을
할아버지네 귀틀집에 모신 밤에

별도 숲도 그분을 맞이한 기쁨에
한밤이 지새도록 잠들지 않았다
왜적 무찌르고 다시 로야령을 넘어
개선하시는 그분을 뵈옵고저

령마루에도 산등에도 골짜기에도
차고 찬 눈이 길길이 쌓였어도
깊은 숲속 귀틀집 방은 후더웠다
그분께 드리는 주인의 뜨거운 정성으로

조국을 받드는 불같은 충성으로
그분을 모신 이 집, 이 밤의 영광
날이 새자 햇빛은 더욱 찬란하고
로야령 뭇새들 에돌며 노래했어라

사람의 자취 끊어진 천고의 말림 속
짓밟히며 쫓기며 살아온 할아버지
세 식구 끼니조차 어려운 살림에도
지성으로 마련한 그 마음 귀중하여라

고달픈 그 살림 걱정하시며
한 술의 미음조차 함께 드시며
사냥과 농사 일도 물어보시고
외로웁고 곤궁함을 그이는 아파하시네

원쑤들의 성화 여기에도 미쳐 오리라
집을 옮겨 살아갈 길 가리키시니
아아 조국 위한 고난의 눈길 우에서
겨레에게 안겨 주신 귀한 그 사랑

그 사랑, 그 뜻 온 겨레에 미쳤어라
그 사랑, 그 뜻 온 강토를 덮었어라
그 사랑, 그 뜻 마침내 원쑤를 무찔렀어라
그 사랑. 그 뜻 우리 살림에 꽃 피였어라

1966/조선문학/12월호

일제 강점기 김일성 주석의 항일 운동을 추억하며 회상하는 서사시로 북한 인민들에게는 반드시 기억하고 명심해야 할 살아있는 역사다.

구 소련, 러시아 땅에서 항일 운동을 전개한 후 혁명의 본거지인 백두산 밀영의 귀틀집으로 귀환하는 김 주석의 모습을 매우 서정적이고 감동적으로 그렸다.

이렇게 김일성 주석의 조국으로의 금의환향은 북한 전 주민에게는 환호와 열광 그 자체였으며, 심지어 우주 만물의 자연 현상까지 그를 환영한다는 최고의 찬사를 아끼지 않았다.

그러므로 현재까지도 백두산 밀림 속에 위치한 귀틀집은 김정일 국방위원장이 태어난 생가라고 날조까지 함으로써 북한 전 주민의 요람으로 고착화되었다.

서정 서사 표현의 달인

박팔양의 문학 활동은 시뿐만 아니라 평론, 수필, 단상 등에서도 괄목할만한 활약을 보여주었는데 이제부터 남북한에서 활동한 그의 작품들을 간추려보고자 한다.

남에서의 작품 활동

박팔양의 남한에서의 시 작품은 널리 알려져 있으므로 시 전문의 소개보다는 내용을 함축하여 감상해보기로 하며 연도별 대표적 몇몇 작품만을 골라 제시하려 한다.

박팔양이 10대 후반에 창작한 시 「공장, 1923」은 덜컥거리는 기계 소리는 공원의 한숨이며 검은 연기 뿜어내는 굴뚝의 연기는 공원들의 한숨이라는 처절한 공장 노동자들의 애환을 노래한 시로 그런 이들에게도 언젠가는 광명과 환희의 세상이 올 것이라는 희망찬 꿈을 대변하고 있다.

또한 시인이 발표한 「려명 이전, 1925」에서는 빛이라곤 한 줄기도 없는 칠흑같은 밤, 이런 상황은 일제 강점기의 암흑과 같은 현실이다. 온갖 압박과 착취에 시달리는 사람들에게 새벽을 열어 줄 선각자가 나타나기를 간절히 기다리는 이 시는 일제에 대한 분노와 단호한 저항 의식이 서려 있다.

아울러 「나를 부르는 소리 있어 가로되, 1926」는 총칼을 앞세운 독재 치하에서 어느 한 사람이 희망과 미래를 꿈꾸거나 고통과 고민을 해결하려는 노력은 망상이나 허욕에 불과하다.

이런 문제들을 해결하기 위해서는 뜻을 같이하는 결사체에 합류해야 한다. 그러므로 이미 정의와 자유 평화와 독립을 위해 거리에 나선 수많은 군중들과 함께 목적을 쟁취하자는 의미가 강하게 풍기는 시다.

그리고 박팔양의 시 가운데 최고의 서정시로 평가받는 「진달래, 1930」는 진달래를 단순한 봄의 꽃이 아니라 암울한 시대를 헤쳐나가는 선구자의 모습으로 그렸으며, 나아가 수난 당한 이 혁명적 선구자를 통해 새로운 시대가 오리라는 낙관적 희망을 내포하고 있다.

이어 1936년에 발표한 「승리의 봄」에서는 한여름의 찌는 무더위와 얼어붙은 빙하의 동토, 바로 일제 차하에서 겪고 있는 약소민족의 삶이다.

그러나 아무리 혹독한 계절이더라도 부드럽고 활기찬 봄은 이길 수 없다는, 언젠가는 반드시 자유와 승리의 날이 오리라는 희망찬 미래를 예견하고 있다.

이 밖에도 1937년에 발표된 「연설회의 밤」이나 「선구자」에서는 한 여성의 연설을 듣기 위해 구름처럼 군중들이 강당에 모였다. 이들은 연설원이 어떤 내용의 연설을 할 것인지를 이미 알기에 잔뜩 희망에 부푼 모습이며 정의감에 불타는 젊은이들에게 아무리 암흑과 철벽같은 장벽이 가로막아도 오로지 앞으로 나아가는 길만이 미래에 대한 희망을 보장받을 수 있다는, 청춘의 선구자들에게 들려주는 저항의 메시지다.

북에서의 작품 활동

북한에서 발표한 박팔양의 시 전문은 앞서 소개되었기에 여기서는 그의 다양한 문학적 활동과 시 정신을 살펴보기로 하겠다.

1955년 박팔양은 『조선문학』에 「시인 이상화」를 발표했는데 그는 서두에 이 시인을 항일 민족 시인이라고 한껏 추켜세운 뒤 이상화가 등단한 창간호 문예지 『백조』를 부르조아 문학 잡지라 평하고 등단 작품 「말세의 희탄」을 비롯한 「나의 침실로」 「이별」 「허무 교도의 찬송가」 등 초기 작품들을 퇴폐적 경향이 농후하며 허무주의와 찰나적 향락을 추구하는 부르조아 시인으로 매도하고 있다.

그러나 박팔양은 이상화의 이러한 경향이 1917년 러시아의 10월 혁명에 의해 의식이 일대 변화를 일으킴으로써 그동안의 퇴폐적 시풍에서 벗어나 시의 주제를 대중의 현실 생활 속에서 찾게 되었다고 다시 한 번 칭찬했다 .

그 후 10월 혁명에 고무된 한반도는 1919년 3월 최초의 민중 폭동(3.1운동)이 일어남으로써 일본 제국주의와 봉건 지주들에 대한 저항 의식이 불타올라 이상화 역시 일제 침략자들과 부르조아 지배 계급 및 봉건 지주들에 대한 증오를 시로 승화시켰다고 했다.

그 예로 박팔양은 이상화의 초기 시 「이별, 1922」와 그 뒤에 쓴 「거러지, 1925」를 비교 분석하고 있으며, 이밖에도 1925~6년대에 쓴 「시인에게」 「폭풍우를 기다리는 마음」 「선구자의 노래」 「빈촌의 밤」 「통곡」 등을 들어 이상화가 확실하게 부르조아의 데카당 문학이나 낡아빠진 퇴폐적 자연주의 문학에서 완전히 탈피했다고 역설하고 있다.

그러면서 박팔양은 이상화의 대표 시 「빼앗긴 들에도 봄은 오는가, 1926」의 해석을 일제에 빼앗긴 조국에 대한 항일 투쟁의 이미지를 애써 약화시키는 대신 남북한의 현실에 맞도록 땅(토지)을 뺏고 빼앗긴 봉건 지주와 힘 없는 농민 근로 대중과의 상충작용에 이용하고 있다고 했다.

그러므로 박팔양은 항일 민족 시인 이상화를 자본주의 부르조아 시인에서 벗어나 프롤레탈리아 신경향파 문학에 불을 지핀 선각자로 묘사하고 있으며 이 불길이 카프 문학으로 이어져 마침내는 이기영, 한설야 등으로 연결됨으로써 부르조아 문학을 압도하게 되었다고 결론짓고 있다.

다음은 1946년 5월 24일 소위 김일성 주석의 교시인 "문화와 예술은 인민을 위한 것을 되어야 한다"는 뜻을 상기시키며 소위 김일성 원수의 교시로 밝혀진, "인민을 위한 문화 예술의 길"이라는 단상에서 박팔양은 그동안 문학 예술 분야가 대중화되는데 큰 발전을 했지만 아직도 미흡한 부분이 많다고 했다.

그러면서 그는 모든 문학 예술인들에게, "대중 속에 들어가서, 대중을 찾아가서, 대중이 알아들을 말을 하며, 대중이 원하는 글을 쓰며, 대중의 요구를 표현하고 해결하며, 대중과 같은 의복을 입으며, 대중에서 배우며, 또한 대중을 배워주어야 할 것"이라고 역설했다.

그는 또 김일성 주석의 1961년, "작가 예술인들이 근로자 대중 속에 들어가 이들의 요구에 대답할 작품들을 창작해야 할 것"이라는 교시를 내세우면서 모든 문화 예술인들이 김일성 주석의 교시를 받들고 따라줄 것을 강조하고 있다.

박팔양은 또 시 창작에 대한 단상을 1966년 『조선문학』에 발표했는데, "시를 꾸며내지 말자"라는 제목에서 자신을 서정시인이라 칭하고 서정시가 독자들에게 감동을 주기 위해서는 사물을 감성적으로 깊이 느끼고 시를 쓸 것이 아니라 이성적으로 생각하면서 써야 한다고 했다.

그러므로 시는 그저 책상머리에 앉아 재미있게 구상하거나 교묘하게 꾸며내거나 아기자기하게 만들어낼 것이 아니라 인간 생활 속으로 깊이 파고들어가 그 현실을 몸으로 느끼고 받아들이고 깨달은 바를 표현하는 작가적 노력만이 진실한 감동을 전달할 수 있는 시를 쓸 수 있을 것이라고 했다.

이어 그는 서정시가 단조로운 목가적인 것이어서는 안 되며 혁명적이며 전투적인 것이기 때문에 깊은 철학과 사색이 요구된다고 주문했다.

다음은 박팔양의 「김소월을 생각하며」라는 수필의 내용을 살펴보기로 한다.

이 작품에서 박팔양은 소월의 시 「진달래꽃」을 1920년대 우리 농촌의 참담한 현실과 특히 농촌 여성들의 봉건주의와 자본주의의 이중 억압 속에 참혹하게 유린당한 사실을 반영한 작품으로 평가하면서 그를 20년대 우리 시 문학의 길을 연 선구의 시인이라 칭찬하고 있다.

박팔양은 다시금 소월을 애국적인 서정 시인이라며 그의 시 「초혼」을 일제 침략에 의해 빼앗긴 조국에 대한 비애의 감정을 표현한 것이라고 했다.

또 그는 소월을 시인으로서의 평가 외에 1920년대의 우리 언어가 사대주의에 사로잡혀 국, 한문을 혼용했으나 한문을 기본으로 쓰던 시대에 순 우리 말인 한글만으로 시를 쓴 점도 높이 평가했다.

그런가 하면 소월이 1930년대를 전후하여 시를 쓰지 못한 것은 이 시기 노동 계급과 부르조아 계급이 격렬히 충돌했기 때문에 심리적 변화와 갈등이 컸을 것이라며 이를 약점으로 꼬집기도 했다.

그러나 박팔양은 소월은 결국 애국적인 향토 시인, 현대 시 문학의 개척자, 한글만으로 아름다운 문장을 구사한 우리 시대 최고의 시인이라 마감하고 있다.

이제 박팔양의 창작과 작품 활동을 마감하는 의미로 그의 유고 시「이름 없는 한 풀잎의 노래」와 대표 서사시「황해의 노래」를 소개하려 한다.

「이름 없는 한 풀잎의 노래」는 4편의 시로 엮었는데「1. 노래를 시작하며」,「2. 남으로 진격하는 길에서」,「3. 인쇄차에 몸을 싣고」,「4. 북녘 하늘 우러르며」로 나뉘였다.

첫 번째 시는 영원한 광명이며 위대한 태양인 어버이 수령이 이룩한 사회주의 이상 낙원, 이 은혜의 품에서 사는 삶을 어찌 한 줄의 시로 표현할 수 있겠는가. 이런 평화롭고 행복한 삶을 이름 없는 한 풀잎, 즉 무명 전사들과 함께 하지 못하는 안타까움을 표현하고 있다.

두 번째 시는 나이 지긋한 한 종군 기자가 군관 신분으로 참전하여 자신도 숲속이나 들판에서 자라는 이름 없는 풀잎의 자세로 승전의 기사를 전하겠다는 내용과 아울러 대전 점령지에서 미군 장성을 생포했다는 승전보와 함께 이 기세로 남쪽 끝까지 진격하겠다는 필승의 의지를 담고 있다.

세 번째 작품은 종군 기자가 인쇄차 안에서 밤낮을 가리지 않고 국군과 미군에게 항복하라는 전단을 찍어내고 있다. 낙동강 전선에 이르러서는 내친 김에 대구, 부산까지 휩쓸어 적들을 남해 바다 깊이 쓸어 넣겠다는 격한 의지를 보이고 있다.

마지막 시는 더이상 물러설 수 없는 낙동강 전선에서 쌍방은 수많은 포로와 전사자를 양산했다. 이 피비린 전장의 참호 속에서 이름 없는 한 풀잎, 즉 무명 전사는 끝까지 저항하다 최후를 맞는다.

전사는 마지막 순간까지도 행복한 웃음을 지으며 북녘 땅을 향해 수령께 감사하는 마음은 독재 체제 사회주의가 얼마나 냉혹한가를 실감케하는 소름 돋는 장면이다.

이제까지 박팔양의 시 세계와 시 정신 전반을 살펴본 바 끝으로 그의 최고 대표시를 소개하려 한다.

남한에서 발표된 그의 대표적 서정시가 「진달래, 1930」라면 북한에서 발표한 최고의 대하 장편 서사시는 단연 「황해의 노래, 1957」다.

이 시는 실제의 역사적 사실을 시인의 예리한 관찰을 통해 문학 예술성을 첨예하게 형상화시킨 서사 문학의 끝판왕으로 평가된다.

내용은 한국 전쟁 당시 황해도 지남산에서 활동한 빨찌산 여성 유격대원 조옥희의 활약상을 다루고 있다.

박팔양은 이 시를 「진달래」와 연계하여 진달래가 봄의 선구자이듯 빨찌산 여대원도 전쟁을 승리로 이끄는 선구자인 동시에 수많은 전사들도 영웅이라며 진달래에 비유하고 있다.

특히 이 장편 시는 전편이 16장 320련 1,280행으로 구성되었는데 한결같이 4행 분절 수법을 효과적으로 구사하여 서사시의 형식미를 잘 갖추고 있다.

끝으로 아쉬운 점은 지면이 허락지 않아 시의 도입부만 소개하는 것으로 맺으려 한다.

해마다 봄 되면 연분홍 진달래
이 산등성이 바위 틈 모든 곳에
이 강토를 지켜 싸워 이긴
애국자들의 넋인 양 꽃피나니

진분홍 아닌 그 연분홍 꽃잎
골짜기에 쓸쓸히 피여 있다가
이른 봄 비바람 몹시도 불면
아무도 모르게 흩어져버린다

그러나 이 꽃이 흩어지면
반드시야 화창한 봄날이 오나니
봄이 온다고 웨치며 지는 꽃
찬바람에 흩어지는 봄의 선구자

이상으로 좀처럼 접하기 어려운 박팔양의 문학 활동 60년을 조명해 보았다. 이쯤에서 필자가 사족을 붙인다면, 독자들이 혹시 회의를 느낄 점이 그의 작품을 『조선문학』 위주로 평가했다는 점일 것인데 북한의 유일한 월간 문예지는 『조선문학』뿐이며 1947년 창간된 조선 작가동맹 기관지임을 밝힌다.

그러므로 모든 작가의 등용이나 작품의 발표는 거의 『조선문학』을 통해서만 이루어진다는 사실을 알아야 할 것이며 그나마 가끔 문학을 다루는 잡지로는 『천리마』, 『청년문학』, 『통일문학』 정도가 있을 뿐이다.

끊임없는 갈등과 대치의 분단 상황에서 이 천재 시인의 삶이 객관적 타의가 아니었다면 얼마나 많은 순수한 명시들을 남겼을까하는 못내 아쉬운 마음이 안타까움으로 남을 뿐이다.

박팔양

백석 白石

1912/ 7. 1~1996 / 7. 7

생애 및 연보

1912년 7월 1일 평북 정주에서 태어난 백석은 본명이 기행夔行이며 백석은 필명이다. 1918년 김소월을 배출한 오산소학교를 거쳐 오산 고보를 졸업한 후 조선일보 후원 장학생으로 일본 도쿄의 아오야마 학원에서 영문학을 전공한 뒤 귀국하여 1934년 조선일보에 입사 출판부에 근무하면서 계열 잡지 『여성』지의 편집도 맡았다. 이듬해 8월 「정주성」을 조선일보에 발표하여 등단했다.

이어 그는 1935년 등단 1년 만에 왕성한 시작詩作 활동의 결과 첫 시집 『사슴』을 출간했으며 김기림, 안석영, 함대훈 등 11인의 발기인으로부터 문학적 천재성과 열정적 시 정신을 평가받았다.

백석은 그 해 조선일보에서 나와 함경남도 함흥의 영생여고에 재직하면서 수많은 시편들과 「가재미」 「나비」 등의 수필을 발표하면서 창작에 열중했으나 문학 활동을 하는데 교사직과 지방이 걸림돌이 되었는지 재직 2년만에 다시 서울로 옮겨와 『여성』지의 편집에 잠시 관계했다.

그러다가 1939년 만주로 건너가 6년여 동안 거주하면서 가난한 생계유지를 위해 측량보조원, 측량 서기, 말단 세관 업무, 소작인 생활 등 여러 차례 직장과 직업을 바꿔가며 이국에서의 고달픈 삶을 이어나갔다.

이후 백석은 잠시 서울에 내려온 일이 있는데 이유는 자신이 번역한 토마스 하디의 장편소설 「테스」의 교정을 보기 위해서였으며 다시 만주로 돌아가 고된 생업에 종사했다.

백석은 1945년 해방을 맞아 고향 정주로 돌아오기까지 계속 만주에 머물러 있었는데 잠시 신의주에 거주한 일도 있다.

그러나 어쩐 일인지 백석은 1935년 「정주성」을 시작으로 1947년 「적막강산」과 48년 「남신의주 박시 봉방」에 이르는 100편 남짓한 시를 발표한 이후 한국 시단에서 자취를 감추는 비극을 맞고 말았다.

암흑기의 식민지 시대하에서도 주체적이고 능동적으로 빼어난 모국어를 구사하며 홀로 고독한 시 세계를 걸어야 했던 그의 견결한 시정신이 실로 반세기만에 재발굴되어 그 진가를 인정받게 된다는 것은 문학사적으로나 개인사적으로 크나큰 수확이 아닐 수 없다. 그의 시는 대체로 현실에 눈 뜨지 못한 유년 시절의 전통적 생활과 풍요롭고 화목하게 느껴졌던 기억들을 추억과 회상을 통해 자아 상실의 회복을 동경한 시풍과 끝없는 유랑과 표류, 방황을 거치면서 터득한 식민지 치하의 피폐한 민중의 삶을 예리하게 표출하였으며 빼앗긴 조국과 잃어버린 고향에 대한 공동체의 복원을 위해 다채로운 방언과 구수한 향토적 토속어를 구사하여 대단한 서정성과 친근감을 갖게 하는 마력을 지니고 있다.

이렇듯 문단의 시재로 평가받던 그도 분단의 비극과 더불어 1947년 『신천지』에 발표한 「적막 강산」을 끝으로 남쪽에서의 문학 활동이 마무리되어 한동안 망각의 시인으로 여겨지기도 했다.

주옥같은 시와 소설, 수필 등 다양한 장르에서 활약한 백석은 1950~60년대에 북에서도 수많은 시 작품을 발표했으며 1996년 7월 7일 생을 마감했다.

다음은 백석이 북한에서 발표한 시 가운데 대표작으로 꼽을 수 있는 작품을 연대 별로 감상 평가해 보기로 한다.

이른 봄

골 안에 이른 봄을 알린다 하지 말라
푸른 하늘에 비낀 실구름이여
눈 녹이는 큰길 가 버들강아지여
돌배나무 가지에 자지러진 양진이 소리여

골 안엔 이미 이른 봄이 들었더라
산기슭 부식토 끄는 곡괭이 날에
개울 섶 참버들 찌는 낫 자루에
양지쪽 밭에서 첫 운전하는 뜨락또르 소리에

골 안엔 그보다도 앞서 이른 봄이 들었더라
감자 정당 40톤 아마 정당 3톤
관리위원회에 나붙은 생산 계획 숫자 우에
작물별 경지 분당 작업반장 회의의

밤새도록 밝은 전등 불빛에
아 그보다도 앞서 지난 해 가을
알곡을 분배받던 기쁨 속에, 감사 속에
그때 그 가슴 치밀던 증산의 결의 속에도

붉은 마음들 붉게 핀 이 골 안에선
이른 봄의 드는 때를 가르기 어려웁더라
이 골안 사람들의 그 붉은 마음들은
언제나 이른 봄의 결의로, 긴장으로 일터에 나서나니

1959/조선문학/6월호

이 시는 봄이 자연의 섭리에 의해 오는 것인데도 이를 부정하고 집단 노동과 생산성을 높여 사상적 정신 무장을 이루려는 데 더 큰 목적이 있다.

따라서 당과 수령에 충성하지 않으면 살아갈 수 없는 순수한 한 시인의 변질된 모습을 여실히 보여주고 있다.

공무 려인숙

삼수 삼십 리, 혜산 칠십 리
신파 후창이 삼백 열 리
북두가 산머리에 내려앉은 곳
여기 행길 가에 나앉은 공무려인숙

오고가던 길손들 날이 저물면
찾아들어 하루 밤을 묵어가누나-
면양 칠 백 마리 큰 계획 안고
군당을 찾아갔던 어느 협동조합 당위원장

근로자 대학에서 온다는 한 대학생
마을 마을의 수력 발전 화력 발전
발전 시설을 조사하는 군인민위원회 일군
붉은 편지 받들고 로동 속으로 들어가려
신포 땅 먼 림산 사업소로 가는 작가

제각기 찾아가는 곳 다르고
제각기 서두르는 일 다르나
그러나 그들이 이 집에 이른는 길
그것은 오직 한 갈래길– 사회주의 건설의 길

돈주아 고삭아 이끼 덕이 치고
통나무 굴뚝이 두 아름이나 되는 이 집아
사회주의 높은 봉우리 바라
급한 길 다우치다 길저문 사람들
하루 밤 네 품에 쉬여 가나니

아직 채 덩실하니 짓지 못한
산골 행길 가의 조그마한 려인숙이라
네 스스로 너를 낮추 여기지 말라
참구름 노전 투박한 자리로나마
너 또한 사회주의 건설에 힘 바치는 귀한 것이니

1959/조선문학/6월호

함경북도 깊은 산골 그 길 가에 허술한 여인숙이 자리하고

있다. 그러나 이 여인숙은 당원이나 군인, 학생, 노동자, 작가 등 여행자라면 누구나 하루 밤을 자야 한다.

제각기 가는 길이 다르고 하는 일이 다르지만 목적은 오직 사회주의 건설을 위한 것이다.

이렇듯 훌륭한 일을 하는 사람들에게 하루 밤 포근한 잠자리를 제공해 주는 여인숙도 사회주의를 건설하는 중요한 뒷받침이 되어 준다는 선동적 목적시다.

갓나물

삼수갑산 높은 산을 내려
홍원 전진 동해 바다에
명태를 푸러 갔다 온 처녀
한 달 열흘 일을 잘해
민청상을 받고 온 처녀
삼수갑산에 돌아와 하는 말이—

《삼수갑산 내 고향 같은 곳
어디를 가나 다시 없습네
홍원 전진 동태 생선 좋기는 해도
삼수갑산 갓나물만 난 못합네》

그런데 이 처녀 아나 모르나

한 달 열흘 고향을 난 동안에
조합에선 세 톤짜리 화물 자동차도 받아
래일 모레 쌀과 생선 실러 가는 줄
래일 모레 이 고장 갓나물 실어 보내는 줄

삼수갑산 심심산골에도
쌀이며 생선 왕왕 실어 보내는
크나큰 그 배려 모를 처녀 아니나
그래도 제 고장 갓나물에서
더 좋은 것 없다는 처녀의 마음
삼수갑산 갓나물같이 향기롭구나–

1959/조선문학/6월호

삼수갑산 산골 처녀가 동해 바다 명태잡이 일에 뽑혀 40여 일 간 열심히 노력하여 큰 상까지 받고 돌아와 생선과 자기 고장 갓나물과 비교하며 그래도 자기 고장 산나물이 제일이라 자랑하고 있다.

그리고 이런 전국의 농산물 해산물, 임산물이 지도자의 관심과 배려에 의해 생산되는 것이라며 이 은덕에 보답하는 의미에서 각 고장의 산물을 중앙에 실려 보내는 마음이 즐겁고 자랑스럽다고 늘어놓고 있다.

공동 식탁

아이들 명절날처럼 좋아한다
뜨락이 들썩 술래잡기, 숨박꼭질
회우에 재깔대는 소리, 깨득거리는 소리

어른들 잔치날처럼 흥성거린다
정주문, 큰방문 연송 여닫으며 들고나고
정주에, 큰방에 웃음이 터진다

먹고 사는 시름 없이 행복하며
그 마음들 이대도록 평안하구나
새로운 둥지의 사랑에 취하였으매
그 마음들 이대도록 즐거웁구나

아이들 바구니, 바구니 캐는 달래
다같이 한 부엌으로 들여오고
아낙네들 아끼여 갓 헐은 김치
아쉬움 모르고 한식상에 올려 놓는다

왕가마들에 밥은 잦고 국은 끓어
하루 일 끝난 사람들은 기다리는데
그 냄새 참으로 구수하고 은근하고 한없이 깊구나
성실한 근로의 자랑 속에…

백석

밭 갈던 아바이 감자 심던 어버이
최뚝에 송아지와 놀던 어린것들
그리고 탁아소에서 돌아온 갓난것들도
둘레둘레 둘려 놓인 공동 식탁 우에
한없이 아름다운 공산주의의 노을이 비낀다

1959/조선문학/6월호

공산주의 사회의 절대 이념인 공동집단 생활제도를 잘 드러내고 있다. 개인의 자유가 제한되고 소유가 금지된 제도하에서 철저히 공동 생산, 공동분배의 원칙만을 지켜야 할 뿐이다. 한 마을 사람들이 저녁이 되면 집단 농장이나 탁아소, 공장이나 광산에서 돌아와 공동 식당의 식탁에 둘러앉아 가족들끼리 모처럼 행복한 시간을 갖는 식사 시간이다.

그러나 백석도 이제는 지난날의 순수한 목가적 시인이 아니다. 많은 향수 어린 독자들의 기억에 그의 절박하고 토속적인 서정성이 현저히 희석된 대신 작위적이고 사실적인 무의미한 언어들로 채워지고 있을 뿐이며 더욱이 북한 체제를 찬양하고 마화시키는 도구로서의 역할로 변모해 버렸다.

축복

이 먼 타관에 온 낯설은 손을
이른 새벽부터 집으로 청하는 이웃이 있도다

어린것의 첫 생일이니
어린것 위해 축복 베풀려는 이웃 있도다

이깔나무 대들보 굵기도 한 집엔
정주에 큰방에 아이 어른—이웃들이 그득히들 모였는데
주인은 감자국수 눌러 토장국에 말고
콩나물 갓김치를 얹어 대접을 한다

내 들으니 이 집 주인은 고아로 자라난 사람
이 집 안 주인 또한 고아로 자라난 사람
오직 당과 조국의 품안에서
당과 조국을 어버이로 하고 자라난 사람들

그들의 목숨도 사랑도 그리고 생활도
당과 조국에서 받은 것이어라
그리고 그들의 귀한 한 점 혈육도
당과 조국에서 받은 것이어라

이 아침 감자국수를 누르고 콩나물 메워
이웃 사람들을 대접하는 이 집 주인들의 마음에
이 아침 콩나물을 놓은 감자국수를 마주하며
이 집 주인들의 대접을 받는 이웃 사람들의 마음에
가득히 차오르는 것은 어린아이에 대한 간절한 축복
그리고 당과 조국의 은혜에 대한 한량없는 감사

나도 이 아침 축복받는 어린것을 바라보며
당과 조국의 은혜 속에 태어난 이 어린 생명이
당과 조국의 은혜 속에 길고 탈 없는
한 평생을 누리기와
그 한 생명이 당과 조국을 기쁘게 하는
한평생이 되기를 비노라

1959/조선문학/6월호

이 시에서 화자는 먼 곳에서 온 나그네다. 그런데도 아기의 첫돐을 맞은 낯선 농가에서 축복의 초대를 받은 것이다.

집 주인 부부는 고아로 자라난 가난한 농민이다. 이런 현실에서 금쪽같은 혈육을 얻었으니 마을 사람들을 초청하여 잔치를 벌일 일이다.

음식은 비록 감자국수와 콩나물, 갓김치같은 소박한 것이지만 집 주인이나 농촌의 현실 등을 비추어볼 때 대단한 축복이 아닐 수 없다.

이 축복들은 모두가 당과 조국으로부터 받은 은혜라는 강조를 거듭하고 있는데 여기서 화자는 당연히 필자일 것이며 그렇다면 백석도 어쩔 수 없이 그의 진실과 시 정신을 외면한 채 체제 속의 꼭두각시가 되어 버린 것이다.

하늘 아래 첫 종축 기지에서

어미 돼지 뜰의 큰 구유들에
벼겨 그리고 감자 막걸리
새끼 돼지들의 구유에
만문한 삼베 절음에 껍질 벗긴 삶은 감자
그리고 보기 길금에 삭인 감자 감주

이 나라 돼지들 겨웁도록 복되구나
이 좋은 먹이들 구유에 가득히들 받아
하늘 아래 첫 종축기지로 오니
내 마음 참으로 흐뭇도 하구나

눈길이 모자라는 아득히 넓은 사료전에
맥류며 씰로스용 옥수수
드높은 사료 창고엔 룡마루를 치밀며
싸리잎 봇나무잎 찔괭이잎 가죽나무잎…

풀을 고기로의 당의 어진 뜻
온밭과 고간과 사람들의 마음에 차고 넘쳐
하늘 아래 첫 종축기지로 오니
내 마음 참으로 미쁘기도 하구나

흐뭇하고 미쁜 마음 가슴에 설레인다
이 풀밭에 먹고 노는 큰 돼지 작은 돼지

백만이요 천만으로 개마고원에 살찔일 생각하매

당의 웅대하고 현명한 또 하나 설계가
조국의 북쪽 땅을 복지로 만드는 일 생각하매
복수백산 찬 바람이 내려치는 여기에
밤으로 낮으로 흐뭇하고 미쁜 일 이루어가며
사람들 뜨거운 사랑으로 산다
돼지새끼 하나 개에게 물렸다는 말에
지배인도 양돈공도 안타까이 서둔다
그리고 분만 앞둔 돼지를 지켜
번식돈 관리공이 사흘 밤을 곧장 새운다

이렇듯 쓰다듬고 아끼며
당의 뜻 받들고 사는 사람들
하늘 아래 첫 종축기지로 오니
마음 참으로 뜨거워 온다

내 그저 축복드린다
하늘 아래 첫 종축기지의 주인들에게
기쁨에 찬 한량없는 축복드린다

1959/조선문학/9월호

깊고 깊은 산골 벽촌이려니와 해발도 높은 개마고원, 이곳에 대단위 돼지 종축장이 있다.

사람들도 먹기 어려운 감자, 옥수수, 보리 등이 이의 먹잇감이 되고 있는가 하면 사료 창고에는 천장을 뚫고 하늘로 치솟아오를 듯 온갖 나뭇잎과 풀잎들이 쌓여 있어 보는 이의 마음을 뿌듯하게 한다.

더구나 새끼돼지나 씨돼지는 특별 관리인이 밤낮으로 관리하는 등 하찮은 동물이라도 정성껏 돌보는 자신들의 사회야말로 복지의 천국이며 축복의 땅이라는 것을 강변하고 있다.

돈사의 불

깊은 산골의 야영 돈사엔
밤이면 불을 켠다
한 5리 되염즉 기다란 돈사
그 두 난 끝 낮은 처마 끝에 달아
유리를 대인 기다란 네모 나무 등에
가스불 불을 켠다

자정도 지난 깊은 밤을
이불 밑으로 번식돈 관리공이 오고간다
2년 5산 많은 돼지를 받노라 키우노라
항시 기쁨에 넘쳐 서두르는
뜨거운 정성이 굳은 결의가 오고간다

다산성 번식돈이 밤 사이

그칠 줄 모르는 숨소리 사이로
1년 3산의 제2산 종부가 끝난 번식돈의
큰 기대 안겨 주는 그 소중한 고로운 숨소리 사이로
또 시간 젖에 버릇 붙여놓은 새끼 돼지들의
어미의 젖꼭지를 찾아 덤비는 그 다급한 웨침 소리 사이로

그러던 이 관리공의 발길이 멎는다
밤중으로 아니면 날새자 분만할 돼지의
깃자리 보는 그 초조한 부스럭 소리 앞에
그 발길이 기대에 찬 분만의 자리를 지켜 오래 머문다

밀기울 누룩의 감자술 만들어 사료에 섞기도 하였다
류화철 용액으로 더운 물로 몸뚱이를 씻어도 주었다
그러나 한 번식돈 관리공의 성실한 마음 이것으로 다 못해
이제 이 깊은 밤으로 순산을 기다려 가슴 조이며
분만 앞둔 돼지의 그 높고 잦은 숨소리에 귀 기울여 서누나

밤이 더 깊어가면 골 안에 안개는 돌아
돈사 네모 등의 가스불빛도 희미해진다
그러나 돈사에는 이 불 아닌 또 하나 불이 있어
언제나 꺼질 줄도 희미해질 줄도 없이 밝은 불

이 불—한 해에 천 마리 돼지를 한 손으로 받아
사랑하는 나라에 바치려 사랑하는 당의 바라심을 이루우려
온마음 기울여 일하는 한 젊은 관리공의

당 앞에 드리는 맹세로 켜진, 그 붉은 충실한 마음의 불

1959/조선문학/9월호

이 시는 앞의 작품과 동질성을 나타내고 있어 동일 상황을 다른 시각에서 묘사한 것임을 알 수 있다.

돈사의 처마 끝에 매달린 가스등 불빛과 함께 밤 새워 야영하면서 돼지들을 돌보는 젊은 관리사의 분주한 손길과 발길 그리고 막중한 책임에 대한 사명과 성취감에 빠져 오히려 힘들고 괴로운 현실을 즐거움으로 승화시켜 당과 지도자에 대한 절대 복종과 충성의 의지를 보여주고 있다.

1960년대의 시

눈

초저녁 이 산골에 눈이 내린다

조용히 조용히 눈이 내린다

갈매나무 골배나무 엉클어진 숲 사이

무리들이 주저앉은 오솔길 우에

함박눈 눈이 내린다

초저녁 호젓도 한 이 외딴 길을

마을의 녀인 하나 걸어간다
모롱고지 하나 돌아 작업반장네 집
이 집에 로전결이 밤 작업에 간다

모범 농민 군대 의원 그리고 어엿한 당원
박순옥 아맹이의 우에 눈이 내린다
지아비 원쑤를 치는 싸움에 바치고
여덟 자식 고이 길러내는 이 홀어미의 어깨에
늙은 시아비 늙은 시어미 지성으로 섬기여
그 효성 눈물겨운 이 갸륵한 며느리의 잔등에
눈이 내린다 함박눈이 내린다

이 녀인의 마음에도 눈이 내린다
잔잔하고 고로운 그 마음에
때로는 거센 물결치는 그 마음에
슬프고 즐거운 지난날의 추억들 우에
타오르는 원쑤에의 증오 우에
또 하루 당의 뜻대로 살은 떳떳한 마음 우에
눈이 내린다 눈이 쌓인다

다정한 이야기같이 살뜰한 쓰다듬같이
눈이 내린다
위안같이 동정같이 고무같이
눈이 내린다
이 호젓한 밤길에 눈이 내린다

녀인의 발자국을 그리며 지우며
뜨거워 뜨거운 이 녀인의 가슴 속
가지가지 생각의 자국을 그리며 지우며
푹푹 내리며 쌓인다 그 어느 크나큰 은총도

홀어미를 불러 낮에도 즐겁게
홀어미를 불러 이 밤도 즐겁게
더욱 큰 행복으로 가자고 어서 가자고
뒤에서 밀고 앞에서 당기는 당의 은총이

밤길 우에
이 길을 걷는 한 녀인의 우에
눈이 내린다
눈이 내려 쌓인다
은총이 내린다
은총이 내려 쌓인다

1960/조선문학/3월호

함박눈이 내리는 평화롭고 고요한 밤이다. 우리네 환경같으면 온 가족이 오순도순 TV 앞에 모여 저녁 식사를 하거나 아기자기한 대화를 나눌 시간이다.

그런데도 북한 산촌에 사는 이 여인은 하루종일 노동도 모자라 또 눈밭을 헤치고 논밭을 걸어 야간 사업장으로 간다.

열성 당원이며 군 대의원에 모범 농민이기도 한 이 여인은 가정에서도 웃어른과 자녀들을 지극정성으로 섬기는 효부 열녀인 것이다.

지칠 줄도 모르고 고통 또한 모르는 이 여인은 북한 체제가 열망하는 A플러스 학점의 모범 주부인 것이다. 또한 이 주부 역시 길고 오랜 체제에 잘 길들여져 있어 모든 것이 행복으로만 느껴지고 당의 은총으로 생각하는 것이다.

이렇듯 철저하게 대중의 집단 의식으로 무장된 북한 사회의 가정이 이렇게 운영되고 있는가를 독자들이 미루어 짐작할 수 있을 것이다.

전별

어제는 남쪽 집 처자의 시집 가는 길
산 우 아마밭 머리에 바래 보냈더니

오늘은 동쪽 집 처자의 시집 가는 길
산 아래 감자밭 둑에 바래 보내누나
햇볕 따사롭고 바람 고요로웁고
이 골짝 저 골짝 진달래 산살구꽃은 곱고
이 숲속 저 숲속 뻐꾸기 매비둘기 새 소리 구성지고
동쪽 집 처자는 높은 산을 몇이라도 넘어
먼먼 보천 땅으로 간다는데
보천 땅은 뒤재 우에서도 백두산이 보인다는 곳
사람들 동쪽 집 처자를 바래 보낸다

먼 밭 가까운 밭에 옹기종기 일어서
호미 들어 가래 들어 그의 앞날을 축복한다
말하자면 이 어린 처자는 그들의 전우
전우의 앞날이 빛나기를 빈다

하루에 감자밭 천 평을 매제끼는 솜씨—
이 솜씨 칭찬하는 마음도 이 축복에 따르고
추운 날 산 우에 우등불 잘도 놓던 마음씨—
이 마음씨 감사하는 마음도 이 축복에 따르누나
동쪽 집 처자는 산길을 굽이굽이
뒤를 돌아보며 돌아보며 발길 무거이 간다
가지가지 산천의 정이 사람들의 사랑이
멀리의 쓴 눈물 삼키게 하매
그 작은 붉은 마음 바쳐온 싸움의 터—
저 골짜기 발전소가 이 비탈의 작잠장이
다하지 못한 충성을 붙들어 놓지 않으매
동쪽 집 처자는 고개를 넘어 사라진다
그러나 그 깔깔대는 웃음 소리 허공에 들리누나

그러나 그 흘린 땀 냄새 땅 우에 풍기누나
어제는 남쪽 집 처자를 산 우에
오늘은 동쪽 집 처자를 산 아래
말하자면 이 어린 전우들을 딴 진지로 보내는 것은
마음 얼마큼 서운한 일이니
그러나 얼마나 즐겁고 미쁜 일인가

그러나 얼마나 거룩하고 숭엄한 일인가!

1960/조선문학/3월호

한 마을에서 두 처녀가 시집을 간다. 마을 사람들이 동구 밖 삼밭과 감자밭머리까지 나와 애틋한 마중을 한다.

우리의 심정은 이 새색시들이 안락하고 평화로운 가정을 꾸며 행복한 삶을 누리기를 원하지만 이 마을 사람들은 무엇보다 단순한 노동력의 이동이나 마치 전장에 나서는 전사의 모습을 보는 듯한 마음과 바램으로 두 처녀를 떠나보내는 것이다.

이 처녀들이 어떤 마을로 시집을 가던 자기네 마을에서 하루에 감자밭 천 평을 거뜬히 매제끼던 솜씨를 그 곳에서도 발휘해 줄 것을 기대하며 호미와 가래를 하늘 높이 치켜들며 환호하고 있다.

특히 이 시에서 백두산이 바라다보이는 보천 땅으로 시집가는 처녀를 부각시킨 것은 김일성 주석의 전적지로 이름난 곳이므로 다분히 의도적인 것으로 보인다.

탑이 서는 거리

혁명의 거리로
혁명의 노래가 흐른다
혁명은 청춘
청춘의 거리로

청춘의 대오가 흐른다
흙 묻은 배낭에 담긴 충성이
검붉은 얼굴에 빛나는 영예가
높은 발구름에 울리는 투지가
오색 기'발에 나붓기는 긍지가…
흐른다, 흐른다
혁명의 거리로 청춘의 거리로
혁명의 거리로 흐르는 청춘들은
탑을 세우며 멀리서 왔구나
혁명의 거리에 하늘 높이
탑 하나 장하게 세우려 왔구나
이 높은 탑을 우러러
천만의 가슴속마다 탑은 서리니
천만의 가슴속에
천만의 탑을 세우려 왔구나 청춘들이여
진리의 승리를 믿어
조국 광복의 거룩한 길에서
때도 없이 곳도 없이
주저와 남김은 더욱 없이
바쳐질 대로 바쳐진 고귀한 사람들의
청춘이여 사람이여
꿈이여 목숨이여
이 탑 속에 살으리라
만 년 세월이 다 가도록
천만의 가슴 속 탑들에도 살으리라

백석

혁명의 거리에 솟는 탑이여
이 탑을 불어 인민 영웅의 탑이란다
조국 강산에 향기로운 이름 남기고
천만 겨레의 사랑 속에 영생하는
그 사람들의 이름으로 부르고 부를
인민 영웅의 탑이란다
영웅들의 이름 가슴에 그리며 따르며
그들 위해 높은 탑을 세우려 온 청춘들이여
영웅들의 청춘에
그대들의 청춘은 잇닿았으니
영웅들의 력사에
그대들의 력사는 잇닿았으니
청춘의 대오여
그대들 오늘 이 영웅들 따라
영웅들 부르던 노래 높이 부르며
영웅들의 발걸음에 발을 맞추며
나아가누나 그들이 가던 길로
그들이 목숨 바쳐 닦아 놓은 길로

혁명의 거리로 흐르는 청춘들이여
한 탑을 세워
천만의 탑을 세우려 온 청춘들이여!

1961/조선문학/12월호

북한 전지역에서 평양으로 몰려온 청년 학생들이 '인민영웅

탑'이라 불리우는, 즉 조·중 우의 탑 건축물을 건립하는 과정을 그렸다.

혁명의 거리 평양 도심 한복판에 세워지는 거대한 탑은 그야말로 북한 사회의 자랑이며 주체사상의 상징이 아닐 수 없다.

그러기에 건설 현장에 참여하는 자체만으로도 일생일대의 영광으로 생각하는 청년 학생들의 의욕이야말로 자신들의 모두를 바친다 해도 어떤 후회나 여한이 없는 것이다.

마치 영웅의 탑을 건설하는 자신들도 영웅이 된 듯한 기분을 안고 있을 것이기에.

손벽을 침은

자산 땅에 농사 짓는 아주머니시여
동해 어느 곳의 선자 아바이시여
먼 국경 거리의 판매원 동무시여
나와 자리를 나란이 또 마주한 이들이시여
우리 다같이 손벽을 칩시다
우리 소리 높이 손벽을 칠 때가 또 왔으니

우리 손벽을 치는 것은
우리들의 가슴 속에 기쁨이 솟구칠 때
우리들의 영예가 못내 자랑스러울 때

우리 손벽을 치는 것은
우리들의 승리를 스스로 축하할 때
우리들의 마음 속에 타오르는 뜻이 있을 때

우리 손벽을 칩시다
적으나 크나 우리 사랑
또 하나 자랑스러운 영예 지니였으니
또 하나 가슴에 넘치는 기쁨 얻었으니

나와 자리를 나란이 또 마주한 이들이시여
우리 같이 먼 길을 오는 기나긴 동안
우리 서로 다정하게 지나는 이 차 안에서
한때의 거처를 알뜰히 거두었으매
길에 나서 가질 마을도 지킬 법절도
하나같이 소홀히 하지 않았으매

어여쁜 렬차원—처녀 우리의 차간에 승리의 기발 걸어 주고
엄격한 차장 동무 우리의 승리를 기뻐 축하하여
이제 우리들은 려행의 승리자로 되였사외다

우리 이 승리를 위해 또 손벽을 높이 칩시다
우리 그 동안 얼마나 많은 손벽 쳐 왔습니까
그 많은 우리들의 기쁨과 승리가 있을 때마다
그 많은 우리들의 영예와 결의가 있을 때마다

우리들의 손벽 소리에
우리의 찬란한 력사는 이루어지고
우리들의 손벽 소리에
우리의 혁명은 큰 걸음을 내짚습니다

한 번도 헛되이 울린 적 없는 손벽을
한 번도 소홀히 울린 적 없는 손벽을
오늘은 이 차 안의 조그만 승리 위해
조그만 영예 위해 우리 높이 올립시다

우리 자리를 나란이 또 마주한 이들이시여
우리의 손벽을 높이 칩시다
우리들의 가슴 속 높은 고동을 따라

1961/조선문학/12월호

북한의 모든 노동자와 농민 할 것 없이 한 열차를 타고 멀리 일본 땅에서 만경봉호를 타고 영구 귀국하는 재일조총련 동포들을 맞이하기 위해 청진항으로 향하는 환영 인파의 정경을 그리고 있다.

열차 안 사람들은 한결같이 먼 타국에서 오는 동포들에게 승리의 기쁨을 안겨 주려는 환영 일색으로 들떠 있다.

이와 같은 축제 분위기를 어찌 차장이나 여승무원도 공감하지 않겠는가. 그래서 이들은 많은 여행자들에게 꽃다발과 깃발을 목에 걸어주며 함께 환호하고 손뼉을 치며 즐거워하고 있다.

돌아온 사람

쉰 세 번째 배로 왔노라 하였다
그대의 서투른 모국의 말
그로 하여 더욱 따사롭게 그대를 껴안누나
조국의 품이 그대의 해쓱한 얼굴
섬 나라 풍토 사나왔음이리니
그로 하여 더욱 자애로 차 바라보누나
조국의 눈이

이제는 차창에 기대여 잠들었구나
그 기억 속 설레여 잘 줄 모르던
출항의 동라 소리도 동해의 푸른 물결도
조국 산천을 가리우던 눈시울의 이슬도

그러나 잠 못 들리라
조국에 대한 사무치던 사모는
심장에 끓어 넘치던 민족의 피는
이 한 밤이 다 가도
천만 밤이 가고 또 가도
아니, 잠 속에서도 사무치리라 끓으리라

눈 감아 이미 숨소리 높은 사람아
조국의 품은 구원이구나 자유구나
행복이구나 삶이구나

이 품을 위해서는 좋으리라
열 동해를 모진 바람 속에 건너도

돌아온 사람아
의탁하라 그대의 감격도 피곤도
새벽 가까운 시각에 수도 향해 달리는 렬차에
그대의 하루 밤의 운명 앞에는
이제 곧 찬란한 새 날의 해돋이가 마주하리리

돌아온 젊은 사람아
의탁하라 그대의 운명을
위대한 력사의 시각을 달리는
조국의 크나큰 운명의 렬차에

이 차는 머지않아 닿으리라
금빛 해별 철철 넘치는 속에
이 나라 온 겨레가
이 누리의 모든 친근한 사람들이
공산주의 승리에 환호 울리는 곳에

게시는 하늘과 땅에 삶의 기쁨 넘치고
인생의 향기 거리와 마을에 가득히 풍기리니
이 아침을 향하여 길 바쁜 조국이
그 품에 그대의 안식을 안아 기쁘리라

1961/조선문학/12월호

이 작품 역시 재일조총련 동포들이 쉰 세 번째로 만경봉호에 의해 북한 땅을 밟는 과정에서 인민들이 열열히 환영하고 따뜻하게 맞아 주는 장면을 묘사하고 있다.

수십 년 간 낯선 이국 땅에서 고향을 그리며 눈물과 한숨, 고통의 나날을 지냈을 동포들이 이 그리던 조국의 품에 안겼으니 앞으로는 따뜻한 조국의 품속에서 조국을 믿고 청춘도 운명도 안심하고 맡기고 의지하라고 열을 올리고 있다.

그럼으로써 이들의 앞날은 크게 평화와 안식을 얻어 새로운 희망과 위대한 역사가 창조될 것이라고 너스레를 늘어놓고 있다.

망각 속에 되살아난 시재詩才

이상으로 우리 시단과 독자들로부터 하마터면 잊혀질 뻔했던 시인 백석이 북한에서 발표한 시편들을 모두 발굴 소개했다.

그러므로 이제부터는 남한에서의 작품 활동과 그의 시 세계와 시 정신 전반을 살펴봄으로써 남북한 통틀어 그의 문학관과 인생관, 그리고 역사관 등이 어떻게 변질되었는지 독자 스스로 평가할 수 있는 기회가 되기를 바라는 마음이다.

백석은 20대 초반 『조선일보』에 「정주성」을 발표하면서 화려하게 시인으로 등장했다. 당시 큰 화제를 불러일으킨 「정주성」은, 한때는 북방의 오랑캐를 지키며 영화와 위엄이 도사렸을 성이 지금은 폐허가 된 자취뿐, 주위에는 잡초에 묻힌 논밭들이 어둠 속에서 음산한 모습만을 보여주고 있다.

초라한 원두막엔 아주까리 등불만 희미하다. 무너진 성벽의 한낮은 한가로운 잠자리의 놀이터일 뿐, 지난날 위세 당당했을 성문에는 위풍 있는 장졸들이 드나들었을 것이지만 지금의 허물어진 성문 사이로는 늙은 청배장수나 드나들 뿐이다.

과거와 현재를 극명하게 대비시켜 인생의 무상함과 권력의 흥망성쇠까지 시사하는 작품으로 짧은 연마다 산촌의 정경과 시어들이 대단한 감칠맛을 더해 주고 있다.

아에 뒤지지 않을 1930년대 대표시로 평가할 만한 작품은 단연 「통영」이다.

이 시는 화자가 아름다운 항구 도시 통영 앞바다가 내려다보이는 산 기슭의 낮은 사당 앞 돌층계에 앉아 과거와 현재, 미래에 대한 온갖 생각에 잠겨 있다.

뱃길을 따라 서로가 좋아하는 사람들이 오가기도 하고 풍성한 해산물이 건져 올려져 한껏 입맛을 돋구기도 하며 자다가도 벌떡 일어나 바다로 뛰쳐나가고 싶은 정겨운 항구의 풍경들을 직접 바라보기도 하고 마음속으로 생각하기도 한다.

이런 평화스럽고 풍요로운 곳의 어느 한 집에는 반드시 화자가 애타게 기다리는 님도 있을 것이다.

이런 향토적 목가적인 백석의 시는 1940년대에도 그대로 나타나고 있는데 그 대표적인 시가 「적막강산」이다.

90여 리나 되는 먼 산길 들길을 하염없이 혼자 걷는 나그네의 심경이 잘 나타나 있다. 산에 다가가면 뻐꾸기나 꿩의 울음 소리가 들려와 산은 산대로 들은 들대로 그 지니고 있는 바가 풍요롭고 평화스럽지만 정처없는 나그네에게는 풍요 속의 빈곤감이나 고요 속의 고독감 같은 일종의 소외 의식과 상대적 박탈감을 느껴 그저 눈앞에 펼쳐지는 자연 경관들이 자신의 마음과 같은 황량한 적막감만을 느끼게 할뿐이다.

그러나 백석은 시인이기 이전에 소설가로 문학 활동을 시작하여 1930년 19세의 나이로 신춘문예에 소설 「그 모와 아들」이 당선되었는데 남녀 간의 불륜을 공동체의 소문 형식으로 묘사하여 인간의 끝없는 욕망을 그려냈다는 점에서 큰 화제를 모았다.

이후 백석은 일본으로 건너가 유학을 마치고 1934년 귀국하여 첫수필집 『해빈 수첩』을 발표했고 『여성』 잡지 이전에 창간된 『조광』 창간호에 「마포」도 발표했다.

이렇듯 백석은 조숙한 천재 문인으로 시, 소설, 수필 등의 장르에서 문학의 수준과 폭을 넓혔으며 특히 소설가로서의 위치에서도 기존의 형식을 탈피했다는 점에서 모더니즘 작가로 평가받고 있다.

하지만 백석은 소설과 수필의 창작 경험을 바탕하여 시인으로서의 절대부동의 입지를 구축했다. 바로 1936년 그의 첫 시집 『사슴』이 말해 주고 있는 것이다.

이 시집이 출간되자 백석과 함께 조선일보에서 사회부 기자로, 평론가로 활약했던 김기림은, "사슴의 세계는 그 시인의 기억 속에 쭈그리고 있는 동화와 전설의 나라"라면서 "주착 없는 일련의 향토주의와는 명료하게 구분되는 모더니티를 품고 있다"고 극찬을 아끼지 않았다.

그런가 하면 고려대 최동호 명예교수는, "백석의 시는 김소월, 한용운과 다르고 이상, 정지용과도 다른 독특한 문학 세계라며 평이하게 씌여진 것 같지만 범상한 수법이 아니며 고전적인 것 같지만 현대적인 놀라운 시적 역량을 보여 준다"고 했다.

이 밖에도 조선일보 사내에서 모던보이, 꽃미남으로 불리운 백석에게 동료 시인 노천명은 자신의 시 「사슴」에서, “모가지가 길어서 슬픈 짐승이여 관이 향기로운 너는 무척 높은 족속이었나보다”에서의 사슴을 백석에 비유한 것이라는 평자도 있다.

그런가 하면 백석도 자신의 시, 「나와 나타샤와 흰 당나귀」에서 나타샤를 모윤숙, 최정희, 노천명일 것이라 하는데 여러 정황으로 보아 노천명 시인이 가장 근접할 것으로 추측된다.

이상으로 우리 시단과 독자들로부터 망각의 시인으로 묻힐 뻔한 백석의 시 세계와 활동 상황을 남북한을 통틀어 조명해 보았다.

그러나 필자가 백석의 북한에서의 문학 활동을 조명하는 과정에서 그가 1990년대 중반에 사망했는데도 그의 시 작품이 1960년대 중반 이후에는 발견할 수 없어 큰 아쉬움과 함께 그의 사생활이 몹시 궁금해지기도 한다.

그러나 백석은 북한에서의 활동이 알려지지 않은 이전의 작품에서 이미 그의 문학성과 천재성이 입증되었지만 지극히 제한적인 환경에서 양산된 시 작품들이 새롭게 발굴 소개됨으로써 그에 대한 진가가 한층 평가되고 연구되기를 바라는 마음이다.

특히 필자가 강조하고 싶은 것은 본고에 소개된 시 중 1950년대 이전의 시는 독자들이 흔히 접할 수 있는 작품이어서 대표작 몇 편의 내용만 간략히 소개했으나 1950년대 이후의 시는 모두 북한에서 발표된 것이기에 이제까지 독자들이 접하지 못한 작품이기에 장시의 경우라도 전문을 게재했다.

백석은 시작 외에 소설, 수필, 아동문학에도 매우 조예가 깊어 이에 대한 여러 편의 평론도 발표되었으며 러시아 문학에도 큰 관심을 기울여 수많은 시와 소설을 번역했다.

끝으로 백석 시인이 북한 출신임에도 필자가 월북 시인으로 상정한 이유는 그가 젊은 시절 오랜 시작 활동과 직장 생활을 남쪽에서 보냈기 때문에 별 무리가 없을 것으로 판단하여 월북 시인으로 지칭한 점에 독자들의 양해를 구한다.

안 막 安漠

1910 / 4. 18 ~ ?

생애 및 연보

안막은 1910년 경기도 안성 출생으로 본명은 필승이며 필명은 추백이라 했다.

당시 무용계의 독보적 존재였던 월북 무용가 최승희의 남편이기도 한 그는 서울의 경성제2고등보통학교를 중퇴하고 일본으로 건너가 와세다대학 노문학과에서 수학했다.

안막은 일본 유학 시절 '무산자사'에 관여하면서 계급문화 운동을 벌였고 귀국 후에는 임화, 김남천 등과 카프(조선프로레탈리아 예술가동맹)에 가입, 소장파들을 결집하여 카프의 재도약을 주도하기도 했다.

또한 그는 사실주의를 표방하는 프롤레탈리아 이론을 정립한 첫 평론 「프로 예술의 형식 문제-프롤레탈리아 리얼리즘의 길로」라는 논문을 1930년에 발표함으로써 카프 소장파들이 볼세비키적 대중화론을 내걸고 재도약을 주도하는 데 크게 역할했다.

또 같은 해 발표된, 「조선 프로 예술가가 당면한 긴급한 임무」라는 평론에서는 시의 대중화론을 주창하는 김기진을 형식주의라고 비판하면서 프롤레탈리아 리얼리즘을 미학으로 승화시키기 위한 예술 운동의 볼세비키화를 역설하기도 했다.

그는 또한 새로운 창작 방법론으로 1933년에, 「창작 방법 문제의 재토의를 위하여」라는 평론에서는 사회주의 리얼리즘을 소개하기도 했다.

이를 계기로 창작 방법에 대한 논쟁이 가열되었으나 당사자인 그는 이에 관여하지 않은 채 문단 활동을 중단했으며 광복 후 카프에 가담했다가 월북했다.

월북 후 안막은 문학 평론가로서의 활동보다 시인으로 변신하여 많은 시 작품을 발표했으며 북한 정권의 문화예술 부문 요직을 맡기도 했다.

그는 아내인 최승희가 김일성 주석의 절대적 신임을 받고 있는 후광을 안고 문예총(북조선문학예술총동맹) 부위원장이라는 막강한 직책을 맡는 한편 최승희의 오빠인 최승일과 함께 최승희에 대한 일체의 예술 선전, 광고 프로 및 시나리오 작성 등을 전담하기도 했다.

그러나 끝내는 최승희와 그의 딸 안성희가 숙청됨으로써 그의 활동도 막을 내린 것으로 추측되며 이후 그의 북한에서의 활동이나 저작물은 확인되지 않고 있다.

그렇지만 필자가 추측해 보면 안막의 종말은 1953년 박헌영, 임화, 김남천 등이 처형된 이후 이들의 죄상과 연루되어 숙청되었을 가능성이 크다. 왜냐하면 임화와 안막은 남한에서도 카프 운동을 주도적으로 함께했고 또 같은 시기에 월북한 점으로 미루어 예측이 가능할 것으로 보인다.

끝으로 안막의 남한에서의 저서로 1931년에 발간된 『카프 시인집』과 평론집으로 1930년의 『맑스주의 예술 비평의 기준』과 1932년의 『1932년 문학 활동의 제과제』 등이 있다.

참고로 안막은 남한에서 평론가로 활동했기에 시 작품은 모두가 북한에서 발표한 것이기에 특별한 의미가 있다고 여겨진다.

서정 시초 4편

1. 노래

으러렁대던
폭음도 사라져
전원은 다시 고요해지고
저녁노을은 불타
하늘은 빛으로 차는데
앞산 소나무 사이로
아름다운 노래 들려오네

누구인가 했드니
우리 두 전사
진달래 꺾어 들고
노래부르며 내려오네
〈고요히 꾀꼴새 노래 들으니 그대 생각 더욱 간절타……〉

살구꽃 피는 마을에
사랑을 두고도 왔으리라
갓 지은 삼간 마루에서
안해와 웃으면서 떠나기도 했으리라

진달래꽃도 총신도

산허리 돌아 보이지 않어도
랑랑히 들려오는 노래 소리
〈봄을 맞이하는 그대 가슴속
병사의 안부를 전하라……〉

실로 이 준엄한
싸움 속에서도
그 젊음과 자랑을 잊지 않고
고시란히 조국에 바치는
이 나라의 젊은 사람들
그대들로 하여
봄은 불 속에서도 아름답고
투지는 가슴속에 더욱 크거니
판가리 이 싸움에도
조국은 이기고야 말리라

2. 복사나무 마을

마을 뒷산에
백 년이나 살었을 복사나무

눈먼 폭탄이
산허리에 떨어져

복사나무 불에 탔건만

그 나무가지에
꽃피였다 꽃이
불 속에서도 죽지 않는
이 나라의 억센 붉은 꽃이

3. 고사포

산꼭대기
고사포에
진달래꽃
세 포기

이 고사포가
세대를
떨어뜨렸지요

한 대에 한 송이
두 대에 두 송이
세 대에 세 송이

우리 포에

영예를 들였지요

포신을
육친처럼 안으며
전사는 웃으며 말한다
이제
포신이 보이지 않을걸요

4. 시

북한강을 굽어
산빨이 어깨를 이은
전선

우리 전사의 뜨거운 입김이
아직도 남아 있는
어느 빈 참호 속

통나무 솔기둥을 깎아
새겨진 시 한 구절-

〈조국의 산과 들이여
어머니의 땅 사랑하는 곳이여

내 붉은 피로써
이 진지를 지키노라……〉

누구인지 모르나 그는
이 시를 남기고
원쑤의 머리통을 향해
비호처럼 달려 갔으리라

참호 속의 높은 숨결이여 넘쳐 흘러
우리의 가슴속으로 퍼진
아름다운 시

길이 인민들 속에
스며 배는 것이여

1951/문학예술/7월호

서정시 4편 중 3편이 봄을 노래한 시다. 첫 번째 시 「노래」는 치열한 전쟁의 와중에도 계절은 바뀌어 어김없이 봄이 찾아 왔다.

포성이 잠시 멎은 숲속에서 두 명의 전사가 진달래꽃을 꺾어 들고 유쾌한 노래를 부르며 내려온다. 거기에 꾀꼬리 울음도 한데 어울리고….

이런 상황에서 어찌 고향과 애인, 아내에 대한 생각과 추억이 없으랴.

그러나 지금은 조국에 바쳐진 몸, 봄을 즐기기에 앞서 결연한 승리의 의지를 불태우고 있다.

두 번째 시 「복사나무」는 백 년이나 마을을 지켰을 복숭아나무도 참혹한 전화를 입어 뼈대만 앙상하지만 다시 붉은 꽃을 피웠다. 처절한 화염도 버텨내고 살아 남은 복숭아나무야말로 위대한 조국의 기상이 아닐 수 없다고 묘사했다.

세 번째 작품 「고사포」는 고사포가 배치된 방공호 주변에 진달래 세 그루가 꽃을 피웠는데 포를 가족처럼, 생명처럼 여기는 한 전사가 진달래 포기 수에 맞춰 적기 세 대를 격추시켰다는 자랑과 함께 포신을 온몸으로 감싸 안으며 기뻐하는 모습이다.

마지막 네 번째 시는 끝없이 뻗어나간 능선의 어느 빈 참호에서 껍질을 벗겨낸 소나무 기둥에 씌여 있는 한 구절의 문장을 발견하면서 주인공의 의지를 대변하고 있다.

누군지도 모르는 이 시의 주인은 적들을 두려워하지 않고 용맹스럽게 싸웠을 것이며, 그는 지금은 없지만 그가 남긴 시는 길이길이 인민들 가슴속에 깊이깊이 새겨질 것이라 말하고 있다.

두 아들 외 1편

서울로 가는 길 림진강 기슭
어느 무덤 앞에
향기로운 꽃밭이 있어 맨드라미 백일홍
붉게 피여 아름답다

늙은 할머니

안막

손녀인가
귀여운 처녀와 더불어
꽃밭에 잡풀을 뽑는다

평소에 동지와 쓴
모표로 보아
조선 사람은 아니였만

꽃을 심어
무덤을 가꾸는
이 나라 할머니의 마음

「벌써 10년도 넘지만
내 아들도
중국에 들어가
원쑤와 용감히 싸우다
강남 땅에 묻혔다는데

이 처녀가 바로
그 애의 딸이요
여기 누운 지원군도
고향이 어데인지
내 아들과 무엇이 다르겠소…」

할머니의 눈에는

눈물이 어리는 듯
성스러운 싸움에
만 리를 달려
낯설은 산과 들에
길이 잠들은
조선과 중국 두 젊은 아들

그 무덤 위에
전투의 깃발을 높이여라
피로써 맺어진
두 인민들은
원쑤의 가슴팍에다
마지막 총창을 꽂으리라

할머니

넓으나 넓은 들판
원쑤들로 하여
찢기우고 파헤쳐진 땅 위에
아침 햇살을 받으며
흰머리 성성한 할머니
은빛 동상마냥 서 있다

모진 바람이 부나
빗발 쏟아지나
원쑤의 쌕쌔기
하늘에 발광을 치나

할머니는
푸른 싹을 가꾸며
한사코 논밭을
진지인 양 떠나지 않는다

일을 하다가도 허리를 펴고
걸음을 걷다가도 눈을 들어
남쪽 산마루를 바라봄은
이기고 돌아올
손자를 생각함인가
한 치의 땅을 묵이지 말라
수령의 말씀을 뇌여 봄인가

행인들이여 만일
그대들이 이 동리를 찾으려거든
어디 가서나
할머니가 서 있는 동리가
어딘가 물으라

1952/문학예술/5월호

이 두 편의 시는 모두 가족을 내용으로 한 작품이다. 「두 아들」은 전쟁이 한창인 임진강 기슭의 중국 인민군 지원군과 북한 병사가 묻혀 있는 두 무덤을 지나며 느낀 감회를 그리고 있다.

할머니와 손녀인 소녀가 정성스레 꽃을 심고 잡초를 뽑으며 묘역을 가꾸는 것은 지난날 할머니의 아들도 중국으로 건너가 전사하여 강남의 어느 묘지에 묻혀 있기에 두 무덤의 주인공도 고향이 어딘지 모르지만 친아들이라는 생각으로 돌보고 있는 것이다.

끝으로 화자는 원한을 안고 죽어간 두 젊음을 대신하여 적을 무찌르고 승리의 깃발을 휘날리는 정경을 환상적으로 형상화시키고 있다.

시 「할머니」는 전쟁으로 페허가 된 땅 위에 논밭을 일구며 살아가고 있다. 허구헌 날 비바람이나 전투기들의 공포스런 소음도 아랑곳없이 진지마냥 꿋꿋이 지켜가는 논과 밭.

또한 할머니는 일을 할 때나 길을 걸을 때도 전쟁에서 승리하고 돌아올 손자 생각과 한 치의 땅도 놀리지 말라는 지도자의 생각에 잠겨 있는 것이다.

그러므로 뭇사람들은 할머니를 귀감으로 삼아야 할 것이라는, 말하자면 남녀노소 할 것 없이 적에 대한 적개심을 불태우며 반드시 전승을 다짐하는 내용으로 일관되어 있다.

맹세

어머니시여

안막

빗발치는 탄우 속으로
정의의 총검을 들고 나선
아들의 인사를 받으소서

공화국 기에도
백발이 성성하신
당신의 얼굴이 어리고
포성 속에서도
자애로운 당신의 말소리 듣습니다

당신은 그 어디서나
아들과 같이 계시여
어린 시절처럼
용기와 기쁨을 주시오니

당신의 큰 뜻을
언제나 간직하여
조국을 어머니처럼
사랑하는 아들은
오늘도 화염 퍼붓는
진두에 서서

조국이 흘린 몇 백배 피를
원쑤에게서 쏟히며
미국 비행기 땅크를 하나하나 불살라 버리며

조국이 준
숭고한 임무를
영예롭게 지키나이다

어머니시여
풀포기 하나도
나를 반기던
내 고향 산과 들이며
푸른 바다 보이던 내 학교
향나무 섰던 내 집…

열 스무 해나
슬픔과 기쁨을 같이 나누던
그 정다운 동무들
노래 잘하던 그 처녀
농사 잘 짓던 그 청년

그 잃어진 동무들도
그 쓰러진 향나무도
나를 부르오니
아들이 어찌
한 놈의 원쑤인들
남겨 두오리까

어머니시여

안막

그 불 끓는 가슴으로
경애하는 수령의
이름 부르며
적의 포문을 막아내는
그처럼 용감한 아들 딸들에게

전세계
그 많은 어머니들이
뜨거운 손길로 쥐여 주는
그처럼 정의로운 아들 딸들에게
어찌 승리와 영광이
빛나지 않으리까

어머니시여
머지않어 반드시 돌아올
그 개선의 날을 위하여
아들은 이제
불붙은 조국의
붉은 하늘과
끄실리고 파헤쳐진
노호하는 땅 앞에서

다시 한 번
원쑤의 격멸의 맹세를 다집니다

1952/문학예술/10월호

이 시는 적개심과 복수심에 불타는 한 병사가 어머니와 고향과 친구들과 어린 시절 등을 회상하며 그의 조국과 지도자에게 반드시 승리를 안겨 주겠다는 전의를 불태우고 있다.

전장을 누비는 아들은 항상 어머니가 곁에서 지켜 주기 때문에 자신은 용기와 기쁨을 지니고 적으로부터 승리할 수 있으며 조국과 어머니를 동일선상에 배치하고 맹세를 다지면서 마지막으로 머지않아 반드시 승리하고 어머니의 품으로 돌아가겠다는 굳은 결의를 담고 있는 작품이다.

그러나 이 시에서도 수령에 대한 끝없는 존경심과 충성심을 극강으로 표현함으로써 시적 감성과 문학성을 크게 훼손시키고 있다고 판단된다.

서정시 4편

에레나의 수첩

포연 자욱한 어느 전초 속
용감한 조선의 젊은 병사는
침략자를 쳐 물리치고
이 수첩을 꺼내여
승리의 기록을 남기겠지…

안막

수첩을 보내온
서부 독일 그 처녀는
꼭 이렇게 생각했을 것이다
푸른 하늘 빛 표지 우에 그려진
한 쌍의 흰 비둘기
그 밑에
곱다랗게 씌여진 이름 에레나

에레나는 누구일까
금빛 머리칼에
정다운 파아란 눈동자
나는 만나보지 못한 그 처녀를
머릿속에 그리여다
멀리 엘바강 기슭
미국 놈 땅크 쏘다니는
소란한 거리에서
그는 분노에 찬 가슴으로
어두운 낮과 밤을 싸우고 있을까

아니면 어느 허물어진 공장
깨여진 담벽 너머로
멀리 조선의 하늘을
쳐다보고 있을까

나는 이제

어둠의 밑바닥에서 달려온
그 수첩을 가슴에 안고
불비 쏘다니는
돌격전으로 나아간다

그 첫장에 나는 적었다
「자유
통일
평화
우리들의 가슴속
불처럼 타는 공동의 념원!

에레나여
그대의 수첩은
이를 위하여 판가리 싸움에 나선
나의 보람찬
청춘의 기록장으로 남을 것이다」

붉은 깃발은 태양을 향하여 올라간다

나는 그날을 잊지 않는다
깃발과 꽃보라와 푸른 가로수 덮인
전우의 나라를 찾아온

나의 심장도
함께 떠나가는 듯

나의 앞을 지나가던
중국의 늙은 로빠이싱
손자인가 귀여운 소년의 손목을 이끌고
군중을 헤쳐가며
앞을 다투어 걸어간다

폭풍처럼 환호성이
광장을 뒤흔든다
천안문 루상에
모택동과 그의 전우들이 나타났다

2만 5천 리 장정을 이겨낸
불멸의 령장
굴욕의 구렁텅이로부터
넓으나 넓은 중국 땅을 건져낸
혁명의 기수

늙은 로빠이싱
손주를 어깨 우에 올려놓으며
「똑똑히 보아라
저분이 모 주석이다
우리 중국을 구원한 분이다」

동방홍이 울린다
대지는 엄숙해지고
크나큰 영광 속에 깊이 잠겨 있다

민족 해방의 깃발
6억만의 피끓는 마음이 뭉쳐진
오성 붉은 깃발이
새 중국의 항행을 선포하며
태양을 향하여 올라간다

축포가 울린다
나팔수가 행진곡을 분다
모택동이 바라다보는 곳에서
강철의 대오가
지축을 울리며 지나간다

오랜 세월을 거쳐
원쑤와의 악랄한 싸움을 이겨낸
대포와 땅크와
혁명이 나은 용감한 사람들이…

대렬은 끝이 없는 것 같았고
대지의 모든 음향은
만세 소리로 화한 것 같았다

중국 땅 온갖 끝으로부터 모인
대가족들이 서로 부둥켜 안고
끝없는 흥분 속에서
웨치며 노래하며
탄탄한 대로를 힘있게 밟으며 지나간다

한때는 이 대로를
머리 숙인 백성들을 호령하며
제황들이 지나갔고
아편과 대포를 실은
외국 침략자들이 지나갔고…
그러나 오늘은
중국의 참된 주민들
6억만의 대오가 지나간다
늙은 로빠이싱
손자를 끌어 안으며
외치는 듯이 말한다
「너는 일생을
끝없는 굴욕 속에 살번 했었다
그러나 모든 불행은 끝났다

한없는 기쁨에 넘쳐
눈물 어렸던 그의 얼굴이
친할아버지인 양
오늘도 나의 머릿속에

력력히 남아 있다」

– 중화인민공화국 선포의 날을 기념하여

무지개

고사포 진지 앞에
아담한 마을이 있다
수양버들이 늘어진
언덕 위
삼간 초가집
앵도는 붉어 아름다웠고

여기서 처녀는
아침마다 싸리문 열고
언덕을 내려
밭 뚝으로 나간다

멀리 들판에서서
밝은 햇빛 아래
땅을 가꾸는 처녀의 모습
전사들에게
향토의 아름다움을
더욱 가슴 깊게 한다

폭음이 잔잔한 날이면
처녀의 부르는 소박한 노래 소리
맑은 강을 흐르듯이
들판과 전지에 울려 퍼졌고

저녁노을 속으로 다시 집을 향하여 돌아가는
처녀의 몸맵시
더욱 사랑스러웠다…

구름이 무겁게 끼인 어느 날
이 아담한 마을을 향하여
쌕쌔기 내려 꽂힌다
우리 고사포들이 노호하며
명중탄을 퍼붓는다

처녀는 가슴에서 뛰노는
심장을 부여안고
떨어져가는 적기를 쏘아 보다가
바구니를 이고
전지를 향하여 올라온다

전사들 앞에 앵도를 펼쳐 놓으며
무어라 감자의 뜻을 전할지
처녀의 마음도
앵도빛처럼 붉어졌을 때

생명

깊은 밤
포성은 쉴 새 없이 창문을 흔드는데
침상 우에 누워 있는 어린 소녀의 가슴에
마리안나는 귀를 꼭 대고
장의 고동을 듣는다

그의 눈에는
바다물보다도 더 무거운
마음의 슬픔이 가득 차 있었다

적탄에 어머니를 빼앗긴 조선의 어린이
그 부드럽고 연한 몸에도
양키들의 철 조각이 뚫고들어

원한에 사모친 눈은
굳게 닫히고
맥박은 사라져 가는 듯

폭격으로 하여 전선도 끊어지고
촛불마저 소란한 방을
이겨내지 못하는 듯 깜박거리는데

어린 생명도

이 촛불처럼 사라져 가는 것 같았다

어떻게
이 아름다운 생명을
원쑤에게 빼앗길 것인가

몇 시간 전 수술대 우에서
이 어린 생명을 구원키 위해
모든 지혜와 마음을 바친
마리안나—
그의 애타는 심정을 말해 주는
무거운 침묵 속에서
소녀의 입술에서는 생기가 돌고
눈은 빛을 찾아
심장은 다시 고동을 친다

불타는 이 땅에 달려온 외로운 전우—
웽그리아의 귀여운 어린이의 어머니
그의 헤아릴 수 없는 크나큰 힘이
어린 생명을 구했다

「엄마…」
소녀는 무서운 악몽에서 깨여난 듯이
처음으로 입을 열었다
마리안나는 북바치는

마음의 기쁨을 참을 수 없는 듯
소녀의 이마에다 입을 맞추고
간호원에게 조용히 말한다
「파시스트들이 죽음을 몰아왔을때
두나브강 기슭 잣나무 밑에
나는 어린 딸을 묻었소
그러나 이 밤은
내 딸이 다시 살아온 것만 같소」
생명!
전쟁을 이겨낸 이 생명은 무엇보다도 아름답고
굳셀 것이요…

1955/조선문학/1월호

위의 시 4편 중「에레나의 수첩」은 제목이 말해 주듯 서부 독일의 처녀가 보내온 것으로 수첩을 받아든 병사는 처녀가 이 수첩에 승리의 기록을 남길 것이라는 소망을 점쳐보는 한편 처녀에 대한 자신의 상상을 떠올리고 있다.

금발 머리에 파란 눈의 에레나는 지금 자신의 조국을 마음대로 휘젓고 다니는 미군을 증오하고 있을까? 아니면 폐허가 된 담장 너머로 조선의 하늘을 바라보고 있을까?

그러다가 병사는 다시 에레나가 보내준 수첩의 의미를 되새기며 다시 한 번 맹세를 다진다.

두 번째 시는 중화인민공화국 선포의 날을 맞이하여 수많은 군중이 지켜보는 가운데 인민해방군 사열대가 천안문 광장을 지나가는 모습을 그리고 있다.

천지를 진동시킬 듯한 함성과 군악 소리에 광장은 축제의 분위기로 뒤덮이고 그 가운데 너무도 당당히 모택동과 그의 전우들이 행진하고 있다.

오성의 붉은 깃발이 하늘 높이 펄럭일 때 군중들은 새로운 시대의 탄생을 축하하고 환영하며 승전의 인민해방군을 열렬히 맞이한다.

그 가운데 6억 인민의 지도자며 혁명의 기수로 등장하는 모택동에 대한 찬양과 환영 열기는 가히 하늘을 찌를 듯하다.

군중 속에서 노인 한 분이 끝없이 행군하는 인민해방군을 가리키며 손자에게 말한다. “이제 모든 굴욕과 불행의 시대는 끝났다”고.

세 번째 시 「무지개」는 매우 서정적이며 사실적으로 상황이 묘사되어 있다.

고사포 진지에서 멀지않게 내려다보이는 아담한 마을에 봄이 찾아와 실버들 하늘거리고 앵도는 붉게 익어 아름답다. 삼간 초가에 사는 처녀는 아침마다 들판으로 나가 밭일을 한다. 전사들에게는 이런 모습이 깊은 향수를 느끼게 한다.

폭음 잔잔한 날이면 처녀의 노래 소리 들려오고 진지의 고사포가 적기를 명중시킨 날은 처녀가 한 바구니 가득 앵도를 이고 고지의 병사들을 찾아온다.

앵도 빛처럼 붉은 처녀의 마음과 감사의 뜻을 품고 있는 전사들의 마음이 한데 어울리는 순간이다.

마지막 시 「생명」은 전쟁에서 큰 상처를 입은 어린 생명에 대한 병상 일기다.

환자의 치료를 위해 멀리 이국에서 온 의사 마리안나는 머리에 파편이 박힌 어린이를 정성껏 수술하여 생명을 구한다.

그러나 어린이는 이미 어머니를 전쟁에서 잃었고 마리안나는 2차대전 때 어린 딸을 잃었다. 둘은 상황은 달라도 비극적 운명을 맞이한 것은 똑같은 처지이기에 소녀는 마리안나를 어머니처럼 마리안나는 소녀를 친딸처럼 생각하는 것이다.

마침내 수술대 위에서 소녀가 새 생명을 되찾자 마리안나는 지난날 적들에 의해 죽어간 어린 딸을 고향의 강 기슭 잣나무 밑에 묻었던 생각을 떠올리며 더욱 감회에 젖는다.

결국 안막은 이 시에서 생명의 소중함과 전쟁의 잔인성, 그리고 적에 대한 복수심과 적개심을 효과적으로 기술하고 있다.

쏘베트 대지 우에서 10편

모쓰크바를 향하여

지난날 나는 파리 엣펠탑 아래서
멀리 조국의 하늘을 바라보며
압박받는 부모 형제들을
생각하였고

뉴욕 마천루 아래서는
10월의 광명을 우러러

이 나라 천대 받는 사람과 함께
인터나쇼날을 높이 불렀다

그러나 나는 지금
조국의 기'발을 머리 우에 이고
찬란히 꽃핀 문화의 사절로
모쓰크바를 향하여 간다

자랑스런 조국을 가진 영예보다
더 큰 행복이 어데 있는가
반백이 넘은 나도
청춘처럼 젊어지누나

우리는 영원한 불사조
굴함을 모르는 크나큰 힘으로
원쑤들을 물리쳐
불 속에서 조국을 구원하였고

오늘은 천리마를 타고
폐허와 재'더미 속에서
웅대한 조국을 일으켜 세우며
사회주의 대로를 달리고 있나니…

나는 불타는 감사의 정으로
은혜로운 쏘베르 사람들에게 전하리라

해와 달을 앞질러 새 력사를 창조하는
조선 사람들의 용감한 이야기를

별

나를 태운
야간 비행기는
별 사이를 날으고 있다

하늘에는
금강석처럼
푸른 별들이 흐르는데…

땅에는
루비처럼 붉은 별들이 피여 오른다

해여 보라
하늘과 땅 어디
별들이 더 많은가

모쓰크바로 들어 서는
나의 가슴에도
남홍색 오각별이 반짝인다

붉은 광장

나는 붉은 광장에 서 있다
저기 보이는 것이 크레물리 스빠스크랍!
사람들이 그칠 줄 모르고 가는 그곳은
레닌 쓰딸린 묘가 아니냐!

우리는 모쓰크바에 왔구나!
조국 땅에서 사흘 동안을 날아
여기에 왔다고
아니다, 우리는 30년이 걸렸다

나는 지난날을 생각해 본다
압제자를 미워하는 타는 마음이
막심 고리끼를 읽게 하였고
일리이치 레닌을 배우게 했다

그때로부터 모쓰크바는
나의 리상의 도시
여기에 오기까지 우리는
얼마나 두터운 장벽을 뚫었어야 했는가!

고난과 굴욕 속에서 허덕이였고
높은 벽 감방을 피로 물들이며
쇠사슬에 얽매여 분노에 떨고

만 리 이경에서 총 들고 싸워야 했다

그러나 오늘 우리는 모쓰크바에 왔다
나라를 잃은 백성으로가 아니라
영웅 조선의 대표단으로!

모쓰크바 위대한 인민의 수도여!
사회주의 시대의 영광에 빛나는 기치여
30년을 걸쳐 찾아 온
나의 인사를 받으시라

고리끼 거리를 걸어간다

나는 고리끼 거리를 걸어간다.
「해변의 노래」가 거리에 들려 오고
빠벨의 어머님이 손을 저으며
창 넘어 나를 반겨 주는 듯…

나는 대학에서 고리끼를 배웠다
젊은 나의 서재에는 그의 정신이
어린 나의 가슴에는 그의 불길이
잊을 수 없는 스승으로 함께 있었다

나는 이제 그를 경모하는
끓어 넘치는 마음으로
스승의 숭고함 리념 꽃핀
이 거리를 바라본다
환희 속에 물결치는

모쓰크바 사람들을 본다
모스크바 사람들을 본다
스승이 웨치는 훌륭한 인간들이
공산주의 대도를 걸어 가고 있는 것을…

동무여! 보이지 않는가?
내 눈에는 똑똑히 보인다
우리 앞에 키가 크신 고리끼 선생이
뚜벅뚜벅 걸어 가고 있는 것이

모쓰크바 대극장

극장 안은 심연과도 같이 고요하고
우아한 곡은 물결쳐 흐르는데
아름다운 무희들의 움직임이
은하수처럼 펼쳐지고 있다

폭풍에 꺾이우는 흰 장미꽃인가
줄리에트로 된 우라노바
꽃떨기처럼 고운 몸을 설레이며
로메오를 끌어 안고 숨을 짓는다

수천 모쓰크바 관중들은
낡은 세계가 낳은 비극의 주인공
두 사랑하는 이의 운명으로 하여
애석의 정에 숨소리도 들리지 않는구나

여기 손수건으로 눈물은 닦는
조선의 녀인도, 불란서 젊은 부부도
애굽의 청년도, 아프리카의 로인도
말과 살빛이 다르다 하여 어찌 마음마저
다르다 하랴

모쓰크바 대극장은
세계에서 모인 선량한 심장들이
깊은 공감과 감격 속에 싸여 있다
하나의 참된 이야기를 위하여

뿌슈낀 동상 앞에서

밝은 아침의 나라 시인이
그대에게 이 노래를 보내노라

함박눈은 내리는데
뿌슈낀스카야 광장에
뿌슈낀이 서 있다

고개를 숙여 아래를 굽어 보며
심장 우에 한 손을 얹고
깊은 시상에 잠겨 있는 듯—

그의 눈길 속에
까호까즈의 산맥이 솟아 있고
씨비리 대지가 펼쳐 있으며
류형지로 쫓겨 가는 사람들이 움직인다

그 심장 속에
자유의 불길 화산처럼 이글거리고
눌리우는 사람들을 동정하는 마음
바다처럼 설레인다

그는 가장 짧은 생애를
가졌던 시인

그러나 그는 가장 오랜
생명을 갖는 시인…

그는 항상 땅을 보고 살았다
그러나 그는
가장 높은 곳으로 올라 갔다

아브로라에 부치노라

나는 아브로라에 서 있다.
세계를 진동한
영웅의 함선 우에…

군함은 네바강 우에 떠 있고
포문은 닫혀 있으나
나는 함선의 움직임을 본다

붉은 기'발 펄럭이며
혁명 함대의 기함인 양
대양을 달리고 있는 것이…

아브로라의 포성은
우리 동방에도 울려 왔으니

한 점의 불꽃에서 불길이 일어…

이미 10억의 인민들이
승리를 거둔 위대한 시기
인공 위성은 지구를 돌고 있다

나는 말하리라
세계의 함성은 많기도 하지만
아브로라보다 더 큰 함선은 없다고

네바 강반에서

네바강
레닌그라드를 굽이쳐 흐르는
영웅의 강아!

천만 년을 흘러
너 물결 비취처럼 푸르고
너 흐름 처녀의 긴 머리처럼 아름답다

너는 거창한 격류인 양
혁명의 시대를 노래하며
흘러 넘쳤고

어두운 천 일 천야 낮과 밤을
성새처럼 일어서
강철의 의지로 싸워 이겼으매…

나도 만 리를 찾아 와
우리의 영웅의 강
대동강의 안부를 전하려 한다

두 물줄기는 동과 서로 떨어져 흘러도
어머니의 바다에서 다시 만나려니
영웅의 강들아 길이 흘러라

호텔 아스토리아에서

아스토리야 연회장
샨델리아의 불빛은 휘황하고
흰 눈은 내리며 창문을 어루만지는데
화분에 붉은 장미꽃 타는 듯이 피였구나

히틀러가 레닌그라드로 진군하며
대축하연을 베풀어 보려던
바로 그 식탁에는
평화의 사절들이 앉아 있다

이 구석 저 구석 여러 나라 말들이
하나의 큰 교향악으로 울려
사회주의 승리 높이 부르며
우정과 감격으로 백야를 즐긴다

전우들이여!
샨판을 가득 부어라
친선의 잔을 높이여라
침략자들의 앉을 자리는 없다

우크라이나의 어머니

뜨네쁘로강 기슭을 돌아
백양나무 우거진
무연한 벌판도 지나
우리는 어머니의 집으로 갔다

친아들 반기는 어머니같이
얼굴에는 기쁨이 넘쳐 흘렀고
련달아 포도주를 따라 주면서
이야기는 꽃피여 그칠 줄을 몰랐다
《오늘은 명절을 만난 것 같소
십여 년 전에 떠나간 아들

친구들을 데리고
집에 돌아온 것만 같소

사회주의 대가정을 위해
한 아들을 보내며
수백 수천의 아들을 만나는 것은
나의 큰 영광이요…》
우리는 공화국 기 새겨진 빠찌를
그의 가슴에다 달아 드렸다
우크라이나 어머니의 가슴에다
아니다 조선 어머니의 가슴에

1958/조선문학/8월호

위에서 발표한 10편의 시는 안막이 문화친선 사절로 초청받아 구소련을 방문하여 여러 곳을 다니면서 느낀 감정을 시로 형상화한 것으로 판단된다.

「모스크바를 향하여」는 미지의 대륙으로 향하는 자신의 가슴 벅찬 마음이 잘 표현되어 있다.

안막은 모스크바로 향하는 여객기 안에서 지난날 미국이나 프랑스 방문의 기억을 떠올리며 이번 방문에서는 자랑스런 조국 북한을 이야기하고 아울러 가장 가까운 우방이며 혈맹인 소련이 베푼 은혜에도 감사의 뜻을 전하리라는 내면의 의지가 담겨 있다.

「별」의 작품에서는 단조로우나 시인의 심경이 잘 묘사되어 있다. 여객기는 이제 한동안 날은 끝에 모스크바의 밤 하늘에 들어섰다. 하늘의 별보다 더 찬란한 대지의 불빛, 마치 금강석을 뿌려놓은 듯한 환상에 젖어 시인의 가슴속에도 어느새 조국의 붉은 기에 그려진 오각 별이 새겨지는 감동을 맛보는 것이다.

「붉은 광장」은 레-닌과 스탈린의 묘가 안치된 곳으로 밤낮을 가리지 않고 수많은 참배객들이 장사진을 이루고 있다.

안막 역시 언제나 이상의 도시로 여겨왔던 종주국의 수도를 실제 경험하고 있다. 그리고 지금 자신의 방문은 지난날 압제와 굴욕의 인민으로서가 아니라 당당한 영웅의 나라 대표로서 소련으로부터 열렬하고 따뜻한 대우를 받는 동시에 대표단들은 당당하고 품위 있게 소련에 대한 경의와 감사를 표하고 싶은 것이다.

「고리끼 거리를 걸어간다」는 안막이 대학 시절 막심 고리끼 문학에 빠져들면서 그를 정신적 문학적 스승으로 삼았던 바 지금 이 거리를 지나니 얼마나 감회가 깊을 것인가? 그래서 그는 지금 감동과 벅찬 환희에 복받쳐 지난날 읽었던 고리끼의 명작들을 상기시키고 있다.

그런가 하면 저만큼 자기 앞을 성큼성큼 걸어가는 스승의 모습도 또렷하게 보고 있는 것이다.

「모스크바 대극장」은 축전에 초대된 세계 여러 나라의 문화 예술인들이 웅장하고 화려한 모스크바 대극장에서 〈로미오와 줄리엣〉이라는 오페라를 감상하고 있다.

모든 관람객들은 공연에 압도되어 숨소리마저 죽인 채 주인공들의 비극적 종말에 눈물짓기도 하고 탄성도 내지른다. 이 감동적 순간만큼은 모두가 한 마음이다. 프랑스나 이집트, 아프리카 등 어느 곳에서 온 사람들일지라도.

「뿌슈낀 동상 앞에서」는 시제가 말해주듯 함박눈이 내리는 푸시킨 동상 앞에서 그의 위대한 시 정신과 문학 예술성을 떠올리며 한동안 명상에 잠겨있는 순간이다.

지금은 세기적인 문호로 존경받는 그도 지난날에는 온갖 고통과 시련 속에서 살았으며, 생은 비록 짧게 마감했지만 그의 문학은 영원한 생명을 유지하고 있다.

또한 그는 일생을 그늘지고 낮은 곳을 바라보며 살았지만 마침내는 가장 높은 위치에 올라서 있게 되었다는 위대한 시인을 기리는 추모시다.

「아브로라에 부치노라」는 한 시대의 치열한 전쟁에서 영웅적 승리를 거둔 거함 아브로라호가 지금은 퇴영하여 조용히 포문을 닫은 채 관광선 구실을 하며 네바강 위에 떠 있다.

이제 이 군함은 지난날 위기의 사회주의를 승리로 이끌었기에 앞으로도 세계의 어떤 전함보다 위대하고 거대한 모습으로 이 나라 국민에게 높은 자부심을 안겨줄 것이다.

「네바강반에서」는 레닌그라드를 감싸 안고 굽이쳐 흐르는 네바강은 가히 영웅의 강이라고 찬탄한다. 따라서 평양을 감싸안고 흐르는 대동강도 영웅의 강이라는 것이다.

지난날 이 두 강은 혁명의 소용돌이에 역경과 고통을 겪었지만 이제는 승리의 강으로 변모되었으며 평화의 두 물줄기는 한마음 한 뜻으로 드넓은 바다에서 만나 영원한 하나가 될 것이다.

「호텔 아스토리야에서」는 세계 각국의 친선 사절들이 이 호텔에서 연회를 즐기고 있다. 화려하고 웅장한 이 연회장이 하마터면 히틀러의 마수에 짓밟힐뻔도 했다.

하지만 지금은 우정 어린 친선 사절들이 모여 승리의 감격을 안고 아름다운 도시의 백야를 즐기고 있다. 그야말로 술 기운으로 고조된 지난날의 전우들이 반가운 얼굴로 샴페인 잔을 부딪치며 축제의 밤을 마음껏 즐기고 있다.

「우크라이나의 어머니」라는 시는 친선 사절들은 소련뿐 아니라 우크라이나도 방문했다. 이들이 방문한 곳은 지난 전쟁 시기 아들을 잃은 한 어머니의 집을 찾은 것이다.

어머니는 이들을 친아들을 맞이하듯 명절을 맞은 기분으로 극진히 환대했다.

어머니는 한 아들을 보냈지만 이렇듯 수백, 수천의 아들들을 만나는 것은 큰 영광이라고 하자 방문단 일행은 어머니의 가슴에 공화국의 배지를 달아 주며 어머니는 진정 우크라이나의 어머니인 동시에 조선의 어머니이기도 하다고 마음으로부터 깊은 위로와 격려를 보내고 있다.

이제까지 안막을 조명해 본 결과는 한 마디로 그의 삶의 부분이나 문학에 있어서 극명한 양극화를 보여주고 있다는 것을 알 수 있다.

한때는 김일성 주석의 총애와 인민들의 열렬한 환호를 받아 행복하고 화려했던 삶이 마지막에는 온 가족이 숙청과 처형이라는 비운을 맞이한 것이다.

그런가 하면 문학에 있어서도 남쪽에서는 문학평론가로 자리매김되었는데 북쪽에서는 시인으로 활동했다는 점이다. 다만 한 가지 일관성을 보여 주는 것은 그가 남한에서 카프 운동의 핵심 역할을 하면서 그의 이상향이던 북한으로 가 자신의 노선에 충실했을 것이라는 점이다.

그러나 이런 이념적 문학 활동은 지난날 남한에서의 브르조아에 대한 향수와 최승희의 잦은 국제 공연으로 인한 자유주의적 사생활 등이 마침내는 북한 당국의 눈에 거슬려 비참한 말로를 맞은 것인데 이렇듯 그의 일관되었던 사상 노선 프롤레탈리아도 실현하지 못했다고 할 수 있다.

그렇지만 안막은 남북한을 통한 변화와 대조의 상반된 삶 속에서 얻은 것이 하나 있다. 남한에서는 문학 평론가, 북한에서는 시인이라는 이름.

오장환 吳章煥

1918 / 5. 5 ~ 1951/?

생애 및 연보

충북 보은 출신으로 회인공립보통학교에 입학하기 전까지는 서당에서 한문을 배웠고 이후 안성공립보통학교를 거쳐 일본 메이지대학 전문학부 문과를 중퇴하고 1938년 서울 종로의 관훈동에서 '남만서방'을 경영했다.

그는 휘문고보 재학 중인 1933년 『조선문학』에 「목욕간」을 발표함으로써 문단 활동을 시작했으며 이후 시 전문지 『낭만』과 김동리, 서정주, 함형수, 여상현 등 『시인부락』과 『자오선』 등의 동인으로 활동했고 아울러 김광균, 이용악, 서정주 등과 함께 1930년대 한국 시 문학사에 주도적 역할을 했으며 첫 시집 『성벽』을 출간하기도 했다 .

이어 1939년에는 그가 직접 경영하는 '남만서방'에서 두 번째 시집 『헌사』가 출간되었고 1945년 해방을 맞이하기 전까지 『문장』 『춘추』 『삼천리』 『조광』 등의 잡지에 여러 편의 시를 발표했으며 해방 이듬해인 1946년에는 카프(조선프로레탈리아 예술가동맹)에 가입 활동하면서 세 번째 시집 『병든 서울』과 번역 시집 『에세닌 시집』을 간행하는가 하면 다음해인 1949년 6월 네 번째 시집 『나 사는 곳』을 끝으로 남한에서의 문단 활동을 마감했다.

1947년 말을 전후하여 북으로 간 오장환은 그곳에서도 시작 활동을 계속하여 북조선문학예술총동맹의 기관지인 『문학예술』지에 「2월의 노래」를 발표하는가 하면 소련 시인 샤무엘 마르샤크의 장시 「튀스터-씨」를 같은 시를 『문학예술』에 발표했으며 1950년에는 그의 제5시집에 해당하는 소련 기행 시편을 주축으로 지은 『붉은 기』가 출간되었고 이듬해인 1951년 신장병으로 인하여 34세의 짧은 생애를 마감했다.

북에서 출간된 그의 시집 『붉은 기』는 4×6판 156쪽으로 「변강당의 하루밤」「스딸린께 드리는 노래」「레-닌 묘에서」 등 모두 19편이 수록되어 있으며 내용은 대체로 정열과 투지와 섬세한 감성 표현으로 당시 소련의 웅장한 면모와 인간성을 잘 묘사하고 있다.

오장환은 북에서 비록 짧은 문학 활동을 했지만 그의 최고 대표시라 할 수 있는 「탑」을 비롯하여 「비행기 위에서」「모스크바의 5.1절」「변강당의 하루 밤」「끄라스노야스크」「소련 시첩」「붉은 기」「쌀류트」「설중의 도시」「씨비리 태양」「연가」 등 수많은 작품을 남겼다.

그러나 그가 북에 남긴 시들은 한결같이 지도자를 칭송 찬양하고 사회주의 체제의 우월성을 선전 홍보하는 데 시심이 집중되어 있어 그 역시 환경의 변화에 동화되고 적응될 수밖에 없는 한계를 드러내고 있다.

그러므로 그의 북쪽에서 발표한 시는 문학의 순수성이나 작가의 양심은 아랑곳없이 어떤 목적과 목표를 달성하기 위한 선전 선동의 문장들로 채워져 있음을 볼 수 있다.

남쪽에서의 그의 시를 보면 그가 얼마나 다양한 시 창작을 시도했는가를 알 수 있는데 초기에는 초현실주의적 퇴폐 정서를 도입하여 모더니즘의 세계를 지향했고 이후에는 월북을 예견하듯 카프에 심취된 프롤레탈리아 문학에 빠져 있었다.

이 밖에도 오장환은 역사에 대한 자의식을 앞세운 철저한 자기 부정의 소유자였으며 이는 나아가 현실 부정은 물론 전통의 부정으로까지 이어졌다.

그동안 남쪽에서는 납, 월북 작가들의 작품 발표나 연구들이 금지되었었는데 1988년 다행히 이들에 대한 해금 조치로 오장환에 대한 작품 발표와 연구가 햇빛을 보게 되었다.

그리하여 오늘에 이르기까지 '창작과 비평사' '실천문학사' '국학자료원' 등에서 오장환 전집이 출간되었으며 그의 고향인 충북 보은의 오장환 문학관에서는 1996년 이래 해마다 '오장환 문학제'가 열리고 있다.

다음으로 오장환이 남과 북의 사회를 동시에 살면서 그의 시가 북에서 어떤 변화를 보였는지 살펴보기로 한다.

塔

1

塔이어!

네 生命이 다하는 날까지

蒼空에 높이 손 저을 塔이어!

그러기에 나는

저 넓은 하늘이

무겁기만 하던 날에도

너를 찾어와

내 젊음을 잊지는 않었섰나니

오래인 塔이어!

너 한 번도

항거하는 듯

바램의 몸짓을

멈추지 않은 탑이어!

일직이는 自由 잃은

賤民의 손으로

돌을 다듬고 옮기어

네 몸

은연히

그들 願望을 손 저어 오더니

오장환

千 年 汚辱 속에
너를 施主한
헛된 이름
丹靑한 寺刹도

어느듯
개운히 허무러지고
비인 들판에
홀로
本來의 꿈으로
돌아간
塔이어!

조용한 噴水는
마냥 소근거리고
꽃다운 잔듸
보드런 자리를 이룬
博物館 옆뜰
오늘의 네가 서 있는 곳은
이곳 민주 북조선의 빛나는 都邑

보라!
여기를 찾어와
잠시의 休息을 즐기는
이 나라의 아들 딸

얼굴에 넘치는
생기
전에 없이 빛나고

박물관에는
새로 꾸민 민주 건설실
이곳엔
빛나는 조선의 모습
우리의 장군이 지나온 자랑과
또
그를 받든 모든 인민의
뜨거운 선물이
놓여 있나니

塔이어!
어두운 하늘 밑에서도
沈默의 노래
끝없는 바램의 世界로
이끌던 그대여
오늘은
기쁨에 넘치는 노래로
내가 너에게
불러 주리라

2

해방이어! 해방이어!

자유의 날이어!

이 기쁨

그대도 알리라

塔이어!

너

끝없는 절망 속에도

오히려 간절한 바램을

한 층 한 층

머리 들던

돌층 위에

그 옛날

너를 다듬던 石工들은

자기네 같은

모든 이 나라 억눌린 인민의 바램을

모두어

손 저었으려니…

오래인 세월 속에

지나온

너

보라

오늘은 이 나라가

自由 얻은 인민의 힘으로
어떻게 움지기는가를…

그리고
또
보라
너와 마주 보이는
저 봉오리 위에
새로히 빛나는 塔을

塔이어! 높이높이
솟아 있는 것이어!
억눌린 노예의 손이 아니라
해방된 인민의 손으로
하늘을
찌르는 보람이어!
이것이
오늘의
塔이다

메마른
이 땅에
빛나는
活氣를
가져온

쏘련 군대
오 이들의 은의
하늘 높이 찬양하는 이 塔!

깊은 밤에도
정답게
들리는
大同江의 물 소리 드르며
높은 尖塔에
찬란한 별이
저 멀리
크레믈리에서
皇皇이 빛어오는 붉은 별과
光彩를 서로 주고 받으려니…

모스크바의 江이어!
볼가의 江이어!
그대를 흐르는
그곳의
生活을
이곳의 人民도
어찌 서로 손 잡지 않으랴!

3
나는 간다

오래인 塔이어!

한동안

너에게 기대어 섰던 나는

저 높은 봉오리

새로운 塔이 있는 곳으로!

塔이어! 오래인 過去여

千年을 찌눌린

우리의 歷史도

오늘은 힘차게

새로운 길로 나간다

금빛 노을에 빗긴

저 언덕

하늘을 찌르는 塔이어!

거기엔

오늘도

앉어 있구나

友邦의 兵士

우리의 영원한 동무들이

그들은

자기네의 보람과

조국에의 뜨거운 사랑을 새기며

높은 돌 란간에 서서 있는가

오장환

나도 간다
저기
날개를 편 듯한 解放塔
저 란간 우으로…

어서
따뜻한 악수를
友邦의 동무와 나누고
새 조선
우리 조국의 首都를 나려다보자

나는 보리라
날마다 날마다
새로운 즐거움으로…
빛나는
자랑 속에서

보아라
붉은 별 한복판에 찬란한
새 국기
날리는
우리의
하루가 옛날같이
急한 速度로 바뀌는 首都여!
民主 건설의 거세찬 날이어!

구름 속에 울리는

프로페라 소리

江줄길

타고 나리는

工場地區에서

부지런히 울리는 싸이렌 소리어!

이것이

오늘의 숨결이다

조국의 보람찬 발거름이다

塔이어!

千年을 살어온 塔이어!

오늘은 나도

간다

힘차고 씩씩한

거름거리로

새로운 길

빛나는 우리의 길을 향하여…

1949/문화전선/1월호

이 시는 오장환이 월북하여 최초로 발표한 최고의 대표 시로 평가되는 작품이다. 더구나 이 시가 대표작으로 평가하는 이면에는 오장환의 시 전체가 소련의 사물을 대상으로 이루어진 반면 오직 이 한 편의 시만이 북한의 사물을 대상으로 쓰여졌다는 점에서 더 큰 의미를 갖게 하는 것이다.

시의 내용을 살펴 보면 그가 평소 동경하던 평양 거리에서 웅장한 모습의 해방탑을 보고 나서 감동에 겨워 형상화한 작품이다.

해방탑은 1947년 평양 모란봉 구역에 건립된 높이 30미터의 거대한 건축물로 세계 2차대전 말기 일본 지배하에 있던 한국을 소련 군대가 해방시킨 것을 기념하기 위해 축조된 것이다. 탑의 꼭대기는 5각 별이 새겨져 있으며 평양의 1급 관광 명소로 특히 신혼부부의 여행지로 각광을 받고 있으며 소련이 북한을 독립하는 데 기여했다 하여 지금까지 러시아를 은인의 나라로 떠받들고 있다.

전 3부작으로 씌여진 이 시는 한결같이 소련에 대한 감사와 찬사로 이어졌으며 지나온 날들과 마찬가지로 앞으로도 양국 간의 발전을 위해 우의와 친선을 쌓아 나가자는 정성 어린 의지가 담겨 있다.

이 시에서 오장환은 한껏 계급주의 대중문화 사상에 고조되어 있으나 아직 북한 정권이 수립되기 전이었으므로 선동 선전적 목적시로는 기울어지지 않고 있다.

비행기 우에서

이제 방금
하바롭스크 상공을 떠나는
비행기 아래에는
힘차게 꿈틀거리는

흑룡강!
가슴 터지게 넓은
소련의 대자연!

다시 무트레하게 흐르는
강물을
따라가면
송화강 번히 흐르는
저 끝이 동북 땅

높은 하늘에서는
한결같아라
씨비리와
동북 만주 벌
이마를 맞대인 소련과 중국 땅이여!

더 더 멀리 저 지평 끝
아물아물한 곳에는
우리 강산도
맞닿았으려니

나도 오늘은
우리 공화국 여권을
가슴에 지닌
자랑스런 젊은이

기수는 흔들리지 않어도
가슴 울렁거리나이다
오 위대한 나라 쏘련이시어!
이제는 저 넓은 들
더더 멀리 대륙을 뒤덮어
그곳에 살고 있는 모든 인민이
당신의 힘으로

비행기는 하늘 끝
권운층의
위로
한가히 날아도

뭉게뭉게 피어가다
이제 아주 굳어지는 구름 천지여!
나도 오늘은
어엿한 새 나라 공민이란
개운한 마음

그러기에 온 시야를 모두 덮은
저 구름마저
나에게 안기는
꽃다발이라

32인승

경쾌한 여객기 안에는
부-페트에서 끓이는
까까오의 진한 내음새

방안은 한 집안 같은 화기 가운데
바쁜 나라 일로
비행기에 날으는 이곳의 일꾼들!

우리는 이렇듯 한 자리에
따뜻하니 차를 나누며
취하는 듯 앞날을 꿈꾸는도다

구름 우에 나르는 비행기
비행기는 안온히
푸로페라 소리뿐
기창에 유연히 펼쳐지는
사회주의 새 나라의
빛나는 건설들이여

1949/문화전선/6월호

오장환이 직접 32인승 여객기를 타고 구소련의 방문 길에 올라 하늘에서 내려다본 중국 동북 지역과 광활한 시베리아 벌판을 조망하면서 종주국의 발전상을 찬양하고 대자연에 감탄하면서 빛나는 사회주의 건설상을 노래하고 있다.

그는 특히 4년째 접어드는 구소련의 5개년 경제계획이 1년 앞

당겨 실현되기를 기원하면서 북한도 2년째 접어든 인민경제계획을 소련과 같이 조기 달성할 것이라는 의지를 나타냄으로써 두 나라 상호 간의 우의와 친선을 한껏 다지려 하고 있다.

특히 이 시는 오장환이 구소련을 방문하고 발표한 열 편의 시 가운데 한 편으로 그의 시집 『붉은 기』에 수록되어 있다. 『붉은 기』는 구소련 기행에서 견문한 19편의 시가 게재되어 있고 씨비리 시편, 모스크바 시편, 샬루트 시편 등으로 나뉘어 있는데 한결같이 구소련의 웅장한 면면과 영웅담 등을 투지 넘치는 정열과 섬세한 감성으로 표현해내고 있다.

붉은 기

내
피끓는 가슴이
한 아름 히망 넘치는 꿈으로

네
품에
다달었을 때

두만강 건너서
왼 처음 손 저어 준 것은
그대 붉은 기!

자유를 위한 오래인 싸움에서
피로 물든 이 깃발
원수와의 곤란한 싸움에서
영광과 승리로 나부끼는
이 깃발!

나는 본다 너에게서
사회주의 조국의 긴 역사와
이 나라의
소비에트 세상의 씩씩한 얼굴을
그것은 그대였다

내
뜨거운 흥분이
기창을 부비며
이 나라 수도
힘찬 평화의 서울인 모스크바를 살필 제

나는 여기서도
제일 먼저 보았다
양털같은 구름 사이로
온 천하에 손 젓는
그대
붉은 깃발을

오장환

기!

    기!

         붉은 기!

세계가 사랑하여 부르는

인민의 기

붉은 깃발은

  기!

      기!

          붉은 기!

우리들이 목타게

부르는

전사의 깃발은

아 저곳

높은 성탑 우

붉은 별들 빛나는 사이로

불타는 의지의 쏘련 깃발은

크레믈리

내궁 우에

높이높이 나부끼고 있나니

새 역사

찬란히
꽃피여오르는
공산주의 행복의 동산이여!

이 나라 찾어온
내 가슴
높은 하늘에
퍼덕이는 너와 같으니

나는 보았다
너에게서
거세찬 인민의 힘을

그리 또
이것을 이끄는
그대들 볼세비키당의 빛나는 모습을

  기!
        기!
              붉은 기!

너
모스크바에서
씨비리 끝까지
그 속의 금별

인민들을 이끌어
공산주의에의 길로 부르며

하늘을 찌르는
높은 집과 집 우에
망치와 낫
높이 쳐들은 로동자와 농민의
조각들이 서 있는 나라

그대
붉은 기는
어느 곳에서나 손 젓고 있어라

그대
붉은 깃발은
아 오늘도
뜨거운 혁명의 기
빛나는 로동의 기
그대는 그대로
찬란한 이 나라 국기이도다

모두 다 부르는구나
힘차게
손 젓는구나
온 세계를 향하여

오 이 기 정의의 깃발은

나도 노래 부른다
신생하는
억만의 가슴이
꿈으로 간직하는
자랑으로 여며두는 모스크바
그 한가운데서

나는 노래 부른다
퍼덕이는 너의 마음을
뜨거운 가슴
다함없는 사랑으로…

1949/문화전선/10월호

이 시는 처음으로 오장환이 구소련 모스크바를 방문하여 쓴 시로『쏘려 시첩』의 작품 중 한 편이다.

공산주의 종주국으로서의 면모를 갖춘 도시의 면면을 살피면서 크레믈린 내궁 위에서 드높이 휘날리고 있는 붉은 깃발을 비롯하여 도처에서 볼 수 있는 붉은 기에 대한 감회를 매우 서정적으로 읊고 있다.

구소련 땅의 여객기 위에서 맨처음 그를 반겨준 것도 펄럭이는 붉은 깃발이었고 화자는 그 깃발에서 활력 넘치는 소비에트의 기상을 보았으며 아울러 그 기는 세계인이 우러르며 찬양하는 정의의 깃발이라 역설하고 있다.

그러므로 오장환은 북한과 구소련의 끈끈한 우의가 계속 이어져나가기 바라면서 자신도 이 대열에 합류하여 변함없이 헌신하겠다는 굳은 의지와 결의를 다지고 있다.

쌀류-트

초밤 하늘에
축포는 꽃가루 분수로
흩어지도다

축포를 울린다
모스크바의
밤 하늘에

상승 붉은 군대
빛나는 창건의 밤에도

큰 바다로 물결치는
5.1절의
즐거운 밤에도

오 찬란한 승리와
새로운 평화

찾아온
밤과 밤에

축포는
나의 불타는 꿈인 양
온 하늘에
솟아오른다

쌀류-트여
쌀류-트여
모스크바의 하늘을
오색 꿈으로 수놓는
아름다운 그림아

너를 꽃피우는
웅장한 저 불길!
저 불길
하나하나이
언제나 내 앞에 다가서는 모든 적
평화와 인류의 원수들을 물쳤는가

붉은 빛 푸른 빛
전진에서는
진격과 집결을 명령하던
맹렬한 저 포화!

오장환

아 오늘
단란한 모스크바의 밤에는
비 개이려는 하늘에
고은 무지개 서듯
축포의 꽃다발
하늘 높이 치솟는도다

아 내 이 밤에는
탐조등이 꾸며 주는
꽃 뭉치 꽃 수레 위에
평화의 총진격과
행복의 총집결을 울부짖는가!

축포! 축포! 울려라
천지가 진동하도록…

축포! 축포!
울려라
온 하늘이 가득 차도록…

1949/문화전선/10월호

모스크바의 하늘을 화려한 불꽃으로 수놓는 축제의 밤이다. 이를테면 창군 기념일이나 당 창건 기념일, 또는 2차대전의 전승 기념일 등 모든 기념일에 벌어지는 축제의 밤인 것이다.

밤 하늘에 울려 퍼지는 군중들의 힘찬 환호성과 함께 천지를 진동시키는 축포, 그리고 오색 찬란한 불꽃의 장엄한 향연은 승리와 평화의 인민으로서 큰 자부심을 갖게 하는 데 충분한 내용을 담고 있다.

속 쏘련 시첩 2편

끄라스노얄스크

두메 아이들
산딸기와 꽃다발 가져오는
조용한 어느 역에서
씨비리 횡단 열차는
잠시 쉬일 때

차가 닿는 홈 앞
넓은 뜰에는
아담스런 화단이 가꾸어지고
그 앞에는 희디 흰 돌비석 두 그루
나란히 서서 있도다

이 앞에 다가서는
무심한 발걸음

아 내 금시에
옷깃 여며지나니

1898년 레-닌
– 1913년 쓰딸린
씨비리에 유형되실 때
이곳을 지나가시다

거친 들에 해 뜨고
눈 벌판에 해 지던 씨비리-
거칠던 땅아!
오늘은 너 또한
하늘 높은 공장 굴뚝에 해 솟고
가없는 밭 이랑에 해가 지나니

공산주의 새 단계로
돌진하는
찬란한 그대 품에서
이제 내 조국으로 돌아가는
행복한 길에

이 희디 흰 두 그루
당신들의 기념비는
내 마음에 잊힐 수 없이
가득히 넘치는 거대한 힘이어라

산 과일이며 꽃다발 가져오는
두메 아이들
비석 앞에 말없이 고개 숙이는
이방 길손에게 한 아름
꽃 뭉치를 내어밀으니

마음 속 안은 꽃 손에 들은 꽃
들풀의 향기도 온몸에 배이는
씨비리 한적한 역에
내 끝없이 가득한 마음
다시금 다시금
당신들의 비석 앞에 다거 서노라

1950/문학예술/3월호

시베리아 횡단 열차가 지나는 한적한 시골 간이역은 레-닌과 스탈린이 유형지로 떠날 때 잠시 머물렀던 곳이다. 이를 기념하기 위해 두 개의 기념비를 세워 두 사람을 추모하고 있는 것이다.

당시는 적막하고 조용한 작은 마을이었지만 지금은 많은 공장과 높은 건물들이 즐비한 활기 넘치는 도시로 변모했다.

이방인인 화자도 기념비 앞에 고개를 숙이자 마을 아이들이 어느새 꽃다발을 안겨 주며 헌화하도록 안내한다.

실로 사회주의 혁명의 기초를 다진 두 지도자의 업적을 아이들은 물론 모든 사람들이 기억하며 자랑과 존경을 표하고 있다.

변강당의 하로 밤

– 하바롭스크 끄라이꼼 강사실에서

넓은 방 다사롭고도
엄숙하여라

높은 벽에는
쓰딸린
모로토프
두 분의 초상과 말씀이 걸려 있는데
그 옆에 서서 있고나

언제나 너그럽고
그러나 영매하신
레닌 선생
그 초상이…

모든 사람의 말
조용히 귀담아 들으시는 듯…

이곳은 하바롭스크
변강당

간악한 일본의 무장 간섭과
콜차크 반도를 내몰아 쫓은

혁혁한 승리의
원동 씨비리 땅

나는 말한다
수줍은 마음으로
사랑하는 나의 조국
오늘의 행복을…

긴 탁자에는
다 각기 샛하얀 조이와 연필이
놓여 있는데
여기 한없는 투지에 넘치는
손으로
무엇을 적으시는
레-닌의 반신 흉상!
다시 내 옆에 계셔라

오늘의 우리 조국
모범 로동자
그리고
더운 피 흘리는 유격대!
우리의 선봉들이여!

전에는 속절없는
통분만이

원수에게 불붙던 가슴
아 오늘
그대들 자랑으로

아니 모든 그대
조국의 건설과 투쟁을
한 길로 치닫게 하는
우리 로동당
오 이 찬란한 힘으로
나의 말
젊은 가슴 노도로 이끄는
봉화같이 불타오른다

조국이여!
내일을 향하여 발돋움하는
인민 주권의 새 나라!
목숨으로 사랑하는 당신이여!

나는 이 자리에 섰습니다
아무 때이고
뜨거운 가슴
우리에게 펼쳐 주는 쏘련의 애정
오 이 현란한 자리에…

혹간 싹-하고

연필 긁는 소리여!

빛나는 태양인
레-닌
쓰딸린의 아들 딸
그대들은 불타는 신념에 넘치는 우정으로
이방 길손의 동작을 살피는가!

큼직한 유리 잔에
몇 차례 냉수를
갈아 부으며
나의 머리 가득히 떠오르는 것은
조국을 사랑하는 인민들

아 그대들이 살고 있는 강산으로
이 마음
더욱 맑어가누나

1950/문학예술/3월호

이 시는 오장환이 하바로프스크 한 대학의 강당에서 강의하는 교수의 모습을 형상화한 것으로 높은 벽에는 스탈린과 모로토프의 초상화가 걸려 있고 단상 옆에는 레닌의 반신 흉상이 자리잡고 있다.

이런 분위기 속에서 화자는 구소련 공산당의 위대성과 나날이 새로워지는 도시의 발전상을 침이 마르도록 열변을 토하는가 하면 이에 못지않게 북한의 발전상도 소개함으로써 학생들과의 사이에서 많은 질문과 답변을 하는 형식을 취하고 있다.

강사의 열변이 어찌나 격했는지 유리컵의 냉수를 몇 잔씩 마셨지만 결론은 위대한 공산주의 사회와 인민들이 우수하고 행복하다는 내용으로 첫 연과 마지막 연을 모두 채우고 있다.

설중의 도시

눈보라가 친다
눈보라는
사나운 이리떼 모양 아우성치며
가없는 들판을
휘몰아친다

가없는 들판을
무진장 빽빽한 원시림
또
끝없는 눈 더미

전에는
모험을 즐기는 사냥꾼들이
수피를 구하려 이곳에 길을 내었고
그 다음은 무도한 압제자들이

그들을 반대하여 싸운 이들의
손발에 채웠던 무거운 쇠줄이
이 길을 다진 곳

사나운 바람은 이따금
조용한 날세에도
눈 데밀 휩쓰러
눈싸래기 어지러히 뿌려치는
서백리!

오늘은 이곳에
거칠은 파도를 막아내는
항구 앞의 방파제 모양
씨비리 눈보라를 막아내는
우뚝우뚝한
도시들이 솟아오른다

오 맵고 어지러운 눈보라
온 하늘을 눈 가루로
묻어 버려도
하늘을 찌르는 트렌스포터의
높은 철탑들—

여기에
듬직한 클럽은

무거운 철근과 숱한 벽돌장
때 없이 달아 올리며
살을 에이는 혹한 속에도
멈출 새 없는 건설의 거대한 숨결!

어제도 공장이 섰다
오늘은 극장이 선다
또 래일은
더 큰 건물에 힘찬 엔징 소리가
언 땅을 울릴 것이다

사나운 눈보라
어지러운 천후만이 아니라
그 흉포한 짐승같던
히틀러 파시스트의 무리들과의
곤란한 전쟁 속에서도

오래인
씨비리의 꿈을
꽃파우기 위하여
새로운
씨비리의
행복을 세워 가기 위하여
씨비리의
대공업화는 거침없이

진행되었다

소비에트 정권은
오랜 세월을
추방과 유형의
눈보라와 불모의
견질 수 없던
망각과 심연의
이 씨비리 한복판에

스베르들로포스크
옴스크
노보시비르스크
오래지 않아 인구 백만을 헤일
숱한 도시들은 세워져 갔고
씨비리의 대공업화는
거침없이 진행되었다

우 우 우
사나운 이리 떼 모양 아우성치며
달려드는 눈보라!

오 이 눈보라 속엔
삼동에도 아이스크림을 즐기는
씨비리 사람들은

오히려 그들이 반주하는
휘파람으로
벽돌장을 쌓아 나갔다
벽돌장을 쌓아 나갔다

그리하여 눈 가운데
커다란 도시는 생기어났다

1950/문학예술/4월호

불모와 동토의 땅 시베리아, 그 한복판에 세워진 거대한 눈덮인 도시를 바라보면서 과거와 현재의 실상을 대비하며 독백형식으로 쓰여진 시다.

지난날 시베리아는 천연의 원시림 상태로 사냥꾼의 발길과 유형지로서의 몫이었지만 지금은 거대한 공장과 주택, 문화 시설들이 들어서 어느 도시 못지않은 활기찬 대도시로 탈바꿈된 과정을 역동적으로 그려내고 있다.

씨비리 태양

가없는 밀 보리 이랑이며
정오 태양이
한데 어우러져
이글거리는 들판!

누런 들판은
흠뻑 풍성한
햇살을
마음껏 빨아들일 때

문틋문틋
곡식 익는 냄새에
숨 막혀하며
넘치는 가슴의 가득한 기쁨을
근로에 바치는
이 나라 농민은 얼마나 행복들 하랴!

다시 백양나무와
백화 숲을 따러 간
시냇물 찾어
수천의 양과 소를 몰고 가는
목동들의 유연한 노래

하늘과 땅이
서로 맞닿아
눈부신 황금색 파도 물결치는
가없는 곳에

즐거운 하루 해를 마치고 돌아오는
이곳의 젊은 남녀들

오장환

저녁 바람 설렁이는 밀 보리 이랑 사이
오솔길에서
주고 받을 그들의 사랑

아 오라지 않어
이 넓은 들로
묵직한 곰바이나 종횡으로 달리며
또 한 해의 로력을 거두울 때에

그들의 사랑 또한
열매를 맺어
첫눈이 창가에 퍼뜩이는
이른 사월엔
여기저기 쌍쌍의 결혼식도 벌어지려니

북극의 긴 밤이
이슥토록 울려올
손풍금과 바라라이카에
사바귀 춤들!

이글이글 타고 있는
씨비리 태양
그 아래 펼쳐진
무연한 들판
아 이곳에 함께 불 붙는 나의 생명력!

한낮에도 내 마음
넘치는 환상에
취해지도다

1950 /문학예술/4월호

앞의 시가 시베리아의 설원을 노래한 반면 이 시는 한여름의 시베리아를 그리고 있다. 불타는 태양 아래 끝없이 뻗어나간 이랑 사이에선 밀, 보리가 익어가고 백양나무 울창한 들녘에는 양과 소를 모는 목동의 한가로운 모습이 그대로 한 폭의 수채화다.

이 무성한 성숙의 여름은 오래지 않아 풍요의 결실 가을을 예고한다. 이러한 결실은 젊은이들에게 사랑을 안겨 주고 모든 사람들에게 환희와 축제를 가져다 준다.

그러나 이 모든 것을 실현할 수 있게 시베리아를 아우르는 영원한 생명력을 지닌 태양이 있을 뿐이다.

연가

1
해 종일
급행차가 헤치고 가도
밀 보리 이랑

이 풍경

내 고향과 너무 다르기
내 다시금
향수에 묻히이노라

2
메마른 산등성이
붉은 흙산도
높이 일군 돌개밭으로
지금쯤은 밀 보리 욱어졌을
나의 고향아

내 고향 남반부는
나를 낳은 곳
그곳에는 아직도
원수들이 하곡마저 뺏으러 오나

돌개밭 밀 보리
새로 패는 고랑 밑에는
빛나는 촐부리 겨눠 대이며
원쑤 놈의 길목을 지키일 우리 동무들

빛나는 빨지산은
거기 있으리
빛나는 유격대는
거기 있으리

1950 / 4 / 문학예술

화자는 지금 시베리아 급행열차를 타고 있다. 하루종일 달려도 끝이 안 보이는 벌판은 푸른 밀 보리 이랑으로 덮여 있을 뿐이다.

이런 광활한 땅을 가진 구소련에 비해 화자의 조국은 너무도 좁다. 그 좁은 땅도 남북으로 나뉘어 북한에서는 높은 산 돌밭들도 일구어 곡식을 가꾼다.

그리고 남쪽 땅도 화자가 태어나고 자란 곳이건만 지금쯤 소작농들이 땀 흘려 거둔 곡식을 자본가 지주들이 수탈하려 할 것이다. 이를 막아내기 위해 남반부에는 화자의 동지인 빨찌산과 유격대가 있다.

이 시에서 화자는 곧 오장환 자신인 것이다. 독백적이고 회상체로 씌여진 이 시는 제목이 말해 주듯 여러 갈래의 장시로 추측되나 2부로만 발표된 점이 아쉬울 뿐이다.

모스크바의 5.1절

– 모스크바 시립 볼낀 병원에서

이른 아침부터
큰 거리는 사람으로 가득이 차 있다
모두가 모두가
즐거움에 넘쳐
서로 손만 잡으면 춤출 수 있는
흥겨운 발거름마다

거리 거리에는
악대가 지나가고
오케스트라의 울리는
힘찬 행진곡
하늘 높아는
비행기가 떠 간다

백금색 제비같은
저 비행기들은
앞으로 앞으로
크렘린 붉은 마당의 상공으로
스라바 스탈리누
글자를 지으며 날은다

창 앞의 시레네는
밤 사이 푸른 잎을 펼쳤다
싱싱하게 물 오른
그 가지에는
낯선 들새도 와 앉는
첫 5월 아침이다

어머니 젖줄기 같은
보드라운 햇살을 받으며
저기
붉게 타오르는 이 나라 깃발

높이높이 쳐들은
부랑카–드의 붉은 천
그 사이사이
받드러 올린 레–닌 쓰딸린의 초상들

행렬은 가는 것이다
크렘린으로–––
크렘린으로–––
거기
붉은 광장
아버지 스탈린이 나오시는 곳으로

스바 스카야 시계탑
유창한 음악이
힘의 대열!
모든 것은 그저 감격에 싸이고

즐거움에 넘치는
생기에 넘치는
얼굴과 얼굴에
아버지 스탈린 사뭇 기뻐하시면
기쁘신 영수의 얼굴 뵈옵고
팔 젓는 어깨
춤추듯 율동하며
굳이 다물었던 입 가에도

저절로 웃음이 벌어지는 이 나라 인민을

아 이처럼 가슴 뛰는 날
나는 병상에 누워 있으나
마음은 어느덧
그리로---
그리로---
붉은 마당의
굳세인 행진에 발을 맞춘다

발자국 소리는
힘차게
힘차게
내 마음속에 울릴 때
나는 불현듯
내 고향 생각과
내 조국 5.1절의 행진과
동무들의 노래 소리가 머리에 떠온다

재작년 서울의 메이데이
지난 해 평양의 메이데이
5월의 노래
인민 항쟁가
내 머리는 가득해지며
승리의 날 승리의 노래를 외운다

아 나도 이 세상에 태어나
처음으로
마르크스 레닌의 당을 본받는
우리 당
우리 조선 인민의 선봉인
로동당에 몸을 바치어
빛나는 5.1절을 맞음이
이미 세 번째!

해마다 눈부시게
내 안계 넓어만지는
5.1절이여
온 세계
인민의 전위들이
발을 구르는 우렁찬 행진 속에서

올해는
위대한 중국
남경의 거리거리에서도
승리의 행진은 벌어지려니
나는 어젯날
나의 의사가
신문을 펴들고 들려 준
빛나는 중국의 남경 해방 이야기를
다시금 머리 속에 그리어본다

오장환

위대한 중국 인민 해방군이
남경으로 행군할 때에
그곳의 대학생들은
꽃다발을 드렸다
꽃다발을 받아 들은 병사들은
그래도 쉬지 않고 앞으로
행진하였다

우리를 해방하여 준 형님들이여!
당신들은 또 어디를 가십니까?
그들의 소매를 잡는
학생들에게
병사들은 대답하였다
――― 광동으로! 광동으로!

찬란한 승리를 향하는
싸우는
온 세계 인민의
대열 속에서
나는 듣는다
우리의 노래
또 동무들과 함께 부르던 씩씩한 노래

꿈에도 잊을 수 없는 모스크바의
온갖 인파와 오색 물결과 5.1절이여 아, 나는 이처럼

헤아릴 수 없는 많은 사람이
한결같은 즐거움과
한결같은 행복감에
취하여 있는 것을 처음 보았다

찬란한 모스크바의
5.1절이여!
나는 병상에 누워 있으나
내 몸에 넘치는 힘
내 마음에 샘 솟는 즐거움
오늘같이 가득하기는
처음이구나

1950/문학예술/5월호

사회주의 명절로 꼽히는 국제 노동절 5월 1일, 필자가 모스크바 한 병원의 병상에 누워 노동절 행사를 비롯하여 중국의 남경과 평양, 서울 등지의 행사 장면을 머리 속에 그리며 묘사한 이 장시는 오장환 또 하나의 대표작으로 매겨도 손색이 없을 것이다.

거리에는 온갖 인파의 오색 물결과 경쾌한 악대의 행진, 하늘에서는 날렵한 비행기들의 축하 비행, 이 모든 것이 레-닌, 스탈린을 우러르고 찬양하려 붉은 광장 크레믈린으로 몰려드는 군중들의 환희 넘치는 축제 분위기인 것이다.

그리고 자신은 비록 환자의 몸이지만 마음은 이미 이들과 어울리면서 지난날들의 평양과 서울에서의 노동절을 회상하는가

하면 해방이 되어 자유를 찾은 중국 남경 인민과 학생들의 성대한 노동절 행사도 마음속으로 그려본다.

이와같이 오장환의 시 사상은 완전히 사회주의에 몰입되어 자신이 살고 있는 세상만이 즐겁고 행복한 사회라고 확신하고 있다.

전통을 부정한 모더니스트

이상으로 오장환의 북한에서의 문학 활동을 소개한 데 이어 남한에서의 활동은 그의 대표시 몇 편의 내용만을 간략히 피력하는 것으로 마감하려 한다.

오장환의 초기 시로 약관의 18세에 발표한 「성벽」은 당대에 대단한 파장을 불러일으켰다. 진보적 경향의 모더니즘 시로 그의 시 사상과 시 정신을 충분히 엿볼 수 있는 작품이다.

'시인부락' '낭만' 등의 왕성한 동인 활동을 할 즈음 씌어진 이 시는 신문학을 개척하려는 청년답게 당시 철옹성 같던 전통과 낡은 보수 사상에 일대 반기를 든 전위적 실험 시로 볼 수 있다.

세세만년을 지켜가려는 성벽에 한때는 이끼가 끼거나 잡귀가 붙지 않도록 뜨거운 물과 고춧가루 세례를 받았었지만 이제는 돌보는 이도 관심을 갖는 사람도 없이 이끼와 등 덩굴이 제멋대로 얽히어 옛날의 당당하던 모습을 찾아볼 수 없도록 초라한 몰골로 변한 성벽을 통해 구세대와 신세대, 보수와 진보의 양면성을 보여주고 있다.

그러나 2년 후인 1938년에 발표한 「헌사」에서는 「성벽」에서 보여주는 당당함이 서사 구조에서 벗어나 퇴폐적이고 비애어린 서정을 배경으로 도시 지향적 모더니즘을 표현하고 있다. 이 시에서 화자인 나는 오장환 자신이라도 좋고 이 시대의 고뇌하는 지성인, 지식인이어도 좋다.

일제 통치하에서 방황하는 지식인의 자탄과 절망이 잘 묘사된 이 시는 자신이 감옥 같은 세상에서 한 마리 짐승이라는 생각이 들 때는 죽고 싶다는 극단의 생각을 하는가 하면 늦은 밤 카페에서 한 잔 술이라도 하는 날이면 뒷골목 홍등가도 생각이 나는, 말하자면 환희와 비애를 극단으로 대비시켜 객관화하고 있다.

그렇지만 화자는 결국 아프고 절망적인 시대 상황에 순응이라도 하듯 절망과 비탄 속으로 자신을 몰아가고 있다.

다음으로 오장환의 대표시로 꼽히는 「병든 서울」의 내용을 살펴보고자 한다.

이 시는 마침내 광복을 맞이한 서울이건만 이미 카프에 가담하여 문학 대중화 운동에 앞장 선 그로서는 서울의 모습이 혁명 영웅적 수도가 아니었다.

계급사회를 꿈꾸던 그로서의 서울은 장삿군과 수많은 조직과 당 그리고 자유분방한 인파와 자동차들의 물결을 자유민주주의 새 시대의 모습으로 이해하기보다는 인간 말종 술 취한 잡놈들만 우글거리는 모습으로 비춰져 자신이 그토록 원했던 씩씩하고 굳센 청년들의 활기 넘치는, 웃음이 꽃피는 인민의 세상은 기대할 수 없기에 병든 서울일 수밖에 없는 것이다.

그러므로 오장환은 자신이 원하던 독립은 쟁취했지만 그가 원하는 사회는 맞이할 수 없었다.

그래서 그는 절망에 몸부림치며 울분의 눈물을 흘려야 했다.

눈알을 뽑아버리고 쓸개를 끄집어내 팽개치고 싶지만 그에게는 받아들이고 싶지 않은 시대가 도래한 것이었다.

이렇듯 오장환은 가슴 깊이 좌파 사상을 간직하고 있었기에 광복 직후 북으로 갈 수밖에 없었을 것이다.

끝으로 오장환이 남한에서 발표한 말기의 시 「나 사는 곳」의 내용을 감상해 보기로 한다.

1947년 그의 네 번째 시집의 제호이기도 한 이 시는 지난날 오장환의 서사시 경향을 탈피한 토속적이고 향토색 짙은 정서를 담아낸 서정시로 분류할 수 있다. 이 전원적 이미지는 지난날 과거 지향의 서사시 풍에서 현재 지향의 서정시 풍으로 전환되었음을 보여주고 있다. 시에서 내가 사는 곳은 지난날 식민 통치의 암담함 속에 살았던 우리 모두를 지칭한 것으로 볼 수 있다.

절망과 부정의 분위기가 압도하는 상황에서 화자는 뜬구름 나그네의 무위도식하는 처지이다. 갈 곳도 없고 오라는 곳도 없는 혼돈과 환희의 해방 공간, 그래서 더욱 방황하고 절망할 수밖에 없는 시인들의 심경을 한 시대에의 화자의 눈을 통해 복합적으로 다루고 있다.

이용악 李庸岳

1914 / 11. 24 ~ 1971

생애 및 연보

이용악은 원래 함경북도 경성 빈농의 가정에서 출생했으나 일찍이 문학에 눈을 떠 서울로 올라온 뒤 1934년 봄 일본 죠치대학上智大學 신문학과를 졸업했다.

시재詩才에 뛰어난 그는 재학 중 1935년 「패배자의 소원」이 『신인문학』에 발표되면서 작품 활동을 시작했으며 김종환과 함께 동인지 『이인』을 발간하기도 했다.

그 후 1939년에 귀국한 이용악은 『인물평론』 등 주로 잡지사 기자로 일하면서 시 창작에 열중했으며 이 시기에 「애소유언」「너는 왜 울고 있느냐」「북국의 가을」「임금원의 오후」 등을 발표 왕성한 창작 의욕을 보였다.

8.15 광복 후에는 서울에서 진보적인 문학 활동을 하다가 1949년 경찰에 체포되어 감옥 생활을 하던 중 6.25 한국 전쟁 시 인민군의 서울 입성으로 출옥했다.

1950년 북으로 간 이용악은 조선문학가동맹 시 분과 위원장, 조선작가동맹 출판사 부주석 등을 역임했으며 1935년 첫시를 쓰기 시작한 후 대표작으로 「두만강 너 우리 강아, 1938」를 발표했으며 해방 전에는 시집 『분수령』『낡은집』『오랑캐꽃』 등을 펴냈다.

그는 특히 남한에서 활동하던 시절에는 반미적이고 구국 항전의 증오심을 시민의 눈을 통해 다룬 「노한 눈들」「짓밟히는 거리에서」「빛발 속에서」 등의 격렬한 시를 창작했다.

또한 한국 전쟁 시기에는 「원쑤의 가슴팍에 땅크를 굴리자」는 섬뜩한 선전 선동시를 비롯하여 많은 반미, 항전 시들을 발표했다.

전후에는 「봄, 1954」 「민청호 어선, 1955」와 같은 혁명 전통 주제의 작품도 발표했다.

그가 특히 1965년에 발표한 「평남관개 시초」는 물에 대한 감사와 고마움을 표현하므로서 그의 천부적 재능을 한껏 보여주기도 했는데 그의 시풍은 특히 대자연의 넓은 무대 속에 농촌과 어촌, 공장 등의 서정성 넘치는 사실들을 노래함으로써 자연주의적 향토 시인으로 평가받기도 한다.

1949년 『리용악 전집』, 1957년 북한에서 발간된 『이용악 시선집』은 그가 해방 전후에 쓴 대표적 작품들로 남한에서는 최초로 소개되는 것이기에 특별히 감상해 보기로 한다.

막아 보라 아메리카여

지금도 듣는다 우리는
뭉개치는 구름을 몰아 하늘을 깨는
진리의 우뢰 소리
사회주의 혁명의 위대한 기원을 알리는
전투함 [아브로라]의 포성을!

지금도 본다 우리는
새로운 인간들의 노한 파도
솟구쳐 밀리는 거센 물결을!

레닌의 길
볼쉐위끼 당이
붉은 깃발 앞장세워 가르치는 건
낡은 것들의 심장을 짓밟어
뻬뜨로그라드의 거리거리를
휩쓸어 번지는 폭풍을!

첫째도 무장
둘째도 무장
셋째로도 다시 무장한
1917년 11월 7일!

이날로 하여 이미

피의 일요일은

로씨야 로동 계급의 것이 아니며

기아와 자유는 농민의 것이 아니다

이날로 하여

키 높은 벗나무 허리를 묻는

눈보라의 씨비리는

애국자들이 무거운 쇠사슬을

줄지여 끌고 가는

류형지가 아니다

백 길 굴릴줄 모르던

동토대에 오곡이 무르익고

지층 만 리 탄맥마다

승리의 념을 기쁨으로 배여

반석이다

평화의 성지

쏘베트

오늘 온 세계 인민들은

쓰딸린을 둘러싸고

영원한 청춘을

행복을

고향을 둘러싸고 부르짖는다

이용악

막아 보라 제국주의여
피에 주린 너희들이 동궁에로 향할
또 하나 [아브로라]의 포구를

막아 보라 아메리카여
먹구름 첩첩한 침략의 부두마다
솟구치는 노한 파도
거센 물결을!

한 치의 모래불일지라도
식민지이기를 완강히 거부한
아세아의 동맥엔
위대한 사회주의 10월 혁명의
타는 피 구비쳐

원쑤에겐 더덕바위도 칼로 일어서고
조약돌도 불이 되여 튀거니

맑스 레닌주의 당이
불사의 나래를 떨친 동방
싸우는 조선 인민은
싸우는 중국 인민은
네 놈들의 썩은 심장을 뚫고
전취한다 자유를!
전취한다 평화를!

1951/문학예술/11월호

한국 전쟁이 한창이던 전화의 소용돌이 속에서 북한 주민과 인민군 전사들이 한 마음으로 결속하여 전쟁을 승리로 이끌자는 격렬한 의지를 내비치는 선동적 목적시다.

전쟁의 승리를 위해서는 일찌기 구소련의 11월 볼세비키 혁명을 거울삼아 노동자 농민 등 전주민이 일치단결해야 함을 강조하고 있다.

특히 지원군으로 참전한 미국을 강력히 규탄 조롱하며 자신들의 뒤에도 굳건한 구소련의 지원과 중국 인민 지원군이 있기에 자신들의 진격 전선을 막을 수 없다는 단호한 메시지를 전하고 있다.

어디에나 싸우는 형제들과 함께

– 김일성 장군께 드리는 노래

포성은 자꾸 가까워지는데
오늘 밤도 남쪽 하늘은
군데군데 붉게 타는데

안해는 바위에 기댄 채 잠이 들었다
두 손에 입김 훅훅 불어
귓방울 녹이던 어린것들도
어미의 무릎에 업딘 채 잠이 들었다

참아 잊지 못해 몇 번을 돌아봐도
사면 팔방 불길은 하늘로 솟구치고
영원히 정복되지 않을 조선 인민의
극진한 사랑에 싸여

타 번지는 분노에 싸여
안타깝게도 저물어만 가던
우리의 전구 우리의 서울

아이야 너이들 꿈속을
정든 서울 장안 서대문 네거리며
날마다 저녁마다 엄마를 기대리던
담배공장 옆 골목이
스쳐 흐르는가

부르튼 발꿈치를 모두어
걸음마다 절름거리며
낮이면 이따금씩 너이들이
노래 높이 부르는
김일성 장군께서
두터운 손을 어깨에 얹으시는가

구비구비 험한 벼랑을 안고 도는
대동강 푸른 물줄기를 쫓아
넘고 넘어도 새로이 다가서는

여러 령을 기여오를 때

너무도 멀고 아득했으나

바삐 가야 한다

김 장군 계신 데로

이렇게 타이르며

맥 풀린 작은 손을 탄탄히 잡아 주면

별조차 눈 감은 캄캄한 밤에도

울던 울음을 그치고

풀뿌리에 채이며 타박타박 따라서던

어린것들 가슴 속 별빛보다 그리웠을

김일성 장군!

그러나 들려오는 소식마다

가슴 아펐다

이미 우리는

하로면 당도할

꿈에 그리던 평양으로

가서는 아니 된다

무거운 발길 돌려

다만 북으로

북으로만

걸음을 옮겨야 하던 날

이용악

어째서 장군님 계신 데로 가지 않나
아이들은 멈춰 서서 조르고
안해는 나의 얼굴을
나는 다만 안해의 얼굴을 바라보다가
서로 눈시울이 뜨거워서 돌아서던
그날은 시월 며칠이던가

우리는 자꾸만 앞서는
놈들의 포위를 뚫고
산에서 산을 타 여기까지 왔다
우리는 또
앞을 가로막는
포위망 속에 놓여 있다

첩첩한 랑림산맥
인촌도 멀어 길조차 나지 않은
험한 산허리에 어둠이 나릴 때
해질녘이면 신 벗고 들어설
집이 그리운
아이들은 또 외웠다
장군님은 어디 계실까

강파로운 밤길을 부디 견디라
칡 넌출 둘로 째서 칭칭
떨어진 고무신에 감아 주던

안해는 웃는 얼굴로
이번엔 서슴치않고 대답하였다
—어디에나
용감히 싸우는 사람들과 함께

2
흰 종이에 새빨간 잉크로
정성을 다하여 어린 녀학생은
같은 글자를 왼종일 썼다
조선 민주주의 인민공화국 만세!
경애하는 수령 김일성 장군 만세!

골목이 어둑어둑 저물어
벽보 꾸레미를 끼고 나설 때
왼종일 망을 봐준 할머니는
귀여운 소녀의 귀에 나즉한 소리로
살아서 보고싶다
그이 계신 세상을

밤이 다 새도
이튿날 저녁에도 어린 녀학생은
끝내 돌아오지 않았고
석 달이 지난 어느 날

카—빙 보총이 늘어선

공판정에서
수령의 이름을 욕되이 부른
검사 놈 상판대기에 침을 뱉고
신짝을 던져 역도 리승만의
초상을 갈긴 어린 녀학생은
피에 젖어 들것에 얹히여
감방으로 돌아왔다

어둡고 캄캄하던
남부 조선
그러나 우리의 전구 서울엔
1분 1초의 주저도
1분 1초의 타협도
있을 수 없었다

피에 물어 순절한 동무들이
놈들의 뒷통수를 뜨겁게 하고
자유를 갈망하는 형제들 가슴마다에
항쟁의 불꽃을 뿌린 투쟁 보고와
새로운 과업들을 잇발에 물고
밤이나 낮이나
숨어서만 드나드는 아지트에서
손에 손을 잡거니

살이 타고 열 손톱 물러나는

고문실이나 감옥 벌방에서
소속이야 어디건 이름이야 누구이건
이미 몸을 바친 전우들끼리
서로 시선만 마주쳐도

새로이 솟는 용기와
새로이 느껴지는 보람으로하여
어깨와 어깨에
더운 피 구비쳐 흘렀다
우리에겐 항상 우리를 령도하시는
김일성 장군께서 계시기에

놈들의 어떠한 박해에도
끊길 수 없는 벽을 타고
두터운 벽을 조심스러이 두드려
심장에서 심장에로 전하여지는
암호를 타고
내려온 전투 구령과 함께

오래인동안 만낮 못한 전우를
지난날 우리의 회관에서
조석으로 정든 김례준 선생이
지난날 한 자리에서
지리산 유격 지구에의 만다트를 받고
서로 목을 껴안으며 뺨을 부빈

문학가 동맹원 유진오 동무의
사형 언도의 정보가 다다른 이튿날

붉은 벽돌담을 눈보라
소리쳐 때리는 한나절
뜨거운 눈초리로
조국의 승리를 믿고 믿으며
마지막 가는 길 형장으로
웃으면서 나간 동무

나이 설흔에 이르지 못했으나
바위처럼 무겁던 경상도 사나이
철도 로동자 정승일 동무가
손톱으로 아로새겨
남겨 놓은 일곱 자
영광은 수령에게!

아침마다
돌아가며 입속으로 외우는
당의 강령이 끝나면
두터운 벽을 밀어제치고 자꾸
자꾸만 커지며 빛나는
이 일곱 자를 바라보면서
우리는 맹서했다
동무야 원쑤를 갚아 주마

3

나무가지를 휘여잡고
바위에서 바위에로 넘어서면서
겨우 아홉 살인 사내 아이는
어른처럼 혼잣말로
어디에나
용감히 싸우는 사람들과 함께

그렇다 바로 이 시간에도
난관이 중첩한 조국의 위기를
승리에로 이끌기 위하여
잠못 이루실
우리의 장군께선
사랑하는 서울을 한 걸음도
사랑하는 평양을 한 걸음도
물러 서지 않고 용감히 싸우는
형제들과 함께 계시다

검푸른 파도에 호올로 떠 있는
이름 없는 섬들에 이르기까지
삼천리 방방곡곡에서
정든 향토를 피로써 사수하는
형제들과 함께 계시다

바삐 가자

달이 지기 전에 이 령을 내려
동트는 하늘과 영원골이
발 아래 훤언히 내다보일
저 산마루까지

저기가 오늘부터 우리의 진지이다
저기서 흘러내린 골짝 골짜기
우리의 첫번 전구이다

내 비록 한 자루의 총을
아직 거머쥐지 못하였으나
하늘로 일어선 아름드리 벗나무 밑
확확 타는 우등불에 둘러앉아
당과 조국과
수령의 이름 앞에 맹서하고
불굴의 결의를 같이한
여기 여섯 사람의 굳강한 전우가 있다

우리는 반드시
우리의 부모 형제를 해치기 위하여
놈들이 메고 온 놈들의 총으로
쏘리라
놈들의 가슴팍을
놈들의 뒷통수를

여기 비록 어린것들이
무거운 짐처럼 끼여 있으나
이름과 성을 갈고
넓으나 넓은 서울 거리를
숨어 다니며 살아온 아이들
말을 배우기 전부터
원쑤의 모습이 눈에 익은 아이들

미국제 전화선 한두 오리쯤
이를 악물고 끊고야 말
한 자루의 뻰찌가 어찌
이 아이들 속에 무거울 수 있으랴

오늘 비록 길조차 나지 않은
이 령을
우리의 적은 대렬이 헤치고 내리나
반드시 만나리라 우리의 당을
반드시 만나리라 숱한 전우들을
깊은 골짝마다
줄 닿는 마을마다

우리는 반드시 만나리라
우리의 당
우리의 당을

이용악

원쑤를 쓸어 눕히는
총성이 산을 울리여
짓밟히는 형제들 귀에까지 이르러
준렬한 복쑤의 날을 이르키며
우리의 전구엔
승리의 길이 한 가닥씩
비탈을 끼고 열리리니

조국의 자유가 한 치씩 넓어지는
어려운 고비마다
경애하는 우리 수령
김일성 장군께서
함께 계시여
항상 우리를 령도하시리

바삐 가자
진지에의 길
이윽고 눈보라를 헤치며
원쑤를 소탕하며
사랑하는 평양으로
사랑하는 서울로
돌아가야 할 영광의 길을

1952/문학예술/1월호

이 시는 '김일성 장군께 드리는 노래'라는 부제가 표기된 3부

작 장시로 이용악이 얼마나 북한 체제의 충성스런 선전 선동의 도구로 전락되었는가를 여실히 보여주고 있다.

시의 내용은 한국 전쟁이 가장 치열한 시기인 1952년 겨울의 상황을 묘사한 작품으로 어떠한 고난과 죽음 앞에서도 가족과 민중과 싸우는 전사들에게 용기와 신념과 희망을 가질 수 있도록 인내심과 충성심을 불어 넣어 주는 증오와 분노에 찬 비장하고도 격앙된 문맥들로 채워져 있다.

이를테면 이와 같은 시는 어떤 장르를 구분하기보다 오로지 당이나 독재자, 수령에게는 목숨이라도 바치겠다는 일관된 내용의 목적시라 할 수 있다.

어선 민청호

큰 섬을 지나 작은 섬 구비
안즈랑 소나무들 우산처럼 펼쳐 쓴
선바위를 바삐 지나
항구로 항구로 들어오는 배

민청호다!
민청호다!
누군가 웨치는 반가운 소리에
일손 멈춘 순희의 가슴에선
파도가 출렁…

이용악

바다를 휩쓸어 울부짖는 폭풍에도
어젯밤 돌아오지 않은 단 한 척
기다리던 배가
풍어기를 날리며 들어온다

밤내 서성거리며 시름겨웁던
숱한 가슴들이 탁 트인다
그러나 애타게 기다리기야 아마
애타게 기다리기야 순희가 으뜸

이랑이랑 쳐드는 물머리마다
아침 햇살 유난히도 눈부신
저기 마스트에 기대 서서
모자를 흔드는 건 명호 아니냐

분기 계획 끝내는 다음이라야
륙지에 한바탕
장가 잔치 차린다는 저 친군
성미부터 괄괄한 바다의 사내

꼼뻬아의 발동은 그만하면 됐으니
순희야 손 한 번 저어주렴아
방수복에 번쩍이는 고기 비늘이
비단 천 무늬보다 오히려 곱다

평생 봐도 좋은 바다
한결 더 푸른데

뱃전을 스쳐 기폭을 스쳐
수수한 사람들의 어깨를 스쳐
시언시언 춤추는 갈매기떼 거느리고
배가 들어온다

오늘도 분기 계획 남 먼저 끝낼
늠름한 청년들의 자랑을 가득 싣고
바쁘게 바쁘게
민청호가 들어온다.

1955/조선문학/7월호

전쟁이 끝난 폐허의 대지에는 건설과 생산이 절대적인 과제일 것이다. 이용악은 명성에 걸맞는 향토 시인답게 거의 같은 시기에 산촌, 농촌, 어촌을 배경으로 한 매우 서정적이고 감동적인 표현으로 시 작품을 많이 발표했다.

그런 의미에서 이 시는 어촌의 평화로움과 바다가 어민들의 삶의 터전임을 말해 주고 있으며 젊은 어부들이 배를 타고 바다에 나갔다가 돌아오는 희망찬 모습을 그려냈다.

또한 온갖 폭풍우를 이겨내며 만선의 기쁨을 안고 돌아오는 주인공의 마음속에는 평소 마음을 두었던 마을 처녀와의 결혼과 당의 방침인 분기 계획도 먼저 달성한다는 뿌듯한 마음 등이 현장감 있게 그려져 있다.

위대한 사랑

변하고 또 변하자
아름다운 강산이여

전진하는 청춘의 나라
영광스런 조국의 나날과 더불어
한층 더 아름답기 위해선
강산이여 변하자

천추를 꿰뚫어 광명을 내다보는
지혜와 새로움의 상상봉
불패의 당이
다함 없는 사랑으로 안아 너를 개조하고
보다 밝은 래일에로 깃발을 앞세웠거니

강하는 자기의 청신한 젖물로써
태양은 자기의 불타는 정열로써
대지는 자기의 깊은 자애로써
오곡을 무럭무럭 자라게 하라

흘러들라 10리 굴에

으리으리 소스라선 절벽을 뚫고
네가 흘러갈 또 하나의 길을
대동강아 여기에 열거니
서로 어깨를 비집고 발돋움하는
우리 마음도 너와 함께 소용돌이친다

내리닫이 무쇠 수문이 올라가는
육중한 음향이 너의 출발을 재촉하는구나
맞은 편 로가 섬 설레이는 버들숲과
멀리서 기웃하는 봉우리들에
하직하는 인사를 뜨겁게 보내자

흘러들라 대동강아
연풍 저수지 화려한 궁전으로 통한
10리 굴에 길고 긴 대리석 랑하에
춤을 추며 흘러들어라

우렁우렁 산악이 진동한다
깍찌 끼고 땅을 구르며 빙빙 도는
동무들아 동무들아 잠간만
노래를 멈추고 귀를 기울이자

간고한 분초를 밤 없이 이어

이용악

거대한 자연의 항거를 정복한 우리
암벽을 까며 굴속에 뿌린 땀이
씻기고 씻기여 강물에 풀려
격류하는 흐름 소리…

저것은 바로 천 년을 메말랐던
광활한 벌이 몸부림치는 소리
새날을 호흡하며 전변하는 소리다

연풍 저수지

둘레둘레 어깨 겯고
산들도 노래하는가
니연니연 물결치는 호수를 가득 안고
우리 시대의 자랑을 노래하는가

집 잃은 멧새들은 우우 떼지어
떼를지어 봉우리에 날아오른다

오늘에야 쉴짬 얻은 베르트 꼼뻬아를
키다리 기중기를 배불뚝이 미끼샤를
위로하듯 살뜰히 어루만지는
어제의 경쟁자 미더운 친구들아

우리는 당의 아들 사회주의 건설자

유구한 세월을 외면하고 따로 섰다가
우리의 날에 와서 굳건히도 손 잡는
초마산과 수리개 비탈이
뛰는 맥박으로 서로 반기는건
회오리 설한풍 속에서도 오히려 가슴 더웁게
우리의 힘이 흔들고 흔들어 깨워준 보람

스물이랴 서른이랴
아흔 아홉 굽이랴
태고부터 그늘졌던 골짝 골짝에
대동강 물빛이 차고 넘친다

마시자 한 번만 더 마셔 보자
산보다도 듬직한 콩크리 언제를
다져 올린 두 손으로 움켜 마시니…

대대손손 가물에 탄 목을 적신 듯
수수한 농민들의 웃음 핀 얼굴이
어른어른 물에 비쳐
정답게도 숫하게 숫하게 다가온다

이용악

두 강물을 한 곬으로

– 연풍 저수지를 떠난 대동강 물이 제2 간선에 이르면
금성 양수장에서 보내는 청천강 물과 감격적인
상봉을 하고 여기서부터 합류하게 된다

물이 온다 바람을 몰고
세차게 흘러온 두 강물이
마주쳐 감싸돌며 대하를 이루는
위대한 순간
찬연한 빛이 중천에 퍼지고

물보다 먼저 환호를 울리며
서로 껴안는 로동자 농민들 속에서
처녀와 총각도 무심결에 얼싸안았다

그것은 짧은 동안 그러나 처녀가
볼을 붉히며 한 걸음 물러 섰을 땐

사람들은 물을 따라 저만치
와아 달리고
저기 농사집 빈 뜰악에 흩어졌다가
활짝 핀 배추꽃 이랑을 찾아
바쁘게 숨는 어린 닭무리

물쿠는 더위도 몰아치는 눈보라도

공사의 속도를 늦추게는 못했거니
두 강물을 한 곬으로 흐르게 한
오늘의 감격을 무엇에 비기랴

무엇에 비기랴 어려운 고비마다
앞장에 나섰던 청년 돌격대
두 젊은이의 가슴에 오래 사무쳐
다는 말 못한 아름다운 사연을

처녀와 총각은 가지런히 앉아
흐르는 물에 발목을 담그고

그리고 듣는다 바람을 몰고 가는
거센 흐름이 자꾸만 귀틈하는 소리
[말해야지 오늘같은 날에야
어서어서 말을 해야지]

전설 속의 이야기

떠가는 구름장을 애타게 쳐다보며
균렬한 땅을 치며 가슴을 치며
하늘을 무심타고 통곡하는 소리가
허허벌판을 덮어도 눈물만으론

이용악

시드는 벼포기를 일으킬 수 없었단다

꿈결에도 따로야 숨쉴 수 없는
사랑하는 농토의 어느 한 흠타기에선들
콸콸 샘물이 솟아 흐를 기적을 갈망했건만
풀지 못한 소원을 땅 깊이 새겨
대를 이어 물려준 이 고장 조상들

물이여 어디를 내가 딛고 서서 발을 돋우면
아득히 뻗어나간 너의 길을 다 볼 수 있을가

로쇠한 대지에 영원한 젊음을
지심 깊이 닿도록 젊음을 부어 주는
물이여
보람찬 운명을 같이하는 로동자 농민의
실로 위력한 힘의 물줄기여

소를 몰고 고랑마다 타는 고랑을
숨차게 열두 번씩 가고 또 와도
이삭이 패일 날은 하늘이 좌우하던
건갈이 농사는 전설 속의 이야기
전설 속의 이야기로 이제 되였다

물이여 굳었던 땅을 푹푹 축이며
네가 흘러가는 벌판 한 귀에

너무나 작은 나의 입술을 맞추면서
이처럼 쏟아지는 눈물을 막으려도 하지 않음은
정녕코 정녕 내 나라가 좋고 고마워

덕치 마을에서 1

서해의 막다른 덕치 마을 선전실
환한 전등 밑에 모여 앉아
라지오를 듣고 있던 조합원들은
일시에 야! 하고 소리를 친다

이 밤에 누구보다 기쁜 이는 아마
륙십 평생 농사로 허리가 굽었건만
물모라군 꽃아 못 본 칠보 령감님
[연풍에서 물이 떠났다구
분명히 그랬지?]

[그러믄요 떠났구말구요
우리가 새로 푼 논배미 들에도
머지않아 철철 넘치게 되지요
얼마나 꿈같은 일입니까

나라와 로동자 동무들 은혜를 갚자면

땅에서 소출이 더 많아야 하지요
우리 조합만도 올 가을엔
천 톤쯤은 쌀을 더 거둘겁니다]

위원장의 이야기가 끝나자
사람들은 끼리끼리 두런거리고
누군가 나직이 물어보는 말
[천 톤이면 얼마만큼일가?]
[달구지로 가득가득 날르재도
천 번쯤은 실어야 할 그만큼 되지요]

어질고 근면한 이 사람들 앞에
약속된 풍년을 무엇이 막으랴
쌀은 사회주의라고 굵직하게 씨불인
붉은 글자들에 모든 시선이 즐겁게 쏠리고

허연 구레나루를 쓰다듬다가
무릎을 탁 치며 껄껄 웃던 칠보 령감
[산 없는 벌판에
쌀 산이 생기겠군]

덕치 마을에서 2

[어찌나 생광스런 물이 과데
모르게 당두하면 어떻게 한담
물마중도 쓰게 못하면
조합 체면은 무엇이 된담]

밤도 이슥해 마음은 곤히 자는데
칠보 령감만 홀로 나와 뚝에 앉았다
[물이 오면 달려가 종을 때리지]

별이 쨍쨍하면 오히려 마음 흐리던
지난 세월 더듬으며 엽초를 말며
석 달 열흘 가물어도 근심 걱정 없어질
오는 세월 그리며 엽초를 말며

그러다가 령감님은 말뚝잠이 들었다
머리 없은 달빛이 하도 고와서
구수한 흙 냄새에 그만 취해서

귓전을 스치는 거센 흐름 소리에
놀래여 선잠에서 깨여났을 땐
자정이 넘고 삼경도 지날 무렵
그러나 수로에 물은 안 오고
가까운 서해에서 파도만 쏴— 쏴—

이용악

희슥희슥 동트는 새벽 하늘을
이따금씩 바라보며 엽초를 또 말며
몹시나 몹시나 초조한 마음
[어찌 된 셈일가 여태 안 오니]

수로가 2천 리도 넘는다는 사실을
아마도 령감님은 모르시나바
물살이 아무리 빠르다한들
하루에야 이 끝까지 어찌 다 올까

물 냄새가 좋아선가

이 소는 열두 삼천리에 나서
열두 삼천리에서 자란 둥글소

떡심이야 마을에서 으뜸이건만
발목에 철철 감기는 물이
물이 글쎄 무거워선가
걸음을 제대로 걷지 못하네

써레쯤이야 쌍써레를 끈다 해도
애당초 문제될가만
난생 처음 밟고 가는 강물 냄새가

물 냄새가 유별나게 좋아선가
걸음을 제대로 걷지 못하네

열두 부자 동뚝

황토색 나무재기풀만 해풍에 나붓기는
넓고 넓은 간석지를 탐스레 바라보며
욕심쟁이 열두 부자가 의논했단다
[이 개펄에 동뚝을 쌓아 조수를 막자
물만 흔해지면 저절로 옥답이 되지
그러면 많은 돈이 제 발로 굴러 오지]

열두 삼천리에 강물을 끌어온다고
일제가 장담하자 그 말에 솔깃해진
열두 부자는 군침부터 삼키며
때를 놓칠세라 공사를 시작했단다

5년이 지나 아니 10년 거의 지났던가
물은 소식 없고 동뚝도 채 되기 전에
재산을 톡 털어 바닥난 열두 부자는
찡그린 낯짝을 어기까랑 쥐여 뜯다가
끝끝내는 개펄에 코를 쳐박았단다

이용악

뺏을 대로 빼앗고도 그것으론 모자라
열두 삼천리 무연한 벌에서 산더미로 쏟아질
백옥 같은 흰 쌀을 노리던 일제 놈들
수십 년 허덕이고도 물만은 끌지 못한 채
패망한 놈들의 꼴상판도 이제 좀 보고싶구나

인민의 행복 위한 인민의 정권만이
첩첩한 산 넘에 광활한 벌로
크나큰 강줄기를 단숨에 옮겼더라

그러고 여기
드나드는 조수에 오랜 세월 씻기여
자취조차 없어지는 탐욕의 뚝을 불러
열두 부자동이라 비웃던 바로 그 자리에
이 고장 청년들이 굳건하게 쌓아 올린
길고 긴 동뚝

조수의 침습을 영원히 막아
거인처럼 팔을 벌린 동뚝에 올라 서면
망망한 바다가 발 아래 출렁이고
나무재기풀만 무성하던 어제의 간석지에

푸른 벼포기로 새 옷을 갈아 입히는
협동조합원들의 모내기 노래가
우리 제도의 승리를 자랑하며

훈풍을 저어 저어 광야에 퍼진다

격류한다 사회주의에로

우리 조국의 지도 우에
새로이 그려 넣을
푸른 호수와 줄기찬 강들이
얼마나 많은 땅을 풍요케 하는가
얼마나 아름다운 생활을 펼치는가

평화를 열망하는 인민들 편에
시간이여 네가 섰음을 자랑하라

아득히 먼 세월 그 앞날까지도
내 나라는 젊고 또 젊으리니
우리 시대의 복판을 흘러 흘러
기름진 류역을 날로 더 넓히는
도도한 물결 행복의 강하

강하는 노호한다
강도의 무리가 더러운 발로 머물러
략탈로 저물고 기아로 어둡는
남쪽 땅 사랑하는 강토의 반신에도

붉게 탈 새벽 노을을 부르며

격류한다 승리의 물줄기는
우리의 투지 우리의 정열을 타고
사회주의에로!
사회주의에로!

1956/조선문학/8월호

이 시는 모두 10편으로 짜여져 있으며 첫 번째로 소개하는 소제목의 '위대한 사랑'은 다른 소제목의 총론격으로 미래를 향한 국토 개조의 필요성과 아울러 물에 대한 위대함 등의 고마움을 형상화하고 있다.

다음은 9편의 소제목에 대한 내용을 간략히 소개해보려 한다.

「흘러 흘러 10리 굴에」는 연풍호의 수문을 빠져나와 대동강으로 흘러드는 장엄한 물줄기를 보며 이 물줄기가 가히 천 년 가뭄에 시달리던 광활한 평야를 옥토로 적셔 준다는 내용을 담았고, 「연풍 저수지」는 대대손손 가뭄과 홍수에 시달리던 농민들이 연풍 저수지의 관개 시설이 완공됨으로써 기쁨을 만끽하는 정경을 그렸다.

「두 강물을 한 곬으로」는 연풍 저수지를 출발한 대동강 물줄기가 제2간선에 다다르면 금성양수장에서 흘러보내는 청천강 물과 합류하는 장면을 감동적으로 표현했다.

또 「전설 속의 이야기」는 지난날 하늘만 바라보며 가뭄과 홍수에 시달리며 짓던 농경 시대는 먼 옛날 이야기가 되었다는 내용이고, 「덕치 마을에서 1」은 한 농부가 60평생 처음으로 물 걱정

없이 농사를 짓게 되어 풍년을 약속하는 정경을 표현했으며, 「덕치 마을에서 2」는 같은 화자가 서해의 막다른 마을에서 2천 리 수로를 타고 내려오는 물길을 설레임과 초조함으로 밤새껏 기다리는 정황을 그렸다.

그리고 「물 냄새가 좋아선가」는 물살 거친 수로를 발목을 적시고 건너며 수정같은 물빛에 취한 황홀경이 묘사되었고, 「열 두 부자 동뚝」은 악랄한 일제의 속임수에 속아 열 두 부자가 재산을 몽땅 바쳤어도 해내지 못한 일을 자신들의 공화국 시대에 해냈다는 자부심 가득찬 내용이다.

또한 「격류한다 사회주의에로」는 마지막 결론에 해당되는 내용으로 시제가 말해주듯 지도를 바꿔놓은 대역사를 오로지 사회주의만이 건설할 수 있다는 지극히 선동적이고 선전 목적이 담긴 내용이다.

아무튼 이용악은 전쟁 전과 전쟁 중에는 증오와 적개심을 자아내게 하는 강경한 시를 썼고 전쟁 후에는 산업 건설과 농, 어촌의 부흥을 위한 시를 창작했는데 이는 모두가 자율성이 절제된 획일적 통제 사회에서 볼 수 있는 타율적 작품들이라 할 수 있을 것이다.

이용악의 최고 대표작으로 평가되는 이 연작 장시는 전후 북한 사회의 복구 건설을 독려하는 내용으로 북한 농촌의 생활상을 적나라하게 표현한 서사적인 작품으로 시적 감각과 시어의 음율성 등 풍부한 민족 정서를 형상화했다는 점에서 그의 천재적 재능을 엿볼 수가 있다.

듬보비짜

번화한 부꾸레스트의 거리를 스쳐
젖줄처럼 흐르는 듬보비짜
듬보비짜 천변을 걸으면 들리는구나
냇물이 도란대는 전설의 마디마디

부꾸르라는 어진 목동이 한 때
넓고 넓은 초원을 떠다녔단다
풍토 좋고 살기 좋은 고장을 찾아
온 세상을 양떼 몰고 떠다녔단다

무더운 여름철도 어느 한나절
정말로 무심코 와 닿은 곳은
듬보비짜 맑은 물 번쩍이며 흐르고
아득한 지평선에 꽃구름 피는 땅

타는 목을 저마다 축인 목동들
서로서로 껴안으며 주고 받은 말
이 물맛 두고 어디로 더 가랴
이 물맛 두고 어디로 더 가랴

그때로부터 듬보비짜 맑은 냇가엔
사랑의 귀틀집들 일어섰단다
노래와 더불어 일하는 사람들
흥겨운 춤으로 살기만 원했단다

그때로부터 몇천 년 지나갔는가
부꾸르의 이름 지닌 부꾸레스트
나는 지금 듬보비짜 천변을 걸으며
세월처럼 유구한 전설과 함께
파란 많은 력사를 가슴에 새긴다

목동들이 개척한 평화의 길을 밟고
끊임없이 밀려온 침략의 무리
토이기의 강도 떼도 히틀러 살인배도
빈궁과 치욕만을 남기려 했건만

어진 사람들이 주초를 다진 땅에
스며 배인 사랑을 앗지는 못했거니
강인한 인민의 품에 영원히 안긴
부꾸레스트의 번영을 자랑하며
듬보비짜는 빛발 속으로 흐르고

수수한 형제들의 티 없는 웃음에도
잔디풀 키 다투며 설레는 소리에도
부꾸르의 고운 꿈이 승리한 세상

이용악

사회주의 새 세상의 행복이 사무쳤다

미술 박물관에서

앞을 못 보는 아버지의 손을 잡고
소녀는 내내 웃는 낯으로
소녀는 걸음마다 살펴 디디며
윤기 나는 계단을 천천히 올라왔다

실뜨기에 여념 없던 방지기 할머니
우리에게 다가와서 귀띔하기를
[저이는 미술을 본디 좋아했는데
파쑈의 악형으로 그만 두 눈이…]

나란히 벽에 걸린 그림 앞에서
화폭에 담긴 정경이며 그 색채를
소녀는 빠칠세라 설명하였고
그럴 때마다 아버지의 얼굴엔
밝은 빛이 가득히 피여나군 하였다

앞을 못 보는 아버지의 손을 잡고
다음 칸으로 천천히 옮겨간 소녀가
[스떼판의 조각이야요

조선 빨찌산…] 하면서
넓은 방 한복판에 멈춰 섰을 때

아버지는 불현듯 검은 안경을 벗었다
제 눈으로 꼭 한 번 보고싶다는 듯…

그러나 어찌하랴 어떻게 하랴
한참이나 안타까이 섰던 소녀는
아버지의 손을 조용히 이끌어
조선 빨찌산의 손 우에 얹어 드렸다

대리석 조각의 굵은 손목을
널직한 가슴과 실한 팔뚝을
몇 번이고 다시 더듬어 만지면서
무겁게 무겁게 속삭이는 말
[강하고 의로운 사람들
미제를 무찌른 영웅들]

그의 두터운 손은 뜨겁게 뜨겁게
나의 심장까지도 만지는 것 같구나
무엇에 비하랴 행복한 이 순간
조국에의 영광을 한 품에 안기인
내 가슴이 너무나 너무나 작구나

에레나와 원배 소녀

– 에레나는 조국 해방 전쟁 시기에
루마니아 의료단의 일원으로 조선에 왔던 동무

가을 해 기우는 따뉴브 강반에서
조선의 새 소식을 묻고 묻다가
김원배란 이름 석 자 적어 보이며
안부를 걱정하는 니끼다 에레나

전쟁의 불바다를 회상하는가
에레나는 이따금 눈을 감는다

미제 야만들이 퍼붓는 폭탄에
집뿐이랴 하늘같은 부모마저 여의고
위독한 원배가 병원으로 업혀온 건
서릿바람 일던 어느 날 아닌 밤중

죽음과의 싸움에서 소녀를 구하자고
자기의 피까지도 수혈한 에레나
혈육처럼 보살피는 고마운 에레나를
엄마라 부르면서 원배는 따랐단다

[그 애가 제 발로 퇴원하던 날
몇 걸음 가다가도 뛰여 와서 안기며
헤여지기 아쉽던 일 생각만 해도…]

말끝을 못 맺는 니끼다 에레나여

어찌 어린 소녀 원배에게만이랴
조선이 승리한 억센 심장 속에는
루마니아의 귀한 피도 얽혀 뛰거니
공산주의 락원으로 어깨 겯고 가는
두 나라의 우애와 단결은 불멸하리

붉게붉게 타는 노을 따뉴브를 덮고
따뉴브의 세찬 물결 가슴을 치는데

조선이 그리울 제 부른다면서
에레나가 나직이 시작한 노래
우리는 다같이 소리를 합하여
김일성 장군의 노래를 부른다
내 조국이 걸어온 혈전의 길과
아름다운 강산을 온몸에 느끼며

꼰스딴쨔의 새벽

기선들의 호기찬 항해를 앞두고
대낮처럼 분주한 저기 오가는 해원들 머리 우에
초가을 하늘은 푸름푸름 트고

가로수 잎사귀들 입맞추며 깨고

불타는 노을빛 한창 더 붉은
먼 수평선이 눈부신 광채를 뿜자
망망한 흑해가 한결 설레며
빛에로 빛에로
빛에로 물길을 뒤집는다

이런 때에 정녕 이러한 때에
내 마음이 가서 닿는 동해 기슭을
비양도며 송도원 어랑끝 앞 바다를
갈매기야 바다의 새 너는 아느냐

풍어기 날리며 새벽녘에 돌아오는
어선들의 기관 소리 물 가름 소리
가까이 점점 가까이 항구에 안기는
바다의 사내들이 팔 젓는 모습과
웅성대는 선창머리 하도 그리워

나는 해풍을 안고 햇살을 안고
낯선 항구의 언덕길을 내려간다
벅찬 생활 물결치는 동해의 오늘은
흑해와 더불어 이야기하고저
두 바다의 미래를 축복하고저

깃발은 하나

– 해방 전에 루마니아 공산주의자들이 얽매였던 돕흐다나 감옥,
게오르기우데스 동지를 위시한 지도자들이
갇혀 있던 감방 앞에서

한 걸음 바깥은 들꽃이 한창인데
이 안의 열두 달은 항시 겨울날
철 따라 풍기는 흙 냄새도
두터운 돌벽이 막아 섰구나

태양도 여기까진 미치지 못하여
이 안의 열두 달은 노상 긴긴 밤
떠가는 구름도
여기서는 영영 볼 수 없구나

조국을 사랑하면 사랑한 그만치
인민을 사랑하면 사랑한 그만치
피에 절어 울부짖던 가죽 채찍과
팔목을 죄이던 무거운 쇠사슬

그러나 나는 아노라
투사들의 끓는 정열 불같은 의지는
몰다비야 고원에서 따뉴브의 기슭까지
강토의 방방곡곡 뜨겁게 입맞추며
참다운 봄이 옴을 일깨웠더라

이용악

고혈을 뽑히는 유전과 공장
무르익은 밀밭과 포도원에서
굶주린 인민들의 심장을 흔들어
광명에로 투쟁에로 고무했더라

나는 경건히 머리 숙이며
머리를 숙이며 생각하노라

칼바람 몰아치는 백두의 밀림에서
슬기로운 우리 나라 애국자들이
고난 중의 고난 겪은 허구한 세월
붉은 기를 높이 들고
용진하며 싸운 고귀한 나날을

산천은 같지 않고 말은 달라도
목숨으로 고수한 깃발은 하나
공산주의 태양만이 불멸의 빛으로
투사들의 가슴을 뜨겁게 하고
밝고 밝은 노을을 보게 하였다

1959/조선문학/3월호

위의 시 5편 중 대표 시는 「깃발은 하나」다.

필자가 루마니아 친선 사절 방문 중 역사적으로 기억될 만한 곳을 찾아 다니며 북한과 루마니아가 사회주의 동맹국인 동시에 유사한 역사성을 지녔기에 더욱 애정과 친근감이 느껴진다는 내용이다.

말하자면 루마니아는 세계 2차대전 중 독일 나치즘의 학살과 착취에 시달렸으며, 북한은 한국 전쟁 당시 미제국주의와 맞서 싸웠다는 양국 간의 고난과 고통의 시대가 이제는 승리와 평화의 시대로 전환되었다 말하고 있다.

이런 인식을 가지고 필자는 혁명의 성지나 미술, 조각 등 빨찌산 운동의 자취가 즐비한 미술, 박물관을 방문하거나 한국 전쟁 당시 북한을 지원해 준 의료 지원단에도 특별한 감사와 고마움을 표하고 있다.

끝으로 필자는 루마니아의 수많은 혁명 투사, 빨찌산들이 갇혀 있던 감옥을 방문하면서 조국과 인민을 위해 싸웠던 혁명가들의 정신은 한결같이 사회주의 공산주의 길을 걷고 있는 양국의 혁명적 승리 의지가 똑같다는 것이라며 그러기에 깃발은 하나일 수밖에 없다는 확신을 단호히 보여주고 있다.

영예 군인 공장촌에서

삼각산이 가물가물 바라뵈는 언덕 아래
신작로 길섶엔 쑥대밭 뒤설레고
낡고 낡은 초가집 몇 채만
가을 볕을 담뿍 이고 있었다네

처절하던 전쟁의 나날을 회고하면서

이용악

아직은 갈 수 없는 남쪽
시름겨운 고향을 이야기하면서
먼길 와 닿은 영예 군인 다섯 전우
정든 배낭을 마지막 내려놓던 날

가진 건 아무것도 없었다네 그러나
불타는 시선으로 미래를 그렸거니
가장 고귀한 것을 지녔기 때문

그것은 걸음마다 부축하여
뜨겁게 뜨겁게 안아 주는
당의 사랑!
그것은 남은 한 팔 한 다리나마
조국 위해 바치려는 붉은 마음!

붉은 마음으로 헤친 쑥대밭에
오늘은 높직한 굴뚝들이 일어섰네
불굴한 청년들의 꿈처럼 푸른 색깔로
송판에 큼직큼직 써서 붙인
[영예 군인 화학 공장]

아쉽던 사연인들 이만저만이랴만
심장을 치는 기계 소리에 가셔졌다고
서글서글 웃기만하는 얼굴들이
어찌하여 나 보기엔 한 사람 같구나

배펄 무어 한 쌍씩 따로 내던 때에사
독한 개성 토주 달기도 하더라는
자랑 많은 형제들아
걸음마를 익히는 귀염둥이들
옥볼에 두 번씩 입맞춰 주자

삼각산이 가물가물 바라뵈는 언덕 우에
양지바른 문화 주택 스물 네 가호
집마다 초가을 꽃 향기에 묻혔네
남쪽을 향한 창들이 빛을 뿌리네

1959/조선문학/1월호

조국에 대한 고마움과 사회주의의 우월성을 강조한 내용으로 전장에서 부상당한 상이군인들에게 집단으로 주택을 마련해주고 취업도 보장해줌으로써 이들의 장애가 조국과 인민을 위한 것이라는 이야기로 조국은 끝까지 참전 군인들을 책임지고 영예로운 삶을 누리게 한다는 선전 목적성이 짙게 깔려 있다.

그러기에 전쟁에서 입은 상처가 무한히 자랑스럽고 영광스러워 함께 사는 영예군인 가족들이 형제나 가족 같은 친근감이 생기고 부드럽게 보인다는, 이를테면 전상자들에게 바치는 헌시 같은 성격을 띠고 있다.

빛나는 한나절

백설에 덮인 강토가
일시에 들먹이는가
금관을 쓴 조국의 산들이
한결같이 어깨를 쳐드는구나

설움 많은 이국의 거리거리에서
오랜 세월 시달린 우리의 형제들이
그립고 그립던 어머니 땅에
첫발 디디는 빛나는 한나절

울자
노래 부르자
내 나라 있기에 가져보는 이 행복
다시는 이 행복을 잃지 말고저
다시는 쓴 눈물 흘리지 말고저

목이랑 껴안고 볼에 볼을 비비면
매짠 바람도 도리여 훈훈하구나

울자 이러한 날에사
더 높이 노래 부르자
가슴속 치미는 뜨거움을 다하여
고마운 조국에 영광을 드리자

— 시초 「고마와라 내 조국」 중에서

1960/조선문학/1월호

이 작품은 「고마와라 내 조국」이라는 시초 중에서 소개하는 것으로 시적 구상이나 배경은 다르지만 내용은 같은 맥락을 일관되게 보여주고 있다.

말하자면 어느 날 문득 바라다본 산천초목들이 모두 아름답고 믿음직스럽게 보여 그것이 마치 영광스런 사회주의 공화국하에서만 느낄 수 있다는 비약적 어법으로 조국, 즉 당과 수령에 대한 감사와 존경의 마음을 직설화법을 통해 과장되게 표현하고 있다.

열 살도 채 되기 전에 외 1편

배에서는 한창 내리나본데
발돋움 암만 해도 키가 너무 모자라
비비대며 총총히 새여나가는
꼬마는 아마도 여덟이나 아홉 살

될 말이냐 어느새 앞장에 나섰구나
새남 소리 징 소리도 한층 흥겨워라

목메여 그리던 어머니 조국 품에

이용악

꿈이련듯 안기는 숱한 사람 중에서도
자기 또래에게 마음이 먼저 쏠려
꼬마는 달려간다
달려가서 손을 덥석 잡는다

만나자 정이 든 두 꼬마는
하고 싶은 그 한 마디 찾지 못해서
노래 속에 춤 속에 꽃보라 속에
벙실벙실 내내 웃고만 섰구나

하지만 그것은 정말로 짧은 사이
어찌하여 천진한 두 꼬마는
얼굴을 일시에 돌리는 것일가
꼭 쥔 채 놓지 않는 귀여운 손과 손이
어찌하여 가늘게 떠는 것일가

샛별같은 눈에서 무수한 잔별들이
무수한 잔별이 반짝이면서
갑작스레 쏟아지는 눈물의 방울방울
나의 가슴속에도 흘러내린다

얼마나 좋으냐 우리 조국은
너희들이 열 살도 채 되기 전에
눈물의 뜨거움을 알게 했구나
자애로운 공화국을 알게 했구나

봄의 속삭임

그립던 누이야 나는 이제사
밝고밝은 세상에 태여났구나
하늘의 푸르름도 바람 소리까지도
옛날의 그것과는 같지 않구나

돌아올 기약 없이 끌려 가던 때
앞을 가리던 검은 구름장
세월이 흐를수록 쌓이고 더 쌓여
사십 평생 가슴에서 뭉개치더니

서러웁던 굽인 돌이 황토길에서
마지막 만져본 야윈 팔이랑
검불그레 얼어 터진 너의 손등이
잠결에도 문득문득 시름겹더니

어둡던 나날을 영영 하직한
여기는 청진 부두
아직은 겨울이건만 가슴속 움트는
봄의 속삭임 조잘조잘 내닫는 개울물 소리

누이야 의젓한 너의 어깨에
너의 어깨에 입 맞춘 그 시각부터
해토하는 흙 냄새 흠씬 맡으며

이용악

나는 고향 벌에 벌써 가 있다

얼마를 절하면 끝이 있을가
너와 나의 애틋한 어린 시절이
이랑마다 거름처럼 묻힌 땅에서
행복을 찾게 한 사회주의 내 조국

얼마를 절하면 끝이 있을가
그립던 누이야 나는 이제사
밝고밝은 세상에 태여났구나

1960/조선문학/2월호

이 두 편의 시는 재일교포들이 조총련의 선전 선동에 속아 자유와 평화의 낙원이라는 북한으로 귀화하기 위해 만경봉 호를 타고 청진 항에 도착하는 정경을 그리고 있다.

열 살도 채 안 된 어린 아이와 황혼기 노인들까지 수십 년만에 처음 밟아보는 북한 땅, 즉 조국에 대한 고마움과 고향의 옛 기억들을 떠올리며 몰라보게 변한 현실을 경이로움과 감탄조로 읊고 있다.

이 시가 시사하는 의도는 재일조총련 동포들이 꿈에도 그리던 청진 부두에 내리면서 이미 노년으로 접어든 어머니의 조국 땅이 도무지 낯설기는 하지만 철부지 한 어린아이의 눈을 통해 사회주의와 그 지도자가 얼마나 위대하고 자랑스러운가를 스스로 우러르고 찬양 칭송케 하는 감격적 문장들로 꾸며져 있다.

어느 한 농가에서

1

우수 경칩도 이미 지난 철이건만

드센 바람 상기 윙윙거리고

두텁게 얼어붙은 채 풀릴 줄 모르는 두만강 기슭

량수천자 가까운 산 모퉁이 외딴 농사집

마당 앞에 우뚝 선 백양나무 가지에서는

오늘따라 까치들이 류별나게 우짖는데

캄캄한 어둠에 짓눌린 세월

오랜 세월을 두고

태우고 태운 고골불 연기에

새까맣게 그슬은 삿갓반자 밑에서

가난살이 시름하던 순박한 늙은 내외

[까치두 허 별스레 우는구려

집난이의 몸 푼 기별이 오려나

손 큰 소금장사가 오려나

까치두 정말 별스레 울지]

[강냉이 풍년에 수수 풍년이나 왔으면

눈이나 어서 녹고

산나물 풍년이라도 들어 줬으면]

세납 성화나 덮치지 말아라

이용악

부역 성화나 덮치지 말아라
지긋지긋한 지주 놈의 성화나 제발…]

소원도 많은 늙은 내외는
돌연한 인적기에 깜짝 놀라
주고받던 이야기를 뚝 끊었네
언제 어디서 왔는가
난데없는 군대들이
마당에 저벅저벅 들어서는 바람에

[에크! 이걸 어쩌나…]
하고 소리라도 칠 번한 그 순간
두 늙은이의 머리 속을 번개처럼 스친 것은
아귀같은 왜놈들의 군경이였네

바로 지난 가을에도
미친 개 무리처럼 집집에 들이닥쳐
갖은 행패를 다 부린 쪽발이 새끼들

시퍼런 총창을 함부로 휘두르면서
구차한 세간들을 닥치는대로 짓부셔대고
종당에는 씨암탉마저 목을 비틀어간
왜놈들의 상판대기가 불현듯 떠올라
늙은 내외는 몸서리를 쳤더라네

그러기에 문밖에서 주인을 찾는 소리
한두 번만 아니게 들려왔건만
죽은 듯이 눈을 감고
귀를 꼭 막고
한 마디 응답도 끝내 하지 않았네

하지만 어찌하랴
잠시 후 서로 얼굴만 쳐다보는
두 늙은이 가슴 속은 끔찍이도 불안하였네
이제 필경 문을 화락 재낄텐데
무지막지한 구두발들이 쓸어들텐데
가슴에 총부리를 들이댈텐데

안골 사는 꺽쇠 령감네가
봉변을 당한 일이 문득 생각났네
유격대가 있는 데를 대라고
당치도 않은 생트집을 걸어
죄 없는 초가삼간에 불을 지르고는
끌날같은 외아들을 끌어가지 않았던가

아래 마을 강 로인네가
애꿎게 겪은 일들이 문득 떠올랐네
까닭없이 퍼붓는 욕지거리며
영문도 모를 지껄임에 대답을 못했다구
늙은이고 아낙네고 사정없이 마구 차서

삽시에 반죽음이 되게 하지 않았던가

생각만 해도 섬찍한 일들이 눈에 선하여
늙은 내외는 똑같이 공포에 질려 있었네

그런데 웬일인가?
당장에 무슨 변이 터지고 말 듯한
팽팽한 몇 순간이 지난것만 같은데
어찌 된 일일가
문고리에 손을 대는 기미도 영 없고
큰소리 치는 사람 하나 없으니…

너무나 뜻밖이고 너무 이상스러워
문틈으로 넌지시 바깥을 내다보는
두 늙은이의 휘둥그런 눈에는
모두가 모두 모를 일뿐이였네

얼른 봐도 부상자까지 있는 형편인데
문을 열고 들어설 생각은커녕
마당 한 구석에 쌓여 있는 짚단 하나
검부러기 하나도 다치지 않고
바람찬 한데서 수군수군 쉴 차비를 하고 있는
정녕코 정녕 알 수 없는 사람들…

단정한 매무시며 행동거지며

수수하고 싱싱한 얼굴 표정부터가
여태가지 봐온 어느 군대와는 판이한 군대
왜놈같은 기색은 털끝만치도 보이지 않는
이분들은 도대체 무슨 군대일가?

령감님도 할머니도 아직은 몰랐다네
이 분들이 바로 항일 유격대임을
동에 번쩍 서에 번쩍 발길 닿는 곳마다
원쑤 일제에게 무리 죽음을 안기고
인민들 가슴 속에 혁명의 불씨를 심어 주는
이 분들이 바로 백전 백승의 장수들임을…

더더구나 어찌 알았으랴
온 천하가 우러르는 절세의 애국자이시며
전설적인 영웅이신 김일성 장군님과
그이께서 친솔하신 영광스러운 부대가
지금 바로 눈앞에서
잠시나마 쉴 자리를 하고 있음을…

2

강설로 내린 숫눈길을 헤치고
새벽부터 행군해온 부대가
산모롱이 외딴 농사집 마당에서
잠시 휴식하게 된 것은 늦은 낮밤 때
모두들 땀에 젖어 있었으나

살을 에이는 듯한 맵짠 날씨였네

간밤에도 뜬 눈으로 새신
장군님 사령관 동지만은
부디 방안에 모셨으면…
부상당한 동무만은
잠간이나마 온돌에 눕혔으면…
이것은 모든 대원들의 한결같은 심경이였건만

그런데 글쎄 세상은 까다로와
풀리지 않는 일도 때론 있는 법
방금까지 집안에서는 인기척이 있었는데
몇 번 다시 주인을 불러 봐도
응답 한 마디 종시 없지 않은가

하지만 이러한 때에 어느 누구도
눈살조차 찌프리는 일이 없고
문고리에 손 한 번 가져가지 않음은
유격대원들은 언제 어디서나
인민의 충복이 되여야 한다고 가르치신
김일성 장군님의 간곡하고도 엄한 교시가
누구나의 심장 속에 항시 살아 있기 때문

어느 누구보다도 그이께서
몸소 인민을 존중하시고

인민의 리익을 제일 생명으로 여기시는
훌륭하고도 지중한 산모법을
누구나가 혁명 생활의 거울로 삼고 있으며
숭고한 그 정신을 군률로 삼기 때문에

원쑤들에게는 사자처럼 용맹하고
범처럼 무자비하면서도
인민들 앞에서는 순하디순한 양과도 같이
자기의 모든 것을 아낌 없이 바칠 줄 아는
김일성 장군님의 참된 전사들!

집 주인이 응대를 아니한다 하여
어찌 얼굴 빛인들 달라질 수 있으랴

아무 일도 없었든 듯이
모두들 미소를 지으며
흙마루에
땅 바닥에
눈무지 우에
휴대품들을 묵묵히 내려놓는데

장군님은 어느새 입으셨던 외투를 벗어
부상 당한 대원에게 친히 덮어 주시고
들것에 누워 있는 피끓는 투사의
안타까운 마음의 구석구석을

따뜻한 손길로 어루만져 주시는 듯
이것저것 세심히 보살피시더니

추울 때엔 가만히 앉아서 쉬기보다
추위를 쫓아야 한다고 하시면서
도끼를 들고 마당 한가운데로 나오시자
모든 대원들이 그이를 따라 나섰네
혹은 눈가래를 들고
빗자루를 들고
혹은 지게며 낫이며 들통을 들고

이리하여 더러는
앞뒤 뜰에 쌓인 눈을 치고
마당을 말끔히 쓸고
더러는 기울어진 울바자를 바로 세우고
더러는 뒷산에서 나무를 해다가
산속에서 하던 솜씨대로
한 데에 고깔불을 활활 피우고

따라 나선 꼬마 대원을 데리고
강역으로 나가신 장군님께서
얼어붙은 물구멍을 도끼로 까고
양철통에 철철 넘치게 손수 길어오신 물
행길까지 총총히 걸어나가 물통을 받아 드린
단발머리 녀대원은 재빠르게도

백탕을 설설 끓이며 식사 준비를 서두르고

다시금 도끼를 드신
장군님께서 통나무 장작을 패는 소리 펑 펑
가슴마다에 펑 펑 메아리치네

꿈결에도 못 잊으실 어머님께
어머님께라도 들리신 것처럼
생사고락을 함께 겪은 어느 전우의
일손 바쁜 고향 집에라도 들리신 것처럼
널려 있는 장작을 맞춤히들 조개여
처마 밑에 차국차국 쌓아까지 주시는 그이

마당에서 벌어지는 이 모든 광경을
문 틈으로 샅샅이 내다보고 있는
늙은 내외의 복잡한 마음속은
말로는 못다할 놀라움과 감격으로하여
시간이 갈수록 더욱더 붐비였네

무슨 군대들이 글쎄
멸시와 천대밖에 모르고 사는
백성의 집에 와서 한 데에 쉬는 것도
있을 법한 노릇이 정말 아닌데
며칠 해도 못다할 궂은 일까지
삽시간에 서근서근 해 제꼈으니…

이용악

숱한 남의 일을 제 일처럼 하면서도
장작 한 개피 축내기는커녕
마당에서 활활 타고 있는 삭쟁이까지
뒷산에 올라가 손수 해왔으니

이분들이야말로
햇발에 나오는 신선이 아니면
이 세상에서 으뜸 좋고
으뜸으로 어진 군대리!

들것에 누워 있는 부상자에게
외투들을 벗어서 푸근히 덮어 주고
번갈아 끊임없이 오고 가면서
있는 정을 다 쏟아 간호하는
실로 미덥고 아름다운 사람들

이분들이야말로
한 피 나눈 친어버이 친형제 아니면
이 세상에서 으뜸 뭉치고
으뜸으로 의리 깊은 군대리!

이렇게 생각한 령감님은
평생 갚아도 못다 갚을 빚이라도
질머진 것처럼 어깨가 무겁고
어쩐지 송곳방석에 앉은 것만 같았네

문을 열고 나가자니 낯이 그만 뜨겁지
그냥 앉아 배기자니 량심에 찔리지

이러지도 저러지도 못해하는 때
일이 났네
꿈에도 생각지 못한 일
여지것 잘도 자던 어린아이가
갑자기 으아! 하고 울음보를 터드릴 줄이야

그 바람에 령감님은 이것저것 다 잊고
그 바람에 황황히 문을 차고 나왔더라네

3
이윽고 이 분들이 소문에만 들어온
항일 유격대라는 것을 알게 된 령감님은
이 사람 저 사람의 옷소매를 잡고
이마가 땅에 닿도록 사죄하였네

[유격대 어른들이 오신다고
그래서 까치들이 류별나게 구는 걸
그런 것을 글쎄 그런 것을 글쎄
왜놈 군대로만 알다니
죽을 죄를 졌수다 이 늙은 것이…]

어쩔 바를 몰라하는 령감님보다

한층 더 딱해하는 유격대원들
어떻게 하면 로인을 안심시킬 것인가고
모두들 갖은 애를 다 쓰고 있을 때

김일성 장군님은 만면에 웃음을 지으시며
로인에게 천천히 다가오셔서
공손히 담배를 권하시고
불까지 친히 붙여 주시면서 말씀하셨네

[할아버지! 아무 일 없습니다
우리들은 다 할아버지와 같은 처지에 있는
그러한 분들의 아들 딸인데요…
아무 일 없습니다 할아버지!
어서 담배를 피우시며
이야기나 좀 들려 주십시오]

이글이글한 불더미 곁에
로인과 나란히 나무토막을 깔고 앉으신
장군님은 한 집안 식구와도같이
다정하게 살림 형편을 들으셨네

이 집은 오랜 농가임에 틀림없는데
어찌하여 닭 한 마리도 치지 못하는지?
이렇게 추운 때에 어찌하여 아이들에게
털모자 하나도 사 씌우지 못하는지?

어찌하여 뼈빠지게 농사를 지어도
한 평생 가난살이를 면하지 못하는지?

그이의 영채 도는 눈빛이며
서글서글한 풍모에서
모든 것을 한 품에 안아 주실 듯한 너그러움과
무한한 사랑을 심장으로 느낀 령감님
령감님은 그이께서 물으시는대로
집안 형편을 허물없이 털어 놓았네

그러고는 담배 연기와 함께
긴 한숨을 푹 쉬고 나서
[모두가 타고난 팔자지요
팔자 소관이지요] 하고
고개를 서글프게 떨구기 시작하자

장군님은 때를 놓치지않고
로인의 쓰라린 마음을 얼른 부축하셨네
[아닙니다 할아버지!
타고난 팔자라니요…]

일을 암만 하여도 가난한 것은
타고난 팔자 탓도 운수 탓도 다 아니고
일제 놈들의 략탈이랑
군벌들의 닥달질이랑

지주 놈의 가혹한 착취랑
이런 것들이 이중 삼중으로 덮치기 때문임을

그러기에 우리가 잘살 수 있는 길은
무엇보다도 일제를 반대하여 싸우는
그 한 길뿐이라는 것을
인민들이 한 덩어리 되여서
싸우기만 하면 반드시 이긴다는 것을
불을 보듯 알기 쉽게 풀어 주신 덕분에
난생 처음 나갈 길을 깨닫게 된 령감님

령감님은 앞이 탁 트이는 것 같고
늙은 몸에도 새 힘이 솟는 것 같아서
수그렸던 고개를 번쩍 쳐드니
잠시 시름에 잠기셨던
장군님의 안색이 환하게 다시 밝아지셨네

너무나 후련하고 너무 고마와
령감님은 곰곰히 속궁리를 하였네
나같은 백성을 위하여
목숨 걸고 싸우시는 이 분들을
어떻게하면 조금이라도 도울 수 있을가

그러다가 훌쩍 집 안으로 들어가더니
금싸라기처럼 아껴오던 옥수수 두어 말과

소고기 맛잡이로 귀한 시래기를 들고 나왔네
다만 한 끼라도 부디 보태시라고
하찮은 것이나마 부디 받아 달라고…

잠시 깊은 생각에 잠기셨던
장군님은 로인의 손을 굳게 잡으시고
조용조용 무거웁게 말씀하시였네

[할아버지! 성의만은 정녕 고맙습니다
옥배미 백 섬 주신 것보다 더 고맙습니다
그러나 이것을 받을 수는 없습니다
그러잖아도 눈앞에 춘궁을 겪으실 텐데
숱한 식구들의 명줄이 달린 식량을
유격대가 어찌 한 알인들 축낸단 말입니까]

4
즐거운 휴식의 한때를 마치고
부대가 다시 길을 떠나렬 때
행장을 갖추시던 김일성 장군께서는
헤여지기 아수해하는 로인의 손에
얼마간의 돈을 슬며시 쥐여 주셨네

짐작컨대 할머니까지도 옷이 헐어서
문밖 출입을 제대로 못하시는 것 같은데
적은 돈이지만 부디 보태 쓰시라고

닭이랑두 사다가 기르면서
아이들에게 때로는 고기 맛도 보게 해주라고…

너무나 뜻하지 아니한 일에
가슴이 뭉클해지고
목이 그만 메여서
할 말을 못 찾고 멍하니 섰는 령감님

– 이 분은 과연 누구신데
이렇게까지 극진히 돌봐 주실가
나는 아무것도 해 드린 것이 없는데

– 나를 낳은 부모조차 일찌기
대를 물린 빚 문서밖에는 아무것도
아무것도 쥐여 주지 못한 손
이 손에
이처럼 많은 돈을 쥐여 주시다니

갈구리같은 자기의 손을
물끄러미 내려다보는 두 눈에서는
뜨거운 눈물이 뚝뚝 떨어졌네

– 무시루 달려드는 구장 놈이
눈알부터 부라리면서
가렴 갑세의 고지서랑 독촉장이랑

뻔질나게 쥐여 주는 손
이 손에
돈 뭉치를 쥐여 주시다니

– 열 손톱이 다 닳는 일 년 농사를
바람에 날리듯 톡톡 털어도
동전 한 잎 제대로 못 쥐여 보는 손
평생 억울하고 평생 분하여
땅을 치고 가슴만 두드리는 이 손에
사랑이 담긴 돈을 쥐여 주시는
이 분은 과연 누구이실가?

누군지도 모르는 어른께서
주신다고 어찌 그냥 받겠느냐고
한참만에야 입을 연 령감님 곁에서
벙글벙글 웃고 있던 꼬마 대원이
넌지시 귀띔해준 놀라운 사실
[사령관 동지시지요, 김일성 장군님이시지요]

[김일성 장군님이시라니!
아니 이게 꿈인가 생시인가?]

그 이름만 듣고도
원쑤들은 혼비백산하여 쥐구멍을 찾고
온 세상 사람들이 흠모하여 마지않는 그이

인민의 자유와 해방을 위하여
어두운 세상에 밝은 빛을 뿌리기 위하여
장엄함도 슬기로운
백두산 정기를 한몸에 타고나신
그이를 가까이 뵈옵는 영광이여!

령감님은 그이의 옷자락을 잡고
쏟아지는 눈물을 금치 못하였네
[사령관께서 손수 물을 길어 오시다니
장군님께서 손수 장작을 패시다니…]

[사령관도 인민의 아들이랍니다
인민들이 다 하는 일을
내라고 어찌 못하겠습니까
사람은 일을 해야 사는 재미가 있고
밥맛도 훨씬 더 좋아진답니다

장군님은 빙긋이 웃으시며
지체없이 가볍게 말씀하여 주셨지만
그럴수록 령감님의 순박한 마음은
무거운 가책으로하여 몹시 아팠네

– 김 장군님을 직접 뵈온 자랑만 하여도
자자손손에 길이 전할 일인데
그이께서 얼마나 극진히 보살펴 주시는가

그런데 글쎄 그런데 글쎄
그 어째서 우리 집에 들리셨다가
방문도 아니 열고 떠나가신다면
나는 무슨 염치로 자식들을 키운담

– 장군님께서 한데만 계시다
그냥 그대로 떠나가신다면
나는 이제부터 무슨 낯짝이 있어
아래 웃 동리의 남녀노소를 대한담
첫째로 안골 꺽쇠 령감이
나를 어찌 사람이라 하랴

령감님은 진정을 다하여
그이께 간청하셨네
하루 밤만이라도 장군님을 모시고싶다고
날씨가 몹시 차거워지는데
부디 모두들 묵어 가시라고

그러나 부대는 이 대렬을 지어
저만치 저벅저벅 떠나가고 있거니
한 번 내디딘 혁명 대오를
무슨 힘으로 멈춰 세우랴
그이도 이것만은 어찌할 수 없다고
거듭거듭 타이르시고 길을 떠나가시네

바람에 휘청거리는 백양나무 가지에서
우짖던 까치들도 우우 날아가고…

점점 멀어지는 유격대와
장군님의 뒷 모습을 오래오래 바래면서
령감님은 불길 이는 마음으로
뜨겁게 뜨겁게 속삭였다네

[까치야! 전하여라
장군님이 가실 곳마다 어서 날아가
사람들에게 기쁜 소식 전하여라
세상에서 제일 훌륭하고 어엿한
인민들의 군대가 이제 온다고
까치야! 전하여라
김일성 장군께서 친히 거느리신
백두산 장수들이 오신다고…]

1968/조선문학/4월호

이 장편 서사시는 이용악 또 하나의 대표시로 꼽히고 있으며 그가 자신의 조국과 지도자에게 바치는 마지막 헌시가 아닌가 생각된다.

그 이유는 이용악이 이 시를 쓴 3년 후에 타계했기 때문이다.

전 4부작으로 구성된 이 시는 두만강 기슭의 깊은 산속에 살고 있는 노부부의 눈을 통해 일제의 만행과 약탈을 증오하고 두려워하는 반면 김일성 주석을 상징하는 백두산 밀림 속의 항일 유격대원들의 온순하고 친근감 넘치는 언행들을 갖가지 사례를 들면서 대비하고 있다.

어느날 노부부의 집 안마당에 여러 명의 군화 발짝 소리가 들려오자 노부부는 일본군이 들이닥친 것으로 알고 숨 죽이며 떨고 있는데 한동안 기다려도 아무런 일이 일어나지 않자 문틈으로 살며시 내다 보니 부상 당한 항일 유격대와 그 일행들이 온갖 예의를 갖추면서 눈 쌓인 마당에서 휴식을 취하고 있는 정경이었다.

노부부는 그동안 빈집처럼 꾸미고 있었는데 이런 상황에서 나갈 수도 안 나갈 수도 없이 안절부절하고 있을 때 아기가 갑자기 잠에서 깨어나 우는 바람에 할 수 없이 밖으로 나와 백배 사죄하는데 유격대원의 지도자는 바로 김일성 장군이었다.

이와 같은 작품 구성과 내용의 설정을 통해 생전에는 만날 수 없는 위대한 지도자를 누추한 농가에서 맞이한다는 사실에 노부부의 심정은 영광과 기쁨, 감동의 극치가 아닐 수 없다.

더구나 송구스러워 몸둘 바를 모르는 노부부에게 지도자와 유격대원들은 한결같이 예의바르고 인간애 어린 행동을 보여줌으로써 노부부 일생일대 최고 영광의 날이라는 점과 유격대원과 지도자의 순수한 인간성과 지도자 상을 부각시킴으로써 서사시로서의 극대 효과를 드러내고 있다.

날강도 미제가 무릎을 꿇었다

어느 시대의 어느 침략자보다 거만한
어느 시대의 어느 전쟁 상인보다 뻔뻔스러운
날강도 미제가 무릎을 꿇었다
노한 노한 조선 인민 앞에
무적한 사회주의 강국 우리 공화국 앞에

날강도 미제가 또다시 무릎을 꿇었다
기억도 생생한 열 여섯 해 전
영웅 조선의 된 주먹에 목대를 꺾이고
수치스러운 항복서에 서명을 하던
바로 그 자리 판문점에서

날강도 미제가 무릎을 꿇었다
그 어떤 속임수로도 뒤집어낼 수 없는 진실 앞에
그 어떤 불장난에도 끄떡하지 않는 정의 앞에
온 세계 인민들의 분격한 목소리 앞에

날강도 미제가 무릎을 꿇었다
엄연한 남의 령해에 무장 간첩선을 침입시켜
비렬하게도 정탐을 일삼게한 범죄자
조선 인민군 용사들의 자위의 손아귀에
멱살을 잡혀 버둥거리면서도
우리에게 되려 사죄하라던 미국 야만들

제 놈들이 등을 대는 온갖 살인 무기를
우리의 턱밑까지 함부로 들이대고
가소롭게도 조선의 심장을 놀래우려 했지만
놀란 것은 조선 사람 아닌 바로 제 놈들

어느 시대의 어느 해적보다도 란폭하고
어느 시대의 어느 략탈자보다 흉악 무도한
날강도 미제가 끝끝내 무릎을 꿇었다
위대한 수령의 가르침 따라 전체 인민이 무장하고
온 나라가 난공불락의 요새로 전변된
혁명의 나라 조선 민주주의 인민공화국 앞에

날강도 미제가 무릎을 꿇었다
보복에는 보복으로
전면 전쟁에는 전면 전쟁으로 대답하고 말
조선 인민의 확고부동한 기개 앞에
열화와 같은 투지 앞에 신념 앞에

날강도 미제가 또다시 무릎을 꿇었다
기억도 생생한 열 여섯 해 전
수치스러운 항복서에 서명을 하고
영원한 파멸에의 내리막길을 걷기 시작한
바로 그 자리 판문점에서

날강도 미제가 무릎을 꿇었다

이용악

무장 간첩선 [푸에블로]호와 함께
멱살을 잡힌 세계 제국주의의 우두머리
세계 반동의 원흉인 미제가
또다시 항복서에 서명을 하였다

그러나 싸움은 끝나지 않았다
승냥이가 양으로 변할 수 없는 것처럼
제국주의의 본성은 변하지 않기 때문에
한두 해도 아닌 스물 네 해째
우리의 절반 땅을 놈들이 짓밟고 있기 때문에

최후의 한 놈까지 미제를 쓸어내고
어버이 수령님의 자애로운 한 품에서
남북 형제 똑같이 행복하게 살기 위해선
십 년을 몇 십 년을 싸울지라도
한순간도 공격을 멈추지 않을 우리

우리는 머지않아 반드시 받아 내리라
백 년 원쑤 미제의 마지막 항복서를…

1969/조선문학/2월호

이 시는 자기 체제와 지도자에게는 그럴 수 없이 애국심과 충성심을 보이는 반면 적대 관계에 있는 한국, 미국, 일본 등에는 적개심 가득 차고 살기등등한 표현으로 일관하고 있다.

북한은 1968년 미국의 정보 수집함 '푸에블로호'를 강제 납치하여 원산항으로 끌고 가 정치 군사적으로 온갖 선전 선동을 일삼는가 하면 그것도 부족하여 체제에 철저히 훈련된 한 시인의 어용시를 통해 미국과 그 동맹국을 맹비난하는 모습에서 문학에 대한 모독과 시의 본질이 훼손되는 안타까운 모습을 보여주고 있다.

물론 문학 작품은 당연히 비판과 풍자 고발 기능을 지녀야 하겠지만 특히 북한의 목적시들은 세계 어느 문학 작품에서도 찾아볼 수 없는 잔인하고 비겁하기까지 한 문장들로 묘사되어 문학 본래 특성의 진지하고 순수한 면모는 어디에서도 찾아볼 수가 없다.

극단과 서정 사이

지금까지 이용악의 북한 치하에서의 시 작품들을 대략 살펴보았다.

그의 연보에서 보듯 그는 길지 않은 생애에서 파란만장한 인생을 걸어간, 시로써 인생을 승부한 고독하고 고지식한 시인이었다.

황금기의 청년 시절을 서울과 일본에서, 또한 과격한 문학 활동으로 투옥되어 옥고를 치르던 중 뜻하지 않은 전쟁 덕분에 풀려난 운명적 시인이기도 했다.

만약 그가 항일과 반미, 반제국주의 이념과 사상에서 벗어나 남한에 머물렀다면 그는 한국 문학사에 절대적 향토 시인, 영원한 저항 시인으로 기록될 것인 바 안타깝게도 북으로 가 강경하고 극단적인 체제 수호와 정치적인 문학 활동으로 어용문인이란 불명예를 얻었다는 것은 문학사적으로나 개인사적으로 크나큰 손실이었다는 점에서 아쉬움이 남는다.

그러면 이제부터는 이용악의 변절과 반역의 정치사적 문제를 떠나 그가 남한에서 발표한 대표적 시 작품 몇 편을 만나보기로 한다.

초기 대표작으로 1938년에 발표한 「두만강 너 우리 강아」를 들 수 있는데 이 시에서 시인은 일제 강점기의 식민지 치하에서 견디기 어려운 한 지사志士가 얼어붙은 두만강 국경을 넘으며 한없는 울분과 비애에 찬 모습을 보여주고 있다.

그러나 조국을 등지고 정처 없이 북간도로 떠나는 지사의 마음속에는 얼음장 밑으로 유유히 흐르는 물결처럼 언젠가는 반드시 광복의 봄을 맞겠다는 암시를 엿볼 수 있다.

또한 그의 시집 제호이기도 한 「낡은 집」은 한때는 한 가족이 오붓하고 평화롭게 살았을 삶의 보금자리가 지금은 폐가로 전락하여 마을 사람들로부터 흉가라는 소리를 듣고 있다.

이 시에서 낡은 집은 일제의 수탈과 억압 속에서 신음하는 조국이며 일곱 식솔을 거느린 털보네 일가의 가족사는 우리 민족의 수난사인 것이다. 그래도 한때는 가난해도 오붓했던 생활이 이제는 추억이 되었고 정든 집과 고향은 황폐화되어 다시는 돌아갈 수 없게 되었다.

그리하여 일제의 만행을 견디지 못하고 수많은 사람들이 북만주나 러시아 등지로 정처없이 떠난 빈 자리가 바로 낡은 집으로 식민지 국민의 비극적이고 암울한 정경을 서정성 있게 묘사하고 있다.

「오랑캐꽃」 역시 이용악의 시집 제목이다.

이 시는 1련에서 오랑캐의 정의를 확실하게 설명해 주고 있다. 즉 고려 시대 북방 국경의 통치가 미흡한 점을 틈타 여진족으로 불리는 오랑캐들이 불법으로 국경을 넘어와 부녀자들을 납치하고 띳집도 짓고 도래샘도 파는 등 자기네 땅처럼 행세하며 살다가 고려 장수들의 토벌에 의해 혼비백산 두만강 건너로 도망친 호족들의 역사를 오랑캐로 단정짓고 있다.

그런데 수십 수백 년이 흐른 지금 그동안 자주적 민족 국가였던 한반도를 일제가 강점하면서 오히려 억압받는 약소민족에게 오랑캐라는 덫을 씌우고 있다. 그러므로 3련에서 필자는 우리 민족의 억울함을 아무 관계도 없는 꽃 이름의 접두어를 오랑캐라 붙여 오랑캐꽃으로 불리는 꽃을 내세워 그 울분을 호소하고 있다.

원래 오랑캐란 매우 호전적이며 야만적 침략 근성을 갖고 있는 종족인데 필자는 여기서 일제의 철권 통치가 우리 민족을 오랑캐로 덮어 씌우려는 음모를 현실에 대비하여 묵시적으로 암유暗喩하고 있다.

다음으로 소개하는 「전라도 가시내」는 이 한 편의 시로 이용악이 민족 저항 시인임을 증명해 보이고있다.

일제의 억압과 만행을 견디지 못해 사나운 눈보라를 헤치고 북간도로 도망쳐온 함경도 사나이와 어쩌면 삶의 고달픔을 더이상 참을 수 없어 만주행 열차에 몸을 싣고 북간도에 와 주막집을 차린 전라도 가시내와의 우연한 만남에서 똑같은 입장, 내 조국과 민족의 신음하는 참상을 보여주고 있다.

날이 밝으면 어디론가 정처없이 떠나야 하는 나그네 신세, 짧은 이별이 아쉬운 듯 화자는 한 잔 술로 피로와 안도를 느끼며 잠시 몽롱한 상태에서 전라도 가시내의 울 듯 울 듯한 속내를 삭이며 토해내는, 여인의 암울한 삶의 여정을 듣는 순간 함경도 사나이도 잠시 두고 온 고향을 생각한다.

그러므로 이 시는 우리의 수많은 국민이 고향을 등지고 타국 땅을 유랑하는 비극적인 삶이 모두 일제에 의해 기인된다는 암시를 하고 있는 눈물겨운 서정시다.

이처럼 이용악의 남한에서 발표한 시들은 목가적이고 향토적이며 농촌과 농민, 즉 가난한 노동자와 서민을 대변하는 낭만적 서정시인으로 평가되는 반면 북한에서의 활동은 전혀 상상 못할 극단적 강변 일변으로 변질된 사실을 그의 작품에서 확인할 수 있었다.

이와 같은 정황은 모든 월북 시인들의 일관된 사실인 바 독재 지도자 사회주의 체제에서 살아 남기 위한 최선의 선택일 것이다.

이상으로 이용악의 남북한에서의 시 작품들을 대략 살펴 보았다. 그의 연보에서 보듯 그는 길지 않은 생애에서 파란만장한 인생을 승부한 고독하고 고지식한 시인이었다. 황금기의 청년 시절을 서울과 일본에서, 또한 과격한 문학 활동으로 투옥되어 옥고를 치르던 중 뜻하지 않은 전쟁 덕분에 풀려난 운명적 시인이기도 했다.

그가 1951년 북으로 가 57세가 되던 1971년에 세상을 떠났으니 북한에서의 창작 활동은 고작 20년 남짓한 세월이다.

길다면 길고 짧다면 짧은 기간이었지만 이용악은 철저히 북한 사회에 동화되고 예속되어 절대적으로 체제 옹호에 이바지했으며 이념이 다른 체제는 강력히 매도하고 증오하며 저항했다.

그러나 북으로 간 이 시인뿐 아니라 어느 문학예술인이나 그 어떤 사람도 한 체제 한 사람만을 위한 말과 행동을 해야 한다는 북한의 실정을 알고 나면 이들에게 오히려 안타까운 연민의 정을 느끼게도 될 것이다.

그러므로 이들의 진정한 문학예술을 평가하려면 당분간은 아무래도 해방 전후의 작품들에서 그 진면목을 찾아내야 할 것으로 생각된다.

이용악

임화 林和

1908 /10. 13 ~1953 / 8. 6

생애 및 연보

임화의 본명은 인식仁植이며 서울의 중산층 가정에서 태어났다. 그는 본명 대신 성아星兒, 임林다다, 김철우, 쌍수대인雙樹臺人 청로靑爐, 임화林華 등의 많은 별명이 있는데 시기에 따라 이 필명들을 사용했다.

그가 처음 문학 활동을 시작한 1924년에는 상아와 임다다라는 필명을 썼다. 그 다음 해부터는 임화, 쌍수대인, 청로, 김철우 등의 필명으로 활동했다.

임화는 보성중학 시절부터 특히 러시아 문학에 심취하여 톨스토이, 고리키, 뚜르게네프 등의 작품을 탐독했고 4학년이던 1924년에는 〈동아일보〉에 「연주대」「해녀가」「소녀가」「낙수」「실연 1, 2」 등 6편의 시를 투고했으며 갑작스런 가정의 몰락으로 학업을 중퇴하고 가출하여 다다이즘과 사회주의 문예사조에 접근했다.

그의 문학적 재능은 1926년 〈조선일보〉와 〈매일신문〉 등에 시와 수필 등이 연이어 발표되면서 마침내 꽃을 피우기 시작하자 잡지 『학예사』의 주간을 거쳐 즉시 조선프롤레탈리아 예술총동맹카프에 가입 임화라는 필명으로 다다이즘 성격의 시 「혁토」「지구와 박테리아」「화가의 시」 등을 발표하는 한편 잠시 계급문학을 비판하는 글을 쓰다가 결국에는 계급문학을 옹호 주도하는 인물이 되었다.

1927년 임화는 잡지 『예술운동』 창간호에 계급의식과 프롤레탈리아 혁명 이념을 고취하는 시 「담曇」을 발표하여 좌우익 문단의 주목받는 시인으로 활약하면서 이듬해인 1928년에는 카프 중앙위원에 선출되었다.

이렇듯 임화는 시인으로서의 자질 못지않게 카프의 정통 영화라 할 수 있는 「유랑流浪」, 「혼가婚街」의 주연 배우로도 출연했으며 당시 카프 지도자 중 한 사람인 김팔봉을 「탁류에 항抗하여」라는 글을 써 맹공하는 한편 평소 친밀히 교유하던 박영희의 강경 노선을 지지하는 등 대표적 카프의 논객으로 등장했다.

이후에도 임화는 계급주의 문학을 신봉하는 박영희의 편에서 그의 주장과 상반되는 김기진, 김화산 같은 문인들의 논설을 형식주의, 유화주의, 도피주의에 불과하며 카프의 가면을 쓰고 대중에게 부르조아 사상을 주입시키려는 소시민적 문인들이라며 맹렬히 비난 공격했다.

이에 강경파의 주도권을 장악한 임화는 박영희와 함께 카프 조직을 더욱 강화하고 이 계열의 시 「네거리의 순이」「우리 오빠와 화로」「우산받은 요꼬하마」 등을 발표함으로써 대표적 카프 시인의 자리를 굳혔다.

그 후에도 임화는 박영희의 도움으로 일본에 유학하여 카프 도쿄 지부와 '무산자사無産者社'를 운영하면서 우리의 카프 조직과 같은 일본의 나프NAPF를 지지하는 이북만, 김두용 등과 친교를 맺고 이후 이북만의 여동생과 결혼했다.

임화는 또 같은 도쿄 유학생이며 카프의 소장파 핵심 인물인 김남천, 권환, 안막 등 무산자파들과 교유를 넓히면서 카프의 2차 방향 전환을 모색했다.

1931년 3년여의 일본 유학을 마치고 귀국한 임화는 더욱 열성적인 카프 문학의 선봉자가 되어 또다시 김기진의 문학관을 프로 문학을 포기하는 패배주의자라고 비판하면서 일본 유학생활을 함께했던 김남천, 권환, 안막 등과 카프의 2차 방향 전환을 주도하면서 조직의 서기국장을 맡기도 했다.

조직이 비대하여 힘을 얻게 된 임화는 문학을 정치 도구로 이용하면서 공산당 재건 동맹을 조직 김기진, 박영희, 이기영 등 중진 문인들과 함께 70여 주동자가 검거될 당시 임화도 검거되어 3개월간의 수감 생활을 했다.

이후에도 임화는 카프 조직원 일제 검거시에도 이기영, 한설야, 송영, 박영희, 권환, 백철 등 23명의 문인과 함께 검거되었지만 폐병을 이유로 구속에서 풀려났다.

이렇듯 카프는 1, 2차 검거 사태로 조직이 약화되자 중심적 지도자였던 박영희마저 "다만 얻은 것은 이데올로기요, 잃은 것은 예술이다"라는 전향문을 쓴 뒤 조직에서 탈퇴하자 임화는 하는 수 없이 김남천, 김기진과 조직의 해산을 협의한 뒤 스스로 동대문경찰서에 해산계를 제출함으로써 카프는 완전히 해체되고 말았다.

이로 인해 잠시 실의에 빠졌던 임화는 본부인과 이혼하고 곧바로 재혼한 뒤에는 다시금 왕성하게 문단 활동을 계속했다.

그는 소설론과 문학사 등 여러 편의 평론을 발표했고 시집 『현해탄』과 평론집 『문학의 논리』 등을 출간했는가 하면 『학예사』라는 잡지사도 경영했다.

그렇지만 임화는 해체된 카프에 집요한 관심을 보였으며 이로 인해 일제 말 친일 문학 단체인 '조선문인보국회'에 가입한 뒤 이 조직을 발판으로 이태준, 이원조 등과 함께 지난날의 카프 문인들을 규합하여 1945년 8월 최초의 문학 단체인 '조선문학건설본부'를 창립하고 조직의 서기장에 취임하는 동시에 『해방기념 시집』을 펴내기도 했다.

다시 문단의 중심 인물로 등장한 임화는 구카프계의 문인과 사회주의 계열의 북쪽에서 내려온 이기영, 한설야, 김사량 등과 '아서원' '봉황각'에서 두 차례 회합을 가진 뒤 우리 문단에 대항할 '조선문학가동맹'을 탄생시켰다.

이렇듯 명실상부하게 좌파 문학 운동을 주도하게 된 임화는 박헌영이 이끄는 조선 공산당과 연계하여 문학을 정치 투쟁의 수단으로 끌어들인 뒤 문학과 정치 활동을 병행했다.

그러나 좌파 문인들과 공산당의 암약이 심해지자 우익 문학 단체와 미군정의 탄압은 더욱 거세질 수밖에 없었다. 그러자 더이상 남쪽에서 발을 붙일 수 없다는 판단하에 1947년 11월 박헌영을 따라 월북했는데 그해 그는 제2, 3 시집으로 『찬가』와 『회상 시집』을 마지막으로 남겼으며 그 이전에는 평론집을 비롯한 시집 『현해탄, 1938』과 1939년에는 『현대조선시인 전집』을 펴내기도 했다.

북으로 간 임화는 조, 쏘 문화협회 부위원장, 문화예술총동맹 상무위원 등을 지냈으며 한국 전쟁이 발발하자 문화공작대원으로 낙동강 전선 등에 종군하며 인민군 전사들을 위한 시 「너 어느 곳에 있느냐」「바람이여 전하라」「흰 눈을 붉게 물들인 나의 피 위에」 등을 남겼다.

그렇지만 박헌영이 패전 책임론에 몰리자 임화의 작품들도 이기영, 한설야, 송영, 엄호석 등의 강력한 비판에 직면하다가 결국 박헌영의 남로당계로 분류되어 공화국에 대한 정권 전복 음모 및 반국가적 간첩 행위의 죄명이 씌워져 박헌영과 함께 1953년 8월 45세의 생애를 마침내 총살형으로 마감했다.

이때 같은 죄목으로 김남천도 처형되었으며, 이태준, 김남순은 창작 금지령이 내려졌다.

다음은 임화가 북한에서 발표한 시를 감상할 차례다. 그런데 임화는 한국 전쟁의 휴전과 동시에 처형되었기에 북한에서 발표한 시는 거의 없으며 혹시 있다해도 북한 당국으로부터 변절자, 반역자로 낙인 찍혔기 때문에 철저히 금지하고 말살시켰기에 좀처럼 찾아낼 수가 없다.

다만 『너 어디 있느냐』라는 시집이 1951년 '문화전선사'에서 발간되었다고 하는데 거기에는 「한 번도 본 일이 없는 고향 땅에」 「밟으면 아직도 뜨거운 모래밭 건너」 「너 어느 곳에 있느냐」 「한 전호 속에서」 「평양」 「바람이여 전하라」 「흰 눈을 붉게 물들인 나의 피 위에」 등이 실려 있다고 한다.

그러므로 여기에 소개되는 세 편의 시는 매우 접하기 어려운 작품으로 우리 시 문학사에 큰 의미를 지녔다고 할 수 있을 것이다.

너는 어느 곳에 있느냐

아직도 이마를 가려
귀밑머리를 땋기
수집어 얼굴을 붉히던
너는 지금 이
바람찬 눈보라 속에
무엇을 생각하여
어느 곳에 있느냐

머리가 절반 흰
아버지를 생각하여
바람 부는 산정에 있느냐
가슴이 종이처럼 얇아
항상 마음 아프던
엄마를 생각하여
해 저무는 들길에 섰느냐

사랑하는 나의 아이야
벌써 무성하던
나무잎은 떨어져
매운 바람은
마른 가지에 울고
낯익은 길들은
모두다 눈 속에 묻혀

임화

귀 기울이면 어데선가
들려오는 얼음장 터지는 소리

사랑하는 나의 아이야
아버지는 지금
절벽으로 첩첩한 산과
천 리 장강이 여울마다 우는
자강도 깊은 산골에 와서
어데에서 있는가 모를
너를 생각하여
이 노래를 부른다

사랑하는 나의 아이야
한밤중 어느
먼 하늘에 바람이 울어
새도록 잦지 않거든
머리가 절반 흰 아버지와
가슴이 종이처럼 얇아
항상 마음 아프던
너의 엄마와
어린 동생이
너를 생각하여
잠 못 이루는 줄 알아라
사랑하는 나의 아이야

너는 지금

어느 곳에 있느냐

1950

이 시는 임화가 북한의 문화공작대원으로 활동하면서 한국 전쟁 시기 낙동강 전선까지 내려왔다가 아군에 밀려 북으로 돌아갈 때 남한의 어느 한 가족도 북쪽을 선택하여 자강도까지 찾아든 것으로 상상해볼 수 있다.

이때 피난길에서 부모가 어린 자식과 헤어져 애타게 어린 아이를 찾고 있는 부모의 심경을 그리고 있다.

그러나 이 상황은 단순한 시적 구성일 뿐 사실과는 달리 볼 수 있는데 이를테면 후퇴하는 인민군 전사들의 사기 진작을 위한 치밀하게 계산된 목적시로 보여진다.

가장 순박하고 여린 아버지와 어머니, 그리고 어린 아이와의 생이별을 통해 전쟁이 얼마나 비극적이며 이런 상황을 끌어들인 것이 결국 제국주의 침략자들이라는 억지 주장을 함으로써 인민군 전사들로 하여금 분노와 복수심을 불러일으키게 하는 데 극대의 효과를 거둘 수 있다는 계획이 숨겨져 있다고 볼 수 있다.

시에서 임화의 천재성을 엿볼 수 있는데 그는 가장 인간의 마음을 흔들 수 있는 감성과 심성을 사용해 서정성 넘치는 화법을 구사함으로써 목적한 바를 얻을 수 있는 재능을 한껏 보여주고 있다.

평양

강물 풀려
얼음장 내리나
이른봄 바람이
아직도 차서
옷깃에 스미는 밤

전선으로 가는 차 위에
가슴 아리
바라볼 수 없는 이 폐허가
우리들의 도시

즐거운 로력
조국 위하여 애낌 없고
청춘의 노래
수령 위하여 죽엄도 즐겁던
우리들의 평양이다

흰 성애 꽃처럼 피어
가지마다 구름 같은
모란봉 위에
달이 뜨면

릉라도

강기슭
꿈속처럼
아름다운 밤이어
강토가 짓밟혀
피에 젖었고
형제들의 죽엄이
섬돌마다 사모쳐
가시지 않는 이 거리에

아 어느 누가
죽엄과 패망으로
원쑤를 멸하기 전
살어 다시
여기에 도라오리

피 흘린
강토의 아픔과
죽은 형제들의 원한이
백 배로 천 배로 풀리는 날

그날에야 우리는
수령의 이름 부르며
사랑하는 우리
평양거리로
도라오리라 도라오리라

임화

1951/문학예술/4월호

임화는 남한에서도 카프를 주도한 사회주의 신봉자로서 북으로 갔다.

그러나 그가 처음 본 평양 거리는 전쟁의 참화가 할퀴고 간 폐허뿐이었다. 그렇지만 임화는 자신이 스스로 선택한 땅이기에 새로운 세상에서 위대한 지도자를 뫼시고 그들의 심장인 평양을 끝까지 지키며 복수의 그날까지 의지를 다짐하는 독설을 내뿜고 있다.

이 시에서 보듯 임화는 남쪽에서 발표한 좌파 경향의 작품들을 우회적이거나 비유와 상징으로 묘사했었는데 북에서는 거침없이 직설화법으로 토해내고 있다.

그러므로 그도 이제부터는 공화국 북반부 체제에 동조하고 아부하는, 타의에 의한 시를 창작해야 할 운명을 맞았으니….

40년

– 김일성 장군 탄생 40년에 제하여

머리를 들면 채찍이 이마에 부딪쳐
흐르는 피에 눈을 뜰 수 없었던
혹독한 운명의 심연 속에서
우리들이 헤여날 수 없는 흙탕밭을
돌멩에를 지고 농부의 수레를 끌던 날

당신은 혜성처럼 이 세상에 나서
매운 총 소리로 야반의 어둠을 깨쳤고
조국의 하늘을 덮었던 불행의 흑운은
북방 평원을 울린 포성의 우뢰로
산산이 흩어졌다

어렵고 긴 40년 당신은
기쁨도 휴식도 모르는 고역의
비참한 감옥이였던 우리 세상을
즐거운 노력의 공화국으로 만들었으며
자유를 위한 투쟁의 횃불을 던져
조선 사람으로 하여금 영웅의 족속
용사의 겨레로 만들었다.
어느 나라에 가나 어느 세상에 서나
우리 대대손손의 영예일 당신은—
략탈자들의 포탄이 우박으로 쏟아지는 산 고지
해로하는 습기가 폐부에 스며드는 땅굴 속
물기 먹음은 봄 달이 원쑤들의 폭연으로
핏빛 어리운 하늘 아래
우리의 자유와 행복의 창조자인 당신의
오늘 이날을 무엇으로 기념하며 어떻게 감사할 것인가
40년 동안 당신의 심장 속에 살았고
무궁한 앞날에까지 당신의 기치 아래
자랑스런 조선 인민이—

임화

그러나 우리는 알고 있다 당신이
짐승도 듣기 힘든 백두산 밀림에서
전우와 더불어 살부비며 밝히던 그날로부터
꺼져가는 난로 옆 딱딱한 의자 위에
앉은 채로 잠드셨던 많은 새벽들과
눈 쌓인 전선 불붙는 폐허에서
한 가슴으로 만 사람의 아픔을 느끼시는 오늘에 이르기까지
당신을
따라 승리하고 당신을 우러러 행복된 우리는
그것이 무엇인가를—
나리는 뗏목 위에 구슬픈 노래로
부리우던 압록강
우리의 불행한 조상과 형제들의
피와 눈물로 찌들은 경상도 전라도
바닷가에 이르는 온 강토에
조국의 깃발을 하늘 가득 펼쳐 있게 하리
그리하여 당신의 태양 아래
오곡 무르익고 백화 란만케 하리
이것을 위하여 무엇이 필요한가를 왜 모르겠는가
당신의 사람인 우리들 조선 인민이
그것이 당신에의 복무 조국에의 충성임을—
지나온 40년과 같이 4억 년의 무궁한 앞날에 이르기까지
원쑤의 마지막 가슴팍에 우리의 총창이 꽂힌 후
풍파 고요한 조국 바다에
천만 번 해가 뜨고 달이 질 때까지

1952/문학예술/4월호

이 시는 말할 것도 없이 부제가 시사하듯 김일성 주석의 40번째 탄생일을 축하하는 작품으로서 온갖 미사려구와 찬사로 짜여 있어 작품성과 문학성을 논하기보다는 목적시로 매김하는 것이 타당하리라고 생각된다.

그동안 임화는 남한에서 순수한 문학 활동보다 문학을 정치에 접목시켜 문단 활동에 더 주력했기 때문에 북한에서도 정치적인 문단 활동에 더욱 비중을 두었다.

이와 같은 임화의 성향으로 볼 때 이런 헌시류의 작품이 씌어지는 것은 당연하다 할 것이다.

시의 내용은 김일성 주석이 오로지 조국과 인민을 위해 밤낮을 가리지 않고 항일운동을 성공적으로 펼쳐 조국의 자유와 평화의 터전을 마련해 놓았다는 백절불굴의 영웅담으로 채워져 있다.

이렇듯 임화는 남북한을 통해 프로문학을 주도했고 정치문인으로서의 문단에도 군림했건만 숙청이라는 족쇄에 휘말려 비극적인 최후를 맞게 되었다.

남북 아우른 정치 시인

임화는 남과 북에서 문학 활동을 했지만 한결같이 사회주의 좌파 노선을 걸었다. 다만 다른 점이 있다면 남한에서의 작품들은 자율과 자유가 보장되기에 서정성이나 낭만성 등 문학예술성을 찾아볼 수 있다는 점일 것이다.

그러므로 그가 정치를 외면하고 북으로도 가지 않고 문학 본래의 순수한 길을 걸었다면 한국 시단에 천재적 인물로 길이 남을 것인데 문학도 정치도 변절과 반역의 길을 택한 점에서 아쉽고 안타까울 뿐이다.

그러나 그의 문학 작품은 남북한에 여전히 남아 있기에 남한에서 발표한 대표적 시 작품 몇 편의 내용을 만나보기로 한다.

임화의 최고 대표 시로 평가되는 것은 당연히 「네거리의 순이」다.

이 시는 임화의 대표작으로서 그가 친일과 반일 문학의 와중에서 교묘히 일탈하여 혁명적이고 영웅주의적인 계급 의식의 투쟁사를 써 발군의 천재성을 발휘함으로써 마침내 카프의 주도적 인물로 등장했다.

시의 배경은 가난한 지식인 청년과 공장에서 노동하는 가냘픈 누이동생, 그리고 누이동생의 남자인 혁명을 꿈꾸는 청년 등이 등장하는데 전체의 흐름을 오빠가 주도하면서 서사적 독백 형식을 취하고 있는 것이 특징이다.

비록 가난하고 열악한 노동 현장에서 고달픈 삶을 이어가고 누이동생의 연인인 용감한 청년은 현실의 부조리와 모순을 개혁하려다 감옥으로 끌려갔지만 아직 시들지 않은 청춘이 남아 있기에 꿈을 이룰 수 있으며 행복하지 않느냐고 반문하고 있다.

그리고 필자가 이 시에서 제시한 네거리의 의미는 대단한 상징성을 갖고 있다고 보여지는데 복잡한 종로 네거리 한복판에 가녀린 여성을 배치한 점은 필자의 선택된 의도로 그 시사하는 의미가 크다고 볼 수 있다.

여기서 네거리의 이미지는 사상성이나 사회성에서 바라볼 때 풍전등화와 같은 이미지, 또는 사면초가의 극한 상황에서도 끝까지 의지를 불태우는 신념 등 식민 통치의 현실을 저항하고 부정하는 의미와 있는 자와 없는 자, 약자와 강자를 극명하게 부각시키면서 혁명적 계급 투쟁을 고취하는 의미도 담고 있다 할 것이다.

임화의 이같은 네거리에 대한 비유 인식은 「다시 네거리에서, 1935」와 「또다시 네거리에서, 1945」의 시에서 보여주듯 일관되게 프롤레탈리아 세계를 꿈꾸는 열망으로 가득 차 있다.

또한 「우리 오빠와 화로」라는 시 역시 앞의 시 내용처럼 구성이나 이미지 부각 면에서 많은 유사점을 발견할 수 있다.

등장 인물 세 명은 각기 역할을 분담하고 있다. 주인공은 오빠이지만 화자는 누이동생이며 그래서 오빠는 이들만의 오빠가 아니라 만인이 우러르는 오빠인 것이다.

누이동생은 남동생과 함께 값싼 노동에 시달리며 하루하루를 살아가고 있지만 큰 뜻을 품은 오빠의 장래에 모든 희망을 걸고 고달픈 나날들을 견딘다.

이 시에서 오빠가 애지중지하던 화로는 남동생이 막노동에서 번 돈으로 사온 것이라 더욱 값지고 의미 있는 물건인 것이다.

그런데 그 화로가 깨지고 부젓가락만 와로히 남아 벽에 걸려 있는 것이다. 그러나 비록 화로는 깨졌지만 언젠가는 불씨를 활활 지펴낼 화젓가락은 남아 있기에 희망을 가질 수 있다는 암시를 예고한다.

그러므로 여기서의 화로는 혁명, 또는 개혁의 몸체이며 오빠는 이 개혁과 혁명의 뜻이 잠시 좌절되어 감옥 생활을 하고 있지만 동생들도 오빠가 잠시 없는 것을 슬퍼하거나 외롭게 생각하지 않는 것이다.

또한 화자인 누이동생은 오빠와 화로를 동격으로 배치하고 지금은 비록 화로는 깨지고 오빠의 꿈은 이루지 못하고 있으나 언젠가는 반드시 꿈이 이루어지리라는 확신을 갖게 한다.

여기에서 오빠는 멀지않아 깨진 화로에 불을 지필 주인공인데 오빠는 일제 강점기에서 해방과 독립을 쟁취하려는 선구자적 지사 형으로 볼 수도 있지만 봉건 지주 및 자본가와 미천한 노동자 농민과의 대립각을 세워 좌파 사회주의의 실현을 열망하는 작품으로 이해하는 것이 타당할 것으로 판단된다.

다음의 「우산받은 요꼬하마 부두」라는 시는 앞서 감상한 두 편의 내용과는 달리 혁명성과 사상성이 강조되지 않은 낭만과 서정 넘치는 시어들을 구사한 서사시로서 임화의 또 다른 대표시로 꼽히는 작품이라 하겠다.

시의 배경은 낯선 이국의 항구이며 그것도 비가 내리는 시점에 나라를 잃고 방황하는 한 젊은이가 서로를 이해할 수 있는 노동자로서의 이국 소녀와 헤어지는 장면을 그렸다.

이 시에서의 화자는 '나'라는 청년인데 이는 곧 필자 자신임을 어렵지 않게 짐작할 수 있다. 즉 조선 청년과 일본 소녀는 현실적으로 어울리기 어려운 적대적 관계지만 화자는 두 사람 모두가 상대를 이해할 수 있는 소시민이며 근로자임을 내세워 외부 환경에 아랑곳없이 애틋한 사랑 이야기를 나누는 내용을 담고 있다.

그러나 이들의 사랑은 현실적으로 존재하는 사랑이라기보다 화자가 상상으로 그려낸 소녀상을 현장감 넘치게 묘사하고 있는 것으로 보아야 할 것이다.

이성과 감성이 한창 왕성한 청춘기 비 내리는 항구의 뱃머리에서라면 누구라도 쉽게 떠올릴 수 있는 발상일 것이다.

특히 이 시에서 임화의 천재성을 엿볼 수 있는 것은 그의 수많은 작품들이 지극히 목적적이고 혁명 영웅적 열정을 드러낸 작품들이었는데 이 작품만은 지극히 감성적이어서 또다른 그의 작품성과 문학성을 보여주는 반면 그의 이지적 인텔리 시인임을 보여주는 작품으로도 평가할 수 있을 것이다.

이렇듯 임화는 남과 북에서 인민 낙원을 꿈꾸는 사회주의 건설에 신명을 바쳤건만 불운하게도 남북한 양쪽에서 모두 비판받는 비극적 천재 시인으로 문학사에 남게 되었다.

끝으로 임화는 북한에서도 많은 시를 남겼으나 국가 전복 음모를 꾀한 간첩이라는 멍에가 씌워졌기에 그의 작품을 찾아내기는 지극히 어려운 실정이며 오히려 그가 처형된 이후에는 그의 시를 폄훼하고 극렬하게 비판하는 글들이 쏟아졌다.

이를테면 북한 문학 평론가 김명수는 1956년 『조선문학』 4월호, 「흉악한 조국 반역의 문학-임화의 해방 전후 시 작품의 본질」이라는 평론에서 임화의 사상과 문학을 혹독하게 비판했는가 하면 당시 북조선문학예술총동맹 연극동맹위원장 송영도 1956년 『조선문학』 3월호에 「림화에 대한 묵은 론죄장」이란 제목의 글을 실었으며 임화의 생존시 활동과는 판이한 이들 두 평론은 필자가 발굴한 자료로 이 중 송영의 글을 전재한다.

림화에 대한 묵은 론죄장

"그 사람 사상은 나빠도 사람은 좋아."

"그 사람 사상은 나빠도 작품은 잘 쓰거든!"

이런 두 가지 괴이한 말들이 아직도 일부 사람들 사이에 떠돌고 있다.

미제의 고용 간첩들인 박헌영, 리승엽 반역 도당들의 문화 분야의 졸개로서 림화는 반당적 반국가적 반역적 범죄 행위를 감행하다가 그것이 백일하에 폭로되여 이미 전 인민적인 처단을 받았다는 것은 누구나 다 잘 알고 있다.

또는 림화가 그들의 목적 달성을 위하여 문학 분야에서 당의 문학 로선을 음으로 양으로 반대하면서 해방 전의 혁명 문화 전통을 왜곡 묵살하고 해방 후 당의 령도하에 비약적으로 발전한 우리 문학을 과소 평가하였고 그 대신 해독적인 부르죠아 문학 사상을 류포시키기에 얼마나 광분하였다는 것까지도 일반적으로 다 잘들 알고 있다.

그런데도 불구하고 림화나 리태준이가 "나쁜 분자들이였지만 그래도 작품들은 잘 썼거든! 재주꾼이였거든!" 하는 말들을 일부 사람들은 하고 있다.

이것은 물론 계급적으로 각성이 미약하거나 그렇지 않으면 사상과 문학을 별다른 두개 로 생각하고 있는 정치적 암둔에서 나오는 말들인 것이다. 이런 말들은 그것이 의식적이였든지 무의식적이였든지간에 정치적 오류로 되는 것이다.

이런 오류들은 그렇게 말하는 사람의 사상적 미약의 주관적 약점들에도 기인이 되지만 다른 한편으로는 림화 도당들이 오랫

동안 교묘한 방법으로 뿌려놓은 그 독소들이 깊이 영향 미쳤다는 객관적 사실에도 기인된다.

그러나 문제는 그 독소들을 하루 바삐 뿌리채 뽑아야 하는 데 있다.

림 화에 대한 묵은 론죄장을 또다시 펼쳐 보는 것은 이러한 목적 때문인 것이다.

카프 창건 직후 一九二六년 경에 진보적인 영화 제작 단체인 '서울 키노'는 그 제一회 작품 「류랑流浪」과 계속하여 「혼가昏街」를 제작 상연하였다.

이 두 영화의 주연으로서 당시 새로 등장한 '문학 청년' 림화가 첫 출연을 하였다.

이 영화의 제작에 있어 총지휘자는 당시 카프 영화부 책임자인 윤기정이였다.

림화가 이런 영화의 주연으로 나서기 전까지는 퇴폐적인 떼가단 문학 청년이였다.

중학 시절 '보성 중학교'부터 이름난 야구 선수였고 (그때는 림 인식이라 불렀다.) 동시에 떼가단 류의 시를 많이 습작했고 그림도 잘 그렸고 옷 모양도 잘 내던 말하자면 당시의 소부르죠아지 청년들의 '모던 뽀이'였었다.

졸업 뒤에는 순전히 다방으로 돌아다니면서 오스까 와일드, 푸로벨들의 퇴폐적인 시를 읊으면서 또는 그와 같은 시를 자주 습작하였다.

림화는 눈치가 빠르며 요리조리 빌붙는데 선수며 화술도 능난해서 만나는 사람들의 첫눈에 잘 들며 동시에 형편이 달라지면 아무리 은혜를 입은 사람이라도 단박에 싹 돌아섰다.

이러한 림화는 어떻게 윤기정과 알게 되여서 그의 집에서 一년 동안이나 얻어 먹고 지냈다.

윤기정은 극진하게 림 화의 뒷배를 보아 주면서 "참다운 문학이란 인민에게 복무하는 것이다."라고 해설하고 교양하였다. (림화의 정체를 모를 때였다)"

그리고 영화의 주역을 시키며 많은 카프 작가들에게 소개까지 시키였다.

이래서 림화는 시를 쓰기 시작하였는데, 一九二七년 카프 재조직 직후에 가맹하게까지 되었다.

「우리 오빠와 화로」「네거리의 순이」 등은 이런 시기에 쓴 반인민적 작품의 대표적인 것들인 바, 그것들은 근로 계급의 반일 투쟁 의식을 감소시키는절망과 영탄의 세계만이 표현되여 있다.

림화는 카프 내에서 변절 분자 박 영희와 제일 친하게 지냈다.

박 영희는 당시 가장 퇴폐적인 부르죠아 문학 잡지 『백조白潮』의 동인으로 있던 자로서 당시 혁명적 세력의 앙양과 함께 신 경향파 작가들의 활동이 큰 세력을 이루게 되자 별안간 '열렬한 맑쓰주의 문학가'로 돌변하여 카프에 잠입하였던 것이다.

이러한 박영희와 림화가 지기 상합하였다는 것은 개인적인 우연한 지교인 것이 아니라 속 깊이 잠재하면서 기회만 엿보고 있던 그들의 부르죠아 사상이 일치하였던 까닭이다.

림화는 한때 카프 동경 지부에 가 있은 일도 있었다.

그때 카프 동경 지부에는 한식, 안막, 한재덕, 박석정, 김두용 등이 있었는데 이들은 주로 카프의 기관지인 『예술 운동』『문예 운동』『무산자』 등을 인쇄하여 본국내로 송포하는 사업을 하였다. 그때 조선에서는 탄압이 점점 가혹하여지는 식민지 총독

경찰 정치로 말미암아 기관지의 출판 허가를 얻기 어려웠으므로 편집만은 서울 카프 중앙 위원회에서 하였고 출판은 동경 지부에서 하였던 것이다.

동경은 원고 검열 제도가 없었고 출판한 뒤에 배포 허가만 받았었기 때문에 합법적으로 인쇄를 할 수가 있었고 또 이것을 조선에 보내여 송포 발매할 때에는 동경에서 발간된 출판물이기 때문에 조선 총독 경찰은 자기 관하에서 출판된 것이 아니라고 해서 어느 정도 방관적 행동을 취하였던 것이다. 카프는 이러한 일제의 본국내 정치와 식민지 정치 사이에 개재한 형식적인 모순을 리용하였던 것이다.

그러나 이것도 일시적이였고 종국에는 발매 금지 출판 정지를 여러번 당하였었다. 그럴 때마다 잡지의 이름을 새것으로 변경하고 딴 사람의 명의로써 발행인만 바꾸어 놓군 하였었다.

이래서 기관지의 이름이 『문예 운동』『예술 운동』『무산자』『문학 창조』『집단』 등등으로 변경되였던 것이다.

그러할 때 림화는 동경 지부에 있으면서 당시 '와세다' 고등 학원 학생이며 영화 리론을 수업하고 있던 김남천과 가장 친하게 지내였었고 그 뒤 조선에 돌아와서 김남천을 카프에 가맹시키는데 그 추천자로 되였던 것이다.

이럴 무렵에 백철 같은 부르죠아 인테리 청년들이 맑쓰주의 문학 평론을 쓴다고 하면서 카프 안에 기여 들었었다.

一九三一년 八월에 카프의 중앙 위원들은 (당시에는 집행 위원이라 하였다.) 서울 종로 경찰서에 총 검거를 당하였다.

이것을 세칭 '제一차 카프 사건'이라고 했다. 일제 총독 경찰은 카프의 세력이 점점 커짐에 매우 당황하였다.

당시 조선 문학계의 주도권을 장악한 카프 작가들은 전체 근로 인민들의 군중적인 지지를 받으면서 근로 인민들의 투쟁 모습을 반영한, 질적으로 량적으로 절대 우세한 작품들을 발표하였었다.

이래서 일제 경찰은 카프를 압살하기 위하여 법적으로 그 어떤 트집만 잡고 있었는데 마침 그때 카프 맹원인 김남천, 림화 등이 동경에 있을 때 서로 사귀였던 고경흠이가 '공산주의 크루쇼크'를 서울 영등포에서 비밀히 조직하였다가 그것이 일제에게 탄로되여 총검거되자 카프를 거기에 억지로 련관시키여 총검거한 뒤에 야만적인 고문을 감행하였던 것이다.

七○여 일 동안 류치장 속에 있다가 나중에는 송국까지 되여 서대문 형무소까지 호송되였다.

이런 선풍은 곧 카프내에 있어서는 한개의 준엄한 시련이 되였던 것이다.

一九三二년 초에는 류행적인 기회주의로 "나도 프로레타리아 문학을 해보겠다"고 나왔던 일부 소부르죠아 인테리들은 혼쭐이 나서 카프 대렬에서 떨어져 도망쳤다.

박영희와 백철은 즉시로 탈퇴를 했을 뿐 아니라 공공연한 반카프 파괴자로 표변하여 나섰다.

박영희는 일제 앞에 참회의 눈물을 흘리면서 당시의 카프 문학의 혁명성을 왜곡 비방하면서 "얻은 것은 이데올로기요, 잃어버린 것은 예술이라"고 변절자적인 한탄을 하였다.

백철은 반혁명적인 「인간 탐구론人間探究論」으로써 자기의 전향 선언서를 대신하였다.

그때 림화는 더 전투적이 된 듯이 카프 조직에서 계속 활동하였다.

그러나 실상 그때 림화는 당시 경기도 경찰부 고등과 수색 주임으로 있던 '사이가齋賀'란 놈에게 서울 동대문 밖 영도사永道寺란 절에서 매수되여 항복하고 일제의 간첩으로 변하였을 때다.

이래서 더욱 겉으로는 혁명적 '전투 분자'로 위장하면서 카프 내에서 반혁명적 반역 행위를 계속 감행하였던 것이다.

이럴 무렵 림화는 「현해탄」이니 「비오는 요꼬하마 부두」 등의 시를 발표하였다.

림화의 목적은 근로 계급의 립장에 선 듯이 가장하면서 기실은 시에서 혁명 사업에 대한 불신임과 영탄과 애수로써 중독시키고 있었던 것이다.

그때의 카프의 맹원들은 물론 중앙 위원들까지도 이런 것을 조금도 눈치를 채지 못했었다.

그만큼 림화는 교활하고 악질적이였던 것이다.

종로 사건 이후 비록 몇몇 비겁 분자들의 변절은 있었지만 그러나 카프는 더욱 조직적으로 공고하게 단결되였으며 활동의 범위도 넓어지고 더한층 전투적으로 되였다.

한설야, 리기영 등을 위시한 모든 작가 시인들의 작품 활동이 더 왕성하여졌고 카프 직속의 중앙 극단인 '신 건설'의 활동도 전투적으로 진행되였다.

또는 새로운 신인 전우들의 대렬이 격증하여 갔었다.

一九三四년 이른 봄 카프의 두 번째 대 검거 선풍이 있었다.

이것이 세칭 '신 건설 사건' '전주 사건' 혹은 '제二차 카프 사건'이다.

전국 각지의 카프 맹원들은 물론 카프의 영향 밑에 있던 좌익

문학 써클 청년들까지도 그중에는 당시 라웅, 김태진 등이 지도하고 있던 서울 세부란쓰 의전, 보전, 연전延專 등의 학생 연극 써클원들도 다수 검거되였는데 그 총인원이 四백 여명이나 되였었다.

전북 경찰부의 야만 경찰들은 一년여에 걸친 살인적인 고문을 자행하면서 몇 사람의 희생자까지 내고서 (함흥의 김승일『신 건설』의 장병찬 등) 한설야, 리기영, 윤기정, 송영, 권한, 리갑기, 정청산 등의 작가 시인들과 라웅, 추민, 리상춘, 김욱, 전평 등의 연극 영화인 등 많은 작가 예술가들을 전주 형무소로 넘기였었다.

박영희, 백철 같은 카프 배반자들도 탈맹 이전의 련관자라고 해서 함께 끼여 있었다.

그런데 당시 (제二차 검거) 카프의 서기국장이였던 림화는 검거에서 빠졌다.

그때 카프의 조직체로 말하면 위원장 제도가 없었으며 각 동맹마다(문학, 미술, 연극, 영화, 음악) 책임자들이 있었고 중앙 집행 위원회가 있어서 모든 것을 결정하였으며 상무 기관으로서는 서기국이라는 것이 있어 조직 선전 등의 실제 사업을 담당하고 있었다.

이러니만큼 서기국장의 책임은 가장 중요했던 것이다. (림화 이전의 서기국장으로는 윤기정, 송 등이였다)

이런 서기국장이 왜 검거에서 빠졌을까? 우리들은 크게 의혹하였으나 그런데 일제 경찰 놈은 우리들이 물어보기 전에 먼저 우리들에게 말했다. 림화는 다 죽게 되여서 불구속으로 심문만 한다는 것이다.

이것은 속이 들여다 보이는 거짓말이다. 일제 팟쇼 경찰 놈들이 병이 좀 났다고 검거를 아니 할 일이 없다. 제놈들의 눈에 거슬리면 죽은 시체라도 검거 투옥하려드는 야만들이 아니였던가!

그러나 우리들은 의혹은 품으면서도 정확한 정체는 몰랐던 것이다.

전주 형무소 미결감에 一년 이상 있으면서 예심을 받아 오다가 一九三五년 겨울에 공판을 받게 되였었다. 그때 바로 공판 날자를 통지 받던 날 중병에 걸리여 구속도 못해 왔다는 그 림화가 결혼식을 거행했다는 소식도 들었다.

우리들은 그때에야 림화가 일제에 투항했다는 것을 확인했다.

그러나 그것은 다만 사상상 비겁으로 일제 앞에 변절했구나 했을 뿐이지 '사이가'의 앞잡이가 된 줄은 몰랐다.

공판날이 왔다.

그때 신문 기자석에는 김남천이가 빙긋빙긋 웃으면서 우리들을 바라보고 앉아 있었다.

그 뒤 우리들이 석방된 뒤에 김남천은 우리에게 뻔뻔스럽게 변명했다.

"나는 영등포 사건으로 이미 복역을 마치였으므로 전주 사건에서는 빠졌다. 그것은 같은 죄명으로 두 번 기소되는 것은 중복이 되는 까닭이다."라고.

우리들은 공판에서 모두 二~三년씩 징역 언도를 받았으나 그러나 집행 유예를 받았었다. 한설야, 리기영, 송영, 라웅 등 일곱 사람만 다시 상소를 받아 그 이듬해 여름에 복심 공판을 받았었지만 역시 집행 유예로 석방은 되였었으나 '요시찰' 렛델을 붙이고 지내갔다.

우리들이 서울에 돌아와 보니 카프는 림화의 자진 신청한 형식으로해서 해산되였고 그 간판은 림 화가 제손으로 태워 불살라 버렸다.

오랫동안 피어린 투쟁이 어리여 있는 견지동 二층 회관에는 조그만 양말 공장이 들어 앉아 있었다.

그러나 림화는 서울에 없었다. 새로 맞은 애처 지하련과 같이 평양엔지 어디엔지 가서 사랑의 보금자리를 꾸며 놓고 민족 반역자적인 간첩 행위를 계속하고 있었다.

이렇게 돼서 한 一년 동안이나 림화는 우리 앞에 나타나지 않았다.

아무리 일제의 간첩이라도 제 놈이 직접 반역한 옛동지들 앞에 (비록 제가 동지로 가장하고 있었더라도) 나서기가 무서웠던 까닭이다.

그러나 한 一년 지난 뒤에 림화는 다시 서울에 나타났었다.

그때는 아주 태연하고 대담한 태도였다. 그때는 동북 일대를 무대로 하여 김일성 원수의 항일 무장 투쟁이 앙양되였으며 동시에 여기에 고무된 국내의 혁명 세력도 치렬하게 계속되였을 때다. 그런 만큼 일제의 야만적 탄압도 극도에 달했었다. 그럴 때 림 화는 일제 경찰의 비호 밑에 그 충실한 주구로서 확인 받고 신임 받았기 때문에 더욱 방약무인하였다. 그때, 즉 一九三七년~一九四○년 시기에 비록 카프의 조직은 파괴되었고 몇몇의 변절자와 수 많은 도피 분자들이 생기기는 했으나 그러나 다수의 카프 작가들은 특히 지도적인 핵심 작가들은 조금도 굴하지 아니하고 당시의 합법성을 최대한으로 리용하면서 극히 교묘한 우회와 암시의 전술로써 반일 민족 해방 투쟁의 그 일익적 임무로써 작품 활동들을 계속하였다.

한설야는 출옥 직후 장편 「황혼」을 썼다. 리기영은 장편 풍자소설 「인간 수업」을 썼다. 송영은 단편 「월파 선생」, 희곡 「황금산」 등을 썼다.

리북명은 장편 「제三로第三路」를 쓰기 시작했다. (일제의 검열 관계로 발표는 못되였다.)

한효, 안함광, 리갑기는 반동적인 부르죠아 문학 리론을 반대하는 평론들을 썼다.

박세영, 박팔양, 권한, 리찬 등은 많은 시를 썼다. 카프의 영향 밑에서 자라난 신인들은 리동규, 홍구, 김북원, 안룡만, 김우철, 리원우들은 아동 문학 분야에서 많은 작품 활동들을 하였다.

그러나 이런 활동들은 一九三七년 이후의 시기부터는 더 가혹한 탄압으로 인하여 점차적으로 감소되여 갔었다.

이런 시기에 아주 좋은 기회라고 생각한 일체 부르죠아 반동 문학은 공공연한 일제의 비호를 받으면서 발효하였다. 그들은 카프 문학의 세력이 앙양하였을 때에는 (一九二七년 ~ 一九三七四년) 다만 '예술 지상주의'라는 회색적인 기치만 들고 나섰지만 이 때 와서는 (一九三七년 이후의 시기) 그 반동적인 본질을 로골적으로 드러내놓고 혁명을 반대하고 일제에 복무하는 민족 반역의 깃발을 쳐들었던 것이다.

리태준을 중심으로 하여 '九인회九人會'가 조직되였다. 김기림, 리무영, 채만식. 김유정, 리상 등이 그 구성 분자들이다.

카프의 변절자인 박영희, 백철, 김남천, 카프 전성시기에 있어서 동반 작가로 나섰던 기회주의 분자 유진오, 리효석, 문학생활 출초시부터 카프를 반대하고 나섰던 리원조 등이 악질적인 반동 집단에 가담하여 광분들을 하였다.

이런 일련의 반동 문학 진영의 맨 선두에는 림화가 서 있었다. 림화는 학예사學藝社라는 출판사를 조직하고 그 실권을 장악하고 있었다.

림화는 학예사로 하여금 외견상 민족적 량심을 가진 견실한 문학 서적의 출판 기관 같이 가장하고서 전주 토본 『춘향전』 『김삿갓 시집』 『신라 향가』들을 발간하므로써 마치 조선의 민족 고전 문학 전통을 고수하는 듯이 보이면서 실상에 있어서는 민족 문화의 전통을 말살하며 반동적인 '순수 문학 작품'들을 간행하면서 은연하게 일제에 복무하는 로골적인 '황국 문학 운동'을 전개할 준비를 하였던 것이다.

참말로 말하면 림화는 자기 정치적 목적을 실현하는 데에 이 '학예사'를 리용하였던 것이다. 조선 문학사를 극도로 왜곡한 림화의 반동적인 『조선 신문학사』는 말할 것도 없이 역시 부르죠아의 견지로써 민족 문화의 전통을 왜곡한 김태준의 『조선 소설사』, 김재철의 『조선 연극사』 등과 김남천의 단편집 『소년행』 유진오, 리효석 등의 단편집, 정지용, 김기림의 시집들만 계속 발행한 것으로 보아서 그 정체는 명백할 것이다.

림화는 "민족 문학은 계급 문학이 되여서는 안 된다"는 반동적 부르죠아 문학 사상으로써 소위 『조선 신문학사』를 썼다.

림화는 이 책에서 리광수를 조선 신문학의 창시자로 높이 내세웠다.

림화는 리광수의 『무정』을 극구 칭찬하였다. 특히 『무정』의 주인공인 리형식이는 가난하던 시절에 백년가약을 맺었던 빈농의 딸을 배반하고 부자 목사의 귀여운 사위가 되여 가지고 그 덕택으로 미국으로 류학을 가 버린 변절자며 패덕한이다.

림화에게는 이러한 주인공이 제일 마음에 들었던 것이다.

이것은 첫째 림화 자신이 변절했기 때문에 크게 공명된 까닭이며 동시에 이것은 인민들에게 '리형식'이 같이 리광수 같이 또는 자기 같이 변절을 하라고 호소한 그 정치적 목적이 더욱 컷던 것이다.

림화는 리광수의 아류들인 렴상섭, 김동인, 김억, 박월탄등 일제 부르죠아 자연주의 작가들을 높이 추켜세우며 이렇게 썼다.

"시집『승방비곡僧房悲曲』의 작자 월탄月灘 박종화들이나 번역 시집『오뇌의 무도懊惱의 舞蹈』에서 서구라파 떼가딴쓰를 소개한 김안서金岸曙 등은 실로 이 시대가 생산한 최량의 시인들이다."

박종화는 현진건, 홍로작 등과 같은 퇴폐적 떼가단 잡지『백조白潮』의 작가였으며, 김안서는 리광수의 졸도로서 자연주의 작가 김동인과 같이 잡지『령대靈台』의 발행인들이였었다는 사실로써도 그들의 시집들의 (창작이거나 번역이거나) 내용이 얼마나 인민들의 계급 의식을 말살시키는 데 반동적 역할을 했겠다는 것은 알 수 있는 것이 아닌가.

이렇게 림화는 조선 현대 문학의 전통을 반동적인 부르죠아 작가들로써 날조하려고 로력하였다.

이보다도 더 큰 죄악은 카프를 반역한 친일 주구 박영희를 의식적으로 더 크게 내세우려고 한 데 있다.

림화는 같은 책에서 "특히 박영희가 이 조류 가운데로부터 신경향파 문학 건설의 가장 명예있는 창시자의 길을 개척한 것은 조선 랑만주의가 가진 최대의 영예가 되여야 할 것이다."라고 말했다.

변절 주구 박영희를 신 경향파 문학의 창시자로 고의적으로 날조하여 놓고 동시에 우리 혁명 문학 전통의 모태이였던 신 경향파 문학을 부르죠아 랑만주의 문학으로 왜곡하여 놓았다.

'九인회'란 리태준이가 발기하고 또 그 지도자로 되여 있는 반동 부르죠아 문학 그루빠다.

처음에 아홉 사람이 모였다고 해서 '九인회'였으나 뒤에 리상, 김유정 등이 가입하여 실지로는 一二인회까지 되였으나 두 사람이 탈퇴를 했음으로써 실제로는 一○인회였었다. 그러나 그 이름은 언제나 『九인회』라 불렀다. 이 그루빠는 규약이나 강령이 있었던 것도 아니요 회장이니 부회장 같은 것도 있었던 것이 아니다. 다만 한 달에 한 번씩 회비 一원씩을 가지고 명월관같은 료리집에 모여서 질탕망탕 먹고 마시면서 카프 작가와 그들의 작품을 증오에 찬 욕설을 퍼붙는 것으로 일삼고 있었다.

이렇게 그들은 카프 문학을 증오하면서 한편 자기들의 반인민적 반혁명적 작품들을 발표함으로써 인민들의 반일 민족 해방 투쟁 의식을 말살시키며 반동적인 부르죠아 이데올로기를 전파하기에 급급하였다.

강령과 규약이 없는 '九인회'였지만 반동적 역할은 크게 놀았다.

이 '九인회'는 처음 '예술 지상 주의' '근대적 의미에 있어서의 민족 문학'을 떠벌이면서 일제 말엽에는 그 '황국 문학'이란 '개고기'가 드러나고 말았다. 이렇게 '九인회'는 '구狗인회'의 본모를 나타냈던 것이다.

그때 리태준은 '본격 소설'을 주장하였다.

'본격 소설'이란 어떤 것이였던가?

리태준은 一九三八년 三월 一일부터 〈조선일보〉 학예부에서 '이 시대의 내 문학'이란 설문에 대하여 아래와 같은 대답을 하였다.

"내 취미에 맞는 인물을 붙들어가지고 즉 『불우 선생』 『달밤』의 주인공들 『녕월 령감』 『아담의 후예』의 주인공들 『손거부』 『복덕방 령감들』을 사상적 사고라던가 현실 기구와 관련한 구성이 아니라 그런 것을 피할 수 있는, 이미 운명이 결정된 인물을 택하여 즉흥적 기분으로 쓸 것이다."라고 운운하였다. 이것을 알기 쉬운 말로 바꾸어 써 논다면,

"내 눈에는 일제를 반대하여 싸우는 근로 계급의 사람들은 보이지 않고 또 보이더라도 취미에 맞지 않는 전대적인 계급이기 때문에 일부러 안 보고서 다만 친일 부르죠아지의 '색정 청년' '패덕한' '변절 분자'들과 또는 그보다도 더 못한 절망하고 타락된 인간의 쓰레기들만 마음에 꼭 드는데 그런 쓰레기들을 아무런 사상적 사고도 없이(그러나 부르죠아적 사상적 사고는 한다) 현실 기구(일제 통치)와 관련된 구성이 아니라(그러나 일제 통치를 아부 례찬할줄은 안다) 이미 운명이 결정된 인물을 택하여 (일제의 영원한 노예라는 팔자를 타고난 인물들만 택하여) 즉흥적으로, 즉 부르죠아적 감성(세계관)으로 써 왔고 또 쓸 것이다."

이것이 곧 리태준의 '본격 소설론'인 것이다.

림화는 이러한 리태준이를 당시에 첫째 가는 권위요 대천재 작가라고 추켜세웠고 또는 해방 뒤에는 반당적인 정치 목적을 위하여서 리태준을 가장 진보적인 실력 있는 작가인데, 특히 일제 말엽에는 조선말 문학을 고수한 공헌이 있다, 그러니까 리태준은 조선 현대 문학의 진보적 전통을 계승해온 자라고 내세웠던 것이다.

리원조는 리가 왕족 릴 백작의 사위로서 애당초부터 계급 문학에 반기를 들고 나온 자다. 어떻게 부르죠아 당성이 강하던지

그의 친형 리륙사陸史가 경향적인 시를 쓴다고 하여 천대시하고서 저는 부잣집 사랑방에서 호의호식하면서도 굶어 죽을만큼 가난한 형에게는 '놀부' 노릇을 하였었다.

리원조는 소위 '평론'이라는 것만 썼는바 그것은 말짱 '九인회'의 명월관 욕설을 성문화한 것들인데 례컨대 '현 단계의 문학과 우리의 포즈에 대한 성찰省察'같은 것들이다.

리원조는 이 론문에서 문학에 있어서의 정치적 우위성優位性을 적극 반대하면서 '정치적 립장'과 '문학적 립장'을 분리시켜 놓고 작가들이란 '문학적 립장'에만 서 있어야 한다고 주장하였다.

즉 이 말은 정치와 문학을 분리시키면서 그 본질에 있어서는 프로레타리아트적 정치적 립장에 서지 말고 부르죠아적 문학적 립장에 서란 말인 것이다.

김남천은 『고발告發 문학론』이란 것을 들고 나왔는데, 이것은 '유다'가 예수를 배반하듯 민족을 배반하는 것이 정말 문학이라고 주장하면서 카프를 배반한 자기의 변절을 합리화하였던 것이다.

리원조와 김남천이가 이렇기 때문에 림화는 기뻐서 그 자들을 꼭 붙들어 심복으로 삼았던 것이다. 백철은 소위 『사실 문학론』에서 "문학이란 눈에 보이는 사실로부터 출발하여 눈에 보이는 사실만을 그 내용으로 해야 한다."고 했다.

즉 이것은 일제의 식민지 통치 제도라는 눈에 보이는 것만을 눈에 보이는 그대로만 충실하게 례찬만을 하자는 투항주의인 것이다.

백철은 이렇게 호소만 한 것이 아니라 몸소 '모범'까지 보였던 것이니 그것은 일제 말엽에 〈매일신보〉 북경 지국장으로 중국에 가 있으면서 실상은 일제 고나동군 헌병대의 특무로서 활약하였던 것이다.

이 시기에 있어 림화를 위수로 한 일련의 일제 투항자들은 형식상 여러 가지 깃발을 들고 나서면서 혁명적인 민족 해방 투쟁을 적대시하였으며 일제의 충실한 주구로서 그 사명을 다하기 위하여 문학에 있어서의 레알리즘을 반대하고 카프의 역할을 묵살하고 그 대신 친일적인 부르죠아 사상을 내포한 허다한 해독적인 작품들을 란발하였던 것이다.

리태준의 일련의 소위 '고답적高踏的인 순수문학' 작품들과 김남천의 '유다'적인 소설들, 채만식 등의 '세태 소설', 김유정, 리상 등의 '기발 소설奇拔 小說', 정지용의 카도릭 종교시, 김기림의 알아볼 수 없는 시(모더니즘)… 유진오의 '산책 문학散策文學' 등이 바로 그런 것들이였다.

一九四一년 전후의 시기 제二차 세계 대전이 일어나자 팟쇼 일제는 놈들의 침략 전쟁 수행을 위하여 국민 총동원, 총비상 전시 체제로 들어갔다.

일제는 제놈들의 식민지며 반쏘, 반중 침공의 병참兵站 교두보인 조선에서 살인적인 탄압 정책을 감행했다.

청장년들은 강제 징병 강제 징용들로 몰아가고 가렴 잡세와 강제 부역과 강제 수탈 등으로 조선 인민을 도탄 속에 몰아 넣었다.

동시에 문화 사상 방면에 있어서도 제놈들의 주구를 총동원하여 '동조 동근同祖 同根' '내선 일체內鮮 一' 황국 신민화皇國 臣民化 선전 선무宣傳 宣撫) 공작을 전개하였다.

이런 시기에 최남선은 그렇게 하느님 같이 모시는 '검님' 단군檀君을 '아마데라스 오오미가미天照大神'의 보 손자 '이사노오미고도五十猛傳'의 동생이라 하였다.

리광수는 가야마香山로 변해가지고 조선 청년들에게 대동아 성전聖戰에서 충성을 다하여 피를 흘리는 것 같이 이 세상에서 고귀한 것은 없다고 목에 핏대를 올렸다.

이럴 때 림화는 친일 영화 제작소인 '고려 영화사'의 촉탁이란 자리에 취임했다.

'고려 영화사'는 당시 일제의 조선군 사령부 보도부의 어용 단체로서 보도부 촉탁 다까이高井와 직접 련계를 가지고 조선 청년들을 일제의 침략 전쟁에 대포밥으로 몰아 넣기 위하여 그 선전 영화로서 「너와 나(기미또 보꾸)」를 제작하였는데 림화는 이 영화 제작의 총 고문격으로 활약했다.

그때 진실한 공산주의 청년 김한성金漢盛을 중심으로 한 반제 동맹反帝 同盟 사건이 탄로되여 서울 동대문에서 총검거되였다. 가혹한 고문 끝에 김한성은 류치장 속에서 희생이 되였었다.

그때 이 사건에 련루자로서 추민, 리지용들도 검거되여 여러 달 동안 고통을 당했었다.

그때 동대문 경찰서 류치장에 감금되였던 추민은 림화가 '고려 영화사' 사장 리창룡과 같이 그 경찰서 고등계에 들어와서 김한성에 대한 모든 것 즉 김한성과 친한 사람의 명단을 제공하는 것을 직접 목격하였던 것이다.

이것은 김한성이가 림화를 일제의 간첩인줄 모르고 야간 사분이 있었으므로 이러저러한 말을 한 것을 림 화는 그것을 수첩에 적어 두었던 것이다.

림화는 다른 한편 전형적인 친일 주구 최재서가 주관하는『국민 문학(일본 국민 문학이란 말이다)』이란 잡지에 제 졸도들인 리원조, 김남천들을 편집 위원에 박아 넣었다.

『국민 문학』의 초기의 이름은 『연문 평론』이다.

여기에는 최재서의 『지성 문학론知性 文學論』을 위시한 일련의 반동 주구 문인들의 평론 및 작품들로써 투항주의, 황국 신민화 사상을 로골적으로 선전했던 반인민적인 잡지인데 뻔뻔스럽게도 그 이름은 『인민 평론』이라고 했었다.

그러나 그것은 다만 아이 때 이름이요 조금 어른이 되자마자 『국민 문학』이라고 개명하고 일본말로써 일본 제국주의 사상을 선전하는 민족 반역의 역할을 열렬히 하였었다.

이럴 무렵에 림화는 총독부 기관지인 『경성 일보』의 주최 밑에 일본의 변절 작가 하야시와 대담회를 하였었는데 그때 두 나라의 변절 문학인들은 의기 상합하여 과거에 대한 회상담 즉 납프(일본 프로레타리아 예술 동맹)와 카프를 배반한 이야기로 화기가 자못 애애하였었다.

“일본인이나 조선인이나 다 같은 조사의 후예인만큼 조선인은 ‘조선’을 떼여버리고 그 대신 똑같은 일본 국민으로서 천황폐하에 충성을 다하자. 그러니 지금에는 조선 작가(친일 주구)들이 조선말과 일본 말을 섞어서 작품을 쓰는데 그럴 것이 아니라 순전한 일본 말로 써야 한다. 그것은 언어라는 것은 사상의 표현이기 때문이다.” 이런 결론들을 지으면서 뜻깊은 ‘친선의 악수’를 하였던 것이다.

한편 리태준은 림화의 사상적 지도 밑에 정지용과 같이 『문장』이란 문예 잡지를 발간했었다.

그때 『문장』이 어떤 반동적 역할을 놀았던가는 그때 그 잡지의 내용 (평론과 작품)들을 일일이 분석하지 않더라도 다만 그때 『문장』 잡지의 추천을 통하여 등용한 소위 ‘신인’들인 김동리, 조지훈,

최태응, 서정주, 계용묵들이 해방 직후에는 림화의 반당 문예 로선에 젊은 용사로 나섰다가 림화가 북반부로 들어온 뒤에는 미제와 그 주구 리승만 역도의 충실한 주구로서 반공, 반쏘, 공화국 북반부를 반대하는 '문학 국방군'이 되고 있다는 사실로써도 넉넉히 알고 一九四五년 八월 一七일날 해방된 인민들의 감격과 흥분의 물결이 넘쳐 끓는 서울 종로 네거리 그 한 모퉁이에 우뚝 솟아 있는 한청 삘딩 二층 넓은 방안에는 열렬한 '애국자'로 표변한 림화가 유진오와 리원조들과 마주 앉아 있었다.

림화는 아주 견실한 지조를 지켜 온 '혁명 투사'연하면서 우선 모든 문화의 력량을 뭉쳐 놓고 볼 일 인데 누구나 다 참가시키나 오직 민족 반역자 친일 주구만은 엄격히 배제해야 하나고 주장을 하였다.

이 파렴치한 림화의 말에 속이 몹시 상한 유진오는 그 자리를 떠나 갔다.

림화는 리원조, 김남천과 같이 리태준까지 끌어들여 가지고 그야말로 미두 시장에서 손바닥을 뒤집듯이 사기적 수단으로 '전광석화'적으로 소위 '조선 중앙 문화 건설 협의회'라는 것을 조직하고 스스로 부위원장이 되였다.

미제의 간첩 박헌영은 일제 때 가장 크게 일제를 반대하여 싸워온 '애국자'로 가장하고 일련의 악질, 반혁명, 변절, 반역 분자들을 규합하여 가지고 서울에 나타났다.

림화는 곧 역도 박헌영의 충실한 졸개가 되여 문화 분야를 담당하였다.

그해 一二월에 림화는 서울 장곡정에 있었던 미특군 정보 기관인 씨·아이·씨로 찾아가서 미제 군사 고문 목사 언더우드를 만났다.

언더우드는 일제 시대의 미제의 침략 정책의 앞잡이 기관인 서울 연희 전문 학교의 교장으로 있던 자다.

림화는 그 자리에서 언더우드에게 미제의 충실한 종복이 되겠다고 굳게 약속하였다.

그런지 며칠 뒤에 림화는 역도 박헌영 도당의 소위 '문화 해제'에 의거하여 "우리가 수립하여야 할 민족 문학은 계급 문학이여서는 안 된다. … 근대적 의미에서의 민족 문학이여야만 한다"는 반당적 반인민적인 글을 발표하였다.

그리고 '문건文健'은 장차 수립될 정부의 문교부의 역할을 림시로 대행하고 있다라고 공공연히 선언하였다.

그 '수립될 정부'라는 것은 미제의 조종 밑에 조작된 역도 리승만 괴뢰 정권이란 것은 말할 것도 없다.

림화는 저이들 반역적 문화 로선에 제일 큰 장애로 되는 카프 계렬의 작가 시인들을 갖은 흉책을 다하여 박해하였다.

이러기 위해서 카프의 혁명 문화 전통을 왜곡, 중상, 묵살하기에 광분하였으며 그 대신 리광수, 현진건, 리태준 등의 문학을 조선 현대 문학의 전통이라고 위조 선전하였다.

조선 문학 동맹이 조직되여 카프 계렬의 중요 작가들이 지도간부로 선출된 데 당황하여 박찬모, 김동리들 악질 졸도들에게 지시를 주어 소위 청년 작가 대회를 하룻밤 사이에 조작하여 문학 동맹의 조직을 파괴하고 초대 문학 동맹 서기장이였던 한 효를 내몰고서 리원조를 그 자리에 앉히였다.

당시 서울에 있던 카프 계통의 진보적 작가들은 과감하게 싸웠으나 미제의 비호를 받고 있는 간첩 림화를 타도할 수 없었다.

그래서 一九四六년 '六·一○ 만세 운동' 기념 캄파 끝에 一○여명의 진보적 작가들은 북반부로 들어 왔다.

그 뒤로부터는 림화의 독판이 되였다.

림화는 그러는 한편 一九四六년 여름에 리태준에게 북반부의 '문예총'을 파괴하라는 과업을 주어서 북반부에 파송하였었다.

리태준은 북반부에 들어와서 문예총 문앞에도 얼씬하지 않고 사상적으로 공감을 느끼고 있는 전동혁, 기석복들의 옹호와 지지를 받으면서 문예총 파괴 활동을 계속하다가 뒤에는 문예총 부위원장 자리에까지 앉았다.

一九四八년 남북 련석 회의 때에 북반부에 들어온 림화는 리원조와 같이 해주에 있으면서 박헌영, 리승엽 도당의 간첩 행위의 련락 임무를 하였으며 뒤에 조·쏘 문화 협회 부위원장으로서 반당 반국가적 종파 행위를 악랄하게 계속하다가 그것이 백일하에 폭로되여 전 인민적 처단을 받았다.

이것이 간첩 림화 도당의 묵은 「론죄장」의 대강 줄거리로서 해방 뒤에 저지른 범죄에 대한 구체적인 사실들은 지면 관계로 생략하였다. (이것은 비교적 널리 알려져 있기 때문이기도 하다.)

그러나 림화 등 종파 분자들이 저이들의 목적을 달성하기 위하여 어떻게 우리 공화국의 문화 로선을 파괴하려 들었던가 하는 것을 결정적으로 요약해서 말할 필요는 있다.

림화 도당은 반당적인 문학 로선을 세워 보겠다는 망상 밑에서

一, 현대 조선 문학의 혁명적 문화 전통인 카프를 왜곡 묵살하려 하였다.

二, 해방 후 당과 김일성 원수의 령도 밑에 카프 문학을 섭취하여 찬란하게 이룩하고 급진적으로 발전한 성과를 '문학 이전'

이라고 경멸 조소하고 도리여 해방 전의 리태준, 채만식, 김기림 등의 문학보다 못하다고 하였다.

三, 현 계단에 있어서 진정한 문학이란 것은 사회주의 레알리즘의 문학이 아니라 '근대적 의미에서의 민족 문학'이라고 떠벌이면서 이런 반당적인 부르죠아 문학 로선을 실천함으로써 미제가 요구하고 박헌영 도당이 꿈을 꾸고 있던 '딴 세상'을 꾸미는데 그 일익적 임무를 다하려고 했던 것이다.

림화 도당은 숙청되였으나 그들이 미친 영향은 쉽게 사라지지 않는 것이다. 그런 영향을 뿌리채 뽑아버리는 의무는 우리들 문학가들과 독자 대중들의 전투적인 과업이다.

이런 과업을 실천하는 그 하나로서 나는 이 묵은 「론죄장」을 독자들과 같이 펴보는 것이다.

임화

조령출 趙靈出

1913 /11. 10 ~ 1993 /5. 8

생애 및 연보

작사가, 극작가, 시인. 충남 아산군 매곡리의 가난한 농가에서 출생했다. 고등보통학교를 거쳐 외국에서 5년간 고학으로 대학을 졸업한 뒤 1941년부터 조선연예주식회사에서 작사가로 재직. 8.15 후 서울에서 연극동맹 부위원장으로 일하다가 1948년 8월 월북했다.

월북 후 국립예술극장장, 조선작가동맹 작가, 1956년부터 국립영화문학 창작사 주필, 국립 민족예술 극장 총장, 교육문화성 부상, 1964~1983년 사이에 조선문학예술 총동맹 중앙위원회 부위원장, 그 후에 조선문학 창작사 작가로 활동했다.

학생 시절부터 문학에 뜻을 두고 시 창작에 전심하였던 그는 가사 「서울 노래, 1933」가 동아일보 현상 모집에서 1등으로 당선되면서부터 많은 가사와 시를 썼다.

8.15 전에 발표된 대표적인 가사 작품들로 「낙화삼천, 1939」을 비롯하여 「서귀포 칠십리」 「꼬집힌 풋사랑」 「화류춘몽」 「진주라 천리길」 「집없는 천사」 「울며 헤진 부산항」 「꼴망태 목동」 「울산타령」 「낙화유수」 등의 가사와 「북행 열차, 1936」를 비롯한 서정시 등을 발표했다.

이 시기에 창작된 시와 가사에는 나라 잃은 민족의 설움과 울분, 향토애 짙은 서정을 노래했다.

1946년에는 서울에서 항일 무장 투쟁을 형상화한 장막 희곡 「혁명군」 「독립군」을 창작하여 광복 후에 공연되었다.

그는 남한에서는 조명암이란 이름으로 주로 작사가 활동을 했는데 북에서는 조령출로, 시인, 극작가로 활동했다.

그의 창작적 재능은 월북 후 더욱 왕성하여 시, 희곡, 가극 등의 창작은 물론 민족 고전의 각색과 윤색 등 다양한 창작 활동을 전개했다. 또한 그는 북한 체제에 맞게 「조국 보위의 노래, 1950」「압록강 2천리, 1952」「건설의 노래, 1953」「얼룩소야 어서 가자」「만경대의 노래, 1962」「흘러간 대동강」「천 년 만 년 수령님만 모시고 따르리, 1979」「어머니 우리 당이 바란다면, 1992」을 비롯한 수많은 가사와 시를 창작했다.

그의 시와 가사들은 생활적이면서 정서가 짙고 깊은 사색의 세계를 펼치고 있는 것이 특징이다. 그는 많은 극작품도 창작했는데 대표작으로 「전우, 1951」「리순신 장군, 1960」과 「꽃신, 1949」「콩쥐팥쥐, 1954」「선화공주, 1958」「바다의 처녀들, 1965」「금강산 8선녀, 1969」 등의 가극과 「밝은 태양 아래, 1962」 등의 음악 무용극도 창작했다.

그는 특히 1970년대 이후 문학예술 부문 책임 일꾼으로 왕성한 창작 활동을 펼치면서 전성기를 누렸다. 김정일 위원장의 특별한 배려하에 「밀림아 이야기하라, 1972」「금강산의 노래, 1973」「연풍호, 1973」「밝은 태양 아래서」 등의 혁명 가극과 음악 무용극 「두만강반의 한 해 여름, 1975」 그리고 그의 최고 대표작으로 꼽히는 「한 자위단원의 운명」이 고전적 명작으로 평가되고 있다.

1988년에는 민족 가극 「춘향전」을 「피바다」식 가극 형식으로 창작한 데 이어 「심청전」도 창작했다. 이 밖에도 그는 「모란봉」「배노래」「조국 산천에 해 둥실 떠올라」 등의 새로운 민요 가사 창작과 「황금산 백도라지」「법성포 배노래」「양산도」 등의 고전 민요를 현대 감각에 맞게 개작하기도 했다. 그는 김일성 주석과 김정일 위원장을 여러 차례 만나 높은 치하와 격려를 받았고 이들의 교시와 지시에 의한 작품들을 많이 창작했다. 작품집으로 『조령출 시선집, 1957』『조령출 희곡집, 1961』 등이 있으며 1982년 '김일성 상' 계관인의 칭호와 함께 애국열사릉에 묻혔다.

산으로 간 나의 아들아

눈보라 치는 벌판 길을
에미는 걸어간다

늙은 에미라고 말을 마라
가다가 눈 속에 슬어지고 또 쓸어져도
이 길은 가고야 말 테다

산에서 보낸 너의 부탁을 나는 안다
이것이 무엇인가를…
내 품속에 지니고 가는
이 종이쪽 하나가…

고초를 받는 모든 사람들이
어둠 속에서 기다리던 횃불과도 같아서
륙십 평생을 살아온
나의 목숨보다도
비길 데 없이 소중하고나

갈쑤록 눈보라는 사납고
사나운 눈보라 속에 천지는 묻쳐도

조령출

나는 이것을 전하리라 이 벌판을 건너
눈 밑에 숨은 움집을 찾아
거기엔 비밀히 만나는 젊은이들이 있다
거기엔 삐라를 찍고 있는 너의 안해가 있다

산으로 간 나의 아들아
사랑하는 나의 아들아
너 떠나간 산은 보히지 않아도
네 커다란 얼굴은 눈앞에 어린다

인제 너 집이라구 돌아 와야
언 몸을 녹일 만한 방도 없고
불을 지필 아궁이도 없어졌다

그 원쑤 놈들의 구두발길이
너를 찾어
너의 안해를 찾어
방고재와 부뚜막을 부시다못해
집에 불을 지르고
너의 어린것을 밟아 죽이었다

지금은
얼어붙은 땅속에 묻힌
너의 어린것의
그 귀여운 것의 우름 소리를 들어라

우리와 같이

집을 태운 사람들의

고향을 잃은 사람들의

부모와 자식을 억울히 죽인 사람들의

애통한 소리를 들어라

원쑤를 향하여 치를 떠는 소리를…

압제와 고통을 주는 원쑤 놈들이

나라를 팔아먹는 고 놈들이

이 땅에서 마즈막 피를 토하고

모조리 쓸어질 날도 머지않았으려니

나는 믿는다

산으로 간 나의 아들아

나는 안다

산에서 너이들이 무엇을 하고 있는가를

산만 보면 가슴이 미어지게 너를 부른다

너이들을 부른다

이 에미와 에미들이

원한을 품은 사람들이…

어서 산에서 쏟아져 나려오너리

그저 그 놈들의 가슴팍에다

조령출

복수의 야무진 총알을 퍼부어라

너이들 발밑에 그 놈들이 쓸어지는걸 보자
짐승처럼 허우적거리며
그 놈들의 눈에서 검은 피가 쏟아지는 그날을 보자

그날은 나도 깃발을 흔들면서
눈물이 나는 대로 울리라

그날을 향하여 걸어가는 이 에미 앞에
지금 무서울 게 없다
무연한 벌판을 뒤덮는 눈보라도
굴복을 시키리니
념려 마라
나의 아들아

산으로 간 나의 아들아

1950/문학예술/6월호

이 시는 한국 전쟁 이전에 씌어진 것으로 아들이 깊은 산속으로 숨어 들어 동지들과 함께 삐라를 찍거나 빨치산 운동 거점을 어머니가 몰래 드나들며 정보를 전해 주는 내용으로 보아 해방 전에 씌여진 것으로 보인다.

그러므로 내용에 묘사되어 있는 원수, 즉 적은 일본이며 아들과 아내, 젊은 청년들은 항일 빨치산 유격대인 것이다.

그러나 평자는 이 시의 발표 시기가 너무 오래어 다른 유추도 해보았으나 한국 전쟁 이전의 북한에서 만행을 저지른 적은 일본밖에 없다는 결론에 도달할 수밖에 없었다.

가슴에 끓는 피로서

석양 붉은 볕 황혼이 물든
이름 없는 산허리에
그 누가 황토의 무덤을 모아 놓았으며
이 무덤에 묻힌 사람들 누구인고

석양 붉은 볕 황홀한 속에
한 그루 푸른 소나무 여기
황토의 묘지를 지키고 섰음은
불사의 청춘이 여기 누워 있음인고

불러도 다시 불러도 대답이 없고나
이곳에 누워 영원히 잠든 동지들

아아 동지라 나는 부른다
그들의 이름은 누구라 내사 몰라도
내 아는 것 끓는 피로서 말하노니
당원이란 이름으로 빛나는 그대들이여

조령출

조국의 자유를 위해 모든 것 사림이 없이
폭탄을 들고 칼을 들고
원쑤의 심장 앞으로
어둠을 뚫고 나아가던 그대들이다

미제의 총칼이 밀려든 그 거리와 마을에
학살과 능욕의 피비린 밤이 깊을 제
복쑤의 불길을 높이여
놈들의 사령부에 불을 지른 그대들이다

붉은 피 점점이 흐른 그 어데서나
죽엄 아닌 죽엄으로 일어선
백절불굴의 투사들이여
당의 용사들이여

마즈막 이 무명산 기슭에
팔 다리 철사에 묶기어 여기 이르러
원쑤의 총알 앞에 늠늠히 자유의 노래를 부르고
당증을 품은 그 가슴에 더운 피 뿜어 솟을 제

오호라 초목이여 보았으리라
불굴의 뜻을 품은 푸른 솔이여
유유한 창천이여 보았으리라
조국의 초석으로 이네들 힘차게 일어섰음을

오늘 아직 원쑤의 폭음이 하늘에 있어도
래일은 이 땅 위에 쓸어진 놈들의 죽엄을 보리라

봄과 함께 이 황토에 잔디는 푸르고
봄과 함께 이 산허리에 두견화 붉게 피고
승리의 축포 울리는 그날에 기념비에는
그대들의 이름이 금자로 빛나리라

1951/문학예술/2월호

1951년 초쯤이면 한창 전쟁이 치열할 때다.

조령출은 이름 없는 산 기슭에서 인민군 전사자를 발견하고는 격앙된 감정으로 분노와 증오심을 내뿜고 있다.

결론적으로 이들 전사 장병들이야말로 당과 조국에 충성한 만고의 애국자들로서 후세에 길이길이 빛날 것이며 인민들 모두가 이들의 뜻을 이어받자는 선동 목적이 짙은 작품이다.

강변에서

1

고요히 흐르는 달빛을 밟으며
두 사람은 강변 길을 걸었다

걸어도 걸어도 싫지 않던

이 강변 길에서
그들은 다시 이 밤 이렇게 만났다

강물은 그 옛날처럼 소리 없이 흐르고
밤 안개는 주암산 기슭에 잠기여 있고
잔잔한 물살 위에 반짝거리는 달빛이며
나룻배 하나 물 위에 그림처럼 떠 있는 것이며
바로 그들이 그처럼 사랑하던 여기에 와서

그들은 할 말도 많으련만
그들은 말없이 걷기만 하였다

2
전쟁이 일기 전 젊은 그들은
이 강변 길에서 꿈을 꾸었다

그들은 솔직히 서로 사랑을 고백하였고
아름다운 미래에 대하여 꿈꾸었다

그들은 강철을 구어내는 강 건너 공장에서
강철의 의지를 배우며 일하였다

밤 늦게 그들이 돌아오는 이 강변 길에서
그들은 가장 즐거운 인생을 노래하였다

잊을 수 없는 그들의 화촉의 밤을
오늘도 그들은 회상할 수 있으리라

창문을 열면 언제나 시원한 강 바람 불어드는
강변의 아담스러운 붉은 집에서
그들은 살고 있었다 한 쌍의 비둘기처럼

3
무수한 벽돌 쪼각이 쌓인 한 곳에 이르러
그들은 걸음을 멈추었다
폭풍에 쓰러진 한 그루 능수버들은
그들의 앞길을 가로막았다

폐허의 도시 한 부분을 그들은 바라본다
이렇게 변할 수 있을 것인가
벅차오르는 뜨거운 불길이
그들의 가슴을 휩쓸었다

봄이면 개나리 울타리에 피여 웃고
가을이면 국화랑 코스모스 피여 우줄거리고
첫 애기 낳던 그날은 늙으신 어머니
한사코 붉은 고추를 달아 매던 그들의 집이었거니

지금 이 황량한 돌무지 언덕과
저주로운 폭탄 구데미에서

무엇을 찾을 것인가

원쑤의 야간 폭격이 있던 바로 그 시각까지
이곳에 살고 있던 어머니와 어린것
그들의 핏결이 식은 시체가 아니라
그들의 피 젖은 옷자락 한 오리도
찾이여 낼 수 없는 바로 여기서…

여기서… 그들은 전혀 다른 것을 찾이여 내였다
무쇠를 녹이여내는
그들의 불타는 심장을…

세상에서 더없이 큰 슬픔과
세상에서 더없이 큰 저수지와 그리고
분노와 증오와… 그리고 복수에 대하여

그의 안해는 불현듯
남편의 가슴에 얼굴을 묻으며 울었다
울음 소리를 깨물며 울었다

이 울음에 대하여
세상 사람들이여 함께 울라

그의 남편은 안해의 등만 어루만지며
그제서야 말하였다

– 나는 분하오 분하오
복수는 이제부터인데
전선에서 이렇게 돌아온 이 몸…

안해는 울음을 끄치고 안타가이 말하였다
– 그래요 아 그래요 나도 분해요
허지만 당신은 훌륭히 싸우고 돌아오셨어요 그리고…

남편의 바람벽 같은 가슴 앞엔
전사 영예 훈장 두 개가 달빛에 더욱 빛났다

그가 그처럼 용감히 싸운
매봉산 전투에서
가증스러운 그 미국 놈들의 상판을 밟고
앞으로 앞으로 더 달리며
그 원쑤를 한 놈이라도 더 죽이지 못한 것은
참으로 분하였다

그의 안해는 떨리는 손으로
그의 한 쪽 어깨에 늘어진
빈 팔소매를 더듬었다

맑은 눈동자로 타는 듯
남편의 얼굴을 쳐다보며 속사기였다

조령출

– 그래요 아 그래요 나도 분해요
허지만 당신은 훌륭히 싸우고 돌아오셨어요 그리고…

강 바람은 그들의 더운 볼을 스치여가고
달빛은 그들을 한 몸으로 얼싸안았다

그들은 큰 사랑 속에 안기워 있었다
그것을 느끼며 이제는 마음의 고통을 떠나
그들은 함께 력력히 그 소리를 들었다

조국을 위하여 싸운 사람들이
그들이 들을 수 있는 그 소리를

쇳물을 끓이고 씨앗을 뿌리는 그 신성한 로력
얼마나 큰 복수의 길인가를 아는 사람들이
그들이 들을 수 있는 그 소리를

그들은 순결한 가슴에 아르사기며
그들은 다시금 강변 길을 걸었다

조국을 위하여 싸우라 !
그것은 그들의 가슴에서
새로운 젊음의 기쁨으로 되였다

그렇다 이 아름다운 밤의 달빛이여

그들이 걸어가는 이 길 위에

한층 더 아름다이 흘러라

1953/문학예술/1월호

달빛 고요한 강변 길을 말없이 거니는 젊은 부부.

지난 청년 시절에는 강 건너 제철소에서 강철 같은 사랑의 의지를 불태우며 아름다운 미래를 꿈꾸었건만 전쟁은 이들 부부를 갈라 놓고 오랜 전쟁터에서 한 쪽 팔을 잃고 고향으로 돌아와 현실을 바라본다.

적들의 폭격으로 집과 재산은 모두 불타 버렸고 어머니와 어린 자식마저 목숨을 잃었으며 강 건너 도시는 폐허로 변해 있다.

그러나 젊은 부부는 이 절망의 시점에서 좌절하거나 지난 날의 아름다운 꿈들을 동경하는 것이 아니라 장애의 몸으로라도 공장에 나가 노동을 하거나 농촌에서 씨앗을 뿌리는 일이야말로 또 다른 애국의 길임을 인식하고 새로운 결의를 다지고 있다.

전 3장으로 구성된 이 시는 공포의 전쟁이 인간의 모든 것을 앗아갔지만 결코 절망하지 않고 또 다른 희망의 길을 개척할 수 있다는 운명적 사실을 보여주고 있다.

쓰딸린 거리에서

인민의 사랑 끝없이 넘쳐 흐르는

민주 수도의 새 영광의 거리

흰 비둘기 푸른 하늘을 감돌아
물결치는 깃발들이 눈부신 사이에
사랑스러이 날아 앉는 곳
어데나 전설의 힘찬 노래 소리 퍼져오르며

여기도 저기도 그 어데를 돌아보나
원쑤와 싸워 이긴 이 땅의 젊은 사람들
한 삽의 흙을 파내리는 거기에도
한 장의 벽돌을 쌓아 올리는 거기에도

[나의 평양]을 사랑하는 심정이 고이고
행복이 끝없을 래일의 꿈이 쌓이노니
지난 해 싸움 간고한 불길 가운데
서로의 념원을 간절히 말하던 동무들이여

— 평화의 건설 그날이 오면
포탄에 허물어진 고향을 일으키리라
보다더 아름답고 웅장한
민주의 수도를 건설하자던…

바로 그날이
오늘 우리들 앞에 왔으며
다시금 이 그립던 거리에서
승리자의 깃발을 날리며 우리들은 모이였다

적의 불길을 몸으로 막은 그 붉은 고지에서
적의 함선을 젊음으로 부신 그 푸른 바다에서
포탄을 깎고 화약을 재우던 그 깊은 땅굴에서
불비 내리던 전원과 집 없는 학창에서

우리 한 마음 철벽으로 지킨 내 나라
우리 그 누구나 또한 자랑으로 말하지 아니할 거냐

— 우리는 그 어디에서나 이곳을 지키였노라고
물결 푸른 저 대동강이며
해방의 탑 솟은 저 자유의 모란봉을
쓰딸린의 이름으로 영광스러운
영세불망의 이 기념의 큰 거리를

그 누구의 가슴 속에나 잊지는 못하리라
내 나라 혁명의 기지를
그의 심장인 민주 수도의 영예를 위하여
이곳에 계시옵는 수령의 이름 높이 부르며
꽃다운 그들의 청춘을
만고에 빛날 위훈으로 이 땅에 세운
그 불멸의 전우들과 정다운 친구들을

그들의 불타던 마음이
여기 거리거리에 뻗치여 오고
그들 가슴에 피여오르던 꿈이

여기 한 그루 가로수에도 깃들어 푸르르다

인민의 이 끝없는 사랑 속에
평양의 새 념원은 일어섰다
백만 대군의 돌격과도 같이…
거대한 평양의 새 모습은 일어서고
스딸린 거리는 광활하게 열리였다

아 모란봉이여 너의 그 머리를 들어보라
네 일찌기 본 적 없는 이 장엄한 건설을
대동강이여 너의 그 물굽이 급한 걸음을 멈추고 들으라
네 진작 들은 적 없는 건설의 이 대교향곡을

영웅 도시의 이 광활한 거리는
이제 행복의 꽃보라 오색 테프로 묻히고
대리석 층층이 화려한 집들 사이로
흰 비둘기 월계수 잎을 물고 날아다니며
평화의 대렬
우리의 깃발은 파도쳐 흐르리라

이 길이 바로 쓰딸린이 가리킨 평화의 길
이 길이 바로 우리의 수령께서 부르신 길

이 길을 걸어 앞으로 나아가는 곳

자유와 행복의 노래 온 산야에 넘치고
우리의 합창은 온 세계에 다시금
영웅 조선의 영광을 높이리라

1954/조선문학/6월호

전쟁이 끝나고 휴전 협정을 맺은 지 겨우 1년 남짓 그야말로 평양은 잿더미 폐허로 변했을 것이다. 이 도시 한복판에 나름대로 전쟁에서 승리했다는, 그 승리가 우방인 소련 스탈린의 덕이었다는 결론으로 중심가 한 도로공사 현장을 스탈린 거리로 이름 붙여 인민들의 작업 모습을 격조 높게 그려내고 있다.

그러면서 조령출은 미래의 평양이 평화의 도시 영웅의 도시로 탈바꿈될 것이라는 현란한 수식어를 늘어놓고 있다.

영웅 도시의 아침

푸른 안개를 헤치고
영웅 도시의 아침 모습은 일어선다
붉은 노을 꽃구름 피여 흐르는 하늘에도
영광의 머리 치여드는 우리의 수도
아 나의 평양이여

대동강 굽이쳐 내리는 두 기슭에
이 나라 영웅들의 전설이 있고

조령출

해방 10년의 력사 눈부신 여기
지난 해 폐허로부터 세워진
우람한 궁전들의 새 웅자 일어선다

쓰딸린 거리에로! 김일성 광장에로!
아 즐거운 노랫소리 퍼져오르며
불굴의 투지 가슴에 지닌 젊은 용사들
일터로 일터로 행군하는 이 싱싱한 아침
황금빛 태양은 하늘에 솟아
대지에 묻힌 봄빛을 불러세운다

함경도 강원도 먼 산지에 자란 나무들
지금은 이 평양 거리에 뿌리를 내리고
푸른 가지 펼치여 꽃바람에 우줄거리며
새들은 또 이 가지들에 노래 부른다

양덕 맹산의 뗏목은 흘러 강안 부두에 이르고
황해 제철의 철재는 실리여 동서 역두에 내린다

내 조국 통일에 불타는 벅찬 념원 속에
펜 대신 쟁기를 잡은 학원의 청년들
민주의 성새를 다지며… 길을 넓히는가

승리의 기폭들은 사회주의의 전망을 펼치고
오색찬란한 부랑카드엔

시민들의 억세인 마음이 아로새기여 있다
— 우리의 민주 수도를 꾸미자
우리의 손으로!

수많은 크레인이 나래쳐 머리 드는 곳
오늘도 로력의 기념비들은 세워지노라

내각 청사의 밝은 광창을 여시고
오늘도 우리의 수령은 보신다 이 모든 것을
그이의 심혈이 조국을 위하여 끓고 계신
바로 이 심장의 도시에서

그이의 뜻으로 펼쳐지는 이 황홀한 화랑에
인민의 맥박은 그이로하여 더욱 드높이 뛰고
생활의 기쁨은 그이로하여 더욱 파동친다
그 어느 누가
우리의 이 지향을 꺾을 것이냐

원자의 폭탄을 천만번 휘두를지라도
원쑤는 다시 이 땅의 모래 한 알 꽃 한 포기…
끝없는 평화의 지향으로 일어선
영웅 도시의
불패의 의지는
꺾지 못하리라

조령출

모스크바, 북경, 와르샤와의 도시들…
강고한 인민의 도시들과 더불어
민주와 평화의 성채로 거연히
우리의 평양은 일어선다

푸른 안개를 헤치고
아침 찬란한 황금의 태양 아래
수령의 뜻 받들어
이 땅의 인민들이 드리는
불굴의 노래 속에…

1955/조선문학/5월호

전쟁이 할퀴고 지나간 평양을 사회주의 국가의 수도인 모스크바, 북경, 바르샤바와 같이 인민의 도시, 영웅의 도시를 건설하려는 강한 의지가 엿보이고 있다.

그야말로 혁명의 도시 영웅의 도시를 만들려면 함경도와 강원도의 목재를 들여와야 하고 제철소의 철재도 필요하다.

거리마다 골목마다 플래카드를 걸고 붉은 깃발을 펄럭이며 노동자·농민·학생 등 전체 인민이 나서 평양 건설에 박차를 가하는 시간에도 이들은 적에 대한 적개심과 분노 수령에 대한 끝없는 은혜와 충성심을 내비치고 있다.

위대한 날의 노래

하늘 맑고
5월의 햇빛 흐르는
내 조국의 민주 수도
우람한 새 건설의 거리여

오색의 깃발 꽃보라
프랑카드는 물결치고
수만의 대렬은 뭉쳐 대하로 흐른다
영광의 거리 김일성 광장으로!

지하 막장에서 자원을 캐낸 동무들
산악을 뚫어 강물을 이끈 동무들
협동 전야에 새 농촌을 이룩한 동무들
그 모든 생산의 건설의 투사들이

당당한 위훈 무한한 충성으로
4월 당 대회의 위대한 정신 받들고
오늘은 이 거리로 나와 시위하노니
이보다 더 큰 위력을 나는 모르노라

수천 년 이 땅에 서 보지 못한 고층 건물들
억센 우리의 로력으로 일어선 청사 우으로
수많은 흰 비둘기 날아오르고

조령출

우리의 시위 대렬은 광장에 파도친다

저마다 긍지에 찬 로력의 성과를 들고
저마다 승리의 신념으로 끓는 노래 부르며
우리의 심장인 당 중앙 우러러
끝없는 영광 드리니

아 오늘 이 위대한 날에
이 나라 슬기론 근로자들은 축복을 받으며
친선의 세계로부터 찾아온 전우들
우리의 대렬 향하여 끝없는 사랑 보낸다

전투와 건설의 모든 곳에서
어떠한 시련도 고통도 이겨 왔음은
불패의 진리로 이끄는 당이 있기에…
이보다 더 큰 행복을 나는 모르노라

다시금 기억하자 백 년 전 세계에 울린
[공산당 선언]의 그 목소리…
영명한 레닌은 쏘베트 련맹을 창건하시고
우리는 이 땅에 인민 주권을 세웠나니

어찌 이곳뿐이랴 이 위력
백두산 줄기로부터 튜링겐 삼림에 이르는
끝없이 광활한 이 대지 우에

오늘 민주와 사회주의의 축포는 오른다

인도에 련꽃은 피고
애급과 모로코에 태양은 비치고
온 세계 수억만 근로자들
한 노래로 부르는 [인터나씨오날]!

이 노래 화산의 불보다 더 뜨거워
착취와 폭압의 철쇄를 녹이여 끊고
이 노래 원자의 힘보다 더 억세여
총검도 죽음도 무찔러 나아가는 것

남조선 형제들이여 이 노래 높이 부르라
저주의 물결 높은 모든 포구와 부두에
산과 들과 모든 도시와 거리에
우리의 것 찾아 세울 통일의 그날 위하여…

당이 펼치인 행복의 설계!
이 찬란한 건설은 3천만 인민의 것이니
우리의 승리! 영광의 꽃다발!
우리는 쟁취하리라 불굴의 투쟁으로…

하늘엔 광명한 태양이
이 땅엔
당의 깃발이

조령출

위대한 날의 앞길 밝히여 주나니
평화의 물결이여 나아가자 5월의 파도여

민족의 통일과
사회주의의 위업에로!
나가자! 당의 길!
이보다 더 큰 영예를 그 누가 또 안다더냐

1956/조선문학/5월호

이 작품은 조령출이 5월 1일 노동절을 의식하고 쓴 시일 것이다.

북한은 노동절을 명절로 정하고 세계 각국의 노동자들을 불러들여 김일성 광장에서 크게 행사를 하는 모양이다.

이날만은 탄광의 막장에서 일하는 탄광 노동자와 산을 뚫어 강물을 끌어올린 건설 노동자 그리고 협동농장에서 땀을 흘린 농민들과 모든 공장 기업소에서 일하는 생산직 노동자들이 환영받고 축복받는 날이다.

이런 노동자들이 김일성 광장에 모여 인민들이 열렬히 환영하는 가운데 그동안의 성과에 만족하며 앞으로 더욱 매진할 것을 다짐하는 등 당과 수령이 있는 한 영광스런 사회주의 건설을 위해 더더욱 땀과 노력을 바치겠다는 결의를 보여주는 내용이다.

만경대에 드리는 노래

만경봉 푸른 솔밭 기슭에
남으로 추자 섬 살진 땅 바라보면서
포근히 앉은 한 채의 초가집
여기 대대로 물려받은 만단 사연이 있습니다

지금은 진흙 물 곱게 매질한 벽들에
삿을 엮어 나직이 두른 울바자 문전에
볏집 따뜻이 이은 지붕 그늘에
흐뭇하니 향토의 정 안겨올수록
천대와 고생살이의 옛 시절이
오막살이의 옛 모습이 떠오릅니다

비 오면 빗발 들이치는 좁은 토방에
고역의 손때 찌들은 농쟁기들에
대를 두고 겪어 오신 만단 사연이…

락엽이 질 때는 락엽을 모으시고
찬 바람 불 때는 창 틈을 막으시며
압제와 가난살이 없어질 세상을

조령출

그 얼마 그리시며 또 기다리신가

허나 한숨으로만 살아온 이 땅이 아닙니다
만복이 제 발로 들어오기만 기다린 이 집이 아닙니다

왜놈의 총칼 소리 만경대 넘어들며
조선 사람의 명색마저 짓밟히울 때
김형직 선생은 분연히 싸움길에 나서시고
항거의 불씨는 이 집에 일었습니다

초야에 묻힌 이 작은 집에
대대로 이어 흐른 불굴의 핏결 속에
아아 그 누가 나시고 또 자라나신가?

뜰 앞의 돌메나무여 너 보고 들었으리라
살창에 비친 방 등불 가물거리는 밤에
아기의 울음 달레시는 어머님 그림자
조용히 부르시는 아버님의 자장가 소리

— 조선의 아기야
어린 아가야…

가정에는 화복동
나라에는 영웅동…

세월의 흐름 따라
그 모든 것 세상은 알았습니다

인민의 수령 여기 자라신 곳
만경대 푸른 잔디에 숨은 이야기도
이 고장 떠나시여
장백을 찾아 가신 그 시절의 숨은 사연도

오직 혁명의 길에 몸 바치신 부모의 뜻 이으시고
하늘을 우러러 남긴 선조들의 소원을 안으시고
애타게 부르는 이 나라 만민의 새 세상 위하여

이역 풍상! 간고한 나날!
혁명의 대오 강철로 이끄시며
항일의 십 오여 성상을
일제를 족치며 싸워 오신 그 영광의 력사!
아아 혁명의 높은 봉우리여!
불굴의 정신이여!

당신의 위대한 사상이
광명이 되여 오늘 이 땅에 넘치고
로동당 시대를 열어 놓았나니
산도 들도 이 땅의 모든 생활이
당신의 어버이 사랑 속에 안겨 있습니다
김일성 원수이시여

조령출

당신이 계신 이 땅 이 시대…
이 우에 더 큰 보람과 행복 나는 모르옵니다

당신의 옛 고향 집에
당신이 걸으신 길과 발자욱마다에
이 심정 이 노래를 드립니다
만수무강을 비옵니다

1962/조선문학/5월호

평양의 만경대는 김일성 주석이 태어나 어린 시절을 보냈고 그의 부모와 조부모 등 일가들이 대를 이어 살아온 곳으로 지금은 혁명 유적지로 지정되어 북한 제일의 명소로 자리잡고 있다.

북한 인민의 마음의 고향이며 혁명의 요람으로 받들어지고 있는 곳, 이곳을 돌아보며 절대 신봉하는 한 시인의 혼신을 다 바친 싯귀야말로 온갖 찬양과 굴종, 감사와 기쁨의 수식어 외에 더 무슨 글줄이 필요하겠는가? 그래서 조령출은 격조 높은 시어 대신 감동과 격정으로 들뜬 최대의 찬사와 경의로 우러러 김일성 주석과 그의 부모인 김형직·강반석을 노래했다.

해도 십 년 별도 십 년

– 총련 창립 10주년을 맞이하여

부산 항 부두에 소소리 비 오고

현해탄 물 우에 갈매기 목메였노라
이역 수천 리 쫓기여가면서
빼앗긴 고향이 하도 원통해…

야마도 땅에 등짐을 지고
품팔이 고역은 또 몇 해이던가
살아도 산 값을 못 누리며
망국의 피눈물은 또 얼마이던가

허나 동해 기슭에 새 아침은 밝아
붉은 태양이 백두 산정에 솟았노라
일본 군도의 살풍은 물러 가고
어버이 당 북녘에 새 조국은 일어섰노라

그날부터 어엿한 심중의 말
– 나는 조선 사람이다!
아아 60만 그리운 동포들이여
그날로부터 조선 공민의 영광 지니지 않았는가

어느 물가에 버림받은 조약돌이 아니라
어느 거리에 짓밟히는 부평초가 아니라
몸은 비록 이국 땅에 아직 살아도
영광스러운 어버이 품에 있는 그대들

해도 십 년 별도 십 년

그 누가 주신 삶의 영광이기에
조국을 위하여 싸우지 않았으랴
수령을 위하여 몸 바치지 않았으랴

60만이 지닌 황금빛
한 송이 해바라기인 듯
우러러 우러러 거센 풍우를 헤치며
한 마음 평양을 우러러 보는 그대들

그 옛날 왕인이 글을 가르친 그 땅에서
그 옛날 담증이 예술을 꽃피워 준 그 땅에서
오늘은 미 일 제국주의의 범죄를 규탄하며
사회주의 조국의 새 진리를 펼쳐 싸우는 그대들

오고 싶은 조국의 길 그 누가 막으며
보내고 싶은 동포의 심정 그 무엇이 막으랴
오라! 자유로운 길 열어
통일된 조국의 붉은 노을도 함께 바라보자

눈도 십 년 비도 십 년
정의와 진리와 민족의 권리 위하여
공화국 기치를 높이 든 그대들에게
동포의 심장, 뜨거운 인사를 보내노라

투쟁 만세!

영광 만세

1965/조선문학/5월호

이 시는 재일본 조선인 총연합회(조총련) 창립 10주년을 기념하여 쓴 작품으로 수많은 조총련 동포들의 고난에 얽힌 불굴의 삶을 위로 격려하고 비록 남의 나라에서 살지라도 공화국 인민임을 자부하면서 용기와 희망을 갖고 제국주의와 맞서 싸워 사회주의 건설의 혁명적 일꾼이 되라는 당부도 암시하고 있다.

그리고 그들이 비록 일본 땅에 살지만 엄연한 조선 공민의 영광을 지니고 있는 이상 어느 누구에게나 두려워할 것도, 부러워할 것도 없다는 자부심과 자신감도 심어 주고 있다.

수령이시여 만수무강하시라

찬란한 아침이 밝아 왔습니다
얼마나 맑고 푸른 하늘입니까
황홀한 감격에 가슴 부풀게하는 저 하늘
붉은 지평선 우에
오늘 새해 장엄한 햇빛이 솟아오릅니다

혁명의 시대 투쟁의 길 우에
창조와 혁신의 불길 세차게 타오른 새 력사 우에
천리마 대진군으로

승리의 한 해를 보내고 새해를 맞는
영광스런 이 아침에 그 어디서나
수령께 드리는 노래 울려 퍼집니다

끝없이 자유로운 날개를 펼쳐
새들도 훨훨 날아가는 아침 햇빛 속에
설빔 색동의 나어린 꽃봉오리들도
붉은 목수건 훨훨 날리는 햇빛 속에
우리의 사회주의 행복이 온 강산에 넘치고
오직 하나의 충성 바쳐 인민은 노래합니다

아아 위대하고 영명하신 김일성 원수이시여
4천만 우리 인민은 삼가 당신의 이름 부르며
그 어디서나 새해 인사를 드립니다

백두의 산정 아래 높고 낮은 모든 련봉들이
이 땅의 모든 사회주의 도시들이 인사를 드립니다
용광로의 거연한 탑들과
자립 경제의 숨결 뿜어 올리는 아스라한

굴뚝의 세찬 연기들 앞에서
기름진 옥야 어데나 흥성거리는 마음들의
만풍년을 쌓아 올린 황금 낟가락들 앞에서
사람마다 승리자의 빛나는 모습으로
새 전투의 불타는충성을 안고

그 어디서나 새해 인사를 수령께 드립니다

지난 해 룡성의 천리마를 불러일으키신
보다 큰 비약의 부름을 안고
붉은 주권을 만 년 반석 우에 올려세운 지난 해
위대한 10대 정강에서 주신 전투의 새 강령을 안고
오직 수령께 드리는 충성의 노래를 드립니다

1
그 옛날엔들 하늘이 없었으리까
해와 달과 별들이 없었으리까
봄철이면 꽃 피는 나무이며
대지를 누벼 흐르는 흐뭇한 강물이 없었으리까만
그 옛날 인민들은 어두운 하늘에 저주를 던지며
착취와 고약에 시달리는 대지 우에서
열매가 아니라 피 맺힌 눈물을 걷어 안으며
꽃이 아니라 굶주려 스러진 어린 자식들 부등켜안으며
차라리 저 하늘 무너지라고
황량한 광야에 울부짖기도 하였습니다

허나 인민은 결코 욕된 생활에 주저앉지도 않았고
인민은 결코 착취와 압제의 원쑤를 용서하지도 않았고
인민은 결코 한시도 투쟁을 멈추지 않았습니다

수령이시여 그것은 바로 당신의 횃불이

백두 령봉에 타오른 그때부터입니다
항일의 길 혁명의 길 조국 광복의 길로
무장 대오를 불러일으키신 그날로부터…

인민은 바로 당신의 광명을 보았습니다
어두운 세기의 구들장들을 부시며
삼천리 강토에 누리시는 그 광명을
혁명 투사들은 주체의 진리를 가슴에 안고
무장을 높이 들라하신 당신을 따라
눈보라의 준령을 넘어 일제를 무질러 싸우면서
사회주의의 밝은 앞길을 내다보았습니다

몸소 조국의 운명을 어깨에 메시고
고난의 행군 길 헤치심은 몇천 리이신가 몇만 리이신가
그 길은 바로 조국으로 다가오신 길

지금도 생각하면 눈시울 뜨겁습니다
해방의 밝은 길 열으시며 조국으로 개선하시던 날
너무나 큰 감격에 뜨거운 눈물을 흘리며
그칠 줄 모르는 환호와 만세 소리 높이
오매에도 그립던 당신을 맞이했나니

만고의 영웅이신
절세의 혁명가이신
아아 김일성 원수이시여

당신은 우리 인민들 속에
광명으로 오셨습니다
행복으로 오셨습니다
진리로 오셨습니다
승리의 기치로 오셨습니다

오늘 새해 맑고 푸른 하늘 우러러
수령께서 걸어오신 영광의 길 더듬으며
한없는 행복 설레는 가슴으로
수령의 만수무강을 축원합니다

2
해방된 이 땅의 20여 년을…
불패의 당을 이끄시며
불굴의 인민을 령도하시며
혁명의 온갖 시련을 몸소 막아내시며
사회주의 새 조국 펼쳐 주신 길
그 길에서 당신의 뜨거운 사랑 인민들 가슴에 안겨졌습니다

정녕 인민의 아픔을 가슴에 지니시고
추우나 더우나 인민을 위하여
나라의 방방곡곡을 몸소 찾아 살피시니

생활에 근심이 없는 세상이
배움의 길 누구에게나 활짝 열려진 세상이

실로 당신의 위대한 해빛 아래 펼쳐졌습니다

당신의 원대한 구상과 설계도에
붉은 수도의 고층 건물이 하나하나 놓이였고
항철의 야금 기지도 랑림의 언제도 비날론의 궁전도 일어섰고
자력갱생의 수많은 공장들이 기계들이
전기의 그물이 관개수로의 푸른 그물이 온 나라를 덮었습니다

수령께서 가신 숙천에 대안에
사회주의 공산주의로 나아갈 뚜렷한 길들이 밝혀지고
당신이 가신 청산리에서
우가 아래를 돕고
사람과의 사업을 잘하게 밝히시니
당신의 위대한 정신
온 나라를 혁신과 비약으로 들끓게 하였습니다

인민은 나아갑니다
남이 한 발작 나아가면
열 발작을 앞서 나아가려고
강선에 주신 수령의 천리마의 첫 봉화는
온 나라 천리마 기수들을 불러일으켜
천리마 대진군의 새 시대를 열으셨습니다

오늘 사회주의 높은 봉우리 우에
천리마로 달려온 자랑찬 길 우에

어느 열매 하나 수령의 은혜 아닌 것 없습니다
어찌 우연하리까 오늘의 이 영광!

온 겨레를 안아 주신 당신의 사랑으로하여
그 어느 산간 마을에도
멀리 떨어진 그 어느 바다 기슭에도
헐벗고 못 사는 사람이 없고
의지 없는 로인들도 외로운 고아들도 없습니다

집마다 밝은 창문마다
노래 소리 웃음 소리 꽃처럼 환히 핀 얼굴들
사람마다 말합니다 어데서나 말합니다
살기 좋아라 일하기도 좋아라 배우기는 더 좋은
사회주의 세상이여라
어찌 우연하리까 오늘의 이 행복!

정녕 당신이 계심으로하여 있는
영광의 시대 행복의 세월입니다
빛나는 이 시대에 사는 인민의 이름으로 소리 높이 노래하노니
오늘의 저 맑은 하늘도 당신이 주신 것입니다
오늘의 저 밝은 해빛도 당신이 주신 것입니다

끝없는 영광과 행복에 다시금 설레이며
수령의 밝은 해빛 우러러 새해 인사를 드리오니
아아 우리 인민의 위대한 수령이시여

조령출

우리 행복의 어버이시여
부디 만수무강하시라 만수무강하시라 !

3

오늘 온 나라는 철벽입니다
한 손에 총 한 손에 낫과 마치를 잡으라 하신 수령의 가르침 따라
그 어데서나 당과 수령께 충직한 붉은 전사들
하나의 목숨도 청춘도 오직 당신께 바쳐
혁명 초소들에 철벽으로 섰습니다

어찌 잊으리까 미제 침략자들이
전쟁의 불길을 이 땅에 들씌우던 그날
마을도 숲도 고지의 흙도 바위도 불타던 그날
가렬한 불길 속에서 1211고지는 거연히 원쑤를 막아냈습니다
오직 당신의 령활하신 전략과 전술로하여

불타는 전호 속에서도 당신의 명령을 듣는 우리 용사들이기에
그 어떤 시련 속에서도 수령을 믿는 우리 인민들이기에
불사조마냥 일어섰고 성난 사자마냥 달려나아갔고
세계 최강이란 미제 침략군의 신화를
저 함정골에서 골짝마다에서 짓부셔놓았습니다

허나 아직도 그 원쑤들이 남녘 하늘 아래 있습니다
나라의 절반 땅이 놈들에게 짓밟혀 있습니다

어찌 한 시를 참으리까
당신의 명령이라면
이제라도 달려 나아갈 우리의 총창이 모두 일어섰습니다

우리의 틀어 쥔 총창이
우리의 무쇠 주먹이
철천의 원쑤들을 남녘 바다에 몰아 쳐넣기 전에야
어찌 이 총을 놓고 이 주먹을 펴고 잠들 수 있으리까

우리의 모든 건설들이
판가리 결전의 그날 향하여 세찬 불꽃을 날립니다
전기로의 쇠물은 소용돌이쳐 흐르고
강철의 쇠물마다에선
멸적의 포신들이 거대한 머리를 들며 일어납니다

오직 당신이 계심으로하여
통일의 붉은 그날도 가까이 내다봅니다
오직 당신이 계심으로하여
오늘도 남녘의 인민들은
승리의 신념을 안고
수령의 이름 가슴 깊이 부르며
항쟁의 길로 투쟁의 불길 속으로 나아갑니다

4천만 우리 인민의 수령이시여
우리 인민은 오직 당신을 따라 나아갑니다

조령출

위대한 10대 정강에서 밝혀 주신
자주 자립 자위의 길을 따라
혁명의 시대를
세계 혁명의 물결이 거세찬 이 시대를
승리의 시대 영광의 시대로 밀고 나아가렵니다

로동 계급의 길 혁명화의 길로 자신의 채찍을 더욱 높이며
우리의 혁명 대오를 강철로 더욱 튼튼히 꾸리며
수령의 두리 당의 두리에
하나로 뭉쳐 불패의 힘으로 뭉쳐 나아가렵니다

경제와 국방 건설의 두 고삐를 튼튼히 틀어잡고
한 번 더 천리마의 기적을 세상에 떨치며
천리마의 대진군으로 달려 나아가렵니다
그 어떤 보수성도 소극성도
천리마 세찬 발 밑에 짓부시며
사회주의보다 장엄한 높은 봉우리에로
조국 통일의 휘황한 노을빛 속으로 달려가렵니다

오직 당신이 계심으로하여
통일도 번영도 빛나는 미래도 있는 것입니다
오늘 당신의 빛나는 주체 사상은
바다 건너 멀고 먼 대륙들에도 비쳐갑니다
당신의 이름은 아프리카 신생 독립의 나라
어느 먼 야자수 그늘에서도 들을 수 있습니다

당신의 이름은 철쇄를 끊고 일어서는
세계 혁명가들의 힘으로 되였습니다

영광의 바다로
양양한 미래의 바다로
거센 물결도 헤치시며
오직 당신만이
혁명의 키를 바로잡고 인도하시는 수령이시여

오직 당신만을 의지해 나아가는
우리 인민의 운명을 새 력사에 실으시고
오직 당신만이
혁명의 항로를 바로잡고 인도하시는 수령이시여

오늘 새해 아침을 맞이하여
4천만 인민은 충성을 맹세하며 바라오니
부디 만수무강하시라 부디 만수무강하시라!

1968/조선문학/1월호

1968년 1월 김일성 주석은 최고 인민회의 제 4기 1차 회의에서 채택한 정부정강 10개 항을 발표했다. 이 10개 항의 정부정강 중에는 자주·자립·자위의 혁명 정신을 더욱 철저히 구현하자는 의지가 담겨 있어 조령출은 이 3대 목표를 의식하고 3부작 장편 시를 쓴 것으로 예측된다.

이 시의 도입부는 3대 목표 즉, 자주·자립·자위의 목적이 달성되었거나 이의 완수를 위해 더욱 매진할 것을 다짐하는 내용과 이 모든 결과가 한 지도자의 혁명적 투쟁에서 비롯되었으므로 전체 인민은 그 지도자에게 충성을 바쳐야 하며 그의 만수무강을 기원해야 한다는 최대의 상투적 아부시라 할 수 있다.

1부의 내용은 자주 정신을 고취하는 내용으로 착취와 압제에 시달리던 인민을 구하고 영광스런 사회주의 시대를 열어 행복과 기쁨의 시대를 안겨 준 수령을 찬양하고 감사해하며 그가 어둠과 고난을 헤치고 광명과 행복, 진리와 승리의 꿈을 안고 왔다면서 한결같이 그의 만수무강을 기원하고 있다.

2부 역시 자립 사상을 선동하는 내용으로 해방의 땅에 사회주의를 가꾸어 마침내 살기 좋은 낙원을 이룩했다는 이야기다.

이같은 자립의 토대가 마련되기까지는 지도자의 끊임 없는 현지 방문 지도와 천리마운동의 기수들이 앞장서 왔기 때문이라며 지상 낙원인 낙토에는 헐벗거나 굶주리는 사람 의지할 곳 없는 노인이나 외로운 고아들이 하나도 없다고 외치고 있다. 그러니 이 끝없는 영광과 행복의 자립 기반을 마련해 준 지도자에게 모든 북한 주민은 그에게 충성을 맹세하지 않을 수 없고 만수무강을 빌지 않을 수 없을 것이다.

3부 역시도 자위 의지를 다지는 내용으로 지난 날 원수들을 물리친 강인한 정신으로 한 손에는 총 한 손에는 낫을 들고 조국을 철통같이 방위하겠다는 신념 어린 글이다.

그리고 그들의 지도자가 밝힌 10대 정강 가운데 자주·자립·자위의 길을 따라 혁명의 시대 승리의 사회주의 시대를 쟁취함으로써 노동자 농민 계급이 잘살 수 있는 세계의 혁명 시대로 나아가겠다는 것이다.

이와 같은 목적 달성을 위해서는 지도자를 중심으로 당을 중심으로 하나로 뭉쳐야 하며 그럼으로써 다시 한 번 천리마의 기적을 일으켜 경제와 국방 건설을 공고히 해야 할 것이며 그러기 위해서 북한 인민은 지도자에게 절대 충성을 바쳐야 하며 그의 만수무강을 빌어야 한다는 내용으로 한 시인의 가식적인 어용 문장을 대하는 많은 양심적인 독자들의 마음도 조소 섞인 애정과 동정심이 우러나올 맹목적 충성의 메시지인 것이다.

먼 대양과 대륙의 끝에서도

환호와 만세 소리 설레이는 꽃물결 속에서
조선이 안겨 주는 친선의 정 뜨거이 안고
먼 대륙의 벗들은 떠나갔습니다

하늘을 날으는 비행기의 유리창 너머로
어느덧 멀어져가는 이 땅에
정녕 아쉬운 석별의 정 남기고
영원히 잊혀지지 않을 조선의 영상을 안고
그들은 떠나갔습니다

조령출

제국주의 철쇄를 끊고 일어선 나라들에
아직은 혁명의 가시덤불을 헤쳐 나아가며
민주와 사회주의 길 찾는 혁명가들에게
조선의 영상은 실로 위대한 모습으로 안겨져 갔습니다

세상엔 전설이 많아도
천리마 조선의 전설은 세상에 다시 없습니다
그들은 평양의 거리를 황홀히 거닐면서
하늘이 아니라 땅 우에 솟은 인민의 락원을 보았으며
쇠물이 사품치는 강선의 전기로 앞에서
제 힘을 믿는 자력갱생의 조선을 보았으며
조국 땅 곳곳마다에서 울리는 꽃봉오리들의 노래와 춤들에서
위대한 조선의 황금 예술을 보았습니다

수리화의 푸른 물줄기 산을 넘어 흐르는 듯
기계로 화학으로 농사짓는 만풍년의 청산 벌에서
새로운 농업 지도 체계의 정신을 보았으며
대안의 공장 구내를 생각에 잠겨 걷고 또 걸으며
공산주의 공업 관리의 위대한 새 세계를 보았나니
그들은 조국 땅 어디에서나
탁월한 수령 김일성 동지의
위대한 주체사상의 광명한 빛발을 보았습니다

이 나라 이 땅 그 어느 먼 두메를 찾아가도
수령님의 은혜로운 사랑의 해빛 아래

실업과 빈궁의 슬픔이란 모르고
즐거운 로동 속에 삶을 누리는
세상에서 가장 행복한 인민의 생활을 보았습니다

아아 먼 대륙의 혁명가들은 노래합니다
이 세상에서 사회주의의 가장 빛나는 모범은 조선이라고
이 세상에서 가장 위대하신 혁명의 수령은 김일성 원수님이시라고

야자수 설레이는 남방의 하늘 가를 날으면서도
지중 해협의 검푸른 바다 우를 건느면서도
사하라 사막의 열풍 속을 헤치며 날으면서도
그들의 마음은 조선을 떠나지 않았고
그들은 가슴 깊이 무한한 경모의 정으로
김일성 동지를 우러러 노래 불렀습니다

아아 김일성 원수이시여
수령님의 농촌 테제는 아프리카 대륙에도
광명한 해빛을 주십니다
수령님의 로작 속에는
민주의 길
사회주의의 길
공산주의의 길이 환히 밝혀져 있습니다

조선 땅 우에 뿌리시여 찬란히 꽃핀

자유와 행복의 그 씨앗을
신음하는 먼 대륙에도 심으려 합니다
미 제국주의로하여 억울히 고통받는
인민들의 해방을 위하여
수령님께서 가리키신 반제 반미 투쟁의 길로
힘차게 나아가렵니다

수령님의 로작을 지닌 혁명가들이
압제의 땅에 혁명의 붉은 씨앗을 뿌리며
조선의 위대한 태양을 우러러 노래합니다
인류의 앞길을 찬연히 밝히시는
위대한 태양 김일성 원수님은
현 시대의 탁월한 맑스 레닌주의자이시라고…

1970/조선문학/4월호

이 시는 아마도 세계 여러 나라에서 온 친선 사절단이 북한의 여러 지역을 돌아보고 느끼며 감동받았을 것이라 예상하면서 쓴 작품으로 보여진다.

친선 사절들이 떠나는 연도에는 꽃을 든 수많은 군중의 물결이 만세와 환호성을 울리고 있다.

이런 환대를 받고 감명받지 않을 사람은 없을 것이다. 그래서 필자도 떠나는 사람들이 북한에 대한 좋은 인상을 가질 것으로 믿었으며 나아가 북한이 지상 낙원으로서 세계에서 가장 위대한 사회주의 국가라는 인식을 가졌을 것이라는 확신마저 하고 있다.

또한 사절단들이 받은 선물 가운데 가장 값진 것은 김일성 저

작집이다. 이들은 북한 주민들이 그들의 지도자에게 맹목적이고 허황된 추종과 구호를 외쳐 대지만 이에 아랑곳없이 사회주의의 모범은 조선이며 위대한 혁명의 수령은 오로지 김일성 주석으로서 현 시대의 탁월한 맑스, 레닌 주의자임을 인정하리라 믿는 필자의 거짓된 마음이 측은하고 어리석기만 하다.

천 년을 살아도 만 년을 살아도

한없이 귀중한 나의 조국
진정 인간의 존엄과 자유와 행복의 노래는
나의 사랑하는 사회주의 조국에서 넘쳐 흐릅니다

수천 년 흐르고 굽이친 세월 속에
동방 고조선의 아득한 옛날로부터
이 땅의 비문과 판각과 력사 우에
오늘의 조선처럼 그 이름 세상에 떨친 적은 없습니다

수수억만 년 저 하늘에 해와 달은 흘렀어도
피눈물과 저주 속에 살아온 인민들 머리 우엔
단한 줄기 광명을 주지 못하였나니…

나라의 이름을 지닌 삼천리 판도 안에
봄 여름 꽃은 피고 새들은 목청 돋구어 노래 불렀어도

조령출

그 꽃은 나라의 행복으로 피지 못하고
그 노래 사람들의 기쁨으로 되지 못하였나니…

그 광명은 비로소
그 행복과 기쁨은 비로소
력사의 하늘 땅을 활짝 여시며
만경봉에 솟아오르신 위대한 태양의 품에서
눈부시게 비쳐오고 따사로이 흘러내렸습니다

그 빛발 아래
낡은 세기의 철쇄들은 산산이 부서지고
그 따사로운 품에서
구원된 조국은 거연히 일어섰습니다

조국의 심장은
태양의 빛발 주체의 그 빛발로 고동치고
조국의 걸음은 굳센 신념의 걸음으로
그 누구도 넘지 못한 혁명의 령마루를 넘어
조선의 천리마는 드디여
세기의 하늘 높이 날아올랐습니다

침략과 살륙의 폭풍 사나운 세월의 기슭으로
자욱마다 붉은 피 흘리며 헤매던 그 조선이 아닙니다
원한 서린 황토에 잉무딘 보습을 박고
마소처럼 가대기를 끌던 그 조선이 아닙니다

무서운 천대와 가난 속에 어머니가 죽고 어린것들이 숨을 거둔 땅 우에

강물이 아니라 피눈물이 넘치던 그 조선이 아닙니다

오늘은 수령님 해빛 아래

불행과 슬픔의 그 모든것이 사라진 땅

정녕 행복이란 꽃이 처음으로 만발하여

조국은 그 꽃송이들마다에 감사의 정을 가득 담아

수령님 해빛 우러러 바치옵니다

지하의 보물도 인민을 위하여

천고의 밀림도 인민의 행복을 위하여

새 조선은 오직 수령님의 원대하신 뜻 받들어

혁명과 건설의 보람찬 길을 힘차게 달려 왔습니다

세상이 경탄의 눈으로 바라보는 우리 사회주의의 길로!

규모가 커지면서 속도를 높이면서

더 위력한 기세로 쇠물은 끓고 압연 강재는 쏟아지고…

온 나라에 공작 기계들은 은하수처럼 흐르고

경제의 자립성은 나래를 펼치고 또 펼쳐

오늘의 조선은 기계의 나라 공업의 나라로 되였습니다

사람들은 자랑찬 조국의 노래를 어데서나 듣습니다

전야를 누벼 달리는 뜨락또르의 군단을 보면서도

그 전야에 넘치는 황금 물결의 벼 이삭 한 포기에서도

사람들은 어데서나 가슴속 깊이 노래합니다

해빛 넘치는 학원의 창문 가
월사금을 모르는 아이들의 랑랑한 글소리를 들으면서도
어데나 꽃피는 행복의 요람
꽃 포단 참대 우에 방실거리는 아이들 곁에서도
한없이 아름다운 수도의 아침 만수대 언덕을 오르면서도

조국의 고귀한 이 모든 것을 안겨 주신
어버이 수령 김일성 원수님을 노래합니다
그이의 다사로운 손길에 목메이며…

마음만 먹으면 도시와 발전소들이 전설처럼 일어서는 것도
서해 기슭에 지도에 없는 군들이 솟는 것도
백리 과원에 향그런 과일이 끝없이 무르익는 것도
대륙과 대양을 건너 조선 예술이 온 세계에 황금빛을 뿌리는 것도
그것은 오직 누리에 넘치는 수령님 사랑의 은혜!

바로 그 은혜로운 수령님 해빛 아래
사람들은 마지막 힘든 로동에서 해방되며
찬란한 공산주의 미래에로 나아갑니다
바로 그 은혜 속에 일편단심 충성을 다하며
하늘 땅 바다 어데서나 금성 철벽으로
수령님 안겨 주신 이 좋은 조국 지킬 것이오니

천 년을 살아도 수령님 모시고
만 년을 살아도 수령님 우러러
우리의 조선은 충성의 길에서 영원히 번영할 것입니다
인류의 봄빛을 온 세상에 펼치시는
아, 위대하신 수령님 사랑 속에…

1972/조선문학/4월호

이 시는 필자가 김일성 주석 탄생 60돌을 맞이하여 쓴 것으로 모든 아름다운 문구와 충성의 마음을 동원하여 바친 헌시다.

수천 년 세월 속에 진정 인간의 행복과 자유 존엄을 누릴 때는 사회주의 조국을 건설한 김일성 시대라고 자부하고 있다.

지난날 이 땅에는 온갖 침략과 살륙이 자행되었고 사람들이 가난에 시달리며 이를 벗어나기 위해 마소처럼 부려졌으며 무서운 천대와 통한의 한숨 소리만 들끓었다.

그러나 지금은 농업과 공업 등 모든 분야에서 경제 자립을 이룩했기에 기계의 나라 공업의 나라로 바뀌어 풍요와 행복을 노래하고 있다.

이런 누리에 넘치는 풍요와 영광이 오로지 한 지도자의 혁명적 노력이기에 우리는 그를 천 년 만 년 우러러 뫼시고 살아야 하며 영원토록 충성을 바쳐야 한다는 선동성이 강한 격렬한 내용으로 일관되어 있다.

이 밖에도 조령출의 1980년대 작품으로는 1989년에 발표한 「시를 쓰고 싶었노라」가 있는데 이 시는 조령출이 만년에 쓴 것으로 그동안의 살아온 과정을 돌아보며 시인으로서의 미진했던 작품 활동에 후회하는 심경을 피력했으나 결국 시로서의 성취보다는 지도자를 받드는 충성에의 길이 우선이라는 끝까지 현실에 매달리려는 안타까운 심정이 엿보여 측은함과 연민의 정을 느끼게 한다.

전 4부로 나뉘어진 시의 1부는 20대 시절 망국의 한과 좌절의 시대에 온갖 정열을 불태워 시를 썼건만 그 시대에 걸맞는 한 편의 시도 남기지 못했고 2부의 30대 시절에는 허리 잘린 분계선을 넘어 그리던 사회주의 공화국 품에 안기어 행복을 노래하고 살았으나 이 역시 남길만한 시 한 수 남기지 못했다는 내용이다.

그 후 50고개 시절에는 20여년 간 수령의 그지없는 사랑과 배려 속에 살아오면서 충성의 시를 쓰고 싶었는데 역시 남길만한 시 한 편 쓰지 못하고 70고개를 넘었다고 자탄하고 있다.

마지막 4부에서는 이렇듯 한 평생을 살면서 남길 만한 충성의 시 한 편도 못 썼으니 고개를 들어 하늘 보기가 부끄러우며 그동안 백 편 천 편의 시를 쓴들 아무 소용이 없다는, 어쩌면 인생 무상과 함께 끝까지 체제에 빌붙어 충성을 바치려는 황혼 인생의 면모가 가엾고 애처롭게 느껴지는 어리석고 처연한 내용을 담고 있다.

또한 조령출의 말년인 1990년대에는 「잊을 수 없는 영광의 그날」이라는 시를 발표했는데 이 시가 조령출의 마지막 작품일 것으로 예측된다.

그래서 이 시는 필자에게도 독자에게도 잊을 수 없는 작품이 될 것이다. 80의 고령을 맞은 그가 지난날을 되돌아보며 오로지 당과 수령을 위해 몸바쳐 일했던 순간들을 추억하며 가장 영광스럽고 잊을 수 없는 순간을 수령이 자신을 옆자리에 불러 앉힌 순간으로 기록하고 있다.

그는 어느 누가 물어도 이 순간이 가장 행복하고 영광스러웠다고 떳떳이 말할 수 있으며 이런 자랑스런 아들의 모습을 보지 못하고 소원만 품고 떠나신 어머니가 한없이 안타깝고 원망스럽기까지 한 모양이다.

아무튼 조령출이 남한에서는 가사 작가로 활동했고 월북 후에는 시인 극작가로 활동했다.

그의 시의 특징은 대부분 장편 시를 썼고 내용이 두드러지게 당과 수령을 위한 충성 애국의 시를 창작함으로써 죽을 때까지 북한 체제의 배려하에 여러가지 공적과 직함을 가지고 활동하는 등 보기 드물게 숙청당하지 않고 천수를 누린 행운의 인물이라 할 것이다.

작사 극작 시의 삼재三才

조령출은 남북한을 합쳐 50여 년 동안 작품 활동을 했는데 시작 활동 외에도 음악인답게 여러 편의 애국 혁명적 가사와 평론들을 남겼다. 이 가운데 대표적인 몇몇 작품을 소개하고자 한다.

평론으로 「시 형식의 다양성, 1956. 8」에서 조령출은 많은 계층의 독자들이 감동 없는 구호시를 외면하고 있다면서 진정한 강령적 구호시를 쓰기 위해서는 시인의 강렬한 애국적 정열에 의한 시적 형상과 구체적인 생활 감정의 표현 및 작가 특유의 문체로 표현되는 구호시를 써야 한다고 강조하고 있다.

이처럼 조령출은 문학에 있어서도 가장 좋은 창작 방법은 당을 위한 사회주의 리얼리즘이라 강조하고 자신들의 문학 방향은 부르조아 이데올로기와의 투쟁이며 온갖 유형의 틀과 협애한 방식 및 도식적 견해를 타파하는 것이라면서 오로지 문학인은 당 정책을 실생활에 구현하기 위해 모든 창작적 재능을 발휘해야 한다고 역설하고 있다.

조령출은 또 「서로 만나자, 1956. 9」라는 수기에서는 남한에 대해 부족한 전기와 수재민을 돕기 위한 구호물자 등을 지원하겠다는 제의를 수락할 것을 요구하며 모든 문제의 해결을 위해서는 서로 만나야 한다고 주장하고 있다.

이런 정황으로 볼 때 50년대 중반의 북한 경제와 생활상은 지금보다 훨씬 나았던 것으로 판단된다. 그러니 자신감을 가지고 우리와 만나자는 것이며 다만 만나지 못하는 걸림돌은 이승만 독재 정부와 미제국주의 등 극소수 부류의 책동 때문이라고 강변하면서 대다수 국민은 한 민족 같은 문화 같은 언어를 사용하기 때문에 서로 만나기를 바랄 것이라는 지극히 평이하고 일반적 내용을 그렸다.

또한 조령출은 「연암의 사실주의적 형상력, 1957. 3」이란 글에서는 연암(박지원)의 작품 중 「양반전」을 평한 바 있다.

연암 탄생 220주년을 기념하기 위한 기고문에서 조령출은 「양반전」을 논하게 된 이유로 자신이 지난날 이 작품을 희곡으로 각색하는 과정에서 연암의 문학 정신을 알아볼 수 있었다고 했다.

필자는 「양반전」에서 온갖 허례허식과 형식주의, 교조주의에 물든 양반 봉건 통치 계급의 부패와 몰락상을 폭로, 비판한 동시에 양반들의 특권인 사회적 지위와 권세가 얼마나 썩었고 부질없는 것인가를 사실적 비유와 풍자를 통해 신랄히 비웃어 주고 있다.

여기서 조령출은 「양반전」 외에 「호질」, 「허생전」 등 연관성 있고 유사한 작품을 동원하여 「양반전」의 작품성과 문학성을 한층 돋보이게 하고 있다.

또 다른 조령출의 「새로운 경지, 1958. 11」라는 작가 작품론에서 북한의 원로 중견 시인을 비롯한 신예 시인에 이르기까지 각 개인의 작품을 소개하면서 그 나름대로의 찬사와 비판을 털어놓고 있다.

그러고 나서 조령출은 결국 문학 예술이란 새로운 내용과 형식의 경지를 지향하는 것으로 새것과 낡은 것과의 부단한 교체 행위라 말하고 있다.

따라서 형식을 위한 형식의 탐구는 바로 관념 유희에 불과한 것이며 그것은 결국 현실과 동떨어진 초현실적 세계의 유미적 신비적 경지에의 타락으로 빠지게 된다는 것이다.

그러므로 플라톤과 칸트를 비롯한 관념론적 철학이 이러한 타락의 늪 속에 허망한 무지개를 펼쳐 놓았다고 강하게 부정 비판하면서 자신들은 다행하게도 이러한 관념 철학에 빠지지 않고 사회주의 혁명 수행에 있어 문학 예술이 갖는 숭고한 사명과 그 의의를 인식하기 때문에 오로지 새로움을 추구하는 현실적 사실적 입장에서 예술적 형식을 탐색한다고 역설하고 있다.

이 밖에 「위대한 태양 아래, 1967. 11」라는 기고문은 읽기가 민망할 정도로 북한 체제와 지도자에 대한 자랑과 찬사로 덧씌워져 있다.

이를테면 1948년 북한 정권의 수립부터 현재에 이르기까지 정치·사회·경제·문화 등 모든 면이 풍요롭고 선진화되어 세계인이 주목하는 사회주의 모범 국가로 성장 발전한 반면 남한은 이승만 괴뢰 정권과 박정희 군사 독재와 미제국주의가 지배하는 자유 없는 암흑의 땅으로 묘사하는 등 필자 자신의 도덕성이나 양심에도 거리낄 만한 비열하고도 유치한 문장들로 채워져 있다. 하지만 이런 글은 북한 작품 어디서나 북한 문인 누구에게서나 쉽게 발견할 수 있는 것으로 우리가 납득하기 어려운 일이지만 엄연한 북한의 현실인만큼 의연한 이해와 아량이 필요할 것으로 본다.

또한 조령출은 시 분야보다 작사가로 더 알려져 있기 때문에 많은 가사 작품도 남기고 있는데 특히 한국 전쟁이 발발한 1950년의 〈조국 보위의 노래〉는 조령출의 대표 가사로 평가되는 바 특별히 소개하고자 한다.

> 가슴에 끓는 피를 조국에 바치니
> 영예로운 별빛이 머리 우에 빛난다
>
> 후　나가자 인민 군대 용감한 전사들아
> 렴　인민의 조국을 지키자 목숨으로 지키자
>
> 우리의 부모 형제 우리가 사는 곳
> 제국주의 침략에 한 치인들 밟히랴

지도자의 전투적 지시를 높이 받들어 어떠한 싸움에서도 백절불굴의 백전백승을 거두어 고향과 인민을 끝까지 지켜내겠다는 결연한 각오와 복수를 다짐하고 있다.

그러나 1952년에 작사한 〈압록강 2천리〉 〈얼룩소야 어서 가자〉에서는 다소 평정심을 보이면서 후방 인민들의 영웅적 투쟁과 불굴의 기상 그리고 필승의 신념과 낙천적 여유도 보여주고 있다.

이 밖에도 조령출은 〈푸른 아침의 나라〉 〈철령이라 높은 고개〉 등 많은 가사를 썼으며 내용은 시 작품보다 더 호전적이며 선동적 내용을 일관되게 담고 있기 때문에 작품 소개를 생략하기로 했다.

이상에서 살펴본 바와 같이 조령출은 시와 가사·평론 분야에서 적극적 체제 옹호 활동을 함으로써 월북 문인 가운데 극적으로 살아 남아 장수를 누린 행운의 주인공이라 할 수 있을 것이다.

그러나 그가 살아 남기 위한 편향적이고 무조건 충성적인 문학 활동은 미래에 있을 그의 문학성 평가에 크게 오점을 남길 것으로 믿어지기에 그 역시 유일 체제 사회에서 어쩔 수 없이 희생된 문학인으로 남을 수밖에 없을 것이다.

조벽암 趙碧岩

1908 /10. 9 ~1985 /11. 24

생애 및 연보

시인이며 소설가이기도 한 조벽암은 본명이 조중흡이다. 1908년 10월 9일 충청북도 진천군 진천읍 벽암리에서 태어나 1985년 11월 24일 77세로 생을 마감했다.

어린 시절부터 삼촌인 조명희의 영향을 받으며 성장한 벽암은 전통적 유교 사상과 선비 정신에 물든 엄격한 봉건주의자인 큰아버지 조공희에게 양자로 입적되어 보통학교(초등학교) 입학 전인 일곱 살에 서당에 다니며 한학을 공부했다.

그 후 벽암은 여덟 살 되던 해인 1916년에 진천 삼수초등학교에 입학하여 4학년 때부터 문학에 눈을 뜨게 되었다. 그는 삼촌인 조명희가 일본 유학을 떠나면서 남기고 간 「조도전문학강의록」을 탐독하는가 하면 우리의 고전인 「춘향전」「흥부전」「홍길동전」「장화홍련전」 등의 문학작품을 섭렵하면서 문학이야말로 인간의 마음을 움직이게 한다는 사실을 깨닫고 창작 의지를 불태웠다.

유년 시절을 시골에서 보낸 조벽암은 1921년 경성제2고보(현 경복고)에 입학하게 되면서 서울의 친아버지와 같이 살게 되었고 고보 3학년 때 삼촌인 조명희가 일본에서 돌아와 이기영·정지용 등과 가까이 지내면서 그도 이들로부터 시와 소설 분야에서 많은 것을 배우게 되었다.

조벽암이 문학에 심취되자 그의 생부를 비롯한 백부와 심지어 삼촌까지 반대하는 바람에 한때 깊은 갈등을 맛보게 되었으며, 1928년 경성제국대학(현 서울대) 법문학부에 입학하여 2학년까지는 경제·철학·법

률 공부를 이수한 뒤에는 본격적인 문학 공부에 돌입했다.

조벽암은 초기에는 주로 소설 분야에 많은 관심을 기울여 대학 재학 중에 첫 단편소설 「건식의 길」을 조선일보에, 「구인몽」을 잡지 「비판」에 연재했으며 졸업 후에는 박팔양·박태원 등과 '구인회'에 가입하였으나 이무영·유치진과 함께 비예술 문화적 작가로 평가되어 탈퇴한 후 시 창작에 전념하여 1938년 첫 시집으로 「향수」를 발표했다.

첫 시집 발표 이후 조벽암은 해방 전해까지 창작에 침묵을 지키다가 해방되던 1945년부터 왕성한 활동을 전개했는데 그는 그 해 9월 조선 프롤레타리아 문학동맹 중앙집행위원 겸 시부 위원에 선임되었으며 이듬해 2월에는 조선문학가동맹중앙집행위원 겸 시부위원, 그리고 8월에는 조선문학동맹 서울시지부 부위원장 및 문학 대중화 운동위원에 선임되기도 했으며 자신이 직접 '건설 출판사'를 운영하면서 주보週報로 「건설」과 잡지 『예술』 및 『예술신문』 등을 발간하여 진보적 작가를 배출하는 대표 출판사로 알려지게 되었고 이 시기에 제2시집 『지열地熱』이 출간되기도 했다.

이와 같이 조벽암은 해방을 맞으며 프롤레타리아 문학의 선두 주자로 활약함으로써 남한에서 지명 수배까지 받게 되자 1949년 6월 남조선 인민위원회 대표위원 자격으로 월북하여 남한과의 인연을 단절했다.

조벽암의 왕성한 문학 활동은 북한에서도 인정받아 월북 직후부터 『조선문학』 주필을 역임하는가 하면 각급 출판 보도 기관 일꾼 및 강선 제강소(오늘의 천리마제강소)의 현지 파견 작가로도 활약하면서 만년까지 북한 정권의 절대적 신임하에 충성스럽고 선동 선정적인 시작 활동을 계속했다.

이미 대학 시절부터 창작 활동을 전개한 조벽암은 '카프'의 동반 작가로서 시와 소설을 두루 발표했는데 초기에는 주로 실업자와 지식인을 등장시켜 사회의 부당성과 비윤리성을 강도 높게 고발한 「구직과 고양이」「실직과 강아지」「취직과 양」「구인몽」「불멸의 노래」「호박꽃」 등의 단편소설을 발표하여 그의 시 작품 못지않은 많은 작품들을 남겼다.

그러나 조벽암의 문학은 소설로 시작되는데 1931년 「건식의 길」 과 「구고를 사르며」라는 작품으로 등단했고 최초 시 작품들은 「나는 돌이 아니여」「황성의 가을」「빈집」 등이며 첫 시집 「향수, 1933」를 펴낸 이후 1938~1945년 사이에는 일제의 탄압으로 인해 창작 활동을 거의 하지 못했다.

해방 전에 창작된 조벽암의 시풍을 보면 대부분 빼앗긴 조국에 대한 애착과 민족의 비극적 현실을 반영한 우수 짙은 애수가 폭넓게 깔려 있다.

그러나 광복 후의 조벽암은 프롤레탈리아를 동경하는 대중들을 대변하는 「기러기」「눈내리는 광장」과 같은 서정시와 「가사」 등의 서사시를 발표했으며 두 번째 시집으로 「지열」을 1947년 발간했으나 미군정에 의해 발매 금지당하고 말았다.

그 후 북으로 간 조벽암은 자신의 탁월한 재능을 한껏 발휘하여 북한 체제 수호와 1인 독재자의 찬양에 창작 의욕을 기울여 「광장에서, 1953」와 같은 시편들과 최고의 대표시로 평가되는 「삼각산이 보인다, 1956」 등 남한 동경의 시들도 창작했다.

이 밖에도 조벽암은 북한 주민들의 자주적이고 창조적인 삶을 노래한 「행복에 겨울수록, 1971」「알뜰한 창성, 1972」 등을 발표하여 당대 북한 사회 최고의 시인으로 군림했다.

조벽암 시의 특징은 감정의 섬세성과 구체성 그리고 작품의 형상에서 간결성과 생동감이 돋보인다고 말할 수 있으며 북한에서 출간된 그의 시집으로는『벽암 시선, 1957』이 있다.

이 시집은 전 4부로 구성되었는데「삼각산이 보인다」「불길」「자갈을 깔면서」는 북한에서 쓴 작품을 실었고 4부「어둠아 가거라」만이 남한에서 쓴 시편을 실었다.

그런데 북으로 간 많은 작가들이 그동안 수없이 숙청되었는데 조벽암은 이태준·박태원과 함께 사상적 비판을 받은 적은 있지만 드물게 살아 남은 시인으로 제2차 조선작가대회 이후 조선작가동맹중앙위원회 상무위원으로 기관지『조선문학』주필을 역임하기도 했다.

이런 면에서 그가 얼마나 북한 체제에 몸과 마음을 바쳤는가를 미루어 짐작할 수 있으며 그의 문학적 중심 사상도 프롤레탈리아 문학적 성향의 지식인 작가로 적극 표방하는 편견 즉 부르조아 지주=악 프롤레탈리아 농민=선이라는 등식을 철저히 믿고 고수한 시인임을 알 수 있는 것이다.

입대의 아침

– 아우를 보내며

잘 넣어라
꼭 싸서 넣어라
이것은 우표
이것은 다이야찡
이것은 담배

종이에 싼 것을
하나하나 쥐어 주면서
영삼이 형은 일러쌌는다

영삼이는
형의 얼굴을
물끄럼히 쳐다본다

아주 어려서 옥사하신
아버지의 얼굴과
똑같다는 형의 얼굴을

공장을 끝내 지키다

원쑤의 폭격에 다쳐
다리를 절면서도 꿋꿋히 싸우는
기름에 절은 형의 얼굴을

아버지 대신
길이 길러 준 형의 얼굴을

형도 또한 아우를
멀건히 바라다본다

지난 겨울 모진 이른 새벽
미국 놈의 맹폭에
원한을 품고 돌아가신
어머니의 모습이
흔연한 아우의 얼굴을

서로서로 의지하여
살아온 아우의 얼굴을

무럭무럭 자라나는 게 무척
탐탁키도 하던 아우의 얼굴을

맞부디치는 눈쌀과 눈쌀
서로 부둥켜안지 않아도
뛰는 심장을 느낀다

조벽암

떨리는 살피심을 안다

형은 아우의 무명 양복의
단추 빠진 것을 괴여 주면서
부디 편지나 자주 하려마

형님
영삼이는 이렇게 불러 놓고는
다음 말을 이우지 못한다

"형님" 이 소리는
아버지를 부르는 소리보다도
어머니를 부르는 소리보다도
그에게는 몇 곱절 수얼턴 입버릇
다정코도 훈더운 음향

형님 안녕히 계시라우
원쑤를 기어코 갚고 오리다
돌아서 걷는 언덕길
길은 길은 아직도
이슬에 젖어 빛나고 있구나

뒤를 따르는 형은
뛰엄뛰엄 그러나 힘차게
잘 싸워라

싸워 이기자
미국 놈들은
우리 어머니를 죽였고
우리 집을 불질렀으며

내 한 쪽 다리를 앗어갔으나
아직도 이 두 팔은
싱싱히 남아 있다

불끈 쥐여진 형의 두 주먹엔
심줄이 부르터올랐다
아버지의 원쑤를
어머니의 원쑤를

갚자
이 형의 원쑤까지를
너는 전선에서
나는 후방에서…

되돌아 웃뚝 선
영삼이의 눈방울에서는
불덩이가 튄다
우리의 통일 독립을 방해하는
최후의 한 놈까지
마지막 한 놈까지

조벽암

남기지 않을
분노의 불뎅이가…

입술을 악물고
홱 돌아서 재빨리 걷는 영삼이
멀리 바라보고 섰는 형

그들의 눈시울은
쇳물처럼 뜨거웠으나
마음은
돌뎅이같이 굳었다

산과 들은
비단결처럼 윤이 도는
룡진골 막바지 언덕길
초여름 이른 아침
하늘은 툭 틔여
유난히 맑고도 깊었다

고향은
조국은
싸워도 싸워도 언제든
이렇듯 아름다운 것이였다
굳센 것이였다

1951/문학예술/1월호

이 시의 첫연은 인민군에 입대하는 아들을 보살펴 주는 부모님의 소박한 심정이 나타나 있는 반면 마지막 연에는 국군과 미군에 대한 증오심을 불태우며 반드시 승리할 것을 굳게 약속하는 정경을 그렸다.

증오

고향을 떠난지
이미 3년
기다리던 안해는 싸우다
원쑤에게 죽고

돌잡이 어린 손녀를 업고
하나는 끌고
늙은 어머니는
충청도로 몰려 가시더란 소식
뜬 편에 바람처럼 들려오던 섣달이

되돌아온 섣달이
눈발 살을 에이고
뭉턱뭉턱 도려내지는
가슴은 무너져

조벽암

핸들 잡는 손이 떨리고
뜨거움이 스며 배는 눈시울이 아리면
의례껀 피워 물던 담배

그것도 이젠 시덥지않아
밖으로 뛰여나가는
버릇이 늘었다

마을 가 폭격 맞은 잿더미 옆
인민학교 가설 분교실에서 들려오는
글 배우는 아이들의
랑랑한 목소리…

고삿길에서 뛰염박질하는
귀여운 어린 모습들
그 옆에는 아이 업은
늙은 할머니도 서 계시고
물동이 인 녀인네도
돌담 모퉁이를 돌아간다

원쑤의 비행기가 암만 쑤얼대도
뜰악은 뭉그러졌어도
이 고장은 힘찬 생활 속에
뜨거운 정이 넘친다

나의 식구도
그 속에 끼여 있는 듯
그들의 목소리도
그 속에서 섞여 들리는 듯

이런 쑥스러운 생각이
잠간 스쳐간 다음
더욱 무거워지는 가슴 우엔
또다시 찬 눈발이 내린다

하늘은 맑고 넓게 개였어도
자꾸 죄여드는 답답은
한데 엉키여
돌덩이같이 굳어지는 증오

남쪽 하늘을 노려보며
마음을 가다듬어도
가라앉혀도
화약 모양 타는 복수의 불길

불끈 쥐여진 주먹을
높이 쳐들고
참지 못하여 나는 웨친다

〈내가 하고 있는 일도 긴요하지만

조벽암

우리의 행복과 사랑을 앗아간
원쑤 미제를 눈앞에 족치며
그리운 고향을 되찾을
사랑하는 사람들을 되찾을
나에게 총을 주오
총을…〉

목이 메여
목소리는 잦아졌어도
이 소린 귓가에 영영 얼어붙어
연신 들린다
들려온다

1952/문학예술/2월호

이 시작품은 전쟁으로 고향도 아내도 잃었으며 이 모든 원인이 남한의 국군과 미군 탓이라며 원한의 시선으로 남쪽을 바라보며 복수를 다지는 의지가 소름 끼치도록 섬뜩한 묘사로 차 있다.

거울 하나씩을 걸라

– 김일성 장군의 11월 말씀을 받들고

둥근 의자 옆에는
거울 하나씩을 걸라

그것은 고급 양복에 묻은
티겁지나 먼지를 털라는 것도
헝크러진 머리털을
빗어 넘기라는 것도 아니다

부연 볼타구니를 만져 보며
만족스런 웃음을 지어 보라는 것은
더우기 아니다

삐뚜루 걸터앉아
거만스리 그대를 바라다보는
그 눈을 살펴 보라는 게다

그래도 모르겠으면
그 옆에
해방 전의
그대의 아버지
혹은 동지의
혹은 그대 자신의
사진을 걸어 노라
그리하여 그들의 눈과
비교해 보라

그들의 눈은
량반에게

조벽암

왜놈에게
숱한 박해와 수모를 받아
무척 수척은 하였을망정
무서운 정의의 불길이 타오르고 있지 않은가

해방 전의 그대의 눈을 가르켜
[어쩌면 그렇게도
아버지의 눈과 똑같으냐]고
말끝마다 입버릇처럼 탐탁히 구시던
그대의 어머니의
원쑤 미제의 맹폭탄에 스러져
지금은 없으신
그대의 어머니의 말과
지금의 그대의 눈은
얼마나 엉뚱하게 달라졌음을 알리라

그래도 미처 못 알아채리겠으면
아랫 사람들을 불러 보아라
그리하여 그들의 눈이
누구의 눈과 같은가를 살펴 보아라

정녕 그들의 눈은
사진들의 눈과 같을 것이다

만일 그들 중에

그대의 눈을 닮은 자가 있다면

그는 그대가 윗 사람에게 하듯이

뒷구멍으로 그대를 찾아 다니는

그대도 과히 고려하지 않는

아첨쟁인 줄 알라

그래도 의심이 나거들랑

거리로 나가 보아라

거기에는 숱한 눈들이 있다

인민의 눈들이…

빗발치는 폭탄 속에서도

많은 것을 불살러 버린 구렁텅이에서도

굴하지 않고

아니 더욱 더 세차게

우리의 수령이 가르치시는 길로

똑바루 앞을 내다보며

최후의 승리를 자신하는

불꽃 튀는 눈들

원쑤를 한없이 증오하는

모든 놈들을 용서 없이 낚궈치는

영채 있는 눈들

숭고하고도 무서운

조벽암

침착하고도 용감한
의롭고도 맑은
인민의 거울들이 있다
눈들이 있다

이제는 신하도 상놈도 아닌
정권을 자기 손에 튼튼히 틀어쥔
인민의 눈들
거울들

그대여!
다시 한 번 눈을 비벼 닦고
거울을 들여다 보라
그 눈이
그들의 눈과 같은가를…

그래도 정히 모르겠으면
그 자리를 물러가라

1953/문학예술/1월호

이 시는 경애하는 김일성 장군의 교시를 모든 인민이 따르자는 의미로 각자의 집안에 거울 하나를 걸어놓고 자신을 비춰보라는 것으로 거울은 즉 인민의 눈이므로 바라보는 눈동자가 한결같이 지도자를 위한 시선이어야 한다는 유일 체제 유일 사상을 고취하는 내용으로 개인의 자유와 인권은 아예 찾아볼 수 없

는 사회주의의 독창성을 보여주는 실례라 할 수 있다.

기적 소리

야밤중에 아버지가 벌떡 일어나 앉음은
원쑤의 폭음에 놀래여서가 아니라
멀리서 들려오는
우렁찬 기적 소리 때문

연방 아버지의 귀청을 스쳐가는 것은
그의 혈관을 통해 가는 것은

철교를 더듬어 건느는 듯
벼랑을 끼고 휘돌아 달리는 듯
고개를 넘어 닥치는 듯
원쑤를 족칠 포탄과 군량을 싣고
전선으로 전선으로 내닫는
쇠바퀴 소리

그 소리를 쫓아 가노라면
눈보라 휘몰아치는 어느 산마루 전호 속에
이 밤도 조국을 지키는 아들의 모습
아버지의 눈앞에 활짝 불을 켜 준다

조벽암

몹시도 반가워
울렁이는 가슴으로 덥석 안아 보랼 제
그 모습 너무도 늠늠해
그는 고개를 숙인다

그럴라치면 되돌아와지는 방안은
어둠 속에 더욱 더 고요한데
그의 가슴의 고동은
또다시 높아간다

기적 소리 이렇듯
남겨놓고 왔을
어느 공장 속
휘황창 밝은 천 촉의 전등불 아래
탄피를 깎는 딸의 모습이 떠오른다

남편을 전선으로 보낸
젊은 아낙네들과 함께
오래비에게 지지 않으려는 영숙인
눈에단 귀중한 사람들을 그득히 담고
입 가엔 필승의 신심을 굳게 다물고
골돌히 싸우는 그 모습

딸의 이름 불쑥 불러본 아버지는
빙그레 혼자 웃고선

자리를 고쳐 앉으며
어두운 방안에서 담뱃대를 찾다가
자기와 함께 진종일
보섭반 처녀들을 놀라게 한
마누라의 고단히 잠든 숨 소리에
주춤 손을 멈춘다

아들을 더욱 더 북돋아 주는 것
전선을 더욱 더 공고히 하는 것
승리를 하루 속히 가져오는 것
아버지는 꼬다가 둔 짚단을 끌어 당겨
새끼를 꼰다
수령께 맹세한
전선 원호미를 묶어 보낼
새끼를 꼰다

멀리선 또다시
기적 소리 들려온다
이번 건
어둠을 헤치고
초연을 뚫고 내닫는
한 남수 영웅의 기차런가

싣고 갈 것을 재촉받은 듯
아버지의 심장은 끓어올러

원쑤의 목덜미를 틀어 쥐는 증오로
짚단을 덥석 잡아
더 가까이 끌어당긴다

손아귀에서 서벅이는 짚푸래기 소리는
세차게 굴으는 쇠바퀴 소리
승리를 아뢰는 닭 소리와 함께
새날은 점점 밝아만 온다

1953/문학예술/2월호

늙은 아버지가 깊은 밤 새끼를 꼬다 잠깐 잠든 사이 기적 소리에 벌떡 깨어난다. 아버지는 군수공장에서 일하는 딸과 아낙네들을 생각하며 군수품을 싣고 힘차게 전선으로 달리는 기관차를 향해 승리를 염원하고 있다.

승리의 광장에로

수많은 기꺼운 얼굴들
감격에 나붓기는 기폭들
광장에로 광장에로 몰켜 가는
벅찬 숨결에 모두다 바쁜 마음들

우리의 심장을 굳건히 지켜온

당과
수령에 닿은 길
먼 줄 모르고
우리가 이웃처럼 드나들던 길이
오늘은 왜 이리두 머냐?
마음은 벌써 광장에 가 있다

마주 뵈는 낯익은 산하도
새삼스러운 듯
장마도 개여 툭 티인 이 아침
싸움 속에서도 숲은 오히려 싱싱하고
들판에 오곡은 무성하다

이야기가 많아야 할 우리
어찌 이다지도 말 없이 가슴만 들먹이는가

모든 것이
원쑤의 맹폭에
공장은 마서지고
거리는 불타 버렸어도

그토록 어렵고 힘든 고비를
밟어 넘어선 우리의
인내와 투쟁과 긍지가
한꺼번에 엉키여 너무도 벅차기에…

조벽암

모든 것들이
말로는 헤아릴수 없는 모든 것들이
귀에 력력히 들려오고
눈에 뚜렷이 어리여지기에
차라리 입을 다문 채 걸음을 재촉한다

수령 앞에 나아가면
화선에서 돌아온 용사들을 만나면
이 모든 것들을
한꺼번에 쏟아 놓기 위하여
우리는 벅찬 가슴을 가다듬는 것이다

그러나 광장까지 참지 못하여
터뜨리는 함성에
깃발은 흔들리고
산천은 진동한다

우리는 모든 것을 뚫고 왔다
평상시에는 상상도 못하던
온갖 간고한 일들을…

우람찬 산야처럼
우리는 꿋꿋이 지켜왔다
전선에서 후방에서
원쑤의 가슴팍에

미제의 야망 위에 못을 박고
일어선 조국

그러나 우리에겐
아직도 남은 남쪽 땅이 있고
짓밟히는 그곳 인민들이 있어
이기고 더욱 허리띠를 졸라 매야 하기에

승리에로 인도하신
수령 앞에 나아가
이제까지 싸워온 투지를 더 굳혀
앞날의 더 큰 영예를 맹세하련다

우리 모두 승리의 광장에 모여
굳게 깍지를 끼고
침략을 막는 성새를 더 높이 쌓자

하나에도 둘에도 셋에도
복구와 건설
그것이 이루어진 앞날
광명과 희망에 찬 창들에서
이 기쁨의 노래를 더 높이 부르자

젊은이구 늙은이구
녀인네구 어린이까지

조벽암

우리 한결같이 다져온 승리

원쑤를 무찔러 바위 밑에 쓰러지고
적의 화구를 가슴으로 막아
오늘의 승리를 가져온 영웅들에게
꽃다운 청춘들에게

기계를 지켜
땅을 지켜 쓰러진
용감한 인민들에게
경건히 머리를 숙인 다음

꽃다발 안고 가는 녀성 동무야!
이제까지 싸워 지켜온 마음 그대로
이제까지 기다려온 승리의 기쁨 그대로

초연 냄새 풍기고
전진 아직 가시지 않은
개선 용사들에게
우리의 모든 정성 함께 모아
뜨거운 눈물 어린 웃음을 드리자
영예를 드리자

어서 가자! 광장에로
승리의 광장에로!

수령을 모시고
용사들과 어깨를 나란히
이 감격의 날을 즐기기 위하여
이 승리의 기쁨을 굳히기 위하여

1953/조선문학/7월호

이 시는 조벽암이 1953. 7. 27에 쓴 것으로 휴전 협정이 조인된 날이다. 북한은 이날을 전쟁 승리의 날로 여기고 광장에서 대단위 군중대회를 가졌던 것으로 추측된다.

승리의 10월

10월이 올 적마다 마음을 가다듬어
북쪽 하늘을 우러르면
붉은 깃발이 나붓긴다

로동자 농민을 착취한 원쑤
전제 짜리를 물리치고
전우의 타협 없는 피로써
인류의 새 력사의 기원을 이룩한
승리의 깃발이여!

그를 우러를 적마다
우리의 힘은 솟구치고
결의가 새로워지는 10월
그 10월이 되돌아온 이날
우리의 긍지와 자신과 새 결의를
온 세상에 소리 높이 부르짖고싶구나

간악한 일제의 폭압 아래
시달리던 인민의 가슴 속 깊이
커다란 불을 켜 주며
10월의 붉은 심장을 안고
백두의 령봉에 원쑤와 싸워
영명하신 우리 수령은
존귀한 우리의 전통을 이뤘나니

그러기에 위대한 쓰딸린의 아들 딸들이
피로써 열어 준 8.15의 아침은
더한층 빛났고

인간 권리의 진한 피로써 씌여진
성스러운 10월의 찬란한 력사와
영웅 도시 쓰딸린그라드의 장엄한 서사시를
우리는 력력히 알기에
원쑤 미제와의 가혹한 싸움 속에서도

우리는 꿋꿋이 싸워 이기여
조국 고지의 웅대한 전설을 꾸몄고
세계 평화의 영광스런 돌격대의
자랑스런 영예를 지켰다

전화에 타고 포연에 끄슬은 무한한 증오로하여
잿데미 속에서도
민주 기지의 웅장한 건설이 더한층 일어선다

당시는 전위병이며 공청원이던
위대한 소련의 로력 위훈자들이
찬란히 솟아오른 거리와 농촌을 자랑하듯

우리도 자랑하자
조국을 목숨으로 지켜 영용한
꽃다운 청춘들의 이름들과 함께
공장과 들판
광산과 바다
이 모든 복구와 건설장으로 달려가는
로동자 농민들의 투지와 정열을…

우리는 새 결의를 다진다
오늘의 땀 한 방울은
원쑤를 밟고 넘어설 래일의
천 근 무거운 철퇴가 되고

승리의 포탄이 됨을…

10월의 깃발 붉은 깃발은
혁명의 끓는 정열로 우러르는
우리의 뜨거운 심장이러니

그 아래 서로 피로써 맺아진
국제 전우들과 함께
그 깃발 가슴에 날리며
우리는 오늘 또다시 돌격한다
인민의 위력을 시위하는
10월의 길 승리의 길
민주 건설의 고지를 향하여…

1953/조선문학/11월호

1953년 7월 한국 전쟁을 승리로 장식했듯 우방인 구소련도 10월 혁명을 승리로 이끌었다. 이렇듯 사회주의는 위대하며 피로 맺어진 형제적 우방은 전쟁에서 입은 상처도 인민들의 단결된 힘으로 복구 건설할 수 있다는 자신감을 보여주는 동시에 앞으로 적들과의 투쟁에서도 한 마음 한 뜻으로 헤쳐나가자는 각오와 결의를 담고 있다.

소성로에 불은 지폈다

— ○○ 세멘트 공장 화입식에서

이렇게 큰 로를 보지 못한 사람은
잠간 내 말에 귀를 기울이라

길이는 전봇대 셋 사이
1백 50메타 20
둘레는 여섯 아람도 넘고
무게는 1천 5백톤
놀래지 말라!
이 육중한 물체가 공중에 떠 있음을…

그러나 원쑤의 포탄에
그 중턱은 부러져
남으로 밀렸음을…

전선에서 몸으로 적의 화구를 막아
조국의 고지를 지키듯이
원쑤의 불비 속에서도 이곳을 지켜
스라크(대용 세멘트)를 구어내던 동무들
승리의 나팔 소리와 함께
수령의 호소 드높이 앞을 다투어
협의회에 모여든 그들

조벽암

회의는 열두 시간이 넘었어도
부족한 것은 하도 많아
이렇다할 성안을 얻지 못했을 때
정 만준 동무는 벌떡 일어났다

“우리는 왜놈이 부숴 논 공장도 일으켜 세웠고
폭탄 속에서도 굴함 없이 싸워 이겨 왔거니
미국 놈들이 마사논 것쯤이야…
어찌 공구 없음만 탓하랴
나의 공구는 여기 있다”

30년 동안 이 공장에서 굳혀온
적동색 굵은 팔뚝을 내저으며
그는 목청을 돋구었다

로동자들의 기세는 불길처럼 솟았다
자기 부서로 노도처럼 달려간 그들
상한 공구는 다시 만져지고
없는 자재는 주어 모아
제각기 창의와 고안은 앞을 다투었다

설한풍 휘몰아치는 추위 속에서도
샤쓰에는 흥건히 땀이 배였고
래일을 내다보는 눈에서는
투지와 희망에 불꽃이 튀였다

여섯 달 계획은 한 달을 당궈
지금 소성로는 돌아간다

자! 들어 보라
저 우렁찬 소리를…
그는 이 공장 심장의 고동이요
찬란한 공화국 복구 건설의
또 하나 우렁찬 승리의 함성이다

기름 묻은 두 손을 높이 쳐들고
아이들처럼 천진스럽게 뛰면서
목청껏 환호를 지르는 사람들
한없이 기꺼워하는 동무들

선참에 나섰던
제관의 조 룡수 동무도 거기 있구나
중공의 김효길 동무도
전기의 김홍빈 동무도 거기 끼웠구나

저 편에서 검은 눈을 씀벅이다
두 손에 얼굴을 묻고 흐느끼는건 누구냐?

에야 함마(공기 망치)도 착암기 같다면서
까마득히 높은 이 동체 위에서
열 아홉 꽃나이 볼우물을 지우며

복구 건설의 앞장을 서서
리베트(쇠못)를 굳히던
제관의 박 정실 동무가 아니냐

싸움이란 그리 만만한 것이 아니기에
우리의 승리는 더욱 빛나듯
건설이란 이렇듯 쉬운 일이 아니기에
우리의 기쁨은 더한층 크다

그렇다
당과 수령이 인도하는
강철의 전사 우리들 앞에는
뚫지 못할 장벽이란 없고
열리지 않는 길이란 없다

잠간 고개를 돌이키면
아직도 복구치 못한 구석이 눈에 띄인다
그러나 그것이 문제가 아니다
그것을 메꾸고도 넘칠
아니
웅장한 고층 건물들과 높은 공장 굴뚝들이
육중한 교량들과 튼튼한 제방 뚝들이
산악처럼 솟아오를
공화국 래일의 행복을 굳힐
수많은 세멘트가 나오고 있거니…

그리고 보라
저 넓은 터전에 산같이 쌓인 짐들을…
존경하는 형제 위대한 쏘련이 보내 준 숱한 기재들을…

그것만 보아도
몇 갑절 더 커질 이 공장의
웅장한 파노라마가 눈앞에 떠오른다…

2백 자 높은 굴뚝에서는
먹구름 연기가 치솟는다
소성로는 더 우렁찬 소리를 내며
회전 속도를 돋구었다

우리의 민주 기지를 굳힐
돌가루가 불 속을 뚫고 간다
민주 조국 철벽을 쌓을
시퍼런 세멘트가 폭포처럼 쏟아진다

1954/조선문학/1월호

6·25 전쟁으로 폐허가 된 시멘트 공장을 다시 보수하여 시멘트를 생산하는 내용으로 전쟁 피해에 대한 복구와 모든 면에서의 건설을 힘차게 독려하는 시다.

삼각산이 보인다

내 요즘 남쪽 창을 열면
의례껏 찾아 보는 버릇이 들었다

맑게 개인 날씨면 신기루냥
아득히 솟아오르는 삼각산

그도 내가 반가운지
창 앞으로 가까이 다가선다

이렇게 가까운 거리연만
멀게만 여겨지는 가슴이 미여지누나

애비 없는 어린것들이
헐벗고 굶주리는 신음 소리가

아들 잃은 늙은 어머니의
원쑤의 발길에 채우는 소리가

그도 목이 메여 차마 말 못하는데
그 밑에서 숨가쁘게 들려오누나

내 눈엔 때 아닌 먹구름 일어
억수로 퍼부어지는 설음의 소나기

눈물 속에서도 분노의 번개는 쳐
어언중 삼각산도 산산이 부스러지누나

나는 지긋이 입술을 깨물며
창문을 도로 닫고

5개년 계획의 나의 설계도를 편다
그들에게 곧바로 뚫린 길을 찾아

1956/조선문학/8월호

남쪽 창을 열면 금방이라도 서울에 있는 삼각산이 손에 잡힐 듯 고향을 지척에 두고도 가지 못하는 망향의 한을 서정성 높은 감동과 함께 아련한 추억도 느끼게하는 조벽암 최고의 대표시로 평가되고 있다.

그리고 이 시의 제목에서는 이 시 말고도 기관차가 종점에서 남으로 뻗친 철로를 더이상 가지 못하는 안타까운 향수를 그린 「서운한 종점」과 역시 국경 임진강 가에서 고향의 그리움을 읊은 「가로 막힌 임진강」 그리고 강화도 북쪽 마을과 인접한 북한 지역에서 흘려 보내는 대남 방송을 듣고 이 사실을 남한의 전 주민에게 알려 줄 것을 요청하는 「확성기 소리 들리는 남녘 마을」과 가정 일에만 몰두하던 아낙네와 아가씨들이 열심히 일하는 방직 공장에 들어가 자신도 함께 일하는 모습을 그린 「새로운 손길」 등 4편이 실려 있다.

초원의 아침

아침 해살 활짝 퍼지누나
태고연한 초원 풀잎 이슬에도
모래알 하나 하나에도

온통 그늘이란 없구나
너무도 넓고 고요해
가슴 되려 답답하여라

진정 가만히 있을 수 없구나
맘껏 달리고 싶어라
룡마를 타고

저 푸른 지평선 우
아득히 움직이는
까만 점 하나…

정녕 이 아침을 참지 못하여
말 달리는 몽고의
젊은 목동이려니

나는 그가 부럽구나
아! 이 넓음 속에
나는 그만 미치였구나

진정 참을 수 없어
목청을 돋구어
소리를 치니

대지도 일어서는 듯
아지랑이도 굿실 오고
바람은 설레여

바다 물결처럼 꿈틀거리며
다가오누나
안겨 오누나

1957/조선문학/4월호

이 시는 조벽암이 우방인 몽고를 방문하고 느낀 내용을 적은 시로 비교적 사상성이 없는 서정의 필치로 그려졌다.

끝없이 펼쳐진 몽고의 아침 초원을 보고 놀라운 감탄을 금치 못하는 심경을 묘사했으며, 이 밖에도 광활한 몽고의 대초원을 철마로 질주하는 노 차장의 의지와 신념을 노래한 「로 차장」과 울란바토르에서 말 탄 장군과 그를 에워싼 수많은 병사의 동상을 바라보며 몽고 인민 대혁명을 되새기는 「동상 앞에서」 몽고 조선인 학교를 방문하여 어린이들이 환영하고 반기는 것에 감동하여 쓴 「반기는 눈동자들」과 이역 만리에서 조선의 꽃이라 불리는 봉선화를 보고 감회에 젖어 쓴 「봉선화」 등 4편이 실려 있다.

어머니 만나기 돌격대 외 1편

첫 작업에 지쳐 모두들 곤히 잠들었는데
느닷없이 어머니 부르는 잠꼬대 소리
깜짝 놀라 동무들은 벌떡 일어났다

모두들 잠간 크게 웃다가
깨우자거니 가만 두자거니
꿈을 아끼는 듯 부러워하는 마음들

덩달아 제각기 깊은 생각들에 잠겼는데
그제사 열적게 일어나는 동무이
향긋한 고향 꿈 이야기가 버러진다

"이 강 둑을 곧장 남쪽으로 걸어갔더니
어머니가 마중을 나오셨겠지
글쎄 어머니가 어머니께서 말야…"

모두 무거운 게 가슴을 메꾸는데
들려 오누나 밤 도와 일하는 기중기 소리가
벅차게 일어서는 조국의 숨소리가

"아니다 그건 꿈이 아니다
우리의 현실이다"
남에다 고향을 둔 동무는 목메게 웨친다

"민주 기지를 다지는 것
그것은 바로 고향으로 가는 길
우리 모두 〈어머니 만나기 돌격대〉에 나서자"

그날 밤은 무척 어두운 밤이였다
그러나 일어선 동무들의 마음은 환히 밝았다
고향으로 다가가는 삽 소리 곡괭이 소리에

연방 물과 감탕과 과실과 싸우면서
이렇듯 첫 돌격대의 자랑찬 이야기 속에
대동강 기슭엔 새 기적이 피여났느니라

— 송도 대학생들의 일터에서

고목 선 강둑 풍경

오랜 세월은 흘러갔다
강물처럼 끊임없이
하많은 풍상과 더불어

그러나 너는 자랐구나
너 느릅나무는 자랐구나
꿋꿋이 아름드리로

조벽암

너는 샤만 호의 총탄도
왜적의 시달림도
원쑤 미제의 파편에도 꺾이지 않고

가지마다 뿌리마다
뭇 이야기를 아로새기고
이 강둑을 한 날같이 지켜왔구나

너는 그 보람 이제 이루었구나
사회주의 건설자의 높은 뜻에 안겨
여기 아름다운 록지의 왕자로 되려니

네 주변은 그 전의 그 오막살이가 아니라
내가 올려다볼 다층 건물에 싸여
꽃다운 청춘의 춤 터로 되리니

너는 이제 서슴치 말고
더 짙은 그늘을 펴라
오늘의 흘린 땀 더 시원히 들여 보게

너는 이제 꺼리낌없이
더 높게 키를 돋구라
저 남쪽 땅이 더 환히 내다보이게

— 대동강 호안 공사장에서

1958/조선문학/5월호

위의 첫 번째 시는 송도대 학생들이 제방 사업에 동원되어 고향을 남쪽에 둔 한 학생이 제방을 끝까지 쌓아 내려가면 어머니를 만날 수 있다는 신념으로 열심히 노동하는 모습을 그렸다. 이 밖에 대동강 호안 공사장에서 수많은 역사의 시련과 고통을 겪고 고목으로 우뚝 녹지의 왕자로 서 있는 거목의 정경을 그린 「고목 선 강둑 풍경」도 실려 있다.

그리고 두 번째 시는 1939년 5월 항일 빨찌산 숙영지인 「벼개봉」을 보고 지난 날을 회상하며 그린 것이며, 이 밖에도 같은 시기인 압록강 도하 지점 「합수」에서 빨찌산 활동을 그린 「진달래 1·2」와 역시 같은 시기의 빨찌산 숙영지 「청봉」을 보고 그린 「숭엄한 흔적」 「뜨거운 글발」과 아울러 「까치가 울던 밤의 이야기」 「삼지연 파도 소리」 등 모든 시편들이 일제를 항거해 싸운 항일 빨찌산 유격대들의 활약상을 그리고 있다.

다함 없는 영광을

– 쏘련 공산당 림시 제21차 대회에 드림

붉은 10월의 홰불은
백두의 령을 넘어 밀림을 거쳐
사회주의 새 언덕에
바야흐로 환히 비쳐 주는 이 때에

들려 오누나

조벽암

우주 로케트의 우람찬 소리와 함께
더 높은 단계로 올라서는
쏘련 공산당 림시 21차 대회의 막 열리는 소리가

우리 서로 만 리 떨어져 있으나
항시 우리 심장 가까이 느끼는
그들의 자랑찬 승리와 찬연한 전망이
우뢰처럼 온 세계에 퍼져 가누나

동지에겐 지극한 사랑 속에 너그러우며
원쑤에겐 무한한 증오로 용서가 없는
프로레타리아 국제주의 드거운 피줄로하여
불같이 달은 혁명의 정열로하여

다함없는 축하를 보내노라
수천 년을 두고 인류가 기다리던
공산주의 환성이 터져 오듯
우리의 박수 소리도 그 곳에서 들으리니

그 어느 힘도 이를 가로막지 못한다
자기의 시대를 다 산
자본주의는 늙어 지친 지 오래고
철 늦은 꽃은 이미 시들었거늘

시간은 우리 편에 서서 일러 주리라

서로 이룩한 오늘의 성과와
더 큰 래일의 승리를 위하여
우리의 심장은 한결같이 끓고 있음을

대회는 정녕 우리에게 가르쳐 주리라
이 지구 우에
더는 눈물의 강 흐르지 않게 하고
다시는 피의 바다 이루지 않게 할 것을…

그러리라 그는 서슴없이 보여 주리라
한 주일에 닷새 하루에 6~7시간
능력에 따라 일하고 수요에 따라 분배 받는
그런 세월이 수밀도처럼 무르익어감을…

그러리라 대회는 명시해 주리라
더 큰 평화와 행복이
7개년 계획 속에 자라나고
그 열매 인류의 태양으로 빛날 것을

그 숫자 일일이 다 적어 무엇하랴
그 하나하나는 그대로 원쑤를 밟고 넘어서는 힘이요
그대로 꽃 향기 그윽한 인류의 행복이리니
아! 환희에 넘치는 박수 소리 들려오누나

그 박수 소리에서 우리는 듣는다

우리 천리마를 채찍질하는 더 우렁찬 소리를
통일의 날 삼천리에 울릴 함성 속에
더 찬란한 우리들 승리의 노래 소리도…

영광을 드리노라 축하를 보내노라
우리와 한 마음 한 뜻인
인류의 홰불 혁명의 기치
쏘련 공산당의 이 빛나는 대회에…

1959/조선문학/1월호

구소련의 21차 당 대회에 보내는 축하 메시지다.

프롤레탈리아 10월 혁명의 승리는 모든 사회주의 국가의 승리이며 진정한 사회주의야말로 발전과 도약을 거듭하는 반면 제국주의 자본 사회는 날로 쇠퇴하여 멸망의 길을 걸을 것이라는 허무맹랑한 주술적 내용을 담고 있다.

이렇듯 북한은 구소련을 하늘같은 종주국으로 뫼시면서 끝까지 국제 사회에서도 같은 길을 걸어 강대국 구 소련의 보호를 받으려는 의도가 역력히 엿보이는 작품이다.

원한의 패말

– 분계선 마을 젊은 안해의 념원

어느 세상에 있으랴

이런 답답이
이런 아픔이
맑게 개인 날씨에도
생각하면 비수처럼
가슴 우에 꽂히는 것을

귀밑 머리 마주 푼 지
일 년도 채 못 되여
불비 속에서도 굳이 지켜온 고향였건만
새 봄은 들어 꽃피는 마을이건만
처음으로 누려 보는 푸짐한 살림이건만

원쑤에게 끌려간 그는 끝내 소식 없고
마당을 가로질러 박힌 말뚝
조국을 남북으로 갈라 논 패말
삼천만의 가슴 우에 못을 박은 듯

남녘 땅에 독한 가시나무 심어 놓고
인민의 피를 거름 삼아 가꾸는 원쑤 미제는
몇 만 리 대양을 건너와
생고기를 뜯는 피 묻은 이빨로
츄윙껌을 씹으며 휘파람을 불며
벌써 10여 년이 넘도록
이 말뚝을 지켜 섰는가?

조벽암

아! 그대가 심고 간 장독 모설의 개나리는
제법 탐스러이 봄을 꾸미는데
남쪽 나비도 찾아와 춤을 추는데
조상 적부터 이 고장의 땅김이 스며 밴 그대는
이제쯤 어느 골목에서
원쑤의 모진 발길에 채이고 있는가?

그대도 알리라
우리의 이 간절한 그리움을
가로막고 섰는 자 그 누구인가를…
나는 똑똑히 아노라
우리가 쏘아 넘길 과녁은 오직 하나
이 말뚝을 굳이 지켜 섰는 놈

이 패말이 없어지는 날
우리 강산은 얼마나 더 아름다우며
얼마나 우리 가슴은 시원하랴

그대여 나와 함께 가사이다
이 철천의 원쑤 미제를 몰아내는 길
오직 한 가닥 통일에로의 길
이 멍든 가슴 달구며 태우며…

1959/조선문학/11월호

'분계선 마을 젊은 안해의 염원'이란 부제가 말해 주듯 길게

쳐진 북방 한계선 철책을 지키는 미군을 증오하며 통일을 열망하는 내용으로 필자는 이 밖에도 「고향이 지척인 곳에서」「그리움을 두고」「어머니를 생각하며」 등 3편의 작품을 발표했는데 한결같이 휴전선 철책을 원망하며 통일의 날만을 기대하는 심정과 온갖 박해와 굶주림에 시달리는 남쪽의 어머니와 가족의 안부도 묻고 있다.

1960년대의 시

어머니께 웃음 드릴 외 1편

충주라 령북 땅 충청도는 내 고향
지르 걸어도 사흘 길인데

산협을 끼고 도는 남한강 상상류 거센 물결은
얼마나 속절없이 흘러갔느냐

비 내리던 분지 벌은 얼마나 쓸어 덮었고
가물으면 영새 벌은 얼마나 탔더냐?

부지하기 어려운 그 생지옥 속에
어머니는 어머니는 게 지켜 게시리라

조벽암

오대산 자락 준령 후미진 골짝
용구새 꺼진 오막살이 아래

초피 열매 기름 불도 없는 방에서도
어둔 눈에 분노의 불을 켜고 이 아들 기다리시며…

아 어머니 어머니 계신 땅
내 안 가고 뉘 가리까

원쑤 때메 오래도록 섬기지 못한 한을 품고
정성껏 봉양할 선물을 받쳐 들고…

헐벗은 선산에 심을 잣나무 묘목을 지고
앞 강에 둑 막을 무쇠 기둥 세멘을 메고

가오리다 쓰기 좋은 농쟁기랑 비료랑
뜨락돌론 끌고 자동차엔 싣고

가오리다 남한강 막아 광명의 불빛 일쿠고
생명수 불어 넣을 강물을 이끌러

한 달음에 가오리다 원쑤가 짓밟은 남쪽 땅
사랑하는 내 고향에

어머니시여! 이 아들 그립다 더 목청 돋구시라

원쑤 미제가 더는 배겨내지 못하도록

아 아들은 망치 더 높이
어머님께 웃음 드릴 7개년 계획의 문을 엽니다

불덩이 불덩이 되였는데

편지라도 편지라도 띄웠으면
가벼워질 맘을

가로막힌 여울목 물살 소리
가슴 속 속속들이 흘러드누나

맘이 없어 못 가는 내 아니고
정이 없어 못 오실 그 아닌데

한 해 두 해 두 해 세 해 참아온 가슴
진정 터지겠구나

십 년이라 십오 년이라 허구한 세월
헤여져 살단 말이

안 될 일이 안 될 일이 예 있구나

조벽암

천만 번 되뇌어도 부당한 일이

수천 년 수수 천 년 살아 와도
한 조국 한 땅 우에 없던 일이

부모 형제 정든 님 친한 벗을
어거지로 갈라 논 원쑤

악귀같은 양키 놈도
더는 견뎌내지 못하리

이제는 이제는 하나로 뭉쳐
불덩이 불덩이 되였는데

1960/조선문학/1월호

헐벗고 굶주리며 억압받는 남쪽 고향의 어머니를 위해 나무·비료·농기구·시멘트·자동차·트랙터 등 푸짐한 선물을 가지고 찾아 뵙겠다는 내용으로 북한의 물자가 풍부하다는 것을 과시하고 있다. 이 밖에도 남과 북은 이미 하나라는「불덩이 불덩이 되였는데」라는 시도 발표하고 있다.

나의 행복

내 즐거울 때나
내 어려운 고비에나
그이를 생각합니다
우리를 항상 보살펴 주시는
그이의 모습 우러르며…

그럴 적마다 들려 옵니다
백두 밀림의 설레임 소리가
그럴 적마다 떠오릅니다
눈보라 헤쳐 가는 그이의 모습이

풀 한 포기 물 한 줄기도
그의 앞을 거저는 못 지나가고
천 길 땅속과 깊은 바다 밑까지
그이의 안광 샅샅이 비쳐 주실 때

유구한 력사의 빛나는 자랑들과
먼 훗날 어엿이 남을 오늘의 기적들과
황홀히 가꿔질 래일의 꽃밭들을
하나하나 그림처럼 펼쳐 주실 때

천리마의 기세 높이 달려 나가던
층암 절벽도 물러 서고

달음쳐 올라선 령마루 우에선
공산주의 지평선이 열려 온다고
일일이 손 들어 가리켜 주실 때

아 그이의 커다란 품에 안긴 행복에
내 저절로 눈두덩이 뜨거워지며
가슴이 환히 트입니다
새 힘이 스스로 솟군 합니다

1962/조선문학/5월호

첫 번째 시 「나의 행복」은 지난 시대의 선인들이 닦아 놓은 영광스런 사회주의 사회에서 살아가는 것이 얼마나 행복하며 별로 할일 없는 자신에게까지 큰 은혜를 베풀어 주는 당과 수령의 고마움에 끝없는 감사와 행복을 느낀다는 시이며 두 번째 시 「나의 행복」은 자나 깨나 기쁠 때나 슬플 때나 한시도 그이(수령)를 생각하지 않을 수 없을 만큼 그이의 은덕으로 평화롭고 행복한 삶을 누리고 있다는 내용이다.

나의 길 외 1편

왜 잠이 아니오는가
늦게까지 회의하고 돌아 왔는데
걱정스러워선가

너무도 황홀해선가

새로운 높은 령마루를 바라 보고
 당의 붉은 편지의 깊은 뜻을 받들어
흥분해선가
너무도 자랑차선가

당이 활짝 펼쳐 주는 호화로운 꽃밭에 서서
안해는 벌써 꿈 아닌 현실 속에 웃음 짓는데
번들번들한 전기 솥에 재봉틀…
태여날 어린것의 유모차도 어른거리는데

생각은 이미 새 고지 우에 올라 선듯
걸어 온 발'자국 하나 하나 따져 보며
궁리에 궁리를 거듭하는 밤에
몸은 더욱 달아 오르네
조바심이 가슴을 조이네

문득 생각히우누나
쓴 물 단 물 다 겪어온 영춘 아바이가
회의 끝에 슬쩍 던지던 말
뚝하면서도 자신 속에 진정 어린 말
날씨도 사납던 56년의 섣달이 생각 나누만
수령의 부름 따라 허리띠를 졸라 매고
5년을 2년 반에 다그치던 일이…

조벽암

그 뽄새로 물구 나가자구
한 번 더 본때를 보이자구

아바이는 오직 당의 뜻 높이 받들고
벌써 젊은 나의 앞장을 섰구나
나는 벌떡 일어 나
공장' 길을 걷는다

달은 이미 서산 마루에 기울고
동켠 하늘은 훤히 동이 터 온다
다그쳐 걷는 내 발'자국 소리는
여느 때보다도 더 유난히 높구나

모두를 깨우는 듯
모두를 부르는 듯
계속 앞으로 내닫는 당의 숨'결이
그대로 이 내 가슴에도 메아리치는듯

지난날의 천대 속에 헐벗고 굶주리던
그런 시절이 다시는 얼씬도 못하게
꽝꽝 지축을 울리며
내 앞으로만 나가는 길

새 결의를 안고 가는 공장의 새벽길은
줄기차게 공산주의로 뻗은 길은

이렇게 더 정답게 밝아 온다
긍지에 싸여 더 넓게 트였구나

트였구나 더 힘껏 달릴 수 있고
더 맘껏 자랑할 수 있도록
저 남녘 형제들이 힘을 더 더 돋구며
온 세계가 더 우러러 보게

첫 기쁨

공장 당 위원회의 문을
조심스레 눌러 닫고 돌아서니
입당의 첫 기쁨에
금시 눈두겊이 화끈한 게
뜨거운 눈물이 핑 돈다

고중을 갓 나와 공장으로 향할 제
교문까지 따라 나오시며
– 일 잘해 꼭 당원이 돼야 해 –
아끼여 당부하시던 선생님의 말씀이
지금도 귀에 쟁쟁 새삼스리 들려오는 듯

당의 뜻 가슴 깊이 새기고

조벽암

제일 작은 선반기 옆에서
발돋움 해가며 이마의 땀을 씻던
걸어온 작은 발'자국들이
자꾸 모자라는 것만 같아
눈에 삼삼 되밟히는 듯…

겨우 첫발을 들여 놓았을 뿐이라고
속다짐하면서도
복도를 걸어나오는 내 걸음이
빛나는 영광 속에 한층 더 꿋꿋해진 듯

내 나이는 이제 이십대 청춘
때는 바야흐로 내닫는 천리마 시대
한없이 나의 힘을 시위할
조국 건설의 새로운 대고조의 격랑 우

보람찬 세월은 나를 떠받들어 주고
당은 오직 나를 부르고 있거니
찬란한 희망은 나의 정열을 돋구고
새 기적은 나를 기다리고 있거니

뼈가 가루가 된들 어떠랴
물이면 어떻고
불이면 어떠랴
당이 비춰 주는 등대 앞에

아, 이 기쁨 진정 자랑하고 싶구나
나를 길러 준 반장 동무는 어디 갔는가
그리고 동무들은…
한 달음에 달려가 알려 드리고 싶구나
어버이에게도 옛 스승에게도

수상님께 더 가까이 다가선 것만 같고
백만 심장 속에 뛰여든 긍지에
가슴은 한 없이 넓어지고
어깨에는 새 날개 돋쳐
넓고 푸른 조국의 하늘 높이
훨훨 날아 오른 것만 같구나

1963/조선문학/12월호

"당이 결심하면 우리는 한다"는 구호처럼 5개년 계획도 2년 반으로 다그쳐 해내듯 공장의 모든 일들도 앞장서 해내야 한다는 결의에 찬 내용으로 이 밖에도 노동당에 입당하여 한없는 영광과 기쁨을 안게 되었다는 이야기의 「첫 기쁨」이란 시도 함께 수록되어 있다.

원흉 미제를 몰아 내자

– 싸움에 나서는 남조선 인민의 웨침

조벽암

네 암만 번개 같은 총창을 휘두르고
우뢰 같은 포성으로 위협을 해도
내 이제 더는 무서워하지 않는다
내 이제 더는 참고 견딜 수 없다

왜놈의 노예살이 서른 여섯 해
내 아버지는 놈들에게 맞아 드디어 숨지우고
너의 교활한 폭압 속에 열 아홉 해
내 어머니는 견디다 못해 굶어 돌아갔다

이제 나와 내 처자들은
나무 껍질과 풀뿌리도 없어
헐벗은 채 곯은 배를 그러안고
길'가 돌멩이처럼 채이고 있다

이대로 앉아서 굶어 죽느냐
일어나 싸워 살'길을 찾느냐
갈아 심을 한 치의 땅도 없는
조국의 흙을 움켜 쥐고 죽음 앞에 섰다

살을 저미고 뼈를 긁아 내는
갖은 업신여김과 굶주림 속에서
내 몸에 배어 네 수작을 샅샅이 알았거니
네 무슨 말과 짓으로 나를 더 속일 것이냐

누구고 말해 보라
뿌리 없는 나무에서 꽃이 핀다고
왜 대답이 없느냐
허공에 뜬 〈제3공화국〉이 나에게 무슨 아랑곳이랴

너를 그 대로 두면 내가 굶어 죽어야 하고
내가 살자면 너를 몰아 내야 한다는
지극히 간단하고도 명질한 진리를 안 이상
네 무엇으로 나를 가라앉힐 수 있으랴

설사 이런 일이 나에게만 있다면
너는 나를 이 땅에서 없애 버리고
너는 더 끼떡대고 활개'짓 하며
우리의 큰 거리를 더럽힐 수도 있으리라

그러나 네 발'길이 닿는 곳마다
이곳 조선의 남녘 땅은 그 어디나
인명은 파리같이 죽어 가고
산야는 황폐해 민생은 도탄에 들었거니

오늘의 나의 절통한 이 심정은
한 줌도 못 되는 네 앞잡이 개놈들을 제해 놓고는
남녘 땅 이천만이 다같이 다달은 막다른 골목
우리 삼천만 겨레의 치솟는 분격

조벽암

우리에게 행장을 꾸릴 아무 것도 없다
오직 부르쥔 붉디붉은 두 주먹뿐
이제는 내 처자도 붙잡은 손을 놓고
도리여 내 등을 밀어 대오 속에 바래 주거니

그렇다 쓸데 없던 우리의 마차도 도끼도 쇠스랑도
힘을 돋구어 네 골통에 벼락을 내리고
이 강산에 수두룩이 널려 있는 돌멩이들도
일어나 네 등받이에 탄알로 박히리니

〈어서 나가라 더는 용서 못한다〉
삶과 죽음의 간두에 서서 부르짖는 이 웨침
너는 아느냐 모르느냐
총탄보다도 더 무서운 것임을

내 마음을 다잡아 먹고 나서니
몸은 절로 가볍구나
너는 모르리라 내 조국이 간곡히 부르는
4.19보다도 더 큰 화산은…

1964/조선문학/4월호

남한에 주둔하고 있는 미군에 대한 적개심과 울분을 남쪽 주민들의 목소리로 대신하여 마치 남쪽 주민들도 자신들과 같은 생각을 가지고 있는 것처럼 묘사하고 있다.

보이누나 평양이 외 2편

110메타 굴뚝 아슬한 꼭대기
동지지나 섣달 맵짠 바람 속에서도

당 중앙의 창문들처럼
별들도 초롱초롱 이 밤을 지켜 주는데

기어이 해내고야 말 불덩이들이
노래를 부른다

유격대 행진곡을
결전의 노래를…

노래를 부르며 부르며
마지막 휘틀에 세멘을 다져 넣는다

하루 밤도 아니 한 시각 한 초도
멎을 수 없는 길을 다그치는 것이다

조상들이 너무나도 너무나도 못 가준 길을
우리가 백 배 천 배로 달려야 할 길을

조벽암

다시는 원쑤들에게 속 보이지 않게
한 순간도 쪼개 써야 할 길을

당은 얼마나 일깨워 주었던가
우리의 처지를

수령이 계시는 평양이
하루 속히 가 닿아야 할
저 남해 바다가

6.25 돌격대는 1950년 6월 23일 수상 동지께서 친히 오셔서 신의주 화학 섬유 공장 터를 잡아 주시고 하신 첫 교시의 날을 기념하여 붙인 돌격대 이름, 이 돌격대가 110메타 굴뚝을 쌓았다.

나무를 심으며

나무를 심는다
조업을 앞둔 공장 뜨락에

창성 처녀 옥순이는
머리에 붉은 수건 질끈 동이고

나무를 심는다 떨쳐 나서
제 고장에서 떠 보내준 나무를

그는 나무를 심다 말고 한참씩 서서
새삼스러운 듯 바라본다 공장 건물을

산악같이 소슬하고
룡궁처럼 화려한 비단 궁전을…

머리는 산토끼 꼬리처럼 늘이고
몽당치마에 얼굴만 연신 붉히던 그가

얼음을 끄고 진창 속에
기초의 첫삽을 뜨던 일이

말려도 굳이 아슬한 꼭대기에로 바라 올라
벽돌도 척척 고여 쌓던 일이

한밤중에나 지새는 새벽녘에는
피로를 노래에 묻고 돌격의 앞장을 서던 일이

돌이켜보면 엊그제 같은데
벌써야 네 해 반

아, 힘겨웁던 일은 그 얼마였으며

조벽암

즐겁던 때는 그 몇 날 몇 밤이였던가

어느 구석 어느 고삿인들
그의 손길 안 단 데 있으랴

그의 꽃나이 청춘도
공장의 키와 함께 자라

이제는 제법 머리채가
치렁치렁 허리 아랠 감돌았거니

어이 안 쳐다보랴
생각하면 모두가 궁감만 한걸

철 따라 꽃도 피고 순도 뻗어
먼 훗날 아름드리로 된 이 고목 아래서

공장 이야기가 벌어질 때면
잊지 않으리 이런 사연도

공산주의로 달려온 천리마 대군단 속에
이런 나 어린 처녀도 한 몫 톡톡이 끼였노라고

더우기 얼마 안 있으면
앞장 서 수상님도 뵈오려니

어이 안 그러랴
보고 또 보아도 기쁘기만 한 옥순인데야

갈 비단의 한 끝을 잡고

꿈이라 한들 얼마나 아름다우며
환상이라 한들 얼마나 황홀하랴

내 조국 금수나 강산
더 아름다이 꾸리는 일이

그런데 그것이 현실인데야
현실인데야 얼마나 더 대견하냐

가장 높은 꼭대기에서
비단 궁전 꼭대기에서

내 갈 비단의 한 끝을 잡고
불어오는 바람결에 맞아 서니

휘날리는 꽃비단아
뻗어가는 무지개야

조벽암

오리오리 맺힌 사연
한 새 두 새 얽힌 사랑

다 어찌 말하랴만
어이 다 적으랴만

정녕 이 한 가지만은 이 한 가지만은
말하지 않고는 견딜 수 없구나

몰아쳐오는 바닷물도 가슴으로 막아
가꿔 기른 포기포기 갈대며

엄동의 설한풍도 땀으로 녹여 일으켜 세운
우람찬 이 비단 궁전이

모두 다 수령이 베푸신 웅대한 구상
당연히 이끌어 준 우리네 정열의 열매려니

휘날리는 이 비단폭은
그대로 전진하는 우리 대오의 물결

펄럭이는 이 기폭 소리는
그대로 내닫는 우리의 창조의 노래

령롱한 이 빛갈은

그대로 찬란한 우리의 랑만의 꽃밭

예는 또한 조국의 북변의 한 끝
유서 깃든 압록강 기슭이라

날리기도 더한층 보람차라
온 강산 고루고루 저 남쪽 끝까지

산이 높은들 어이 막으며
강이 넓은들 어찌 못 가랴

더더욱 나의 땀도 함께 스며 배여
펼쳐진 비단이기에

진정 더 아름답구나
참으로 더 자랑차구나

땀 모르는 자들이야
이 기쁨 감히 어찌 알리 어이 느끼리

공산주의 새 언덕도 이처럼
한 층 두 층 우리가 쌓아 올리는 것이기에

오늘의 기쁨을 가져다 준 줄기찬 로력아
언제나 너는 우리의 자랑의 노래이구나

조벽암

한없이 나래칠 수 있는 광활한 미래야
너는 언제나 우리의 승리의 고지이구나

날려라 꽃비단아 더 멀리
뻗어가라 무지개야 더 힘차게

이 아름다운 우리 당의 높은 뜻
이 따뜻한 우리 수령의 은혜로움

어딜 간들 빛나지 않으리
어딜 간들 꽃 피지 않으리

천 년을 간들
만 년을 간들

1964/조선문학/9월호

북한은 한국전쟁 직전까지도 여러 도시에 대규모 공장을 건설하는데 주력한 정황이다. 그 예로 대표적 건설 현장인 신의주 화학공장 부지에 김일성 주석이 직접 방문하여 교시를 내린 점을 자랑스럽게 부각시키며 어쩌면 인민들의 열화같은 열정이 한반도의 끝인 남해 바다까지 뻗칠 수 있다는 전쟁을 미리 예견하는 정황이 엿보인다.

두 번째 시는 두메산골 한 처녀가 도시로 나와 천리마 운동에 가담하여 공장 주변에 나무를 심거나 공장 짓는 일을 하면서도 고된 괴로움보다는 오히려 기쁘고 행복한 마음으로 노동을 하고 있다.

이는 아마도 자신들이 이룩한 건설 현장을 멀지않아 지도자가 찾아와 뜨겁게 격려해 주리라는 강한 믿음을 안고 노동 현장에서 열심히 일하고 있다.

마지막 작품도 압록강 주변의 한 고층건물 건설 현장을 묘사한 전형적 선동 목적시다.

건설 현장에는 대형 인공기가 펄럭이고 한 편에서는 노동자들의 일손을 부추기고 격려하는 주악대들의 경쾌한 음악이 울려퍼지는 상황을 충분히 상상할 수 있다.

그러므로 이 비단결같은 금수강산이 새로운 건설과 복구가 이루어지는 것은 오로지 당과 수령의 은혜로운 뜻이라며 사회주의 기치 아래 살고 있는 자신들이 얼마나 자랑스럽고 자부심을 느낀다는 편협한 생각에 빠져 있는 현실이 안타까울 뿐이다.

손풍금수의 경우

– 전기 철도 공사장에서

누구를 부르는 듯
밤이 이슥토록 울리는 손풍금 소리
숙영차 앞 마당엔
금시에 춤판이 벌어질 듯
곡조도 멋들어진데
어쩐 일이냐

마당은 휑뎅그레하고
숙영차 안도 텡 비였으니

진종일 전주를 세우고
철길을 다지며
허공중에 전선을 늘인 몸
저녁이면 으레껏 한참씩
춤판으로 피로를 펴기도 했건만
이 밤에도 또 허사인가
손풍금 타던 손 멈추니
와글 끓어오르는 개구리 소리
온 들판을 뒤흔드누나

손풍금수 손풍금 걸머메고
총총히 철길 따라 걸어간다
땀에 흠씬 젖어 닿은 일터에선
와 터지는 동무들의 웃음 소리
춤판에 못 나가 미안쩍다는 듯이
용히도 찾아왔노라 반기는 듯이

이런 밤에는 저 혼자만 따돌리는 것 같아
---섭섭도 하건만 또한 어쩌랴
애써 휴식을 권하는 당의 뜻이나
몰래 일손 다그치는 동무들의 마음이나
모두다 한 가닥 뜨거운 정성의 강물인데야

어느 산 모롱이 어느 고삿인들
어이 빠지랴 샅샅이 찾아가
춤 노래로 휴식의 한때를 권하기에
밤이면 일하는 낮보다도 더 바빠마저도
손풍금수는 신이 절로 난단다
동무들과 함께 손풍금 가락 우에
조국의 한 끝에서 한 끝으로 내달을
쾌속의 〈붉은 기〉호 전기 기관차를 태울제는

또한 저도 모르게 어깨가 으쓱해진다
단김에 속후봉 륙만산을 날려 버리고
룡담의 굽인 돌이 허리를 쭉 펴 놓으며
장령골 홈태기도 보란 듯 솟구쳐 놀 때는

〈해주--하성〉의 속도를 딛고 넘어
〈평산--지하리〉의 불길을 뛰여 넘어
달려나가는 권철의 새 길 우를
이 밤도 손풍금수는 몇 차례나 오고 가는 것이냐
앞당기는 전기화 조국의 웃음을
한 몸에 듬뿍 받으며

1964/조선문학/12월호

이 시는 전기 철도 노동자들의 고달픈 하루를 달래 주기 위해 손풍금 악사가 늦은 밤으로 찾아와 흥겨운 노래와 춤판을 벌인다. 북한 사회는 이런 악사들로 하여금 농촌이나 도시의 밤을

순회하면서 노동자 농민들의 심신을 달래 주는 단원이 있는 것으로 보인다.

누구의 아들이냐

기아와 모멸의 짙은 안개 속을
너무도 일찌기 헤매여서냐
〈별 하나 나 하나〉 세여 보던 내 눈에
그 반짝이던 별들은 다 어디 갔는가

저 푸르디 푸른 하늘 아래
저 넓은 들판을
잠자리 쫓아 내달리며 부르던
네 노래는 어데다 두고
〈살려 주세요
애기 낳고 굶고 있는
우리 엄마
살려 주세요〉
산악을 무너뜨릴 애절한 목소리에 지쳐
이젠 목까지 쉬였느냐

책가방이나 멜 가냘픈 앞가슴에
서투르게 쓴 구원의 광고판을 메고

서울도 한 복판 종로 네거리에
해 저물도록 해 저물도록
너는 못 박힌 듯 서 있구나

아--- 너는 누구의 아들이냐
너에게 묻는 것이 아니다
너의 부모에게 묻는 것도 아니다
내 마음에 묻고 내가 대답하는 것이다
너는 이 땅의 아들
우리 겨레의 아들
내 조국의 아들이 아니냐!

너를 바라보는 내 눈에
번개가 이누나
이 가슴은 무너져 내리누나

아니다 나는 너로하여
천 근으로 굳어 붙은 이 발을 떼여
걸음을 더 재촉하여야했다
너의 절박한 사정에 비친
조국의 절통한 이 시각을 두고
내 어이 화약의 불심지를 돋구지 않으랴

내 몸이 부서지는 한이 있더라도
기어이 기어이 찾아 주마

조벽암

네가 잃어버린

별을

노래를

어머니의 품을…

1965/조선문학/6월호

이 시는 한창 공부할 어린 나이에 서울 한복판을 떠돌며 구걸을 호소하는 내용으로 남한의 현실을 왜곡함으로써 자신들의 우월성이 강조되는 효과를 노리고 있다. 이런 이유로 남한의 헐벗고 굶주리는 어린아이와 대중들의 희망을 자신들이 찾아 주겠다는 의지를 담고 있다.

아예 눈물을 보이지 말라

딸아!

그를 더는 붙들지 말라

저 삼각산 마루에 별 지기 전에 떠나야 한다

예는 아직 안정할 자리가 못 된다

오직 잠시 숨 돌릴 지점일 따름

우리가 뚫어야 할 길은

아직도 어둡고 험하다

차라리 그가 이 어둠을 헤치고 가

새 태양을 이고 온 자유의 광장에서
너를 부르걸랑
너도 버젓이 그를 맞을
그가 맡기고 가는 부탁이나
부탁이나 똑똑히 들어 두라

정보다 더 높은 의지에 불타라고
준엄한 시각은 분 초를 다툰다
판가리 싸움에 몸 바친 우리거니
험한 길을 자랑으로 빛낼 때
승리는 더한층 장엄하리라

사랑은 고난의 언덕에서
더 향기롭게 꽃피고
정열도 시련의 길에서
더 소담히 열매를 맺으리라

딸아!
다급한 순간일수록 더더욱
우리의 심장을 돌로 굳혀야 한다
어서 상처를 동여매 주고
아예 눈물은 보이지 말라
그가 웃으며 길 떠날 수 있도록…

1966/조선문학/3월호

혼란스런 서울의 밤을 틈타 큰 뜻을 품고 북으로 떠나는 애인이나 남편을 딸에게 더이상 막지 말라고 권하는 내용으로 작은 일신의 안위보다 내일의 큰일을 위해 나서야 한다는 결연한 의지가 담긴 것으로 어쩌면 조벽암 자신의 지난 날의 회고가 아닐까?

만풍년을 불러

– 풍년 광산 개발자들의 노래

장광산 높은 이마 턱에
대문짝 같은 큼직큼직한 골자기
방금 솟아오른 아침 해살에
더욱 뚜렷이 빛을 뿌린다
〈비료는 곧 쌀이다
　쌀은 사회주의다〉

수령의 높으신 뜻 아로새긴 수건을
산은 머리에 질끈 동이고 크게 웨치는 듯
온 산이 모두 린회석이노라고
온 산이 모두 거름더미노라고

두메 산골 외진 골짜기에
우거진 나무들로 푸르다못해 검푸르고

논 농사 밭 곡식이 벌방보다 낫단 소문 들으시고
수상님의 예지는 번뜩이셨다
〈그 골짜기라고 류별날 수 없지
파 보자 땅지김을 떠보자〉

풀 한 포기 돌 한 개에도
인민의 복리를 생각하시는
수상님의 뜨거운 품에 안겨
산더미로 쌓인 보배가
억 년 잠을 깨고
만풍년을 불러
소리치고 벌떡 일어섰구나

이 산마루 일터에 우리 설 때마다
나무리 벌이라, 열두 삼천리 벌이라
온 나라 방방곡곡에서 울려오는 환호 소리
귀에 쟁쟁 들려오는 듯

아, 수령께서 크게 웃으시며
〈풍년 광산〉이라 지어 주신 그 이름
가슴 가슴마다에 새기며
세 곱 네 곱을 넘쳐 일해도
우리의 충성 다 못 바치는 것만 같아
자꾸 부풀어오르는 영광 속에
우리의 심장은 더 뜨거워만지누나

조벽암

1967/조선문학/12월호

"비료는 곧 쌀이다 쌀은 사회주의다"라는 구호가 새겨진 산에서 노동 일꾼들이 광산을 개발하는 모습을 묘사했다. 부제로 '풍년 광산 개발자들의 노래'가 붙어 있고 '풍년 광산'이란 어휘를 수령께서 직접 지어 주었다니 가히 이 광산의 노동 현장을 상상할 수 있을 것이다.

눈 내리는 날에

날마다 발악하는 원쑤를 지척에 두고
전사는 눈 내리는 초소로 나간다
두툼한 외투 졸라맨 신들메에
듬직한 총창 다부지게 틀어 쥐고

눈 우에 발자국
큼직큼직한 발자국 찍으며
전사는 문득 그 자국 돌아본다

그날도 함박눈이 내리였다
가냘핀 손목 인민 군대에 이끌리여
작은 발자국 뒤에 남기고
북으로 북으로 따라오던 그날에도

그 흔적 더듬어 가노라면
전사의 눈에 삼삼히 떠올라라
지주 집에서 쫓겨난 아빠 엄마는
모진 추위와 굶주림 속에 시달리다 여의고
밥 빌러 눈 우를 홀로 걸어 헤매던
남녘 땅에 찍히던 그 조그만 맨발 자국이

북으로 온 지 벌써 열 몇 해를 하루같이
따사로운 양지바지 골라가며 키워 준
수령의 크나큰 어버이 사랑이
몸에 배여들면 들수록

백두의 눈무지를 헤쳐 우리 앞길 열어 주셨고
오늘도 앞장서 걸으시며
그 작은 맨발 자국들을 지워 주시는
4천만의 수령 김일성 수상님을 따라
원쑤 격멸의 최선단 로선 우에 선
전사는 다시 한 번 원쑤를 노리며
틀어쥔 총창에 힘을 몬다

남녘 땅 그 어디메고
얼어붙던 그 어린 시절의 맨발 자국이
다시는 영영 눈 우에 찍히지 않게
다시는 영영 눈 앞에 어리지 않게

조벽암

전사는 한 목숨 바쳐 나아간다
원쑤 미제를 족치는 판가리 싸움에로
큼직큼직한 발자국 눈 우에 찍으며
수령께서 가리키시는 길 혁명의 길
통일 조국의 밝아오는 새 아침을 향해!

1968/조선문학/4월호

눈 쌓인 휴전선을 지키는 한 초병의 눈을 통해 남한의 착취와 억압에 못 이겨 인민군으로 입대하여 어버이 수령의 크나큰 은혜를 입고 있는 만큼 앞으로 어떤 고난과 역경을 극복하고라도 생명을 바쳐 싸우겠다는 결의를 내비치고 있는 시로서 대단히 비장하고도 섬뜩한 분위기까지 풍기게 한다.

한 치 땅의 값은 높아

옛날에 숯구이 오막살이
숨어 살던 골안에
오늘은 기와집 새 마을들이
해종일 해빛에 싸여 있구나

머리 들면
아아한 산발 드높은 산봉에
하늘을 떠받든 고압선 철주들

줄지어 북으로 달음쳐 와
공장들에 우뚝 솟은 굴뚝마다
연기를 피워 올려 산허리를 감돌게 하고

귀 기울이면
설음 같던 골짝 물소리
오늘은 노래처럼 정답게
산이면 산을 넘고 넘으며
밟을 사람도 없던 땅을 살찌우고 있어라

한 순간에 같이 듣는
공장의 고동소리 농장의 종소리
기운차게 뻗어나간 신작로로
길이 메게 들고 나는
로동자 농민의 힘 있는 발걸음이여

어제에서 오늘을 보아 왔듯이
오늘에서 래일을 앞질러 살면서
사회주의 내 나라
산에 들에 꽃피워가는 새살림이여

눈보라 가시덤불 백두의 거친 길에서
오늘을 그리며 헤쳐오신 수령님의 높은 뜻을
받들어왔고
받들고 가며

영원히 받들고 갈
이 시대의 보람찬 궁지에
다시 한 번 심장은 뛴다

아 어데나 힘 다해 정성 다해 가꿔낸
우리의 한 치 땅의 값은 높아
지켜야 할 내 조국은
한없이 넓어만져 가누나!

1968/조선문학/8월호

농촌과 도시가 한결같이 사회주의 새 모습으로 건설되었으며 이로써 한 치의 땅도 얼마나 귀중하고 값진 것인가를 말하고 있다.

1970년대의 시

련락을 간다

— 싸우는 남조선 농민을 두고

길역 너렁배미 문턱에 꽂혀
연신 송진 내 풍기며
이름 석 자 뚜렷이 빛내는 패말이

군에서 온 정치공작원 동무가 손수 박아 준 패말이
지금도 눈에 삼삼 어려오는 듯

받아 든 토지 분여증이 너무도 대견해
떨리기만하던 손이…
지금은 그런 생각만 해도
절로 가슴 울렁여지는데

비록 날은 가고 해는 지나 스무 해가 되여도
영영 잊혀지지 않는 그 일들이
안타까운 가슴속 깊이 새겨져 있어라

김일성 장군님께서 나누어 주신 땅이라며
손 굳게 잡고 힘 돋구어 주던 그 정치 공작원 동무가
장군님의 15성상 눈길 헤쳐 싸워오신 이야기며
장군님의 령도 아래 행복에 겨운 북조선 농민들의 이야기를
마음 흐뭇이도 구수히 들려 주던 밤

달도 기꺼워서냐 유난히도 휘영청 밝던 그 밤
우리도 그이께 충성 다하리라 다짐하던 일
오늘도 달 뜬 밤이면 더욱더
신심은 달빛 타고 한량없이 퍼져나간다

시내물도 소리쳐 일러 주는 듯
바람도 나무가지 흔들어 불러일으키는 듯

조벽암

땅 받던 첫 기쁨의 그 불길이
땅을 빼앗고 집을 빼앗고 목숨까지 빼앗는
저 가증스런 미국 놈들을 금시 불태워 버릴 듯

다시 올 그런 날을 그려볼 제면
가슴은 절로 넓은 벌처럼 퍼지고
땅 주신 김일성 원수님을 흠모하여 지새는 밤이면
새 힘은 남녘의 짙은 어둠을 가르며 더 세차게 용솟음쳐라

미제를 등에 업고 날뛰는 지주 놈들이
더 악착스레 씨오쟁이마저 털어갈 때
동구 밖에 주먹 쥐고 떨쳐나온 우리 농민들
앙다물은 입술들엔 원한의 피가 맺히고
부릅뜬 눈망울들엔 복수의 번개불이 일었다

그럴제면 산에서 싸우는 동무들이 더욱더 부러워
당장이라도 달려가 원쑤를 족치고싶어도
더 큰 승리를 위하여 들먹이는 가슴을 누르며
불덩이같은 몸으로 어둠을 불사르며 련락을 간다

아 멀리 북녘 하늘을 우러러 그이를 모실
통일의 광장을 제 고장에 마련하려고
남녘 땅 우리 농민들은 삼엄한 장막을 뚫고
이 밤도 원쑤 치는 련락을 간다

1970/조선문학/1월호

북한 농민들이 지주와 자본가의 땅을 분배받은 것에 비해 남쪽 농민들은 아직도 착취와 억압에 신음하고 있다. 이런 상황을 뒤엎으려고 남쪽 농민들이 일어나 첩보원 노릇을 하고 있다는 내용으로 부제에도 '싸우는 남조선 농민을 두고'라 밝히고 있다.

행복에 겨울수록

에도는 산모롱이에 서서
내 바라보고 또 바라보노라

행복한 웃음 소리… 노래 소리… 흐르는 두메 마을은
은혜로운 해빛 아래 한껏 아름다와라

저 멀리 남녘 땅 내 고향도
산 높고 물색 좋은 고장이건만…

불현듯 저도 모르게 굳어진 눈에
비수같이 날카롭게 타 이는 분노의 불꽃

행복에 겨울수록 걸음걸음 발에 감겨 못 잊혀지는 걸
자나 깨나 사시장철 눈에 삼삼 어리는 걸

여기 새 기와집 뒤동산 과원마저도

남녘 땅 짓밟는 원쑤를 겨누워 불길 돋궈 주는가

여기처럼 탐스러울 수 있는 한 조국 땅이라서
길이 함께 살아 왔고 살아갈 한 피줄이라서

4천만의 수령 김일성 원수님의 해빛 아래
일어서는 사회주의 새 농촌이 행복에 겨울수록

어지럽던 남녘 땅 어린 시절 정든 고향은
나를 붙안고 이다지도 몸부림치는 건가

미여지는 가슴에 치솟는 번개는
폭풍을 몰아 남쪽 하늘을 가르누나

간악한 원쑤 미제를 쳐부시는 남녘 형제를 도와
나는 더 힘차게 농장벌을 가꾸어 가리라

남녘 형제들을 돕는 길에 피땀이 젖어든들 어떠리
멍든 내 가슴 한 구석 남녘 땅이 부르거니…

1971/조선문학/3월호

이 시에서는 행복이 넘치는 지상 낙원 북녘 땅. 화자는 이 낙토의 한 산모퉁이에서 고난을 겪고 있을 남녘 땅 형제들을 안타까운 눈길로 바라보고 있다.

풍요와 행복에 겨울수록 더욱 핍박받을 고향 땅이 생각난다는 지극히 상투적 내용의 시다.

알뜰한 창성

산 넘어 삭주에선
살구꽃이 다 졌는데
령 넘어 창성에선
진달래가 한창이구나

은혜 받아 살기 좋은 땅에
꽃까지 향기로우니
걸음걸음 옮기는 걸음
사랑 속에 잠기누나

아담한 새 기와집들은
분칠 단장 곱게 하고
최뚝에서 뽕잎 따는 큰애기들은
우리 들으라 노래 소리 저리 고운가

층층이 쌓아 올린
산 기슭의 다락밭들은
수령님의 뜻 높이 받든 정성의 고임돌인 듯

조벽암

농기계를 실은 뜨락또르 산 굽이 돌아오고
산 중턱엔 흘러가는 양의 흰 구름 떼
지방 공장 굴뚝에선
검은 구름 뭉게뭉게 피여 오르누나

아, 눈 가는 곳 그 어디나
손때가 잘잘 흐르는
이 고장 사람들의 알뜰함을
배우라고 우릴 불러 주었는가

산에 사는 산골 사람들은
산을 잘 가꾸라신
그이의 크고도 높은 사랑
한 아름 안고 가라 우릴 불러 주었구나

1972/조선문학/5월호

봄의 심심산천 삭주 창성의 정경을 서정적으로 잘 표현하고 있으나 결국 이 모든 자연적 조건마저 당과 수령의 은혜로 결론짓고 있어 폐쇄 체제 사회의 한계를 여실히 드러내 주고 있다.

이 시 외에 「벽동골의 새 전설」이라는 시에서도 두메산골 벽동 마을의 풍치를 한 폭의 수채화처럼 묘사하고 있으나 이 역시 결론은 당과 수령의 은덕으로 되돌아가고 있다.

조립공의 심정

돌자갈 비탈길을 갈아도 보며
나사 못을 더 든든히 조인다
울퉁불퉁한 산협 길을 더듬으면서
달아 놓은 바퀴도 다시 한 번 돌려본다

알곡 증산의 예비 으뜸으로 많고
고된 일손이 아직도 남은 중간 지대에
어서 뜨락또르를 더 많이 보내자신
어버이 수령님의 크나큰 사랑!

아 뜨거운 그 사랑 그 은덕에
눈굽 적시는 농민들과 가슴 맞대며
조립공은 이 밤도 일손을 다그친다
더 알뜰히 더 튼튼히 더 재빨리…

1973/조선문학/1월호

새해 벽두 특집으로 북한의 저명한 시인들이 기양의 트랙터 공장을 방문하여 기계 전사들로 하여금 생산성 향상을 부추기고 있으며 이 모든 일들이 농민과 인민을 위한 일이라며 당과 수령에 감사의 마음도 함께 전하고 있다.

아침에 있은 일

농장 벌은 우리의 린 회석을
얼마나 간절히 기다릴 것인가?
곱으로 늘어난 계획을 상반기 안으로
그것도 기일을 앞당기잔다

사람들의 발걸음도 재빨라지고
자동차도 한없이 속도를 높인다
골 안에는 때아닌 우뢰가 울고
번개가 친다

하루 사이에
산봉은 뭉그러져 골을 메꾸고
밤은 노래 소리에 묻혀
아침을 맞기도 한다

〈피바다〉 근위대 식사 당번 처녀 동무
혁신자 동무들에게 줄 꽃을 꺾느라
이 아침에도
치마자락 온통 이슬에 적시였구나

어쩌랴 오늘은
한 아름 안고 온 꽃다발이 모자란단다
성수난 밤 교대 돌격대원들

집단으로 혁신을 일으켰단다

누구에겐 주고 누구는 번지랴
당황하며 눈 깜짝인 처녀동무
고개 개웃 생각을 굴리다
산비탈을 치달아 오른다

온몸이 이슬에 다 젖은들 어떠랴
온 산의 꽃을 다 꺾은들 어떠랴
수령님께 드린 맹세에 불이 붙었는 데야
청춘의 가슴마다에 다 피워 줄 꽃인 데야

고운 꽃 송이송이 골라 꺾으며
스스로 흥에 겨워 노래 부른다
온 벌이 다 듣게 다 울리게
해님도 벙글벙글 반기며 솟아 올라라

1973/조선문학/7월호

직장에서 일하는 인희석이란 처녀가 밤낮 없이 노동에 매달려 있는 동료들을 위해 즐거운 마음으로 꽃을 꺾어 모든 동료들에게 나누어 준다는 이야기가 사실적으로 묘사되어 있다.

농장의 새 딸 순희

5월의 으스름 달밤
바람결에 멀어졌다 가까와졌다
서레질하는 뜨락또르의 동음 소리

수고한다 생각하니 되려 송구해
농장의 새 딸 단발머리 순희
가만히 일어나 뜨락을 내려 선다
아침이면 말끔히 써래질해 놀 논판에
내야 할 모를 뜨러 모판으로 간다

얼마 전 이맘 철엔
가창대 춤과 노래 안고 바삐 걷던 길
풀에 덮인 오솔길도
이제는 길들어 발길 가볍고
논고에 넘치는 물 소리도
어서 오라 반기는 듯

마음도 키도 무척 자란 것 같고
나래를 펴면 구만 리 장천
반짝이는 별들과 속삭여서냐
정기 어린 눈에 피여나는 새 꿈

학교의 실습 포전에서

알뜰히 가꾸던 그 이악한 일 솜씨를
온 농장벌에 손 익혀가는 우리 순희

이제 온 벌이 벌도록 대풍을 이루면
수령님께서 친히 오시여
그 작은 손도 곡 잡아 주실 것만 같아
노래도 흥겨이 새 힘이 절로 솟는다

구수한 흙내며 온 벌의 초록 빛이
그 손에만 물든 줄 여기지 말라
그 뜨거운 심장의 가장 깊은 곳에
더 짙게 배여 있기에
그 숨소리는 비록 작아도
들끓는 농장의 숨결을 다 담고 있단다

우련히 동터오는 신새벽
밤 도와 그쯘히 뜬 모춤을 추스르노라니
그 품에 더 다정히 안겨 오누나
하늘 땅이 온통 푸르러지는 고향 벌이…
그 눈에 더 흐뭇이 설레이누나
온 벌에 차고 넘칠 황금의 파도가…

농장의 진정한 주인답기엔
아직도 자꾸 모자라는 것 같아
일을 찾아 해도 성차지 않아

앉아도 서도 걷잡을 수 없이 출렁이는
출렁이는 그 가슴

그이께서 키우신 농장의 새 딸 순희는
이 충성의 바다를 안고
어버이 수령님께 받들어 올릴
만풍년의 새 꿈을 거둬 간단다

1973/조선문학/9월호

새벽잠을 설치고 일어난 순희가 논으로 나와 모를 심으며 지난번에 있었던 가창대의 춤과 노래 그리고 학교 실습 포전에서 일하던 생각 등 즐거웠던 시간들을 떠올리며 일을 해도 해도 즐거운 것은 자신이 어버이 수령의 딸임을 자부하는 데서 오는 것으로 판단하고 있다.

충성의 대답

파도 설레는 황금벌
알찬 이삭들의 속삭임 소리에 귀 기울이며
깊은 감회에 잠겼던 작업 반장 처녀는
이윽고 달같이 환한 미소를 짓더니
내 물은 말에 대답을 하네
---- 수령님께서 이 가을에

꼭 오시겠다고 하시였어요------

끝없는 행복에 젖어 감격에 젖어
그 빛나는 눈동자도 눈물에 젖어
아득한 벌 한 끝을 바라보는데

어버이 수령님 모시여 기쁘던 그날
그 품에 안기여 뜨겁던 그 눈물이
자꾸만 자꾸만 가슴에 새로와져서
거름 더미 뒤재던 그 새벽에도
흙깔이 포전길 달 밝은 밤에도
오히려 가슴은 설레이기만 하고
오히려 일손은 더딘 것만 같아서
안타까와 안타까와 못 견디던 처녀

알알이 고른 씨앗 충성의 풍년 씨앗
모판에 정성 담아 붓던 날에도
가슴 속에 소리 없는 눈물을 흘렸더란다
---- 수령님 랭상 모를 부었습니다---

깨끗한 마음으로 심장과 심장들을 뒤흔들며
온 마을이 떨쳐나
벌과 함께 벌에 살며
수령님 바라보실 이 벌이 넘치도록
쏟아 부은 그 정성 포기포기 가꾸어 열매 맺었네

조벽암

벼 포기 줌 벌게 우적우적 아지치는 밤
벼꽃이 구름처럼 피는 아침에
작업 반장 처녀는 별과 함게 해와 함께
속삭이며 미소 지었더란다
―――― 수령님 결실이 좋습니다――――

아, 그날을 위해 이 가을을 위해
어버이 수령님 모실 영광의 그날 위해
이 벌을 길들이며 가꾸었더란다

처녀의 대답은 메아리 되여
기슭 없는 황금 벌에 울리여 가고
달같이 환한 처녀의 웃음에
벌은 흥치며 설레인다
―――― 수령님께서 이 가을에
꼭 오시겠다고 하시였어요――――

1974/조선문학/9월호

농장의 한 작업반장 처녀가 마을을 방문했던 수령에 대한 감회에 젖어 씨를 뿌리고 모를 심어 결실을 거두는 과정을 힘들거나 고달프다는 생각 대신 한없는 기쁨과 영광의 마음에서 우러나와 일하는 모습을 그렸으며 언젠가 다시 수령께서 자기 마을을 찾아올 것으로 믿고 있다.

조국은 새 아침을 외 4편

여울목에서

어스름 짙어 가니
생각도 짙어 갑니다
여울목 물 소리 높아 가니
심장의 고동 소리도 높아집니다

물새도 깃 찾아 나는 저물녘
천 리하고도 또 천 리
이국 먼 나그네 길에서
돌아오시는 김형직 선생님

건너 서면 정겨운 조국 땅
압록강 물 소리도 반겨서냐
가실 때보다 오실 때가
오실 때가 더 가슴 부푸셨답니다

말없이 떠나시는 외론 길목에
묵묵히 바래 주던 조국 강산이
그리도 몹시 송구스러우셨기에

조벽암

다시 맞는 정은 더없이 뜨거우셨답니다

새날을 믿어 서슴없이 내달으시는 발길 앞에
막아 선 총칼 숲도 무색하였고
옮기시는 자욱자욱 발자욱 소리도
조국은 봄 우뢰로 새겨 들었습니다

새벽의 초행 길 가시덤불 속
지새는 새 아침을
조국은 아 나의 조국은
이렇듯 헐치않게 맞이했습니다

아, 그날의 그 밤은
아득한 세월 속에 흘러갔어도
지정 어린 그 물굽이는 오늘도
우리의 가슴가슴에 맥맥히 흘러듭니다

어스름이 짙어 가니
생각도 짙어 갑니다
여울목 물 소리 높아 가니
거룩하신 그 심정 더욱 간절합니다

중골 나루터 물 소리

다시 꼭 오시라고
조르는 물 소리도 달래시며
다시 꼭 돌아오마고
홀로 속다짐도 하시며
건너 가신 나루터 중골 나루터

이 땅 력사의 새벽 기슭에
걸음걸음 민족의 념원을 새기시며
겨레의 가슴가슴에
혁명의 불씨를 심어 투쟁에로 불러 주신

때로는 험한 산발을 홀로 걸으시며
때로는 물속 깊이 발을 잠그시며
갈새도 놀래 나는 한밤중
무장대에 총탄을 마련해 주시며
넘나드신 나루터 압록강 나루터

암운 짙은 조국 강산
사려 문 겨레의 아픔 되새기며
바삐 궁이배의 노 젓는 소리
지금도 력력히 이 가슴에 파도쳐 오는 듯

아, 그날의 그 밤길 못 잊어

조벽암

차마 잊을래야 잊을 수 없어
애타게 속삭여 주는가
중골 나루터 물 소리
조국을 동틔우는 가쁜 숨 소리

오늘도 래일도
전하여 길이 끝없을 그 소리
심장 속 속속들이 흘러드네
압록강 기슭을 지나 저 남해가
모대기는 파도 소리도 따라 보채며…

좌골 객사에서

밤 도와 험한 산발 굽이굽이 칠십 리
이슬 젖은 두루마기자락 무거이 날리시며
산모롱이 에돌아
“내 여기 있노라”
금시에 김형직 선생님 나서시는 듯

물 소리 바람결도 모두다
그 해 그날의 그 소리인가
진록색 뚝뚝 덧는 천마산 막바지 좌골
그 무르익던 마여름이

우리의 가슴에도 철철 넘어 나는 듯

이웃에 마실 오시듯 먼길 드나드시며
피 끓는 청춘의 심장마다에
심어 주신 애국의 넋이 숭엄히 스며 배서냐
무장대의 검소한 귀틀집 한 채
생나무 서까래 내려꽂혀 아름드리가 되였구나

등잔 불티를 따고 또 따시면서
"무장에는 무장으로"
조국 수복의 높으신 계책 짜시며
지새우던 그 밤의
그 기백 그 음성 지금도 력력하온듯
멀리 비치시는 영채 도는 그 안광에
조국의 아픔을 가득히 담으시고
조선이 가고
겨레가 모두 가야 할
력사의 새벽 길을 헤치신 김형직 선생님

달빛 교교한 옛 병영 좌골 객사에서
잠 못 이루는 이 한밤에도
소탈하신 그날의 그 차림새로
김형직 선생님 친히 찾아 오시여
우리에게도 밤 새워 타일러 주시는 듯

조벽암

아, 〈지원〉의 큰 뜻 가슴 깊이 품으시고
만경대 순화강 기슭을 멀리 떠나 오시며
여기 압록강 기슭 심산에도 심산 속에
뿌리 깊게 내려 주신 애국의 넋이
가슴속 깊이깊이 스며들어라 파고들어라

통군정에 올라

의주라 통군정 루 우에 올라 서니
풍운을 몰아 하늘 땅을 진감하던
지난 날의 우람찬 말발굽 소리 들리는 듯

흐렸던 날씨도 번쩍 들려
트이는 저녁 노을에
성루의 단청도 오늘 더욱 새로운데

왜적에게 짓밟혀 물안개 서린 강산을
한 번 휘-- 둘러 보시고
긴 숨 몰아 쉬신 김형직 선생님

지그시 입술 옥무시고
웃고 다시 오를 그날을 그리시며
첫새벽 초행 길에 헤쳐 가신 선생님

바람도 옷자락에 매달려 목메였던가
자욱자욱 발자욱에 피여지는 생각도
더욱 깊이 깊어만지셨던가

자신이 못 다 이루시면 아들이
아들이 못 다 이루시면 대를 이어
가고 가야 할 길 꼭 가고 가야 말 길

다락 우에 한동안 묵묵히 서시였다가
천천히 북으로 옮기시는 그 발걸음은
천만 근으로 무거우셨으리

아, 아버님의 그 큰 뜻을 이어
기어이 조국 광복의 새 봄을 안아다 주신
수령님의 따사로운 품에 안겨 사는 오늘

김형직 선생님의 그날 그 심정을
가슴에 안고 조국 땅 한 끝을 더듬으니
검푸른 남해가 물결쳐 와라

아 상기도 짓밟히는 저 남녘을 두고
심장 깊이 선생님의 〈지원〉의 뜻 새기며
내 해 저물도록 루를 내리지 못하누나

1981/조선문학/3월호

이 네 편의 연작시는 제목을 「조국은 새아침을…」이라 붙여 1981년에 발표된 것으로 네 편 전편이 김일성 주석의 부친인 김형직을 우러르는 시로 「여울목에서」는 먼 이국 땅에서 돌아오는 나그네를 압록강 여울목에서 정겹게 맞이하는 내용이며 「중골 나루터 물소리」는 압록강 나루터를 넘나들며 무장 혁명을 지원해 주는 이야기이고 「좌골 객사에서」는 조국 광복을 위해 헌신한 김형직의 면모와 인간성을 그리고 있으며 「통군정에 올라」는 김형직이 닦아 놓은 큰 뜻을 마침내 아들인 김일성 주석이 이어받아 기어이 조국 광복의 염원을 이루었다는 김일성 부자에 대한 은덕과 감사의 마음을 전하고 있다.

좌파 문학의 선두 주자

이상으로 조벽암의 북한에서의 시문학 활동 전반을 살펴 보았으며 다음은 그의 수필 몇 편과 유일한 희곡 한 편의 내용을 감상해 보기로 한다. 참고로 조벽암은 시인 못지않은 소설가로도 명성이 높지만 북한에서는 그의 소설 작품이 전혀 발견되지 않고 있다.

1958년 『조선문학』 10월호의 「따뜻한 햇볕」에서 조벽암이 '내각 결정 96호를 받는다'는 부제하에 발표한 수필은 차라리 수필이라기보다 북반부의 풍요로움과 평화적 분위기로 일관된 성명서 같은 느낌을 주고 있다.

내각 결정 96호의 내용은 미제와 이승만 치하에서 굶주리며 헐벗고 있는 어린이와 청년 학생들을 위해서 식량과 의류, 장학금 등을 지원하겠다는 것으로 이를 계기로 남쪽에 두고 온 9순의 노모와 아홉 살 난 어린 딸을 상기시키며 울분과 자랑을 동시에 늘어 놓고 있다.

또 1962년 『조선문학』 7월호에 실린 「그에 대한 일화 몇 가지」의 수필은 조벽암 자신의 삼촌이기도 한 '포석 조명희'의 알려지지 않은 일화를 담담하게 그려내고 있다.

필자는 어린 시절 충북 진천의 산골 마을에서 보고 들은 조명희에 대한 이야기로 그가 6살 때 서당에 다니면서 동몽선습을 비롯 통감과 소학·논어·대학 등을 통달하여 신동 소리를 들었다는 사실과 15살 때는 일제에 항거하기 위해 마을 아이들 70~80명을 모아 군사놀이를 했고 올곧은 작품 활동 중에도 가난을 극복하기 위해 팥죽 장사와 과일 장사 등을 했으며 마지막으로 필자는 조명희의 대표시 「낙동강」을 한 시도 잊은 적이 없다고 술회하고 있다.

이어 1965년 10월에 발표한 「한 핏줄」이란 수필은 필자가 해방 3년째 되던 해 전남 광주에서 우연히 한 청년과 네 살박이인 부자 간을 만났는데 아이가 아버지를 아저씨로 불렀는데 이유인즉 아버지가 남조선 정권에 반대하여 저항하는 사람이었기에 일찍부터 가족과 분리시켰다는 것이다.

아들이 아버지라 부르지 못하고 아버지가 아들이라 말할 수 없는 참담한 분단의 현실에서 그 청년은 한국 전쟁시 의용군에 입대하여 제대 후에는 북한의 한 공장에서 일하며 행복하게 살고 있다.

하지만 생지옥 같은 남쪽에서 온갖 박해와 기아에 허덕이며 살아갈 아내와 아들을 생각하면 모두가 한 가족 한 핏줄인데 남조선 원수들로 인해 이런 비극이 쌓였다며 반드시 남과 북 인민들의 투쟁으로 혈육의 정과 한 핏줄을 되찾아야 한다고 강조하고 있다.

이 밖에도 1970년 8월에 발표한 「생활은 그대로 시와 노래」라는 수기 형식의 작품을 발표했는데 필자를 비롯한 작가와 예술인들이 소위 농촌 시범 마을로 조성한 청산리 마을을 찾아가 농민과 어울려 논밭 일과 과수·축산 등을 실제 경험하며 이들의 사기 진작을 위해 현실에 맞는 작사와 작곡을 해주는 등 상호 도·농간의 격차를 줄이고 문화 혜택을 공유하는 내용을 그리고 있다.

그러므로 작가 예술인들이 겪은 잠시 동안의 농촌 체험도 곧 시와 노래라고 말하고 있다.

끝으로 조벽암의 유일한 희곡 「닭」을 조명해본다.

한국 전쟁 중의 한 농촌을 그린 내용으로 장년의 농부 부부와 열 아홉 살 난 딸이 미군의 폭격으로 폐허가 된 지역에서 농사와 닭을 기르며 살아간다.

어느 날 리 인민위원회 서기장이 면 인민위원회 부위원장을 방문했으므로 술 대접을 하기 위해 농부네 닭 한 마리를 달라고 했다가 보기 좋게 거절당한다.

그러나 농부 부부는 인민 군대에서 잠시 고향에 돌아온 청년에게는 닭 한 마리를 선뜻 딸에게 들려보낸다.

리 인민위원회 서기장의 부당함을 나중에 안 리 인민위원회 위원장과 선전실장은 서기장으로 하여금 자기 잘못을 동네 사람들에게 사과시킨다.

한편 전선에서 돌아온 인민군 전사를 위해 집집마다 음식 한

가지씩 준비하여 여맹 동무들과 민청 동무들이 마련한 음식으로 마을 사람 모두가 회식을 한다.

이를테면 전쟁 시기에는 전후방이 없이 모두가 한데 뭉쳐 승리해야 한다는 이념적 선전 색채가 짙은 작품이라 여겨진다.

이상과 같이 조벽암은 시와 소설 수필과 희곡 등 문학 전반에 걸쳐 천재적 재능을 발휘한 폭 넓은 작가임이 분명하다. 이런 탁월한 작가가 자유로운 환경에서 작품 활동을 했더라면 미래의 고전으로 남을 명작을 많이 남겼을 것이라는 추측과 함께 불우한 한 시인의 생애에 아쉬움을 표하고 싶을 뿐이다.

북에서 온 시인

구상 具常

1919 / 9. 16 ~ 2004 / 5. 11

생애 및 연보

본명은 구상준이다. 서울 종로구에서 태어났지만 1923년 부친의 교육 사업을 따라 함경남도 문천군으로 이주했다.

구상은 북한에서 1938년 원산의 성베네딕도 수도원 부설 신학교 중등과를 수료하고 이어 1941년 일본대학 전문부 종교학과를 졸업했다. 이 시기에 그는 프랑스와 서유럽의 급진 좌파 사상을 체험한 후 1942년 북한으로 돌아와 1945년까지 원산에서 북선매일신문 기자로 활동했다.

이로써 구상은 25년간 젊은 시절을 북한에서 활동했기에 남한 출신이지만 북에서 온 시인으로 상정했다.

북한에서 시인으로, 기자로 주목받던 구상이 남한으로의 탈출한 동기는 1946년 원산문학가동맹이 출간한 동인지인 해방 기념 시집 『응향』에 게재한 세 편의 시 「여명도」 「길」 「밤」의 작품에서 내용이 반민족 반사회주의적 반동 작가로 낙인 찍혀 북조선예술총동맹의 맹원인 백인준으로부터 예술지상주의적, 부르조아적, 퇴폐주의, 악마주의, 반인민적이라는 혹평을 받고 점점 월북반동 작가라는 위험이 뒤따르자 1947년 2월 마침내 원산을 탈출하여 남한으로 왔다.

그렇지만 북에서의 『응향』 필화 사건은 남쪽의 문학가동맹 기관지에서도 공론화되는 바람에 김동리, 곽종원, 조연현 등 민족 진영의 작가들이 거센 반론을 주장하기도 했다.

이런 우여곡절을 겪은 구상은 이후 월남하여 언론과 표현의 자유가 절대적으로 보장되는 현실에서 소신껏 창작 활동을 계속할 수 있었다.

구상은 활발한 창작 활동 외에 연합신문 문화부장을 비롯하여 국방부 기관지인 「승리일보」 주간 및 「영남일보」 주필 겸 편집국장 그리고 경향신문 논설위원 겸 도쿄 지국장을 역임하기도 했다.

그러나 구상은 언론계뿐 아니라 교육계에도 큰 족적을 남겼는데 효성여자대학교 문리과대학 부교수, 서울대, 서강대 문리과대학 강사, 카톨릭대 신학부 대학원 강사 및 중앙대학교 예술대학 및 대학원 대우교수를 역임했다.

한편 문단에서의 구상은 1951년 첫 시집 『구상』을 펴낸 후 1956년에 두 번째 시집 『초토의 시』가 발간되자 문단에 엄청난 화제를 불러일으킴과 동시에 그의 대표시로 자리매김되었다.

북에서의 「여명도」가 큰 반향을 일으켰다면 이 「초토의 시」는 남쪽에서 크나큰 화제를 불러모았다. 이 시는 「초토의 시」 외에 '휴전 협상 때' '적군 묘지 앞에서' 등 몇 편의 부제가 실려 있는 대하 장시로 한국전쟁을 소재로 다루었는데 전쟁의 참혹한 비극과 견디기 어려운 고통을 극복하여 구원의 세계로 다가가는 과정을 단단한 시어들로 형상화했다는 평가를 받고 있으며 시인은 이 작품으로 서울시문화상을 수상하기도 했다.

이어 구상은 약 20여 년 간 시집보다는 수상집과 수필, 묵상집 등을 펴냈는데 수상집으로는 『침언부어沈言浮語, 1961』 『영원 속의 오늘, 1975』 이 있으며 묵상집으로는 『나자렛 예수, 1979』가 발간되었다.

이 밖에도 수많은 시집과 시선집을 비롯하여 시론집 번역 시선집, 희곡 시나리오집 등이 출간되었으며 대표적 시집으로는 『까마귀, 1981』 『개똥밭, 1987』 등과 연작 시선집 『오늘 속의 영원, 영원 속의 오늘, 1996』 신앙 시집 『두이레 강아지만큼이라도 마음의 눈을 뜨게 하소서,

2001』가 있으며 2004년부터 2010년까지 6년여에 걸쳐『구상문학총서』 총 10권이 발간되었다.

이상과 같이 구상은 한국 문단은 물론 언론 교육 종교계 등 사회 각 분야에서 그 업적과 공로가 인정되므로서 대한민국 예술원 회원을 역임했고 대한민국 문학상 본상과 대한민국 예술원상, 금성화랑 무공훈장, 국민훈장 동백장, 금관 문화훈장 등을 추서받았다.

이렇듯 파란만장한 고난의 시련을 남북한에서 동시에 겪은 한국 문학사에 길이 남을 시인은 마침내 2004년 빛나는 생을 마감했으며 그의 문학 창작성, 예술성, 인간성 등을 영원히 기리기 위해 경상북도 칠곡군 왜관읍에 구상문학관이 건립되었다.

이상으로 구상 시인의 간략한 생애와 업적을 살펴본 바 다음에는 그의 대표시 몇 편을 감상해 보기로 한다.

여명도 黎明圖

동이 트는 하늘에
가마귀 날아

밤과 새벽이 갈릴 무렵이면
'카스바' 마냥 수상한 이 거리는
기인 그림자 배회하는 무서운
골목…

이윽고
북이 울자

원한에 이끼 낀 성문이 삐개지고
구렁이 지등같이 서린 한길 위를

횃불을 든 '시빌'이
깨어라!
외치며 백마를 날려

말굽 소리
말굽 소리

창칼 부닥치어
살기를 띠고

백성들의 아우성
또한 처연한데

떠오르는 태양 함께
피 토하고
죽어가는 사나이의 미소가
고웁다

이 시는 북한에서 『응향』 문예동인지에 게재된 작품으로 평양 당국으로부터 반국가적 반민족적 작품으로 낙인 찍혀 구상이 북한을 탈출한 동기가 된 매우 의미 있고 상징성이 있는 시다.

이 시가 발표된 1946년의 북한 현실은 아직 사회주의 1인 독재 체제가 자리잡지 못한 시기로 어느 정도 표현의 자유와 개개인의 사생활을 통제 억압할 수는 없었을 것이다.

더구나 중앙도 아닌 원산에서 이런 문학 동인지가 발행되었다는 사실은 북한 당국은 물론 문화예술계에도 엄청난 반향을 일으켰는데 그럴 것이 노동당 기관지 겸 조선작가동맹 기관지인 『조선문학』도 아직 창간되기 전이므로 이 동인지와 게재된 작품들이 얼마만큼 파장을 일으켰을가를 넉넉히 짐작할 수가 있다.

그러나 이런 개인의 자유나 소신적 표현이 더이상 확대 확산되는 것을 막기 위해 더더욱 억압과 금지의 폐쇄 정책을 앞당긴 사실은 이 시의 의미를 더욱 값지고 빛나게 하는 것이라 여겨진다.

초토焦土의 시 1

판잣집 유리딱지에
아이들 얼굴이
불타는 해바락마냥 걸려 있다

내려쪼이던 햇발이 눈부시어 돌아선다
나도 돌아선다
울상이 된 그림자 나의 뒤를 따른다

어느 접어든 골목에서 걸음을 멈춘다
잿더미가 소복한 울타리에
개나리가 망울졌다

저기 언덕을 내려달리는
소녀의 미소엔 앞니가 빠져
죄 하나도 없다

나는 술 취한 듯 흥그러워진다
그림자 웃으며 앞장을 선다

구상

초토焦土의 시 10

— 휴전 협상 때

조국아 심청이마냥 불쌍하기만 한 너로구나
시인이 너의 이름을 부를 양이면 목이 멘다

저기 모두 세기의 백정白丁들
도마 위에 오른 고기 모양 너를 난도질하려는데
하늘은 왜 이다지도 무심만 하다더냐

조국아, 거리엔 희망도 절망도 못하는
백성들이 나날이 환장해만 가고
너의 원수와 그 원수를 기르는 벗들은
너를 또다시 두 동강을 내려는데
너는 오직 생각하며 쓰러져가는 갈대더냐
원혼의 나라 조국아
너를 이제까지 지켜온 것은 비명非命뿐이었지
여기 또다시 너의 마지막 맥박인 듯
어리고 헐벗은 형제들만이
북으로 발을 구르는데
먼저 간 넋을 풀어 줄 노래 하나 없구나

조국아, 심청이마냥 불쌍하기만 한 조국아!

이 시는 총 15편으로 구성된 작품 중에서 두 편을 선별한 것

인데 전편이 한국 전쟁의 비극과 참상을 서사적으로 표현한 구상의 대표작으로 평가받고 있다.

시인은 분단의 현상을 비판적 역사 의식과 존재론적인 문제의식으로 내다보며 내용을 형상화하고 있는데 이를 두고 당시 일부 논객과 평론가들은, "허무적 휴매니티의 발로發露"라며 혹평을 불러일으키기도 했다.

시의 내용을 살펴보면 6.25 한국전쟁이 한낱 이데올로기의 대결에 불과하며 우리 민족은 강대국들의 세력 다툼에 말려든 희생양임을 강조하고 있다.

그러므로 우리 고유의 전통적 선의 상징으로 인식되는 심청의 자아 희생을 통해 구원받는 인간상을 그린 동시에 이런 희생적 모습이 고난에 처한 조국과 심청을 동일시하는 시적 근거를 삼고 있다.

이와같이 이 전편의 시들에서는 힘 없는 피해자들의 참담한 현실이 단순한 연민의 대상이 아니라 이런 비극적 현상을 눈앞에 두고 있으면서도 고통과 슬픔을 극복하고 마침내 구원의 길에 도달한다는 희망적 메시지를 전하고 있다.

따라서 이 작품은 동족상잔의 민족적 운명을 실체적이고 역사적 비극으로 인식하는 동시에 진정한 역사적 의미와 인간 가치의 본질을 동시에 인식하고자 하는 존재론적 시 의식과 인간애 넘치는 휴머니즘이 깊이 깔려 있는 현상을 잘 드러내고 있다.

이러한 점으로 미루어볼 때 구상의 시 창작 활동은 한국 전쟁 이후에 활발하게 진행되었음을 볼 수 있는데 그의 시적 경향은 전통적 서정시의 거부와 함께 모더니즘 작품들에 대해서도 비판적 입장이었다.

그러므로 그의 시 정신은 철저히 존재론적인 토대 위에서 선과 아름다움을 추구하는 방향으로 고착화되었다

구상의 이러한 시적 경향을 대표하는 시가 바로 「초토의 시」이며 이 시가 조지훈의 시집 『역사 앞에서』와 유치환의 시집 『보병과 더불어』 등이 한국전쟁의 실체를 형상화한 작품으로 널리 평가되고 있다고 볼 수 있을 것이다.

말씀의 실상實相

영혼의 눈에 끼었던
무명의 백태가 벗겨지며
나를 에워싼 만유일체萬有一切가
말씀임을 깨닫습니다

노상 무심히 보아오던
손가락이 열 개인 것도
이적異蹟에나 접하듯
새삼 놀라웁고

창 밖 울타리 한 구석
새로 피는 개나리꽃도
부활의 시범을 보듯
사뭇 황홀합니다

창창한 우주 허막虛漠의 바다에서
모래알보다도 작은 내가
말씀의 신령한 그 은혜로
이렇게 오물거리고 있음을

상상도 아니요 상징도 아닌
실상으로 깨닫습니다

구상의 시 정신은 김소월, 박목월 같은 서정주의를 비판하는 시인임에도 이 시는 사물에 대한 적절한 비유와 예리한 감각적 인식을 보여주는 뛰어난 서정시로 평가될 만하다.

시의 내용을 살펴보면 카톨릭적 신앙 철학을 내포하고 있는 반면 불교적 윤회 사상도 함께 어우러진 작품으로 인식할 수 있다.

이를테면 상상도 아니오 상징도 아닌 실상으로 깨닫게 하는 것은 곧 하느님의 말씀을 깨닫게 하는 행위며 '무명의 백태가 벗겨지며'에서의 무명은 불교에서 회자되는 이른바 인간이 자신들의 본성을 잃고 온갖 탐욕과 증오에 빠져들어 있는 혼돈의 상태를 의미하는 것으로 어차피 이 질곡에서 벗어나는 길은 하느님의 말씀을 따르는 것이라는 다소 기독교 사상을 옹호하는 내용으로 읽혀지기도 한다.

구상무상具常無常

이제 세월처럼 흘러가는
남의 세상 속에서
가쁘던 숨결은 식어가고
뉘우침마저 희미해가는 가슴

나보다도 진해진 그림자를 밟고 서면
꿈결 속에 흔들리는 갈대와 같이
그저 심심해 서 있으면

해어진 호주머니 구멍으로부터
바램과 추억이 새어나가고
꽁초도 사랑도 흘러나가고
무엇도 무엇도 떨어져버리면

나를 취하게 할 아편도 술도 없어
홀로 깨어 있노라
아무렇지도 않노라

이 시는 예외 없이 시인 자신의 파란만장한 인생 여정의 자전적 고백록으로 보여진다.

자신의 생각과는 아무 관계 없이 비합리적으로 흘러가는 세상을 보고도 어떤 실천적 행동도 할 수 없는 무기력한 지성인의 감성을 적나라하게 표현하고 있다. 또한 오로지 선과 구도의 길을 가려는 한 지식인의 양심도 때로는 도박과 아편과 술에 취향하려는 시대의 현혹에도 고민해야 하는 시인의 나약한 자조 자학의 심경이 역력히 드러나 보인다.

그렇지만 어떤 악조건이나 시련도 장애가 될 수 없고 아무렇지도 않다는, 혼자서라도 깨어 있어야 한다는 강한 의지와 신념을 보여주고 있다.

까마귀 1

까옥 까옥 까옥 까옥

친구여!
나는 어쩌면 그대들에게
미안하이

내가 그대들에게 들려줄 노래사
그지없건만
오직 내 가락이 이뿐이라서
미안하이

까옥 까옥 까옥 까옥

이 시는 1981년에 발간된 시집의 표제이며 총 4편의 연작시

중에서 한 편을 고른 것이다.

지식인, 지성인으로서 시인은 한 시대를 대변해야 하는 준엄한 사명감을 앞세워 시를 창작해야 한다. 이런 면에서 구상의 시는 철저한 책임과 의무를 띄고 시 창작에 전념했다는 사실을 상징적으로 보여주고 있다.

이 시의 특징은 대화체와 의인화 수법을 병용하고 있는데 내용을 살펴 보면 무질서하고 부조리한 혼돈의 시대를 단절시키는 방법은 시인 각자가 좋은 시를 지어야 하며 시를 통해 통렬한 사회 비판과 함께 철저한 자아성찰도 함께 요구되어야 한다는 것이다.

특히 이 시에서 까옥 까옥이라는 의성어는 까마귀가 흉조라는 전통 의식과 이에 따른 음산한 울음 소리에서 비상식적인 사회 현상을 비판하기 위한 의도적 계산이 숨어 있다고 볼 수가 있다.

밭 일기 2

농부가 소를 몰아
밭을 간다

막혔던 땅의
숨구멍이 터진다

얼어붙었던

가슴이 열린다

봄 하늘이
손에 잡힐듯하다

소와 농부가 함께
쳐다본다

구름이 북으로 흘러간다
엄매…

가시도 덩굴도
헤치며
갈아나간다

이 시는 4편의 연작시 형태로 창작된 작품이다. 농부가 풍년 농사를 거둬야 하듯 시인은 대표적 글 농사를 수확해야 한다.

농부가 척박한 땅을 개간하여 결실을 얻는다는 의미와 한 구도자의 황량한 사막을 걷는 고행의 모습이 복합적으로 떠오르게 하는 깊은 의미를 지닌 작품으로 판단된다.

더구나 소는 예로부터 우리 국민의 상징으로도 회자되고 또한 농경사회에서의 가장 소중한 자산으로 여겨졌다. 이런 의미에서 구도자인 농부와 국민의 전통성을 상징하는 소가 함께 어우러져 고난과 시련을 극복해 나가려는 결연한 의지가 담겨 있는 작품으로 평가하고 싶다.

구상

그리스도 폴의 강 1

아침 강에

안개가

자욱 끼어 있다

피안을彼岸을 저어 가듯

태백의 허공 속을

나룻배가 간다

기슭 백양목 가지에

까치가 한 마리

요란을 떨며 날아다닌다

물밑의 모래가

여인네의 속살처럼

맑아온다

잔 고기 떼들이

생래生來의 즐거움으로

노닌다

황금의 햇발이 부서지며

꿈결의 꽃밭을 이룬다

나도 이 속에선

밥 먹는 짐승이 아니다

이 시 작품도 '강'을 주제로 한 13편의 대하 연작시 가운데 한 편을 선별한 것이다. 구상은 1950년대의 「초토의 시」를 비롯하여 60년대의 「밭 일기」 70년대의 「그리스도 폴의 강」 80년대의 「모과 옹두리에도 사연이」 등 수많은 연작시들을 발표했는데 그 이유로 머리가 아둔하고 소심한 탓이라고 하지만 진정한 의미는 시인의 역사관과 인간성 문학예술성 등을 각인시켜 준다는 확신을 가졌기 때문일 것이다.

이 밖에도 구상이 연작시를 통해 얻으려는 시적 효과는 따뜻한 인간애 넘치는 자유 사상과 종교적 의미의 카톨릭 사상을 보다 효율적으로 반영하기 위한 자의적 의도로 보여지기도 한다.

그러므로 이 시에서도 구상은 현란한 수식어나 난해하고 고품격의 시어보다는 서정적이고 질박한 언어로 강의 이미지를 표현함으로써 감상의 폭을 넓혀 주고 있다고 판단된다.

더구나 강은 고래로부터 모태 본능의 관념이 고착화되어 있는 것이기에 시인 자신도 이를 인지하고 13편에 이르는 장편 연작시를 전개한 것으로 보여진다.

모과 옹두리에도 사연이

바닷가의 조개껍데기처럼

비린내 나는 육신과는 헤어지고

구상

세상 파도에서는 밀려나
칠순의 나이를 살고 있다

나를 이제껏 살아 남게 한 것은
나의 생명의 강하고 장함에서가 아니라
그 허약에서다

모과나무가 모과나무가 된
까닭을 모르듯이
나 역시 왜 시인이 되었는지를
스스로도 모른다

한 마디로 이제까지의 나의 생애는
천사의 날개를 달고
칠죄七罪의 연못을 휘저어 온
모험과 착오의 연속
나의 심신의 발자취는
모과 옹두리처럼 사연 투성이다

예서 앞길이 보이지 않기론
지나온 길이나 매양이지만
오직 보이지 않는 손이 이끌고 있음을
나는 믿는다

이 시 작품은 구상의 창작 생활 말기에 씌여진 시로 자연과

인생이 파란만장을 겪고 난 뒤에 얻어지는 결과물처럼 깊은 종교적 철학과 인생관이 짙게 배어 있는 한 편의 고백록으로도 보여진다.

모과는 과일임에도 과일이 아니라는 인식이 전래되어온 상황이다. "모든 과일을 망신시키는 것이 모과다"라는 속설처럼 울퉁불퉁한 모양은 참으로 생김새가 보잘것 없다.

그러나 모과도 봄이면 짙푸른 잎을 돋게 하고 아름다운 꽃을 피워내며 짙은 향기와 함께 고혹적인 유백색 몸매를 띄고 있는 어느 나무에도 빠지지 않는 자태를 지니고 있는데도 못생긴 외모 한 가지로 전체를 매도해서는 안될 것이다.

이런 의미에서 구상은 어쩌면 자신의 질풍노도와 같았던 인생여정을 모과에 비유하여 대변하는 것으로 여겨진다. 아무도 관심이 없고 누구도 관심을 갖지 않는 삶이라도 꿋꿋이 자신이 지향하는 목표만을 향해 오늘까지 걸어왔다는 사실을 증명해 보이는 작품으로 여겨진다.

그러므로 오로지 시인의 올곧은 한 길을 걷게 한 것은 보이지 않는 손, 즉 신의 계시를 따랐음을 고백하는 것이며 여기서 구상은 신과 모과를 동일시 연상케 한다는 점에서 매우 주목할 만하다.

이유로 구상은 모과를 단순한 과일의 개념에서 벗어나 신과 영혼에 바치는 향기로운 제물로 보았으며 더하여 모과는 모든 금욕과 절제를 통해 끊임없는 자아성찰과 함께 묵묵하고 경건함을 지닌 으뜸의 과일로 받들고 있으며 모과야말로 모든 과일들이 시끌벅적한 세상에서 환영받고 있지만 자신은 바깥 세상과 단절된 채 홀로 적막하고 고독한 시간을 보내야 하는 외로운 구도자의 모습을 떠올리게 하는 의도가 역력히 엿보이는 대표적 작품으로 볼 수 있다.

고난과 구도救道의 여정

구상 시인의 한 평생은 그야말로 고난과 역경의 길목마다에서 사랑과 자유를 위한 구도자적 여정을 걸어온 드라마틱한 삶으로 점철되었다고 할 수 있다.

일찌기 유년기와 청년기의 초반을 암흑과 억제의 통제된 사회에서 실상을 겪은 그로서는 자유가 얼마나 소중하고 표현의 자유 또한 얼마나 귀중한 것인가를 뼈저리게 체험했을 것이다.

젊은 시절 구상은 아마도 구도의 길을 걷는 목회자를 선택했을 것이다. 이유로는 그가 신학교 중등과를 거쳐 일본 대학에서도 종교학과를 졸업한 것으로 미루어 충분히 이해할 수 있을 것이다.

그런데 그가 예상 외로 문학의 길 시인으로 등장하게 된 동기는 신문기자로 활동하며 원산문학가동맹이 출간한 해방기념시집 『응향』에 발표한 시 「여명도黎明圖」가 큰 반향을 불러일으켜 일약 시인의 반열에 오르게 된 것이다.

이 시는 시제가 의미하듯 일제로부터 광복 1주년을 맞아 그동안의 기나긴 억압과 속박으로부터 풀려난 해방감과 제국주의의 잔인성과 폭압성을 규탄하고 반대하는 내용으로 펴낸 것인데 평양 당국자들은 이 작품의 발간 목적을 뻔히 알면서도 앞으로 자신들이 구축할 사회주의 독재 체제에 걸림돌이 될 것을 예견하여 철퇴를 가한 것이다.

이에 따라 북조선문화예술총동맹은 공산당의 강력한 지시하에 구상의 시는 북조선 현실에 대한 회의적, 공상적, 퇴폐적, 도피적, 절망적, 반동적 경향을 지닌 작품이라고 맹렬히 비판하면서 마침내 시집 판매를 금지하는 조치까지 내려졌다.

그러나 구상의 「여명도」 한 편으로 필화 사건이 끝난 것이 아니었다. 『응향』 동인지 전체 문인들까지도 날벼락이 떨어졌느데 이 시집에는 공산당 간부인 서창훈과 카자흐스탄 고려인 2세인 소련군 장교 정상진(정율)도 포함되어 있었다.

이 밖에도 강홍운, 박경수 시인의 시도 수록되었으며 이 시집이 더욱 돋보이는 것은 구상과 절친한 화가 이중섭이 표지화를 그렸는데 자유롭게 뛰노는 어린이들을 묘사하여 그 의미를 더해주고 있다.

도무지 가라앉지 않은 이 필화 사건은 마침내 그 해 1월 말 재연되었는데 평양에서 검열원들이 도착하여 해당 문인들을 불러모았는데 이때 검열원들은 당시 북한 문단의 거물들로 최명익, 송영, 김사량, 김리식 등 4명으로 그 가운데 송영이 맨 먼저 북조선 문예총이 왜 『응향』을 단죄하게 되었는가를 격한 어조로 쏟아냈다.

이 외에도 구상의 시를 정면으로 반박 비판한 백인준은 구상의 시가 퇴폐주의적, 에술지상주의적, 부르조아적, 악마주의적, 반인민적 작품이라며 격렬하게 비판을 퍼부었다.

이와 같은 장시간의 회의가 잠시 휴식을 갖는 동안 구상은 절체절명의 위기 의식을 느낀 나머지 남쪽으로의 탈출을 시도한 것이었다. 이런 우여곡절을 구상은, 『시와 삶의 노트』라는 수상집에서 회고하고 있는데 이 사실을 증명하는 증인이 있다.

바로 『응향』의 동인이기도 한 정상진인데 그는 당시 이 동인지의 발행인으로 구상과 깊은 인연을 맺고 있다. 참고로 정상진은 러시아 연해주 블라디보스토크에서 태어나 1945년 소련군 해병대 장교로서 북조선 해방 전선에 참전한 후 북한의 요직을 두루 거친 뒤 1946년 문예총 부위원장과 김일성종합대학 외국 문학부장을 거쳐 문화선전부 부상을 역임했으며 1989년 마침내 한국을 방문하여 50여 년만에 구상 시인을 만나 함께 방송에 출연 그동안의 기나긴 사연들을 회고하기도 했다.

하마터면 우리의 값진 문학예술 자산이 충성 시인, 목적 시인, 어용 시인이란 사슬을 극적으로 벗어나 남쪽에서 자유롭게 창작활동을 하게 된 구상으로서는 그야말로 신이 도운 행운의 운명이라 아니할 수 없을 것이다.

이렇듯 구상은 『응향』 사건으로 남쪽의 시인이 되었고 이 논쟁은 남쪽으로도 이어져 찬반 논쟁의 단초가 되어 소위 민족작가 진영의 결속과 단합을 이루는 계기가 되기도 했다.

이런 예기치 않은 사건으로 구상의 인생관 역사관 등의 목표가 완전히 달라짐으로써 그는 전후 시기부터 본격적으로 창작활동에 전념하게 된다. 이후부터 그는 전통적 서정시도 과감히 거부하고 모더니즘의 시류에 대해서도 매우 비판적이었다.

따라서 그의 시적 목표는 존재론적인 기초 위에서 아름다운 미의식을 추구하는 방향으로 고착화되었다. 이런 성향을 대표하는 작품이 바로 연작시 「초토의 시」다. 그는 이 시에서 전쟁의 비극적 체험과 이데올로기에 의한 분단의 현실을 비판적 역사 의식과 존재론적 문제 의식을 묘사하고 있다.

증오와 사랑의 실천

위에서도 언급한 바 구상의 문학관은 한 마디로 전쟁의 비극으로 인한 혐오와 증오 그리고 사랑과 평화를 추구하고 열망하는 구원자로서의 희생 모습을 헤아릴 수 없는 시편들에서 찾아볼 수가 있다.

우선 그가 증오하고 배척하는 참혹한 현상에서도 이를 극복하고 희망의 통로로 안내하는 따뜻한 구도의 정신과 인간애 넘치는 강렬한 메시지를 담고 있다.

그 예로 「초토의 시」 전편에서 보듯이 전쟁을 겪고난 생존에 대한 비참한 현실을 구원자적 입장에서 슬픔과 고통을 함께 하려는 의지를 보여주고 있으며 다른 한편으로는 비참한 피해자들의 현실이 오로지 연민의 대상으로 나타나는 것만이 아닌, 현실적 참상 앞에서도 수난과 고통을 극복하고 마침내는 구원의 길에 도달하려는 의지를 드러내고 있다.

따라서 이 같이 전쟁에 관한 작품들은 민족적 비극인 동족상잔의 실체를 역사적이고 실존적인 비극으로 인식하면서 이 역사의 의미와 인간 존재의 본질을 함께 추구하고자 하는 존재론적인 시 의식과 인간 본연의 휴머니즘이 동시에 밑바탕에 깔려 있다는 사실이 주목할 만하다.

이 밖에도 구상은 연작시 「적군 묘지 앞에서」에서도 전쟁의 잔인성을 고발하는 동시에 비록 적군일지라도 죽음 앞에서는 인간적 도덕적 전우애를 갖추어야 한다는 비현실적 사실을 인간으로서의 보편적 가치로 대변하고 있다.

구상의 이와 같은 전쟁에 대한 비판과 증오의 관점은 다분히 그의 종교적 신념에서 터득한 사랑과 평화의 의지로 귀결된다.

구상이 구도자적 평화 수호자임은 그의 삶의 궤적으로 증명된다. 일찍이 중학 과정과 대학에서 종교학을 선택했고 그의 맏형이 신부 서품을 받았다는 사실이다.

그러므로 그의 창작물 가운데 헤아리기 어려운 시편들이 신을 향한 구원의 말씀들로 채워졌는데 그 대표적 작품들을 더 감상해보기로 한다.

이미 「여명도」「말씀의 실상」「그리스도 폴의 강」 등 구원과 희생에 대한 그리스도적 인간애를 선보인 이 시편들은 앞서 단평短評한 바 이제부터는 구상의 더욱 구체적인 가톨릭 사상의 본질인 사랑과 평화 희생과 구원에 대한 구체적 시편들을 살펴봄으로써 그의 시 정신과 인생관 역사 의식 등을 다시 한 번 깨우치는 계기가 되었으면 하는 바람이다.

구상은 「임종 연습」의 시에서 "시늉만 했지 옳게 섬기지 못한 / 그분의 최후의 말씀을 부지중 외우면서 / 나는 모든 상념에서 벗어난다"고 했는데 그가 얼마나 신을 믿고 따르려 했는가에 대한 철저한 자기 반성과 참회에 대한 모습을 돌아보며 앞으로는 자신의 모든 것을 신에게 맡기고 의지하겠다는 고백적 참회의 실상을 보여주고 있다.

또한 「그분이 홀로서 가듯」이란 시에서는 직설로 그리스도를 거론하며 그분의 삶을 본받고 뜻을 따르겠다는 의지와 신념을 보여주고 있다. "홀로서 가야만 한다 / 저 2천 년 전 로마의 지배아래 / 〈사두가이〉와 〈바리사이〉들의 수모를 받으며 / 그분이 홀로서 가듯 / 나 또한 홀로서 가야 한다"

이 시에서 2천 년 전의 시간적 배경을 드러낸 이유는 아무리 시간과 세월이 흘러도 그리스도의 삶과 그의 정신은 영원불변함을 대변해 주며 인간은 어차피 혼자이기 때문에 생의 마지막까지 외부와의 어떤 타협도 용납되지 않는 외로운 길을 갈 수밖에 없다는 신이 내려주는 메시지같은 상황을 그려내고 있다.

이와 같이 구상의 작품 소재는 가톨릭의 성경 의미에서 대부분 찾아볼 수 있는데 주제가 한결같이 참회와 반성의 내용으로 귀결된다. 그러나 그의 일면 비현실적인 성서적 소재가 주목받게 되는 것은 사회적 국가적 난관을 해결하는 정신적 자양분이 될 수 있다는 점에서 이런 예언적 메시지가 주목받는 것으로 여겨진다.

이렇듯 구상은 참회와 반성 구원과 용서같은 성경적 시 작품들을 수없이 발표한 바 끝으로 기도문 형태의 시 「난중시초亂中詩抄」의 내용 일부를 살펴보기로 한다.

"나의 노래는 당신의 사랑입니다 / 당신의 이름이 내 혀를 닳게 하옵소서 / 저기 다가오는 불장마 속에서 / 〈노아〉의 배를 타게 하옵소서"

이 시에서 화자는 시인으로서의 간절한 삶의 소망과 함께 삶의 방법을 신앙에서 찾으려는 절박함을 드러내고 있다. 그러므로 화자의 미래에 대한 삶은 전적으로 하느님의 뜻에 따라 이루어질 것이라는 확신을 안겨주고 있다.

따라서 혼돈의 세상을 살아가는 모든 사람들이 인간 본연의 순수한 모습을 보여주는 것도 성스러운 그리스도 사상으로 가능할 것이라며 결국 문학과 인간을 동일시하는 현상을 보여주고 있다.

구상의 이같은 인간 사상과 문학 정신은 사르트르의 경우에서도 발견되는데, "말한다는 것은 변화의 의도가 있기 때문에 모든 문학 작품은 오로지 어떠한 객관적 사회 현상이나 인간 현실을 서술할 수 없으므로 독자들의 창조적 참여에 의한 호소를 통해 사회 상황과 인간 현실의 변화를 모색하지 않을 수 없다"라고 하므로서 구상 문학과의 맥을 함께한다고 볼 수가 있다.

이상으로 구상의 문학예술적 작품 세계와 인간성 역사관 종교관 등을 살펴본 바 그의 작품들이 한국 문학사에 한 획을 차지한다고 판단할 때 그가 기로에서 남쪽을 선택한 것은 본인의 영예로 보나 한국 문단에 끼친 업적으로 볼 때 매우 다행스런 선택으로 여겨진다.

김광림 金光林

1929/9. 21 ~ 2023~

생애 및 연보

1929년 함경남도 원산 출생, 忠男이 본명이며, 光林은 필명, 1948년 북한의 문화예술 정책에 반대하여 월남했고 한때 초등학교 교사로 일하기도 했으며 전부터 친분이 두터운 구상 시인이 '연합신문' 문화부장으로 재직하고 있던 민중문화란에 '문풍지'를 발표하면서 문단 활동을 시작했다.

이어 1952년에는 조명암 시인의 천거로 『국방』지에 「진달래」를 발표했고 1955년에는 국방부 정훈국이 펴내는 『전시 문학선』지에 「장마」, 「내력」 등의 시를 발표한 후 본격적으로 작품 활동을 시작했으며 이후 육군 소위로 임관하여 직접 백마고지와 저격능선 전투에 참전한 공로로 은성화랑무공훈장을 수여받았다.

1957년 전봉건, 김종삼과 함께 3인 시집 『전쟁과 음악과 희망과』를 출간했고 1961년 고려대 문리대 국문과를 졸업한 후에는 문화공보부 출판부 KBS 문화계장을 역임했고 1967년 한국외환은행에 입사 1992년 한국시인협회장, 중앙대, 한양대 등에 출강했고 장안대 일어과 교수(1983~1996) 등을 역임했다.

수상 경력으로는 한국시인협회상, 대한민국문학상, 대한민국 보관문화훈장, 재미교포 시인들에 의한 '박남수문학상', 일·한 문화 교류기금상 등을 수상했고 저서로는 시집 『상심하는 접목』 등 18권이 있고 선시집 『소용돌이』 등 4권과 시론집 『존재에의 향수』 등 8권이 있으며 한역 시집 7권, 일역 시집 3권 영역 시집 『Pain of the Peninsula』 등이 있다.

김광림 시인의 작품 가운데 대표적 시집을 연대별로 구분해 보면 1959년에 출간된 첫 시집 『상심하는 접목, 백자사』를 비롯 1962년 제2시집 『심상의 밝은 그림자, 중앙문화사』 1965년 제3시집 『오전의 투망, 모음사』 1971년 『갈등, 문원각』 1983년 『천상의 꽃, 영인문화사』 1994년 『대낮의 등불』 2001년 『놓친 굴렁쇠, 풀잎문학』 등과 시선집 『소용돌이, 고려원, 1985』, 『들창코에 꽃 향기가, 미래사, 1991』와 시론집 『존재에의 향수, 조광출판사, 1974』, 『아이러니의 시학, 문학예술사, 1991』 등과 이 밖에도 일본 문학과 서구 문학에 대한 수많은 번역 작품을 내놓았다.

이렇듯 김광림은 70 평생을 걸어오는 동안 18편의 시집을 남겼으며 시론집으로 『오늘의 시학』과 『아이러니의 시학』, 『현대 시의 이해와 작법』, 『시를 위한 에세이』와 수상집 『빛은 아직 어디에』와 『사람을 그린다』 등을 발표하여 한국문학사에 큰 족적을 남긴 시인으로 평가될 것이다.

그러면 이제부터 김광림 시인의 대표시로 회자되는 작품을 연대별로 감상해 보기로 한다.

문풍지

낡은 문풍지에서
서낭당 기와 냄새가 풍기다

보고
또 보고

이슥히 들여다보면
아슬 아슬 옛 이야기가 생각나다

해 묵은 風紙 위에
비 자욱이 서려

천 년 묵은
벽화 맛이 돋아오르다

이 시는 김광림의 창작 재능이나 문학성 예술성을 평가하기보다 그의 첫 데뷔작이라는 점에서 의미가 크다고 보여진다.

하지만 이 첫 작품에서 누구라도 간과하기 쉬운 시제를 선택했다는 것은 시인으로서의 탁월한 재능을 엿보게 하는 신선함을 보여주고 있다. 지금은 비록 아득히 잊혀진 생활의 한 단면이지만 그 시대를 살아왔던 세대들에게는 참으로 고달프고 괴로운 향수가 깃들어 있는 추억의 한 장면이 아닐 수 없다.

비록 낡고 가냘픈 창호지 한 조각이지만 매서운 엄동의 북풍을 이겨내고 훈훈한 남풍의 봄을 맞이하게 해준다는 하찮은 문풍지의 교훈에서 어쩌면 시인 자신도 고난과 아픔의 시련을 이겨냈을 것이다.

그러므로 이 시는 화자에게 천 년 묵은 벽화처럼 오래 기억되기를 바라면서 노래한 오늘날까지 화자의 존재를 확인시켜 주는 마중물 노릇을 한 작품으로 평가할 만하다.

상심傷心하는 접목接木

일 없이 부러진 가지를 보면
그 다음의 가장귀가 안 됐다

요행히도
전쟁에서 살아 남았을 땐
우리는 어쩌다 애꾸눈이 아니면 절름발이었고

다음엔
찢기운 가슴의
어느 모퉁이가 허물어졌을 것이다

김광림

몇 번째나
등골이 싸느랗게 휘여졌다가는
도루
접목같은 세월을 만났다

새털의 악보를 타고
하야라니 나리는 것은
눈보란가
꽃보란가

꽃도 무너지면 두려운 것
요즈막엔
사랑도 목을 졸라대는
미안한 기별의
나날이다

그것은
'항가리안'의
꺼진 가슴들이 뿜어 올린 용굿싹이 아니면

아름다움을 넘어 선 인간들의 녹색 눈방울이 먹물져 가던
내일의
황혼이다

그리고

꽃이 열매의 협주를 잃어버린
다음의
나의 나무들에게 인사하는 계절이

문안처럼
묻었을 뿐이다
지금도
일 없이 부러진 가지를 보면
그 다음의 가장귀가 안 됐다

이 시는 김광림의 첫 시집 제호로 그가 30대에 접어드는 이성과 지성이 가장 깨어 있을 나이에 발표한 최고의 대표 명시로 평가하고 있다.

바야흐로 혼돈과 절망이 짙게 깔려 있는 전후의 상처뿐인 상황에서도 굽힘 없이 삶을 극복하려는 화자의 애절하고도 단호한 의지가 엿보이는 노래가 아닐 수 없다.

분단과 이산 망향의 아픔을 자연적 사물에 빗대어 표현한 이 작품은 자신이 의도치 않은 일들이 운명처럼 일어나듯 수많은 나무들에게도 일어난다는 것이다.

살아 있는 나무에서 가지가 부러지고 꺾여도 어쩌면 죽었을 것 같은 가지의 깊숙한 곳은 생명이 숨쉴 수 있을 것이기에 나무라는 모체로 돌아가기 위한 접목이 필요한 것이다.

이처럼 본의 아니게 모체에서 떨어져나갔던 가지들도 접목에 의해 새 생명을 되찾듯 화자에게도 분단으로 잘리고 이산으로 꺾였지만 새로운 땅 남에서의 접목을 통해 새로운 세상을 맞이하게 되었다는 심오하고도 철학적인 내용을 표출하고 있다.

그러나 김광림은 이 시에서 각박한 현실 의식이나 암울한 전쟁의 후유증 의식보다는 여유 넘치도록 사물에 대한 희화적 표현과 공간적이고 조형적 측면에 몰입하는 경향을 보여주고 있다.

노고산 종점

하나의 버릇과 하나의 맺음이 이렇듯
보잘것 없이 이루어지는 것이라면

아낙과 이웃의 가난한 소망이
아무렇게나 구겨져 살다가
죽어가는 것인지도 모른다

여기 머물러 다소곳이
머물러 사는 인정들의 마을은
예전엔 개똥밭이었다
한때는 장마철을 겪어내었다

어쩌면 그것은 손버릇이 든 어른들의
모자이기도하였으며
심심찮게 끼고 도는 아이들의 책보와 같았다

그리고

이제는 고쳐갈 수 없는

나의 하루 나의 생활

나의 모든 것은

막바지에서 내려 달리고싶다

또 그것은 내일 이곳을 떠나야 하는 나의

낯 다른 구실이 될지도 모른다

이 시도 김광림의 초기 작품으로 거침없이 남으로 내려와 삶의 둥지를 튼 곳이 노고산 종점 지역이다.

이를테면 서울에서 가장 낙후된 변두리 종점 지역은 고달프고 가난한, 그러나 훈훈한 정이 담겨 있는 평범한 소시민들의 삶의 터전인 것이다.

그러나 이 무력한 소시민의 화자에게는 최소한의 끝자락 생활도 보장받을 수 없이 어느 날 갑자기 떠날 수도 있다는 불안을 안고 살아가야 하는 운명인 것이다.

아직도 전흔이 가시지 않은 상황에서 소시민의 일상은 언제나 불안과 초조를 안고 살아갈 수밖에 없는 것이다. 그렇지만 어떤 시련과 고통이 닥쳐도 순박한 인심과 따뜻한 인간애가 감싸고 있는 한 인간 존재의 이유와 생존에 대한 희망과 환희를 갖게 될 것이다.

산 9

한여름에 들린
가야산
독경讀經 소리
오늘은
철 늦은 서설瑞雪이 내려
비로소 벙그는
매화 봉오리

눈 맞는
해인사
열 두 암자를
오늘은
두루 한겨울
면벽面壁한 노승老僧 눈매에
미소가 돌아

이 시는 김광림의 제4시집 『학의 추락』에 실린 10편의 시 중 한 편이다. 아주 단조롭고 아늑한 서정성 넘치는 서사시로 속세에서 먼지에 뒤덮이고 찌든 때가 묻은 한 중생이 고요와 적막만이 감싸도는 겨울 산사를 찾은 정경이다.

죄업을 짓고 사는 속세인에게 스님의 경건한 독경 소리는 후회와 성찰을 깨닫게 하는 꾸짖음의 소리로 들릴 것이다. 주위는 온통 하얀 눈으로 덮이고 봄을 예고하는 매화가 청아한 하늘과 함께 열두 암자를 포근히 보듬고 있다.

이런 순간에 어찌 속죄의 마음이 떠오르지 않을 것이며 참선하고 싶은 생각이 없으랴. 참으로 모든 허욕을 버린 채 부처님 말씀만 따르려는 노승의 모습에서 부질없는 군상들은 부끄럽도록 고개가 숙여지는 장면이 아닐 수 없다.

갈등

빚 탄로가 난 아내를 데불고
고속버스
온천으로 간다
십 팔 년만에 새삼 돌아보는 아내
수척한 강산이여
그동안
내 자식들을
등꽃처럼 매달아 놓고
배배 꼬인 줄기
까칠한 아내여

헤어지자고

김광림

나선 마음 위에
덩굴처럼 얽혀드는
아내의 손발
싸늘한 인연이여
허탕을 치면
바라보라고
하늘이
저기 걸려 있다

그대 이 세상에 왜 왔지
빚 갚으러

등나무와 칡 덩굴이 살아가는 방법은 기둥이나 벽, 나무의 몸체를 감고 돌며 사는 방식이다. 우리 인간들도 한 평생 부부로 사는 동안 서로 감싸 주며 배려하는 삶을 누려가는가 하면 때로는 다른 생각과 다른 마음으로 이해 충돌을 빚는 일이 허다하다 할 것이다.

이처럼 서로 다른 의견을 지니고도 평생을 무난히 겪어내는 세상사가 신기롭기만 할뿐이다. 배배 꼬여가며 생장하는 칡과 등 덩굴도 그들을 의지해주는 기둥과 나무 둥치에는 전혀 피해를 끼치는 일이 없이 무난히 살아가고 있다.

하물며 인간 세상의 한 가정이나 부부 사이도 등나무나 칡 덩굴의 생존 방식을 교훈 삼아야 할 것이다. 그러기에 한 가정의 자식이나 부부들도 서로 배려하고 감싸 주며 살아간다면 어떤 고난이나 시련도 극복할 수 있으며 더불어 평화로운 안식이 찾아 온다는 희망적 메시지를 안겨 주는 아이러니를 표현한 시로 평가된다.

0

예금을 모두 꺼내고 나서
사람들은 말한다
빈 통장이라고
무심코 저버린다
그래도 남아 있는
0이라는 수치
긍정하는 듯
부정하는 듯
그 어느 것도 아닌
남아 있는 비어 있는 세계
살아 있는 것도 아니요
죽어 있는 것도 아닌
그것들마저 홀가분히 벗어버린
이 조용한 허탈
그래도 0을 꺼내려고
은행 창구를 찾아들지만
추심推尋할 곳이 없는 현세
끝내 무결할 수 없는이 통장

김광림

분명 모두 꺼냈는데도
아직 남아 있는 수치가 있다
버려도 버려지지 않는
세계가 있다

0이라는 수치는 +와 −의 중간 수치로서 영원히 지워버릴 수 없는 숫자다. 통장의 예금을 다 꺼내도 0이 남아 있기 때문에 갚아야 할 빚도 없고 인생살이에서 행복도 불행도 아닌, 어쩌면 이 두 경우를 다 겪고 나서 중간 지점에 위치한 지극히 일반적이고 평범한 이치를 설명하고 있다.

그러므로 0을 기점으로 살아가는 인간은 0을 최대한 멀리 높이 끌어올리기에 온갖 노력을 기울인다. 그렇지만 0이라는 저울추는 끊임없이 아래 위로 움직이기에 사회 질서는 역동할 수밖에 없는 것이다.

아무리 버리려 잊으려 해도 버릴 수 없는 이 운명의 숫자는 어쩌면 인간으로서 해결할 수 없는 신의 영역일 수밖에 없는 것이다.

결국 화자는 이 부정과 긍정도 아닌 모호한 숫자에 매몰되어 해결을 모색하려는 어처구니없는 아이러니를 보여 줌으로써 존재와 부재의 공존성을 확인시키고 있다.

한겨울 산책

안강 버스 정거장 대합실

톱밥 난로에

갈색 코오트 자락을 태우다

옥산 서원 앞은

이가 시린

계곡

어느 시골 국민학교 식물 채집장이란

팻말이 비스듬히 떨고 있다

여태 동몽선습 첫장도 채 넘기지 못한 나요

광림이요

한참 겨울 햇살이 독락당 뜨락에서 놀다 사라졌다

무심코 줏어 든 조약돌 하나

예서는 포항도 경주도 곧장인데

기계杞溪는 장날

난 대구가 향교라서

그만 돌아갈 수밖에 없다

이 시는 김광림 시인의 여섯 번째 시집의 제호이며 1976년에 발표한 시다.

인정 넘치고 사람 냄새 풍기는 시골 풍경을 흥미롭게 묘사하고 있다. 이 시는 실제로 김광림 자신이 지방의 여행지를 열거하면서 눈앞에 전개되는 사물에 대해 구수하고도 감칠맛 나게 소개하고 있다.

계절은 겨울로서 화자는 출발지부터 도착 지점까지의 보고 느낄 과정을 머릿속에 그리고 있다. 서원이며 초등학교 또는 지역의 장날까지도 또렷이 기억하고 있다.

잡티 하나 없이 담백한 동심의 세계를 떠올리게 하는 한 폭 수채화 같은 작품이다.

반 노인半老人 1

버스를 타면
나를 향해 아저씨 하기보다
할아버지라는 말이 더 들린다
아가씨가 그렇게 부를라치면
기가 딱 막힌다
나는 아직도 그녀의 싱싱한 부분을
열심히 훔쳐보고 있는데
그녀는 영 나를 열외로 취급한다
주책없이 머리만 세어
그럴 수밖에

전철역에 서면
나는 노인 대접을 못 받는다
자동 판매대에서 나온
우대권을 내밀면
칠순이 넘었느냐고 윽박지른다
아 미안
칠순이 넘어야만 노인이던가

같은 우대권을 또 한 장 끊으란다
예서는 이중의 우대가 푸대접이다

세상을 자꾸자꾸 가다보면
잊어버리는 것이 많아진다
뻔히 아는 길도 잊어버리고
방향 감각이 흐려진다
내가 젊었는지 늙었는지
어디를 가고 있는지
잊어버린다
미운 것도
사랑스러운 것도
잊어버린다
내가 무엇인지조차
잊어버린다

김광림 시인의 열 번째 시집 『말의 사막에서』에 수록된 시로 무려 똑같은 제목으로 4편이 실려 있는 것을 감안할 때 상당한 의미가 있음이 판단된다.

어쩌면 적나라하게 화자의 실상을 내비친 이 시는 장년도 노년도 아닌 어정쩡한 예순 안팎의 삶에 대해 세상의 눈은 한결같이 순도가 떨어지고 유통 기한이 지난 존재로 바라보고 있어 스스로 노인임을 자탄하는 탄식을 아이러니한 방식을 통해 표현하고 있다.

일상에서 일어나는 건망증이나 기억 상실증 같은 일을 겪으면서 화자는 이제부터의 삶은 덤이라는 생각에서 자조적 냉소를 지으며 자신의 솔직한 내면을 드러내 보임으로써 솔직한 인간적 단면을 보여 주고 있다.

노년기로 접어든 시인이 세월의 무상함과 늙어가는 것에 대한 안타까움 그리고 서글픈 심경을 담담한 시적 표현을 통해 표현했으며 그의 독특한 주지적 서정성과 유머스러운 아이러니가 이 시의 감칠 맛을 한껏 돋구게 한다.

김광림의 후기 대표시로 꼽히는 이 시는 특유의 풍자와 해학성을 유추하게 함과 동시에 모더니즘적 시 세계의 발판을 마련했다는 점에서 앞으로 꾸준히 시단의 화제가 될 것으로 여겨진다.

거인

통일로 시외버스 속에서
이따금 마주치는 이방인
이름이 무슨 "잭"이더라
아라비안나이트의 마술병에서 나온 듯
눈이 불부리한 스산한 사내
멕시코 국경 지대 황무지에서
먼지깨나 일으키며 설쳤음도 한
혹은 미국 중서부
옥수수밭 농부같은
불타는 얼굴

지금은 휴전선 가까운 파주에서
쬐그만 한국 여자와 살고 있다
그는 병사처럼 수통을 차고 다니며
깡소주를 마신다
어쩌다 마주친 우연한 시내 버스 속
나는 그의 털난 손을
너무 커서 잡지 않았지만
중도에서 그가 하차하자
그 혼자 차지했던 자리를
우리나라 장정 둘이 거뜬히 메우는 것을
나는 보았다

이 시는 우리 고유의 전통적 생활 문화와 타국의 이질 문화와 타협과 조화를 이루며 공존해야 하는 시대 정신을 단편적으로 보여 주고 있다.

그러나 이 작품이 의도하는 바는 우리의 전통문화만을 고집하기보다는 상대방의 위치에서 이국적인 문화 풍조도 함께 받아들여야 한다는 함축적 의미를 시사하고 있다.

내용 면에서 안이하고 형식적인 표현으로 보이지만 자세히 관찰해 보면 범상치않은 상징적 시어들이 행간마다 나열되어 있는 반면 결과적으로 이질 문화와 동질 문화 간의 총체적 질문을 화자의 기준에서 제시하고 있는 것이다.

따라서 시의 표현 내용의 평가는 각자의 몫이지만 시어들이 지니고 있는 의미는 전체성을 띤 상징적 의미로 해석될 수도 있다. 그러므로 자부심을 담보로 하는, 그렇다고 국수주의자가 아닌 냉철한 한 지식인의 입장에서 사실과 진실에 대해 화두를 던지고 있는 만큼 이에 대한 해답은 독자들의 몫일 수밖에 없을 것이다.

1990년대 이후의 시

이중섭 생각 3

팔삭동이八朔童 첫 아들이 죽었을 때
그는 곤드레만드레가 되어
죽은 애 또래의 살아 있는 애들을
그리고 있었다

저승 동무 길 동무로
천도天桃 따는 애며
맨손으로 물고기 잡는 애들이랑
학鶴 타고 날아다니는 애도

상기도 애비 목 틀어잡는 녀석이며
여직 에미 젖가슴 뒤지는 녀석서껀
오오라 게한테 물린 고추 녀석이
제일 늦구나

개구장이 코흘리개 오줌싸개 울보랑
모두 모두 모이자
그는 잠자코 붓을 놓았다
그리고 죽은 애 목덜미에
그림을 걸어 주었다

십자가보다 더 빛 부신 동심을…

김광림은 화가 아중섭을 열 일곱 살 때 원산에서 처음 만나 사귀었다. 그러니 이들의 우정이 얼마나 길고 깊은가를 미루어 짐작할 수 있다. 그러기에 김광림은 「이중섭 생각」이란 시를 여섯 편이나 썼는데 그중 대표적 한 편을 감상해보기로 한다.

화가로서 이중섭은 시인의 경지에 이를만큼 수준이 돋보이는 그림을 그렸는데 그 그림이 김광림의 시풍과 버금할만큼 무언의 메시지를 던지고 있다는 것이다.

그런 반면 화자는 장교 시절 양담배 속의 은박지를 모아 이중섭에게 모아 줌으로써 거기에 그린 수많은 그림이 오늘의 이중섭을 있게 한 계기가 되었다는 사실에 큰 자부심을 가지고 있을 것이다.

하여 김광림 자신도 인간의 고뇌와 역동성이 담긴 이중섭의 화폭에서 진정한 예술가의 창작 정신을 거울 삼아 자신의 시 세계를 확장시키는 데 큰 도움이 되었을 것으로 예측된다.

결론적으로 김광림은 이중섭의 그림에서, 이중섭은 김광림의 시에서 감동과 감화를 얻어 자신들의 창작 세계를 넓혔다는 것으로 해석되는만큼 서로가 서로의 천재성을 인지하고 서로 다른 특성의 창작물을 자신들의 창작 세계로 끌어들여 명작 명품을 이루어냈다고 할 수 있을 것이다.

그러므로 이들 두 사람은 세간에 회자되는, “시는 말하는 그림이요 그림은 말 없는 시”라는 명언을 개척하고 실천한 본보기로 우리 문화 예술사에 길이 남을 것이다.

앓는 사내 1

바로
지금의 내 나이
예순 여섯에 찍힌
W, H 오든의 얼굴은
흡사
헤토기의
우리 집 뜨락 생흙과 같아
Gmc와 군화가
마구 짓이겨 놓은
주름살투성이

진실로
유럽을 앓다 간 이 사내를
빤히 쳐다보고 있노라면
우리의 분단과 난리를

무시로 들먹이며

약과처럼 되씹고 있는

나의 통증은

차라리 엄살만 같아

새삼

쑥스러워지느니

김광림의 열 세 번째 시집의 제호이며 이 시집에 「앓는 사내」가 13편 실려 있다. 20대 초반에 겪은 비극적 전쟁의 기억을 회갑을 훌쩍 넘긴 시점에서 회고하고 있다.

무엇보다도 남의 불행을 도우려고 유럽을 비롯한 세계 여러 나라들의 젊음들이 참전한 사실에 고마움과 경의를 표하면서도 화자는 그저 이런 과거를 가끔씩 떠올리며 회상한다는 것에 자괴심에 빠져 쑥스러워할 수밖에 없다는 안타까움을 내비치고 있다.

이러한 수난과 고통을 안고 살아온 화자는 그동안 전쟁의 상처에 대한 앓음뿐 아니라 이제는 시를 앓고 사회에 대한 부정 부조리를 앓는 등 인생 전반을 앓고 있음을 보여 주고 있다.

그러므로 화자는 13편의 전 시 맥락에서 사회의 모든 분야를 앓고 있지만 정신 건강 수치는 더 높아질 수밖에 없다는 아이러니를 표현하고 있다.

놓친 굴렁쇠

언덕에는 돌부리가 많아

굴렁쇠를 놓친 아이들이

한정없이 달려내려간 어스름 속을

뒤쫓아 가는 사람들

시지프스의 자손들이라 한다

평화를 잡으러 간다는 이야기들

저만치서 개똥벌레가 깜박이고 있다

평화와 안정을 쟁취하는 길목에는 숱한 장애물이 있기 마련이다. 그래도 인간은 이를 이뤄내기 위해 고통과 시련의 반복을 끝없이 진행해야 하는 것이다.

인류의 평화를 염원하는 선인이나 후세 사람들도 한결같이 이 꿈을 실현하려 노력했지만 결국은 쌓고 허물어뜨리는 부질없는 일만 반복하게 된다는 것이다.

인류의 안식이 보일 듯 잡힐 듯한데도 참으로 잡히지 않고 가까운 지점에서 계속 손짓만 하고 있을 뿐이다.

이 한 마디

남에게서
꾸중을 듣거나 핀잔만 당해도
발끈 달아오르면서

하찮은 빈정거림에도
약이 올라
낯을 붉히는 주제에

'천하의 불효 막심'이란 말에는
꼼짝달싹 않고
눈물만 글썽거려

하긴 그래
실컷 따귀라도
얻어맞았으면 싶은

아아 죽도록
내쳐버릴 수 없는
이 한 마디

세상 사람들은 남에게서 나쁜 말을 들으면 화를 내거나 이를 방어하기 위해 격렬하게 방어막을 치는 게 통념이다. 그러나 부모님에게 얼마나 효도를 했느냐 물으면 말문이 막히고 꿀 먹은

김광림

벙어리가 된다.

그럴 것이 누구라도 효도를 했다는 마음보다는 불효자라는 마음이 앞서기 때문일 것이다. 그러니 화자도 세상의 온갖 험한 말은 들어도 불효막심이란 말은 죽어도 듣고싶지 않은 말일 것이며 한편으로는 후회와 깊은 성찰을 하게 하는 충언으로 들릴 것이기에 변명의 여지가 없어질 것이다.

그러나 이 불효막심이란 단어는 평생 자식으로 살아가는 이들에게는 떨쳐버릴 수 없는 금과옥조로 삼아 부모에 대한 섬김의 마음을 평생 갈고 닦아야 할 것이다.

구상具常

초토가 된 수도원의 넓은 마당
무너진 파이프오르간의 음계를
밟아내리는
겨울 까마귀
약초를 캐러
흩어진 사도들로부터는
한 치의 복음도 전해오지 않는다
이중섭이 잠시 이곳을 다녀간 후
무너진 종루에서 내려오는 길이라 했다
폐 한 쪽으로 산다는
다시 황야에 나서겠다는

맨발의 그는…

김광림의 시집 『시로 쓴 시인론』에 한국을 대표할 수 있는 시인 30여 명에 관한 인명시로 이 시집에서는 구상 시인을 비롯한 유치환, 서정주, 박목월, 조지훈, 김수영 등의 인간상을 재치와 유머 넘치는 담론으로 펼쳤는데 특별히 구상 시인과는 깊은 인연이 있는 것으로 알려져 있다.

시인 구상은 다른 월남 시인의 경우와 달리 필화 사건에 연루되어 도피 중 목숨을 담보하며 남으로 온 운명적 시인이다. 독실한 신앙인인 그는 평생동안 구원과 평화를 위해 노력했으며 따라서 전쟁에 대한 증오와 사회의 부조리한 갈등 등에 대해서도 비판 질타하는 선도적 역할을 했다.

특히 초기 시집 『초토의 시』를 살펴 보면 그의 인생관이나 시 세계를 살펴볼 수 있는데 인간의 사악한 욕망이 전쟁과 같은 참극을 초래하여 순수 인간성의 파괴와 사회 혼란과 갈등을 불러일으킨다며 적극적 저항 의식을 노출시키고 있다.

그러므로 이러한 사회적 갈등과 혼란을 잠재우기 위해서는 보이지 않는 구원의 손 즉 신의 섭리에 순응해야 한다는 다소 현실 괴리의 종교적 지론을 대변하고 있다.

이렇듯 그는 사회 정의와 부조리 현상에 적극 참여도 했지만 시의 세계에서는 생명 존중의 휴머니즘을 바탕한 서정적이고 향토색 짙은 작품들을 그려내기도 했다.

허수아비

허탈하고픈 때가 있다.

미운 것도 고운 것도 모른 채

높은 데도 낮은 데도

아랑곳없이

그저 허공을 향해

십자목에 걸친 채

의연히 서서

소슬바람에 옷자락 날리다가

마침내 '허리케인'에 휘말려

속사정 다 드러내고

나뒹구는

허수아비 마냥

미련 없이

존재하고픈 때가

간혹 있다.

김광림의 후반기 시집 『허탈하고플 때』에 수록된 대표 시로서 제10회 청마문학상을 수상한 시이기도하다.

세상의 온갖 욕망이나 욕심을 버리고 그저 운명이 허락하는대로 자유롭게 누리고 싶은 순수한 자연인의 모습으로 살고 싶지만 현실은 이런 인간의 내적 바람을 허락하지 않는다.

당장 눈에 띄는 것이 좋고 나쁜 것이며 귀에 들리는 말이 비방과 칭찬으로 얽혀 있어 마음으로는 선뜻 선택의 기회를 망설이게도 한다. 이런 혼돈과 갈등의 나날 속에서 어느 한 순간은 모든 것을 버리고 비워낸 허수아비처럼 무념무상의 존재로 남고 싶을 때도 있다.

화자는 세상이 얼마나 비정하고 냉철하며 개인이기에 도취된 세태인가를 온몸으로 느끼며 무력 무능한 지식인으로서의 자탄을 드러내고 있다.

버리면 보이느니

– 부처님 오신 날에

당신께선
임금의 자리도 버리셨다
부귀와 영화도 버리셨다
아리따운 부인의 사랑도 버리셨다
세속적인 욕구일랑
아예 버리셨다

죄다 버리고 나서 얻어지는
무소유의 경지를
버려서 얻어지는
최고의 인식
그것은 오도悟道였다

김광림

오늘
우리 앞에는
독버섯같은 소유욕
색정의 바다
권세의 도도한 물굽이
버릴 것 그것마저 못 버린
수도자

오늘은
음력으로 사월 초파일
부처님 오신 날

이제 우리가
버려야할 것을 버리고
반성해야 할 것을 뉘우칠 때
비로소 보이느니
법열法悅에의 환한 길목이

온 세상에 자비를 베푼 부처님 오신 날을 경건하고 숙연히 회고하고 있다. 허욕으로 가득찬 세상은 가장 진리이고 선의 덕목을 도외시한 채 위태롭고 어리석은 길을 가려 한다.

육신의 영화와 부귀를 누리는 시간은 고작 백 년 남짓이다. 그러나 이런 유혹을 버리고 비우면 진정한 깨달음의 기회가 찾아와 참선과 속죄의 시간을 얻게 되는 것이다.

그러나 온갖 허욕과 영화를 꿈꾸는 사람일지라도 오늘 하루라도 반성과 참회의 마음으로 다시 한 번 부처님의 설법을 되새기는 계기가 되기를 바라는 화자의 간절한 소망이 담겨 있는 시가 아닌가싶다.

탈 관념 시어의 연금술사

이상으로 김광림의 시 세계와 시 정신을 대략 살펴 보았다. 한마디로 그의 시는 기성의 시 형태를 뛰어 넘는 해학과 유머 주지적 모더니즘의 세계를 자신만의 독특한 화법과 시어로 새로운 장르로 개척함으로써 김광림만의 확고한 영역을 개척한 시인으로 각인될 것이다.

김광림 시의 형태는 1950~60년대와 70~80년대 그리고 90년대 이후의 시 창작 활동을 초기와 중기 후기로 구분하여 평가할 수 있는데 초기에는 분단이나 이산 참전 등 전화의 상처가 깊이 맺혀 있는 시풍을 보여 주다가 이후에는 암울한 전쟁 의식이나 당면한 현실 의식을 배제하고 사물에 대한 조형을 공간적 회화적으로 형상화시키는 데 주력하고 있다.

이와같은 현상은 김광림 시에서 관념 의식을 배제하고 순수하고 지적 이미지를 추구하는 미적 의미를 시사하고 있다.

한편 김광림의 중반기 시 작품을 살펴 보면 또 다른 화두를 제시하는데 특히 두드러진 경향은 자연 섭리와 불교적 참선 요소를 주입함으로써 작품의 참신성과 접근성의 어려움을 시사하고 있다.

따라서 김광림의 후기 시에서는 앞의 모든 요건을 수용하면서 완벽 완숙한 경지를 보여 주는데 모더니티한 이미지즘 시인으로 자리매김하는 한편 자유분방하면서 유쾌한 풍자와 유머 그리고 재기 넘치는 아이러니로 자신만의 시의 영역을 구축했다.

일본 문단에도 폭넓게 알려진 김광림의 시에 대해 평론가 사가와 아키는, "김광림의 시는 가장 모던하다. 아이러니, 기지, 유머, 건조한 눈, 즉물성, 오늘의 언어와 사물을 시 속에 끌어들이는 열린 시 정신, 날카로운 지성과 속 깊은 슬픔이 있으면서도 독특한 웃음과 따스함이 독자를 사로잡는다"고 평가했고 시라이 가즈코도, "생경한 리얼리즘도 아니고 비극을 비극으로 표현하지 않고 거의 대부분 작품이 부담감 없는 유머, 위트, 아이러니로 제작되었다"고 했다.

그런데도 한때는 김광림 역시 고집스런 이미지스트이며 지나치게 유연한 순수파로 비판받기도 했지만 이런 비판을 교훈으로 받아들이고 발판 삼았기에 결국에는 풍부한 해학과 재기 넘치는 유머 등으로 하여 지적이고 모던한 아이러니스트로 변모했다.

문학 세계에서 시의 장르도 많지만 시의 정의에 대한 지론은 헤아릴 수 없을만큼 회자되고 있다. 이에 김광림 시에 대한 정의를 나름대로 비교 분석해보고자 한다.

한때 독자들은 천재 시인 이상의 시 「오감도」를 평하기를, "미친 놈의 헛소리며 정신병자의 잠꼬대"라며 비아냥과 조롱을 퍼부었다. 그런데 어쩌랴! 이 한 순간의 소동으로 무명의 이상이 천재 시인의 반열에 올랐으니.

이상은 자기 시를 이해 못 하는 독자들을 향해 상자 속에 숨어서 쾌재를 불렀다. 왜냐하면 시는 영원히 일반화, 보편화, 생활화가 될 수 없는 최고의 가치이기 때문에.

이와같은 이유에서 김광림의 시도 순도 높은 가치를 지닌 으뜸의 창작물로 여겨진다. 그는 이상의 경우와 달리 온몸을 독자에게 드러내면서 당당하고도 유쾌하게 이해하기는 어려우나 공감하기는 쉬운 시를 창작함으로써 그만의 독자적 영역을 확보한 것이다.

참으로 김광림이야말로 한 평생 시를 안고 詩름 詩름 시를 앓는 사내다. 치유할 수 없고 치유해서도 안 되는 불치병 환자. 그가 젊은 시절 김강균, 김기림의 이름 한 자씩을 빼내어 자신의 이름으로 지었다는 사실에서도 그가 얼마나 시에 대한 애착과 자부심을 가졌는가에 대해서는 의심의 여지가 없을 것이다.

그래서 그는 일찍부터 「와사등」과 「기항지」에서 서정 넘치는 고독과 사색을 익혔을 것이며 「태양의 풍속」이나 「바다와 나비」에서는 주지적 모더니즘을 터득했을 것이다.

이쯤에서 시의 의미에 대하여도 한 번 생각해보자. 김광림 시인이 두 시인의 이름 한 자씩을 바탕하여 영감을 얻었다면 시라는 한자를 해체해 보자. 말씀 言에 절 寺가 된다. 풀이하면 고적한 산사에서 참선하는 스님들이 철학과 사색이 담긴 선禪 문답을 서로 주고받는 이야기가 아닌가.

참으로 신비롭고 오묘한 이치를 지니고 있는 글자가 바로 詩인 것이다.

하여 김광림은 이같은 시풍과 시향을 완벽히 소화하여 또 다른 시풍을 제시함으로써 그만의 독특한 시 세계를 개척해놓았다.

그러므로 김광림의 시를 단적으로 들여다 보면 중요한 사항을 하찮게, 하찮은 사항을 소중하게, 이득을 손해로, 손해를 이득으로 치환하는 마술적 재능을 보여주고 있다.

똑같은 식재료가 이름 있는 셰프의 손을 거치면 맛깔스런 음식을 만들어내듯 똑같은 언어와 문자로 풍자와 유머 지적 아이러니를 빚어내는 솜씨는 가히 어떤 뒤따름도 허락지 않는다.

이렇듯 감동의 문장이 없는, 오로지 감탄의 시어만을 구사한 김광림, 그는 누가 뭐래도 한 시대를 풍미한, 고정관념을 깨부순 시어 창조의 연금술사다.

김광섭 金光燮

1905 / 9. 22~1977 / 5. 23

생애 및 연보

함경북도 경성 출생, 경성공립보통학교를 졸업했다. 1919년 북간도로 이주 후 1년만에 귀향하여 서당에서 수학하다가 1924년 중동학교 졸업 후 일본 와세다대학 영문학과를 졸업했다.

그리고 이때 동대학 불문과 학생인 이헌구를 만나 조선인 동창회 동인지 『알』지에 첫 작품 「모기장」을 발표한 후 이듬해 정인섭과 함께 해외문학 활동을 하기도 했다.

귀국 후에는 10여 년간 모교인 중동학교 영어 교사로 또는 시문학을 강의하면서 일제의 창씨 개명 정책을 공공연히 반대하는 등 반일 민족사상을 고취시키다가 일경에 체포되어 3년 8개월 간의 긴 옥고를 치르기도 했다.

이후 그의 본격적인 문학 활동은 1927년에 창간한 『해외문학』과 1931년에 창간된 『문예월간』의 동인으로 참여하여 이 무렵 「고독」「푸른 하늘의 전락」「고민의 풍토」 등 이지적이고 서정성 짙은 시들을 발표하여 문단의 관심과 주목을 받았다.

김광섭의 초기 시들은 서정성이나 이지적인 시정신 못지않게 암울한 시대적 환경에 저항하는 민족적 고뇌와 울분이 밑바닥에 깊이 깔려 있는 것이 특징이라 할 수 있을 것이다.

또한 김광섭은 시 창작 활동 못지않게 서항석, 모윤숙, 함대훈, 노천명 등과 극예술연구회에도 적극 참여하여 당대의 현대극을 발전시키는데도 크게 기여했다.

김광섭 시인의 본격적인 시작 활동은 1935년 「고독」이 시점이었는데 이 시의 내용은 제국주의 일본에 의해 자유와 주권을 상실한 절망과 좌절감을 묘사하고 있다.

이 계열의 작품으로는 1938년 첫 시집 『동경』을 비롯하여 「초추」 등이 있는데 내용은 주로 북간도를 방황하면서 만주사변을 배경한 시로 공포심과 불안 및 허무주의 사상을 노래하고 있다.

그러다가 김광섭 시인은 잠시 일본으로 건너가 문단을 살펴 보기도 했으며 8.15 광복 후에는 극심한 정치적 혼란 속에서 민족문학과 민주주의 확립을 위해 시작 활동은 물론 사회 평론이나 시민 단체 조직 등 현실 참여에도 적극적 행보를 보여 주었다.

이어 김광섭은 1945년 『해방기념시집』을 위시하여 「민족의 제전」을 발표한 후 「정치 의식과 문학의 기본 이념」「문학의 당면한 임무」「민족문학의 방향」「민족문학을 위하여」「민족주의 정신과 문화인의 건국운동」「문단 빈곤과 문인의 생활」 등 수많은 평론을 통하여 민주적 정치문화와 문화예술적 민족문학 건설에 강력히 이바지하기도 했다.

이와같은 그의 정치 문화적 활동으로 많은 직책을 맡기도 했는데 1945년 중앙문화협회 창립 참여를 비롯하여 전조선문필가협회 총무부장, 민주일보 사회부장, 미군정청 공보부장 등을 역임했다.

광복 후에는 이승만 대통령 공보관을 거쳐 1949년 제2시집 『마음』을 출간했고 6.25 한국전쟁 중에는 대한신문 사장을 지내기도 했다.

이후 김광섭은 1952년부터 18년 동안 경희대 교수직과 함께 국제펜클럽 한국본부 중앙위원과 한국자유문학자협회 위원장 및 순문예지 『자유문학』 발행인, 국제펜클럽 한국본부 부위원장과 세계일보 사장, 한국문인협회 부이사장을 역임했다.

이처럼 그는 사회적으로 다양하고 화려한 여정을 거치면서 제3시집 『해바라기』에 이어 마침내 대표적 시집으로 널리 회자되는 제4시집 『성북동 비둘기』를 펴냈는데 발표되자마자 문단의 큰 화제를 불러일으켰다.

이 시집을 통하여 그의 작품은 비정한 사회 비평 의식과 망향에 대한 향수 등 현실적 상황 관념을 유지하면서 추상적인 묘사나 세련된 관념어의 구사 등 문학성과 예술성을 두루 갖춘 미학적인 작품으로 평가받고 있다.

이와 같은 문단에서의 찬사와 논평은 그의 시 작업에 불을 지핌으로써 죽음과 다투는 투병 상황에서도 제5시집 『반응』을 내놓았다. 시인의 마지막 시집인 이 시에서는 시적 언어들이 원숙하고 세련된, 낯선 관념들의 표현이 주조를 이루고 있어 시의 완성도를 한층 승화시켜 주고 있다.

한국 시단의 한 장르에서 지워지지 않을 시인 김광섭, 그 공로와 업적에 걸맞게 그는 서울시문화상과 문화공부예술상, 예술원상 그리고 정부로부터 국민훈장 모란장과 1990년 건국훈장 애국장이 추서되었다.

대표시 감상하기

김광섭 시인은 반세기에 걸쳐 남북한을 아우르면서 시작 활동 외에 정치 사회 분야에서도 자유분방한 활동을 펼쳤다. 그러나 그는 결과적으로 시업이 목표였고 시인이란 영예를 얻었기에 역사에 시인의 이름으로 남을 것이다.

이런 의미에서 그가 남긴 수많은 시편들 가운데 한국문단의 시문학사에 길이 남을 만한 몇 편의 작품을 감상해 보기로 한다.

동경

온갖 사화詞華들이
무언無言한 고아가 되어
꿈이 되고 슬픔이 되다

무엇이 나를 불러서
바람에 따라가는 길
별조차 멀어진 밤

무거운 꿈같은 어둠 속에
하나의 뚜렷한 형상이
나의 만상에 깃드리다

이 시는 김광섭 시인의 첫 번째 시집의 표제로서 아직 완성

된 작품이라기보다 젊음의 패기로 자신감 있게 내놓은 실험적 작품으로 볼 수 있다.

내용을 살펴 보면 암울한 식민 시대의 한 지성인이 현실에 대한 실망과 좌절을 느낄뿐 아무것도 할 수 없는 고뇌와 슬픔을 감수할 수밖에 없다.

그러나 아무리 무겁고 어두운 세상이라도 꿈을 가지면 희망이 열린다는 의지를 끊임없이 보여 줌으로써 미래에 대한 가능성을 엿볼 수 있게 한다.

이렇듯 시인은 숨막히는 밀폐된 공간에서도 저항과 비판으로 시인으로서의 지성적 측면과 내면의 감정을 잘 드러내주고 있는 반면 어쩌면 시제에서 시사하듯 식민지에서의 해방과 두고 온 고향에 대한 그리움을 복합적으로 묘사한 작품으로 평가할 수 있다.

고독

내
하나의 生存者로 태어나서 여기 누워 있나니

한 間 무덤 그 너머는 무한한 氣流의 波動도 있어
바다 깊은 그곳 어느 고요한 바위 아래

내

고달픈 고기와도 같다

맑은 性 아름다운 꿈은 잠들다
그리운 世界의 斷片은 아즐타

오랜 世紀의 지층만이 나를 이끌고 있다

神經도 없는 밤
時計야 奇異타
너마저 자려무나

김광섭 시인의 첫 시집『동경』에 게재된 초기 시의 대표 작품으로 평가하는 시로 추상적이고 관념적 표현과 아울러 지성적이며 주지적 성향이 대단히 뛰어난 시로 평가된다.

식민지 상황의 시대적 인식을 단순한 관념적 차원이 아닌 지식인 지성인이 겪는 심오한 지적 고뇌와 상실된 자아의식으로 명료하게 묘사하고 있다.

화자는 암울하고 공포스런 시대 상황에 고립된 채 자유와 희망을 잃고 고독하고 고달픈 한 마리 물고기처럼 어둡고 무덤같은 현실 속에 존재하는 자신을 스스로 비판하며 한없는 무력감에 빠지기도 한다.

더구나 화자는 현재의 시대 상황 속 미래에 대한 밝은 희망을 갖기보다는 식민지 치하에서 쳇바퀴처럼 돌고 도는 시계바늘처럼 자신의 삶이 맹목적일 수밖에 없다는 자탄에 빠져 있다.

마음

나의 마음은 고요한 물결
바람이 불어도 흔들리고
구름이 지나도 그림자 지는 곳

돌을 던지는 사람
고기를 낚는 사람
노래를 부르는 사람

이 물 가 외로운 밤이면
별은 고요히 물 위에 내리고
숲은 말없이 잠드나니

행여 백조가 오는 날
이 물 가 어지러울까
나는 밤마다 꿈을 덮노라

김광섭 제2시집의 제목이기도 한 이 시는 제1시집 이후 10여 년만에 출간되어 매우 완벽한 창작성과 예술성을 보여 줌으로써 마침내 주목받는 시인으로 자리매김한 대표시로 꼽을 수있다.

인간은 물론 모든 자연 사물들의 정서를 이처럼 아늑하고도 아름답게 표출한 미학적 작품은 보기 드문 명시가 아닐까?

바람과 구름 맑은 물과 백조 어느 것 하나 여유롭고 자연 친화적 정경이 아닐 수 없다. 이런 환경에서 살아가는 생명체야말로 진정한 자유와 평화를 누리는 행운아들일 것이다.

짙은 서정과 애틋한 향수가 배어 있는 이런 상황은 아마도 질곡의 수렁을 헤매고 있는 현재의 실상을 벗어나고 싶은 간절한 열망에서 떠올린 희망 사항이 아닐까 판단된다.

해바라기

비단결보다 더 부드러운 은빛 날리는
가을 하늘 현란한 광채가 흘러
양양한 대기에 바다의 무늬가 인다

한 마음에 담을 수 없는 천지의 고동 속에
찬연히 피어난 백일白日의 환상을 따라
달음치는 하루의 분방한 정념에 헌신된 모습

생의 근원을 향한 아폴로의 호탕한 눈동자같이
황색 꽃잎 금빛 가루로 겹겹이 단장한
아 의욕의 씨 원광에 묻히듯 향기에 익어가니

한 줄기로 지향한 높다란 꼭대기의 환희에서
순간마다 이룩하는 태양의 축복을 받는 자
늠늠한 잎사귀들 경이驚異를 담아들고 찬양한다

김광섭

김광섭의 제3시집에서 대표시로 회자될 만한 고도의 작품성을 지닌 명시로 평가된다.

모든 사람들이 알다시피 해바라기는 해와 함께 피었다가 해와 함께 지는 숙명적 관계를 갖고 있다. 대자연을 일깨우고 스러지게 하는 신비한 역동성을 지닌 꽃 해바라기.

이 작품에서 시적 자아는 생명에 대한 강한 의지와 미래에 대한 굳은 신념을 보이면서 해바라기가 오로지 해를 쫓듯 모든 사람들도 앞으로의 희망을 향해 일관된 길을 걸어 가도록 암시하고 있다.

특히 이 시에서 화자가 보여주고 싶은 것은 모든 생물체는 신의 섭리에 의한 자연적 질서 내에서 합리적 이성을 작동하게 하는 것이라 결론짓고 있다.

그러므로 화자는 이 시에서 새벽의 해바라기는 유년을 회상케 하며 혼의 해바라기는 다가올 미래에 대한 열망을 품고 있는 강한 메시지를 전달해 주는 역할을 하고 있는 것으로 보여진다.

가을이 서럽지 않게

하늘에서 하루의 빛을 거두어도
가는 길에 쳐다볼 별이 있으니
떨어지는 잎사귀 아래 묻히기 전에
그대를 찾아 그대 내 사랑이리라

긴 시간이 아니어도 한 세상이니
그대 손길이면 내 가슴을 만져
생명의 울림을 새롭게 하리라
내게 그 손을 빌리라 영원히 주라

홀로 한 쪽 가슴에 그대를 지니고
한 쪽 비인 가슴을 거울 삼으리니
패물 같은 사랑들이 지나간 상처에
입술을 대이라 가을이 서럽지 않게…

이 시도 시인의 시집 『해바라기』에 수록된 작품으로 아직도 전쟁의 상흔이 남아 있는 주변의 열악한 환경을 쓸쓸하고 을씨년스런 가을과 대비시켜 서정적으로 묘사했다.

성스런 신앙심을 불러일으키게도 하는 표현 속에서 화자는 고통스럽게 살아가는 이들에게 꿈을 버리지 않고 기다리면 반드시 구원의 시간이 찾아온다는 메시지를 건네고 있다.

결과적으로 화자가 이 시에서 얼마나 따뜻한 인간애와 인류애에 목말라하는지는 이 작품 속에 그대, 가슴, 사랑, 손길, 입술 등의 표현으로 미루어 짐작할 수가 있다.

그러므로 지금은 비록 괴롭고 서러운 가을같은 환경이지만 이 고비를 참고 견디면 누군가는 언젠가는 반드시 밝은 길이 열릴 것이므로 하늘의 별을 바라보며 희망의 끈을 놓지 말자는 비유와 상징이 자리잡고 있는 지성적이며 주지적인 내용을 담고 있다.

성북동 비둘기

성북동 산에 번지가 생기면서
본래 살던 성북동 비둘기만이 번지가 없어졌다.
새벽부터 돌 깨는 산울림에 떨다가
가슴에 금이 갔다
그래도 성북동 비둘기는
하느님의 광장 같은 새파란 아침 하늘에
성북동 주민에게 축복의 메시지나 전하듯
성북동 하늘을 한 바퀴 휘돈다

성북동 메마른 골짜기에는
조용히 앉아 콩알 하나 찍어 먹을
널찍한 마당은커녕 가는 데마다
채석장 포성이 메아리쳐서
피난하듯 지붕에 올라앉아
아침 구공탄 굴뚝 연기에서 향수를 느끼다가
산 1번지 채석장에 도루 가서
금방 따낸 돌 온기溫氣에 입을 닦는다.

예전에는 사람을 성자聖者처럼 보고
사람 가까이
사람과 같이 사랑하고
사람과 같이 평화를 즐기던
사랑과 평화의 새 비둘기는

이제 산도 잃고 삶도 잃고
사랑과 평화의 사상까지
낳지 못하는 쫓기는 새가 되었다.

예부터 성북동은 꽃과 나비 춤추고 산토끼 산비둘기 뛰노는 이들의 영토며 낙원이었다. 그런데 1960년대 후반부터 개발과 성장이라는 산업화 물결은 이 조용한 숲속까지 파고들어 나무들이 베어지고 바위가 깎이었다.

마침내 산비둘기의 영역은 인간의 낙토로 변하고 대신 둥지를 잃은 산비둘기는 비둘기의 신세가 되어 삶의 터전을 빼앗긴 채 방황하는 낙오자의 처지가 되었다.

현대 문명에 대한 인간의 우월성은 자연 환경을 마음대로 파괴하지만 결국 그 피해의 대가는 자신들에게 돌아온다는 것을 자연의 섭리는 일깨워 줄 것이다.

그러므로 비둘기의 영토가 인간의 영역이 되었다 하여 결코 만족할 수는 없을 것이다. 왜냐하면 나뭇가지가 아닌 깨어진 돌 위에 앉아 사악한 물질문명을 바라보는 비둘기의 선한 눈매에서 자연에 대한 향수를 느껴야 하기 때문일 것이다.

인간이 파 놓은 문명의 함정에 빠져 쫓기는 비둘기의 처지는 곧 자연을 파괴하고 무사안일을 꿈꾸려는 허황된 인간에게도 언젠가는 자승자박과 자업자득의 부메랑으로 돌아올지 모른다는 씁쓸한 여운을 짙게 남기는 잊혀지지 않을 명시가 아닐 수 없다.

생의 감각

여명黎明의 종이 울린다
새벽 별이 반짝이고 사람들이 같이 산다
닭이 운다 개가 짖는다
오는 사람도 있고 가는 사람도 있다

오는 사람이 내게로 오고
가는 사람이 내게서 간다
아픔에 하늘이 무너졌다

깨진 하늘이 아물 때에도
가슴에 뼈가 서지 못해서
푸른 빛은 장마에
넘쳐흐르는 흐린 강물 위에 떠서 황야에 갔다

나는 무너지는 둑에 혼자 섰다
기슭에는 채송화가 무더기로 피어서
생生의 감각感覺을 흔들어 주었다

이 시는 대단한 의미와 깊이가 있는 작품으로 널리 알려져 있는데 이유는 김광섭 시인이 고혈압으로 쓰러져 무의식 상태로 1주일만에 깨어난 체험을 바탕으로 씌어졌다 한다.

시제에서 밝히듯「생의 감각」은 곧 생명의 부활을 뜻하므로 존재적 상황을 극적으로 묘사하고 있다. 그래서 화자는 절망의 밤으로부터 희망의 아침을, 여명의 새벽으로부터 새 아침이라는 미래를 예시해 주고 있다.

시의 내용을 살펴 보면 시 공간을 역순으로 구성했는데 죽음 직전의 절망적 순간을 2연에 배치하고 1연에는 죽음을 극복한 삶에 대한 의식을 형상화하고 있다.

따라서 화자는 병마와 죽음의 긴 터널을 빠져나오고서야 소중한 생명의 가치와 삶의 의미를 깨닫게 되는 지극히 평범한 진리를 비로소 터득하게 된다.

화자의 노년기 원숙한 삶 속에서 깨닫게 되는 온갖 경험들이 일상적 정서로 전개되므로서 존재의 의미는 물론 깊은 성찰과 반성이 어우러져 진한 울림으로 오래도록 기억될 수 있는 명시가 아닌가 싶다.

그러므로 이 시는 김광섭의 자전적 서정시로 절망적인 고통과 죽음으로부터의 투병 체험 과정에서 인간의 생명과 존재의 소중함을 다시 한번 되새기게 하는 작품이라 여겨진다.

저녁에

밤 하늘의
저렇게 많은 별 중에서
별 하나가 나를 내려다 본다
이렇게 많은 사람 중에서
그 별 하나를 쳐다본다

김광섭

밤이 깊을수록
별은 밝음 속에 사라지고
나는 어둠 속으로 사라진다

이렇게 정다운
너 하나 나 하나는
어디서 무엇이 되어
다시 만나랴

이 시는 인간 내면의 심오한 성찰을 통해 현대인들에게 각성의 경종을 울리는 화자의 실상을 표현한 작품으로 보인다. 즉 인간의 여정은 별이 어둠 속에서 더욱 빛을 발하듯 절망과 역경을 극복함으로써 진정한 삶의 가치를 느낄 수 있다는 것이다.

어두운 밤과 별을 대비시켜 인간의 숙명적 고독감을 서정적으로 묘사한 이 시는 밤 하늘의 수많은 별 중에 하나의 별과 수많은 군중 속에서의 나 하나를 강조하며 절대고독을 강조하고 있다.

그러므로 별은 밝음 속으로 사라지고 인간은 어둠 속으로 사라짐으로써 자연과 인간은 영원히 거리감을 둘 수밖에 없으며 물질문명이 발전하면 할수록 끈끈한 인간 관계는 멀어진다는 상실감을 상징적으로 보여 주고 있다.

그러나 시인은 마지막 연에서 인간이 아무리 고독과 상실감을 안고 살아가지만 유한한 존재이기 때문에 어쩔 수 없이 빛과 어둠의 섭리에 따라 만남과 이별의 순리에 따라야 한다는 철학적 논리를 펼쳐 보이고 있다.

특히 마지막 구절에서 노래한, "어디서 무엇이 되어 다시 만나랴"라는 불교적 윤회사상의 표현은 아무리 각박한 현실일지라도 인간 존재의 가치와 희망이 우리들 곁에 있다는 미래를 암시해 줌으로써 한 폭의 잔잔한 수묵화를 연상케 하는 시인의 대표 작품 중 한 편으로 평가할 수 있는 명시가 아닌가 싶다.

새벽

어둠을 뚫고 새벽이 솟아오른다
횃불을 들고 일어선다

멀리 가까이 산이 들이
한 빛에 태어나고 강물이 흐르며
금수강산
누구의 그림인가 떠오른다

하늘의 숲에 선 나무들
시원한 바람에 가지를 치켜들고
가는 새를 불러
첫시간의 노래에
열린 神市

세월이 송구하여
허리를 굽히고

소나무들 봉우리에 섰다

빛을 먼저 보고 홰를 치니
소와 농부
하늘과 같이 가서

소는 농부
농부는 소가 되면서
밭을 갈고 씨를 뿌린다

새벽은 조용한 아침을 열고
땀에 젖은 옷을 벗기며
어린 용사들에게
새 밥을
먼저 주고 간다

김광섭의 후반기 제5시집 『반응』에 수록된 대표적 작품으로 문학성과 창작성의 노련함이 엿보이는 시로 평가된다. 상징적으로 새벽은 첫출발과 희망같은 것을 의미하는데 화자도 벽두부터 좋은 징조를 내비치고 있다.

여명이 오면 가장 먼저 깨어나는 것이 자연의 사물들이다. 산천초목과 각종 동식물들이 낙토를 가꾸는 인간 사회와 친화적 조화를 이루면서 함께 누려가는 모습은 서정 어린 한 폭의 풍경화를 보는 듯하다.

결국 화자는 이 시에서 인간 사회와 자연환경이 서로 양보하고 배려하면 공존 공생할 수 있다는 지극히 단순한 진리를 설파함으로써 화해와 타협의 공감대를 제시하고 있다.

사회 정의를 꿈꾸며

김광섭 시인의 시대는 참으로 불행하고 불운한 시대였다. 일본 군국주의 그늘에서 식민의 삶에 고난과 좌절의 시련을 겪은 반면 동족 간의 비극적 전쟁도 경험한 참담한 세월이었다.

그러니 조국애와 인간애를 추구하던 양심적인 지사들은 반인간적이고 반지성적인 사회 현실에 당연히 저항하고 비판적일 수밖에 없었다. 따라서 김광섭도 당대의 지식과 지성을 대표하는 문학예술인이었기에 저항의 일선에 참여했을 것이다.

가장 왕성한 20~30대의 이상을 꿈꿀 시기에 시인으로서의 그가 할 일은 민족주의에 의한 국권 회복이었을 것이다. 그리하여 그는 시 창작 못지않게 현실 정치 참여에도 적극 활동했다.

교사 시절 학생들에게 제국주의에서 벗어나야 한다는 애국 애족 의식을 고취하다가 4년여의 고된 감옥 생활을 겪었으며 이밖에도 수많은 시와 평론을 비롯 언론 방송을 통해서도 부조리한 시대를 향해 비판과 저항을 쏟아냈기에 그를 독립운동가로 매김하기도 했다.

이와 같은 그의 행적과 업적은 국가에서도 인정하여 국민훈장 모란장과 건국훈장 애국장이 추서되었다. 그러나 그의 현실 참여는 정치, 사회, 교육 부문에서보다 시 작품에서 더욱 뚜렷이 보여주고 있는데 특히 시인의 황금기로 볼 수 있는 청장년기의 시집 『마음』과 『해바라기』에 수록된 작품들은 한결같이 조국애와 민족 의식을 고취하는 시편들로 채워져 있다.

절망과 시련에 빠진 조국과 민족의 비애를 대변한 의지의 시인 김광섭, 그가 시의 길을 걷게 된 이유가 강렬한 민족정신을 일깨우기 위한 선택이라고 한, “내 생애의 시발은 바로 우리 민족 수난의 시발이었다. 성장하면서 민족의식을 고취해 주는 사람이 없었고 그리하여 그것은 자연발생적으로 내 가슴속 깊이에서 움터나왔다. 이것이 내 시의 뿌리였다”고 한 이야기를 두고두고 되새겨본다.

이성과 감성 추구한 시인

한국 문학사에서 김광섭 시인만큼 시의 주제를 깊이 있고 폭넓게 추구함으로써 시단을 빛내준 시인도 드물 것이다. 하여 그의 시 세계는 광복을 전후하여 극명하게 구분되는데 광복 이전에는 어둡고 암울한 시를 광복 후에는 자연과 생에 대한 감사와 애착 등을 다룬 시들을 주로 발표했다.

김광섭의 시작 활동은 1935년 문예지 『詩苑』에 「고독」을 발표함으로써 시단에 등장했는데 이즈음 그의 시풍은 일제에 대한 저항과 증오 주권 상실에 대한 절망과 상실감 등을 주로 표현했다.

좀더 구체적인 김광섭의 시작 활동을 살펴보면 3단계, 즉 초기, 중기, 말기로 구분할 수 있는데 이에 대한 몇 가지 예를 들어 보기로 한다.

광복 전 그의 초기 시는 「고독」에서 잘 드러나보이는데 이 시기 그의 시풍은 지식인의 번민과 고뇌, 무기력한 좌절감 등을 주제로 한 지적이고 관념적이며 시대적 배경에 의한 불안감과 고독감 등 허무주의 의식이 반영된 작품들을 많이 발표했다

따라서 그의 중기 시기로 볼 수 있는 광복 후에 발표된 『마음』과 『해바라기』의 작품들에서는 시의 주제들이 매우 다채로운데 감옥 생활에서의 체험이나 자연 환경에 대한 경외심 비극적 전쟁에서 터득한 좌절감 그리고 운명처럼 다가온 광복의 환희 등을 사실적 서사적으로 표현하고 있다.

그리고 후기 시의 대표 작품으로 「성북동 비둘기」는 김광섭 최고의 으뜸작으로 평가된다. 이 시의 주제는 자연 환경에 대한 철두철미한 관심과 인간과 사물의 공동체적 존재에 대한 인식을 상기시키므로서 사회 전반적 관심을 환기시키는 데 주력한 한편 말년에는 주로 생에 대한 회고로 삶과 죽음에 대한 초월적 주제들을 표현하는 작품들이 주류를 이루고 있다.

그러므로 그의 후기 작품에서는 초월 사상을 묘사한 시 작품이 많은데 이 중에 몇 편을 가려 소개하면 「인간은 영원히 있다」라는 시에서는 빛과 어둠은 서로 다른 것이 아니며 같은 환경과 공간에서 생성되므로 죽음의 자리에서 삶이 생산된다는 다소 불교적인 윤회사상을 외치고 있다.

그러기에 여명은 희망이며 밤은 절망이라는 이분법을 주장하면서 새벽이 희망이기에 화자는 새벽에 죽음을 맞이하고 싶다는 이야기를 하고 있다.

그런가 하면 시 「별」에서는 노년의 세월에도 별이 좋아 유년의 시절로 돌아간다는 생에 대한 감사와 경건함이 스며 있어 자유

로운 인간 정신과 순수한 감성이 잘 표출되어 있다.

또한 김광섭의 자화상을 표현한 시로 회자되는 「새 얼굴」에서는 죽음 문턱에서 회생한 사실에 경이와 감탄을 노래하고 있다. 찬란한 새 아침의 하늘은 인간에 대한 존엄과 경외심과 감사하는 마음이 없으면 절대로 볼 수 없다는 화자의 강렬한 존재감이 돋보이는 작품이 아닐 수 없다.

이처럼 김광섭은 한국 문학사와 시단에 획기적 족적을 남겼지만 자신만은 만족하지 않은 후회를 안고 있었다는 것이 다음의 이야기로 증명된다. “나의 시작 태도에 대한 후회는 없지만 문학 외적 일에 너무 치우치다 보니 시를 깎고 다듬는 데 다소 소홀했던 것이 아닌가 싶다”

이와 같이 시단에 불멸의 족적을 남긴 그도 아쉽고 안타까운 마음을 토로하고 있으니 인간이 자신의 길에 대한 성취 확률이 얼마나 미미한가를 짐작케 하는 자성의 시간을 갖게 한다.

끝으로 인간 김광섭의 애국 애족하는 굳건한 민족주의 사상과 평생의 시작 활동 과정에서 문학 예술성에 입각하여 철저히 이성과 감성의 시 세계를 구축한 공과 업은 오래도록 남을 것이다.

김시철 金時哲

1930 / 3. 21～2023 / 5. 26

생애 및 연보

1930년 함경북도 농성에서 태어났으며 1.4후퇴 때 월남한 뒤 기자로 활동했다. 이후 잡지 『개척』『부부』에서 기자로 활동하였고 1956년 첫 시집 『능금』 출간을 계기로 등단했다.

이후 김시철은 시작 활동 외에 각종 문학예술단체 등에서 활동했는데 한국시인협회 창립 회원을 비롯하여 월간 문예지 『자유문학』 편집장과 한국출판협회 편집장을 거쳐 한국문인협회 부회장, 국제펜클럽 한국본부 회장과 고문, 명예회장 등을 역임했다.

그는 첫 시집 이후 『조용한 무제, 1967』『詩가 안 되는 밤에, 1988』『금붕어가 간호하는 병실, 1990』『어머니의 달, 2001』『낚시, 2003』『금당 계곡, 2004』『강원도 부자, 2007』『나의 외갓집, 2018』『어머니, 2020』 등 20여 편의 주옥같은 시집과 『조우 수첩, 1965』『물가의 인생, 1977』『명당자리 다 낙원, 1987』『빛깔 있는 책 낚시, 1989』『낚시와 인생, 1990』 등 낚시에 관한 수필집을 펴내기도 했다.

그의 끊임없는 시 창작 활동은 한국 시사에 남을 업적이기에 이에 대한 예우로 한국문학상과 한국예술문화상 대상 및 청마문학상 이설주문학상 서울시문화상을 각각 수상하기도 했다.

김시철의 1950년대 초기 시는 주로 전쟁 주조의 시가 주류를 이루었고 전쟁 이후의 1960년대에는 환상적이고 서정성 짙은 시들을 발표했으며 1970년대에 이르러서는 흔히 일상의 주변에서 일어나는 생활시를 쓰는가 하면 현대 사회의 부도덕성과 부조리를 풍자 비판하는 시를 쓰기도 했다.

그러나 결론적으로 그의 시 정신 바탕은 항상 서정성과 목가적 향토성이 담겨져 있다는 특수성을 지니고 있다.

망향과 함께 항상 어머니를 그리워하던 시인에게 또다른 불운은 부인을 희귀병으로 잃은 비극이었다. 결국 이러한 불운과 상심을 달래고 잊어버리려 그는 북녘 땅 고향이 아스라히 보이는 두메산골 강원도 평창으로 이주하여 마지막 시작 활동과 후진 양성에 힘쓰는 한편 실향의 시름과 가정사의 아픔을 다독이며 1.4후퇴 때 헤어진 어머니를 그리워한 마지막 시집『어머니』를 펴냈다.

70 평생의 일생을 오로지 문화예술 활동과 시 창작에 바친 하서 김시철. 이제 그가 남긴 대표적 명시 몇 편을 소개 감상해 보기로 한다.

시인의 계절

호롱불 켜 드른
나그네의 밤길
이슬은 찬데

지금 세상을 걷는
시인의 계절
돌아온 연륜엔 가시꽃 피는데

내내 가고픈 오늘은
고개 잠드른 나그네의
옷깃을 흔드는데

다롱다롱 포도송이처럼
포만한 계절
실솔은 서른 추억만이 아닌데

피가 식드시
가난한 인정 속에
상장喪章마냥 서른 서정이 뜬다
시인의 계절

이 시는 화자의 눈에 비친 비정하고 서글픈 현실 세계를 단조롭게 표현한 작품으로 시인의 초기 시인만큼 시적 분위기가

쓸쓸하고 어두운 시어들로 구성되어 있는 반면 실험적 시풍을 자아내기도 한다.

내용을 세밀히 살펴보면 시인으로 살아가는 세상살이가 그리 순탄치는 않지만 찬 이슬 내린 어두운 밤길을 호롱불 들고 가는 나그네의 심경으로 의연히 걸어가겠다는 지적이고 지성적인 속내를 내비치고 있다.

그러므로 모든 인간이 공유하는 삶과 같이 시인에게도 풍성하고 포만한 시절이 있었고 귀뚜라미 우는 늦가을같은 불운하고 불행한 때도 있겠지만 이 모두가 지나고 보면 그리운 추억으로 남을 뿐이라는 시인다운 노래를 하고 있다.

詩가 안 되는 밤에

앞서가는 志力에 끌려
나의 밤은 언제나
가지 많은 나무에 걸린다
사방팔방으로 흔들고
바람 간 흔적
멍드는 몸둥이들
안으로 피가 고여 있다
숨죽이듯 말없이 살아 있는 것은
참으로 가슴 앓는 일
수없이 나를 버리는 일이다

김시철

마음의 티로 응어리져

나이를 보태놀수록

생각의 생각에 빠져들고 만다

주예수의 가르침대로

孔子님의 말씀대로

어둡고 험한 지리한 밤의

虛實을 모두 걷어버리고

길 밝혀 天地間 당신 뜻으로

앞에 썩 나서거나 크게

가슴 펴 보이려는 것은

벌판에 내가 우뚝 서서

마냥 표적을 자초하는 일이다

천 길 벼랑 끝에 하루를 얹고

아슬하니 떠받쳐드는 목숨

곤히 잠들어야 할 시각에도

하지만 나의 밤은 늘 그러했듯이

전혀 기댈 곳이 못되는

헐벗은 알몸이 되어

바람 앞 추위를 떨고 있을뿐

지금은 어느 곳엔들

내가 나를 잠재우질 못한다

묵어가는 지난 이야기들을 떠나

새날을 향한 壁 너머의

내일의 징검다리

밤은 子正을 넘어서고 있어도

나는 아직 어디로 더 가야 했기에
숨 막히는 이 밤을 붙들고
함께 엉망으로 뒹굴고 있는가
詩가 안 되는 밤
한 폭 非具象 밖으로
정신없이 뛰어나온 河麟斗가
벽에다 날 밀어부치곤
미친 듯이 웃고 있다
죽으라 하고 웃고 있다

좋은 시를 쓰기 위해 밤마다 날마다 번민과 고통을 앓고 있는 자신의 무지와 무능을 자탄하는 외침이 크게 들려오는 듯한, 시인이면 누구나 경험할 수밖에 없는 공감적 작품이다.

세월은 흐르고 나이는 늘어가는데 성인 군자의 가르침에 미치지 못하는 화자의 어리석음은 그저 방황과 고민으로 나날을 보낼뿐이다.

자나깨나 마음에 두고 있는 것은 시뿐인데 이 기댈 버팀목마저 찾지 못한 채 화자는 깊고 어두운 밤을 헤매듯 시를 찾아 시상을 찾아 허무한 매일 밤을 뒤척이고 있는 것이다.

이렇듯 "시가 안 되는 밤"을 "시가 되는 밤"으로 탈바꿈하고 싶지만 주위에서는 화자의 시상 부족을 비웃으며 손가락질을 하고 있다. 마치 현실에서는 경험할 수 없는 불교적 윤회 사상과 비구상적 이상에 갇혀 있다는 듯이.

김시철

自畵像

한 치의 넉넉함도 긁어내었고
실낱같은 直感으로
날이 섰다

모두들 그렇단다

살기를 잃은 것으로 메워내며
섬뜩한 것만 얻은
一生

어느 한 구석
피 볼 것도
구부릴 것도 없는 나는

앞으로
부러질 일만 남았구나

이 짧은 시에서 독자들은 김시철의 파란만장의 인생 여정을 유추해볼 수 있을 것이다. 한국전쟁의 드라마 같은 실화 1.4후퇴의 포화 속에서 생사를 무릅쓰고 자유의 땅 남으로 온 화자에게 더이상 불안감이나 두려움은 없을 것이다.

사선을 넘어온 그에게 모두는 박수와 환호를 보낼 것이며 화자는 그동안 수없이 흔들리고 쓰러져보기도 했다. 이제 마지막 남은 인생에 부러질 일만 남았는데 여기서 시인은 내가 어떻게 살아온 삶인데 그렇게 쉽게 부러질 수 없다는 강력한 반어법으로 시련과 고통의 이야기를 매듭짓고 있다.

三代

아들을 보는 아버지는
마냥 걱정입니다
개울 가에 내 논 아이 같다며

아버지를 보는 할아버지도
못내 걱정입니다
벌판에다 내 논 아이 같다며

아버지와 할아버질 보는 손자녀석
두 어른 다 걱정입니다
괜스리 저러신다 걱정입니다

걱정이란 밥 먹고
걱정이란 사랑받고
일 년 열두 달 三代는
걱정 속에 묻혀 삽니다

김시철

그래도 三代의 걱정은
100년을 못 갑니다

불과 1세기 전만 해도 한 집에 같이 사는 대가족 형태는 지극히 일반적이고 보편적 현상이었다. 할아버지와 아버지 그리고 화자가 함께 살았던 유년의 기억 속에 빠져들어 아련한 추억을 더듬고 있다.

오늘날 핵가족의 현실과 독신 생활로의 가정 형태로 변화된 시대를 살고 있는 사람들은 3대가 함께 살았다는 지난날 우리의 시대를 그저 신화나 전설처럼 생각할 것이다.

그러나 시인은 이미 노년의 상황에서도 가난하고 고달팠던 삶도 그 시절이 그립고 아쉬운 듯 회상하며 아무리 힘들었던 3대의 생활도 100년을 가지 못한다는 다소 낙관적인 소신을 내비치고 있다.

어머님 모습

기억력도
나이 먹는가 봅니다

내 나이 스물 하나
6.25사변 때 헤어진
어머님 모습

구십 늙은이가 된
이 나이만큼이나
가물가물

기억력도
이래저래
늙는가 봅니다

어머님!
이 한심한 노릇을
어찌면 좋습니까

사람은 누구나 어머니 앞에서는 철없는 어린 아이가 되는가 보다. 백 세를 눈앞에 둔 화자가 어린 마음으로 어머니를 기억하고 회상하는 모습은 아주 신선하고 정겨운 장면이 아닐 수 없다.

청년 시절에 생이별한 어머니의 생생한 모습들이 나이가 들어 희미한 기억으로 바뀌어가는 자신을 못내 안타깝고 아쉬워하는 대목에서는 가슴 먹먹하고 눈시울 뜨거워지는 장면이 아닐 수 없다.

그러나 세월은 무정하고 무심한 것 아무리 탓해도 소용 없기에 화자는 끝내 어린 심정으로 응석을 부리듯 어머니께 하소연하고 있다.

나의 무게

내 이름 석 자
저울에다 올리면 과연
얼마나 나갈까

아마도 체중만큼
무겁지도
가볍지도 않을 듯

하지만 석 자 이름
그 속내를 달아보려 하니

추는 있어도
눈금이 없다네

저울에다 육신을 잴 수는 있지만 정신의 무게는 잴 수가 없다. 이렇듯 세상살이와 문학 활동을 하는 화자에게 세상은 얼마의 무게로 가늠할까?

여기서 시인은 자신이 세상에 대해 모나거나 빠지지도 않을 만큼 무난히 살아왔다는 것을 상징적으로 보여 주고 있다.

그러나 화자는 끝내 자신의 인간성이나 시 정신 등 총체적 면모를 평가받고 싶지만 어차피 어떠한 논리로도 해결될 수 없다는, 비현실적 현상에 자조적 안타까움을 표시하고 있다.

反問

오늘도 나는 나에게
묻고 있다

오직 하늘만을 떠받들고
묵묵히 목숨 누리며 살아가는
저 수목들 곧은 심성 앞에
부끄럽지 않느냐고

사계 거슬림 없이
봄이면 싹 틔우고
여름이면 녹음을
가을이면 凋落
겨울이면 설한을 감내하며
말없이 살아가는
저들의 지극한 인내심 지조 앞에

우리는 얼마나 많은
투정을 부리며
볼품없이 살고 있는가에 대해
오늘도 나는 나에게 그걸
묻고 있다

인간의 부질없는 욕망을 대자연의 환경들은 얼마나 비웃을

김시철

까. 온갖 탐욕과 물욕에 빠진 사회적 부조리 현상에 화자는 자신에 대한 무능과 무력감을 묻고 있다.

자연의 섭리에 따라 계절은 순리대로 흐르지만 사람들은 자신들의 뜻에 맞지 않고 비위에 거슬린다며 애매모호한 역정을 부리고 있다.

결론적으로 인간의 존재 이유는 시간과 환경이 제공하는 범주 내에서 살아가야 함에도 회의와 의구심을 왜 갖는가에 대한 이율배반적 질문을 자신에게 묻는 아이러니가 담겨 있는 시로 평가할 수 있다.

自問自答

몇 줄
어설픈 글 써 놓고
오늘도 나는
시인인 척했다

백지장을 메워내길
60여 성상

꿈속의 바람 같은
바람 속의 인연같은
詩業을 붙들고

시란 대체 무엇이길래
시인이란 또한 무엇이기에
이토록 내가
내 목을 조이고 있는 것인가

따끈따끈한
아랫목같은 온기의
아늑한 생애가 모락모락 피어나는
시인이길 바랐지만

갈수록 길은
보일 듯 말 듯
잡힐 듯 말 듯
멀기만 하다

글밭에다 삶을 얹어 놓고….

이 시에서 화자는 자신이 어설픈 시인으로 여기면서도 자랑스런 시인이라고 자처하는 부끄러운 내면을 보여주고 있다. 반세기도 넘게 문필에 전념했지만 아무 얻은 것 없이 그저 의문과 무력감만 쌓일 뿐이다.

평생의 인연이며 소원인 詩業이 이쯤에서는 보이고 잡힐 때도 됐건만 깊이 파고 들면 들수록 더욱 어렵기만 하니 시의 길은 참으로 멀고 험하기만 하다.

그러나 화자는 비록 시와 시인의 길이 아무리 어렵다 해도 이미 자신의 삶 일체를 이 길 위에 얹어놓았다며 굳건한 도박사의 결단과 의지를 보여 주고 있다.

어머니의 달

달 뜨는 밤이면 어머니는
질그릇 물동이 이고
우물 가를 자주 찾았다

종가집 며느리신 어머니
허리 굽어 휘도록
어린 동생 들쳐 업고서도
반딧불만 반짝이는 동넷길을
눈 감고서도 잘도 걸으셨다

달밤이면 우물 속에
꼼짝없이 갇혀 출렁이던 달
연신 퍼 담아서 이고 오신 어머니는
그때 그러면서
무슨 생각에 잠기셨을까

어머니가 퍼다 주신
달빛 섞인 물

떠 마시고 자란 그때 그 아이가
古稀를 넘긴 이쯤에사
내 어릴 적 그때
그 우물 속 달이 보고파지느니…

고희를 넘긴 화자의 유년 시절은 온통 어머니에 대한 기억과 추억으로 가득 차 있다. 특히 하루종일의 일도 모자라 밤 늦도록까지 힘겨운 노동에 시달려야 했던 어머니의 모습은 고통과 시련에 허위적거리는 모습이 아니라 고요히 달뜬 밤에 평화롭게 쉬고 있는 학의 모습과 선녀의 자태였다.

화자는 오늘날 현대 문명의 산물인 수돗물을 마시지만 먼 옛날 어머니께서 길어 오신 달빛 묻은 우물물을 그리워하며 못 잊는 것이다.

이처럼 달빛 섞인 물과 어머니는 다시는 마실 수 없고 뵐 수 없다는 안타깝고 서글픈 심경을 절묘한 서정적 표현으로 이 작품의 가치를 한층 높여 주고 있다.

공심산방 空心山房

해발 800
하늘 아래 첫집

비도

김시철

눈도

추위도

먼저 와 내려와 앉는

공심산방

하늘도

햇빛도 더 가까이

몸을 섞는 이곳

어떻소

이만하면

나

살만하지 않겠소

이 사는 김시철 시인의 아홉 번째 시집의 제호이기도 한 작품으로 고독하고 적막감이 감도는 해발 800미터에 자리잡은 실제 시인의 거처에서 경험하는 일상을 사실적으로 묘사하고 있다.

세상사 모두를 내려놓고 오로지 천혜의 자연과 함께 살아가는 시인의 모습은 선인을 연상케 한다. 대자연이 안겨 주는 혜택도 화근도 가장 먼저 경험해야 하는 숙명을 안고 외롭게 견뎌야 하지만 세속에 물들지 않고 세파에 시달릴 일도 없으니 남은 여생은 편안히 즐길 수 있다는 화자만의 논리를 드러내고 있다.

철저한 자연주의 시객詩客

남북한의 파란만장한 시간과 세월 그 1세기 문턱까지 시업을 가꾸고 자연에 동화되어 노년의 삶을 거꾸로 되돌리면서 한 평생을 이어가려 했던 낭만적 시인 김시철.

1.4후퇴라는 전장의 한 복판에서 그 참화와 비극을 실제 경험하며 인간의 존엄과 생명의 가치를 깨닫고 목적과 목표도 없이 무작정 남녁의 끝자락 부산으로 내려온 약관의 20대 청년 김시철.

그러나 자유의 땅을 찾아온 그에게 기다리고 있는 것은 고통과 절망뿐이었다. 하지만 그는 평소의 꿈이 시인이었기에 온갖 악조건 속에서도 시 창작을 위한 외길을 걸었다.

그리하여 그는 마침내 문예잡지사 기자의 경륜을 바탕으로 월남 3년여만인 1956년에 첫 시집 『능금』을 출간했다. 이처럼 명예롭고 화려한 시인이란 직함을 얻은 그로서는 앞으로 시 창작의 문이 활짝 열리게 된 것이었다.

김시철 시인의 시에 대한 열정은 부산 피난 시절에도 식지 않아 고단한 생활 속에서도 틈틈히 박목월, 조지훈 시인 등의 시를 탐독했으며 마침내는 김규동 시인의 추천을 받기도 했다.

이렇듯 김시철이 시인에의 길로 들어서게 한 계기는 한용운의 「님의 침묵」이 인생의 좌표를 바뀌게 하였고 서정주의 「귀촉도」와 「국화 옆에서」를 접하고 나서 굳혔다고 한다.

온갖 우여곡절 끝에 시인의 영예를 안았지만 시단에서는 그가 시를 안 쓰는 시인으로 회자되기도 했다. 그럴 것이 그는 1956년 첫 시집을 펴낸 뒤 10년 주기로 시집을 펴냈기 때문일 것이다.

그리하여 두 번째 시집 『조용한 무제』는 1967년에 그리고 세 번째 시집『생활』은 1977년에 그리고 또 10년 후인 1988년에 네 번째 시집으로『詩가 안 되는 밤에』를 출간했다.

그러나 그가 속세를 벗어나듯 2002년 강원도 평창의 고도 높은 산속으로 거처를 옮긴 후에는 끊임없는 열정으로 오직 시 창작에만 몰두했다. 이처럼 김시철의 시작 활동은 그의 전반기라 할 수 있는 1900년 말까지 4권의 시집으로 마감되었는데 2000년대에 들어와서는 15권 이상의 시집과 평전 등을 펴냈으니 그의 문학적 황금기는 단연 노년의 후반기라 할 수 있을 것이다.

그러기에 그의 대표적 시편들은 주로 후반기 활동에서 많이 찾아볼 수 있는데 특히「공심산방」을 비롯한 어머니를 주제로 구성한 시편들이 주목을 이끌고 화제를 불러일으켰다.

김시철의 아홉 번째 시집의 제호이기도 한「공심산방」은 그가 현대 물질문명 사회의 번거로움에서 벗어나 고독하고 쓸쓸한 고원에서 홀로 자적하며 자연 친화적 여유로움을 보여주는 시인가 하면「어머니의 달」이나「나의 외갓집」같은 시에서는 어머니에 대한 그리움과 망향의 한에 사무친 회한을 그려내고 있다.

강원도의 산천이 좋아 강원도의 인심이 좋아 태백산 높은 자락 북녘 땅 고향이 가장 가깝게 바라다보이는 평창의 심심산골에서 그는 가장 자유롭고 즐거운 나날을 보냈을 것이다.

강원도 사람이 아닌 김시철이 강원의 정서에 빠진 것을 보고 강원도 시인인 황금찬, 이선교는 이제껏 향토시 한 편도 못 지은 것을 후회하며 강원도를 빛내준 외지인 김시철 시인에게 감사와 고마움을 보내는 한편 면목없는 자책과 반성을 표한다는 일화도 눈여겨볼 만한 에피소드다.

이처럼 강원도를 사랑하고 강원도를 노래한 시인을 위해 평창

주민들은 그의 거처 입구에 높이 4미터 폭 2.5미터 무게 10여 톤의 '금당계곡' 표지석을 세워 고마운 뜻을 기리기도 했다.

그러자 이에 보답하듯 김시철은 "남 보기에 터무니없는 일 같겠지만 이젠 강원도의 촌로가 되어 책 읽고 글을 쓰며 인생이 무엇인지 다시 되새김질하는 것을 모든 문인들이 부러워한다"며 산장 생활에 만족하다는 자랑을 늘어놓기도 했다.

그러기에 김시철은 자연인으로서 자연이 베푸는 혜택을 느긋이 맛보는 일과 함께 시 창작에 있어서도 이런 생각에 일관하고 있는데 그의 시집 『나의 외갓집』 서문에서 "한 평생 나는 일관되게 쉬운 시 쓰기를 고집한 사람이다. 하지만 그 쉬운 시 속에는 작자의 목소리, 즉 메시지를 담아내는 데 주력해 왔다"거나 『어머니의 달』 서문에서도, "시를 접하는 마음에 그 맥을 찾느라 헤매게 된다거나 너무 골똘히 하는 것은 글 쓰는 이의 도리가 아니라는 게 평소의 지론이었으므로 아마도 나의 이런 생각은 붓을 놓게 되는 그날까지도 이어질 것이다"라는 말 속에서 그의 시 정신과 문학관을 짚어볼 수가 있다.

이렇게 김시철은 한국 문단에 큰 족적을 남겼을 뿐 아니라 각종 평론과 수기 등에서도 업적을 쌓았는데 이를테면 장장 다섯 권으로 편찬된 『그때 그 사람들』이란 문단 인물평은 두고 두고 사료적 가치로 남을 것이다.

이 평전에는 시인과 작가 평론가와 석학 등 70여 명의 대표적 지식인과 지성인에 대한 글이 실려 있는데 해학 풍자적 에피소드와 촌철살인적 비판의 내용이 담겨 있어 가히 김시철만이 해낼 수 있는 작품으로 평가되고 있다.

혼돈과 불안의 시대 한복판에서 삭풍 속의 소나무처럼 추풍

속의 대나무와 같이 참고 견뎌내게 한 것은 오로지 그의 강인한 시 정신이라 할 수 있다. 그래서 그는 만년까지도 시와 낚시를 반려삼아 일상을 관리했는데 시에 대한 열정 못지 않게 낚시에도 일가를 이룬 시공이며 어공이었다.

그는 시가 안 되는 날이면 강이나 바닷가로 나가 시간을 미끼로 세월을 낚고자 했을 것이며 흩어진 글자들을 미끼하여 시어들을 낚으려 하지 않았을까?

우리 시대의 사표가 될 시공이며 어공인 실천의 자연주의자 김시철, 그 이름은 앞으로 속세의 때와 먼지 묻은 많은 사람들에게 성찰과 반성을 갖게 하는 시인으로 오래 남을 것이다.

노천명 盧天命

1912 / 9. 2 ~ 1957 / 6. 17

생애 및 연보

1912년 황해도 장연에서 출생했다. 1919년 경성으로 이사하여 진명보통학교를 거쳐 1930년 진명여학교를 졸업했다. 그해 이화여자전문학교 영문과에 입학했고 재학 당시 변영로, 김상용, 정지용 등에 사사, 「밤의 찬미」「단상」「포구의 밤」 등을 『신동아』에 발표하면서 등단했다.

1933년 조선아동예술연구협회에 발기인으로 참여했고 1934년 졸업 이후 〈조선중앙일보〉의 학예부 기자로 근무했다. 같은 해부터 1938년까지 극예술연구회 동인, 1935년 시원詩苑 동인으로 활동했으며 이 시기 「황마차」「슬픈 그림」을 발표했다.

이후 조선중앙일보사를 사직하고 잡지 『여성』의 편집을 담당했으며 1938년 대표작인 「사슴」을 비롯한 「자화상」 등을 실은 시집을 출간했고 잡지 『신세기』 창간에도 참여했다.

1941년 조선문인협회 간사가 되었고 그해 이 협회가 주최한 결전문화대강연회에 참가하여 시를 낭독했으며 1942년에는 일본군의 무운을 비는 「기원」과 대동아공영권 건설의 당위성을 강조한 「싱가폴 함락」「노래하자 이날을」 등의 시를 발표했다.

1943년 매일신보사에 입사하여 학예부 기자로 활동하면서 조선인 청년들의 적극적인 전쟁 참여를 권유하는 「님의 부르심을 받들고서」와 「출정하는 동생에게」의 시를 발표했고 이듬해에는 「병정」「천인침千人針」 등도 발표했다.

노천명의 첫 시집 『산호림』은 1938년 발간되었는데 이 시집에는 「눈

오는 밤」「사슴처럼」「망향」 등 주로 망향과 향수 어린 서정적 시가 49편 수록되었다.

또한 1944년에는 '가미카제神風특공대'로 전사한 조선인들을 추모, 미화하는 「군신송軍神頌」「천인침千人針」 등의 시 외에 여성의 생산 증대를 강조한 「싸움하는 여성」을 발표했고 이 시기에 두 번째 시집 『창변』을 출간했는데 여기서는 유연하고 소박한 시풍과 아울러 고독한 향수를 불러일으키게 하는 서글픈 정황을 표현하고 있다.

해방 이후 노천명은 〈서울신문〉 편집 차장으로 근무했고 1948년 수필집 『산딸기』를 출간했다. 그러나 노천명은 일제 군국주의를 찬양 고무하는 활동과 함께 한국 전란 중에는 임화 등 좌파 문인들이 조직한 조선작가동맹 등에 활약함으로써 20년 형을 선고받았으나 많은 문인들의 탄원에 의해 석방되었다.

이후 노천명 시인은 가톨릭에 입교 영세를 받았고 이듬해 부역 혐의에 대한 해명의 내용을 담은 「오산이었다」「누가 알아 주는 투사냐」 등 20여 편의 옥중 경험을 바탕으로 쓴 「영어囹圄에서」 등을 묶어 세 번째 시집 『별을 쳐다보며』를 발간했다.

그리고 노천명 시인의 제4시집이라 할 수 있는 『노천명 시집』은 그동안 발표한 1~3집에 수록된 일부의 시작품과 미발표 유작시 등을 묶어 1958년 발간되었다.

1955년 서라벌예술대학에 출강하면서 중앙방송국 촉탁으로 근무하는 동안 수필집 『여성서간문독본』『사슴과 고독의 대화』를 출간했고 이밖에도 「산 딸기」「나의 생활 백서」 등이 있으며 「결혼 전후」「나비」 등 소설과 수많은 평론 동요 동시들도 발표했다.

1957년 사망 이후 미발표 유작시를 포함한 네 번째 시집 『사슴의 노래』가, 1958년에는 그동안 발표한 1~3집의 일부 작품과 미발표 유작 시 170여 편의 시를 모은『노천명 전집: 시편』이 간행되었으며 마지막 시집으로『내 가슴의 장미』가 1959년에 출간되었고 2001년 이후 노천명문학상이 제정되었다.

그러나 노천명 시인의 창작 활동이 한국문학사에 오래 남을 만큼 반민족적 친일 행위 활동도 두드러져 있어 이에 대한 문학 세계와 이념 사이의 논쟁은 끝없이 이어져갈 화두로 남게 될 것이다.

이상으로 노천명 시인의 길지도 짧지도 않은 생애 전반을 대체로 살펴본 바 다음에는 대표시 몇 편을 연대별로 선정 감상해보기로 한다.

사슴

모가지가 길어서 슬픈 짐승이여
언제나 점잖은 편 말이 없구나
관이 향그러운 너는
무척 높은 족속이었나 보다

물 속의 제 그림자를 들여다보고
잃었던 전설을 생각해 내고는
어찌할 수 없는 향수에
슬픈 모가지를 하고 먼 데 산을 바라본다

이 시는 노천명의 첫 시집에 수록된 최고의 대표시로 꼽히는 작품이다. "모가지가 긴 사슴"의 표현은 아마도 화자의 자화상을 드러내고 싶은 심정이 아니었을까 하는 의구심을 들게 한다.

고독과 사색의 일상에서 현실과 타협하지 못하고 고고한 삶의 의지를 지탱하려는 시인의 초월적 생에 대한 면모가 서글프고도 애절함을 보여주는 모범적 서정시의 정석이라고 보여진다.

한때는 고향과 가족 친지들과 함께 즐겁고 행복한 나날도 보냈지만 지금은 아스라한 먼 추억만이 남아 더욱 외롭고 쓸쓸함만이 화자의 심금을 울리고 있다. 하여 화자는 돌아올 수 없는 지난 날이 그리워 긴 목을 빼어들고 허공만 바라볼 수밖에 없는 현실을 그저 숙명으로 받아들이고 있다.

황마차

기차가 허리띠만 한 강에 걸친 다리를 넘는다
여기서부터는 우리 땅이 아니란다
아이들의 세간 놀음보다 더 싱겁구나

황마차에 올라 앉아 아가위나 씹자
카튜샤의 수건을 쓰고 달리고 싶구나
오늘의 공작은 따라오질 않아 심심할게다

나는 여기 말을 모르오
호인胡人의 관이 널린 벌판을 마차는 달리오
넓은 벌판에 놔줘도 마음은 제 생각을 못 놓아

시가도 피울 줄 모르고
휘파람도 못 불고…

1937년 노천명 시인은 만주 지역 북간도를 여행했다. 이 즈음 열차를 타고 압록강을 건너와서는 마차를 타고 만주 벌판을 누빈 것이다.

국경을 넘는다는 것이 어린이 놀이처럼 쉽고도 편안한데 이제

서야 오게 되었다는, 다소 과장되고 들뜬 마음으로 여행의 즐거움을 묘사하고 있다.

그러나 한편으로는 전쟁 중에 죽은 중국인들의 관을 보면 애처롭기도 하지만 모처럼의 여행에서 노래도 부르고 휘파람을 불며 담배도 피울만하지만 화자는 내성적 성격 탓이나 주변의 환경 때문에 그저 속으로 만족감만을 표하고 있을 뿐이다.

포구의 밤

마술사 같은 어둠이 꿈틀거리며
무거운 걸음새로 기어드니
찌푸린 하늘엔 별조차 안 보이고
바닷가 헤매는 물새의 울음 소리
엄마 찾는 듯… 내 애를 끊네

한가람 청풍 물 위를 스치고 가니
기슭에 나룻배엔 등불만 조을고
사공의 노랫가락 마디마디 구슬퍼
호수같이 고요하던 마음 바다에 잔 물살 이니
한때의 옛 곡조 다시 떠도네

이 바다 물결에 내 노래 띄워
그 물결 닿는 곳마다 펼쳐나 보리

바위에 부딪히는 구원久遠의 물 소리
내 그윽한 느낌에 눈감고 듣노니
마산포의 밤은 말없이 깊어만 가는데…

일제 강점기의 마산 앞 바다는 조각배와 어선들만 드나드는 작은 포구였다. 정적과 고요만이 감도는 물결 위에는 어선들의 어등魚燈이 조으는 듯 비치고 광활한 바다같은 하늘의 별빛은 소나기처럼 퍼붓고 있는 낭만을 자아내는 밤 풍경이다.

당시 신문사 기자의 신분이던 노천명은 전국 각지를 탐사할 수 있는 기회가 있었을 것이다. 그러나 이유야 어떻든 노천명은 어떤 사물이나 환경에 접해서도 질박한 토속어와 감동적 시어들을 구사함으로써 천재적 재능을 타고났다는 평판이 정설로 회자되고 있다.

그러나 지금은 마산의 바다가 사색과 고독 낭만과 향수를 자극하는 단조롭고 한적한 포구가 아닌, 호화스런 유람선과 수천 수만 톤의 화물선이 들고 나는 국제적 항구 도시로 변모했다.

그러므로 노천명 시인의 이 시 한 편이 과거와 현재를 극명하게 대비시켜 줌으로써 시간의 재빠름과 세월의 덧없음을 함께 느끼게 하는 복합적 의미를 보여주고 있다.

단상斷想

공장의 사이렌 사원의 만종

얼크러진 광란 속에
또 하루가 죽어간다

끊겼다 이었다 굵게 가늘게
목 메어 우는 듯 호소하는 듯 또 원망하는 듯
그윽하여라 사원의 저녁 종소리
헛되이 간 하루의 영결을 고하는 울음인가
눈물 마른 빈 가슴 안고
죽어가는 이날을 조상할거나

너는 저 아우성치는 무리에게
무엇을 주고 무엇을 빼앗았는고
즐거움일까 나는 모르네

쓰라름일까 그도 모르네
다만 이날을 조상하는 만종이 울 때
몇 장 안 되는 내 달력의 아까운 한 장을 또 뜯노라

시인이 짧은 생각이라는 표제를 달고 있지만 실제로는 종교적 깊은 사색을 담고 있는 의미의 시다.

전쟁의 공포와 비극이 온누리에 번진 상황에서 화자는 인간세계에서 해결할 수 없는 일을 신에게 의탁하고자 하는 마음에서 성당을 찾았을 것이다. 이 시기가 달력 몇 장이 남지 않은 때라니까 늦가을쯤으로 유추할 수 있을 것이다.

교회의 만종이 하루를 마감하는 의미도 있겠지만 여기서는 하루빨리 전쟁이 종식되기를 희망하는 메시지도 전달하고 있다. 세상이 온통 불안과 공포에 휩싸인 상황이지만 화자는 그저 무력감만 쌓여갈 뿐 언젠가는 세월이 해결해 줄 것이라는 막연한 기대를 하고 있다.

그러므로 이 시는 결국 당시의 상황을 화자의 불안 심리로 그려낸 작품으로 평가된다.

밤의 찬미

삶의 즐거움이여! 삶의 괴로움이여!
이제는 아우성 소리 그쳐진 밤
죽은 듯 다 잠들고 고요한 깊은 밤

미움과 시기의 낚시눈도 감기고
원수와 사랑이 한 가지 코를 고나니
밤은 거룩하여라 이 더러운 땅에서도
이 밤만은 별 반짝이는 저 하늘과
그 깨끗함을– 그 향기를– 겨누나니

오~ 밤 거룩한 밤이여
영원히 네 눈을 뜨지 말지니
네가 눈뜨면 고통도 눈뜨리
밤이여 네 거룩한 베개를 베지 말고

고요히 고요히 잠들어 버려라

바야흐로 일제 식민 시대의 암울하고 절망적인 상황을 상징적으로 그려낸 시로 여겨진다.

화자는 고통스럽고 억압받는 음울한 현실보다 차라리 아무것도 볼 수 없고 보이지 않는 어두운 밤이 낫다고 생각한다. 존재에 대한 모든 희로애락의 아귀다툼도 밤이 깊으면 잠잠해진다.

그러므로 화자는 어둠이 가져다 주는 자유의 밤이 영원히 지속되었으면 하는 간절한 마음이다. 대낮을 칠흑같은 어둠으로 바꿔 놓은 비극적인 전쟁이 끝나지 않는 한 자연스럽게 찾아오는 밤이 오래오래 지속되었으면하는 소망이 아이러니하면서도 짙은 울림으로 다가오게하는 고도의 상징적 시로 보여진다.

1940년대의 시

사슴의 노래

하늘에 불이 났다
하늘에 불이 났다

도무지 나는 울 수 없고
사자같이 사나울 수도 없고

노천명

고운 생각으로 진여 씹을 것은 더 못 되고

희랍적인 내 별을 거느리고
오직 죽음처럼 처참하다
가슴에 꽂았던 장미를 뜯어버리는
슬픔이 커 상장喪章같이 처량한 나를
차라리 아는 이들을 떠나
사슴처럼 뛰어다녀보다

고독이 성처럼 나를 두르고
캄캄한 어둠이 어서 밀려오고
달도 없어 주

눈이 나려라 비도 퍼부어라
가슴의 장미를 뜯어버리는 날은
슬퍼 좋다
하늘에 불이 났다
하늘에 불이 났다

이 시는 노천명 제4시집의 제호로서 사후 1년 후인 1958년에 출간되었다. 작품의 내용이 시사하는 바는 아마도 태평양 전쟁과 6.25 한국 전쟁을 체험하면서 나름대로 지은 시로 보인다.

두 전쟁의 한복판에서 불꽃 튀는 포탄과 폭탄들이 하늘을 불꽃 바다로 만들었을 것이다. 이 비극의 와중에 화자는 한때 제국주의가 주도하는 전쟁을 미화 찬양하는 글과 행동으로 애국적 전사가 되기도 했다.

그러나 이런 화려한 시간도 짧게 마무리되고 다시 찾아온 것은 저주받은 참회의 나날뿐이었다. 자신을 스스로 사슴으로 의인화한 화자는 이미 평화와 행운의 동물이 아닌 한낱 상처받은 슬픈 짐승으로 변모된 자신에 대해 한없는 고통과 비애를 느꼈을 것이다.

그리하여 이제는 정의롭게 평화를 호소할 수도 없고 사나운 사자처럼 달려들 수도 없는 어정쩡한 처지가 되어 무의미한 나날을 보내고 있는 자신을 향해 자탄하고 있다.

이와 같은 의미에서 이 시는 아마도 두 전쟁이 종식된 뒤에 씌여진 자전적 회고담이 아닌가 싶다.

내 가슴에 장미를

더불어 누구와 얘기할 것인가
거리에서 나는 사슴 모양 어색하다

나더러 어떻게 노래를 하라느냐
시인은 카나리아가 아니다

제멋대로 내버려두어다오
노래를 잊어버렸다고 할 것이냐

노천명

밤이면 우는 나는 두견!
내 가슴속에도 장미를 피워다오

이 시는 노천명의 마지막 시집의 표제이기도 한 작품이다. 시인은 짧지 않은 세월 속에서 수난과 고통도 겪었고 치욕스런 반민족 친일 행위로 반역의 멍에가 씌워져 옥살이도 했다.

이처럼 지난 과거는 화려한 영예의 시절과 인간성 도덕성 추락의 불운도 겪었지만 지금 생각하면 욕망과 명리를 쫓던 허욕의 시간들에 불과했던 것이다.

이제 모든 것이 떠나버린 현실은 망망한 바다에 떠 있는 돛단배나 깊은 숲속에 갇혀 있는 외로운 사슴같은 처지다. 그러므로 세상에서 외면 당한다고 생각하는 화자로서는 자신은 고독한 사슴이며 슬픈 두견새로 여긴다.

모든 것을 내려놓은 지금은 과거처럼 세속에 휘말린 앵무새나 카나리아가 아니다. 오로지 순수한 자유를 누리고 싶은 마음과 세상을 이해하고 다시 한 번 참회와 성찰의 기회를 원한다는 간절한 소망이 담겨 있는 울림의 작품이다.

흰 오후

1호실에 그들이 나를 맡기고 간 지 며칠만에
두 소녀가 있는 내 집 안방이 이렇게도 그리울 수야…

바람도 나를 삼킬 기세로
앙앙대고 관 속 같은 흰 방 안에
나가 엎드렸다

태양이 싸늘하니 부서지는 병상 위
무섭게 자리잡은 나의 공포여
엄숙한 눈동자로 창밖을 내다본다

아무도 동행해줄 수 없는 이 길에서야
나 온종일 성모 마리아를 찾는구나
항시 함께 계셔 주는 이 있거늘
나 모르고 살아온 고독의 날들

아무도 나와 같이 해주지 않을 때
말 없이 옆에서 부축해 주는 이
인자하신 어머니 성모 마리아여

노천명 후기의 대표시로 여길 만큼 이 시는 절박한 생사의 갈림길에서 구원자를 향해 자신의 심정을 여과 없이 토로하고 있다.

시제가 시사하는 흰 오후는 어쩌면 병마와 싸우는 자신의 멀지않은 미래, 즉 죽음을 미리 내다보는 예측성 이야기를 하고 있다. 이를테면 죽어 관 속에 든 화자를 흰 옷 입은 사람들이 둘러싸고 이야기를 나누는 장면을 그린 것일 것이다.

그러므로 죽음의 길에는 어느 누구도 동행할 사람이 없는 것이다. 다만 신의 세계에 존재하는 성모 마리아만이 그의 동행자이고 구원자가 될 것이다.

아무도 지켜주지 않고 돌봄도 없는 현실은 따스한 햇빛마저 싸늘한 공포로 다가온다. 참으로 견디기 어려운 고독과 공포가 연속으로 달려든다. 이 시련과 역경을 극복할 단 하나의 수단은 신에게 다가가 자비와 구원을 소망하는 일이다.

이와 같은 절망과 암흑의 상황에서도 굽히지 않고 신에 의지하려는 화자의 간절한 희망을 엿볼 수 있어 그 애절함과 안타까움이 이 시의 무게감을 더해 준다.

성탄

메시아가 세상에 오시는 새벽
어두운 밤을 헤치는 성탄의 노랫소리
집집이 불빛 찬란히 흐르고
사람들 메마른 가슴에 즐거움 깃들였나니
형제여 메리크리스마스

인류 구속救贖하러 오시는 왕의 왕
베들레헴 가난한 집 마구간으로
겸손히 오신 날
당신의 고초스러운 생---
가시관에 쓴 관이 약속된 날이어니

땅 위의 영광을 당신에게 드리나이다
가슴속 헤치며드는 저 성당 종 소리
탕자도 도둑도 당신의 죄 많은 아들들이
성당의 첨탑을 우러러보며 십자를 긋습니다

오늘 이 나라 겨레들은
또 하나의 이스라엘 백성
저들의 눈에서 눈물을 씻겨 주소서
주여 외로운 이들에게 강복하소서
당신의 축복은 우리에게 있어야겠나이다

이 시는 지극히 일반적이고 관념적인 작품으로서 감동 감탄할 만한 문장이나 시어보다는 인간의 근본 내면을 종교적 차원에서 형상화한 보편적 가치를 추구하는 내용으로 짜여져 있다고 해석된다.

노천명 시인은 대 이은 카톨릭 가문이기에 깊은 신앙심이 유전적으로 각인되었을 것이다. 그러므로 예수 탄생의 밤은 누구보다 특별한 의미를 지녔을 것이다.

시의 내용에서는 상징이나 비유 뛰어난 시어나 난해한 문장이 배제된 엄숙하고 경건한 분위기만 강조되고 있어 현실의 현상보다는 인간이 헤아리지 못하는 종교적 신의 섭리를 강조하는 내용임을 알 수 있다.

결국 화자는 이 시에서 크리스마스와 같은 환희와 영광의 밤처럼 온세상의 나날이 은총의 시간이기를 바라는 구원의 시간을 희망하고 있다.

6월의 언덕

아카시아꽃이 핀 6월의 하늘은
사뭇 곱기만 한데
파라솔을 접듯이
마음을 접고 안으로 안으로만 든다

이 인파 속에서 고독이
곧 얼음 모양 꼿꼿이 얼어들어옴은
어쩐 까닭이뇨

보리밭엔 양귀비꽃이
으스러지게 고운데
이른 아침부터 밤이 이슥토록
이야기해볼 사람은 없어…

장미가 말을 배우지 않은 이유를 알겠다
사슴이 말을 안 하는 연유도
알아 듣겠다

이 시는 잊혀진, 잃어버린 고향 회귀 본능을 자극케 하는 싱그럽고도 신선한 작품이다. 어느 누군들 옛 고향의 푸르른 앞 뒷산에 올라 향긋하고 달콤한 아카시아 꽃 냄새를 맡고 싶지 않으랴.

이렇듯 산과 언덕에는 아카시아꽃이 흐드러지게 피어 있고 끝없이 펼쳐진 들판에는 보리밭이 푸른 카펫처럼 깔려 있는 것이다. 그렇지만 화자는 이 안락하고 평화스런 정경을 마음 놓고 즐길 수가 없는 것이다.

왜냐하면 시인 앞에는 엄혹한 전쟁 상황이 펼쳐져 있고 또한 말년으로 접어든 화자의 곤혹스런 처지가 현실 상황에서 더욱 우울하고 고독스럽게 만든 것이다.

끝으로 화자는 이 작품에서 말하지 않는 사슴을 자신에 비유함으로써 현재의 삶이 얼마나 고통스럽고 불안한가를 여실히 드러내는 현상으로 보여지고 있다.

별을 쳐다보며

나무가 항시 하늘로 향하듯이
발은 땅을 딛고도 우리
별을 쳐다보며 걸어 갑시다

친구보다
좀더 높은 자리에 있어 본댔자
명예가 남보다 뛰어나 본댔자
또 미운 놈을 혼내주어 본다는 일
그까짓것이 다 무엇입니까?

술 한 잔만도 못한
대수롭잖은 일들입니다

노천명

발은 땅을 딛고도 우리
별을 쳐다보며 걸어갑시다

이 작품은 노천명 시인의 세 번째 시집의 제호로서 철학적이고도 종교적 색채가 짙게 풍기는 시로 평가할 수 있다. 의도적으로 하늘과 땅을 구분하여 하늘은 신이 다스리는 세계 땅은 인간의 영역으로 매듭지으며 나무가 머리를 하늘로 치켜세우듯 인간의 세상이 아무리 고통스럽고 불안하더라도 신이 관장하는 별을 향해 희망을 안고 살아 가자는 간절한 메시지가 담겨 있다.

그러므로 나무가 항상 기도하는 자세로 하늘을 우러르듯 인간도 땅을 굳건히 딛고 서서 신의 계시를 받아 보려는 어쩌면 허망한 꿈에 집착하는 어리석음을 상징적으로 표출하고 있다 할 것이다.

결론적으로 화자는 세상사 모두가 헛되고 부질없지만 이룰 수 없는 소망일지라도 어쩔 수 없이 신에 의존할 수밖에 없다는 자조적 운명론을 내세우고 있다.

1950년대의 시

군신송軍神頌

항시

거룩한 역사엔 피가 흘렀다
아름다운 장章 우엔 희생이 있었다

유리같이 맑은 하늘 아래
조국은 지금 고요히
세기의 거체巨體

새 아세아를 바로잡고 있다
앞으로 앞으로 오직 돌진이 있다

이 아침에도 대일본 특공대는
남방 거친 파도 위에
혜성 모양 장엄하게 떨어졌으리

싸움하는 나라의 거리다운
네거리를 지나며
12월의 하늘을 우러러본다

어뢰를 안고 몸으로
적기를 부순 용사들의 얼굴이
하늘 가에 장미처럼 핀다
성좌처럼 솟는다

이 시는 노천명에게 최대의 치욕과 불행을 안겨준 반 민족적이고 친일 사상을 미화시킨 선전 선동성이 여실히 드러나는 정치적 목

적시로 평가된다.

군국주의 일본 특공대의 용기와 승전을 지지 환영하는가 하면 한국의 젊은이들에게는 의용군에 참전할 것을 독려하고 있다. 참으로 한 국가의 주권 국민으로서 노천명의 이같은 처신은 지식인 문화인으로서의 품위와 재질을 되새겨보게 한다.

그렇지만 이 시기 노천명은 일본에게 충성하는 최고의 전사로서 각광받으며 수십 편의 친일 시로 명성을 얻었으니 실로 역사의 아이러니가 아닐 수 없다.

그러나 일본을 하늘처럼 받들고 일본 군을 신처럼 여기던 노천명의 운명은 광복과 함께 반전됨으로써 이처럼 한때 풍미했던 그의 시 작품도 역사의 뒷편에서 공 과가 회자되는 에피소드로 이어지게 될 것이다.

천인침千人針

한 뜸 두 뜸 천 사람의 정성이 빠알가니
한포韓布 조끼 위에
방울방울 솟는다

이 시 역시 친일 시의 대표작으로 평가되는데 수많은 한국 청년들이 참전하여 전사한 일에 대해 일본에 충성함을 자랑스럽게 여기며 애틋한 조의를 표하고 있다.

이렇듯 한국의 젊음들이 총알이 되고 포탄이 되어 죽음과 맞바꾼 상황에서 화자는 이들이 충성인이고 애국자임을 강변하고 싶었을 것이다.

고별

어제 나에게 찬사와 꽃다발을 던지고
우뢰 같은 박수를 보내 주던 인사들
오늘은 멸시의 눈초리로 혹은 무심히
내 앞을 지나쳐 버린다

청춘을 바친 이 땅
오늘 내 머리에는 용수가 씌워졌다

고도孤島에라도 좋으니 차라리 머언 곳으로
나를 보내다오
뱃사공은 나와 방언이 달라도 좋다

내가 떠나면
정든 책상은 고물상이 업어갈 것이고
애끼던 책들은 천덕구니가 되어 장터로 나갈 게다

나와 친하던 이들 또 나를 시기하던 이들
잔을 들어라 그대들과 나 사이에

마지막 작별의 잔을 높이 들자

우정이라는 것 또 신의라는 것
이것은 다 어디 있는 것이냐
생쥐에게나 뜯어먹게 던져 주어라

온갖 화근이었던 이름 석 자를
갈기갈기 찢어서 바다에 던져 버린다
나를 어느 떨어진 섬으로 멀리멀리 보내 다오

눈물어린 얼굴을 돌이키고
나는 이곳을 떠나련다
개 짓는 마을들아
닭이 새벽을 알리는 촌가들아
잘 있거라

별이 있고
하늘이 보이고
거기 자유가 닫히지 않는 곳이라면

이 시는 노천명 시인이 반민족 친일 시인으로 낙인 찍힌 후 이를 후회하며 반성하는 의미에서 씌어진 작품일 것이다.

끝도 없이 추락한 자신의 절망적 현실을 마치 무인도에 버려진 쓸모 없는 존재로 여기며 절대 고독과 절망에 빠져 스스로 마음의 문을 굳게 닫고 그간의 실수를 자책하고 있다.

그리하여 화자는 자신의 잘못에 대한 속죄의 의미로 모든 현실과 단절하고 오로지 자연을 반려삼아 외로운 섬으로 떠나고 싶었을 것이며 이런 선택만이 조국과 민족을 배신한 죄업을 조금이라도 덜어 보려는 몸부림이었을 것이다.

그러나 한때는 자신도 청춘을 바쳐 정도를 걸음으로써 박수와 환호를 받기도 했건만 한 순간의 오판으로 깊은 나락에 빠진 어리석음을 깊이 후회하며 앞으로는 무제한의 자유가 보장되는 자연 속에 동화되고 싶은 심정을 단호하고 비장하게 표현하고 있다.

망향

언제든 가리
마지막엔 돌아 가리라
목화꽃이 고운 내 고향으로
조밥이 맛있는 내 고향으로

아이들이 하늘타리 따는 길머리론
학림사 가는 달구지가 조을며 지나가고
대낮에 여우가 우는 산골

등잔 밑에서
딸에게 편지 쓰는 어머니도 있었다

노천명

둥굴레 산에 올라 무릇을 캐고
접중화 싱아 뻐꾹새 장구채 범부채
마주재 기룩이 도라지 체니 곰방대
곰취 참두릅 홋잎 나물을
뜯는 소녀들은
말끝마다 꽈 소리를 찾고
개암 쌀을 까며 소년들은
금방망이 은방망이 놓고 간
도깨비 얘길 즐겼다.

목사가 없는 교회당
회당지기 전도사가 강도상을 치며 설교하던 촌
그 마을이 문득 그리워
아라비아서 온 반마斑馬처럼
향수에 잠기는 날이 있다

언제든 가리
나중엔 고향 가 살다 죽으리

메밀꽃이 하이얗게 피는 곳
나뭇짐에 함박꽃을 꺾어오던 총각들
서울 구경이 소원이더니
차를 타 보지 못한 채 마을을 지키겠네

꿈이면 보는 낯 익은 동리

우거진 덤불에서

찔레 순을 꺾다 나면 꿈이었다

고향에 대한 추억은 그리움과 눈물이다. 그러므로 사람들의 마음 속 고향은 어머니이며 희망인 것이다.

화자 역시도 이 시에서 망향에 대한 그리운 기억들을 상기하며 지난날의 추억들을 서정성 넘치는 목가적 노래로 부르고 있다. 누구에게나 해당되듯 시인의 고향 산천도 봄철이면 온갖 풋나물과 가을이면 농익은 산과 들의 풍성함으로 온 동네가 낙원이었으리라.

따라서 화자는 비록 갈 수 없는 고향이지만 꿈에서라도 찾아가겠다는 비장하고도 애틋한 부르짖음이 독자들의 심경을 먹먹하게 만들어 주고 있다.

이 시에서 특히 주목되는 것은 시인의 천재적 재능에 의해 신선하고 감칠맛 나는 토속어와 꾸밈 없는 자연적 시어와 문장들로서 독자들을 매료하고 감동시키기에 손색 없는 작품으로 여겨진다.

감사

저 푸른 하늘과

태양을 볼 수 있고

대기를 마시며

노천명

내가 자유롭게 산보할 수 있는 한

나는 충분히 행복하다
이것만으로 나는 신에게
감사할 수 있다

이 시는 아마도 시인이 옥중 생활을 경험한 후 자유로운 몸이 된 것을 상기하는 의미에서 창작된 작품으로 유추할 수 있다.

화자는 대대로 독실한 카톨릭 신앙을 신봉하는 가족의 일원으로서 그가 감옥에서 풀려난 이유도 신의 은총에 의한 배려로 생각하는 것 같다. 노천명 초기의 시이기에 관념적이고 보편적 표현이나 묘사 등이 완숙미를 보여 주지 못하고 있다는 점이 아쉬울 뿐이다.

그러나 복잡한 세태에서 벗어나 신의 영역이라 할 수 있는 대자연과 교감하며 충분한 만족과 행복감에 빠진다는 것은 현실부정과 함께 신에 의탁하는 종교적 색채가 여실히 드러나는 작품으로 평가할 수 있을 것이다.

창변

서리 내린
지붕 지붕엔 밤이 있고

그 안엔 꽃다운 꿈이 뒹굴고
뉘 집인가 창이 불빛을 한 입 물었다

눈 비탈이
하늘 가는 길처럼 밝구나

그 속에 숱한 얘기들을 줍고 있으면
어려서 잊어버린 집이 살아났다

창으로 불빛이 나오는 집은 다정해
볼수록 정다워

저 안엔 엄마가 있고
아버지도 살고
그리하여 형제들은 다행하고

마음이 가난한 이는 눈을 모아
고운 정경을 한참 마시다
아늑한 집이 온갖 시간에 빌려졌다

친정엘 간다는 새댁과 마주앉은
급행열차 밤 찻간에서도

중년 신사는 나비넥타이를 찾고
유복한 부인은 물건을 온종일 고르고

백화점 소녀는 피곤이 밀린 잡답 속에서도

또 어느 조고만 집 명절 떡치는 소리를
들으면서도

기댈 데 없는 외로움이 박쥐처럼 퍼덕이면
눈 감고
가다가
슬프면 하늘을 본다

이 시는 노천명 제2시집의 제호이며 광복 6개월 전인 1945년 2월에 발간되었다.

그동안 노천명은 일제 강점기에 군국주의 일본을 미화 찬양하는 수많은 시 작품을 비롯하여 수기 수필 등을 쓰고 각종 집회에 참가하여 열정적 연설과 선동적 구호를 외치는 반민족적 친일 행동을 함으로써 이미 반역자의 반열에 올랐다.

그러므로 이 시는 화자에게 다가올 미래를 예측하며 지어진 작품이 아닌가 짐작된다. 선천적 은둔형에 내성적 성격의 화자로서는 매일매일이 사색과 고독의 연속이었을 것이다.

그러므로 화자에게 창틈으로 내다보는 세상은 자신의 처지와는 전혀 다른 현상이 펼쳐지고 있는 것이다. 차가운 밤 공기를 막아 주는 아늑한 집에서는 즐거운 일상의 이야기가 꽃 피어 행복 가득한 웃음 소리가 끊이지 않는다.

이런 화목한 정경이 화자에게는 그저 오래고 먼 전설이나 신화처럼 여겨지는 것이다. 오로지 오래지 않아 닥쳐올 불안감에 의지할 곳 없는 처지를 자조 자탄하는 서글프고도 눈시울 뜨겁게 하는 절명시처럼 느껴진다.

이념의 벽 넘나든 사슴

이제까지 노천명 시인의 시 세계와 시 정신 그리고 역사관과 인생관 등을 대체로 살펴 보았다. 그러나 그가 시인인만큼 여기서는 그의 시 작품에 대한 면면을 살펴 보기로 했다.

노천명 시인의 시 창작 활동은 크게 3단계로 구분할 수 있는데 그 첫 단계가 유년기부터 20대의 활동으로 이 시기에는 주로 망향 의식의 향수나 사색을 내용으로 하는 시들을 발표했다.

이를테면 「단상」 「포구의 밤」 「밤의 찬미」 같은 사색적이고 서정성 짙은 시들을 발표함으로써 그는 이미 20대 초반에 시인으로서 촉망받는 위치를 차지했다. 더구나 첫 시집에서 선보인 「사슴」은 현재까지도 그의 분신처럼 각인되어 많은 세인들의 애송시로 자리 잡고 있다.

이와 같이 노천명의 초반 인생은 지성과 감성을 겸비한 고독과 사색을 생활화하는 철학적 시인으로 자리매김되었다.

그렇지만 노천명의 두 번째 변화로 인해 시에 대한 천재적 재능도 당대 최고 지성인의 반열에 오른 행운도 그의 반민족적 친일 행위가 만천하에 드러남으로써 그의 문학과 인생은 한순간에 천 길 나락 속으로 떨어졌다.

이렇게 볼 때 노천명의 가장 황금기인 30대는 그의 순수한 문학 예술성이나 인생관 역사관까지 뒤바뀌게 함으로써 돌이킬 수 없는 타격을 얻게 되었다.

당시 노천명의 상황은 일본 총독부의 기관지인 『매일신보』 학예부 기자의 신분으로 제국주의 일본을 찬양 미화하는 작품들을 수도 없이 발표했다. 예를 들면 일본 제국주의의 무운과 승전을 소망하는 「기원」을 비롯하여 가미가제 특공대 전사자들의 애국 충정을 애도 추모하는 「군신송」 조선 청년들의 참전을 촉구하는 「님의 부르심을 받고서」 등의 시를 발표했다.

이 밖에도 전쟁의 상황에서 조선 여성의 역할을 강조하는 「전쟁은 이제부터 본격 시작-동양의 평화를 지키자」 등의 기고문과 각종 집회와 토론회에 참가하여 연설과 주제 발표를 하는 등 적극적으로 일본을 찬양 동조하는 전사의 역할을 자처했으며 친일 문화단체인 "조선문인협회"와 임화, 김사량 등이 주도한 친북 단체 "조선문학가동맹"에도 가입하여 적극적으로 활동했다.

노천명 시인의 이와 같은 반민족적 반역사적 행위는 멀지않은 날 역사의 단죄를 받게 됨으로써 그의 승승장구했던 30대도 마감되고 절망과 고독의 사양길을 걷게 되는 마지막 40대를 맞이하게 된다.

노천명은 친일 행위 못지않게 6.25 한국 전쟁 시기에는 좌파 문인들과 함께 친북 행동에 앞장섰고 급기야는 조선인민군에 부역함으로써 반역죄로 체포되어 20년 형을 언도받았으나 여러 문인들의 탄원으로 수감 생활 6개월여만에 석방되는 행운을 얻기도 했다.

이로써 노천명 시인의 말년은 참회와 성찰의 시간으로서 카톨릭에 귀의하는 전환점을 맞게 된다. 늦게나마 그는 참회와 반성의 의미가 담긴 「오산이었다」와 「영어囹圄에서」 등 사죄와 후회를 담은 시들을 『별을 쳐다보며』 『내 가슴의 장미』 『사슴의 노래』 등 시집에서 절절히 토로하고 있다.

그런가 하면 모든 세속의 허욕을 버리고 오직 신의 섭리에만 따르겠다는 의지로 죽음을 맞이한 새해에, “신이 나에게 돈도 쥐어 주시지 않고 권리도 쥐어 주시지 않고 안락한 가정도 내게 허락하지 않고 오직 붓 한 자루를 쥐어 주신 데는 거기 엄숙한 사명과 포부가 있을 것이 분명하다”는 비장 어린 절명사를 남김으로써 모든 이의 가슴을 먹먹하게도 한다.

이처럼 노천명 시인의 40 평생은 반전에 반전을 거듭하고 극도로 희비가 엇갈리는 드라마틱한 일생이었다. 문화예술적 업적으로 사후 50여 년 만에 ‘노천명문학상’이 제정되어 그의 천재적 시 정신을 기리려는가 하면 한편으로는 반민족 반역자라는 불명예가 동시에 회자되기에 이에 대한 평가는 오롯이 독자들의 몫으로 남을 것이다.

끝으로 노천명 시인을 “북에서 온 시인”으로 상정함에는 다소 무리한 점이 있으나 워낙 문학사에 끼친 영향이 크므로 무리를 감수하고 선정한 점에 독자들의 이해와 양해를 바란다.

박화목 朴和穆

1923 / 2. 15 ~ 2005 / 7. 9

생애 및 연보

황해도 해주 출신으로 평양신학교 예과를 거쳐 만주 하르빈 영어학교 봉천신학교를 졸업했다.

1941년 「아이생활」에 동시 「피라미드」「겨울 밤」으로 추천받은 후 1945년 북한으로 귀국한 후 이듬해 월남하여 청년문학가협회 아동문학 분과위원 및 1947년 서울중앙방송 문예 담당 프로듀서 1950년에는 신문사 문화부장 및 한국일보 문화부장 중앙신학대학(현 강남대) 교수 등을 역임했다.

이후부터 그는 동인지 『죽순』과 시 잡지 『등불』의 동인으로 활동하며 『죽순』지에 「신부」「애가 삼장哀歌三章」 등을 연이어 발표했으며 1958년 『현대문학』에 「사각의 방」과 「백색의 창」을 발표한 후 순문예지 『자유문학』 편집장으로 일했다.

그는 시 창작 활동 외에도 한국예술문화단체 중앙위원, 크리스찬문학가협회 부회장, 한국아동문학회 부회장, 국제펜클럽한국본부 회원, 한국문인협회 아동분과위원장 등을 역임했다.

수상 경력으로는 1972년 제4회 한정동 아동문학상을 비롯하여 1989년 서울시문화상(문학부문), 대한민국문학상, 기독교문학상, 한국전쟁문학상, 2001년 제1회 한국음악저작권 대상 가곡부문 작사가상, 한국아동문화대상, 황희문화예술상 등을 수상했으며 1993년에는 옥관문화훈장을 추서받았다.

한편 그의 시 세계는 기독교적 이상주의 사상이 시의 저변에 배어 있는 반면 사색적 정서와 문명문화를 수용하는 현실 의식도 갖추고 있는데 특히 기독교적 허무 의식을 승화시킨 「부엉이와 할아버지, 1950」「봄과 나비, 1952」와 망향의 그리움과 고독한 향수를 불러일으키는 「봄을 파는 꽃가게, 1980」「아파트와 나비, 1989」 등의 대표 작품과 함께 시집으로는 『시인과 산양, 1958』『그대 내 마음 창가에, 1959』『주의 곁에서, 1961』와 동시집 『초롱불, 1957』『꽃 이파리가 된 나비, 1972』 그리고 수필집으로는 『보리밭, 1993』과 『보리밭 그 추억의 길목에서, 1972』가 있다.

이상에서 살펴본 바와 같이 박화목의 시는 어린이들의 해맑은 상상의 세계와 순수한 동경의 세계를 묘사함으로써 동시 부문의 장르를 확고히 고착화시키는 데 크게 기여했으며 아울러 문학 작품으로서의 미학적 가치를 높이는 데도 큰 업적으로 평가할 만하다.

그런가 하면 그의 동시가 단순한 동요 수준의 노래를 뛰어넘어 국민적 가요로 애창되고 있다는 것은 아동문학이 어린이들만의 것이 아닌 모든 사람들에게 인정받고 사랑받게 하는 데 결정적 기여를 했다고 평가할 만하다.

흰 눈 내리는 크리스마스

흰 눈 내리는 크리스마스
내가 어렸을 그 옛날같이

초롱불 밝히며 눈길을 걷던
그 발자욱 소리 지금 들려온다

오, 그립고나 그 옛날에 즐거웠던
흰 눈을 맞아 가면서
목소리를 돋우어 부르던 캐럴

고운 털실 장갑을 통하여 서로
너도나도 따사한 체온

옛날의
흰 눈 내리는 크리스마스

화려한 성탄절의 꽃장식보다 어머니가 정성스레 만든 초롱불 곁에서 아이는 적막과 고요가 흐르는, 함박눈 내리는 크리스마스 전야를 맞이하고 있다.

창 밖의 골목 마다에는 성가대의 합창이 울려 퍼지고 산타클

로스 할아버지가 루돌푸 썰매를 타고 오시기 좋도록 한 길에는 겹겹이 눈이 쌓인다.

어쩌면 이 착한 어린이도 창 밖의 하늘을 바라보며 산타의 성탄 선물을 마음속 깊이 염원할 것이다.

그런데 신기하게도 먼 하늘로부터 눈부신 빛줄기를 타고 화사하게 웃음짓는 산타할아버지가 오시는 게 아닌가! 어린이가 얼마나 소망하고 기대했으면 그 상상이 현실로 나타나는 것일까?

현실처럼 착각하며 창 밖으로 두손 벌려 기쁜 손님을 맞이하려는 순진 무구한 동심이 흰 눈보다 더 하얗게 다가온다. 환상적인 동심의 세계를 성탄절과 대비시켜 묘사한 박화목 시인의 대표적 동시임을 입증해 주는 걸작품으로 평가할 만하다.

대표 시 감상하기

호접

가을 바람이 부니까
호접이 날지 않는다

가을 바람이 해조같이 불어와서
울 안에 코스모스가 구름처럼 쌓였어도
호접 한 마리도 날아오지 않는다

박화목

적막만이 가을 해 엷은 볕 아래 졸고
그날이 저물면 벌레 우는 긴긴 밤을
등피 끄스리는 등잔을 지키고 새우는 것이다

달이 유난하게 밝은 밤
지붕 위에 박이 또 다른 하나의 달처럼
화안히 떠오르는 밤

담 너머로 박 너머로
지는 잎이 구울러 오면
호접같이 단장한 어느 여인이 찾아올 듯 싶은데…

싸늘한 가을 바람만이 불어와서
나의 가슴을 싸늘하게 하고
입김도 서리같이 식어간다

시인은 나비의 계절이 아닌 가을에 나비를 소재로 시를 형상화시켰다. 자유롭고 화려한 나비의 이미지와 고독하고 을시년스런 가을 풍경을 조화롭게 대비시킨 예사롭지 않은 시다.

이를테면 이 시에서 화자는 먼 옛날을 회상하며 다시 돌아올 수 없는 추억이 싸늘한 가을 바람처럼 쓸쓸하고 허전함을 엿보이게 하는 암묵적 메시지를 전해 주고 있다.

자화상

내가 누군가를
지금쯤은 알아야 할 것 같습니다

하 오랜 구식 엽총을 소중히 들고
하루종일 험준한 산골짝에서
결코 잡히지 않는 사슴을 쫓아 다니다가

오발의 쓰린 상처만 입고
조촐한 초로草蘆로 석양녘에 지쳐서 돌아온
서투른 포수

고단한 세월 때문인가
석유 람포등은 자꾸만 희미하게 여위어가고…

이로 인해 비치는 그림자가 어쩌면
어리석고 밉기만한 사족동물같이 보여

나 스스로 총구를 겨누었다가
앗차! 공연한 슬픔만을 더 터뜨리고 말았습니다

아, 이제는 내가 진실로
누구인가를 알아야겠고

박화목

추적의 길이 어디로 뻗쳤는가를
정녕 깨달아야 하겠습니다

시인의 인생, 즉 자신에 대한 삶의 궤적을 회고하는 작품으로 청 장년기를 지나 노년에 이르러서야 자신을 되돌아보며 후회하고 반성하며 나머지 존재의 부분을 어떻게 정리해 나갈지를 결단하는 내용이다.

한때는 온갖 고단한 고통을 무릅쓰고 사슴을 쫓는 포수의 입장으로 신분의 상승이나 명예 명성에 집착하는 탐욕의 시기도 있었으나 이 모든 것들이 결국에는 허황된 꿈에 지나지 않고 오로지 값비싼 인생을 헛되게 낭비한 뒤 남은 것은 상처받고 지쳐 쓰러진 짐승같은 처지라고 탄식하고 있다.

그러나 이 모든 파란만장의 여정에서 얻은 것은 인간이 4족동물이라는 우월성과 위대성을 경험했기에 앞으로는 사잇길이나 헛된 꿈에서 벗어나 진정한 자유와 희망의 길이 무엇인가를 깨닫고 살아 가겠다는 굳은 의지와 결단을 보여 주는 자전적 회고를 시로 승화시킨 작품으로 여겨진다.

당신이 문 밖에

당신이 문 밖에 와서 뚜다렸어도
내가 미처 듣지를 못하였습니까?

당신이 부드런 음성으로 불렀는데
내가 대답을 안하였습니까?

당신이 흰 눈을 밟고 창 바깥을 지나갔어도
내가 미쳐 못 보았습니까?

당신이 나를 찾아서 손짓하는 흰 손을
내가 깨닫지를 못하였습니까?

아 설어운 나의 이목이여
마음일랑 안타까히 당신을

찾아서 헤매길 더하였거늘…
이제 당신은 정녕 문 열고 들어서라

그리고 나의 앞에 고운 얼굴을 보아라
밤과 밤을 이어간 외롬이 그치어

나로 하여금 그대 수정같은 이마에 입
맞추기 위하여…

이 시는 기독교적 시각에서 애초부터 성자 예수님을 등장시켜 인간의 무능함과 어리석음을 우회적으로 표출하고 있다.

누군가 문을 두드려도 듣지 못하고 열어 주지 않고 주인을 불러도 대답이 없으며 두드리고 부르다가 그냥 가 버리는데도 보지를 못한다. 거기다가 손 잡고 안아 주려는 행동마저도 거부하고 깨닫지 못하였으니 이것이 어찌 인간의 도리겠는가?

시간이 지나고 세월이 흘러서야 지난날 자신의 언행이 얼마나 비겁하고 어리석었는지를 깨닫게 되지만 모든 것은 지나가고 흘러간 현실.

화자는 이제서야 그를 원하고 부르지만 공허한 메아리뿐 가소로운 인간의 속 좁은 언행이 안식과 행운의 시간들을 놓쳐 버렸지만 지금에서야 속죄의 마음으로 그분에게 다가갈 수 있기를 간절히 소망하는 성경적 미담이 담긴 평화롭고 아름다운 작품으로 평가할 수 있다.

대표 동요 감상하기

과수원 길

동구 밖 과수원 길
아카시아꽃이 활짝 폈네
하이얀 꽃 이파리
눈 송이 처럼 날리네

향긋한 꽃 냄새가
실바람 타고 솔솔

둘이서 말이 없네

얼굴 마주 보며 생긋
아카시아꽃 하얗게 핀
먼 옛날의 과수원 길

한국인이라면 남녀노소 없이 이 노래를 듣고 부르며 자랐을 것이다. 그만큼 국민의 대표 동요로 자리매김한 이 작품은 시로, 가사로, 노래로 평가하기에 조금도 손색없는 명작임이 분명하다고 판단된다.

그러나 이 평화롭고 한 편의 수채화같은 가사의 이면은 지난날 우리의 고달픈 삶도 돌아보게 한다. 가난한 농경 사회에서 과수원은 풍요와 부의 상징일 수밖에 없었다.

천진난만한 아이들은 길게 뻗은 철조망 안쪽이 부러워할 만한 선망의 대상이지만 아랑곳없이 즐겁게 웃으며 노래 부르는 모습에서 모든 사람들에게 과거 회귀의 추억을 상기시키는 효과까지 표현해 주는 우리 문학사에 길이 남을 명작으로 평가하고 싶다.

박화목

보리밭

보리밭 사잇길로
걸어 가면
뉘 부르는 소리 있어
나를 멈춘다

옛 생각이 외로워
휘파람 불면
고운 노래 귓가에
들려온다

돌아보면 아무도
보이지 않고
저녁 놀 빈 하늘만
눈에 차누나

이 가사는 서정시로도 손색이 없지만 이미 국민 가곡으로 널리 알려진 아름답고도 애잔한 노래이기도 하다.

지금은 흔적조차 찾아 보기 힘든 보리밭이지만 지난날에는 가난을 상징하는 '보릿고개'라는 불행하고 불미스런 일화를 안고 있다.

이 작품에서 보리밭 이랑을 걷는 이는 현재의 화자일 것이다. 지금은 비록 안식과 풍요를 누리고 있지만 과거를 돌이켜 보면 생각조차 하기 싫은 기나긴 초여름 윤달의 보릿고개가 떠올라 가벼운 현기증마저 느끼게 한다.

그러나 그렇게 괴롭고 암울했던 세월도 현실은 아름다운 추억으로 남아 가난과 굶주림의 상징이던 보리밭을 서정적 찬가로 변화시키는 시인의 시상이 돋보이는 작품으로 여겨진다.

도라지꽃

도라지꽃 풀초롱꽃 홀로 폈네
솔바람도 잠자는 산골짜기
옛부터 돌~ 돌~ 흘러온
흰 물 한 줄기 한밤중엔
초록별 내려 몸 씻는 소리

우리에게 도라지는 예사롭지 않은 식물이다. 예부터 우리 가요나 민요에 자주 등장하여 친숙한 이미지를 보여 주는 특별한 인연을 맺고 있다.

심산유곡에 홀로 피어나 온 산에 짙은 향기를 풍기는 도라지꽃이야말로 혼탁한 세상의 때를 씻어내고 신선함과 자유로움을 함께 전해 주는 상징적 의미를 보여 주고 있다.

박화목

소리

삼동내 닫혀 있는 나의 창문을
그 누가 그 누가 가만히 열고
조용히 들어와 속삭이는
부드러운 소리 소리가 있네

그리운 꿈 그리운 꿈 불러 일으킨
그건 그건 무슨 소리 무슨 소리일까

깊은 산골짝 어느 한적한 곳
이름 모를 꽃망울이
여무는 소리 여무는 그 소리일까

그건 그건 무슨 소리일까
동구밖 둔덕 미루나무 나무껍질 뚫고서
새 움 트는 생명의 소리 그 소리일까
생명의 소리 그 소리일까
불현듯 들려온 그 소리 정녕

내 가슴이 울렁이네
내 가슴이 울렁이네
울렁이네

세상과의 소통을 단절하고 일상을 보내는 화자에게 불현듯

마음의 문을 열려고 하는 그 누군가가 있다. 그것은 아마도 자연 속에 존재하는 모든 사물일 것이다.

이 화자를 부르는 청아한 생명의 소리는 대자연이 부르는 소리이지만 어떤 보이지 않는 구원자, 즉 모든 사물을 다스리는 신의 손길도 갈망하고 있다. 말하자면 화자는 이 시에서 영원불멸할 생명의 소리 구원의 소리를 듣고 싶은 것이다.

진달래꽃

산에 산에 진달래꽃 피었습니다
진달래꽃 아름 따다 날 저뭅니다
한 잎 두 잎 꽃 뿌리며 돌아옵니다
뻐꾹새 먼 울음도 들려옵니다

산에 산에 진달래꽃 피었습니다
진달래꽃 아름 따다 날 저뭅니다
산길은 봄 어스름 살살 내리고
저녁놀 서쪽 하늘 붉게 탑니다

언뜻 소월의 시를 연상케 하며 매우 향토적이며 짙은 향수를 불러일으키게 하는 서정적 작품이다. 우리의 봄을 살아온 세대들은 누구라도 한 번쯤 겪어 보았을 추억이 이제는 먼 전설처럼 느껴지는 현실이다.

이 작품에서 시인이 두고 온 북녘 땅 고향의 산천을 얼마나 그리워하며 괴로움과 슬픔의 나날을 보내는지를 여실히 보여 주고 있다.

시의 모든 장르 섭렵한…

박화목 시인은 시단에서 드물게 모든 장르를 넘나든 만능 문학예술인이라 해도 지나친 표현은 아닐 것이다. 제한된 지면에서도 열거하다시피 그는 동화 작가답게 수많은 동시와 동요를 비롯하여 시와 가요 가곡과 가사 등 여러 분야에서 독보적 재능을 보여 주고 있다.

이렇듯 괄목할 만한 동화 작품이 많아 동화 작가로서 이름이 알려져 있지만 파고들어보면 동화 작품 못지않게 시 작품도 뛰어나 시인으로서의 재능도 충분히 엿볼 수 있다.

그래서 여기서는 박화목 시인의 대표적 작품 몇 편을 더 감상함으로써 그가 시인으로서도 재평가 받을 기회를 열어보고자 한다.

4월은
거치른 계절풍이 부는 가운데도
굳은 땅을 뚫고 짓누른 돌을 밀쳐제치며
어린 푸른 싹이 솟구치는 달이다

한 겨우내 죽은 듯

침묵 속에서 살아온 뭇생명을
이제 활활이 분화처럼 솟구치나니
아, 진정 4월은
부활의 달

-4월/부분

이 시는 예외 없이 T.S 엘리엇의 「황무지」를 연상케 하는 작품이다. 엘리엇이 4월의 봄을 '잔인한 달'로 묘사하여 1차 세계대전의 참상을 보여 주고 있는 반면 박화목 시인은 4월을 부활의 달로 부각시켜 희망과 구원의 메시지를 전하고 있다.

이처럼 시간과 환경은 인간의 생각과 현상에 따라 얼마든지 달라지고 상반된 해석을 내놓을 수 있는 것이다.

이를테면 초하의 6월을 서구 시인이 표현한다면 화려한 장미꽃을 내세워 희망과 풍요 평화와 안식을 묘사하겠지만 한국 시인에게 6월은 고통과 절망으로 점철되는 전쟁의 상처를 그려낼 것이다.

따라서 박화목 시인은 기독 신앙인답게 모질고 황량한 겨울을 이겨내고 모든 생명들이 부활절의 은총을 받아 새 생명이 탄생하는 약동의 계절을 펼쳐냄으로써 미래에 대한 용기와 희망을 심어 주고 있다.

꽃 피는 봄 4월 돌아오면
이 마음은 푸른 산 저 넘어
그 어느 산모퉁 길에
어여쁜 님 날 기다리는 듯

박화목

철 따라 핀 진달래 산을 덮고
먼 부엉이 울음 끊이잖는
나의 옛 고향은 어디런가
나의 사랑은 그 어디멘가

날 사랑한다고 말해 주렴아 그대여
내 맘 속에 사는 이 그대여
그대가 있길래 봄도 있고
아득한 고향도 정들 것일레라

– 망향/전문

두고 온 산하 북녘 땅 고향을 그리며 못 잊어하는 시인의 안타깝고 눈물겨운 정경이 엿보이는 가슴 아련한 서정적 시다.

고향산천의 온갖 초목과 꽃들, 날 짐승, 길 짐승 할 것 없이 모두가 시인을 기다리지만 갈 수 없는 추억의 땅을 사랑하는 애인에 견주어 망향의 한을 소리치고 있다.

그러나 지금은 비록 꿈속에서나 마음 깊은 곳에서 고향을 그리지만 언젠가는 반드시 염원하던 땅 고향을 갈 수 있다는 결연한 시인의 의지가 담겨 있는, 가슴 먹먹하게 하는 작품이다.

그날 강안에서 너와 만났을 때
오색으로 단장한 소형 증기선의 기적이
우리를 부르고 있었다

이 강을 건느면

정녕 우리들은 행복해질 것이라고
미운 현실이 아득한 구름 속에 잠길 것이라고
울렁이는 작은 가슴들이 부풀기만 했는데…

9월 그리고…
그리운 추억 속에 사는
미운 나의 가슴에
11월… 낙엽이 지고 있다
찬 서리가 내리고 있다

-9월 그리고 11월…/부분

'과거의 어떤 체험을 현실적인 것과 교차시켜서 쓴 시, 현실을 저항하여 탈주하려고 하는 시인의 의식은 항용 꿈 많던 옛시절의 추억 속으로 돌아가는 것이다.

이 시는 시인 자신이 직접 평가한 글이다. 자신이 직접 경험한 과거의 잊지 못할 추억을 잠시 되살려본 회고담이라 할 것이다.

해방 전 중국 땅에서 방랑과 방황의 세월을 보낼 때 우연히 한국 소녀를 만나 로맨스를 꿈꾸었고 시인이 되기를 열망했건만 소녀와의 꿈은 애틋한 기억으로만 남아 해마다 낙엽 지는 11월이 돌아오면 못내 아쉬운 지난날이 떠올라 시인의 심경을 괴롭게 한다는 매우 회고적이며 자전적인 작품이라 할 수 있다.

이상으로 짧은 지면을 통해서나마 박화목 시인의 시 세계와 시 정신을 모두 살펴 보았다. 결론적으로 이 시인의 시 정신은 어린이의 세계에 가까이 있는 반면 시의 세계는 모든 계층을 아우르는 광범위한 문학을 섭렵함으로써 한국의 문단사나 시 문학사에 큰 족적이 남겨진 것으로 사료된다.

지금은 비록 동심을 자극하는 추억의 과수원도 허기진 가난을 떠올리게 하는 보리밭도 없지만 박화목 시인의 시 속에는 이들이 영원히 우리들 곁에 있음으로써 과거로의 회귀 본능을 일깨워 주는 데 좋은 본보기로 길이 남을 것이라 생각된다.

양명문 楊明文

1913 / 11. 1~1985 / 11. 21

생애 및 연보

1913년 평양 출생. 1942년 일본 도쿄전수대학 법학부 졸업. 1940년 첫 시집 『화수원』 출간, 1944년까지 일본 도쿄에서 문예창작 연구 후 귀국하여 광복 후 북한에 머물다가 1.4 후퇴 시 월남하여 그 해 11월에 전국문화단체총연합회 구국대원으로 활동 후 1951년 육군 종군 작가단원으로 활동했으며 1955년부터 1958년까지 서울대학교 문리대를 비롯 국방부 전시연합대학 수도의대 청주대학 등에서 시론과 문예사조를 강의했다.

1960년 이화여대 부교수로 재직하며 시론 등을 강의했고 이후에는 국제대학 국어국문학과 주임 교수 및 전국 예술문화단체총연합회 중앙위원, 한국자유문학자협회 회원, 국제펜클럽한국본부 중앙위원, 한국시인협회 이사, 한국문인협회 이사 등을 역임했다.

1966년 이후에는 국제대학 국어국문학과 교수로 1981~1985년까지는 세종대학교 초청교수직을 역임하기도했다.

또한 1970년에는 대만에서 개최된 아시아작가회의에 한국 대표로 참가했으며 1957년에는 한국에서 개최한 제29차 세계작가회의에 한국 대표단의 일원으로 참가하기도 했으며 1974년 제1회 대한민국문학상을 수상했다.

시집으로는 『화수원, 청수사, 1940』 『송가, 중앙문화사, 1947』 『화성인, 장왕사, 1955』 『푸른 전설, 동신문화사, 1965』 『이목구비, 정음사, 1965』 『묵시록, 정음사, 1973』 3인 신앙시집 『신비한 사랑, 연산출판사, 1983』『지구촌, 양림사, 1984』 등을 발간했으며 이 밖에도 「한국시학에 관한 연구」 등 많은 시론과 연구 논문이 있다.

양명문 시인은 특히 작사가로도 유명한데 가곡 「명태」는 길이 남을 명곡이며 장편 서사시 「원효」와 그의 탄생 100주년을 맞아 새로 발굴된 합창시극 「총진군」은 또 하나 그의 문학과 시 세계의 지평을 확장시키는 계기가 될 것으로 기대된다.

그의 대표작으로 알려지고 있는 「송가」「나의 역정을 위한 역시」「7월의 노래」 등에서 볼 수 있는 그의 시 세계는 시 정신 기법에서 매우 폭이 넓고 중후한 무게감을 보여주고 있다.

또한 상징적 표현이나 비유적 묘사 등은 그 장엄한 시적 리듬이 독자들에게 신선한 감동과 다양한 공감대를 보여 주고 있다.

그러나 결과적으로 그의 시풍은 기독교적 사상과 월남 시인이라는 사실 때문에 분단의 비극과 민족의 고통같은 무게감 있는 소재들이 주조를 이루는 한편 적지 않게 직선적 감정을 토로하는 시풍을 지닌 것으로도 평가되고 있다.

그러면 그의 시 작품 중에서 대표 작품으로 회자되는 몇 편의 시를 감상해 보기로 한다.

송가

되도록이면…
나무이기를 나무 중에도 소나무이기를
생각하는 나무 춤추는 나무이기를
춤추는 나무 봉우리에 앉아
모가지를 길게 뽑아 늘이고 생각하는 학이기를
속삭이는 잎새며 가지며 가지 끝에 피어나는
꽃이며 꽃가루이기를

어디서 뽑아 올린 것일까
당신의 살갗이나 뺨이나 입시울에서 내뿜는
그것보다도 훨씬 더 향기로운 이 높은 향기는

되도록이면…
바위이기를 침묵에 잠긴 바위이기를
웃는 바위 헤엄치며 웃는 바위
그 바위 등에 엎드려 목을 뽑아 올리고
묵상에 잠긴 그 거북이기를 거북의 사색이기를
그 바위와 거북의 등을 어루만지는
푸른 물결이기를 또한 그 바위 겨드랑이나
사타구니에 붙어 새끼를 치며 사는 산호이기를
진주 알을 배고 와 뒹구는 조개이기를

어디서 그런 재주들을 배워 왔을까

당신의 슬기로운 예지로도 알아차리기가 어려운
그 오묘한 비밀, 그지없이 기특하기만한 생김새
다시 없는 질서, 바늘끝만치도 빈틈 없고 헛됨이 없는 이들의 엄연한 질서
이 줄기찬 생활이여!

되도록이면…
과일이기를, 과일중에도 청포도이기를
청포도 송이의 겸허한 모습이기를, 그 포도알처럼 달고 투명한 마음씨이기를, 표정이기를, 그 포도알 속에 살고 있는 저 주신 박카스의 어질고도 용감한 기픔이기를

어디서 이 크나큰 생명은 맥박쳐 오는 것일까
그 무엇도 침범키 어려운 이 장엄한 행진의 힘
당신의 혈관 속이나 세포처럼 독균의 침입을 입지 않은
순수한 내부 조직 아, 이 눈 부신
살림이여 사랑이여

이 시는 1947년에 발간한 양명문 시인의 두 번째 시집의 제호이기도 하며 양명문 최고의 대표시로 꼽히고 있는 작품이다.

"내가 향기로운 술과 석류즙으로 너를 마시게 하리로다"라는 성경 아가서의 한 구절처럼 시인은 자연이 베푼 사랑과 생명 존중의 위대한 기독교 사상을 신의 경지에서 노래하고 있다.

이처럼 자연을 예찬하고 자유와 평화를 사랑하는 송가는 현실 사회에 전개되고 있는 대립과 갈등 및 온갖 부조리가 난무하는

현대 문명 질서와 대비시켜 인간의 미래를 신화적 낙원으로 만들고싶은 상징적 의미를 지닌 고품격의 시 작품으로 평가할 수 있을 것이다.

푸른 전설

푸른 파도를 향해 나는 걸었다
고독한 자개들을 밟으며…

나와 맞섰던 파도들은
나에게 항복을 보여 주었다
나는 태연히 서서

다시 몰려드는 파도들을 향해
매서운 저주를 퍼부었다

갈매기들은 끼르륵거리며
나와 파도들을 비웃었다
그것들은 그들의 존재권 내에서
이내 쓰러지고 말았다

몽롱한 거리를 향해 나는 걸었다
독기 서린 연기와 안개를 헤치며…

고풍한 의상을 한 려인들이

한밤중에 나를 포위한다

나는 그 어느 한 여인에게 유혹당한다

잠시 나는 그의 매력에 잠겨버린다

어떤 파도는 그와 나의 가슴속에 일었다

날이 밝기 전엔 그의 품을

벗어날 수 없는

안타까움을 배운다

무슨 월계관같은 것에 나는 탐이 났다

사람들의 그 생동하는 눈알 속까지

나의 존재 이유를 부가하기 위해서였다

벌써 까다로운 허구가 나를 기다리고 있었다

그 완고한 틀 속으로 어쩔 수 없이

나는 끌려들어가야만 했다

종은 종 소리를 들어 소용없는 사람들에게 더 성가시게 울어 준다

어두운 거리 바닥으로

파고 스며들 듯 종소리는 내려와 퍼지며

나의 고달픔과 우울을 문질러 준다

무슨 신화같은 것이 나의 기억을 점령한다

보랏빛 웃음을 머금은 꽃이
소녀에게 안겨 온다

멋진 대사로 꽃과 소녀를 불러 놓는다
해가 솔가지 사이로 퍼져오는 아침이 왔다

나의 허리에 차고 다니는 은장도를 뽑아
사슴의 연한 뿔을 잘라 먹는다

박쥐들이 속삭이는 바위굴 속에서
새로 피어오르는 밤을 기다리며 아가雅歌를 불렀다

드디어 나의 부드러운 잠옷을 안고 밤은 왔다
아 내일은 다시 파도들을 찾아 가리라

이 시도 양명문 시인 제4시집의 제호로 택할 만큼 시인의 시 세계에 큰 의미를 남길만한 대표시로 꼽히고 있다.

이 시 작품 역시 앞의 시와 유사점을 갖고 있는 것은 한 마디로 인간으로서는 불가능한 신성한 신의 세계를 묘사하고 있다는 점이다. 이를테면 인간의 힘으로 어쩔 수 없는 온갖 재난이나 고통들은 신의 은총에 의해서만이 해결할 수 있다며 인간의 나약함과 신의 위대성을 비교하여 노래하고 있다.

현실에서 벗어나기 어려운 온갖 탐욕과 환락적 유혹들을 탈피하는 것은 인간의 노력보다는 보이지 않는 불가항력의 힘에 의해 해결된다는 양심적 신앙 차원의 자비로운 기독 사상을 고백하고 있다.

이 시에서 특히 강조하는 부분은 어떠한 고난과 고통 즉 위기와 재난의 파도가 밀려와도 의연히 파도와 맞서 싸워 이길 것이라는 결연한 의지가 담긴 환상적인 작품으로 평가할 만하다.

화성인

회오리바람에 휩싸여
은빛 머리카락 휫날리며
그는 이 땅에 나타났다

파라우리한
신비로운 광선을 방사하는
비취빛 푸른 눈동자

그는
엄밀히 단정한다

과연 늬들이 살고 있는 자연은
끝없이 아름다웁다
불어오는 선들바람이며
흘러내리는 맑은 시내며
제멋대로 솟아 있는 푸른 산이며

산골짝에서 잠자다 일어나는 구름이며
그 밑에 발을 세워 버티는 무지개며

예서 바라뵈는
찬란하고 황홀한 태양이며
구름밭을 굴러가는 말숙한 달이며
보석처럼 반짝이는 무수한 별들이며

푸른 물결 파도치는 감푸른 바다며
그 밑창에 흐늑이는 온갖 해초며
산호며 진주며
꼬리치고 춤추면서
밀려다니는 가지가지의 물고기들이며

온갖 나무와 꽃과 나비와 열매와 풀잎과 풀잎에 맺혀진
이슬 방울이며
땅속 깊이 묻히어 쌓여 있는 허다한
광석이며 금이며 은이며

여기에 어울려
나래치며 지저귀고 노래하는 온갖 새들이며
꼬리치며 네 굽 놓아 뛰노는 짐승들이며

이것은 모두가 모두
정확한 질서와 율법과

깨끗한 생장과 성숙과
완전한 조화를 이룬 곳
너들의 살림터인
아름다운 별인 이 지구

내 눈은 다시 감었다 떠서
늬들의 정신과 육체를 투시한다
더운 피 늘름거리며
통통 뛰는 심장을 본다
신축하는 허파며 위장이며
번개질치듯 하는 신경줄이며를

오만한 기억과 슬픈 곡절이 맞 얽히고
온갖 더러운 것들과 가지가지의 총명한 인식을 깃들인
늬들의 뇌 속을 나는 본다
늬들이 가진 놀라운 재주와
시간 공간을 헤염칠 줄 아는 지혜는

이리하여 나는
늬들에게서 새뜻한 아름다움과
온갖 사악을 나는 본다
이리하여
내가 원하고 염원하는 것은
오로지 한 가지 그것은

모세의 율법을 지키라고

모세의 율법을!

늬들은 인간이기 때문에

회오리바람에 쌓여

은실빛 머리카락 휘날리며

구름같은 안개와 신비로운 향기를 남기고

그는 사라졌다

텅 비인 푸른 하늘로

양명문 시인의 제3시집의 제호다.

시제가 의미하듯 환상적이고 신비하며 불가사의한 영역을 묘사하고 있다. 누가 뭐래도 이 시는 어떤 자비로운 구원자가 나타나 혼돈과 무질서의 세상을 자비와 사랑으로 변화시켜 줄 것을 간절히 소망하고 있다.

말할 것도 없이 시인이 바라고 원하는 손은 기독 세계에서 희망하는 구세주일 것이다. 인간의 무기력한 힘으로는 절대 이룰 수 없는 희망적인 미래 이것을 해결할 수 있는 방법은 오로지 신의 영역에서만 해결할 수 있다는 다소 회의적이면서 천진한 표현이 독자들을 환상적 공간으로 끌어들이는 묘한 분위기를 연출하고 있다.

7월의 노래(일부)

진달래 붉게 피는
춘삼월이 오며는
고향에 내 고향엘
돌아가게 될 거라고

밤이면 밤마다
푸른 별 총총한
북쪽 하늘 우러러
북두칠성만 바라보다가

두견이 애 끊는 듯 우는 4월도
남빛 창포꽃 곱게 피는 5월도
고된 꿈결 속처럼 지내가고
… 중간 생략 …
몇 달만 있으면
다시 밀어치운다고
큰소릴 치며 보따릴 싸 지고
남으로 남쪽으로 다라나온
아들들이 떠나간 곳
이 남쪽 하늘만 바라보실테지

양명문

닭 잡구 밀제빗국 끓여 먹던

내 고향 7월

7월도 그리운 채 지내가는데

내 고향 갈 길을 누가 막는가

내 고향 가는 길을 누가 막는가

이 시는 언뜻 이육사의 시 「청포도」를 떠오르게 한다. 남쪽의 7월은 청포도가 익는데 북쪽의 7월은 아마 닭을 잡고 밀제빗국을 끓여 먹는 풍속이 있는가 보다.

모처럼 양명문 시인의 이산의 고통과 망향의 추억을 짙게 떠올리게 하는 애처롭고 서글픔을 자아내게 하는 고독한 시다.

몸은 비록 남쪽에 있지만 마음은 언제나 고향에 있고 진달래 붉게 피어나는 3월과 두견새 슬피 울고 창포꽃 곱게 피는 4~5월, 그리고 꿈에서도 잊지 못할 회한의 7월도 해마다 돌아오는데 갈 수 없는 고향과 만날 수 없는 부모 형제들을 안타깝게 그리워하는 시인의 절절한 망향가에서 독자들은 시인의 심경을 깊이 이해 공감하며 이 망향시를 감상하게 될 것으로 여겨진다.

명태

감푸른 바다 바닷 밑에서
줄창 떼지어 찬물을 호흡하고
길이나 대구리가 클대로 컸을 때

내 사랑하는 짝들과 노상
꼬리치고 춤추며 밀려 다니다가

어떤 어진 어부의 그물에 걸리어
살기 좋다던 원산 구경이나 한 후
에지프트의 왕처럼 미이라가 됐을 때

어떤 외롭고 가난한 시인이
밤 늦게 시를 쓰다가 쇠주를 마실 때
그의 안주가 되어도 좋고
그의 시가 되어도 좋다

짜악 짝 찢어지어
내 몸은 없어질지라도
내 이름만은 남어 있으리라
「명태」라고 이 세상에 남어 있으리라

양명문

이 시는 초기에 독자들로부터 관심을 끌지 못한 작품이었으나 가사로 변환됨으로써 국민적 애송시가 되었으며 더하여 가곡으로는 온 국민의 영원한 노래로 자리매김했다.

시의 내용을 분석해 보면 이처럼 자유주의적이고 낭만적이며 이상적이고 민족주의적인 시가 북한 사회에서 용인될 리가 없다. 그래서 양명문 시인은 이 시가 반동적 반민족적이며 불순 사상을 선동했다는 이유로 많은 고초와 고통을 겪었다.

그러므로 이 시에서 시인의 철두철미한 시 정신을 엿볼 수 있는 것은 그가 얼마나 명태처럼 찢기고 사라진다 해도 자유와 평화를 위한 갈망이 얼마나 대단한 것인가를 미루어 짐작해볼 수가 있다.

이토록 불후의 시와 불멸의 가곡으로 탄생하게 된 이면에는 양명문이라는 시인과 변훈이라는 작곡가, 그리고 오현명이라는 가수가 있었기에 가능한 일이라 생각된다.

그러나 이 걸출한 예술 문화인들은 한결같이 북한인으로 지금은 모두 가고 없으니 그저 아쉽고 안타까울 뿐이다.

지금까지 양명문 시인의 대표 시를 중심으로 그의 시 정신과 시 세계 등을 살펴 보았다.

한평생 실향의 한을 견디고 이겨내며 구도적 삶을 살아온 그는 단순히 시 창작에만 몰두하지 않았다. 남다른 애국주의자인 그는 한국전쟁의 한복판에서 종군 작가로 활동했는데 그가 얼마나 전쟁의 승리와 자유 평화를 염원했는지 다음의 시가 명명백백하게 말해 주고 있다.

총진군(일부)

봄이 온다

삭풍이 세찬 벌판에
눈보라 휘몰아치던
차디찬 엄동설한은 지나가고
가지마다 새싹이 움터 오는 봄이 온다
… 중간 생략 …
조국의 완전 통일을 위하여
끝까지 싸우자!
총진군이다!

이 작품은 양명문 시인 탄생 100주년을 맞아 처음으로 발견된 창작물이라는 점에서 매우 큰 의미로 여겨진다.

1953년 7월 국방부 정훈국이 발행하는 월간지 『국방』에 발표한 이 시는 시인이 의도적으로 전장을 누비는 국군 장병들의 사기 진작과 승전을 염원하는 선전 선동적인 목적시다.

1930년대를 전후하여 등장했다 사라진 이 계급주의적 문학 형태는 혼돈과 갈등의 전쟁 시기에는 필수적으로 등장하는 문학의 한 장르로 수용되는 형태라 할 수 있을 것이다.

그러고 보면 양명문 시인은 단순한 시 창작에만 몰두한 것이 아니라 수많은 시론과 연구 논문을 비롯하여 가곡풍의 「명태」나 민요풍의 「신아리랑」 그리고 행진곡이나 군가 등의 작시에도 심혈을 기울였다.

맺는 말

그의 이와 같은 시 창작 외에 가곡 가극적 창작은 아무래도 그의 부인인 김자림 여사의 영향을 많이 받은 것으로 볼 수 있는데 김자림 여사는 한국 희곡계에 금자탑을 쌓아올린 전설적 인물이다.

전봉건 全鳳建

1928 / 10. 5 ~1988 / 6. 13

생애 및 연보

1928년 평남 안주 출생. 1945년 평양 숭인중학교를 졸업하고 이듬해 월남하여 형 전봉래의 영향으로 문학 수업을 시작했다다.

1950년 『문예』지에 시 「원願」과 「4월」, 「축도祝禱」 등이 서정주와 김영랑의 추천을 받음으로써 시단에 등단했다. 그러나 등단 직후 6.25 한국 전쟁으로 군에 입대하였고 1951년 중동부 전선에서 부상으로 제대한 뒤부터 본격적인 작품 활동을 시작했다.

1950년대 전봉건의 시는 참전 체험을 바탕으로 생동감 넘치는 시어들을 구사하여 전쟁의 비인간적 부조리를 고발하고 평화에 대한 갈망을 노래했다.

이 무렵 전봉건은 많은 작품들을 발표했는데 전쟁의 비극과 참상을 그린 「0157584」와 「또 하나의 차폐물」 「탄피」 등과 망향의 향수를 자극케 하는 「강물이 흐르는 너의 곁에서」와 「은하를 주제로한 바리아시옹」, 「강하江河」 등의 대표시를 연달아 발표했다.

이와 같은 전봉건의 초기 시로 분류되는 1950년대의 작품은 김종삼·김광림과 함께 펴낸 연대 시집 「전쟁과 음악과 희망과」와 첫 개인 시집 「사랑을 위한 되풀이」에 수록되어 있다.

1960년대에도 전봉건 시인은 왕성한 창작 활동을 계속했다. 이 무렵 장시 「항아리」를 비롯하여 연작시 「고전적인 속삭임 속의 꽃」과 「속의 바다」 등과 시론집 『시를 찾아서』와 장시집 『춘향 연가』를 출간하기도 했다.

한편 전봉건은 방송 시극에도 관심을 가져 「꽃소라」 「모래와 산소」 등을 발표했고 1969년에는 월간 시 전문지 『현대시학』을 창간하여 죽기 전까지 주간으로 재직한 바 있다.

1960년대 전봉건 시의 특성은 초현실주의적인 수법으로 내면 세계를 우회적으로 표현하는 특성을 지녔는데 그 대표적인 시집 『속의 바다』에 이러한 작품이 수록되어 있다.

1970년대에 접어들어 전봉건의 시는 어린 시절 많은 책들을 읽음으로써 동화적 순수성과 정신주의의 추구라는 두 가지 특성을 드러내는데 1980년 대한민국문학상을 수상한 시집 『피리』와 선시집 『꿈속의 뼈』에 이런 내용이 수록되어 있다.

그리고 1980년대에는 실향민의 향수와 수석에 대한 높은 관심과 상상력을 원천으로 하는 시를 썼는데 이에 대한 내용은 시집 『북의 고향』과 『돌』에 수록되어 있다.

또한 1980년대 중반부터는 6·25의 비극적 체험을 민족사적 차원에서 형상화한 연작시 「6·25」를 계속 발표하다가 끝을 맺지 못하고 작고하였으며 그 밖의 저서로는 선시집 『새들에게』와 『전봉건 시선』 『트럼펫과 천사』 『아지랭이 그리고 아픔』 『기다리기』 등과 산문집 『플루트와 갈매기』가 있으며 한국시인협회 대한민국 문화예술상을 수상했고 2015년 전봉건문학상이 제정되었다.

다음은 전봉건 시인의 대표적 작품들을 연대별로 분석 감상해 보기로 한다.

원願

– 저는 꿈이라도 좋아요 알리엣 오드라

부드러움을 한없이 펴는 비둘기같이
상냥한 손을 주십시오

빛나는 바람 속에서 태양을 바라
꽃 피고 익은 젖가슴을 주십시오

샛말간 들이랑 하늘이랑… 바다랑
그런 냄새가 나는 입김을 주십시오

불타는 사과인 양
즐거운 말을 주십시오

오! …나에게 내 자신의 모습을 주십시오.

전봉건 시인의 초기 데뷔작 중 한 편인 이 시는 언뜻 종교적 신앙시와 같은 인식을 풍긴다. 화자가 이 시에서 원하는 것은 진정한 시인의 길을 걷고 싶은 소망일 것이다.

담담하고 잔잔한 분위기를 자아내는 이 서정적 상황은 온갖 자연 만물의 섭리를 바라지만 결국은 자신을 돌아보고 성찰할 수 있는 진정한 인간상이 되기를 희망하는, 어쩌면 자신에 대한 기도문이 아닐까 여겨진다.

사월

무언지 눈이 부신 듯
수줍어만 하는 듯
자꾸 마음이 안 놓이는 듯
바쁘고 그저 바쁜 듯

마치 새 옷을
입으려고
다 벗은 색시의
샛말간 살결인 양!

이 시는 1950년 김영랑, 서정주의 추천을 받고 「문예」지로 등단한 전봉건 최초의 시다. 아직 정제되지 않은 20대 초반의 작품으로 작품성이나 예술성에 대한 평가보다는 처음으로 시의 길로 접어들었다는 사실에 더 큰 의미를 부여하고 싶다.

그러나 첫 작품임에도 구성 면이나 문장 시어의 표현 등에서도 시인의 재능을 보여 줌으로써 미래를 예견케하는 작품임을 보여주고 있다.

자연의 순리에 의해 만물이 기지개를 켜는 새 봄 그 현장을 부드럽고 청아하게 묘사한 시인의 시적 표현력이 짧은 문장에서도 여실히 드러나보이는 담백한 시로 여겨진다.

축도祝禱

말끔히 문풍지를 떼어 버렸읍니다

언덕 위에 태양을
거리낌없이 번쩍이게 하십시오

풋색시의 젖꼭지처럼 부풀은
새싹을 만지게 하십시오

어느 나뭇가지 우묵한 구멍에서 꾸물거리며 나오는 새파란 버러지를 보게 하십시오

그리고 이제 사람들에게 꽃병을 하나씩 마련할 것을 명하십시오

나는 흙으로
빚어 만드리다

그리고 파아란 바람을 보내시어
그 속에 꽃들을 서광처럼 솟아오르게 하시어

쌍바라지도 들창도 유리창도
집마다 거리마다…

모다
맑은 미소같이 풀리게 하십시오

오! 수없는 나비와 꿀벌의 나래를
이제 온 주위에서 서슴지 말고 펴십시오

꽃향 무르녹은 나무 사이사이에
펄럭펄럭

승리의 깃발처럼 치마폭
휘날리시어

종다리처럼 나의 푸름을
오! 소스라쳐 오르게 하십시오

혼란과 갈등 그리고 암흑과 절망만이 가로놓인 격변의 시기 즉 전쟁을 눈앞에 맞이한 상황 속에서 나약하고 무능한 인간이 할 수 있는 것은 오로지 보이지 않는 손 신 앞에 기원하고 구원을 바라는 것일 것이다.

그래서 화자도 자유와 평화를 갈망하는 보편적 사람들에게 신의 은총이 내려지기를 간절히 소망하고 있다. 시인은 아마 이 시를 지으면서 멀지않아 비극적이고 참혹한 전쟁이 발발할 것을 예견한 것으로 보인다.

감각적 언어와 감성적 시어들을 구사한 시인의 재능이 보여주는 상황이 얼마나 예리한 판단인가. 그러므로 시인은 시대를 앞서 가는 선도자로서 사회의 부조리를 비판하는 양심으로 끝까지 남아 있어야 할 책무가 있다고 본다.

사랑을 위한 되풀이

나의 손은 폐허
그리고 나의 조국
세계가 아픈 눈물이
총알과 엮은 쇠줄기의 망
길이 155 마일의 검은 쇠 가시와 가시 사이로
나의 해와 나의 달은
뜨고 지고

이 시는 전봉건 시집의 표제이기도 한 대하 장시의 일부분으로 1959년에 출간된 첫 시집이다. 전편에 대한 내용은 플라토닉적 로망을 노래한 시적 언어들로 초기 시로서의 완숙미는 다소 미흡하나 시인만의 모더니즘 시 세계를 마련했다는 점에서 큰 의미가 있다고 본다.

전쟁을 겪고 난 폐허와 불안의 현실에서 시인은 절망에 좌절하지 않고 나와 조국과 인류가 함께 시련을 극복함으로써 밝은 미래를 약속받을 수 있다는 신념의 가치로 사랑을 주문하고 있다.

그만큼 시인은 사랑의 개념을 단순화시키지 않고 범사회적 범세계적 배려와 포용의 문제로 확장시키고 있다.

이 첫 시집을 펴내면서 시인이, "시인이 시를 쓰는 것은 무엇보다도 먼저 자기 자신에게 이유와 가치를 주려는 일이다. 그러니까 돌멩이가 공기 속에서 생명을 얻어 지니듯이 항상 시인은 이유와 가치를 지니려는 돌멩이다"라고 한 말은 시인의 자세와 무게를 스스로 돌아보게 하는 무언의 절규를 맞이하게 한다.

춘향 연가春香戀歌

어릴 때에는 새가 나는 것을
제비가 나는 것을 나비가 나는 것을
한 마리 또 한 마리 그렇게 세었어요
지금은 안 그래요 한 마리 한 마리가
쌍을 지어 나는 것을 알아요
그런데 나는 옥獄에 있어요
남산에 피는 꽃은 내 마음에 피는 꽃
북산에 물드는 분홍빛은
내 마음에 물드는 분홍빛

전봉건

그런데 나는 옥에 있어요
버드나무 천사만사千絲萬絲로 늘어진
가지 사이에서 우는 황금조黃金鳥는
내 가슴 둘레를 돌면서 우는 새
그런데 나는 옥에 있어요
그런데 나는 사랑하고 있어요

전봉건 시인의 제2시집으로 전편이 「춘향 연가」 한 편으로 구성되어 있다. 이런 의미로 볼 때 시인이 얼마나 이 작품에 집착하고 애정을 쏟았는지를 헤아릴 수 있다.

그러므로 이 시에서 전봉건의 시 세계와 시 정신을 가늠해볼 수 있는데 그는 철저하게 사랑과 평화를 존중하고 갈망하는 진정한 휴머니스트라 할 수 있을 것이다.

시의 전체적 내용에서 시인은 자신의 불운한 현상을 시대적 원망으로 돌리기보다는 사랑과 포용으로 끌어안고 승화시켰다는 점에서 그의 초월적 시상에 감동과 공감을 더하게 한다.

그런가 하면 시인은 시적 공간을 단절된 감옥으로 한정시키고 지고지순한 춘향을 등장시켜 무고한 인간을 억압하고 강제하는 문명 사회의 부조리하고 부도덕한 모순을 춘향의 독백을 통해 폭로하고 정의롭고 합리적인 사회 체제를 구현하려는 강한 의지를 역설하고 있다.

결론적으로 이 대하 장시가 시사하는 바는 근본적으로 고독한 인간은 어차피 미완의 존재이기에 이성과 이성 간의 결합만이 완전체가 될 수 있으며 그렇다고 육체와 성애에 대한 국한이 아니라 사랑은 영원한 것이기에 유한한 육체보다 무한한 정신적 결합으로 인류 사회의 미래와 인간의 가치가 유지될 수 있다는 보편적이며 심오한 철학을 품고 있는 시인의 대표작으로 회자될 만하다고 판단된다.

사랑

사랑하는 것은

열매가 맺지 않는 과목은 뿌리째 뽑고
그 뿌리를 썩힌 흙 속의 해충을 모조리 잡고
그리고 심기 위해서
깊이 파해져 내 두 손의 땀을 섞은 흙
그 흙을 깨끗하게 실하게 하는 일이다

그리고
아무리 모진 비바람이 삼킨 어둠이어도
바위 속보다도 어두운 밤이어도
그 어둠 그 밤을 새워서 지키는 일이다

훤한 새벽 햇살이 퍼질 때까지
그 햇살을 뚫고 마침내 새 과목이
샘물같은 그런 빛 뿌리면서 솟을 때까지
지키는 일이다 지켜보는 일이다

전봉건

사랑한다는 것은

이 시의 첫 연과 마지막 연을 반복 노래한 이유는 사랑이란 영원하고 무한한 테마를 무대 한 중앙에 세워놓고 이에 대한 폭넓은 해석을 하려는 화자의 의도가 엿보이는 시로 보여진다.

사랑을 의인화하여 과목을 비유로 선택한 이 작품은 한 그루 과목이 성장하는 과정은 모진 바람과 비 해충 등을 이겨내야만이 튼실한 묘목으로 살아날 수 있듯 사랑도 어떤 고난과 고통 앞에서도 두 사람이 함께 극복하면 진정한 열매를 맺을 수 있다는 다소 진부한 점을 보이고 있지만 결국 사랑의 진실성과 영원성을 보여 줌으로써 불가역적 사랑의 위대성을 극명하게 형상화했다.

그러므로 사랑은 저절로, 우연히 얻어지는 것이 아니라 사랑을 위협하는 모든 대상들과 맞부딪치면서 정성과 배려심을 갖고 이를 지켜보고 지켜나갈 때만이 사랑의 매듭을 풀 수 있다는 깊은 신앙적 의미와 철학성을 내면에 간직한 대표적 명시로 평가할 수 있을 것이다.

시월의 소녀

시월의
소녀는
사과 속에
숨어 있다

순이는 달음박질쳐가서 숨었고
은하는 사뿐히 걸어가서 숨었다
선화는 어물어물 새도 몰래 숨었고
춘하는 꽃병 곁에 잠자다가 숨었다

저 무서운 총알이 오고 가던
저 사과나무밭의 가시 돋친 쇠줄 울타리 타고 넘은
저 사과나무 가지에도
주렁주렁 매어달린 탐스런 사과

– 그럼
사과나무밭으로 가볼까나
제일 빛나게 익은 큰 것을 따야지
내 사랑하는 소녀가 숨은 사과

한 입 깨물면
내 소녀는 꽃다발되어 뛰쳐나올 거다
새까만 사과 씨는 보석처럼 굴러서
흙 속에 숨을 거다

시월의
소녀는
사과 속에
숨어 있다

전봉건

이 시에서 소녀가 사과 속에 숨어 있다고 가정한 시인의 재치가 돋보이는 대목이다. 더구나 사과 속에 숨어 있거나 꽃다발이 되어 나타나는 기발한 표현은 초월적이고 초현실적 서사 기법을 보여주는 전봉건 시인만의 언어 구사법이 아닌가 싶다.

더구나 화자는 탐스럽게 매달린 빨간 사과를 대하면서 추억어린 유년 시절을 떠올리는가 하면 기억조차 하기 싫은 피의 현장 전장을 상기하기도 한다.

이처럼 시의 양상은 소녀가 어느 시점에서 사과 속에 숨어 들었느냐에 따라 분위기는 정반대로 전환될 수 있음을 여실히 보여 줌으로써 안정감이나 긴장감을 선택적으로 생각할 수 있게 한다.

화자에게 유년기의 과수원은 한 폭의 수채화 같은 동화적 기억이 있는 반면 한 편으로는 아이들의 숨바꼭질 놀이에서 숨고 달아나는 정경이 전장 속의 포탄과 폭탄을 피해 허둥거리는 아비규환을 연상케 한다.

이 시에서도 전봉건 시인의 시적 특성이 잘 나타나고 있는데 그는 화창하고 평화스런 가을 무대에 전쟁의 비극성을 형상화함으로써 초현실적 초월성을 넘어 절박한 현실적 고통을 세상에 고백하고 절규하는 장면을 연출하고 있다.

꿈속의 뼈

나는 보았습니다

나는 전장을 보았습니다

나는 전장에서 죽는 죽음을 보았습니다

전장에서 죽는 죽음은 죽어서도 죽지 못하여 터진 살에서

불거져 나온 하얀 뼈를 들어 밤새껏 검은 바람을 할퀴는 시체

곁에 쭈그리고 앉아서 꿈을 꾸는 것을 보았습니다

나는 그 꿈을 보았습니다

나는 그 꿈 속을 보았습니

꿈속의 뼈를 보았습니다

꽃의 목뼈를 물살의 정강이뼈를 햇살의 손가락 뼈 소

나기의 발가락 뼈 마디의 등뼈와 갈비뼈를 또 불의 엉덩이

뼈를 보았습니다

쭈그리고 앉았는 죽음의 사타구니에 한 점 먼 별빛처럼 젖은 희끄무레한 것을 보았습니다

이 작품은 전봉건 시인의 초기 전쟁 시로 대표되는 시로서 비극적인 전쟁의 흔적을 모티브로 삼고 있다. 전쟁으로 파생될 만한 언어들을 날카로운 감각으로 함축하여 노래한 상황은 가히

전쟁의 잔혹성과 인간의 잔인성을 동시에 부각시켜 준다.

그러므로 어쩔 수 없이 죽음이란 비극을 맞게 하는 전쟁의 불가피성을 단조롭고 완곡한 언어로 참혹한 현상을 감각적으로 형상화시키고 있다. 화자는 이 시에서 하얀 뼈일 수도, 전사자의 영혼일 수도 있는 희끄무레한 실체를 기억하며 비인간적 만행과 전쟁의 잔혹성을 극명하게 보여 주고 있다.

그리고 전장에서 죽은 억울한 죽음은 죽을 때와 죽을 이유에서 죽은 것이 아니라 권력과 욕망이 일으킨 억울한 희생인 것이다. 그러니까 화자는 억울한 영혼들의 꿈속으로 들어가 무수한 뼈들을 보며 자신의 꿈으로까지 의식을 이어가려 하는 속 깊은 메시지를 담고 있다.

피아노

피아노에 앉은
여자의 두 손에서는
끊임없이
열 마리씩
스무 마리씩
신선한 물고기가
튀는 빛의 꼬리를 물고
쏟아진다

나는 바다로 가서
가장 신나게 시퍼런
파도의 칼날 하나를
집어 들었다

이 시는 전봉건의 대표시로 꼽히는 작품으로 정황이 매우 긴박하고 강렬하게 느껴진다. 한 마디로 연주자의 현란한 손놀림으로 하여 우렁차고 웅장한 울림이 가슴속 깊게 퍼져오는 듯한 착각을 하게 된다.

비록 난해한 표현이지만 파격적인 비유와 상징은 오히려 시적 상황을 신선하고 충격적이도록 생생한 이미지로 전달해 준다.

도발적이고 도전적 사실을 보여 주는 이 시에서 시인은 시각적으로 활기찬 음률을 마치 싱싱한 물고기가 용솟음치는 장면으로 묘사함으로써 분위기를 현장감 넘치게 꾸며내고 있다.

그런가 하면 전봉건 시인은 피아노라는 피사체를 통해 소리와 빛깔을 생생하게 보여 주고 들려 주는 마법같은 재능을 보여주는 동시에 시적 상황을 한 폭의 수채화처럼 꾸며놓고 있다.

의식 3

나는 너의 말이고 싶다
쌀이라고 하는 말
연탄이라고 하는 말

전봉건

그리고 별이라고 하는 말
물은 흐른다고
봄은 겨울 다음에
오는 것이고
아이들은 노래와 같다 라고 하는
너의 말
또 그 잘 알아들을 수 없는 말
불꽃의 바다가 되는
시트의 아침과 밤 사이에
나만이 듣는 너의 말
그리고 또 내게 살며시 깜빡이며
오래
잊었던 사람의 이름을 대듯이
나직한 목소리로 부르는
평화라고 하는
그 말

똑같은 시제의 여섯 편 중에서 세 번째 시를 선택했다. 대체적으로 전봉건의 시는 언어로 그려내는 그림이라고 볼 수 있는데 이 작품에서도 그런 묘사 방법을 보여 주고 있다.

이와 같은 일관된 시작 행위가 그를 전후 가장 개성적이며 독보적인 모더니스트로 자리매김되게 했으며 이로써 전봉건 시의 영역이 확고히 자리잡게 되었다고 본다.

전봉건의 고백록으로도 느껴지는 이 시는 한결같이 의식의 흐름을 일관되게 나열하지만 그 행간에는 엄청난 과거와 현재 미래에 대한 염원이 숨어 있다.

이를테면 먼 유년 시절의 기억부터 현재에 이르기까지 화자의 주변을 노래하는가 하면 평화를 앗아간 비극적 전쟁 기억도 떠올리게 함으로써 무한한 의식의 확장성을 그려내고 있다.

이처럼 전봉건의 시류는 전쟁의 참혹한 비극 상황도 강력히 대치하거나 반대하기보다는 유연한 서사적 표현과 미학적 언어로 승화시켜 시에 대한 신선감과 단단한 무게감을 주게 한다.

1980년대의 시

피리

대나무
잎사귀가
칼질한다

해가 지도록 칼질한다
달이 지도록 칼질한다
날마다 낮이 다 하도록 칼질하고
밤마다 밤이 다 새도록 칼질하다가
십 년 이십 년 백 년 칼질하다가
대나무는 죽는다

전봉건

그렇다 대나무가 죽은 뒤
이 세상의 가장 마르고 주름진 손 하나가 와서
죽은 대나무의 뼈 단단하고 시퍼런
두 뼘 만큼을 들고
바람 속을 간다

그렇다 그 뒤
물빛보다 맑은 피리 소리가 땅끝에 선다
곧바로 선다

절개와 지조의 상징인 대나무, 이 댓잎을 칼끝으로 의인화하여 스스로 자신의 몸을 잘라내는 아이러니가 시인의 재능과 재치를 돋보이게 한다.

결국 자신의 칼로 베어진 시체는 새롭게 아름다운 소리로 환생하여 생명의 영원성을 환기시켜 준다. 소리 없이 숨 죽이며 살아온 대나무의 생은 이제 청아한 소리를 품은 피리로 재탄생하여 불멸의 생명력을 보여 주고 있다.

이와 같이 파란을 겪는 대나무의 고행은 시를 잉태하고 출산하는 시인의 로정과도 궤를 함께하는 것이기에 올곧은 대나무의 기질과 외길을 걷는 예술가의 품성과 걸맞는다는 점을 비유적으로 대비시킨 수준 높은 명작이라 평가된다.

돌 1

이월 하순
산간을 흐르는
강나루에서
배를 기다리다가
나는 문득 거기가
1951 년 봄 어느 날
도강 작전에서 전우 K가 죽은
바로 그 자리인 것을 되살려냈다
해 질 무렵에야
돌아온 배에 오르려다가
나는 봄눈 녹는
나루터 찬물 속에서
삭은 뼈처럼 하얀
돌 하나를 건져냈다
날개 뼈 같은 그런 모양이었다
벌써
어둡기 시작하는
여울 쪽에 이름 모를
새 한 마리가
날고 있었다

이 시는 돌을 주제로 한 전봉건의 연작시 56편 중 첫 번째 시 작품이다. 시적 주제는 전우 K를 주인공으로 내세워 과거와

현재에 이어 초월적 상황과 연계 짓고자 시도하는 상황이다.

화자는 전우 K가 하늘 높이 나는 새로 부활했다고 인식함으로써 과거와 현재를 연결짓게 하는 초현실적 세계관을 경험한다. 그러나 일상적으로 K와 새의 관계는 어떤 연관성이 있다기보다는 시의 형상화 과정에서 연관성이 성립되는 현상을 알 수가 있다.

전봉건 시인의 마지막 시집인 이 대하 연작시들에서 독자들은 시인의 고달프고 고통스런 삶의 궤적을 고스란히 감상하게 될 것이다. 그리고 이 연작시에서 시인이 노래한 돌은 단순히 미적 대상이라기보다는 전쟁의 비극과 연관된 역사적 현실과 맥을 잇고 있다.

그리하여 화자는 차디찬 물속에서 건져 올린 흰 돌에서 전사한 전우의 뼈를 상기시키기도 하고 어쩌면 새의 영혼으로 부활하여 자유롭게 하늘을 날아오르는 환상에 빠져들기도 한다.

그러므로 전봉건 시인으로서의 돌과 새의 이미지는 시인의 내면에 깊이 자리잡고 있는, 전쟁의 상흔을 잊어버리고 극복하려는 의지의 표상이라 할 수 있을 것이다.

뼈 저린 꿈에서만

그리라 하면

그리겠습니다

개울물에 어리는 풀포기 하나

개울 속에 빛나는 돌멩이 하나

그렇습니다 고향의 것이라면
무엇 하나도 빠뜨리지 않고
지금도 똑똑하게 틀리는 일 없이
얼마든지 그리겠습니다

말을 하라면
말하겠습니다
우물가에 늘어선 미루나무는 여섯 그루
우물 속에 노니는 큰 붕어도 여섯 마리
그렇습니다 고향의 일이라면
무엇 하나 빠뜨리지 않고
지금도 생생하게 틀리는 일 없이
얼마든지 말하겠습니다

마당 끝 홰나무 아래로
삶은 강냉이 한 바가지 드시고
나를 찾으시던 어머님의 모습
가만히 옮기시던
그 발걸음 하나하나
나는 지금도 말하고 그릴 수가 있습니다

그러나 아무리 애써도 한 가지만은
그러나 아무리 몸부림쳐도 그것만은
내가 그리질 못하고 말도 못합니다
강이 산으로 변하길 두 번

전봉건

산이 강으로 변하길 두 번
그리고도 더 많이 흐른 세월이
가로 세로 파 놓은 어머님 이마의
어둡고 아픈 주름살

어머님
꿈에 보는 어머님 주름살을
말로 하려면 목이 먼저 메이고
어머님
꿈에 보는 어머님 주름살을
그림으로 그리라면 눈앞이 먼저 흐려집니다
아아 이십육 년
뼈저린 꿈에서만 뫼시는 어머님이시여

실향의 아픔을 앓고 있는 시인에게는 꿈속에서도 고향과 어머니를 그리워할 것이다. 이 시에서도 화자는 꿈을 통해서 고향과 어머니를 만나는 것이다.

꿈속에서 유년의 기억을 떠올리며 이를 바탕하여 갖가지 추억들을 체험하는데 당시의 어머니는 30대 안팎의 젊고 아름다운 모습이다. 그러나 현실의 어머니는 이미 늙어 어쩌면 돌아가셨을지도 모르는 나날을 회상하며 실향의 한을 달래고 있다.

아무튼 이 시에서 화자는 과거와 현재에 대한 시간적 공간적 거리감을 좁히려 시도하지만 오히려 그의 상상은 더 멀리 다가가고 있음을 상징적으로 보여 주고 있다.

물

나는

물이라는

말을 사랑합니다.

웅덩이라는 말을 사랑하고

개울이라는 말을 사랑합니다

샘이나 늪 못이라는 말을 사랑하고

강이라는 말도 사랑합니다

바다라는 말도 사랑합니다

그리고 비라는 말도 사랑합니다

또 있습니다

이슬이라는 말입니다

삼월 어느 날 사월 어느 날 혹은 오월 어느 날

꽃잎이나 풀잎에 맺히는

아마도 세상에서 가장 작은 물

가장 여리고 약한 물 가장 맑은 물을

얼음인 이 말과 만날 때면

내게서도 물 기운이 돌다가

여위고 마른 살갗 저리고 떨리다가

오 내게서도 물방울이 방울이 번지어 나옵니다

그것은 눈물이라는

물입니다

이 시는 전봉건의 시 정신이 얼마나 깊고 뚜렷한지를 드러내

전봉건

보이는 대표적 명시로 평가하고 싶다. 우리 주변에 자연스럽고 보편적인 사물을 각각의 형태와 다른 개념으로 풀이함으로써 물에 대한 정의를 새롭게 깨닫게 하는 계기를 마련해 주고 있다.

특히 이 시에서 주목할 만한 부분은 아주 작고 순수 결정체인 이슬을 눈물과 대비시켜 형상화한 재치로서 매우 눈여겨볼 만하다. 결국 화자는 모든 물이 각자의 위치에서 몫을 하고 있지만 인간의 눈물에는 비교가 안 된다는 점을 일깨워 주고 있다.

여기서 시인이 물에 대한 포괄적 개념을 눈물로 귀착시킨 것은 따뜻한 온정의 눈물도 얼마나 뼈아픈 고통과 시련을 겪은 뒤 얻어지는 비애나 환희의 산물인지를 강조하고 싶은 심오한 내용을 담고 있는 작품이라 여겨진다.

6.25 1

아직도
좀 어두운
새벽 풀숲의
풀잎들은 이슬을 달고 있다
그 이슬 한 개가 바람도 없는데 구른다
굴러 떨어진 그 이슬 한 개가 소리도 없이 깨진다
햇살하고 몸 섞지도 못하고
그리고 소리도 없이 산산이 부서진다

아직도 좀 어두운
새벽 하늘의 한 귀퉁이가
금가는 듯한 그런 소리가
난 듯했다

이 시는 한국 전쟁을 그린 59편의 작품 중 첫 번째 시 작품이다. 그러므로 여기서는 한 작품을 논하는 자체가 무의미하게 생각되어 전 작품을 개괄적으로 살펴봄이 적합하리라 여겨진다.

우선 전 편 중의 19편은 전쟁 초기의 공포와 긴박감을 묘사하고 있으며 나머지 시편들은 상황의 변화와 시간의 흐름에 따라 적나라하게 노래하고 있다.

그러나 전봉건은 이 시에서 동일한 시간대의 갖가지 상황들을 차례차례 보여 줌으로써 전쟁 이전의 공포심을 조장시키고 있으며 이와 같이 숨막히는 비극적 상황도 시적 미학화로 그려냄으로써 전쟁의 잔혹성과 비극성을 더욱 돋보이게 하고 있다.

그러므로 전봉건의 전쟁관은 한 마디로 전장의 현장을 파노라마처럼 보여 줌으로써 전쟁이 개인의 체험을 뛰어넘어 민족이 맞이하는 공동체적 운명임을 말해 주고 있다.

전봉건의 시는 한 마디로 모든 상황에 대해 명분을 내세우지 않는 것이 특징이라 할 수 있다. 그는 이 짧은 시에서도 무한한 압축미를 보여 주고 있는데 이를테면 바람 한 점 없이 새벽 이슬을 안고 있는 풀잎은 힘 없고 연약한 인간이다.

이런 평화스런 현장을 덮친 것은 잔혹한 전쟁이다. 이로 말미암아 죄 없는 사람들이 스러져 자유로운 햇살 한 번 느껴보지 못하고 생을 마감해야 하는 이슬, 그것은 바로 전쟁으로 인한 무고한 사람들일 것이다.

함동선 咸東鮮

1930 / 5. 21 ~ 2023~

생애 및 연보

황해도 연백 출생으로 중앙대학교 문리과 대학을 거쳐 경희대학교 대학원 수료 후 문학박사 학위를 취득했다. 이후 1958년 서정주 시인의 추천으로 「봄비」「불여귀」「학의 노래」로 현대문학을 통해 등단했으며 이후 활발한 시 창작 활동과 함께 제주대학교 교수, 서라벌예술대학 교수, 중앙대학교 예술대학 문예창작학과 교수를 역임했다.

이와 같이 정통적으로 인문학과 문예 창작의 길을 걸어온 시인 작가는 한국 문단에서 드문 예로 함동선 시인이야말로 전통적인 서정 서사를 바탕으로 비유와 상징의 감성적 시어들로 표현하는 한편 나아가 동양철학적인 직관 세계로까지 넓혀 주고 있다고 평가받는 이 시대의 진정한 페미니스트 서정 시인이다.

따라서 1930~40년대에 모던보이가 대세였다면 오늘의 시대는 함동선이 보여 준 인간미 넘치는 젠틀보이 시대라 할 수 있을 것이다.

이렇듯 문단의 신사로 각인된 그는 절제와 직관으로 순화된 언어로 시 창작이 일관되는데 그의 첫 시집 『우후개화雨後開花, 1965』에서도 그의 시 정신을 잘 보여 주고 있다.

첫 시집을 계기로 그의 창작 활동은 계속되었는데 1973년 『꽃이 있던 자리』를 비롯하여 1979년 『눈 감으면 보이는 어머니』『식민지, 1986』『인연설. 1986』『밤섬의 숲, 2007』『연백, 2013』 등 수많은 시집 외에 시선집과 시화집이 출간되었으며 이 밖에도 수필집 『그 후에도 오랫동안, 1988』과 30여 년 동안 전국을 누비며 순회 답사한 『한국 문학

비, 1993』를 발굴 소개함으로써 문단에 큰 관심과 반향을 불러일으키기도 했다.

이렇듯 문학의 모든 장르를 섭렵한 그는 평론 분야에도 큰 관심을 보였는데 그 대표적 작품으로 「서정시 서설, 1964」과 「현대 시 정신 소고, 1971」「영원한 생명의 주체, 공초 오상순 고, 1981」 등이 있다.

이와 같은 그의 폭 넓은 창작 활동은 한국 시단에 한 획을 그어 놓았으며 오로지 학문과 시 창작의 외길을 선택했기에 문학예술계에서는 그의 공적을 여러 방면에서 보상하고 있다.

요약해보면 한국 시문학회 회장, 한국현대시인협회 회장, 한국 문인협회 부이사장, 국제펜클럽 한국본부 부회장을 역임했고 아울러 1994년 펜문학상, 1997년 대한민국문화예술상, 2005년 청마문학상 등을 수상했으며 1995년에는 국민훈장 석류장을 추서받았았으며 현재는 사단법인 한국시인협회 평의회의장직을 맡고 있다.

이제 함동선 시인의 포괄적 소개를 마감하고 그의 문학예술성과 시 정신을 살펴 보기 위해 대표시 몇 편을 감상해 보기로 한다.

우후 개화雨後開花

손 마디에 걸려서도 내려가지 않던
긴 목의 너무 맑은 빛깔은
하루 몇 차례나
새로 뜬
선선한 물 자셨을까

그 빛깔은
서쪽으로 내린 외방 여자의 허리께 만큼
아침으로 만든 싱싱한 도랑 넘어서
바닷물이 훑치는 들 터 잡고 앉아서
요 얼마 새 달라진 채
자세하지 않는 여기 여기 세상 와서 보구
뭐라 묻기 전은
그렇다

또 거기서 늘 반가움 배내기를
첨 우리들 만나 맨발로 저벅대며
서로 웃고 가까이 가서 건넨 수작 그거로나
눈에 보이는 눈에 보이는 저기 저승의
체온 그거로나
정 모자라서 닿지 않던
넓으신 바닷물만 햇빛만 지나온 바람 그거로
확실히 존 세상 살고 온

저것 봐라 저것 봐라 저것 봐라 그러는
꽃나무의 꽃나무 가지의 그리고 꽃잎의 입김이
그렇다

이 시는 함동선 시인의 첫 시집의 제호로 그가 한국 시단의 시인으로 자리매김하는 중요한 분수령이 되는 작품으로 여겨진다.

앞으로 전개될 그의 시 세계와 시 정신을 가늠하게 될 시금석으로 어쩌면 실험적 성격의 시로 평가하고 싶다. 그는 이 시에서 다양한 시적 형상화를 제시하고 있는데 이를테면 간결한 압축미와 서정적 토속미 그리고 반복적 구사력으로 내용을 각인시키는 등 실로 시로 형상화할 수 있는 여러 방법을 모색한 것으로 보인다.

그러므로 이 시는 함동선 시인이 겪은 굴곡진 삶, 즉 모진 비바람을 이겨내고 새롭게 피어난 꽃처럼 그 자신이 앞으로 걸어갈 파란의 길목에서 의지를 다지는 암묵적 내용이 담겨 있다고 할 것이다.

꽃이 있던 자리

바람이 지는 해를 기울이면
나는 노을의 한 자락을 끌어 덮고
맷방석만 하게 퍼진 아버지 산소의
민들레꽃이 되었다
산을 걸어와 산딸기 내음의 세월을

머리에 이고
해와 함께 저물은
민들레꽃 빛깔이 된 공기를
한 짐씩 부리고 있었다
젖먹이 때 어머니 눈썹에 내린
햇살 모양을
뜨락 가득히 그린
그 비단 무늬
마흔 살이 넘은 지금에 와선
남과 북을 오고 간 까만 구두를 끌고
꽤나 발소리 요란하게
밤의 일행을 따라 나섰다
그때 어머니의 치마 주름은
홰나무에 걸려 안 보이고
지붕의 기왓골 따라 성큼 나선
초승달은
잰 며느리가 본다던가
그 허여멀건 허릿살이
문밖으로 부채 편 꼴로 퍼지자
민들레꽃은 문득문득 생각난 듯이
하얀 머리를 바람에 날리잖는가

함동선 시인의 첫 시집 『우후 개화』 이후 8년만에 내놓은 두 번째 시집의 제호이기도 한 이 시는 그야말로 느림의 미학과 동양적 관조 사상이 엿보이는, 한국인에게 가장 어울리는 명시로

여겨진다.

흔히 저널리즘이 연출하는 작위적 서사에서 벗어나 끈끈하고 느슨한 행보를 보여 주는 전형적 토착 사유에서 독자들은 깊은 감명과 짙은 향수를 느끼게 될 것이다.

더구나 시인의 첫 시집『우후 개화』에서 보여준 유형의 향토적 현상들과는 전혀 달리 이 시에서는 무형의 현상들, 즉 무형화된 사물과 무형일 수밖에 없는 것들에 대한 끝없는 애착과 넓은 이해를 보여 주고 있다.

그러므로 한국인 또는 동양인으로서의 선비 정신을 돋보이게 하는 시는 시인 자신이 깊이 자각하고 있음을 깨닫게 함으로써 시의 효과를 극대화시키고 있다.

오늘날 시의 전통과 정통성을 넘어 다양하게 시도되고 있는 현실에서 이와 같은 순수한 서정시가 자리잡을 수 있음은 그 진정성과 시 정신이 독자들로부터 인정받고 있다는 반증인 것이다.

현대시에 자연 현상을 도외시하고 단순히 언어나 이미지에만 집중하는 모더니스트와 상반되는 현실에 개입하는 참여시까지 등장하게 된 상황에서도 이 시는 이런 사조에 개의치 않고 자연 속에서 자연을 사랑하고 소중히 지켜나가려는 의지를 끈질기게 보여 줌으로써 지적 일변도의 현대시 사조에 무거운 경종을 울린 작품으로 평하고 싶다.

함동선

눈 감으면 보이는 어머니

또랑물에 잠긴 달이 뒤돌아볼 때마다 더 빨리 쫓아오는 것처럼 얼결에 떠난 고향이 근 삼십 년이 되었습니다. 잠깐일게다 이 살림 두구 어딜 가겠니 네들이나 휑하니 다녀오너라 마구 내몰다시피 등을 떠미시며 하시던 말씀이 노을에 불그스름하게 물드는 창가에 초저녁 달빛으로 비칩니다 오늘도 해동갑 했으니 또 하루가 가는가 언뜻언뜻 떨어뜨린 기억의 비늘들이 어릴 적 봉숭아 물이 빠져 누렇게 바랜 손가락 사이로 그늘졌다 밝아졌다 그러는 고향 집으로 가게 합니다 신작로에는 옛날처럼 달맞이꽃이 와악 울고 싶도록 피어 있었습니다 길 잃은 고추잠자리가 한 마리 무릎을 접고 앉았다가 이내 별들이 묻어올 만큼 높이 치솟았습니다 그러다가 면사무소 쪽으로 기어가는 길을 따라 자동차가 뿌옇게 먼지를 일으키고 동구 밖으로 사라졌습니다 온 마을에 개가 짖는 소리에 대문을 두들겼습니다 안에선 아무런 대답이 없었습니다 손 안 닿은 곳 없고 손 닿은 곳마다 마음대로 안 되는 일이 없으셨던 어머니는 어디로 가셨습니까? 눈 감으면 보이는 어머니는 어디에 계십니까?

시는 누구나 아무나 쓸 수 없는 분야지만 고향이나 어머니에 대한 글은 어느 누구든 쓸 수 있는 대상이다. 왜냐하면 이런 기억과 추억은 누구에게나 간직되며 공통적인 감수성을 지니고 있기 때문일 것이다.

이런 의미에서 함동선 시인도 한 폭의 아름다운 산수화, 즉 정통의 동양화처럼 시를 뛰어 넘어 시적 산문 형식을 표방하며 망향과 실향 30년의 격정을 참고 억제하며 담담하게 그려낸 그의 애절하고 눈물겨운 향수가 가슴 먹먹하게 하고 눈시울을 적시게 한다.

그러므로 이 회향의 작품은 정지용의 「향수」에 버금하며 이은상의 「가고파」와 쌍벽을 이룰만한 정한 어린 망향가이며 「비 내리는 고모령」이나 「불효자는 웁니다」를 연상케 하는 사모곡이다.

눈 감으면 마음의 눈이 틔여 그립고 정겨운 고향산천과 어머니가 보인다. 항상 흰 옷 입은 어머니의 모습은 학이고 선녀이며 구원의 여신인 동시에 아무거나 무엇이든 해낼 수 있는 화수분 같은 분이었다.

대문 밖에서 까치발 내딛으며 어서 가라고, 어서 오라고 손짓하던 어머니의 깡마른 그 손길 어찌 꿈에라도 잊겠는가?

기약없이 떠나보낸 아들을 그리며 어머니는 얼마나 많은 한숨을 연백벌에 내쉬었으며 또 얼마나 숱한 눈물을 도도한 예성강에 쏟으셨을까?

이렇듯 눈 감으면 과거와 현재 미래를 내다볼 수 있는데 눈 뜬 현실 앞에는 척박한 외톨이의 삶만이 도사리고 있는 것이다.

결과로 시인은 이 시에서 고향을 잃어버린 현대인의 암울한 현실을 에둘러 비판하면서 누구나 경험할 수 있는 고향에 대한 애착과 존재에 대한 근본적 욕구를 갈망하는 서정성 넘치는 향수가 결국 존재의 절대 가치와 의미가 없다는 확신을 보여 주고 있다.

식민지

강제 속에 강압 속에
얼마나 구석구석 서 있게 하던지
절벽 위에 절벽 끄트머리에 절벽 아래에
온 사방에 서 있게 하던지
우리 집은
파도에 떠밀리고 떠밀리다가
마지막 끝까지 떠밀려 와서
말라붙은 검부러기같았다
게다가 길마 진 소 모양 그 자리에
어느 날은 앉게 하고 어느 날은 서게 하더니
폭력이 발끝에서 머리 끝까지 미칠 때
나지막하나마
빼꾸기 소리는
개울물을 사이에 두고서도
또렷또렷 들렸다
그 소리에 저녁이 가고 여름이 가고 세월이 가는
따감질 속에
형은
독립운동하다가
감옥에 끌려갔다
그날 풀섶에서는 밤여치가 찌르르 찌르르 울었다
물처럼 풀어진 온 식구는
조그만 바람에도 민감한 반응 보이는

포풀러처럼 떨었지만

'이 놈들 정말 지는 척하니까 이기는 척하누나' 하고

이를 악문 아버지는

오매간에 그리던 광복을 눈앞에 두고

울화병으로 돌아가셨다

그때 장사잠자리가 떠다니듯

B- 29 폭격기가

처음에는 마귀할멈 손놀림에 놀아나는 은박지처럼

무섭더니

나중에는

창호지에 번지는 시원한 누기와도 같은

안온함이

식민지의 처음이자 마지막 기쁨이기도 했다

그 기쁨의 현상은

좀처럼 잡을 순 없었지만

내 몸과 마음 모두가 활의 시위처럼

팽팽히 부풀어올랐던 기억이

지금도 새로워진다

금수강산 자유와 평화의 낙토에 불법과 무법의 식민 통치를 자행한 군국주의 섬나라 상것들. 자그마치 35년이란 멀고도 긴 세월 속에 온갖 폭압과 착취로 백의의 백성들을 굶주리고 헐벗게 했다.

약관 15세의 이성 감성 익어갈 나이에 가정의 파탄과 가족의 해체를 체험한 참담한 현실 앞에 그는 그저 무력감의 자탄에 빠졌으리라. 이 아프고 쓰라린 기억은 여린 가슴속에 영원히 잊혀지고 싶은 기억이련만 오히려 더욱 또렷이 각인되었을 것이다.

독립운동의 죄과로 감옥으로 끌려간 만형은 엄청난 협박과 고문에 시달려 피 흘리며 찌르르 찌르르 신음할 때 풀섶에서도 밤여치는 찌르르 찌르르 슬피 울었다.

이에 집안의 불운과 불행은 겹쳐 아버지마저 화병으로 세상을 뜨시는 등 암울한 절망만이 가로막는 순간 조국 광복의 미래를 암시하듯 창공에 B-29의 굉음이 자유를 위한 절규와 평화를 위한 함성처럼 들려왔다.

마침내 억압과 굴종의 긴 터널을 지나 자유 평화를 쟁취한 환희의 환호성도 잦아들기 전에 남북 간 동족 간의 피터지는 다툼이 벌어질 줄 그 누가 알았으랴.

시인 자신도 예견치 못한 뜻밖의 현실에 의해 그동안 반 토막이나마 남았던 가족이 또 한 번 비극의 분열을 맞게 되었다.

절벽의 노송이 수많은 세파를 견디며 고통과 고난의 고비 있을 때마다 몸에 옹이를 새기듯 시인도 외세의 식민 통치와 내국의 치열한 참화를 견디고 버텨낸 가슴속 옹이가 어디 한두 개쯤으로 박혀 있을까!

이 시에서 참으로 간과할 수 없는 것은 그가 억울한 식민의 삶을 통해 어쩌면 북에서의 또 다른 식민의 인생으로 이어질 수 있을 것이라는 예감에서 전쟁 발발의 순간 남쪽을 선택한 것은 어머니의 간절한 소망과 그의 탁월한 예지가 결합된 시너지의 힘이라 여겨진다.

인연설

경주 천마총이

구름 밟고 달리는 천마도를 보고 돌아오는 길에

잠시 어느 말사末寺에 머물었다

바람이 없는데도

도랑엔 낙엽이 쌓인다

낙엽은 떨어지는 소리도 없으니

지난 여름의 영화를 돌아보는 나처럼

가볍기만 하다

아니 몸의 무게뿐만 아니라 욕심까지 놓아버린 것 같다

동승이

누가 밟기 전에 낙엽을 쓸기 시작한다

비질을 할 때마다 나비가 날아오고

매미 소리가 요란하다

쓸어 내도 쓸어 내도 따스한 추억은

비질을 한 자리를 덮고 또 덮는다

그건 살아오는 동안

지우려해도 지워지지 않는 인연인 것이다

인간은 본능과 감성이 그렇게 변하지 않고 인간과 인간 사이의 관계나 인간과 대상과의 관계가 시대에 따라 변하는 것뿐이라서 시를 형상화할 때 소재의 새로운 해석과 발견을 매우 중요한 요소로 지적하고 있다.

이 글은 함동선 시인의 시「인연설」서문의 일부로 과거와 현재의 중매 역할을 하는 온갖 인연들이 우연이 아닌 필연이라는 사실을 말해 주고 있다.

천 년 또 천 년의 과거를 보여 주는 천마총의 감동을 안고 고적한 산사에서 동자승을 만나는 것은 엄연한 현실이지만 영원불변의 윤회설을 생각하면 이런 과거와 현재가 주고받는 인연에 불과한 것이다.

속세와 단절된 중립의 위치에서 동자승이 아무리 낙엽을 쓸어내도 과거로 회귀하는 낙엽(죽음)만큼 새 잎(생명)은 다시 돋아나는 것이므로 동자승은 그저 허무의 반작용만 되풀이하는 것이다.

이처럼 인간의 중요한 실질적 화두를 그저 담담하고 가뿐한 마음으로 그려낼 수 있다는 것은 탁월한 철학적 사고를 지닌 시인이 아니고는 도저히 표출할 수 없는 작품으로 높이 평가할 가치가 있다.

밤섬의 숲

노을 길고 해넘이 짧은 어둠이
푸서리에 내리고 꽃다지에 얹힌다
버드나무 우듬지에서
까만 옷 갈아 입은 바람이
황사 털어내고 뿌리로 내려간다
그 어둠 끝에
눈길 놓아 주지 않는 들꽃들

온 종일 버리고 버려도 성性이더란
사랑에 미친 꽃잎들
대낮 사내 등판처럼 뜨겁다
숲과 나무와 들꽃 서로 보지 못하게
5월은 불을 끄고
알 품은 철새
수평선에 눈베기도 한 닿소리와
한 쪽 겨드랑이에 바다 끼고 온 홀소리 모아
이 지상에서
말로 할 수 있는 계절은 고향이라고
글 쓴다

한강 하구에 생성된 아주 작은 섬, 섬이라기보다는 초미니 생태 현장이다. 비록 작은 공간이지만 신생의 5월을 맞아 온갖 약동의 생명체들이 더불어 살아가는 낙원을 이루고 있다.

인간의 발길이 뜸한 자연 환경이 새들과 하찮은 생물들 그리고 갖가지 꽃과 수목들, 인간이란 경계물이 잠잠한 이 생태계야말로 자연을 구가하며 살아가고 견뎌내는 생물과 무생물의 자유와 평화의 낙원일 뿐이다.

이처럼 자연 친화적 내면을 서정적으로 그려낸 화자는 아마 잃어버린 그의 고향도 이 밤섬과 같이 아늑하고 안락한 어머니의 품속 같은 곳이라 생각할 것이다.

그리하여 이 시는 육지와 단절되고 고립된 섬이지만 화자의 외톨이 심정과 어울려 서로 위안을 주고 받는 소통의 장으로 묘사되고 있다.

함동선

연백

아버지 상여가 귀야산貴也山 자드락길을 돌아갈 적에 개망초꽃이 가로막고 한다는 소리가, “감옥 간 상주 올 건데 왜 서둘러 떠나시오” 한다 달포는 지났을까 8.15 광복으로 식민지를 불 지르고 있는 마을에 38선 그은 지도 한 장 든 형이 달구지 타고 돌아온다 피골이 상접한 몰골은 일본군에 끌려가면 못 돌아온다는 말에 독립운동하다 감옥에 끌려갔다가 살아온 몸값이다 B-29 비행기 구름이 쉬던 산등성이엔 이내가 걸리고 새들은 38선 말뚝을 넘어 가고 오지만 꽃과 나무와 풀은 이미 남과 북으로 갈라섰다 내 고향은 ‘38선 이남’의 변방이 되었다

나는 막내의 기대는 버릇으로 툭하면 넘어졌다 굼뜨게라도 일어서는 법 배운다고 먼저 넘어뜨리는 학교에 들어간다 교실엔 하늘이 가득 고여 1미터 높으면 산이요 1미터 낮으면 물이다 세계문학전집 펴면 아침 이슬에 젖고 시집 넘기면 노을이 타오른다 하루도 빠짐없이 이젤 메고 풍경 응시하는 세잔의 눈으로 산과 들을 관찰하고 싱아의 시큼하고 단맛을 안 것은 그때이었는가 아니 그 전이었던 것 같다

연백 평야는 내가 읽은 책의 국판과 46판으로 정지整地된 곡창지대다 이 끝과 저 시작이 보이지 않는 들녁에서 사람들은 봄 햇살의 온기처럼 이성을 감정으로 고인 말로 농사지었다 벼가 자라는 시간 어디쯤과 어머니 서낭당에 돌 쌓던 시간 어디쯤에서 숟가락 휘일만큼 찰기 있는 쌀이 되었는가 나는 지금도 아침에

연안延安백천白川 인절미를 먹는다

내 안의 속앓이와 내 밖의 억눌림으로 성숙한 나이가 되었다 자유를 지킬수록 재도 없이 타버려야 한다는 것을 안 것은 그 무렵이었던 것 같다 아침마다 우물가의 세숫대야에 북한산 세 봉우리 뜨는 거 보고 집 떠나는 연습을 했다 하루는 그림같이 앉았다가 또 하루는 어린 시절의 물처럼 흐르다가 머무름과 떠남의 경계에서 6.25 전쟁이 터졌다 끝이 처음에 접해 있어 휴전으로 분단은 고착화되고 나의 역마살은 지금도 바람이다 '고도를 기다리며'

\# 산은 귀야산 강은 예성강 그리고 들은 무한으로 뻗은 연백벌이다. 이런 어머니의 치마폭 같은 아늑한 고장이 시인의 고향이건만 두 차례의 전화에 찢기고 할퀴어 강산도 가족도 반 토막이 되었다.

생각해 보면 비둘기 날고 산과 들에 꽃송이 지천으로 흐드러지게 피고 지던 천혜의 낙원 그 비옥하고 풍성하던 고향 땅이 지금은 암울한 유형지가 되었다.

아버지는 제국 일본의 마수에 형은 공산주의 붉은 무리에 희생되었다. 하지만 시인은 이런 세월의 불운과 불행을 겪으면서도 아직도 고향을 지키며 언젠가는 돌아오고야 말 아들을 기다리는 어머니를 못 잊어 못내 고향의 따사로운 온기를 뿌리치지 못하는 것이다.

화자의 유년 시절 그의 고향은 분명 남쪽 땅이었다. 그런데 지금은 갈 수 없는 북쪽 땅으로 변해 버렸으니, 지난날 그는 화목

한 가정의 막내로 문학에의 꿈을 이루려 열심히 인문 서적을 탐독하고 곡창 지대 연백 평야의 쌀과 귀야산의 산나물과 예성강의 물고기로 행복한 나날을 채웠었다.

그러나 지금은 헐벗은 산과 척박한 평야 오염된 강물만이 고향을 짓누르고 있을 것이다. 그렇지만 화자는 끝까지 동심 속의 고향을 꿈꾸며 이루지 못할 꿈이라도 희망의 끈을 놓지 않고 추억 속의 고향을 마음 깊이 담고 있다.

하여 시인의 연백은 타향살이의 고달픔을 희석시켜 주는 좋은 촉매제가 될 것은 물론 고향앓이의 희로애락과 번민도 슬기롭게 치유해줄 수 있는 징검다리 역할을 기대하며 항상 그가 그리던 부모님의 자화상, 논과 밭에서 하루의 일 끝내고 저물녘 예성강 은물결에 호미와 낫을 씻으시던 정경을 마음 깊이 간직하고 실향의 삶을 이어가리라.

어쩌면 시인의 마지막 작품일지도 모르는 이 시는 그동안의 모든 시 작품을 대표하는 절명시로 조금치의 손색이 없다고 판단된다.

감히 연백 시집은 함동선 시인의 다수 시집 가운데 으뜸으로 꼽아도 될 보기 드믄 명시로 확신하고 싶다.

향토적 자연주의

함동선 시인의 시 의식과 시 정신은 태생적으로 향토적 서정성을 매우 중요시하고 있다.

그의 첫 시집 『우후 개화』나 두 번째 시집 『꽃이 있던 자리』를 보아도 그가 얼마나 자연의 섭리와 자연의 현상에 몰입하고 있는가를 증명해 보인다.

특히 꽃을, 그것도 화려하거나 잘 알려진 꽃이 아닌 우리의 소박한 민족성을 대변할 수 있는 들국화, 민들레, 봉숭아, 채송화, 질경이꽃 등을 즐겨 등장시킨다는 것은 그가 얼마나 소박하고 겸손한 향토적 시인임을 말해 주고 있는 것이다.

저 징하게 큰 못물을 보고 와
다락마다 환히 다스려진 빰꺼정
벗은 니 알몸 바라보듯 그렇게 젖었다
저 세월이 끝나는 날
그 그늘마저
꺼져가는 니 발 아래 다시 니 발 아래
기대는 불길이요 나요 그렇게 젖었다

–목련 / 일부

하루에도 열 번씩 안달이 나 길을 떠나던 내 어린 날
거기에는

가르마를 한가운데로 탄 머리를
어깨 위로 늘어뜨린
어린이 모양의 민들레가
작고 앳되면 작고 앳된대로
담담한 빛깔이면 담담한 빛깔대로

천지의 신비를 담고 있었다

－예성강의 민들레 / 일부

첫 번째 시 「목련」은 봄의 전령사로 군림하는 데 손색없는, 가히 순박하고 청순한 여인을 연상케하는 정황을 묘사했다.

심지어 시인의 신사다움과 어엿한 양반다움을 상상케하는 반면 잎보다 꽃이 먼저 피는 풍만하고 순결한 몸매에서 어쩌면 야릇한 에로티시즘도 느끼게 하는 즐거움을 보여 주고 있다.

더하여 시의 행간 행간마다 투박하지만 정겨운 고유의 향토적 언어들이 섞여 동질적 친근감을 더해 주는 새봄 같은 신선미를 안겨 주는 빼어난 작품으로 평가할 만하다.

두 번째 시 「예성강의 민들레」는 앞의 시와는 전혀 다른 내용을 담고 있다.

우아하거나 순박함도 지니지 않은 온갖 잡초들과 함께 허허로운 들판에서 홀로 피어 있는 고적한 모습에서 거리낌이나 부담감이 없는 소시민의 자유로움을 마음껏 펼쳐 보이고 있다.

비록 작고 앳된 노란 자태지만 어떠한 사랑받고 존경받는 꽃들보다 의연하고 담담하게 현실에 대처하면서 그러나 세상의 이치나 순리에 순응하는 진리를 터득하고 있다는 놀라운 현상을 그려내고 있다.

전통적 서정주의

함동선 시의 주류는 향토적이며 목가적인 시 작품들이 주제를 이루고 있다.

현대시가 기계적 문명적 언어의 수사들로 채워졌다면 함동선의 시는 목가적이고 향토적이며 낭만적 요소들로 채워져 있지만 그동안의 매너리즘에 젖어 있는 고독하고 서글픈 비탄의 묘사에서 벗어나 일체의 센티멘털리즘을 배척하는 회화적 조형적 시어들을 구사함으로써 독자적 현대시의 위상을 보여 주고 있다.

이와 같은 신선한 서정적 묘사는 정지용의 이미지를 연상케 하며 김기림의 모더니즘 경향과도 맥을 같이하고 있다는 판단이다.

불을 끈 방에
달이 뜨면
고향의 초가도 보이는
귀뚜라미 소리가 들린다
눈썹 아래 자디잔 주름살처럼
세월 속에 늙은 이야기들이
자리에 누으면
밤새 이마를 핥는
흰 머리칼이 된다
많은 생각이 거미줄에 얽힌
한가윗날
그이는
회살짓듯한 밤 기차를 타고
이 외딴 집을
또 그냥 지나간다

– 그리움 / 전문

함동선

시인의 의식은 자나깨나 두고 온 고향 생각뿐이다.

어머니를 비롯한 형제 자매들 마을의 산과 들 나아가 북녘 땅 모두를 그리워하며 보듬고 싶은 시인의 절절한 모성애와 향토애가 시의 행간마다 굽이치고 있다.

그는 이 시에서 기계적이고 문명적인 요소보다는 미래에 대한 애정을 깊이 보여 주기 위한 목가적이고 서정적 시어들을 표현함으로써 현대 문명에 찌든 메커니즘에 정면으로 도전하는 느낌을 주고 있다.

절창의 망향가와 사모곡

절절절 흐르는 예성강 물 소리에
고향 사람들에게 젖어서
들국화는
체육 시간에 쳐든
아이들의 손들을
그냥 손들게 하고
한 곬으로 모여 피었는데

– 고향은 멀리서 생각하는 것 / 일부

함동선의 두 번째 시집 「꽃이 있던 자리」에 수록된 시로 잃어버린 고향의 반대쪽인 남쪽에서도 망향에 대한 애틋하고도 절절한 그리움을 묘사하고 있다.

고향에 두고 온 것이 어디 부모형제뿐이랴 연백평야의 젖줄인

예성강 물 소리도 사계절 산과 들에 피고 지는 꽃들도 개구쟁이 시절의 학우들도 모두가 그립고 보고픈 대상이며 지금도 비록 갈 수 없고 만날 수 없는 현실이지만 영원히 기억 속에 간직하려는 굳은 의지만은 변함없이 잊지 않겠다는 시인의 애향 애족 의지가 뚜렷이 표현되어 있다.

애야

너는 할머니가 안 계시다고 투정을 부리지만

저 사라지지 않는 한 줌 고향의 햇살이

깜작이는

저녁상머리에서

너는

아빠를 닮은 할머니와 마주 앉았지 않니

– 애야 / 일부

어머니에게 자식은 언제나 어린 아이에 불과하다. 시간과 공간의 한 복판에서 어머니는 투정부리는 아들의 모습에서 자신도 어머니의 어머니에게 투정부리던 아득한 지난날을 생생하게 떠올릴 것이다.

이렇듯 3대로 이어지던 평화롭던 고향살이도 이제는 추억과 회한으로 남아 시인의 가슴을 아리게 한다.

백 년도 잠깐이요 천 년도 꿈이라던 속세에서 벗어난 말이 지금 시인에게는 고향의 옛 모습이 생생한 현실로 각인되어 고독한 혼자의 주변을 따뜻이 감싸 주는 존재의 활력소가 될 것이다.

이처럼 함 시인은 문명적 서구풍의 시보다는 동양적 선비 사상과 전통미화 사상을 선호하고 있다. 그러므로 그에게 고향은 변함 없는 한 폭의 동양화 같은 공간이며 어머니는 언제나 재롱부리는 어린 아들의 구원자로서 멀고 오래도록 눈물겨운 그리움으로 남을 수밖에 없다.

맺는 말

이상으로 함동선 시인의 시 정신과 시 세계 그리고 그의 역사관이나 인생관 나아가 세계관을 함축해 살펴 보았다.

결과 그의 시 정신은 오로지 온화한 동양 선비 정신의 귀감이며 그의 시 세계는 사물의 형태 묘사보다 현상 묘사를 중시하고 그의 인생관은 고독과 상실감으로 굳어진 현실 외면 내지는 물질문명에 연연하지 않는 자유 자연인으로서의 과거 회귀의 정서를 미래 지향으로 승화시켜 지난 세월과 앞으로의 시간을 동일시하려는 의지를 그의 수많은 작품에서 엿볼 수 있다.

그러므로 그가 앞으로도 생의 끄트머리에 다다라도 몸 속에 유전자화된 망향가와 사모곡은 계속 진행형일 수밖에….

「참고 자료」

시 속에 숨어 있는/강만식/대훈/2007
문화전선/문화전선사/1947～1949
문학예술/문학예술사/1950～1953
조선문학/문학예술종합출판사/1954～2002
조선문학사 9권/류만/과학백과사전종합출판사/1995
조선문학사 10권/오정애,리용서/사회과학출판사/1994
조선문학사 11권/김선려, 리근실, 정명옥/사회과학출판사/1994
조선문학사 12권/이기주/사회과학출판사/1999
조선문학사 13권/최형식/사회과학출판사/1999
조선문학사 14권/천재규, 정성무/사회과학출판사/1996
북한총감/강인덕 외/사)공산권문제연구소/1968
조선～한국 당대문학사/김병민, 허휘훈, 최웅권, 채미화/연변대학출판사/2000
통일문학/통일문학사/2002
박팔양 시선집/문학예술종합출판사/1992
벽암 시선/조벽암/조선작가동맹출판사/1957
백석 시선집/이동순편/창작과비평사/1987
오장환시선집/김학동편/국학자료원/2003
초토의 시/구상/청구출판사/1956
한국대표시인101인선집/구상/문학사상사/2002
구상 시선집/구상/시월/2014
상심하는 접목/김광림/백자사/1959
말의 사막에서/김광림/문학아카데미/1989
김광섭 시선/이형권편/지식을만드는지식/2012
내 가슴의 장미/노천명/한림사/4292

별을 쳐다보며/노천명/희망출판사/1986
사슴의 노래/민윤기편/스타북스/2020
어머니의 달/김시철/글나무/2001
나의 외갓집/김시철/마을/2018
어머니/김시철/마을/2020
현대시에의 초대/박화목, 석용원/신조문화사/4293
화성인/양명문/장왕사/4288
사랑을 위한 되풀이/전봉건/1959
나의 시 나의 시론/전봉건/신흥출판사/1965
돌/전봉건/현대문학사/1985
전봉건 시선/최종환편/지식을만드는지식/2012
눈 감으면 보이는 어머니/함동선/1979
함동선 시선집/함동선/황금알/2010
함동선의 시 세계/이승하외/국학자료원/2014
한국 현대시의 지평/최병준/한국문학사/1998
한국 현대시의 비교문학적 연구/김효중/푸른사상/2000
조선일보/2017/6,24
조선일보/2020/2,27
조선일보/2020/9,17
한국시 대사전/구상,문덕수 감수/을지출판공사/2002
우리말 큰사전/신기철,신용철/삼성출판사/1975
각종 인터넷 블로그 기타 등

긍정의 힘

– 권선복

우리마음에 긍정의 힘을 심는다면
힘겹고 고된 길 가더라도 두렵지 않습니다.

그 어떤 아픔과 절망이 밀려오더라도
긍정의 힘이 버팀목 되어 줄 것입니다.

지금 당신에게 드리겠습니다.
열린 마음으로 받아들일 수 있는 긍정의 힘.
두 팔 활짝 벌려 받아주세요.

당신의 마음에 심어진 긍정의 힘이
행복에너지로 무럭무럭 자라날 것입니다.

행복을 부르는 주문

- 권선복

이 땅에 내가 태어난 것도
당신을 만나게 된 것도
참으로 귀한 인연입니다

우리의 삶 모든 것은
마법보다 신기합니다
주문을 외워보세요

나는 행복하다고
정말로 행복하다고
스스로에게 마법을 걸어보세요

정말로 행복해질것입니다
아름다운 우리 인생에
행복에너지 전파하는 삶 만들어나가요